中视体育 CCTV

谁是**棋王** 中国围棋民间争霸赛纪实

谁是棋王
WHO IS THE KING?

中央电视台体育频道
中国围棋协会 编著

全景式记录
首次以国家央视名义倡导发动组织的
全民性围棋活动

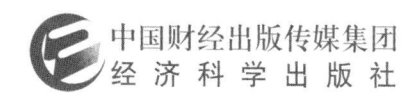

· 把高雅融进草根
· 把竞技变成快乐
· 把娱乐升华为理智
· 把传承交还给大众
· 把棋盘扩展到全国

中国财经出版传媒集团
经济科学出版社

图书在版编目（CIP）数据

谁是棋王中国围棋民间争霸赛纪实/中央电视台体育频道，中国围棋协会编著.——北京：经济科学出版社，2017.4

ISBN 978-7-5141-7947-7

Ⅰ.①谁… Ⅱ.①中… ②中… Ⅲ.①围棋－体育文化－中国 Ⅳ.① G891.3

中国版本图书馆 CIP 数据核字（2017）第 068070 号

策划编辑：龚勋
责任编辑：龚勋　李宝
特约编辑：杨诚　杨戎　李春岭　刘鑫
责任校对：杨海
责任印制：王世伟

谁是棋王中国围棋民间争霸赛纪实

中央电视台体育频道　中国围棋协会　编著
经济科学出版社出版、发行　新华书店经销
社址：北京市海淀区阜成路甲 28 号　邮编：100142
总编部电话：010-88191217　发行部电话：010-88101522
网址：www.esp.com.cn
电子邮件：esp@esp.com.cn
天猫网店：经济科学出版社旗舰店
网址：http://jjkxcbs.tmall.com
北京中科印刷有限公司印装
787×1092　16 开　19.75 印张　693000 字
2017 年 4 月第 1 版　2017 年 4 月第 1 次印刷
ISBN 978－7－5141－7947－7　定价：81.00 元
（图书出现印装问题，本社负责调换。电话：010-88191510）
（版权所有　侵权必究　举报电话：010-88191586
电子邮箱：dbts@esp.com.cn）

大众围棋的精神盛宴

——《谁是棋王 中国围棋民间争霸赛纪实》序　　林建超

谁也没有想到，会有来自全国32个行业的10万名围棋爱好者一起参加一项大型民间围棋比赛；谁也没有想到，电视里的围棋转播会有如此丰富多彩的文化元素和地方风物内容；谁也没有想到，寸秒寸金的中央电视台会在长达5个月的时间里连续播出20多个围棋专场，打造出各个界别的草根棋王和全国民间总棋王。这就是中央电视台联合中国围棋协会和中华全国职工文化体育协会举办，在中国乃至世界电视围棋播出史上从未有过的奇观——首届《谁是棋王》中国围棋民间争霸赛。

围棋是从中华文明源头流淌出的智慧之果，是中华民族奉献给世界的文化瑰宝。围棋具有竞技和文化双重属性，在不同时代，都以其对人类精神生活、智力开发、战略文化和友好交往等所具有的功能价值，为社会文明的发展进步做出了积极贡献。正因为如此，人们越来越喜爱围棋，尊重围棋，赞美围棋，传播围棋。围棋在不断走向新的时空领域中，不仅保持了传统文化、高雅文化、精英文化的经典特质，而且又增添了现代文化、流行文化、大众文化的新鲜特色。

以习近平同志为核心的党中央高度重视、大力倡导传承发扬中华民族优秀传统文化。围棋作为中华优秀文化的有机组成部分，同样需要以多种方式、举措来保护、推广和发展。中央电视台《谁是棋王》中国围棋民间争霸赛，就是这方面的重要努力之一。这是迄今世界上第一个以国家央视名义倡导、发动、组织的全民性围棋活动。她不仅是一场贴近大众的草根英雄会，也是一次优雅的围棋文化之旅。节日赛制与内容的创新，形成了新的热点、新的时尚，那就是群众性、基层性围棋活动的大力推广。节目的宗旨和立意非常明确：让围棋回归大众、回归文化。这次持续5个月的大型电视围棋播出，可以用五句话来概括，就是：把高雅融进草根，把竞技变成快乐，把娱乐升华为励志，把传承交还给大众，把棋盘扩展到全国。

央视《谁是棋王》节目的内容和形式进行了一系列探索创新，大大增加了吸引力和凝聚力。在生动展示对弈进程的同时，有机融进了围棋的文化特色、地方特点和棋手个性特征，使过去相对单调的弈棋转播，变成了更加丰富多彩、鲜亮新颖、立体多元的围棋人文交流，使人眼前一亮、耳目一新。"棋王一盘棋"环节聚集各行各业爱好围棋之士，各下一手，各显神通，英雄不问出身，曲高不再和寡，共同展示围棋的魅力。"围棋公益行"环节延伸到全国各地，把爱心融入棋局之中，产生了良好的社会效益。节目在港澳台地区甚至欧美日韩也形成了强劲的影响力，不少外国和国际围棋组织纷纷呼吁，让《谁是棋王》走出中国，走向世界。

围棋归根结底要为"两家"，就是国家和大家。《**谁是棋王**中国围棋民间争霸赛纪实》这本书，贯穿了新形势下围棋发展的新理念，全景式展现了这次大型围棋赛事的始末，可以引发我们关于围棋文化更具广度和深度的思考。比如，如何充分发挥媒体的优势，以更大力度推进围棋的大众化，使围棋在更多的行业和人群中成为时尚的精神享受；如何更好地把围棋的竞技魅力与文化魅力有机融合在一起，使人们从更高层次上充分体悟和喜爱围棋；如何借助人工智能围棋发展带来的强力冲击，吸引更多的人关注和从事围棋，通过人机合作开拓围棋的新形态；如何使围棋成为世界范围内中国优秀传统文化的"金名片"，通过这张"金名片"更加自信、优雅地向世界传递中国的真实形象，让世界由此更加了解、喜爱、尊重中国和中国人；又比如，如何充分发挥围棋的特殊作用，为社会注入更多正能量，通过全体人民的共同努力，下好盛世强国这盘棋，为实现中华民族伟大复兴的"中国梦"做出更大贡献。

中国围棋任重道远。是为序。

（作者为中国围棋协会副主席、围棋文化委员会主任）

二〇一七年二月·于北京

目 录

第一乐章   001——005
棋王奏鸣曲回音嘹亮

第二乐章   007——067
中华文化与围棋棋理的优美和弦

第三乐章   069——215
棋王主调的八个华彩乐段

第四乐章   217——277
棋王对决的咏叹调

第五乐章   279——293
超越时空的新世纪协奏曲

第六乐章   295——303
棋王合奏曲的 32 个音符

后记   304——307
《谁是棋王》生正逢时
致《谁是棋王》
棋虽小道亦大道

【第一乐章】

棋王奏鸣曲

回音嘹亮

「各界好评」

《谁是棋王》中国围棋民间争霸赛播出后各界好评→

王汝南

中国围棋协会主席：《谁是棋王》走入各界，走向各地，走出小棋盘走向大赛场。既吸引了各界别围棋爱好者热情参与，更得到众多观众的关注和支持。既展示各界棋友的技艺，也表现各行业的特点和风采。各主办地通过各种形式把特有的风土人情、美景美色、社会发展呈现给观众。这是中央电视台精心策划、精心组织的成果，也是围棋界和棋友们引以为荣的盛事。央视的视觉效果具有冲击力，集册成书更可永久保存，引起棋友更多的回忆。《谁是棋王》弘扬优秀传统文化，促进了围棋的发展。我们感谢中央电视台，感谢所有给予支持的朋友们！

聂卫平

棋圣、职业九段：中国的围棋发展肯定是要代代相传下去，希望都在年轻人身上，我非常欣喜地看到我们现在的棋手是一代比一代年轻，一代比一代更出色。我希望他们将来要积极地努力超越原来的前辈，能为中国围棋做出更大的贡献。我期望《谁是棋王》这样的全民参与的活动能一直搞下去，非常好！我静候**谁是棋王**。

马晓春

世界冠军、职业九段：首先感谢央视为全国棋迷献上饕餮大餐《谁是棋王》！这台节目具有独到之处，它能够让各行各业的业余棋手欢聚一堂并大显身手。我有幸参与了八强赛的节目，从中感受到围棋文化和比赛相结合的特殊魅力，这种新颖的比赛方式很具有观赏性和可行性，能够让大家都乐在棋中！

郦波

著名文化学者、教授：有史以来，最简单又最复杂、最模糊又最精准、最平实又最智慧的游戏，莫过于围棋。围棋与围棋文化是华夏文明对人类文明的巨大贡献。《谁是棋王》深耕围棋文化沃土，在新的时代，助推智慧之光。

许基仁

新华社体育部主任：我一直认为，围棋是绝好的教育手段，是价值连城的"国粹"，可惜一定程度上还"藏在深闺人未识"。中央电视台策划创办《谁是棋王》大型节目，肩负振兴民族体育的责任，高举弘扬民族文化的旗帜，功在当代，利在千秋！

围棋是一种体育、一门艺术，也是一种教育手段，是一种寓教于乐、不失情趣、有着独特功能的教育手段。围棋中蕴涵的进取意识、规则意识、协作意识、竞争意识、大局意识、舍弃意识、效率意识、平和意识，是现代人社会奋斗所必备的基本素质。因此，《谁是棋王》不仅仅是在普及一个民族体育项目，也为培养中国年轻一代人的宽广视野、大局意识、健全人格和平和性格起到了独特的助推作用！

王谊

中国棋院围棋部主任、职业五段：《谁是棋王》节目不拘一格、手法新颖，她把围棋特有的娱乐功能、教育功能、竞技功能、健身功能、交际功能表现得淋漓尽致，令人耳目一新！现在全民健身已上升为国家战略，而围棋又是其重要的组成部分，它深受大众喜爱、社会关注、国家领导人重视，可以说继中日围棋擂台赛之后，围棋的春天又来了！

常昊

世界冠军、职业九段：围棋最难的地方是有技术门槛，观赏性不足，而这次央视《谁是棋王》中国围棋民间争霸赛节目找到了一条不错的途径！通过文化与围棋的结合，职业与业余的结合，加上专业的主持调度，配上围棋的基本普及，内容相当丰富！可以让更多人关注围棋！

柯洁

世界冠军、职业九段：以往的围棋大赛主要是职业和业余高手参与，而这次活动是真正面向草根和大众！作为围棋人，我会全力支持！也希望大家共同关注《谁是棋王》！

华以刚

北京围棋基金会理事长：当今中国围棋，史上最强最盛。职业棋手水平之高，高水平棋手层次之厚空前。全社会的理解度、支持度持续攀升。少儿围棋热度长盛不衰。媒体热情的报道也是显著标志。《谁是棋王》节目可谓应运而生，为喜人局面锦上添花。谨此向节目的所有参与者由衷致敬！

容坚行

广东棋文化促进会会长、职业五段：有围棋，心里就像有了一束光，可以照亮冗长沉闷的人生，这是围棋独有的魅力。这种魅力，源于围棋博大的文化内涵——其中既有美好的神话传说，也有非常现实的对弈交流；对弈中既有恢宏磅礴的战略布局，也有细致入微的战术算计；对弈双方看似温文尔雅，却时刻透着点点杀气；每盘棋都有着非常多的矛盾需要处理：譬如虚势与实地，先手与后手，急所与缓手等等……《谁是棋王》大力传播围棋文化，使更多的人借此修身养性，提升素质，因而功德无量！

吴启泰

著名作家，《大国手》作者：《谁是棋王》这档栏目的推出，以她的趣味性和文化内涵呈现给广大观众，无疑对宣传和推动围棋的发展，弘扬传统文化做出了有益的贡献。

围棋文化崇尚天人合一，师法自然。几乎没有任何一种竞技游戏如此注重其中的道和理。

我们将下棋过程视为一次尽可能接近理性的自我完成。在激烈的抗争中，以道的追求，达到理的和谐，这正是她的魅力所在！

刘仁光

海关总署体育协会秘书长刘仁光：中央电视台体育频道《谁是棋王》活动走进中国海关，特别是走进工作环境和条件都非常艰苦的海关边关，接地气注动力，给海关关（警）员带来了中华文化的精彩故事，丰富了海关关（警）员的业余文化生活，为推动海关工作和全民健身活动增加了活力。感谢中央电视台！

左达文

《北京青年报》体育部主编：《谁是棋王》节目创意很棒，形式新颖，非常丰富地展现了围棋文化，起到了精神教育的作用，对于推广围棋运动具有极大的意义，这也体现了央视的责任感和情怀……为棋如为人，围棋不仅关乎胜负，更在乎文化、品味与内涵。

《谁是棋王》中国围棋民间争霸赛启动仪式

【第二乐章】

中华文化与围棋棋理的优美和弦

第一期
「国运兴棋运兴」

第二期
「围棋与时光」

第三期
「围棋与军事」

第四期
「围棋与美」

第五期
「围棋与商道」

第六期
「围棋与胜负手」

第一期【国运兴棋运兴】

海选第一期——【国运兴棋运兴】

启动仪式·开局日日新·围棋名人坊·草根中国流·人生胜负手

引言

30年前，中日围棋擂台赛引动了全国的围棋热，与改革开放初期的成果绽放、经济振兴、奥运会夺牌、女排夺冠等国情民情分不开。晚清以来围棋在中国一直萎靡，同样是落后挨打的国情所决定的。

国运兴棋运兴，当前中国已然成功崛起，作为蕴藏深厚中华文化精神与民族特质的围棋，需要在全国有一个更高层次、更广泛度上的开展、普及与推广。《谁是棋王》中国围棋民间争霸赛应运而生，此次争霸赛旨在推动全国业余围棋的健康有序发展，弘扬中华文化，突出展示民间棋手的风采，希望更多的人喜欢围棋，入门围棋，从围棋中汲取营养，陶冶修养。

主持人：观众朋友大家好，今天我们迎来了《谁是棋王》专题节目的第一期，而在昨天我们中央电视台刚刚直播了中日围棋擂台赛的30周年的纪念活动。

今天迎来《谁是棋王》节目第一期，可以说时间点是恰到好处的。我相信很多的棋迷和我一样，在20世纪八九十年代，受到了中日围棋擂台赛极大的影响，从那个时候开始，关注围棋，了解围棋，并且开始学习围棋。

我们举办《谁是棋王》中国围棋民间争霸赛，是为了给我们业余的棋迷，还有广大的民间围棋高手，提供一个展现他们技艺的舞台，同时他们也可以通过这个平台交流对围棋的感悟。

中央电视台和中国围棋协会，还有中国职工文体协会共同主办了这样一项全国性的比赛。为此，我们举办了隆重的启动仪式。

开幕式剪辑小片：

2015年11月10日由中央电视台体育频道、中国职工文化体育协会、中国围棋协会共同主办的《谁是棋王》中国围棋民间争霸赛，在北京正式启动。

在启动仪式当天，现场进行了抽签分组。

参赛选手全部来自于民间，业余围棋爱好者按照航天、石油、金融、火车头、文化等32个界别参赛。

琴棋书画四艺相通，伴随着琴箫合奏《关山月》，著名书法家王鸿济、解永全、郭宝庆现场挥毫，为《谁是棋王》送上了他们的期待和祝福。

"上联，黑白有乾坤卧虎藏龙一心唯长民间气。下联，对弈无门槛风声水起万众争投胜负手。中间的横批大家看——谁是棋王。"

中央电视台副总编辑李挺，体育频道总监江和平，体育总局棋牌运动管理中心党委书记杨俊安，中国职工文化体育协会副秘书长陈光辉，新华社体育部主任许基仁，棋圣聂卫平，文艺界围棋爱好者廖京生分别落子宣布《谁是棋王》正式启动。

↑《谁是棋王》开幕式嘉宾

↑"棋王一盘棋"的前六位棋手

↑江和平总监抽签

↑云南保山学生合影

↑茶田对弈

↑弈德

↑聂卫平围棋道场教学

中国著名棋手王汝南八段、王谊五段、邵炜刚九段等职业棋手，在启动仪式现场与社会各界围棋爱好者进行了切磋，并给予了悉心的指导。

从《谁是球王》到《谁是棋王》，不但将传统的体育和智育进行了有机结合，而且传承了中华民族沿袭千年的传统文化，弘扬了一种植根于中华民族优良传统，并开花繁茂于现代社会的新时代的精神文明。

倡导全民健身，发展群众体育为核心理念的大型围棋竞技节目《谁是棋王》，必将迎来新一轮的全民参与新热潮。

相信它会伴随着我们的海选、小组赛到最后北京的总决赛，在这几个月中成为我们棋迷街谈巷议的一个热点话题。

开局日日新

云南保山中小学围棋开展小片：

随着《谁是棋王》的火热启动，全国各地掀起了一股围棋浪潮，也迅速扩展到了云南省保山市的山区，在这里一场别开生面的山区中小学围棋海选正在紧张有序地进行着。值得一提的是云南边城保山，是棋中圣品永子的产地，围棋氛围尤为浓厚，校园中、茶田里、小院前，随处可见下围棋的人们。

而此次《谁是棋王》保山市中小学界别围棋争霸赛是保山市有史以来，参与学校和人数最多的一次，来自43所学校400余名中小学师生加入到了角逐棋王的手谈中。

大多数的参赛师生都来自于山区，第一次参加围棋比赛的更是不在少数，保山市开展的围棋进校园活动，把围棋普及到每个乡镇，要让每一个在山区的孩子都会下围棋。衷心希望云南保山山区的孩子们，能够借助《谁是棋王》的比赛，与全国各地的业余棋手一争高下，充分展现山区少年的魅力与风采。

北京万泉小学围棋开展小片：

"落子不能悔，想好再下棋。拿棋要规范，中指夹食指。"

《谁是棋王》万泉小学校内选拔赛，就在孩子们这清脆响亮的围棋礼仪歌中拉开了帷幕。针对这些童萌初开的小学生们，万泉小学的围棋教育更多地体现在艺德上。棋品与人品总是相辅相成密切相关的，智慧与修养必须二者兼得，学棋的同时也在巧妙的育人。**景小霞**：希望孩子们了解深厚博大的围棋品格。在学习棋礼中，导正言行，磨炼身心，让他们从小学习做谦谦君子，做儒雅绅士。**解说**：200个小参赛选手经过五轮的博弈，终于选出了优胜者。胜固欣然，败亦可喜。下午晋级的孩子们来到了聂卫平围棋道场，在老师的带领下玩起了趣味围棋游戏，首先是速记围棋定式。童年的记忆最佳，通过这样的方式培养和强化孩子们的记忆能力，对于其他学科的学习和掌握也是大有裨益。这自信满满的样子一定是都记对了。**张成**：在成人看来，可能这个棋很复杂，需要十几步。但为什么孩子们可以在很短的时间内，把它复原？它不是一个死记硬背的过程，它是在理解的基础上去记忆，锻炼孩子的记忆能力。再有一个就是围棋教给孩子思考的方法。现在老师在棋盘上已经摆出了一些棋子。接下来请两位小朋友上来完成解答。接下来就是练习征吃手法，这是入门时最基础的技巧之一。这道题最终形成的图案正好是一个爱心的形状，我们也是希望这个有趣的形状，能激发孩子学习围棋的兴趣。**张云慧**：因为以往的这个赛事，大多数都是职业棋手才能参加，小朋友们很难有机会能够在一个平台上去展示自己，所以我希望这样的节目以后办得更多。**解说**：这应该算是《谁是棋王》年龄最小的一场校园围棋海选吧。或许在每一个爱好围棋的少年心中都深深播下了中华文化的智育与德育的种子。

金融证券界别长沙站海选小片：

《谁是棋王》海选比赛金融证券行业率先落子。来自全国各地的围棋爱好者汇聚湖南，尽享对弈之乐。商场如战场，对弈即博弈，证券、信托、期货行业的近120位业界精英，在为期两天的激烈交锋中真正感受到了什么是棋逢对手，什么叫举棋不定。**李德海**：我是银河证券广渠门营业部的李德海。**朱小军**：我是波恩投资的朱小军。**王石**：我来自于上海中期期货有限公司。**吴斌**：我叫吴斌，来自于天风证券。**解说**：还记得《孟子》里弈秋的故事吗？弈秋，通国之擅弈者也，在本次比赛中，中国之"通国擅弈者"也都前来助阵。棋圣聂卫平和罗洗河、王磊、宋容慧等职业围棋大师，为选手局后复盘一一讲解，令棋手们大开眼界。这次别开生面的证券围棋会，是《谁是棋王》比赛的一场选拔赛，更为围棋爱好者提供了交流学习的趣味性平台。**聂卫平**：中央电视台搞了一个《谁是棋王》的活动，我觉得非常好，虽然没有职业棋手参加，但是把我们全国的业余爱好者都召集进来了。**王磊**：这次比赛我觉得还是非常有意义的，因为金融业在咱们国家是非常重要的一个行业，这次比赛汇集了金融界的各个精英，都是一些围棋爱好者，我觉得大家水平其实都很高。**解说**：围棋是中国的优秀传统文化，赛后棋手们不约而同地谈到围棋与金融证券行业的相通之处。**李德海**：从棋理上来说，我们讲究遇险勿入，及时弃子。**周江华**：不要拘泥于一时一地的得失。**周文治**：交易跟围棋有很多共通的地方。**解说**：围棋与金融，围棋与人生态度，有太多的相通之处，棋手们感悟颇多。本次海选比赛的前四名也将代表行业跻身《谁是棋王》全国小组赛，与其他各组别的佼佼者一较高下。

主持人：我们在海选的专题节目当中，每一期都会请一位围棋名人来作为我们的访谈嘉宾，我们有一个小栏目叫《围棋名人坊》。

围棋名人坊

围棋名人坊，访围棋名人。今天做客我们《谁是棋王》第一期专题节目的嘉宾当然是非常重量级的嘉宾，大家可以看到这个背景上有一张照片，这个戴着墨镜的是我们新中国的开国元勋陈毅元帅。陈毅元帅也是我们中国围棋事业的奠基人，大家可以仔细地关注一下有一位少年在下棋，这位少年是谁呢？今

↑ 金融行业海选聂棋圣讲话

↑ 金融界别海选现场

↑ 罗洗河指导金融界别参赛选手

↑ 1962年周恩来总理与陈毅元帅接见日本围棋访华团（照片来源：国家围棋队画册）

天第一期我们很高兴地请到了中国围棋协会主席王汝南先生来做客我们演播室，有请王老。

王汝南对话《谁是棋王》：

主持人：王老好，欢迎欢迎。王老，刚才我们看到了这张照片，确实是非常的感动，对一个棋迷来说，陈毅元帅很认真地看你在比赛，我想问一下那是哪一年？

王汝南：1962年的10月份，那是我们国家体委举办的第一次正式的全国少年儿童围棋赛。

主持人：那次比赛您最后是什么名次？

王汝南：我当时是少年组的冠军，以我自己的回忆呢，1961年陈老总到我们合肥去视察，我经过了那么一段训练，感觉当时的水平，可能已经不比陈老总低了。我下棋之前老师肯定是给我关照一下，跟陈毅元帅下棋你可要知道轻重。

主持人：对，这确实非常有意思。60年代我们遭遇了3年自然灾害，所以我们老百姓的生活还是比较艰难的。那个时候为什么陈毅元帅会大力地推动我们新中国的围棋事业？

王汝南：陈老总当时就讲了，说我搞围棋也不是仅仅我自己喜爱，我也是请示了毛主席、周总理的，因为围棋是中国的传统文化，当时是日本在围棋方面，应该说非常的厉害。因为陈毅元帅也兼任外交部部长，从外交角度来讲，对中日关系的处理，觉得围棋是一个非常好的载体。

主持人：陈毅元帅一直在提倡一个观念，国运兴棋运兴，围棋其实我们很清楚，在中国已经发展了几千年，历史水

↑ 陈毅观看王汝南（右一）对弈　　　↑ 王汝南做客《谁是棋王》　　　↑ 陈毅题围棋诗

平曾经明显地要领先于其他的国家,但是在近代,尤其到晚清之后,日本的围棋水平快速提高,我们中国围棋处在一个追赶的过程,那个时候我们和日本的差距到底有多大?

王汝南:顶尖的高手跟日本顶尖高手,让两个子我们可能还有点困难。就在1960年那个时候,我们有一个经常引用的例子,就是日本的一个老太太伊藤友惠五段,对弈我们中国的前辈们,他们当时都是从新中国成立以前一直到新中国成立以后的水平最好的老先生,跟她下了大概可能是八盘吧,一盘都赢不到,那就可见到这个差距有多大了。

主持人:咱们新中国围棋的起步就是从王老当时接触围棋的时候开始。

王汝南:从1960年开始为了要跟日本交流围棋,就先找一些我们的前辈来训练,到了1963年国家准备要组建国家队了,所以要组织一个国家的集训队。陈老总常来看望大家。我是安徽人,他告诉我们,我刚陪着外交使节到过黄山,黄山的景致,黄山的气魄,你们棋手找机会要去看一看,这样你们的眼光就更开阔,而且更洒脱。所以陈老总从精神熏陶这方面都给你想到了,我们这一代人,以陈祖德为首的我们是在追赶日本,偶然地也能够赢日本的九段,赢上一盘半盘的。但是实际上差距还是明显的。到了聂卫平这个时候已经逐步地接近了日本一流的高手。没想到聂卫平能够在这个擂台赛上爆发,正因为这样的爆发,也是出乎人们的预料,才引起轰动。

↑ 前辈棋手指导后辈

主持人:是,因为当时大家都认为日本的超一流棋手实在是太厉害了。现在中日之间每年都有民间的交流,包括文化名人都有一些交流活动,那么这次我们《谁是棋王》也专门有一个文艺界别,这里面有大家非常熟悉的,著名的相声演员姜昆,他对围棋有自己独到的见解和领悟。

↑ 中日围棋擂台赛30周年再聚首

姜昆对话《谁是棋王》小片:

在春晚的舞台上带给观众无数笑声的相声表演艺术家姜昆是个不折不扣的围棋棋迷。早年还曾去日本进行围棋交流活动。**姜昆**:我一直是一个围棋爱好者,在兵团的时候,那时候我是下乡知识青年,我们就下围棋。80年代的时候到日本去比赛,我当时是业余初段。我特别有幸地居然能够跟我过去根本做梦都想不到的吴清源大师、大竹英雄、藤泽秀行下指导棋,我与三个人都下了他们授九子的指导棋。**解说**:分享了这样珍贵的经历之后,姜昆也为参加《谁是棋王》的草根选手们送上了寄语。**姜昆**:《谁是棋王》的所有观众朋友们,大家喜爱围棋,从心中一定要有一种崇尚艺术、尊重文化这样的格调,要融在自己的棋风和血液当中,这样让我们更加尊重和崇尚我们自己所从事的运动,也尊重和崇尚我们所敬仰的文化。**解说**:自黑白乾坤中走出炫彩人生路,从胜负棋局里领悟辩证世间理。这正是:民间高手共争王者风范,草根英雄相约巅峰手谈。

草根中国流

小小棋盘大世界,有这样一位来自云南保山的小女孩,叫罗慧鹃,她从来

↑ 姜昆参加中日围棋比赛

↑ 保山海选开幕

没有走出过大山，但是通过围棋，她看到了外面非常广阔的世界。

大山里的小棋手罗慧鹃介绍小片：

罗慧鹃，13岁，是保山市昌宁县大田坝镇弯岗九年制学校六年级的学生，2013年保山市开展围棋进校园活动，当时，上四年级的罗慧鹃开始接触围棋，小小的人生因为围棋悄悄发生了改变。一天，班主任宣布了一个消息，CCTV—5《谁是棋王》中国围棋民间争霸赛海选，要在保山市的昌宁县举行了。11月14号《谁是棋王》保山市中小学围棋争霸赛拉开了帷幕，罗慧鹃和弯岗学校的同学来到了现场，比赛时的她显示出了超常的冷静，虽然经过全力拼搏，没有能够夺得冠军，但是令她开心的是在现场她得到了职业棋手陈盈的指导，一下子点亮了她的小世界。**罗慧鹃：** 从来没有见过这样的人，我没有想过，这一次偶然的比赛，就会有（下棋）非常棒的人，来和我下一盘围棋，真的感到非常的荣幸。

解说： 罗慧鹃，一个成长在边城山区的小姑娘，一个从来没有走出过大山的小姑娘，围棋就像是一扇大门，慢慢为她打开了一个世界，祝愿她能够沿着崎岖的山路抵达五光十色的围棋人生之路。

主持人： 这十多年以来，我们各地的围棋培训非常的红火，随着围棋的普及，尤其是围棋进校园，很多小孩开始接触围棋，学习围棋，到底它对孩子的教育有什么样的好处呢？

王汝南： 我们中国历来都相传，围棋的起源叫"尧造围棋，教子丹朱"，尧认为自己的儿子丹朱还不够聪明，还不够优秀，于是他发明围棋。所以就是说，认定了围棋的教育功能，第一让孩子能够坐下来，安静地学会思考，围棋里边它每一手棋，都是在比较当中来看出好坏，所以围棋是从局部到全局，从每一个局部的得、失、攻、守、进、退，像这些一对一对的矛盾都会在棋盘上反映出来，每一个局部的得失进退掌握时机，做一个比较，做一个大局的考虑，在现实生活当中，你一旦养成了这样的思考习惯，可能对未来都有很多潜移默化的影响，或者很多的好处。

主持人： 围棋里面有十诀，它可能蕴涵着很多人生的哲理。我记得王老一直在倡导一个"快乐围棋"。

王汝南： 我们最重要的还是叫寓教于乐，所以呢我到处都在宣传，孩子们下围棋，我认为更多的要倡导快乐围棋。

主持人： 倡导快乐围棋，倡导围棋素质教育，您一直是以自己的行动来推广围棋，您给大家的感觉和印象是非常有亲和力，和蔼可亲。

王汝南： 发自我的内心，我看到这些孩子学围棋我心里就觉得非常的高兴，围棋是我们中华民族一个很好的东西，最终你还是要交给百姓，交给孩子们。

主持人： 国运兴，棋运兴。我们现在国运很兴盛，您认为在现阶段我们围棋的使命是什么？

王汝南： 一方面当然是向外推广围棋，我们中华文化向外边的推广，让更多的人了解。另一方面就是我们国内，让我们更多的大众能够参与

↑ 罗慧鹃与陈盈相遇

↑ 罗慧鹃海选比赛

到这项活动，或者说享受围棋给我们带来的快乐。

主持人：其实这一点也是我们办《谁是棋王》中国围棋民间争霸赛的一个初衷，我们希望能够在擂台赛30周年之际，再次掀起全民的围棋热，让更多的人能参与围棋，关注围棋。

人生胜负手

实际上咱们围棋的发展，离不开社会各界的支持，包括很多的民间棋迷的支持，接下来我要给大家再介绍一位民间的棋迷，这位棋迷在围棋文化和围棋历史的研究方面是花了很多的功夫，也是我们中国第一位围棋博士。

何云波对话《谁是棋王》小片：

何云波：今天我们想做个挑战，在30分钟之内教不会下棋的大学生学会下棋。**解说**：这节课上何云波老师所言不虚，用短短30分钟的时间就教会了同学们围棋入门的基本知识，感受到了围棋的快乐。**湘潭大学学生**：这是一个成功的挑战，然后我们也会更多地去接触些围棋的知识，然后去了解我们中国的一些传统文化。**解说**：云淡风轻，波澜不惊，正是这位围棋博士如今闲情雅致的生活心境。何云波现在是湘潭大学教授，围棋文化研究中心首席专家，因撰写博士论文《弈境——围棋与中国文艺精神》而被誉为中国首位围棋博士，著有书籍《黑白之旅》、《棋行天下》等。**何云波**：其实我接触围棋的时间非常晚，读研究生的时候才第一次知道围棋，那是第一届中日围棋擂台赛，最后决战的时候是聂卫平对藤泽秀行，这盘棋中央电视台直播，也是第一次直播，但是当那盘棋下完的时候，整个电视上浮现的一个画面，就是黑白子纵横交错在一起，它本身就组成了一幅黑白山水画。其实中国的艺术本身就是一种黑白的艺术，围棋是黑白，书法黑白，绘画呢，也是白纸黑墨，而在这个黑白里面，可能就蕴涵了大千世界的无限丰富的变化。**解说**：何老师把文学比作妻子，把围棋比做情人。他说文学是朝朝暮暮的厮守，围棋是在水一方的诉说。一卷书，一局棋，一杯酒，一盏茶，坐进院落，恬淡惬意，寓学于乐。从俄罗斯文学转向中国传统文化研究，从围棋形而下之技的游戏，转向形而上之道的艺术，这是何老师穷尽一生对学问中所包含的那份精神快乐的追求与领悟。也许正是这份精神的快乐，使得围棋成为了他做学问的最大动力，也成为其精神人生的快乐源泉。

↑何云波给学生上课

让他学会了在宁静的岁月里温养一切美好的事物。

主持人： 王老，您知道吗，您有很多的铁杆粉丝，王老讲棋水平高，同时也很幽默，关键是王老为人儒雅，和蔼可亲。今天我们就请来了一位您的铁杆粉丝，有请云姐，你好，今天终于见到王老了，什么感觉？

武艾云： 没放弃的结果是终于见到您（王汝南）了。

主持人： 云姐是一位非常普通的棋迷，这么多年她有自己学棋的经历和感悟。

武艾云： 围棋教育人，让人能够静下来。其实我学棋那会儿，应该是我生活中最灰暗的一段日子，就是我父母都瘫痪了，那段时间我觉得围棋对我来说，是心灵慰藉的一项活动，后来到我创立这个俱乐部以后，就是以棋会友，通过围棋又认识了很多我生活圈之外的朋友，他们带给我的是什么？是那种以棋会友的感动，我觉得围棋太深奥了，学围棋容易，学好围棋挺难的。

王汝南： 陈毅元帅早就讲，围棋易学难精，能够下到1段2段，依我看已经很好了。

主持人： 的确如此，我听说您在望京社区的围棋活动办得非常的红火。

武艾云： 我的初衷是找人陪我下棋，俱乐部发展到现在有8年了，我组织的中韩民间围棋赛在望京举行了6次，然后我们还跟欧洲夏令营的棋手对抗过4次，一年一次，经常参加活动的应该是有百十来人。

主持人： 这次棋王海选，您准备什么时候开始启动？

武艾云： 我已经开始在筹划了，这次的围棋赛我想，要结合茶艺、书法、绘画，加入古琴或者古筝的这种表演，琴棋书画。

主持人： 我们中华的四艺琴棋书画。我看到您今天拿了一个奖杯来，这个奖杯是干什么用的？

武艾云： 我是给棋王的。我觉得《谁是棋王》这个比赛，它是基于在民间发掘一些业余的围棋高手，然后带动更多的人喜欢围棋，参与到围棋运动中来。所以这个奖杯我是精心刻了一个，我希望呢，民间的围棋选手，能够通过咱们央视这个平台，聚集到一起。

王汝南： 我认为她是一个非常合格的围棋爱好者，应该是值得我们表扬的围棋爱好者。围棋的水平高低这不是主要的，那应该是职业棋

↑ 王汝南早年围棋讲座　　　　↑ 王汝南、武艾云现场讲述

手他们所要追求的。像我们这些爱好者来说呢，最重要的是快乐，高高兴兴地参与这项活动。而且做得好的，就应该带动更多的人参与这项活动。

主持人：希望王老一如既往地支持我们《谁是棋王》节目。

王汝南：谢谢。

主持人：也谢谢云姐。好的，各位观众，各位棋迷，《谁是棋王》第一期的专题节目到这里就告一段落，随着我们海选的不断深入，我相信在全国会掀起一股围棋热，我们也希望更多的人能爱上围棋，能够在《谁是棋王》的舞台上，展现他们的才华，能下出高超的水平。■

第二期【围棋与时光】

海选第二期——【围棋与时光】

开局日日新·围棋名人坊·草根中国流·人生胜负手

引言

围棋本身就凝聚着一种时空的概念。天圆地方。棋盘是地之不动，而棋子是天之动。"局方而静，棋圆而动"。时光同样是动中有静，静中有动。围棋人生中的动与静，在时光无情的流动中，不动的是围棋人的精神境界，风貌与品质。这体现了易经中的不易与变易，时间的流动与不动的辩证。围棋的原理、文化象征是不变的，而围棋的规则、着法、棋艺是不断发展变化的。同样，一年四季的周而复始是不变的，而时光是在流动变化的。中华文化五千年的传承与凝聚，一种不被时光淘汰的恒定。中国人的精神本质、民族文化的本质是恒定的。围棋同样。围棋的基本原则几千年不变，从这个意义上，今天与远古站在同一个点上。

对于热爱围棋的人来说，围棋是其人生意义上的一个重要的内容，时光只能奈何外在的，不能奈何内在的精神实质。烂柯山的传说故事，就是热爱围棋的一种寓言。古今高手的一生，其实就是棋盘上的一颗棋子，下在关键位置上的棋子，围棋的历史发展与流变就是一个博大精深的棋谱。从对于围棋的热爱的角度来说，今人与古人是没有时空隔绝的。从某种意义上，今人与古人可以同枰对弈。当聚精会神于围棋的境界时，时光的流动似乎失去了意义，恍然就是岁月沧桑。时光使人生易老，而围棋使人青春常在，寿而康。

开局日日新

自黑白乾坤中走出炫彩人生路，从胜负棋局里领悟辩证世间理。这正是民间高手共争王者风范，草根英雄相约巅峰手谈。

主持人： 我们先来关注一下最近这段时间各个地区的海选情况。

互联网界别海选上海赛区小片：

初冬的上海微有些凉意，但体育的热情却丝毫没减。《谁是棋王》中国围棋民间争霸赛互联网行业上海赛区的选拔在弈咖啡围棋主题餐吧举行，来自互联网行业的各路围棋爱好者，在黑白棋之间博弈，休闲，放松身心。**陶宏：** 在我们那个年代，因为中日围棋赛的热潮，围棋是我接触到的最好玩的东西。大家都是在纸上画格子，然后在上面画圈和画点来下，所以这次一听说有《谁是棋王》的比赛，就连想都不想来参加了。**解说：** 在围棋的博弈之间，选手们以棋会友，在智力运动中调节生活，度过悠闲的周末时光。对于他们来说，围棋不仅仅是一项爱好，也是一种生命领悟。**卜俊：** 围棋让我学到很多。真的觉得是来玩，是来享受围棋。**黄子忠：** 上海是全国有名的棋城，围棋水平是全国最高的，上海的业余围棋群众基础应该也是全国最好的。所以在上海最早举办互联网海

↑ 互联网界别海选现场

↑ 乌鲁木齐市第八十小学

↑ 海选现场

↑ 卫生界别设置的奖项

↑ 卫生界别海选现场

选，应该说也是众望所归。**黄梦圆**：刚才的比赛下到中盘就输掉了，我的棋力不是很强。能跟高手下棋我觉得是很高兴的，每一盘棋都有学到的东西。

中小学界别海选乌鲁木齐赛区小片：

一场中雪，让乌鲁木齐市第八十小学的校园显得冷冷清清，然而学校的篮球馆里却是热闹非凡，在这里近500名小学生两两对坐拉开阵势，正在准备一场别开生面的围棋赛，这是《谁是棋王》新疆地区的小学生界别首轮海选比赛。新疆是一个多民族的聚集地区，参加本次选拔赛的小选手中，除了汉族的孩子以外，还有回族、维吾尔族、哈萨克族等十几个少数民族的孩子，这样的壮观场面还真是难得一见。**艾木然**：多学习围棋就可以静心。写作业没那么烦躁，干别的事情都不烦躁。**周亦诺**：因为我每天必须下一盘棋，所以说我作业就写得更快了，起床起得更早，其实我本来是比较懒的人。**艾力希尔**：下围棋能帮助我提高思维水平，让我这次考试居然得了第一名。**王渭华**：新疆这样一个多民族地区，通过围棋课的开展、围棋文化的深入学习和理解，希望对我们民族间的文化交融起到一定的促进作用。**解说**：2010年新疆乌鲁木齐市实施了围棋进校园活动，本着以棋育人，棋会人生，帮助孩子走好人生的每一步棋的理念，在乌鲁木齐市几十所小学开办了围棋课，免费普及围棋知识。**孙茉莉**：通过奥生围棋的这个平台，可以说不仅仅在棋艺上得到提高，同时让各族小朋友在这么一个平台里共同学习，共同玩耍，达到大手拉小手共同进步交朋友的效果。**解说**：希望更多的新疆少数民族孩子来学习围棋，参加更高级别的比赛，为新疆围棋在全国围棋比赛中争得一席之地。

卫生界别海选北京赛区小片：

《谁是棋王》在国家卫生计生委的海选正好与2015年北京的第一场大雪不期而遇。然而，意外的寒冷却丝毫不减棋手们的参赛热情。**王谦**：《谁是棋王》的比赛非常有意义，国家卫生计生委非常重视，我们非常正式地举办这次活动，有证书，有奖杯，还有奖品。另外今天虽然下大雪，但是参赛选手热情非常高。**解说**：雪中送炭在这里变成了雪中送蛋糕，因为今天恰逢一位女选手的生日，主办方细心周到地准备了一份意外的惊喜。**图雅**：今天我太开心了，一个海选活动，居然还能想着我的生日，帮我过了一个这样别开生面有意义的生日。**解说**：参加海选的选手年龄从而立之年到年逾花甲，年轻的恰是青春勃发，年老的更是老当益壮，对于他们来说输赢已然不太重要，重要的是对于围棋的那份痴迷。**党越**：我呢，是这里资历最浅的，围棋才学了不到半年，也是年龄最小的，在高手面前，在中盘的时候我就弃子投降了，但是我还是非常热爱围棋的，（学围棋）能够在比较浮躁的社会，保持一颗平静的心。**解说**：对于参赛的选手们来说，真正的精彩与乐趣来自于全心投入以及开心的解读。虽然参赛选手的水平参差不齐，然而输也开心，赢也开心，一场海选比赛普遍激发了他们对于围棋的热爱与真情。**柳燕生**：我还一直以为他业余水平，看起来还可以啊，连赢三局啦。《谁是棋王》海选一听说就马上报了名，我非常支持老公参加这个活动的。**刘冬华**：那你怎么来支持我呢？**柳燕生**：多包点家务吧，全包啦。

围棋名人坊

主持人：刚才通过海选看到了我们《谁是棋王》节目把不同地区、不同工作的棋迷都联系到一起，那么今天我们节目的主题是围棋与时光。围棋在几千年的发展历史当中，她的美丽无处不在，天圆地方，大家可以看到我面前的这个棋盘，棋盘是地之不动，而棋子是天之动，可以说动中有静，静中有动，是一个有机的结合。所以呢，对于时光的看法我相信每个人都有自己独到的见解。前段时间我们最关注的一项活动是中日围棋擂台赛30周年的活动，那么在这次活动当中我们也采访了棋圣聂卫平，来听一听他对时光的看法。

聂卫平对话《谁是棋王》：

聂卫平：我个人认为啊，擂台赛是年轻时候激情燃烧的岁月，那个时候呢，充满了理想和对事业上的追求，当然比现在要冲的多。我做一个非常形象的比喻，有点像我们黄果树瀑布，那个时候像飞流直下三千尺，气势磅礴有激情的，现在已经岁数大了，老了，就成底下的潺潺流水了，非常平静，所有的人都是这样，都有他自己的飞流直下三千尺的时候，但更多的时候都是很平静。现在我只能引导我们的年轻棋手我的学生们，让他们能充分地发挥，发挥他们的飞流直下三千尺，我在旁边给他们助助力。中国的围棋发展肯定是要代代相传下去，希望都在年轻人身上，我非常欣喜地看到我们现在的棋手是一代比一代年轻，一代比一代可能更出色。我希望他们将来要积极地努力超越原来的前辈，能为中国的围棋做更大的贡献。

主持人：30年前的激情岁月让无数的棋迷记忆犹新，可以说对那一段时光是非常的感怀。30年过去之后当年的对手已经变成了朋友，胜负不再那么重要，留给他们的是友谊。岁月传奇，我们每一期的围棋名人坊，都会请来棋界的名人来聊一聊他们对围棋的感悟，来感受一下他们在自己职业生涯当中的一些奇人奇事。围棋名人坊访围棋名人。那么今天我们请来了两位大家非常喜欢的朋友，一位是老朋友，这位老朋友在她的职业生涯当中经历了多重的角色。从一线棋手到全国冠军，到高龄入学生，再到围棋的教练，到围棋赛事的创办者，她就是现任国家队的领队华学明女士。另外一位是大家非常喜爱的，现在90后的世界冠军的代表时越。好，接下来有请两位登场，华姐好，时越好。

↑ 聂卫平擂台赛战胜小林光一

华学明、时越对话《谁是棋王》：

主持人：两位都参加了前段时间擂台赛的活动是吧？

华学明：我觉得擂台赛就是一个时光，是一个传承，因为我也是擂台赛的亲历者，看到大竹英雄老前辈他们都慢慢的老了，我内心里那种感受是百感交集，而且我就想到了那个年代，我们曾经的那种激情，那时候我们在国家队的时候，正好我们是住在五楼，女排也住一起，我想当时那个年代，女排精神和擂台赛是激励了我们这一代人。

↑ 聂卫平擂台赛战胜藤泽秀行

↑ 新中国第一代国手合影

主持人： 1994年第七届富士通杯，战胜了大竹英雄老先生，这个可以说是一鸣惊人。

华学明： 2002年在上海的时候常昊打进了"LG杯"的八强，然后大竹英雄见到我的时候好像不太认识，当时王立诚老师跟他说，这是曾经赢过你的人，后来他再见到我的时候格外亲切。

主持人： 格外亲切。您在全国比赛当中是拿过全国冠军，并且我记得你参加过一项很重要的比赛，就是全国团体赛，用你自己的话叫善始善终，能不能把这个善始善终介绍一下？

华学明： 我当时是1984年代表解放军队下的团体赛，12连胜，很多细节现在回想起来仍是历历在目，有两个细节，第一个细节是有一盘棋，我跟当时的高龄棋手黄妙玲下到了晚上8点多，当时灯光都不行，点着蜡烛我赢了。第二个细节是我当时习惯性的拉肚子，基本上半小时就拉一次，神经性的，我把比赛坚持下来。坚持下来赢了这12盘棋。

主持人： 今天华学明领队来到我们演播室还专门带了一本特别的相册，这个相册的确是相当的珍贵，也就是说我们新中国围棋发展在这相册中历历在目，我们请华领队来介绍一下。

华学明： 这本相册是我们国家围棋队成立50周年的时候拍的，也就是2010年。为什么说到这一点呢？当时拍这张照片的时候我印象很深刻，是早上8点多拍的。当时陈老说我们这些人能够聚在一起不容易，这也是陈祖德老师拍的最后一张集体的合影。

主持人： 对，我们看到这里面有陈老、吴玉林、华以刚，然后王汝南、聂卫平，这是罗建文。

华学明： 这是陈祖德老师。

主持人： 可以说我们新中国围棋的第一代。然后我们再来看，往后第二代大家也可以看到了，这是马晓春、曹大元，另外刘小光、俞斌，这边有吴肇毅，最左边的就是我们的华学明领队。

华学明： 这是七小龙，觉得时光就在这儿体现的非常明显。当时拍这张照片的时候是拿着十年前的那张照片，一模一样的位置，一模一样的手势，只是笑脸不一样。

主持人： 光阴似箭。

华学明： 也许是我老了。

时越： 这个看着很活泼，比那张表情丰富。

华学明： 我刚才没说错，我说表情不一样，别的都一样，这个青涩的东西是难以改变的，这就是时光。这是80年代的，这是90后的。

主持人： 时间去哪儿了？但是围棋永远让大家难以割舍。

华学明： 这个是30周年的一个棋谱，其中也有当时参加比赛的中方和日方的五名棋手的签名。

主持人： 这张棋谱虽然胜负不重要，但是它秉承了重大的含义，它是对一段岁月，对一段传奇的感怀。我们看到这一张照片，就是当时华姐参加中日围棋擂台赛第十届，时间已经过了有20年了。当时这个照片看上去还很青涩，20年前我们看到是华老（华以刚）在做裁判吧？

华学明：是，现在看着好像没感觉，当时是非常紧张的，因为作为女先锋来说，我们当时的女子已经领先于日本了，所以上去的时候有一种不能输的感觉，而且一堆的聚光灯，当时是非常紧张的。第二盘棋就会好一点。

主持人：是，因为擂台赛肩负的是一个团队的荣誉，甚至可以说是国家的荣誉。今天我们的演播室请到另外一位，也可以说是目前年轻棋迷人气很旺，非常喜爱的时哥，虽然年纪不大，90后，但是叫时哥，而且绰号是"场均一条龙"，力量极大。我想问一下你当初是因为什么原因去学围棋？

时越：我是6岁开始学棋的，那时还没上小学，在家里没有什么事儿，成天出去玩儿。家里看我静不下来，坐不住，就让我去学习围棋看看有没有兴趣吧。其实我印象特别深刻的，就是我刚去启蒙老师家里，老师就教我认识棋盘，数横的有多少格，竖着有多少格，我数了一下，19格。然后老师马上抛出一个，对我那时候来讲是很难的一个问题，就是19乘以19，总共棋盘上有多少个交叉点？我就在那儿算，算了一会儿老师觉得这个问题对于这么小的小孩有点难，就告诉我答案了。我好像还有点小失落。我是2013年初拿的世界冠军，但是在此之前连一个国内冠军都没有。所以说那个时候也有自我怀疑。怀疑自己是不是这块料。我问自己下围棋是不是我想要的，我喜不喜欢下围棋。那么我得到的一个答案是我喜欢。那么其实后来拿什么名次，在这个问题面前已经不重要了，就是说只要喜欢就够了。后来我心态也好了很多，所以其实我觉得这个也是围棋竞技性的一面带给人们的一种提升。因为如果没有竞技性的话，他的心境是得不到这些磨砺的。

主持人：是，我想问一下时越，你当年小时候学棋的环境怎么样？

时越：洛阳老师还是很多的，那时候我的启蒙老师成天带我去棋馆下棋。

主持人：没错，的确如此。我记得时越应该是12岁入段，那14岁你在干吗？

时越：14岁我就进入了国家少年队。

主持人：这个不错，14岁就正式身披国字号战袍了。今天我们这个片子当中，专门采访了来自新疆哈萨克族的一个学生，这个学生也同样14岁，他学围棋有一年的时间。

哈萨克族少年阿玉甫采访小片：

正在骑马的这位哈萨克族少年叫阿玉甫，虽然只有14岁，但从他矫健的身姿上不难看出，他已经是一位老骑手了。阿玉甫是乌鲁木齐县水西沟中学八年级2班一名初中生，一年前学校开办了一个围棋兴趣班，他报名参加了。**阿玉甫**：我觉得很好玩，就报名参加了。**解说**：从小在马背上长大的阿玉甫，爱好滑雪、打篮球。如今报名参加了围棋班，不禁让人担心起来，他是否能够坚持每周一堂两小时的围棋课？然而阿玉甫做到了。**杨伟龙**：阿玉甫这个孩子，他前面可以说性格是比较冲动的，

↑第二代国手合影

↑第三代国手合影

↑新一代国手合影

学习围棋以后，感觉好像是在很多方面都在开始慢慢地变好，现在这孩子变得好像更加地知道遵规守纪。**阿玉甫**：学习围棋之后我主动帮助家里人做家务，劈柴，架炉子。**解说**：如今的阿玉甫已经对围棋产生了浓厚的兴趣，在课间休息之余还不忘和同学切磋一下。**阿玉甫**：我有好多同学是维族、汉族、回族，我们都在一起学围棋，下围棋，我们都很快乐。**秦加军**：我觉得让各个民族学生都能够来学习围棋，对文化的传承，对了解我们中华文化都很有帮助。**解说**：在阿玉甫的心里已经种下了一颗围棋的种子，希望这颗种子能够生根发芽，长成参天大树。希望这位哈萨克族少年，不仅是一位老骑手，还是一位好棋手。

主持人：刚才通过这段小片我们也了解到，现在围棋的影响力在不断的扩大，在我们很多的边远地区，甚至很多少数民族的孩子都开始接触围棋，学围棋，并且他们也从中爱上了围棋。我想问一下中国围棋协会目前在对业余围棋，对围棋的普及这一块有什么针对性的一些措施？

华学明：前段时间我正好是参加了咨询会，有一个 7 岁的男孩，跟刚才那个小朋友情况是一样的，也是学了一年多，他有了非常好的一个基础。然后中国围棋协会现在逐步往中小学和幼儿园推出围棋的课程，前段时间华以刚老师刚刚去上了第一个网络教学，后面我们国家队的教练都会去，我觉得这是一个方面，包括现在我们进行的《谁是棋王》，其实是为围棋播撒种子，我觉得媒体也好，政府也好，几方合力，我想我们围棋的明天是会很好的。

主持人：我想问问华领队，你怎么去诠释，或者怎么引导业余棋迷从围棋当中享受快乐呢？

华学明：我觉得围棋对业余棋手来说胜负不是主要的，而是从里面突然之间发现一个妙手，那样人就很快乐。从中悟到一点围棋的，哲理也好，人生的启发也好，我觉得就足够了。

主持人：乐趣。

华学明：而我现在就应该享受围棋的乐趣，就像我们现在办的《谁是棋王》一样，寻找围棋的乐趣。

主持人：的确如此，其实围棋包含了非常丰富的内容，我们都知道围棋有一个别称叫烂柯，那么烂柯实际上就是围棋与时光结合的一个主题，就是说在仙界一日，人间百年，也就是说我下棋享受到了真正的快乐，我忘掉了时间。

华学明：我觉得无论是古代围棋也好，还是现代的竞技也好，其实脱离不了一个中国文化这个主题，我觉得为什么现在那么多人来学围棋，包括古代在上层有很多人下围棋，一个主题就是说它是一个中国文化的体现，比如你说中国文化最讲究的是一种中庸，或者说中和，或者是度，如果大家都学会围棋以后，战争也会少一点。

主持人：自古以来围棋有很多别称，坐隐、手谈、忘忧、烂柯，这些词语实际上我们回味起来是非常有道理，我想问一问时越，如果你把围棋做一个比喻，你怎么比喻它？

时越：我觉得它是一面镜子。它可以直接完全地反映出我们的心性，

↓ 哈萨克族少年阿玉甫

我们的思维方式，我们的弱点，缺陷和不足。这些都可以在围棋上体现出来。

主持人： 这个说法还是很特别，围棋是一面镜子。华领队有什么比喻吗？

华学明： 人生如棋，棋如人生。其实跟他的意思有相同的地方。

草根中国流

主持人： 通过这次我们中央电视台来主办《谁是棋王》节目，我们不仅发现了很多民间的高手，可以说是卧虎藏龙，更重要的是我们发现了很多民间业余爱好者的精彩故事，接下来我们进入到下一个小栏目叫草根中国流。那么今天我们请来了一位叫李华平的围棋爱好者。他有一个16年棋缘的故事，而且给我们送来了这样一张照片。这张照片到底是怎么回事，我们还是请主人公自己来介绍一下。

李华平： 20年以前，当时我们班上有30多个同学，我们是北京科技大学地质系的，到秦皇岛去实习，实习完了以后回来的时候，当时那个火车是绿皮车，特别特别慢，我们就自己下下棋，当时有一个大人，带了一个小孩过来了，也不知道是男孩还是女孩，他说你跟那女孩下吧。我当时一听我说女孩我不跟她玩儿。

主持人： 你那时候什么水平？

李华平： 我估计相当于现在业余2段的水平。结果输了，但是中间还有一些故事在里边，当时我叫了我们班上一个叫沈翔的同学，他当时在我们班上排第二，我说你跟她下吧，他跟她下。第一盘他输的特别特别多，当时我就感觉到了这个女孩棋艺可能很厉害。

主持人： 是不是同学都喝倒彩，都希望小女孩赢？

李华平： 对。第一盘因为我觉得她虽然厉害，但是我觉得我有机会的。所以第一盘这个棋下得特别散，因为我觉得小孩的话，她整体的对棋子的管理能力，应该跟大人肯定说有点区别。

主持人： 这我们也可以看到，有留影是吧？看看那姑娘照片。你别说，这个样子还真有点像假小子。后来这个16年棋缘是什么情况？你后来跟她下完这盘棋就没有下文了吗？

李华平： 下完这盘棋以后，当时我们同学就照了这张照片，之后我说你给我留个地址，我写了一封信过去了，我记得她给我回了一封信，从此以后再也没有联系了，到了2011年的年初，我送闺女上幼儿园，上幼儿园的时候也在学围棋，刚好那天有一个女孩发广告，我问她在我们小区里边办围棋班？她说是啊。

主持人： 之后怎么就发现是当年的那个女孩呢？

李华平： 我们家孩子开始学棋了，慢慢跟老师熟了，我跟她说，在95年的时候，好家伙在火车上跟一个女孩下了一盘棋，把我折腾的可没面子，她说你是不是科技大学的？我说是。她说你是不是去秦皇岛实习？我说是。她冒出一句她说那个女孩是我。

主持人： 当时什么感觉？

↑ 中国第一次战胜日本九段棋手的陈祖德

李华平：惊讶良久，之后看半天，我说你有证据吗？我说我可有照片啊。她说她有信，有照片有信，那我说好了，你把照片和信拿过来。

主持人：当时是不是感觉这世界既大又小？

李华平：对，我好长时间没说话。

主持人：这个故事还是很有特点的。我们节目组把另外一位主人公也请来了，叫做高焕超，有请。欢迎欢迎。当时就是2011年的时候，你说那小女孩就是你，你是什么感觉？

高焕超：真的很不相信。你想10岁的孩子对于这个根本一点印象没有，当时自己的想法就是说，是不是他遇到的是另一个人？然后同时我也遇到过这样一个事儿而已。

主持人：这就是你当年的样子，像个假小子，你那封信请李华平念念呗。

李华平：10月25日写的，高焕超你好，因为比较忙，此信一直未写，可心里一直惦记着，火车上两盘棋，我均告输，至今历历在目，无论我的棋艺如何，你能下到这种程度很了不起，我很希望日后能与你再战，希望你下棋的同时学习也得抓紧，现在你年纪尚幼，诸多事情还不懂，多听你爸妈的话做一个好孩子，同时将照片寄给你，希望你我日后能保持通信联系，或许今后我能给你一些帮助，祝你爸爸妈妈好。

主持人：围棋它就是一个纽带，因为围棋所以不同行业的人成为朋友。这些年围棋给你带来一些什么样的好处？

高焕超：给我性格上有很多的帮助，比方说，可能同样的事情，其他没有学过围棋的人，他们可能是遇到一些困难的时候他就直接放弃掉了，但是我不是，我可能会一直坚持下去。

李华平：围棋有一个空间的想象思维，跟我们编程序，做一个项目，或者做一个规划的时候，这个空间想象能力都是差不多的，围棋经过了多少步变化以后，它也会形成一张图，这张图是不能写到纸上的，我们在思考一个计算机项目的时候，编程序的时候，把这个关系要理顺的时候也是一张图，这两个方面它是相通的。

人生胜负手

主持人：我想问一下华领队，在很多年前有一部电影叫《一盘没有下完的棋》，有印象吗？

华学明：印象不是太深，但是我对李洪洲老师印象特别深刻，因为这老爷子绝对就是一个快乐围棋的典型代表。

主持人：没错，李洪洲老爷子现在已经80多岁了，是这部影片中方的编剧。

李洪洲与《一盘没有下完的棋》文化小片：

1982年，一部以围棋为内容的电影，《一盘没有下完的棋》在全国引起了不小的轰动。片中通过中日两个家庭因围棋而产生的友谊与曲折经历，强烈谴责了日本军国主义侵略中国，歌颂了中日两国人民源远流长的友谊。今天我们走访了这部电影的编剧李洪洲老师。**李洪洲**：起初这个剧本呢，它是以棋文化为主的，当然涉及到中日关系，涉及到中日棋手之间的友谊和交往。后来确定和日本合拍以后，这个导演叫佐藤纯弥，

↓李华平写给高焕超的信

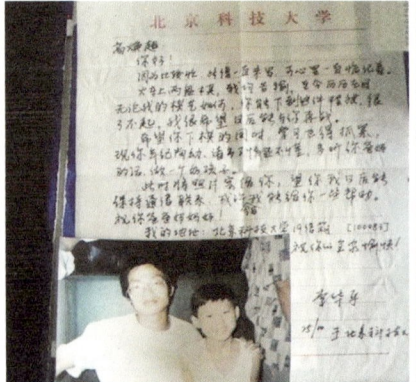

他具有一种很强烈的反战思想，他希望能通过这部影片，来谴责日本军国主义。那么，我们就围绕着战争，两个棋手家庭的命运和遭遇而展开。**解说：** 电影一经播出便受到了各界的关注，而围棋大师吴清源在得知这部电影之后，也给李洪洲题字一幅，是中正和平四个字。**李洪洲：** 中，当然是代表中国，和是代表日本，就希望中日之间永远和平友好下去。**解说：** 酷爱围棋的李洪洲，也在身体力行着这四个字所蕴涵的精神内涵，他在创办了首都文艺界围棋联谊会之后，从1985年开始致力于中日围棋交流，李洪洲带着日本棋友们先后走访过30多个城市，中日间相互交流过的棋手数以千计。李洪洲还有一个最大的爱好，用他自己的话说，他是一个80岁的自驾狂。**李洪洲：** 车对于我来说啊，就是一个大玩具，手握方向盘，脚踩油门，可以说是坐地日行八万里的这种感觉，特别好。**解说：** 李洪洲说，他享受这种在路上的感觉，而他一生对于围棋的爱好与追求也一直在路上，时间在他的身上好像没有留下衰老的痕迹，这或许正是围棋带来的心境的平和与开朗，方能尽享晚年之乐吧。希望可爱的围棋大龄青年李洪洲，能够继续忘忧清乐在枰棋，手谈之间永远年轻。

主持人： 接下来有请时越说一说对围棋与时光的感悟。

时越： 时光穿越，围棋的魅力始终如一，希望大家都能够乐在棋中。

主持人： 时越，时光穿越，这个运用的相当好。好，接下来有请华领队。

华学明： 时光如梭，围棋与时光同在，日月为明，围棋的明天会更美好。

主持人： 好的，观众朋友，棋迷朋友，短短的一个小时已经过去，我们感觉非常的快乐，第二期的《谁是棋王》的海选节目的专题到这里就告一段落，非常感谢您的收看，我们下一次节目再见。

↓《一盘没有下完的棋》电影海报　　　↓李洪洲（右一）与吴清源大师

第三期【围棋与军事】

海选第三期——【围棋与军事】
开局日日新·围棋名人坊·草根中国流

引言

《棋经十三篇》是中国围棋发展史上一部占据重要地位的围棋理论著作。《棋经十三篇》依仿《孙子兵法十三篇》，与军事兵法有着极其重要的联系，"世有围棋之戏，或言是兵法之类"。所以说"棋道兵书"。《孙子兵法十三篇》与《棋经十三篇》的相通处如：《孙子兵法》第一篇"始计篇"，讲的是妙算，即战略谋划。而围棋同样在开局之前、之初，也必须计算，必须进行战略谋划。两者同样需要大局观。都需要"上兵伐谋"，"夫未战而庙算胜者，得算多也，未战而庙算不胜者，得算少也。多算胜，少算不胜，而况于无算乎！"这不正是围棋胜负之道？兵法与围棋都讲究"取势"。强调掌握态势的重要。"一曰度，二曰量，三曰数，四曰称，五曰胜。地生度，度生量，量生数，数生称，称生胜。"与围棋的胜负计算之道同。孙子兵法中的虚实变化，孙子兵法的地形篇，强调地形的重要，都与围棋是相通的。

开局日日新

主持人：欢迎收看谁是《谁是棋王》第三期的专题节目，随着各行各业的海选渐入佳境，我们捕捉到围棋非常鲜活的题材，从棋道兵书来看，围棋自古以来和军事有着密不可分的联系，我们也都知道古代有沙场大点兵，接下来我们来看一个海选的棋场大阅兵。

海关界别海选漠河赛区小片：

解说：2015年11月26日，《谁是棋王》中国围棋民间争霸赛，全国海关系统哈尔滨关区海选比赛在漠河海关举行。来自哈尔滨海关下辖的黑河、漠河等海关的工作人员参加了本次比赛，围棋中素有金角银边的说法，作为准军事化管理的边境海关，就常年驻守在国家的金角银边上，海关工作的主要任务是征税、统计和缉私，经常下围棋可以提高完成这种工作所需的细心、大胆，以及缜密的思维。**刘仁光**：围棋涉及到很多结构性思维、战略思维，对我们海关把关和服务是很有好处的。**解说**：漠河地处我国的最北端，位于北纬53度，我国的极端低温就出现在这里。**宋长武**：漠河的极端天气有记录的是零下53摄氏度，我们驻守的首站，因为是在山上，有山风，室外的温度极端的时候都是零下50多摄氏度。**解说**：宋长武关长提到的首站，是指中国石油输油管道中国境内的第一站，距离漠河县城200多公里，驱车需要3个多小时。漠河海关要派驻两名员工，在首站进行监管，每15天进行人员轮换。崔春祥就是在首站进行监管的海关员工。每天崔春祥都要巡视输油管线有无泄露，监控油罐的储油量，核对中俄双方输油量的日报表和日交接单。每年通过首站的输油量就达1500万吨，上缴税收也高达100多亿元，相对于寒冷和寂寞，崔春祥更需要克服的是

↑海关界别漠河海选

↑崔春祥在网上与儿子下围棋

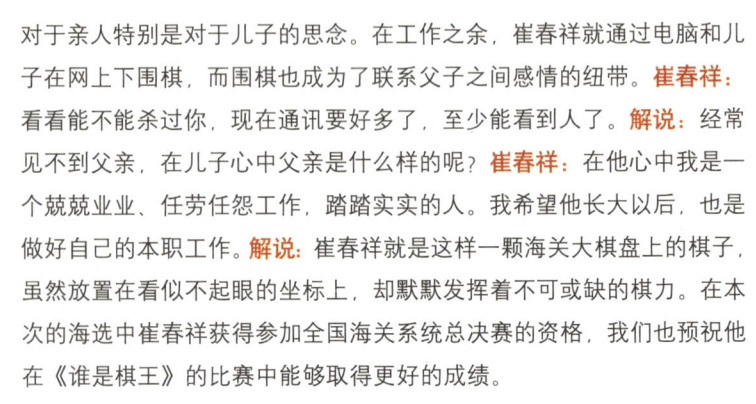

对于亲人特别是对于儿子的思念。在工作之余，崔春祥就通过电脑和儿子在网上下围棋，而围棋也成为了联系父子之间感情的纽带。**崔春祥**：看看能不能杀过你，现在通讯要好多了，至少能看到人了。**解说**：经常见不到父亲，在儿子心中父亲是什么样的呢？**崔春祥**：在他心中我是一个兢兢业业、任劳任怨工作，踏踏实实的人。我希望他长大以后，也是做好自己的本职工作。**解说**：崔春祥就是这样一颗海关大棋盘上的棋子，虽然放置在看似不起眼的坐标上，却默默发挥着不可或缺的棋力。在本次的海选中崔春祥获得参加全国海关系统总决赛的资格，我们也预祝他在《谁是棋王》的比赛中能够取得更好的成绩。

航空界别海选四川赛区小片：

解说：一阵阵飞机引擎的轰鸣声，仿佛是在为《谁是棋王》航空界别成都成飞集团的海选呐喊助威。20多位围棋高手，从近千人的海选中脱颖而出。**干继才**：《谁是棋王》中国围棋民间争霸赛，中航工业四川地区选拔赛开赛。**解说**：进入前五名的争夺，获胜者将参加航空界别的海选决赛。**干继才**：我们广大的围棋爱好者，通过这样的活动，会掀起围棋热潮，丰富我们职工群众的文化生活。**解说**：作为国家重点军工企业的员工，在工作中他们细致入微，一架架战鹰送上蓝天，为国家航空武器装备现代化建设做出了突出贡献。纹枰博弈，他们把黑白棋子作为战机，为争夺制空权展开激烈鏖战。日常工作中的精益求精与围棋中的精确计算相得益彰，在2015年9月3日，反法西斯胜利70周年阅兵式中，33架由他们设计制造的国产主力战机，飞过天安门上空，接受了党和国家领导人的检阅。祖国终将选择那些忠诚于祖国的人，祖国终将记住那些奉献于祖国的人。这句话永远铭刻在每一位成飞员工的心中。**宋斌**：在咱们军机研制的中期，要精益制造，要重视细节，因为成败决定于细节。同样对我们围棋来讲，你赢一百目也是赢，你赢一目赢半目也是赢，它也是一个精细化的过程。对于我们的零件制造，对于我们整个的军机生产这个研制流程来讲的话，在宏观思路和方向上，我们要讲究大局，但是我们在产品的精益求精上，和围棋在中盘到收官阶段一样，那完全是精细化的制造。所以我认为围棋文化和我们航空产业的文化，他们是有很多相同的地方的。**解说**：作为成飞集团的一名技术员，王刚平时工作兢兢业业，围棋是他工作之余的唯一爱好，平时工作精细入微的习惯，使得他在围棋选拔赛中崭露头角。**王刚**：感谢主办方为我们广大的职工，还有业余爱好者提供了这样一个展示的平台，在后面的比赛中，我希望自己能够赛出更好的成绩。

主持人：通过刚才的小片我们也看到中航工业的骄子们，让我们的战机能够在天空翱翔，使我们中国的军事实力大增，同时他们又在自己喜爱的围棋盘上展开了激烈的厮杀，可以说是我们民间争霸赛的一次试飞。自古以来围棋和军事有着密不可分的联系，在这一期的名人访谈当中，我们请到了一位对围棋与军事有着深入研究的嘉宾，和我们一起来聊一聊围棋与军事的关系。

↑航空界别海选开幕式

↑观棋

围棋名人坊

围棋名人坊，访围棋名人。有这么一位将军，在当年的边境自卫反击战的间歇，因为酷爱围棋，没有棋盘棋子怎么办呢？找来一张军事地图，在背面画成纵横19格的一个棋盘，然后没有棋子怎么解决？找来了两瓶胃舒平，把其中的一瓶用墨水染成黑色，用镊子小心翼翼地夹着来下棋，确实对围棋的痴迷程度非同一般，他到底是谁呢？还是不卖关子了，我来介绍一下今天围棋名人访谈的这位嘉宾，中国围棋协会副主席林建超将军，有请林将军。将军好！

林建超：你好。

主持人：刚才我讲了一下林将军当年的故事，我想问一下将军当年拿这个药片用墨水染成黑色做棋子是真的吗？

林建超：是真的。当时因为没有棋盘没有棋子，在战斗间隙很想下一盘棋，这样就只好因陋就简，下了一盘战地上的围棋。

主持人：战地上的围棋，这么多年过去您还是记忆犹新的，我想请问一下林将军，您觉得从围棋的角度，它和军事到底是怎样关联的？

林建超：围棋最初的起源应当是和远古时期战争有密不可分的联系，和我们五帝时代，就是黄帝、颛顼、帝喾、尧、舜那个时期发生的几场大的战争，不论是在目的、范围、方式、内涵、结果的特征上，都惊人的相似。中国古代在围棋的发展中以兵谈棋，以棋论兵是一个重要的传统。最早把围棋和兵法连起来的人，是东汉的马融，他写的《围棋赋》有这么典型的四句话，叫"略观围棋兮，法于用兵。三尺之局兮，为战斗场"就非常形象了，由于围棋是战略的游戏，因此围棋自身所包含的这种战略特质，战略思维，对我们很多的领导人，我们的统帅，在进行战争的筹划指导时，都有特殊的作用。这里边最经典的范例就是毛主席在《抗日游击战争的战略问题》这一篇雄文中所提出的围棋的吃子、做眼与进攻和建立根据地之间的关系。毛主席的原话是这样说的，"敌对于我我对于敌之战役和战斗的作战好似吃子，敌之据点和我之游击根据地则好似做眼。在这个"做眼"的问题上，表示了敌后游击战争根据地之战略作用的重大性"。这段话据我们的研究，是在战略史和围棋史上，把围棋的战略思维与现实的军事战略指导相交集的最经典的范例。

围棋与军事文化小片：

解说：围棋又被称之为兵棋，因此围棋的众多爱好者中不乏一些军事指挥家，他们在军旅之余，闲暇时刻与围棋结下了不解之缘。**李伦**：抗日时期，那个时候在延安，也没有棋，后来就纸上画个棋盘，用黄豆，黑豆下。**王岳西**：把棋子用布包装起来，装在马袋子里，一起放在马上，有时候休息的时候就下，战争空隙下个棋，打个球，那是很快乐的，娱乐活动。**解说**：用兵之道与弈棋相通相合，棋经曰，"世有围棋之戏，或言是兵法之类"。所以说棋道即兵书，围棋与军事密不可分。**李伦**：围棋的很多战术，和军事分不开，很多军事上的术语，有些从围棋演变而来的，包围，反包围，建立根据地，声东击西，迂回战术。**王岳西**：学习毛主席《论持久战》，这里面就提到这

↑ 林建超将军谈论围棋与军事

↑ 陈丹淮将军对弈中

↑ 王岳西对弈中

个围棋，建立革命根据地，就等于围棋做好了两个眼，就是巩固根据地。特别是我到军事学院学习以后，下棋的时候大家谈论，那就和军事联系的比较多了。**解说**：围棋是纹枰上的战争，而战争是血与火的棋局，硝烟弥漫的战场并没有磨灭将军们对围棋以及追求美好生活的热情，陈毅元帅在抗战期间留下诸多佳作，后辈对他的敬佩之情溢于言表。**陈丹淮**：我父亲他自己本身很喜好围棋，他同时又是新中国围棋的推动者，他认为围棋是中国的特有的文化，属于国粹，所以他要把围棋继承，要推广。他在抗日战争（时期），写过叫《淮河对弈 1943 年春》的一首诗，"围棋花下镇日间，君醉起舞我欲眠。风动落英香满座，拈花微笑意陶然。"**解说**：这首诗看上去不像战争年代的诗，很有唐诗的风味，说明他们这一批人在战争年代，忙中偷闲，动中取静，既是一种爱好，也是他们的一种气质。围棋作为一种诗意的存在，陪伴将军和将军的父辈们度过了那段峥嵘岁月，如今当年意气风发的革命小将们经历了新时代的洗礼，已步入耄耋之年，但围棋依旧是他们喜爱的健身运动。**王岳西**：静对纹枰寻乐趣，动练筋骨傲风寒，一动一静，都是锻炼身体。**李伦**：围棋啊变化多端，一步棋可以有多少个方案。所以围棋是一个很好的脑力运动，增强人的思维能力，老年人下围棋，可以防止痴呆，所以我们现在很多老同志 90 多岁的一点不糊涂，许多同志，都是在下棋当中增进的友谊，从我们国家来说，国内交流，国外交流，有些都是通过围棋，所以这个也是一种人类互相交往，一个很好的媒介。**陈丹淮**：你们开展这个棋王活动，我觉得还是很高兴，就是推动我们围棋的发展，别看我们是沧海一粟非常渺小，但我们是一个土壤，你们职业棋手就是扎根在我们上面，如果没有这个土壤的话，开的花肯定就很小了，也不能像牡丹花那么大了，很小一点的草花了。

主持人：林将军您看在我们古代应该说围棋的著作里面，《棋经十三篇》的地位是非常的重要，大家都认为它和《孙子兵法十三篇》无论是从理论，从思想，各方面都有着惊人的相似。

林建超：这个说法是有道理的，在思维上很多方面是一脉相承的，比方说从布局上讲，《棋经十三篇》专门有一篇讲布局，《孙子兵法》中就是妙算，妙算是在战争开始之前就进行战争的战略的谋划，那么《孙子兵法》说多算胜，少算不胜，而况于无算乎。就是说你更不能不算，那么算首先要从哪儿开始呢？从妙算开始，实际上就是我们说的从开局，从布局开始。《孙子兵法》中有很多谋略，而《棋经十三篇》中谋略的思想也极为丰富，它里边是怎么讲的呢？无事自补者，有侵临之意。什么意思呢？他没事儿给自己加固，强化，走厚，他想干什么？他绝不是想防守，他是要想对你发动进攻。

主持人：准备进攻。

林建超：这就是他的无事自补，加强自己是进攻准备的节奏，这不就是最典型的谋略思想吗？

主持人：看上去是一个后手，但是我把自己的壁垒先准备好了，就好比打

拳你先收回来，就这样一个思想。

林建超：对，《棋经十三篇》与《孙子兵法》的相同之处还有一个重要的方面，就是它提醒人们要居安思危，要常备不懈，我们看过《棋经十三篇》都会注意到它的最后一句，那就是提醒人们，在和平安逸的生活中不要忘了战争的威胁，不要忘了提高警惕。

主持人：这一点我觉得对于咱们现在，我们所有的观众来说是非常的重要。

林建超：是有非常现实的意义。

中小学界别海选北京赛区小片：

解说：《谁是棋王》中小学界别在北京展开海选，仅一个朝阳区就有100余位小棋手参加。**张明星**：其中（参赛）最小的孩子不到5岁，最大的也就初中生，本次比赛的规则是采取积分循环进行评比，最小的棋力还不是很强，没有学到整盘棋，他们是以先吃掉15个棋子来判断胜负，而级别高一些和段位高一些就采取正常的中国竞赛规则来判断胜负的。

林建超：围棋在开发人的智力，培养人的思维，增长人的综合素质上有不可低估的作用。

主持人：我记得《围棋与国家》曾经进入过高考的试卷。

林建超：《围棋与国家》是我2011年给国家队做的报告，以后是以《围棋与国家》的名字刊登并且被各种报刊和网络转载的一篇文章，在2012年全国高考语文试卷山东卷中，第一次出现了围棋的考试内容，它一方面和围棋的知识有关，但是更重要的是把围棋与语文阅读分析能力联系起来。我记得在高考的第二天，当时我和围棋协会王汝南主席，还有当时棋院的领导一起到西安去参加83中的一个中学围棋活动，当时我们在飞机上，我们几个人都做了这个卷子，客观的说三道大题，九道小题很难得到满分。可是我们到了西安之后，学校安排我在83中给大概到场的1000多高中生做了一场报告，报告之前学校的教务处就把这份卷子先印发给了每一个听报告的学生，他们先做题，再来听报告，使我非常吃惊的是，在场的这么多高中学生，基本上都拿了满分，这使我对他们的教育质量，他们学生的素质，肃然起敬。

主持人：实际上西安83中在这次也参与了我们《谁是棋王》的海选。

中小学界别海选西安赛区小片：

解说：在围棋之风盛行已久的西安，一场别开生面的中小学界别围棋比赛在西安第83中学展开，来自周边城市的81名中小学优秀棋手代表参加了此次比赛。比赛采用新颖的传统文化知识测试，与对局成绩综合积分的方式排出最终的排名，这充分投射出古都西安的深厚文化底蕴。测试内容包括围棋规则、礼仪、常识、名人、历史文化等方面，其用意在于通过这种比赛形式的创新，使学生除了掌握围棋对弈技巧，以棋会友，切磋技艺外，能够更广泛更深刻地认识到围棋的精神内涵，充分领悟中华优秀传统文化的博大精深。**冯殊阳**：笔试能让我更了解围棋的历史文化。**解说**：经过围棋试卷的考验，小棋手们终于开始了围棋

↑《谁是棋王》我们来了

↑赢得比赛小朋友

↑围棋笔试准备

↑赛后围棋讲解

的厮杀，两天的激烈角逐，八名优秀中小学生选手脱颖而出，他们将代表西北赛区参加最终的中小学界别的总决赛。**刘嘉昕**：俗话说，初生牛犊不怕虎，我们青少年有自己敢拼搏的精神和勇气，希望跟各个行业的前辈老师们在之后的竞争过程中，能展现我们的实力，在这个《谁是棋王》的比赛场上留下我们的影子，夺取一个属于我们自己的棋王。

主持人：我想问一下林将军，就是咱们现在，我们培养军事人才的时候，也要用一些围棋的智慧和围棋的思想，这一块应该怎么去结合呢？

林建超：围棋的战略思维，对于各行各业人才的培养，当然其中也包括对军事人才的培养，是非常重要和有效的。对人的战略素养有极大好处的四个方面的作用，这就包括第一哲学，就是辩证思维的这种方式和习惯。第二就是大局观。用大局来观察思考决定问题，这个是战略上最重要的东西之一。第三个是谋略。第四个就是人的意志力。

主持人：兵家擅弈，围棋的法则和军事的法则在很多方面都是相通的，可以说围棋对于培养这种辩证思维，包括谋略的应用，还有心理素质都有极大的帮助，接下来我们一起进入到南京陆军指挥学院，看看他们在这方面是怎么做的。

围棋与军事文化小片：

东汉马融在《围棋赋》中开篇即言，略观围棋兮，法于用兵。在南京陆军指挥学院的文化广场上，有一副巨大的围棋盘和伟人们军事战略思想著作的雕塑，就形象地阐释了围棋与军事的关系。**李春立**：我们学院的文化园，主要以兵法文化为核心，主要体现以毛泽东为代表的老一辈军事家的名言和古代的兵法文化。**解说**：在学院的教程中围棋虽然不是必修课，但教员和进修官兵们很多都喜欢下围棋，学院还曾组织过两次比赛，并请来了王汝南等国手进行指导。**高元新**：作为一个棋手，不懂布局，没有大局观，这场战斗一开始你就失去了主动权。在未来战争中作为一个中级指挥官，他必须要有战略思维，同时他还是一个承上启下的一个指挥层次，所以中级指挥院校的教学，也要很重视术，战略是建立在你有执行战役战术的能力基础之上的，布局尽管很好，但后续一发生战斗，你一片大龙被对方杀掉，你又没有办法把它救活，战术层次的能力不行也是不行的。**解说**：为了培养能适应现代化军事作战的指挥人才，学院开发出了更加适合战略与战术演练的兵棋教学，用现代化的技术手段，让兵棋的推演更加近似于实战。**李春立**：我们现在看的这个兵棋推演的这个图，就和我们原来那个围棋几乎是相近的，它也按照一定的规则，来进行裁决。只不过是现在这个兵棋的规则比围棋的规则更细化，更精确，更准确，这样我们在演练战法，进行协同动作推演的时候，就能够采取分步的细化的，逐步完善的这样一个过程来进行，他们在这儿进行作业，就可以把他们的这些想法输到兵棋里边来进行推演，也可以进行复盘，再进一步完善方案。**解说**：南京陆军指挥学院建校70多年以来，不仅为我军培养了数不清的中级优秀指挥人员，同时还为五大洲的110多个国家培养了4000余名军官，有的还成为了他们国家和军队的领导人。深奥的围棋，自然也引起了外国军官们的极大兴趣。**委内**

↑ 伟人军事书籍雕塑

↑ 军事中国流

瑞拉进修学员： 刚刚尝试着去下这么一棋，看上去很简单的，需要通过去观察，去仔细思考，非常神奇，非常让人惊艳的一项技术和棋艺。**解说：** 古老的围棋蕴涵着古人丰富的军事智慧与哲理，依托优秀的传统文化，砥砺创新，我们的强军梦也必将实现。**李春立：** 我们看到这个是中国流，这个体现了我们军事思想中积极防御的战略思想，随着武器装备的发展，随着作战方式的变化，现代条件下中国流面临着新的挑战和机遇，我们认为在新的历史条件下，应当把我们积极防御的战略方针赋予新的时代内涵，使中国流在新的历史条件下发扬光大。

主持人： 那么您能不能谈谈，目前军事博弈当中几个比较重要的星位在哪儿？

林建超： 这个竞争是在很多重要的领域，特别是新的安全领域展开，比如说海洋、太空、网络，那么在这些空间中如何布局，如何张势，如何做活，如何联络，同时如何进行利益的转换等等，这些都用的着围棋思维，围棋是战略的游戏，围棋与军事，围棋与战略有天然的联系，因此我们应当重视围棋作为军事训练工具的特有的功能。

↑ 职业棋手杨戌讲课

↑ 外国军官下围棋

草根中国流

主持人： 刚才和林将军一起与广大的围棋爱好者分享了围棋与军事的关系，那么实际上对于很多爱好者来讲，他们酷爱围棋，热爱围棋有不同的方式，也有这样一位草根的棋迷，他虽然棋力并不是很高，但是对围棋的酷爱那绝对是非同一般，他用骑自行车这样一种方式，骑遍全国100多个城市，每到一个地方找到一位棋友来下一步棋，就为了下一局棋，应该说这种方式也的确是很难得，他也表示，希望为围棋的普及尽自己一份绵薄之力。

胡景福《全国一盘棋》介绍小片：

解说： 骑行山河万里，共谱连棋一局。胡景福是一个绝对的草根围棋爱好者，他现在在北京密云以做豆腐为主业，并利用大量业余时间为围棋的少儿普及献力。**胡景福：** 刚做好的大豆腐给大伙尝尝。**解说：** 虽然居住条件比较艰苦，但是平时除了做豆腐，围棋占据了他生活的一大部分，爱围棋就要为它做一点事儿，而走遍中国是每一个中国人的梦想，2014年4月，骑行万里河山，共谱连棋一局的构思应运而生。**胡景福：** 我2014年历时一年多的时间，走了中国的大部分城市，每个城市找一位棋友，在我的棋盘上落一子，形成一个全国连棋，走了一年多，虽然辛苦，但是却乐在其中，这个过程我是终生难忘的，围棋带给我最大的快乐。通过这次的围棋之行，我相信我的围棋之路会走更远。**解说：** 完成了骑行全国的胡景福，现今落脚在北京市密云县，并且与他志同道合的围棋朋友李春岭一同在密云923围棋教室，为那里的孩子教棋讲课，继续为中国围棋文化的传播，贡献微薄之力。**李春岭：** 老胡回来之后，想继续为围棋做一些事情，宣传围棋、教围棋，现在主要就是和我一起，响应教育部"三棋进课堂"的号召，为多所小学编印校本教材习题集，组织一些学生的围棋文化活动。**解说：** 天

↑ 胡景福骑行之旅

↑ 以棋会友

为棋盘星做子，全民共弈。地是乐谱路为弦，亲历手谈。

主持人：通过刚才这段小片，我们的确看到了胡景福这位围棋爱好者对围棋这样一种执着的精神，那么今天我们特地请来了胡景福到我们演播室，欢迎。旁边这位大娘是我们胡景福的母亲，欢迎两位。胡景福您现在主要做哪块生意的？

胡景福：这几年我是做豆腐。

主持人：做豆腐。

胡景福：我的母亲就做豆腐，我是家传的，现在还是在做豆腐，在密云县，在老家也做过豆腐。

主持人：我想问一下您是什么时候开始爱上围棋的？

胡景福：提到围棋就不能不提聂卫平，1985年中日围棋擂台赛，那时候全国都掀起了围棋热，我们中学时候学着下围棋的人就多起来了。

主持人：听说你骑自行车跑了162个城市？

胡景福：深爱围棋也爱运动。

主持人：我想问一下大娘，当时您儿子说要骑自行车跑100多个城市，而且单枪匹马的您不担心吗？

胡景福母亲：咋不担心，担心咱也没办法，他爱好这个，你又不能说不让他去，他总给他哥哥发信息啥的，我们就在他哥哥的手机上能知道他一些消息，知道了也就不咋惦记了，我们一家人都爱体育。

主持人：听说您是用自己的实际行动来支持儿子，给他极大的动力，也专门自己做了一个棋盘，给展示一下好不好？我们看一下大娘做的这个棋盘。

胡景福：这是我走之前我母亲亲手给我缝制的。

主持人：这个大家可以看一看，这个黑白子是用这种黑白布，包括用胶布来做，然后每个地方都有签名。

胡景福：棋手的亲自签名，还有留言。

主持人：栖霞、户县、内江、乌鲁木齐、拉萨、乐山、眉山、青海、枣庄，大家可以看，就是这个棋盘大部分都是一些县城或者小地方。

胡景福：三线城市。

主持人：这个对于交通并不是很便利，而且可能骑行起来是不是在路上遇到很多的困难？

胡景福：是很辛苦，但是对围棋普及效果却更好，越落后我们越去普及。

主持人：能不能说一下您在这个路上自己印象比较深刻的故事？

胡景福：我在兰州把这个背包丢掉了。

主持人：那所有的盘缠没了？

胡景福：但是有棋友嘛，就帮助我去找，联系了宋群老师，然后帮我联系了报社派出所去找，终归还是没有找到，这个非常遗憾，但是我有备份，棋子是都写两份的，敦煌棋院的曾小康副院长，他帮我把所有用具又重新置备齐，备份虽然有，但不全了，最后那阶段丢掉有19个

↑ 胡景福三亚棋友

↑ 拉萨棋友留言

↑ 林将军总结

棋子，又走19个城市，重走的，重新走回来。

主持人：还重走？

胡景福：对。这19个是补的，其他的都完完全全的还有。

主持人：这叫功夫不负有心人，要持之以恒，之前提到的一位60多岁的宋群，我们的编导昨天和他联系上了，所以接下来我们看一看这段视频。

兰州棋友：胡老师你好，我期待你的《万里行纪实》，在《乌鹭雅集》上刊登。希望《谁是棋王》节目再来兰州录制。

胡景福：特别特别感谢宋老师，宋老师在我这一盘棋的分量是最重的，他对围棋的贡献很大，自费办了杂志，又有围棋学校，还有对年轻教师的培养，很佩服宋老师。

主持人：我们的编导还找到两位，也是你当时遇到的朋友，比如说湖北的赤壁，还有祖国南端的三亚，我们再来看看下一段的视频。

湖北赤壁棋友：老胡你好，半年不见，我们湖北赤壁的棋友们很是想念你，祝福你棋艺精进，身体健康！非常感谢《谁是棋王》栏目组给了我们重逢的机会，热烈欢迎《谁是棋王》栏目组来我们湖北做客。赤壁欢迎你。

海南三亚棋友：老胡半年多没见了，怎么样，长棋了没有？我这已经泡好了茶，摆好了棋，就差你了，今天特别高兴，能够利用《谁是棋王》的节目，送上我的一份祝福，崔航在三亚，祝愿老胡脚下的自行车越蹬越快，千万别掉链子。祝愿《谁是棋王》节目越办越好，走进千万家，到底谁是棋王，我在三亚拭目以待。

主持人：看来各地的棋友对你很想念。

胡景福：是，我也非常想念他们，今天能把这个心愿达成，全国一盘棋，为普及做贡献，也都是各位棋友的贡献。

主持人：现在我们再看看您老家的棋友，包括您的家人是怎么说的。

黑龙江齐齐哈尔市克山县棋友：老胡，我是风野，半年不见，你挺好啊？《谁是棋王》克山欢迎您。

主持人：据我们了解，胡景福走到每一个地方，除了下一手棋之外，棋友都会给他有留言，今天也带过来这个留言的本子。我们看一下这个叫付健的棋友，他写的是"棋友朋友们，追随胡老师，围棋赶超世界杯，压过NBA，中国的，世界的"。这个非常好，中国的世界的。我们再看一看这个是拉萨棋友，"热爱围棋，宣传国学，辛苦自己，利在天下，为您的行为感动"。由于时间关系我们不念太多，这里面珍藏了很多棋友对胡老师的祝福。我们也希望更多的爱好者能够在围棋方面用他自己不同的方式做一些事情，如果是这样的话我们围棋更加普及，才能真正地弘扬我们中华的传统文化。

林建超：我觉得《谁是棋王》这种竞赛和传播的形式，已经极大地推进了围棋在全国的普及发展，过去我们的广大爱好者往往是更关注我们的国手大腕们的竞技成绩，但是更应该关注的是我们普通百姓，草根，平民，基层开展围棋活动的情况，也就是说现在如果一个地方搞围棋活动，不接地气，将被看作是落后的。这就形成了一个新的时尚一种新的模式，我为这种局面叫好！

主持人：感谢林将军，也感谢胡景福，感谢大家的关注，我们下期节目再见。■

↓ 923围棋教室

第四期【围棋与美】

海选第四期——**【围棋与美】**

开局日日新·围棋名人坊·草根中国流

引言

围棋本身就蕴藏着内涵深厚的美学,今天我们的主题就是围棋之美。懂围棋的人,可以从围棋中领悟到独到的美,而不懂围棋的人,其实也不难发现围棋中的美。例如每一棋局,在棋盘上都展示出一种黑白交织相错的图案的美。如果把全国看成一副围棋的大棋盘,而每一行业在各地进行的海选,就是镶嵌之上的黑白棋子,那么,它不仅体现出一种美感,更体现出此次民间围棋的海选之势。在古代,围棋又被称为木野狐,因为喜欢下棋的人常常被围棋独特的魅力迷住,无论是棋盘、棋子还是对弈的过程,都透露着美学内涵。日本棋坛美学大师大竹英雄也曾因为棋盘上的美而放弃对胜负的追求。可见,围棋是一项技术与艺术高度统一的智力游戏。

围棋的和谐之美。围棋大师吴清源一生追求"和谐",他在围棋著作《中的精神》里强调:"围棋,人生都是中和"。棋逢对手,将遇良才;盘上争夺,盘下情笃。黑白二色,轮流着子,先后交替。没有尊卑,无论贵贱,民主平等,互相尊重。你和我、人与人,男和女,老与幼,在这个纷扰的尘世和谐相处。

围棋的创造之美。随着围棋布局的不断创新,于是就有了"宇宙流"、"秀策流"、"小林流"、"中国流"等种种围棋流派。在棋盘上,每一次碰、靠、点、肩冲、扭断、打入、扳头都是大胆的决定,都意味着新的尝试。

围棋的气度之美。在古代"琴棋书画"四大才艺中的"棋"单指"围棋",向来是文人雅士修身养性的必修课。唐代诗人白居易曾写下过这样的诗句:"山僧对棋坐,局上竹荫清,映竹无人见,时闻下子声。"围棋独特的礼仪规定,使对弈双方显得温厚儒雅。端正笔挺地坐在棋桌前,远离喧嚣,沉浸在棋局之中,气定神闲,宁静以致远,超然而脱俗。这种氛围的长期熏陶,滋养出棋手的气质雍容大度。

美是人类永恒的追求,去实现一个愿望,去追求一个梦想,是伴随人一生的精神支柱。通过下围棋,我们在不断地感悟人生,体会并珍惜生活中的美,从围棋中得到快乐。围棋让人从另外一个角度感悟和体会美,热爱围棋的人可以从围棋的熏陶中,逐渐成为一个内外兼修内外皆美的优雅之士。

主持人:观众朋友大家好,欢迎各位继续关注《谁是棋王》第四期的海选专题节目。这期我请来了一位好朋友。

孙涛:观众朋友们大家好,我是孙涛,非常高兴能够来到《谁是棋王》演播室,和大家一起来聊一聊围棋。

主持人:对,今天是聊围棋之美。我们这次文艺界别参与者也不少,你有

↑孙涛来到《谁是棋王》演播室

没有报名？

孙涛：我这个水平能不报吗？最开始小学的时候我是有时候下象棋，但是我后来接触围棋以后开始喜欢围棋，发现围棋的巨大魅力。

主持人：因为围棋是整个智力游戏当中变化最多的。千古无同局。

孙涛：而且围棋不光是一种局部的战斗，它是大局观的体现。

主持人：我们这次比赛有32个不同的界别，从目前来看参与的人数非常之多。

孙涛：《谁是棋王》这个活动我觉得搞得特别好，而且可以说现在棋友们都在谈论这件事情。

开局日日新

服务界别海选北京赛区小片：

从秋分到冬至，筹备了近两个月的《谁是棋王》服务界别的望京地区海选赛，终于如期举行了，100多名参赛者经过六轮的车轮战，角逐最后的优胜者，赛场还安排了优雅的茶艺表演，悠扬的古筝演奏，刚柔并济的太极拳展示，书画大师们的挥毫泼墨，还有中外棋友们纹枰论道，品茗弈棋，不像一场比赛，倒像是一场棋友联谊会。**卡尔·艾尔文**：棋盘对我来说像一面镜子，能反省我性格的一些弱点。**李江楠**：学围棋能让我静下心来，我愿意把围棋继续学下去，因为我很喜欢，长大以后也要参加《谁是棋王》。**李洋**：云姐是我们地区很有名的，宣传围棋的热心人士，她做了很多群众性的文化工作。给了我们很大支持。**解说**：棋友们谈到的云姐就是这次海选赛的组织者，也是《谁是棋王》第一期的现场嘉宾。**武艾云**：不管能不能当上棋王，但是我相信快乐围棋，围棋的水平提高，提升的是整个人的素质。**胡松岩**：看了云姐和王大师一起主持的中央电视台节目，觉得非常好。**武艾云**：作为一个普通棋迷，围棋水平也不高，能够在央视这么一个大的平台上跟我30多年前学棋的偶像，一起在棋王一盘棋上下了一手，对我这么多年对围棋不放弃是一个最好的回报。

服务界别海选深圳赛区小片：

清茶几许琴声里，人生百味手谈中，《谁是棋王》深圳服务界别的海选就在这样的雅静之处展开了，与以往不同的是，本次比赛共计有来自酒店业、餐饮业、教师培训业等多个服务行业的120名棋手参与，涉及行业范围之广当属各地海选之最。棋盘上最重要的棋子我们称之为棋筋，这就如同社会中各界精英，但仅仅有棋筋是无法制胜的，还需要更多平凡的棋子去配合。服务行业的从业人员，就如同棋盘上一枚枚普通平凡的棋子，虽然并不起眼，但始终默默无闻地服务于社会，贡献着自己的力量。**罗绍松**：自从中央电视台推出《谁是棋王》这个栏目以来，我们也在密切地关注。值得一提的是赛场上我们还偶遇了《谁是球王》系列节目的老朋友。**俞小屏**：我记得3年前，在海口参加了华南区的乒乓球争霸赛，这几年来我也密切关注着中央5台搞的这些活动，像羽毛

球、足球争霸赛，这回搞围棋争霸赛，我觉得中央电视台活动搞得很好，使我们业余棋手，业余球手有机会参加竞争，我希望这个活动要搞下去，越办越好！**解说**：经过六轮的激烈角逐，共选出了 8 名优胜者进入下一阶段的比赛，而比赛的最后来自深圳服务界别的参赛代表还自信满满地向全国的棋友发出了一个挑战。**梁涛**：最后给各位棋友出一套四路的死活题，黑先，请各位棋友试着做一下。

主持人：接下来怎么继续大家可以去研究。我们首先想到围棋本身的魅力，木野狐，现在也有很多美女在下围棋。

孙涛：美女棋手，柔美，同时还有一种女性的力量在里面。女孩子在棋盘上真的是非常的美丽。

主持人：非常美丽，那么我们这一期围棋之美，请来了两位可以说是名副其实的美女，到底是谁？我们去看看。

↑ 芮乃伟

↑ 唐奕与於之莹

围棋名人坊

主持人：围棋名人坊，访围棋名人，今天我们在演播室请来了两位标准的美女棋手，好，我们有请世界冠军於之莹，她也是目前中国女子等级分第一，实力最强的女棋手，另外一位也同样是美女棋手，世界亚军唐奕，有请两位上场。

孙涛：於之莹小一点是吧？

主持人：於之莹应该今年是 18 岁。

孙涛：18 岁就拿了世界冠军了。

主持人：她现在已经是中国女子围棋的领军人物。

孙涛：江湖地位很高。

主持人：很多棋迷看女孩子下棋的姿势特别优雅。围棋更是有气度之美。

唐奕：我第一次跟芮乃伟老师下正式比赛，我有一手棋，她读秒到 58 的时候，我拿棋子，当时特别紧张，慌忙之中棋子掉了，掉地上了。

主持人：那不超时吗？

唐奕：等于说是 9，我拿子落下去的时候 10，我落子的同时棋钟也读出来了，按照规矩的话应该是超时负的。

主持人：要判负的，对。

唐奕：对对，因为从来没有这样的情况发生，我当时就愣了，芮乃伟老师感觉什么都没有发生一样，就把棋子摆好继续下，最后那个结果是我赢了，然后芮乃伟老师什么都没说，就是卜完棋跟我聊天，复盘，就是这种气度，当时是特别震撼的。

主持人：没错，其实在棋界当中我们一直在说下棋既要有棋艺还要有棋品。对于棋手来说，竞技的世界确实是很激烈，很残酷，甚至压力非常大。所以如果他能够拓展自己的视野，学习别的方面的才艺，可能对整个人生，甚至对他的棋艺有帮助。那么今天我们还有这么一个人物，她曾经是职业棋手，她转型爱上了画画，画很多与围棋主题相关的内容，这位就是来自我们四川的高又彤，所以接下来我们了解一下围棋与美的世界。

高又彤围棋与绘画小片：

↑ 高又彤

↑梁涛收藏的棋具

悟道于黑白，挥洒在方寸，高又彤，曾为职业棋手的她，如今已淡泊胜负，却从曾经的黑白世界中汲取营养，用一支画笔，数块颜料，探寻和演绎着内心世界的奥秘。**高又彤**：我是从8岁开始学棋，然后9、10岁的时候就进了成都棋院，1982年进入省棋队，因为学围棋，围棋的思考方式贯穿着我整个的一生，围棋其实蛮抽象的我觉得，需要有中国的哲学的东西在里面，它跟绘画实际上有很多相通的地方。**解说**：2002年在上海，高又彤因受到海派画家和一些画界名家的影响，经常去看油画展，由于喜好就产生了艺术创作的冲动，由此开启了她绘画的历程。**高又彤**：因为围棋是我从小学习的，是我骨子里面的东西，所以我基本上每幅油画里面都有围棋的一些元素在里面，包括有一些画面上好像看不到围棋的，但是它实际上都有围棋的思想在里面。**解说**：现在的她在成都有着自己的工作画室，她的作品思路开阔，从职业棋手到画家，高又彤从围棋中汲取了丰富的美的意向与深刻内涵，用灵动独特的艺术表现形式，将东方文化与西方油画相结合，围棋的美是中国文化的美，是智慧和谋略的美。围棋本身就是美的艺术。

主持人：著名的围棋大师吴清源曾经说过，如果女士下棋的话对围棋的推广是更有帮助。她会影响她的先生，影响她的孩子，所以女士下棋有时候是起到一个榜样的作用，这点孙涛认同？

孙涛：认同。

主持人：接下来我还想问问小於，"三星杯"韩方提供的一条於之莹的介绍是这样的：令男棋手胆寒的巾帼英雄。於之莹在去年战胜了李钦诚，拿了"新人王"，今年更不得了了，"三星杯"赢崔哲瀚，这是让整个棋界轰动的。小时候据说你就经常赢男棋手是这样吗？学棋的时候就这样？

於之莹：对，刚开始学棋的时候就经常赢同龄的小男孩，我小时候也蛮皮的，父母觉得我太好动了，就给我报了一个兴趣班，小时候喜欢围棋的原因是我一直赢，就一直都给我莫大的鼓舞，长大了之后就感觉自己比较喜欢探索胜负以外的东西，觉得下棋本身这一个过程就是一件很美好的体验。

主持人：那么於之莹她实际上用自己的实力证明了刚才我们所说的，她目前在中国女子围棋当中的江湖地位。唐奕同样也曾经是我们的国手，据说你是围棋世家出来，然后因为围棋你找回自己的亲人？这是什么情况？

唐奕：我们家是我的爷爷、爸爸、叔叔、姑姑都会下围棋，我的叔叔他在出国前去看望我的爷爷和我的爸爸，然后就去了国外，因为我们搬家了，后来失去联系，差不多有15年。

主持人：后来又是怎么找回来？

唐奕：然后是2012年女子国手杯的时候，我叔叔在国外正好在网上看到了我的消息，我叔叔就非常肯定，他觉得就是。

孙涛：很神奇。

主持人：今天我们有一段小片，这位梁先生，1986、1987年，他为了能够买一副云子和棋盘，因为那时候他小他没钱，他姐答应他，你帮我做两年半家务我帮你买一副云子和一个棋盘，他至今依然保存，但现在可不得了了，他在收藏方面可以说达到一种酷爱，所以今天我们的记者也专门去采访了他，并且拍了一些收藏的宝贝，大家可以开开眼界。

棋具收藏文化小片：

围棋作为世界上最为古老的博弈游戏，棋具的发展也源远流长。它以考究的工艺与用材，吸引着无数人为它驻足。来自深圳的梁涛就是这样一位棋具发烧友，1986年当他买下第一套棋具之后便一发不可收拾，开始了长达30年的收藏棋具之路。今天他拿出了得意的藏品，跟我们分享了精妙的棋具艺术。**梁涛**：这是一块中式的龙墩，是由竹子做成的，图案是中国传统的二龙戏珠比较吉祥的一些图案，这是由兽首做成的一个棋腿，这块棋盘就是日本的漆器作品，由莳绘师画在这个棋盘上的春夏秋冬。**解说**：莳绘是日本独有的漆工艺装饰手法，图案细腻精美，仔细看连叶子上的露珠都清晰可见，实在令人感叹。**梁涛**：日本管这个装棋子的罐子叫棋笥，这一对叫"龟鹤纹"，这个龟，就是放黑子的，这个鹤就是放白子。做这个白子的原材料呢，其实就是贝壳，这种叫"日向贝壳"。黑子是由"那智黑石"矿石磨成的。**解说**：这些是梁涛藏品中的冰山一角，但听闻已是受益颇多。精致的棋具一直是围棋艺术之美中不可或缺的部分，被历代高人隐士所雅爱。希望像梁涛这样的收藏发烧友，能够继续传承棋具艺术，并在自己的收藏天地里，享受围棋带来的精神愉悦。

主持人：我们这次海选遍布祖国各地，我们还专门去到了伊春，你去过伊春吗？

孙涛：伊春我去过，伊春那个地方很漂亮，就是很冷，但是空气非常好。

主持人：是，这次我们林业海选就是在伊春，而且在一个非常漂亮的旅游景点来展开。

林业界别海选伊春赛区小片：

2015年11月28、29日《谁是棋王》中国围棋民间争霸赛林业系统的海选比赛在黑龙江伊春市乌马河林业局西岭林场举行，170多名报名者经过筛选之后，胜出的32名选手参加了角逐。**辛衍成**：我们伊春市委市政府非常重视围棋文化的传承与弘扬，围棋的美应该和我们伊春的旅游环境密切相连，玩围棋的人喜欢静，我们这里恰恰也非常静，下围棋我感觉是人与自然要有一个很好的交融，四季不同，景色不同，环境不同，两个人在下围棋的时候，坐在大森林里，坐在我们的河边，那将是一种天人合一的感觉。**解说**：在本次的比赛中有年长的选手，也有年龄很小的选手。唯一一位女棋手是来自伊春八中的初二学生曾获伊春十佳少女子围棋冠军的李开泽。**周宝堂**：伊春围棋开展的比较早，伊春市区所有的小学校已经全部开设围棋课程。**解说**：在伊春市实验小学也开设了围棋课，与学习如何下围棋相比，孩子们更重要的收获也许是学习《围棋弟子规》，这不仅学习了围棋的礼仪，也使得自己的行为美得到了提高。**曹杨**：优雅的风度，坐端正，落子雅，有涵养，懂宽容。咱们这个围棋弟子规是根据咱们围棋的礼仪来编的，孩子记忆也比较方便，咱们孩子通过学习这些

↑周宝堂介绍伊春围棋现状

方面，行为习惯都有了很大的改变。**解说**：在本次比赛中有一位来自林业一线的工人，曲林海。对于围棋他也有自己的理解。**曲林海**：围棋讲究的是平衡之美，我们林业原来是采伐林木，现在是封山育林，是为了保护生态平衡。**解说**：在下围棋的时候，曲林海应该会在棋盘上找到他独到的属于大森林的平衡之美吧。本次《谁是棋王》伊春的海选比赛选出了四名选手，他们将代表伊春大森林的工人们，参加全国林业系统的总决赛。

主持人：刚才我们讲到围棋之美，围棋的和谐之美，我想问问两位美女棋手，对自己棋风的评价，小於是什么棋风？

於之莹：比如说两年前的我，我觉得是好杀的那种，但是感觉现在越来越均衡。

唐奕：我的棋局很少见到我吃掉别人大龙的，也算是比较均衡。

主持人：均衡派。

唐奕：偏灵活。

主持人：叫均衡偏灵动。那么接下来我们要认识这样一位围棋爱好者，经过人生多次的跨界，最终他觉得围棋是最有意思的，接下来我们了解一下围棋的超级棋迷，傅奇轩。

草根中国流

我是傅奇轩，是一名律师，也是《谁是棋王》的一名参赛选手，围棋与我的生活息息相关，围棋带给我别样的跨界人生。**解说**：眼前这位小伙子傅奇轩，正巧出生于中日围棋擂台赛开赛的那一年，父母又是忠实的棋迷，小傅打小就喜爱下棋，这以后就从未停止过，而他其实也同时在下自己人生的这局棋，潇洒而又义无反顾，围棋逐渐成为他能够与之分享内心感受的朋友。**傅奇轩**：读大学的时候，我的专业是电机工程，毕业以后顺理成章就分配到了国家电网，成为一名电力工程师，电力工程师的工作比较辛苦，地点比较偏远，每当深夜，我就通过下棋来排遣自己的心情，基本上都是围棋陪伴我度过那几年的时光。突然有一天我意识到，我可能在工作上，人生上，面临一个瓶颈，感觉就像围棋一样，进入一个困局，我需要突破，让自己的理想也好，能力也好，能有更大的发挥空间，于是在那一刻，我选择了转行，我去参加了司法考试，转行成了一名律师。**解说**：在实现了向律师职业的成功腾挪之后，小傅深深感受到了律师行业与围棋有着太多的相通之处，每天都如同下的一步棋，面临着太多的变化，有压力也有收获，在工作之余，他尝试新的跨界，把围棋推广给更多的人，把围棋的内涵和快乐传递给更多的人。**傅奇轩**：吴清源大师曾经说过，下围棋的没有坏人，每一个人带给我很多的影响，但是我最终通过中和的理念，也是围棋上非常重要的一个理念，把它们融合进我个人的性格中。**解说**：小傅和朋友们一起成立棋社，广结棋友，组织比赛，还建立了围棋基金，开发了手机围棋软件，忙碌并快乐着。

主持人：刚才我们了解了傅奇轩和他的人生跨界，那么接下来我们继续来聊我们的话题，围棋之美。围棋经过了4500多年的发展，那么从古至今有很多知名的美女，棋下得相当出色，据说唐奕有很深的了解。

唐奕：汉高祖刘邦和他的妃子戚夫人，在竹林下围棋，美不美？唐玄宗李隆基和他的爱妃杨玉环，也是我四大美女之一，他们下棋观棋的故事美不美？宋徽宗赵佶，他为他宫中下围棋的小美女所写的《忘忧清乐诗》美不美？

孙涛：美，相当美。

主持人：围棋之美，我们继续要讲我们海选的故事，《谁是棋王》你之前应该关注过吧？

孙涛：我关注过，因为我打羽毛球。

主持人：我们当年羽毛球的男子双打的冠军，就出在开滦的煤矿子弟，这次我们又去到了开滦，开滦这里的煤矿界别海选也是相当的热闹。

中小学界别海选、煤矿界别海选唐山赛区小片：

2015年12月5日《谁是棋王》中国围棋民间争霸赛"唐山一中杯"中小学生界别海选赛在河北省唐山一中举行，共有162名中小学生报名参加比赛，角逐两个组别的冠军，赛事的举办地唐山一中，是中国近代最早的中等学校之一，始建于1902年，前身系直隶永平府中学堂和华英书院，中国共产主义运动的伟大先驱李大钊，就曾毕业于此。**刘长锁**：围棋是我们国家的国粹，是中华民族的优秀文化遗产，我认为在我们的校园里，开展围棋教育、围棋项目，是非常有意义的。因为孩子们在围棋教育中能够感悟人生，能够体验社会，更能够培养他们的责任与担当，培养孩子们的创新精神，创新意识及动手能力。**解说**：在比赛间隙，赛事主办方还策划了围棋申报世界非物质文化遗产签名活动，全市围棋界人士，以及全市中小学生都在支持围棋申遗的横幅上签下了自己的名字，与此同时，《谁是棋王》中国围棋民间争霸赛开滦集团选拔赛也在火热进行中。开滦煤矿从1878年建矿至今，已有130多年的历史，有中国第一佳矿之美誉，参赛选手也遍布企业各个领域，无论是下井作业的一线职工，还是企业管理层的领导都在这小小的棋盘上享受着一份属于自己的人生乐趣。

主持人：好的，刚才呢我们了解了开滦的海选情况，的确是让我们感到非

↑傅奇轩工作照

↑唐山中小学界别签名

↑唐山中小学界别海选

↑唐山中小学界别优秀选手

常的鼓舞，下棋人有不同的心态，有些人说我要下快乐围棋，我专挑软柿子捏，老赢我高兴。有些可能想学棋想进步，想找高手下，我想问问孙涛你是什么心态？

孙涛： 我是这样的，第一，我还是希望能够提高自己的棋艺，但是我又跟大家说，不要找比你高太多的下，也就是说尽量的不要找专业棋手下，偶尔下一次是可以的，但是不能老跟他们下。为什么呢？太伤自尊了。

主持人： 而且慢慢下得没信心了。唐奕当年你学棋，你跟高手下是什么心态？

唐奕： 小时候肯定是很愿意跟高手下，因为希望能够获得进步。

主持人： 比如在你的学棋历程当中，你印象比较深刻的是谁对你的帮助比较大？

唐奕： 孔祥明老师，在我特别叛逆的时候，那个时候觉得也是职业棋手了，觉得自己的水平很厉害，庆幸那时候碰到孔祥明老师，她那次跟我聊了很多"剑桥杯"的事情，她说你要好好努力，要用功下棋，说了很多。说到这里呢，我又想特别感谢一位前辈，是华学明老师，那个时候女子比赛是比较少的，然后等于说是华学明老师为了我们，一杯红酒争取到了"剑桥杯"赛，从2003年开始已经是办了12届了。

主持人： 我记得苏州城龙山那次决赛对王晨星，那次决赛你是不是最后有点（失落）？

於之莹： 因为太想赢，导致下棋的手一直在发抖。

孙涛： 有没有这种可能，比如说开始想放在这儿，一紧张放别地了有这种可能吗？

於之莹： 有可能，因为你紧张，然后你想不进去。

孙涛： 就是紧张的时候突然觉得脑子一片空白，不知道该怎么下了，有这种可能吗？

於之莹： 有可能。

主持人： 就可能凭感觉下棋。

於之莹： 一路走来也非常幸运，教过我的所有老师我都是很感谢的。

主持人： 给大家看一幅画，村里面大爷带着孙子孙女一块儿下棋，这个是非常有意思的，实际上这是陕西户县围棋寨，这幅画叫《棋乐》，户县实际上围棋是有传统的，也是很有名的琴棋书画都有的一个围棋村。好，接下来我们一起了解一下陕西户县围棋寨村的海选情况。

草根中国流

关中围棋寨小片：

一个明艳的冬日，一场别开生面的围棋比赛在关中农村火热开赛，乡亲们把围棋当做一种农闲消遣的游戏，各个下得不亦乐乎。**女1：** 玩儿到晚上1点。**记者：** 连饭都不吃？**女1：** 连饭都不吃。**解说：** 在这座有着2000年历史的村落，500年前就因为围棋盛行而被改名为围棋寨。围棋寨里自然少不了传说，而村里的姜老汉就是一个值得一说的人物。姜老汉本名姜俊仪，今年64岁，有6亩粮田，种玉米，种麦子，而就是这么地道的农民却爱好了得。姜老汉的琴乐之好就是吼秦腔，麦子地里也能吼出广阔的情怀。棋自然就是围棋，老汉视棋如痴，天暖和了在村口寻对手，天冷了就在炕上和街坊杀几盘，回到家还不忘教孙子孙女。闲来无

↑唐奕讲述孔祥明老师　　　　　　↓陕西户县围棋寨农民画《棋乐》

事写几幅字以抒胸意,就是姜老汉对书艺的追求。户县农民画全国闻名,姜老汉画起农民画来也是一丝不苟。但要说这琴棋书画四艺姜老汉最爱的还是棋。围棋寨可是全国唯一一个以围棋命名的村子,在这个村子里的老汉们都是以围棋水平论英雄,姜老汉因为下得一手好棋,在村民心里的地位颇高,听说《谁是棋王》中国围棋民间争霸赛有农民界别,姜老汉可是没日没夜的找对手切磋,争取能在村里突破重围,参加农民界别的海选。希望姜老汉的故事,能够在《谁是棋王》的舞台上续写,把一个关中文明琴棋书画的故事讲给万千棋友来听。

主持人:非常感谢我们三位嘉宾今天做客演播室,我们也希望大家像刚才三位嘉宾讲的一样,体验到围棋之美,体验到《谁是棋王》这项活动的快乐,能够踊跃地参与到《谁是棋王》节目。感谢您收看,我们下期节目再见。

↑ 围棋寨

↑ 村民专注对弈

↑ 围棋寨围棋比赛热潮

↑ 姜老汉下棋

第五期【围棋与商道】

海选第五期——【围棋与商道】
开局日日新·围棋名人坊·草根中国流

引言

棋道与商道，有着内在哲理的惊人相似与相通，犹如彼此映射出镜中的自己。围棋是商业的精神妙境的精华缩影，而商业是围棋思维的物质价值的具象呈现。甚至如果用对方的术语来进行表述，都会别有一番哲思与情趣。

围棋若想取胜，必须追求利益的最大化，黑白双方形成一对矛盾的利益共同体，一局棋局的胜负恰是双方互动决策的结果。而商道同样要遵循围棋十诀中的原则：不得贪胜、舍小就大、逢危须弃、彼强自保等。

围棋中的黑白双方正如卖家与买家，若要卖出精彩的棋艺，需有买家的紧密配合，正如孤掌难鸣，古今传世的绝佳棋谱无不如此。而商企经营也完全就是黑白对弈，争先，布局，抢占实地，经典的商战无不是一局好棋。行棋如经商，经商如行棋，换一种角度悟棋道与商道，一定会大有裨益。

开局日日新

主持人：观众朋友大家好，欢迎各位继续关注《谁是棋王》海选第五期专题节目，现在各行各业的海选已经进入佳境，之所以海选能够如此的成功，主要是各行各业的爱好者们非常积极的参与和共同努力。接下来我们首先从香港的海选开始。

港澳台界别海选香港赛区小片：

《谁是棋王》中国围棋民间争霸赛香港赛区海选决赛在香港围棋协会举行，吸引了众多的高手参加。这些选手都曾在以往的香港业余围棋公开赛等赛事中取得过佳绩，具有不俗的实力。**关妮燕：**《谁是棋王》这个活动，我是在前段时间从我的朋友，和一些网络媒体里面了解到的，作为我呢，希望重在参与。也希望香港选出来的代表能够和大陆各行各业的民间高手共同切磋，提高棋艺。**解说：**最终六届香港业余围棋公开赛的冠军陈乃申力压群雄，取得香港赛区唯一一个出赛名额。
陈乃申：《谁是棋王》我来了。

↑陈乃申力压群雄

旅游界别海选珠海赛区小片：

与此同时《谁是棋王》中国围棋民间争霸赛珠海"万洋杯"旅游界别海选赛在珠海举行。**李春梅：**我是一名导游，平时酷爱下围棋，这次看到中央电视台推出的《谁是棋王》的活动，我就积极报名参加，这次在预选的活动中我的成绩打得很不错，走到现在我已经非常满意了。**解说：**来自旅游行业界别的近30名业余棋手将角逐4个晋级名额。

↑珠海旅游界别海选

文艺界别海选深圳赛区小片：

《谁是棋王》来到了南海之滨的深圳，众多文艺界围棋爱好者聚集

↑新闻界别北京赛区海选赛况

一堂，为棋王称号的争夺展开了激烈的比拼，精致的书格，悠扬的琴声都让比赛现场充满了浓浓的文艺气息，琴棋书画，诗酒花茶，这人生八雅，几乎在赛场里都集齐了，真不愧是文艺界别的海选。在参加本次比赛的几十名参赛者中，有网络小说创作者，有舞美设计师，还有插花师等。这些文艺工作者在传承艺术的同时，也在传承着对弈文化的丰富内涵。**余昌民**：我希望这次活动，真正地让民间围棋的野花能够盛放，并且世世代代开放下去。

新闻界别海选北京赛区小片：

新闻界别的海选在天地间围棋会所举行，来自中央各媒体的新闻工作者参加了本次比赛，对于围棋他们也有自己的理解。**王平**：现实生活中的变化，都可以在围棋当中找到它的模拟图。**解说**：在本次的比赛中有一名选手是从事围棋刊物出版的。**姚军**：我们的出版理念也是不想把围棋作为一个简单的竞技，我们想站在文化层面上，把咱们人类优秀的文化遗产弘扬光大。央视《谁是棋王》这个活动成为继擂台赛之后的又一次全民围棋浪潮，通过棋这样一个小道，得到一个国家的大道，得到人的大道。我觉得这是中国祖先给我们留下的珍贵财富。**解说**：本次比赛决出了两名选手代表新闻界参加小组赛。

服务界别海选北京赛区小片：

《谁是棋王》服务行业的海选在马晓春围棋道场举行，比赛开始前参赛选手都在"仁弈天行"围棋公益活动的横幅上签了字，他们将会利用业余时间教授留守儿童下围棋，用这种方式服务社会，回馈社会，本次参赛的选手大部分都是围棋老师，他们不仅要教小朋友下好围棋这盘小棋，也要教他们下好人生这盘大棋。**马笑冰**：一个孩子如果小时候没有经历过挫折，或者说没有培养成应对挫折的能力，将来长大到社会上，很有可能第一个挫折就把他打趴下了，围棋可以很好地担当这方面的老师。**解说**：这名选手是坐着轮椅来参赛的，围棋对他有什么影响呢？**谢海涛**：我以前小时候比较任性，比较冲动，学了围棋之后，觉得要顾全大局，我不想只成为接受别人帮助的人，我也想以后成为能够主动去帮助别人的人。**邓婕**：人生如棋。走好当前的一步就好了。小组赛我来了。
主持人：我们常说棋道和商道是相通的，围棋和商场都是战场，那么这两者之间有什么样的联系呢？所以我们这一期的主题是围棋与商道。

围棋名人坊

主持人：我们请到的是"黄河杯"的创始人，82岁的伍爵天伍老爷子。有请。伍老你好！

伍爵天：你好！

主持人：伍老我们大家都很清楚，他目前也是甘肃省围棋协会的副主席，并且是秘书长，我相信很多围棋爱好者说到伍老一定有这么一种感触，伍老把一生都献给了围棋。

伍爵天：我呢，应该说是一个老棋迷，8岁学棋，应该说是74年了。

↑北京服务界别海选

↑伍爵天

主持人：8岁学棋当时是怎么学的？

伍爵天：当时是家里祖传的，在抗美援朝的战场上，只要休息的时候我们就在山洞里面，黑白扣子，画一张纸，教战士们下棋，还搞得很红火。转业以后到了兰州，那个时候兰州可以说是围棋的沙漠地带，根本没有围棋，没有围棋我就开始四处找人下围棋，怎么办呢？房子也是我们自己的，床铺也是自己拉着去，锅盆碗都拿去我自己做饭，很多学生现在见到我还讲伍老师的红烧肉做得好，就是我全身心投入。兰州的围棋是起不来，一定要搞一个围棋大赛来吸引高手过来，开始动脑筋要办围棋，办大赛。办大赛肯定要有经费，没有经费是不行的。所以第一次就大家凑，一开始我想得很简单，我说我出路费，伙食不要钱，住宿不要钱，还怕高手请不来吗？结果我就给我最好的朋友，成都的朋友发了一个函邀请，这个朋友很聪明，他告诉我说老伍你这个做法不行。为什么不行？他说你要让我给你派四个人，他说我没办法派，肯定跟我关系最好的人去，不是棋艺最好的人去，他说你的办法行不通。然后我又动脑筋，最后想了办法，我设对局费。

主持人：设对局费。

伍爵天：当时每盘棋我设的是20块钱，赢了15块一盘，输了是5块。那么我下11轮，就输了棋也可以拿55块钱，这55块钱的概念就是管吃管住够了，吃住就够了。

主持人：那是，那80年代末期，55块钱也算一笔钱。

伍爵天：这样就开始有吸引力了。

主持人：伍老您是采用一种经济杠杆。

伍爵天：是，我办"黄河杯"还有一个宗旨，人性化，所以我的"黄河杯"后来实际上是冲段小棋手的天下，参加"黄河杯"的大部分都是冲段小棋手，他们主要是来学棋，这样的话我觉得我给中国的业余围棋的培养提供了一个场地，王汝南院长说"黄河杯"堪称少年围棋的摇篮，我觉得非常满意，要想企业能够支持你，你大赛必须要办出名堂来。

主持人：办一项赛事的确和商道是息息相关的，那么接下来，有这样一位围棋爱好者，他也是我们本次《谁是棋王》金融界别的承办者。好，接下来我们看看朱小军的故事。

朱小军与围棋小片：

↑朱小军

↑ 商业界别北京赛区海选赛况

朱小军：我是朱小军，平时我的工作主要是进行投资交易，每天在交易前，我会进行财经新闻分析，做好投资分析以及操盘计划。同时我也是国学围棋研究会的副会长兼秘书长，平时我们周末经常有空的时候，就会约一些棋友到这里来喝茶下下棋，以棋会友。**解说**：对围棋的喜爱并没有造成朱小军工作上的拖累，相反的是朱小军所悟出的棋理，却为他的投资提供了独特的理论依据。**朱小军**：在围棋十诀中，有一条叫做逢危需弃，这个时候要果断地放弃，放弃得越早损失越小。那么在投资中也会碰到这种情况，比如说你在交易的时候，买进了一些股票，这时候产生了一定的小亏损，但是这个时候大盘整个形势不是很好，这个时候你就要考虑，我是不是应该止损，所以说我感觉围棋中的逢危需弃和投资交易中的止损原则有异曲同工之妙。**解说**：痴迷于围棋，又能够受益于围棋，围棋与自己的本职工作相得益彰，这就是朱小军的围棋人生。

主持人：伍老当年是身无分文艰难办赛。

伍爵天：50多岁的时候，没办法了，忙不过来，我打报告提前离休，这个是没有的，后来我离休下来以后专门搞围棋，老婆子、家里都说我神经病，说四个轱辘的小车不坐，下来骑自行车。他们不理解我，我知道我下来肯定是我愿意我乐意，那么现在全家人都认为我这步做对了，因为我现在80多岁身体多好，这跟围棋绝对有关系。

主持人：是。你看我们伍老一直是性格乐天派，然后也是非常爱好运动，又喜欢围棋，我们看伍老现在也是非常年轻，接下来我们再来看一下海选的情况。

开局日日新

商业界别海选北京赛区小片：

《谁是棋王》商业界别的海选比赛有18个单位参与，还有连夜坐火车专门从外地赶过来的围棋发烧友。**徐孟昭**：昨天我带了五个队员，从济南赶到了咱们通用技术集团，这是我们的车票，大家有信心，把自己平常的水平发挥出来。**徐威**：这是我们商业界别海选赛的成绩表，我们是公开公正公平的，每轮比赛积分，赢了得两分，输了得零分，最后以积分的高低来排名次。参赛的选手们格外地珍惜这次彼此交流的机会，为了更好地切磋棋艺，组织者还建立了一个围棋海选微信群。**蔡炎**：一会儿大家都扫我的码，加入这个群啊。今天又建了一个微信群，一方面交流棋艺，另一方面以后我们在业务上会有协同，工作上会有配合。**解说**：在商场沉浮多年的选手们，对商海棋道都有自己独到的见解。**竺建国**：围棋的很多棋诀跟商道是符合的，比如说高手在腹，比如说要有大局观，那么这些东西实际上在商战中也是一样的，大局观其实是发展战略，企业要想往哪里走，走到什么地方，分几步走，这些就是一个大局观，就是不要在很小的地方过多的纠缠，只要你的方向是对的，企业总会获得很大的成功。

↑ 海关界别昆明赛区海选赛况

海关界别海选昆明赛区小片：

在这个因南方丝绸之路而繁盛，因浴血抗战而闻名的腾冲，海关界别昆明关区海选赛在腾冲海关大楼内拉开了帷幕，而棋王一盘棋第49手棋也在这里落子，来自昆明21个关区的20多位棋手从几百人的海选选拔赛中脱颖而出进行前四名的争夺。**李明：**这次《谁是棋王》海关系统的比赛，我们把海关海选赛放在最基层海关进行，极大地活跃了边关的文化生活，为广大的关检员提供一个自我展示的平台。**解说：**作为中缅边境的重要口岸，每天都有大批的货物和旅客通关。边关官员们对待过境通关严格执法的工作态度就如同棋枰前的每一手棋的落子，都会缜密的思考，他们工作中的细致入微，与围棋中的精确计算相得益彰。**何勇：**围棋这个比赛将进一步扩展关员的视野，开拓关员的思路。围棋中分析力、观察力、注意力的培养，将对关员开展海关工作起到相应的启发作用。同时也进一步丰富边关文化的建设。**解说：**作为昆明海关关员的李毅，平日里除了兢兢业业的工作之外，闲暇时的生活用他自己的话来形容就是"白天兵看兵，晚上看星星"。围棋变成了他们业余生活中不可或缺的一部分，日常生活中养成细致入微的习惯，使得他在这次围棋海选赛中崭露头角，经过一天的激烈角逐，李毅以积分第一的成绩，拿下了海关界别海选总决赛的入场券，接下来他将应战更强的对手，来争夺海关界别最终的前四名，进军小组赛。**李毅：**感谢中央电视台举办了这次比赛，给我们提供了一个展示自我的机会。《谁是棋王》海关必胜。

高校界别海选北京赛区小片：

在八达岭的水关长城，清华大学的绿化基地石门山庄，第二届全国高校教职工邀请赛暨《谁是棋王》高校界别赛正激烈进行，来自全国八所知名院校的近50名棋手，以校为单位，捉对厮杀。参加本次邀请赛的选手中既有从教多年的老教授，老学者，也有在高校所属单位任职的校工，在棋局里大家不分年龄大小，不分职务高低，只以棋技论英雄，以棋会友，尽情享受围棋带来的乐趣。**张帆：**我感觉要想把围棋下好确实得有发自内心的喜爱，在溪水边，在树林里，我们随时把棋摆下来就可以下棋。**蒋寻涯：**我认为现在中国的年轻棋手完全走出了自己的道路，也展现了中华民族这种创造的精神，祝愿围棋会继续滋养着我们这个民族，发挥民族的智慧，走向更美好的未来。**解说：**最终东南大学获得本届邀请赛的团体冠军。来自中央民族大学的贾坤，以七战全胜的战绩获得个人冠军，取得《谁是棋王》教职工界别的出线资格。**贾坤：**很高兴参加《谁是棋王》，我也希望在接下来的比赛中能够延续这次的好运，争取多赢几盘棋。

冶金界别海选上海赛区小片：

提起钢铁工人，人们马上就会不由自主地想到炉火熊熊的炼钢炉，而在上海市举办的《谁是棋王》冶金行业界别围棋比赛，却让围棋与钢铁工人的形象紧密地联系在了一起。来自首钢、宝钢、煤钢等钢铁一线的围棋爱好者相聚一堂展示了一代钢铁人的围棋文化。**卓立利：**我是一名普通的首钢职工，平时也没有机会出来，今天头一次到上海来参加咱们冶金行业的围棋选拔赛，跟同行业的棋手们对弈交流。**解说：**比赛中

↑高校界别北京赛区海选赛况

↑冶金界别上海赛区海选赛况

的他们充分显示出了自己不仅是有力量的钢铁工人，更是有智慧的钢铁工人。通过四轮比赛的角逐，前四名的选手直接进军小组赛。来自宝钢股份的殷杰是一名高炉碾泥工，即将代表冶金行业出战，棋龄已经有30年的他，是宝钢炼铁厂的围棋精英选手，多次获得宝钢围棋比赛的冠军。对于备战小组赛他自信满满。**殷杰**：咱们工人有力量，钢铁汉子夺棋王。

房地产界别海选成都赛区小片：

解说：《谁是棋王》房地产界别海选赛首战在成都隆重举行了启动仪式。有着围棋"西南王"之称的宋雪林九段来到现场，为业余棋手甘当绿叶开棋助阵。此次成都房地产界别海选汇集了众多房地产开发商和部分业主中的围棋爱好者，他们踊跃报名积极参赛，准备在此次棋王活动中大显身手。**宋雪林**：对这次活动我是非常关注的，而且成都历来又有棋城之称，民间的围棋活动开展得非常好，但是民间到底隐藏有多少高手呢？我们也是不知道的，也许有非常多的天才棋手，也许业余界有很多的草莽英雄，我也想通过这个活动发现一些苗子，发现一些世界顶级高手。**解说**：房地产企业讲究在开发中注重选址的商业战略，就像围棋中的布局，要兼顾实地与外势，围棋中每一目的争夺又如同房地产行业中的寸土必争，稍有不慎都会影响到全局。**黄振华**：围棋讲究每一目都很珍贵，一招不慎满盘皆输，其实对于房地产来讲也是如此。我们对每一个项目，每一寸土地格外珍惜，在开发上都是精雕细琢，做出品质，这样保证我们的开发非常成功，我觉得从这点来讲，围棋和房地产还是非常吻合的。

主持人：围棋中讲究布局。那这个布局我觉得跟商道是密不可分的。布局有的时候需要企业家的一种远见，需要眼光，需要决策，我想问问章总，在洛阳这样一个地方发展房地产的话，选址布局是不是更重要？

章广跃：洛阳地产有很多外来的企业，而且有很多知名的企业，上市公司、央企都去了很多，像我们这种民营企业在那边要想立足的话，你一定要注意选址的问题。所以我在洛阳现在已经呆了14年，我没有在同一个区做两个项目，像我们这种民营企业跟央企们竞争，如果我们没有一个特殊的手段，你很难在当地立于不败之地。所以在这块我们至少自己不能跟自己去竞争，我们跟别人竞争的时候一定要出奇制胜，这

↓房地产界别成都赛区赛况

个用围棋理论也可以解释。

主持人：的确如此，我们都知道章总这边也是赞助了一支女子围甲叫洛阳君河湾队，而且作为升班马今年的成绩，刚开始我记得前半段有一些压力，成绩不太理想，但是在中段之后发力，最终名列前茅。

章广跃：组建一个围棋队其实是我很多年前的一个愿望，参加这个女子围棋赛的时候我们拿了一个第一，今年参加的围甲，确实因为第一年升班马，最担心的是打下去。还好我们队有李赫，也是世界冠军，也是这次取得好成绩的关键。

主持人：最佳胜利奖。

章广跃：最佳胜利奖也拿到了，不是她给我做台柱子可能真不好了。这次她保留，我更有信心，所以我希望明年能打出更好的成绩。

主持人：刚才我们听了围棋和商场之间这么多布局的相关点，那么下面我们要了解一位围棋爱好者，叫胡子敬，他同样也是支持女子围甲，而且多年以来他把棋道和商道同样结合的非常紧密。

胡子敬与围棋小片：

解说：喜好围棋的胡子敬把下棋中领悟的创新和布局用于经商之中。

胡子敬：我认为这是必须要抢的一步棋，我一定是要放在这的，因为我的企业发展，在这个大局中，整个棋盘上面的一个布局中间，我必须要你这一块。那如果是这个地方被人家抢到，这个点就岌岌可危了，我这个企业的发展就没可能了。但是我加了这个布局的话，把我这一块连起来，对我整个企业的发展奠定了一个非常扎实的基础。**解说**：如果大地做棋盘，胡子敬说的战略要点就在长沙、株洲、湘潭三市的交汇点。他在这里建起一座商城，不过把子落在此处，当初很多人却并不同意。

胡子敬：当年我就是站在这个位置，看地方来选这个位置，而当时像我们这条大道呢还没通，这边全都是土路，那么我身后现在建成的这个商城，当时是一个大的深塘，大概有一两百亩的深洼地，里面全都长的草啊，垃圾啊。**薛宏远**：当时定在这里的时候，那么首先是我们整个公司的决策层，包括一些高层有很多人不明白，觉得这地儿能开商场吗？

解说：棋盘上的风起云涌，要的就是运筹数十步之外的计算能力。**胡子敬**：说到我们选这个址，就说到了我们下围棋，高手看棋，就是他抢大场，他肯定是把整个未来几十步的棋路他都看到了，所以我们说棋道跟

↓ 章广跃　　　　　　　　　　↓ 胡子敬

↑ 广州东湖棋院

商道，真的是很紧密的关系。**解说**：一颗棋子，一盘棋局，如何落子，怎样布局，这也正是弈者对人生的思考。

主持人：说到创新，围棋当中的创新也很重要，围棋我们常常讲妙手，所以接下来我们看一段小片，讲的是广州的东湖棋院，他们花巨资建了一个叫东湖小镇，由于他们的创新使得他们的这个围棋培训和教育就走在了全国的前列。

草根中国流

广州东湖棋院介绍小片：

解说：看到这样的服饰不要以为这是穿越了，其实这是坐落于广州的一所名叫东湖棋院的少儿棋类培训机构，这专门打造的众多古代场景，是以激发孩子兴趣为目的的，让孩子们以身临其境的方式，走进中国传统文化的驿站，感受围棋的奇妙所在，这么有创意的教学方式的背后是一个年轻的大多是由80后组成的团队，其中不乏有海外留学背景的高管，这让团队具有了国际视野。**杜颖**：我们现在也跟很多知名的投资机构在接触，他们对传承传统文化也非常有兴趣，这些资本的力量将会有力地推动传统棋文化的传播。**解说**：值得一提的是东湖棋院清醒地认识到如今的棋类培训已经从单纯的棋力培训走向综合素质的培训，这对教师的要求越来越高，规范围棋市场已经势在必行，因此，2011年开始东湖棋院就从各大高校招募高素质的毕业人才，对这些完全没有围棋基础的应届生进行棋力与幼教的双重培训。**吴俊哲**：到现在累计培训了100多名这方面的学员，有很多都走进了围棋的教学岗位，成为我们的骨干老师，也有一小部分呢，现在已经成长为我们这个东湖的管理团队的核心成员。**解说**：大胆革新的商业运作模式带来了显著的效果，棋院从创立之初的仅能招到20几个学生，到现在教学基地已有25个，每年学习的人数达到3万人次，东湖棋院带着对传统文化的回归之梦，将围棋教育注入了新的活力。

主持人：我们经常在围棋比赛当中可以听到妙手二字，妙手往往是在危难时刻能够解困，与商道当中的创新有很大的关联。

章广跃：妙手就是创新。

主持人：企业当中的创新和围棋的妙手是相关联的，我也了解到章总在自己企业当中都有擅长下围棋的员工，那是不是如果说别人来应聘，围棋下得好你可能会多加点分呢？

章广跃：招聘如果说一看到会下围棋的人，那毫无疑问有一种亲切感，本身围棋下得好的人他的思路就比较清晰，所以引导一下叫他做什么事情也比较容易接受。

主持人：因为大家都会下围棋，可能有很多的共同语言。那么接下来有这么一个业余爱好者，她正是因为会下围棋，棋下得不错才找到了工作。

卜俊与围棋小片：

卜俊：我是卜俊，是一名互联网创业者，也是《谁是棋王》的参赛选手，我从小就喜欢下围棋，也酷爱围棋，对我来说围棋就像一张互联网，让我在棋中自由的徜徉。**解说**：上大学的时候，卜俊因为围棋特长帮助她打开了职业生涯的第一步。**卜俊**：当我在大四要开始找工作的时候，一名围棋企业家就跟我说，他说你棋下得这么好，就直接来我公司上班吧。**解说**：事业上的捷径并没有让她停下脚步，围棋思想反而激励着她不断尝试，开拓自己的职业路径。通过几年时间的学习，卜俊对项目的执行和管理已经有了自己的理解和积累。就像下围棋一样，在四个角落定点布局连成体系，终于有一天她准备好了开始互联网创业。**卜俊**：其实围棋里面有一个叫舍得，你不可能所有的地盘，所有的围棋子都是你的，你一定在某一个局部的时候要做一些舍弃。我其实是舍弃了我在500强企业拿高薪的一个机会，但我得到的是更多，学习到了更多的知识，学会了怎样去拿手机连接人，连接营销，连接各个网络。这就像围棋一样，未来应该怎么走，怎么样去规划。**解说**：然而创业之路的艰难，就如同棋盘上的每一次落子，卜俊经历了两次项目失败，但她依然选择继续。**卜俊**：就像下棋一样的，下棋往往不是这么顺利的，在下棋的过程中一个局部会有失利，那这时候你不可能说，我不下了我失败了，还是要坚持。**解说**：这个爱好围棋的女汉子，依然在探索她的创业之路，忙碌之余她爱花，养狗，和姐妹下盘棋，生活充实，动静皆宜。希望这朵美丽坚强的女人花越开越鲜艳。

主持人：好的，我们第五期的《谁是棋王》海选的专题节目到这里就告一段落，我们也期待着后面海选高潮的来临。■

↑卜俊与朋友对弈

第六期【围棋与胜负手】

海选第六期——【围棋与胜负手】
开局日日新·围棋名人坊·人生胜负手·草根中国流

引言

海选至现在按照通常意义已经进入到收官阶段，但是俗话说"行百里者半九十"，也就是说，现在海选的收尾阶段也正是海选阶段的胜负手。

没有手到擒来的胜利，围棋与人生都是如此。所以，在关键时刻放出胜负手，积极行动，不能坐以待毙，消极对待，才能达到目标。围棋与人生都需要一种不服输的精神，放手一搏，放出胜负手，败中求胜。这是胜负手的精神层面的支撑。胜负固然重要，但是最重要的是享受过程，放出胜负手本身才能迸发围棋与人生的精彩，从这个层面上讲，即使输了也虽败犹荣。从胜负手看围棋与人生的真正价值，胜负手的关键是把握住时机。围棋与人生都只有在关键的节点与关键的时机果敢决断，才能有真正达到目的的胜负手。

开局日日新

主持人： 观众朋友大家好，欢迎各位收看《谁是棋王》最后一期的海选专题节目，经过一个多月的海选，可以说32个界别目前进行得红红火火，就像冬天里的一把火。

互联网、中小学界别海选济南赛区小片：

围棋在山东有着良好的群众基础，近日《谁是棋王》中国围棋民间争霸赛互联网行业的决赛以及中小学生山东赛区的决赛在济南举行，现场各路高手云集一堂，浓郁的围棋文化氛围，更凸显出围棋爱好者的高雅脱俗。棋手们对棋与人生的感悟也不尽相同。**张国：** 第二盘棋我在中盘的时候，一着不慎，对手敏锐地抓住战机，原本是我攻击他的棋，但他反而吃掉了我30个子的大龙，我冷静判断了一下形势，虽然有一点落后，但是还有追回来的可能。所以说当时也没有放弃，一点一点，反败为胜。它跟人生来说也是有很多相近的地方，好比说你在顺利的时候，突然之间会遇到一个很大的挫折。通过自己的努力，可能还会赢得一个新的天地。**邢长征：** 生活当中不同的机遇吧，就像棋一样，可能有多种的选择，当然也会有多种的结局，其实不论哪一种结局，只要自己努力了，脚踏实地把这个走过去了，结局其实往往并不重要。**高彩霞：** 古人说，失之东隅，收之桑榆。对于我们围棋爱好者来说，我们应该胜亦欣然，败亦淡然，对于我们年轻人来说，我们最重要的是要常怀一颗不断进取的心。

中小学界别海选小片：

中国中学生棋类协会负责组织《谁是棋王》中小学界别海选阶段的比赛，在协会执行秘书长孙利军的大力支持和推动下，海选阶段共有北京、陕西、山西、河北、广东、浙江等十个分赛区，两千余名选手

↑互联网界别济南赛区

↑中小学界别海选

↑ 房地产界别洛阳赛区

参加，直接影响覆盖数以十万计的学生和家长，产生了良好的社会效应，极大地促进了中小学校园围棋的普及和推广。中小学界别海选决赛在北京马晓春围棋道场举行。

中小学界别无疑是《谁是棋王》海选中年龄最小的界别，选手的年龄从6岁到18岁不等，别看他们年纪不大，但下起棋来有模有样，每一步棋都深思熟虑，落子谨慎，经过昨天的比赛80名选手中有8人入围今天的决赛，今天8名棋手被分成4组比赛，赢者入围，输者淘汰。最终入围的4名棋手将前往杭州参加《谁是棋王》下一轮的比赛。**金珊**：第三盘棋输了的时候，心里就觉得这次比赛应该就出不了线了，所以后来心态就比较放松。感觉棋下得就会顺一点，后来运气也比较好，后面的三盘棋都赢了，所以最后就出线了。**解说**：比赛结束后马晓春到场为获胜棋手们颁奖。**马晓春**：很高兴由中央电视台出面，来宣传全国业余围棋赛，在全国范围内寻找民间棋王，如果真的是好苗子的话，以后可能争取拿世界冠军。

房地产界别海选洛阳赛区小片：

《谁是棋王》海选赛接近尾声，各界别参赛棋手热情高涨，近日房地产界别海选总决赛在洛阳完美收官，从数百名棋手中脱颖而出的4名棋手，将代表房地产界别参加《谁是棋王》小组赛。**章广跃**：全国的房产界别海选，有来自黑龙江的、辽宁的，还有河南的、山西的，很多全国各地的棋手都聚集在洛阳，通过这次比赛很多人都非常关注这个节目，我相信全国的围棋活动又会掀起一场高潮。**解说**：房地产企业平时在工作中注重选址，就像围棋中的布局，要兼顾实地与外势，围棋中每一目的争夺又如同房地产行业中的寸土必争。**郑施桦**：作为一名房地产界别的员工，平时在工地跑现场，工作细致入微，工作之余到一家围棋教室为孩子们教棋讲课，围棋是生活中不可或缺的一部分。在此次《谁是棋王》海选赛中，郑施桦以优异的成绩拿到小组赛的入场券。

医疗卫生界别海选成都赛区小片：

伴随冬日晴朗的天气，《谁是棋王》医疗卫生界别迎来了全国总决赛，来自广州、贵州、山西、河北、北京等地的医疗系统的棋界精英们，向四强宝座发起猛烈冲击。对弈中棋手往往会根据眼前的局势，推算出今后十几步，乃至几十步的棋局变化，在严谨缜密的思考和计算之下，做出一个对自己有利的决定，从而左右最后的胜负。而行医治病也有相通之处，医理自古就讲究望闻问切，通过种种迹象推测病因才能对症下药，这些医疗工作者在岗位上用科学严谨的理性判断救治着病人，在围棋的赛场上则用医者特有的智慧，传承着围棋博大精深的奥妙。**赵立军**：围棋需要有一个大局观，总体去考虑，具体到每一个步骤要精细一点，我们外科大夫也是一样，来了一个病人，我们一定要整体的从大局去考虑这个病人究竟是什么状态，一旦确诊之后，如果给他做手术，那么手术步骤，每一步是非常严谨的，这点跟围棋也相似，所以说呢，这么多年下围棋，我也受益于围棋。

↑ 医疗卫生界别成都赛区

围棋名人坊

主持人： 今天来到我们演播室的是著名的世界冠军常昊九段，常昊可以说自小学棋就是我们中国围棋队重点培养的对象，是天之骄子。那么常昊本人在职业生涯当中也经历了诸多的坎坷，连续获得六次世界亚军之后，他于2005年获得"应氏杯"世界冠军，总计获得了三次世界冠军。我们有请常昊九段。

常昊： 子忠老师好。

主持人： 今天是我们海选专题的最后一期，我们的主题是围棋与胜负手，下棋的人都很清楚，围棋当中有妙手，有胜负手，我想听一下从世界冠军的角度怎么样去解释胜负手？

常昊： 胜负手一般的情况是会发生在中后半盘，形势不是很有利，甚至会要输掉这盘棋，所以在这个情况下下出了一些非常的手段，甚至有的时候可以说是无理手，或者说骗招等等，都包含在这里面。但是从这盘棋胜负的角度来说是一种拼搏的状态。

主持人： 你认为堪称世界围棋胜负手的棋局有哪些？

常昊： 现代围棋里面，最具胜负手的或者说最具影响力的那两盘棋，一盘就是第一届中日围棋擂台赛，聂老师对小林光一的这一盘棋，第二盘就是第一届"应氏杯"决赛，第四局聂老师执白对曹薰铉的一局棋。

主持人： 当时我们的聂卫平九段对阵日本的超一流棋手小林光一九段，那个时候小林光一这个名字，可以说对中国的棋迷那绝对是如雷贯耳。

常昊： 而且当时小林光一在日本国内的状态也是非常好，而且在中日围棋擂台赛上也取得了六连胜的一个佳绩，对于中国棋手来说很不利。

主持人： 因为毕竟是第一届，如果他一个人七连胜的话，从而终止第一届的擂台，那最起码在气势上双方可能一下形成了鲜明的对比。正是在这个时候我们的聂棋圣起到了铁门的作用，而那盘棋一度咱们的聂棋圣的形势不利。现在大家可以看到，在我们这个演播室棋盘上，刚才常昊是把当年那盘棋摆出来了，聂卫平九段执黑棋。

常昊： 这个胜负手就出现在黑棋第139手的飞，围空，从一个本手的角度来说，黑棋在当中这一带。

主持人： 很薄。肯定是聂老经过认真的形势判断，他说这个时候如果再补，实空不够，这个棋就输了。

常昊： 对，因为无论如何黑的走到这个139手的飞，把这个空围住的话，在实空上黑棋可以不输于白棋。聂老师在擂台赛我觉得他取得了11连胜，非常惊人的连胜，帮助中国队连续赢了前三届的擂台赛，这第一盘其实是最危险的一盘，聂老师在这个时候思考了很长时间，思考了大概几十分钟，可能这也是有一种心理战术，所以小林光一也有一点对于自己的这种计算结果产生怀疑。

围棋与人生都需要一种不服输的精神，放手一搏，放出胜负手败中求胜。没有手到擒来的胜利，围棋与人生都是如此。

主持人： 不是简单一盘棋的胜负，而是影响整个世界围棋格局的一个胜负

↑ 常昊做客《谁是棋王》

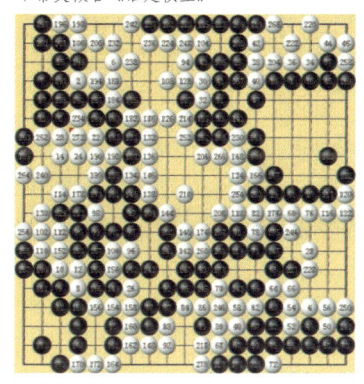

↑ 胜负手棋局（聂卫平对小林光一）

↑ 前卫界别重庆赛区

手。因为这盘棋胜负的改变，使得我们的聂棋圣有了11连胜。使得我们中国一下掀起了围棋热。

常昊： 对，非常深远的，所以这一盘棋或者说擂台赛对于整个中国围棋的发展起到了至关重要的作用。

主持人： 最近这段时间的海选也是非常的有意义，我们都知道我们的公安干警在维护我们社会治安的时候当然也需要胜负手，需要当机立断，我们铁路系统的员工，在推广高铁的时候同样需要胜负手，接下来我们看一看这两个界别的海选情况。

前卫界别海选重庆赛区小片：

《谁是棋王》中国围棋民间争霸赛前卫界别海选决赛近日在重庆落下帷幕，参赛的几十名公安干警是全国公安系统通过层层选拔脱颖而出的优秀棋手，人民警察是一支纪律严明、作风过硬的队伍，他们敢打敢拼的特点，在赛场上也体现得淋漓尽致。**沈卫东：** 围棋这项运动在中国有几千年的历史，可以培养一个人的逆向思维、大局观、注重细节，这三个特点与我们公安工作有非常密切的关系。**孙占杰：** 干警工作压力很大，下围棋可以缓解他们的压力，使他们更好的保卫咱们人民的生命财产。**解说：** 为了培养警察缜密的思维方式，提高办案效率，围棋活动已经在全国公安系统广泛开展起来，并且已经举办了三届比赛。本次参赛的选手棋力有了明显的提高，经过两天多轮的厮杀，最终决出了前四名进入了小组赛。**公安干警选手：** 我们忠诚勇敢，我们团结战斗，我们棋风过硬，谁敢和我们硬碰硬。我们赛场上见。

火车头界别海选北京赛区小片：

火车头界别海选近日在首都北京迎来了收官之战，铁路系统在经过长达两个月的海选之后，从18个铁路局的几百名参赛选手中，选出了实力超群的32强进入火车头体协的全国总决赛，争夺最后四强的名额。铁路工作维系着每一位乘客的安全，有时候可能只是因为一个小小的疏漏，可能就会造成大的安全隐患。这就如同下棋一样，每一步都要尽量做到滴水不漏，否则很有可能一着不慎，满盘皆输。**何建伟：**《谁是棋王》确确实实是我们盼望已久的一个节目，非常感谢央视，能给我们提供一个机会，展示我们铁路职工的围棋水平。**解说：** 在众多的棋手中，有一对来自兰州铁路局的兄弟俩格外显眼，两兄弟都是铁路通信工，保证火车站点之间的通信畅通是他们的职责，经过两天五轮激烈的厮杀，他们双双闯入四强之列。**王海波：** 我们这个工作和下围棋有相通之处，下围棋，尽量不要产生断点，我们也是一样的，每两个（火车）站之间不能有断点，如果两个（火车）站之间发生通信中断，我们要第一时间进行抢修，要把这个断点连上，就和我们下棋一样要保持畅通无阻。

主持人： 刚才呢我们看到了中日围棋擂赛第一届聂卫平棋圣的139手，非常巧合的是首届"应氏杯"决赛的第四盘胜负手也出现在139手。我们请常昊九段给大家讲一下，这一盘的胜负手是什么情况？

↑火车头界别北京赛区

↑常昊讲解聂棋圣与曹薰铉对弈

人生胜负手

常昊：这盘棋下到这个时候已经进入了收官阶段，这个时候聂老师的形势略微优势一些，上一手聂老师是在这二路爬，这时候二路爬是非常人的一手，曹薰铉这个胜负手就是这个。这手棋也是139手，非常巧合的是139手，聂老师实战是应了一手，事后来说聂老师当时太随手了。

主持人：围棋这种大高手，即便到了世界冠军这种层面，往往到了这种决赛的时候也会发生心理的变化，胜负就是博对方出错，如果说这个时候聂老把它扳起来这个棋就没有悬念了，就结束了。

常昊：对，我是认为这两盘棋，在近代里面改变了世界整个围棋的格局，一盘造就了中国围棋的崛起。而另一盘由于聂老师简单的失误，也影响了他决胜局的发挥。

主持人：因为曹薰铉当时在韩国受到的礼遇，就相当于国家英雄。

常昊：包括整个韩国对于围棋的投入支持，像后来举行的"三星杯"、"LG杯"、"东阳证券杯"等等赛事我想都跟这个是有间接的关系。

主持人：接下来我们要介绍一个业余棋迷，他和围棋有不解之缘，而且对于围棋的国手非常的熟悉，是一位知名的作家他叫吴启泰，他写了《大国手》，可以看到从我们的陈老、陈祖德为棋而生，然后到辉煌的聂卫平，再到马晓春、俞斌，然后常昊张璇夫妇，他对棋手是非常的熟悉，而且有很深厚的感情。再加上他对围棋的热爱，所以他写出来的东西非常的务实，而且带着一个棋迷对围棋国手的一种尊重和一种敬畏之情去写的。

常昊：他在写这个的时候并不是说刻意地在采访我们，而是互相在聊天交流这样一个过程中自然而然的一种感情的流露，然后他这个把握得也是非常好的。

主持人：好的，那么接下来我们一起去了解一下吴启泰与他的围棋世界。

吴启泰与围棋小片：

1997年，一部《日落紫禁城》红遍大江南北，当无数观众为剧中人物的曲折命运而牵肠挂肚的时候，这部剧的作者也一直为黑白世界所魂牵梦萦，他就是今天我们的主人公吴启泰。而他对围棋的深刻感悟，在其作品中也有所体现，比如1991年上映的电影《天出血》，看似是在描写西北沙漠里人们为了争夺水源和土地而引发的故事，但这背后其实与围棋有着千丝万缕的联系。**吴启泰**：其实，这里面有个小故事，当年我跟《红樱桃》的导演叶大鹰在一起下棋，聊到下棋的本质是什么？就是生存空间。于是我就想到绿洲这样一个故事，围棋上它是争夺生存空间，绿洲也一样，绿洲的人为了水，为了土地，他们也要争夺。**解说**：在他2015年出版的文集里，有近半数都是有关围棋的作品，这其中《大国手》一书中，详细的讲述了陈祖德、聂卫平、马晓春、常昊等多位顶级国手的生平纪事，书中所写大多是吴启泰亲身经历。**吴启泰**：因为跟他们交往得很深，交往得很多，所以我这个作品的视点跟一般的记者所描写的那种新闻报道和纪实文学不太一样的地方，就是因为我写的是我熟悉的人。**解说**：以史为鉴可知兴替，吴启泰就是这样一个围棋历史的

↑ 吴启泰与围棋

记述者，他仗笔而行，为棋著书，再现着不能被遗忘的围棋故事。

主持人：那么说到胜负手，我相信常昊也肯定经历过你人生的低谷，你曾经连续六次获得了世界亚军。这个时候我想知道，你是怎样的一种心情？

常昊：就是我已经记不清有多少次这样的大赛输完之后，一个人坐在床上等待着天亮，彻夜不眠。一直在想为什么我会出现这样的问题，出现这样的失误，甚至到后面我进了决赛的时候，当然是很高兴，但是多少又有一些不安，所以这个时候其实你的对手是你自己，你自己能不能克服，你自己能不能战胜你自己。

主持人：从1998年到2005年，我们有一句话说得好叫苦尽甘来，就是到了2005年的"应氏杯"。说到"应氏杯"，实际上前两盘下成1：1，五番棋，第三盘可以说是天王山之战，那就是转折之点，那个第三盘棋我有印象，我当时觉得你那盘棋跟你本来的棋风都不太一样了，因为崔哲瀚的特点是好杀，力量极大，他就是用他的这种强大的计算力和力量压制李昌镐，那盘棋你可以说是以暴治暴，你跟他展开了非常血腥的战斗，并且在力量上克制崔哲瀚，这是让棋迷津津乐道的。

常昊：可能我的心态产生了一些变化，因为之前的这个决赛下到关键的时候，我总还是有一点想求稳。而在下"应氏杯"决赛的时候，我是有一种背水一战，不要去想这个胜负，就是要下出自己想下的棋，就是觉得自己一定能赢，那时候一种很奇怪的，好像跟以往决赛突然一下子有不一样的感觉，不仅那盘棋我获得了胜利，关键是在气势上在心态上我感觉我走出了之前的在决赛上的一些退缩的阴影。

主持人：2005年"应氏杯"当时常昊最终是3：1战胜了韩国的崔哲瀚，夺得了自己职业生涯的第一个世界冠军，那么尤其刚才提到的第三盘棋，被常昊自己称作是他职业生涯当中的胜负手，的确，每个人在他的人生当中可能遇到很多的抉择，每个人都会遇到困境，但是在困境之下如何能够把握大局，如何能够作出正确的选择，甚至需要放出胜负手的时候要毫不犹豫当机立断，都是人生最大的一个课题。那么接下来我们要介绍一个业余爱好者，叫刘增力。

刘增力与围棋小片：

大雪之后摆上棋盘，一壶茶，一局棋，如此画面也算一景，眼前这位手拿茶壶的叫刘增力，如今已是耳顺之年，正是对围棋的热爱与痴迷，让他从中感悟到了人生的舍和得。上中学的时候刘增力爱好打篮球，梦想成为一名专业运动员，然而在老师宿舍里与围棋的偶然邂逅成为了他一生的爱好。**刘增力：**当年我到他们宿舍去的时候，他们在那儿下围棋，当时是塑料布，玻璃棋子，我看到他们在上面摆的白豆豆、黑豆豆非常好奇，就和他们在一块儿下起来了，刚开始我肯定不行，最后我又把他们下过，实际上我的围棋就是这样成长起来的。**解说：**刘增力打过篮球，当过老师，还发表过小说，到如今一路走来，最终还是选择了围棋。**刘增力：**我呢算是第二代新疆人，我也是一直在想，我能够为新疆做点什么，能为社会留下一些什么东西，围棋对人生这么好的一项活动，应该传承下去。**解说：**2006年刘增力和朋友们一起创办围棋馆，希望能够

↑刘增力与围棋

让更多的新疆孩子学习围棋，新疆是一个多民族的聚居地，不同的文化差异使他们对围棋产生了错误的认识。**刘增力**：新疆的孩子几乎没有人问津围棋，新疆的家长也不理解。**解说**：这么好的一项活动却不被家长们认同，这样的局面是刘增力没有想到的，同时也让他下定了决心要坚持做下去。要让更多的新疆孩子学习围棋，了解围棋文化。围棋馆先后出资几百万元聘请更多的围棋老师走进校园，为小学生们免费普及围棋知识。现如今新疆已经有数万名孩子在学习围棋。

刘增力：我提出来一个理论，是道与术的有机结合，所谓的术就是我们的棋艺，所谓的道是我们通过围棋教育，对孩子，要有一个教育的过程，他要懂礼貌，要有抗挫力，不是说把孩子培养成棋下的（水平）多么高，更多的是孩子通过学围棋有所改变，写作业专注了，干事情也专注了，越来越被家长和社会认同。相信在不久的将来，会有更多的少数民族参与到围棋这项活动中。我有一个愿望，就是新疆什么时候能够产生一位职业棋手，我也就感觉非常的欣慰了。

主持人：常昊你也知道，我们这次是分为32个不同的界别，那么从这个界别来分的话，确实是我们一种创新，但同时也是我们一个胜负手，您认为这个胜负手有一个什么样的好处？

常昊：我觉得这个胜负手是非常好的，因为地域来区分毕竟现在围棋的发展不是很均衡，可能有些地方的围棋很普及，围棋发展的比较好，水平可能高一些，有些地区可能它的实力相对就要弱一些，这是一个创新，也可以说胜负手，但我觉得这个胜负手是非常成功的。

主持人：原本很多行业没有围棋组织，但是现在他们成立了，可以说通过这个节目我们搭建了一个体系。

常昊：所以我觉得《谁是棋王》对于整个中国围棋的普及推动发展其实是起到一个至关重要的作用。

主持人：我们这次在32个界别里边，专门还设有农业界别，包含农民，也包含那些为农业服务的，比如说生产农业机械，喷农药的无人机，包括还有一些农业的企业等等，他们在参加我们这次比赛时也是非常的活跃，接下来我们来关注一下农业、互联网还有海关等一些界别的海选情况。

农民界别海选北京赛区小片：

近日《谁是棋王》农业界别的海选总决赛在北京落子，大伙儿也从全国各地赶来，争夺下一阶段的四张门票。农业是我国自古以来的立国之本，而围棋又是我国传承多年的文化精髓，因此农业界别的围棋比赛也就有着更多的意义。**魏飞鹏**：每年的4月份到9月份，是我们农忙的季节，在这段时间里面，大家很少有时间从事围棋和其他方面的文体活动，到10月份以后庄稼已经收好了，到来年的3月份，这样有将近6个月的时间是农闲的季节，所以我们有更多的时间，用于文化艺术的交流。

互联网界别海选北京赛区小片：

杨庆：我觉得联众参与到里面基本上是一个必然的缘分，我们希望

↑ 海关界别北京赛区

↑ 互联网界别北京赛区

↑ 外企界别海选赛区

↑ 残联界别海选杭州赛区

做到就是说，通过我们海量的用户，和通过互联网的力量，能够尽量多的，使更多的爱好者有机会有能力参与到这个比赛，参与到这项运动里面来。**石云峰**：围棋是黑白的世界，计算机是 1 和 0 的世界，现在回头来看，选择计算机在我的人生这一盘大局中间是一个胜手。

海关界别海选青岛赛区小片：

《谁是棋王》海关系统总决赛日前在青岛举行，来自全国各地海关系统的 32 位选手参加了比赛，棋枰上无论胜负，选手们都把它看作是一次快乐的体验，而对于工作生活中的胜负得失，选手们也有着各自的理解。**张启厚**：作为缉私警察，每天都要和走私分子斗智斗勇，就像下棋一样，每一步都要做到完美，做到必胜，这样的话才不会使国家利益受到损害。个人在斗争中也立于不败之地。而作为把守国门的经济卫士，海关推出的每一项新举措都堪称是守土尽责与创新谋事的胜负手。**谢放**：如何围绕国家开放的大局，做好适应国家战略的一些改革创新，这是海关当前工作的重中之重。**解说**：经过六轮紧张激烈的比赛，来自南京、宁波和深圳的四名选手脱颖而出，将代表海关系统角逐中国围棋民间的棋王争霸赛。**海关选手**：国门卫士，为国把关，争夺棋王，奋勇争先。

外企界别海选小片：

宋瑾：《谁是棋王》在这一阶段进行的是外企行业的海选。而在我身后的几名棋手正在为进入全国小组赛的四个名额进行最后的争夺，在过去的一个多月中，他们从北京、上海、广州三个赛区脱颖而出。**解说**：外企行业海选赛总决赛在北京外企人力资源服务有限公司举行，参赛的 8 名选手是从近 300 名参赛选手中脱颖而出的。比赛采用积分循环制，经过一天五轮的比赛，迟晨浩、何兵、郭风以及赵治成为当天的前四名优胜者进入到全国小组赛阶段的比赛。

残联界别海选小片：

手谈是他们之间一场无声无息的战斗，更是他们之间一种交流的语言，今日，在美丽的杭州，一场别开生面的残疾人界别南区海选赛落下了帷幕，这次比赛共有来自于浙江、广东、湖北等 9 个省份的棋手参赛，经过两天的激烈角逐，最终有 16 位优秀的选手晋级到了下一阶段的比赛中，值得一提的是来自浙江温州的王温，以七轮全胜的战绩获得了南区海选赛的棋王。他也期待着能和北区的优秀棋手进行对弈。**王温**：我希望在《谁是棋王》这个舞台上，展示我们残疾人勇敢拼搏的精神。**解说**：南大区的残疾人海选赛是浙江省残联第一次举办围棋专项的比赛，规模之大，也让浙江省残联感慨，今后要多多举办这样的赛事，让更多残疾人了解围棋，感受围棋的魅力。

主持人：在这里我展现一幅画，这幅画是著名的残疾人画家花千红画的，要把这幅画送给残疾人界别的棋王，而且他专门寄语"世上无难事，只要肯登攀"。的确如此。我们也寄语这次残疾人界别的棋王，看看谁能够最终夺得这个称号，获得这幅画。花千红也刚刚在西安办了个人的画展。接下来我们看一个小片，介绍的是彭建明与围棋。

草根中国流

彭建明与围棋小片：在松原市残疾人综合服务中心我们见到了参加《谁是棋王》的彭建明，为了参加这次比赛取得好的成绩，妈妈和他的老师都来到了这里陪他，由于脑瘫的原因手脚几乎不受控制，平时下棋都是他告诉妈妈由妈妈代他下棋。祝长欣：一出去回头率相当高，因为瞅他的孩子大人眼光都不一样，从学围棋以后他出门不怕了，不怕见人了，愿意咋瞅咋瞅。解说：彭建明的爸妈几年前就下岗了，现在家里的全部生活来源靠的就是每天爸爸外面卖烤白薯维持生计。儿子对围棋的渴望，妈妈和爸爸都看在眼里，老师和松原残联为他这次参加《谁是棋王》给予了很大的帮助。王瑞艳：作为残联组织，我们残疾人的文化体育工作，给他们搭建这么一个平台，让他们充分展示文化体育方面的特殊技能，广泛地融入社会生活的各个方面。解说：虽然彭建明语言表达能力不能和常人一样，从他的妈妈和身边人我们了解到，以前的彭建明不喜欢出门，也不喜欢和身边的人进行交流，感觉别人都会用异样的眼光看他，后来学会了下围棋，参加了比赛，他告诉我们，在围棋中他找到了快乐，找到了与人平等交流的机会，在围棋的世界里他觉得他和别人没有什么不同，他看到了对手对他的尊重，他现在喜欢上了出去上课、比赛和与别人交流，在围棋的世界里我们看到了他乐观的态度，对自己以后生活的自信。

主持人：说到近年我们围棋外交，在2013年的时候习主席邀请了常昊，还有一些我们各行各业的精英去参加国宴。对，我记得你还去美国哈佛大学做演讲。

常昊：做一些围棋的推广。

主持人：据说很让人惊讶，有很多学生来听。

常昊：对，我能感觉到现在有越来越多的美国人或者说欧美人，对围棋有兴趣，我想一方面是围棋本身它散发出来的一种魅力，另外一方面随着中国的崛起，像欧美人肯定对于中国的传统文化，越来越感兴趣，而且也希望通过这些传统文化更加的了解你，尤其是你的一些思维方式，我觉得互联网普及之后，围棋的水平其实在接近，在不久前的团体赛当中，波兰的一位选手就赢了郑弘九段，香港的一位陈乃申业余六段更是赢了依田纪基这样的高手。

主持人：所以呢，一定要关注《谁是棋王》，接下来的小组赛更加精彩。我们可以把我们整个《谁是棋王》的活动，理解为三个胜负手，第一个胜负手就是我们的海选，可以说从界别来分类，已经取得了海选的成功，那么接下来小组赛我们将会是一个大制作，而且是有创新的和文化相结合的大制作，这也是我们第二个胜负手。第三个胜负手将是北京的全国总决赛，我们将会以更大的新意和全新的一种面貌呈现给广大的棋迷。所以大家一定要密切关注《谁是棋王》活动，也希望我们的胜负手能够取得巨大的成功，非常感谢常昊今天参与到我们的节目。感谢大家，我们小组赛再见。■

↑ 彭建明与围棋

谁是棋王 中国围棋民间争霸赛

谁是棋王
WHO IS THE KING?

【第三乐章】

棋王主调的
八个华彩乐段

棋之弈
「太湖枰风」

棋之乐
「钱塘棋乐」

棋之义
「保山思棋」

棋之养
「武陵棋境」

棋之艺
「棋汇九江」

棋之哲
「洛阳棋源」

棋之寿
「三亚棋热」

棋之情
「珠海棋情」

总导演辛少英全面解读《谁是棋王》——怀敬畏之心办文化赛事

2016年1月2日，《谁是棋王》中国围棋民间争霸赛首场小组赛在CCTV5如约与观众见面。已经办了四季《谁是球王》民间体育系列赛事的总导演辛少英看着这期节目心中还是有些忐忑，因为这一次她要办的不再是乒乓球、羽毛球或足球这样人人皆知、男女老少都乐于参与的体育运动；这一次，她和她的团队将视线对准了围棋——一项高深莫测却历史悠久饱含中国传统文化的体育项目。

为什么要做围棋民间赛事？一档围棋比赛为何要融入泥人、紫砂壶这些元素？《百家讲坛》的学者为何会出现在围棋比赛？第一期节目播出后，有幸与辛少英导演做了简短的采访，听听她讲述《谁是棋王》背后的故事。

Q1：《谁是棋王》现已完成两站小组赛录制，首轮录制地选择无锡有何特别的寓意？在选择举办地上有何特别的考虑？

辛少英：我们有意选择在江南地区的无锡和杭州作为《谁是棋王》小组赛的前两站，因为那里曾经是无数文人的精神故乡。说到围棋，杭州有围棋博物馆，无锡有乾隆下棋而留下来的寄畅园，出自明代的棋王过百龄也是无锡人。既然《谁是棋王》是寻找草根的"棋王"，第一站当然要去老棋王的出生地无锡，向老棋王致敬的同时，也希望江南丰厚的文化带给我们更多的灵感。

Q2：《谁是棋王》八站小组赛特设了"棋王八景"，这八景的创意从何而来？为何要把八景与围棋联系在一起？可以简单解释下第一景"太湖枰风"的含义吗？

辛少英：八个组别的比赛，分别在八个人杰地灵的城市进行。由于每一期节目都侧重于不同的围棋文化主题，不同的主题有不同的地域风景线，以及不同的民间围棋新气象，最终形成八期不同的《谁是棋王》的风景，因此称之为"棋王八景"。

例如第一期在无锡，无锡有"太湖明珠"之美誉。枰是围棋盘，我们的赛事无疑为当地带来一股围棋热风。所以，这一景概括为"太湖枰风"。而枰风又与屏风谐音，寓意节目所展示的无锡一幅幅人文风俗的图画。

第二期赛事在杭州，这一期的主题是"棋之乐"，称之为"钱塘棋乐"，乐在棋中，棋乐融融，各得"棋乐"。第三期在保山，因为有珍贵的围棋永子，还是著名的哲学家艾思奇的故乡，因此为"保山思棋"。第四期在张家界的武陵源区，主题是"棋之养"，围棋文化带给人的修养、学养。我们又由浅入深地细分为四个部分，心静、心净、心境、心镜，所以称之为"武陵棋境"。

Q3：从第一期节目来看，单纯的"下围棋"并不是节目唯一的内容；相反，节目中融入了许多诸如"琴棋书画"这样极具中国传统文化内

↑辛少英总导演工作中

涵的象征元素，比如泥人、紫砂壶、武术。为什么要在一档民间围棋比赛的节目中加入这些元素？

辛少英： 古人把琴棋书画并称四艺，这其中的棋指的就是围棋。围棋首先是一种竞技，它是追求胜负的，但它也是一门艺术，在它的发展中与艺术是息息相通的。我们在无锡采访了惠山泥人和紫砂壶的非遗传承人，他们都谈到了与围棋的关联，比如惠山泥人的一个重要的创作审美原则是"满而不塞，繁中有简"，这与围棋"无眼不活"以及追求简约的棋理是相通的。节目中加入这些元素，不仅让节目变得更加生动好看，也更加具有了文化的内涵。

Q4： 还将有哪些代表中国传统文化的元素出现在之后的节目中？

辛少英： 比如在杭州，我们把茶艺和琴箫文化引入节目，而这些并不是孤立的。比如在比赛的开局阶段，茶艺师泡的是清茶，希望选手放平心态；当比赛进入中盘的胶着状态，他们给我们展示了浓烈的红茶……不能不说，围棋与我们的文化和生活是息息相关的。当然在这一期中，我们还介绍了书法大师王羲之的《兰亭集序》等。将来不论我们走到哪里，都会将当地的文化元素引入节目。

Q5： 首期节目的做客嘉宾是《百家讲坛》的知名学者王立群、郦波。为什么要请两位文化学者来到一档民间围棋赛事呢？

辛少英： 我们的节目是一档文化含量很高的节目，需要学者用他们的视角和学术语言深入浅出地向观众普及中国文化。特别巧合的是以《史记》闻名的王立群教授支持的选手名字就是史记。这样我们请王立群老师用史记体来介绍选手（司马迁曰：史记同学何者，南京人也，以人小而弈道之精也）。而擅长诗歌的郦波老师则用诗歌的方式介绍了他支持的选手。这些内容都让节目有了文化厚度，也很幽默。

Q6： 之后的节目还将邀请到哪些领域内的嘉宾？

辛少英： 各类嘉宾都会邀请，比如第三集在云南保山就会有与军事有关的嘉宾。因为那里的腾冲曾经是战略要冲，二战中有松山攻坚战、腾冲围歼战和龙陵大会战，军事也会是我们那期节目的重要部分。

Q7： 作为《谁是棋王》的总导演，您想通过这档节目让观众了解到什么？

辛少英： 我们希望通过这档赛事节目，更多地传播中华传统文化。正是因为我们的祖先发明了围棋，在几千年来的发展中与我们的文化与生活紧密地融合在一起，所以我们的节目用文化来包装这档赛事节目，目的就是为了让赛事变得更加鲜活，更加富有感染力。另外，也让中华文化薪火相传，在新时代里更加富有生命力，唤起民智；让更多的人能热爱围棋，并从中受益。我们是怀着敬畏之心在做这档节目，越做越领悟到我们中国文化的博大精深。■

棋之弈
【太湖枰风】

宋朝《棋经十三篇》说，枯棋三百六十，白黑相半，以法阴阳。局方而静，棋圆而动。自古及今，弈者无同局，这或许就是围棋的博弈之道吧。棋局千变万化，黑白子力相等，机会相等，双方无高低贵贱之分，都是从一开始。所以，围棋首先是平等之博弈。围棋又是工于心计的智慧游戏，体现的是智力与计算能力的高下优劣。所以，围棋是聪明人的博弈。围棋是手谈的艺术，高手之间惺惺相惜，棋逢对手，才能共创佳谱，所以，围棋又是交心交友的博弈。围棋能够陶冶人的真性情，每每于棋的着法中，洞见棋手内心的境界与好恶，所以，围棋是人性气度与风范的博弈。围棋之胜负，关键看取舍，不能斤斤计较于一城一地的得失，所以，围棋更是大局观的博弈。围棋如人生，围棋如世道，从棋理推及世间之理，感悟人生，所以，围棋最终更是人生如棋的博弈。自己人生中的言行作为，都是置于一生棋盘中的黑白棋子，纵观自己的人生，你将如何博弈自己的人生棋局，写就怎样的人生棋谱？

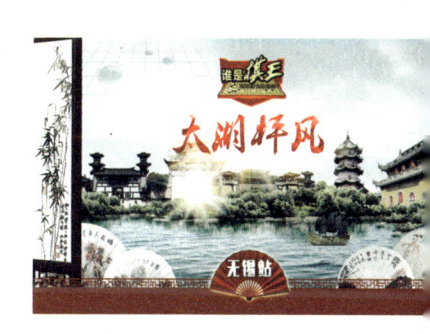

棋之弈

棋王主调的八个华彩乐段 ‖【太湖枰风】‖ 文化主题——棋之弈

↑太湖枰风录制现场

↑火车头界别四强选手

↑煤炭界别四强选手

↑金融界别四强选手

↑文化界别四强选手

主持人开场白：

观众朋友们大家好，在2016年新年之际，我们《谁是棋王》小组赛也隆重地拉开了战幕。现在我们是在江苏无锡市体育公园体育馆为您转播《谁是棋王》中国围棋民间争霸赛无锡站的比赛，我们要感谢体坛周报、中国体育报、北京青年报、新浪体育、搜狐体育、以及网易体育，还有CNTV对我们的大力支持。

从本周开始我们将会连续举办八站的小组比赛，这八站都会呈现民间围棋的新景象，并且最重要的是将会与当地的自然景观完美结合，堪称是棋王八景。

无锡是太湖边上的一颗明珠，可以说我们第一集选在无锡是别有一番寓意的，我们第一站的主题是太湖枰风，接下来有请无锡站的四个界别的选手们在蒙蒙春雨的意境当中隆重登场。

火车头界别选手的行业文化介绍小片：

解说：他们把自己看成是从海选直达总冠军的特快专列，开足马力，力图一路畅通，其他所有的车次都必须无条件让行，而他们在全国铁路网这大纹枰上潇洒地布上一枚枚黑白棋子，让铁路畅通无阻，让每一条大龙灵动而精彩。**鲁宏辉**：我觉得我们这个铁轨就像棋盘上的纵横线，人们通过手谈缩短了人与人之间的距离，火车头永远争第一。

主持人：围棋是我们传统智慧的结晶，而铁路是我们当代国民经济的大动脉，传统与现代同等重要，感谢你们。

煤炭界别选手的行业文化介绍小片：

解说：他们是民间围棋的一口富矿，而《谁是棋王》打通了一条笔直的巷道，使得他们充满期待的黑金，得以顺利开采，而他们把自己的本职工作看作是一局必须取胜的棋局，每一步的严谨与积极应对，决定了他们整盘棋的安全系数。**陈瑛**：煤炭行业黑白棋子搭台，煤矿工人争先，为行业增光添彩。

金融界别选手的行业文化介绍小片：

解说：他们是一支颇具上行能力的潜力股，带着海选阶段的利好，希望在中期阶段创造出完美K线图。而在金融业的大棋局中，他们以大局观为市场经济下出良好布局，以期未来的完美收官。**罗韬**：我们眼光独特，既能判断当下的经济形势，也能捕捉棋盘上的胜机。

主持人：金融讲究诚信，而围棋讲究棋品，用四个字概括就是取之有道，而金融界别的强手在本站比赛同样取得了非常出色的战绩，感谢你们。最后我们有请文化界别的四强选手登场亮相。八个界别当中，唯一的一个界别女棋王就是我们文化界别的邓歆懿。

文化界别选手的行业文化介绍小片：

解说：他们把此次《谁是棋王》无锡的晋级之战，一挥而就为神采飞扬的大文章，每一对局都是他们诗意的韵脚，而他们的文化主业则被他们弈成一局注重大模样的美而灵动的棋局，棋谱如诗如画如歌。**邓歆懿**：琴棋书画君子四艺，中庸之道是围棋的精髓，也是中国传统文化的精髓。

主持人：观众朋友，现在您看到的是我们在无锡为您转播的《谁是棋王》中国围棋民间争霸赛无锡站的比赛，我们之所以将棋王八景的第一景选在无锡，不仅是因为无锡自古以来就是江南名城，更重要的是无锡与围棋有着不解之缘。

目前中国围棋等级分女子第一的於之莹就出生在无锡，而早在明代末期无锡就有一位大国手过百龄，过百龄在十几岁的时候名震全国，成为当时的绝顶高手，今天我们就请来了一位穿越的贵客。

↑莅临嘉宾

过百龄人物介绍小片：

解说：他8岁学棋，11岁名震江南，15岁搏战京师，40年独霸棋坛，为后人留下传世经典，过百龄在棋坛驰骋一生，凡来挑战的高手他都一一应战，且每战必胜。无锡县志中写道，"开关延敌，莫敢仰视。因是数十年，天下之弈者，以无锡过百龄为宗。"一代棋宗过百龄，对明末及清乾隆时期的围棋发展做出了重大贡献。

过百龄（华滨扮演）穿越独白：

老叟沉睡几百年，喜看弈棋胜空前。谁是棋王到民间，各路英雄尽开颜。

老叟我大梦初醒，一定要到这儿来贺喜贺喜。我先预祝两位后辈精英，能够以精辟的对局赢得棋王佳话。

主持人：过前辈，留步留步。今天三生有幸见到了明代的大国手，我想问一下您怎么也会来到我们《谁是棋王》的现场呢？

过百龄：今天来了这么多喜欢、爱护我们围棋的观众和朋友，老夫岂有不来之理啊？

主持人：您对围棋的理论进行了很深的研究，应该说《官子谱》这本书也被很多人充分地学习，据我所知我们的围棋大师吴清源进行了很深入的研究，并且翻译后在日本出版。谢谢您！今天我们很高兴也请到了一位当代的围棋前辈，曹大元职业九段，人称曹大官子。当年在中日围棋擂台赛包括全国比赛的时候，您的官子非常厉害，所以您有一个绰号叫曹大官子。

曹大元：好像是有，但是我那时候实际上输半目的棋非常多。

主持人：所以呢，尽管很擅长官子，但是您觉得官子也非常的难。曹老师，今天我们是分为黑方和白方两个阵营，你要支持黑方，作为前辈，对邓歆懿有什么样的感言？

曹大元：今天只是棋王之路的中盘，我希望她能够走到收官阶段。

主持人：这确实是很大的一个期待，曹大元职业九段曾经夺得过全国冠军，当然今天我们白方阵营的第一位嘉宾同样也是全国冠军，接下来掌声有请美女

↑曹大元寄语

↑《棋经十三篇》文化小片

棋手唐奕，您今天是作为白方阵营的第一位支持嘉宾，有什么话想对我们白方的棋手，金融界的棋王罗韬说呢？

唐奕：我的名字是神采奕奕的奕，祝你弈棋之时，神采奕奕。

主持人：刚才是两位职业棋手，那么接下来大家非常熟悉的一位学者王立群教授。我想请您用以前说《史记》的方式，给我们黑方的棋手加油助威。

王立群：今天的棋手如果能够在这场比赛当中获胜，那么按照《史记》的写法可以入《列传》，如果在总决赛获胜可以入《本纪》。

主持人：非常感谢，这拔了很高的高度，既然我们的王教授都来了，自然我们白方阵营也不能输，也得请一位重量级的嘉宾，这一位是江南才子，他提出一个理念，叫快乐上课，平淡生活。我们都知道围棋当中也讲究快乐对弈，平淡胜负，所以他的这一教学理念和我们围棋的博弈之道是完全相通的，也请我们的郦波教授为白方棋手金融界的棋王罗韬说几句期待的话。

郦波：明朝的李东阳说，惟有围棋堪遣兴，所以我希望能用遣兴之心来对弈，这也是一种博弈之道。

主持人：非常感谢，今天我们来到无锡第一站的比赛，也请到了很多无锡当地重量级的嘉宾，文化大师许墨林、惠山泥人研究所所长赵建高老师、紫砂壶大师范泽锋、二泉文化研究者王俭春以及音乐制作人山奇，有请。

这几位都是我们无锡当地的名人，对无锡当地的民俗文化有很深入的研究，所以我们请每一位嘉宾来说一句对无锡文化感悟的话。

许墨林：人生就是一盘棋，让我们审时度势，博弈出一盘精彩的好棋。

赵建高：我将用我的心灵捏出最美的棋王。

主持人：这句话大家好好听一听，说明我们这一站的棋王会有意外惊喜。

王俭春：愿千年流淌的惠山泉融入我们智慧的棋局。

范泽锋：用一颗平常心为大家泡一壶好茶。

山奇：人生如棋，所以要走好每一步，人生不光是跟对手博弈，也是跟自己博弈，挑战自我，我希望《忆江南》的旋律，可以在各自人生的棋盘上流淌着，温暖着，美丽着。

主持人：在古代围棋称作弈，可以围棋是一种博弈的游戏，而同样在我们现实的生活当中处处都有博弈，因此我们本期的主题是棋之弈。

主持人：在无锡站的比赛当中，文化界别棋王邓歆懿和金融界别棋王罗韬发挥出色，杀入今天的决赛。欢迎两位，首先请问邓歆懿，这次晋级之路到目前为止，有什么样的感想？

邓歆懿：很惊险很刺激，每个对手都很厉害，一步步走过来非常不容易。

主持人：发表一下决赛感言。

邓歆懿：巾帼不让须眉，罗韬你给我等着。

主持人：刚才她说了巾帼不让须眉，心不心虚啊？

罗韬：我这是以不变应万变，邓歆懿放马过来吧。

↑开场歌舞——美丽江南

↑现场观众

主持人： 看来双方都是气势十足。好，接下来请两位选手进入到对弈亭。

选手介绍小片：

解说： 罗韬，业余六段，浙江省围棋协会副秘书长，现任中国平安财产保险杭州分公司总经理助理，11岁入选浙江省围棋队，13岁上初中因爸妈担心学业，故离开省队回老家继续读书，一直到大学围棋作为兴趣爱好又重新捡了起来。**罗韬：** 我心情很平静，胜负是次要的，对选手来说，我觉得最主要把棋的内容下出来，发挥出自己的水平就行了。**解说：** 现在围棋对于罗韬来说更多的是对人生的感悟，金融行业平时工作繁忙，但只要保持好的心态，各种困难都会迎刃而解。**罗韬：** 从年纪上来说，快棋赛，肯定年龄小的一方占优势一点。但是围棋还是靠综合实力来说话的，总之我还是相信自己。**解说：** 邓歆懿，力量型的年轻女棋手，本次比赛文化界别冠军，也是本次比赛当中最大的看点之一。**邓歆懿：** 这样大赛的经历我曾经有过，但是之前时候还年轻，有的时候晚上会比较激动睡不着觉。**解说：** 邓歆懿与丈夫刘进，夫妻二人共同晋级了文化界别四强。**刘进：** 我感觉你赢他（罗韬）应该没问题。**邓歆懿：** 等我好消息吧。其实快棋的话，我觉得应该我还比较擅长，结果怎么样，还得下了才知道。**解说：** 邓歆懿十几岁就开始做围棋老师，能干的她从早到晚去各个围棋学校教棋，年仅18岁的她果断投资创业，开办了心弈围棋学校。

王剑坤（裁判长）：《谁是棋王》无锡分站决赛比赛开始。

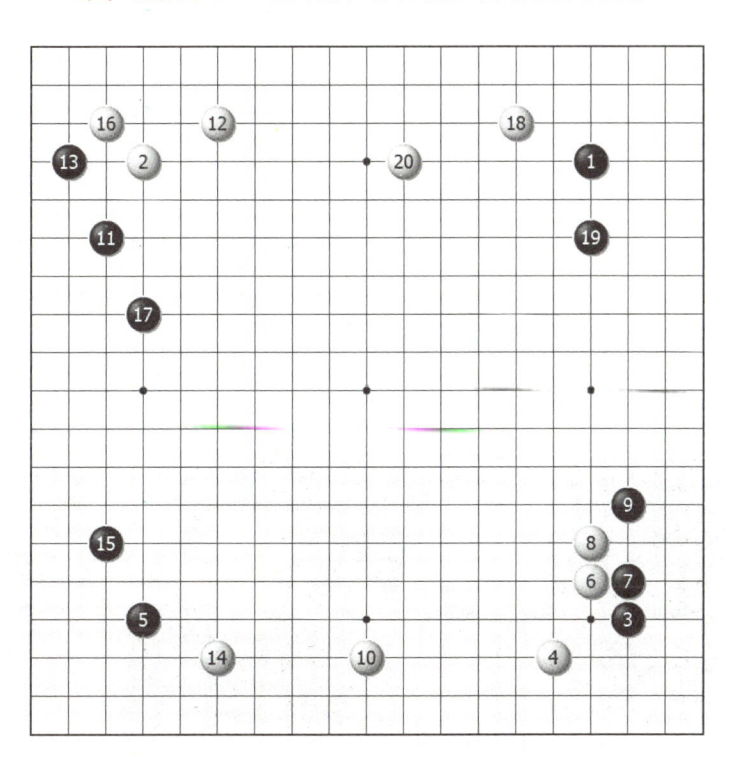

小组赛无锡站决赛「●邓歆懿 VS ○罗韬」1—20

↑裁判长王建坤宣布比赛开始

↑现场挂盘讲解

主持人： 今天我们请到了两位重量级的讲棋嘉宾，有请曹大元职业九段和唐奕职业二段开始为大家讲棋。

唐奕： 我方是罗韬执白，你方邓歆懿执黑，曹老师。

曹大元： 对，布局的话双方还是下得挺正常的，都是流行的布局，第二手白4直接就挂角了，是不是有点挑战的意味？

唐奕： 对，应该说对自己的力量非常有信心。

双方从第1手战至第20手，棋局至此，布局尚未结束，双方面临方向选择，讲解的曹大元九段觉得白棋很犹豫，而唐奕觉得黑棋很谨慎……

曹大元： 你方下得也不错，也是高低配合。

唐奕： 对，下成这样应该说是双方在布局阶段，大致已经摆开了阵势。

曹大元： 对，摆好架势了，准备迎接中盘战了。边边角角双方的子都摆满了，黑棋的选点从四个角部来说都可以下子，都有落子的可能性，黑棋现在应该在犹豫中。

主持人： 刚才我们看到，到20手实际上大致已经有了一个布局的雏形，有一个成语和棋有关系，有请我们的郦波老师，这时候该怎么去选择？然后有一个怎样的成语呢？

郦波： 如果说这个选手在这个时候选择很多，那么他的这个状态我们可以用一个成语来说，举棋不定，典故来源其实和棋没关系，因为那时候大家已经喜欢下棋了。但是举棋不定还有另外一个故事，特别形象生动，是说一个神童，竹林七贤最小的那个叫王戎，他怎么进入竹林七贤的呢？就是他的父亲王浑有一个好朋友叫阮籍，阮籍有一天到他家里来，来找王戎的父亲王浑，王戎才14岁正在跟他父亲下棋，阮籍进来院子看他俩在下棋，王浑刚欲站起身，他摆摆手，就不打扰他们，你们接着下，他就站在王浑后面看，王浑边下棋边觉得老朋友站在面前，就有点举棋不定，他儿子王戎天才神童，抬眼看他爹就说了一句话，举棋不定，心有旁骛，一句话两个成语。后来阮籍和王戎就结为忘年交，然后把他带入竹林七贤，成为竹林七贤里头最小的一个，这个很有意思。

主持人： 举棋不定，心有旁骛，实际上最早举棋不定还是指在遇到抉择的时候要当机立断。

郦波： 当机立断。

主持人： 不能犹豫不决，目前的局面非常的接近，这个时候如果从白棋的角度对黑棋的评价应该是怎样呢？

王立群： 可以用一个成语来说，叫棋逢对手。棋逢对手这个成语它出自晚唐时期的一个非常有名的诗人陆龟蒙的典故，当时有一个僧人跟陆龟蒙是好朋友，他在怀念陆龟蒙的时候写了一首诗，叫《怀陆龟蒙处士》，其中有两句说"事免伤心否，棋逢敌手无？"这个诗表现了棋友之间非常深厚的友谊。到了宋代还是一个僧人叫释普济，他写诗就干脆把棋逢对手写出来了，说"棋逢对手难藏行"，藏行是说把你的心机掩藏起来，真到棋逢对手的时候你的真本事是无法掩藏的，你必须把浑身解数都使出来，这样一来这个成语大体上反映了黑白双方目前的这种态势。

↓举棋不定、棋逢对手

举棋不定
出自春秋时期左丘明的《左传·襄公二十五年》："弈者举棋不定，不胜其耦。"
意为下棋的时候拿着棋子，不知道如何下。比喻犹豫不决。

棋逢对手
出自《唐诗纪事》卷七十七："事厄伤心否，棋逢对手无。"
比喻遇到实力和水平相当的人。

王立群：讲到这个开局了我就想再多说一点，"局"这个字从语言的角度来讲，在古代最早的意思是棋盘，它有两种，一个木头制的，一个石头制的，所以棋这个字在古代有两种写法，上头是一个"其"底下是个"木"，或者上面是个"其"底下是个"石"，这两个都是棋，下棋它是一个心智的对弈，所以局这个字的本身就含着奇谋、权谋在里面。

曹大元：那我们下边来看看实战究竟黑棋是如何做选择的。

唐奕：黑21扎钉。

曹大元：特别冷静。

唐奕：看似平稳，其实暗藏杀机。

主持人：现在下到了30手，您觉得到目前为止这个布局怎么样？

曹大元：还是均势。

主持人：在这个间隙，我们又要来普及一下我们无锡当地的民俗文化。

无锡惠山泥人介绍小片：

解说：被郭沫若赞之为"人物无古今，须臾出手中"的惠山泥人，是无锡闻名于世的非物质文化遗产，至今已经拥有一千多年的悠久历史，在与朝代更迭，岁月兴替的博弈中，惠山泥人与历史更加久远的围棋一样，无疑是一个能够从古流传至今的胜利者。而更与围棋相通的是它们在流传的过程中不断地被融入和积淀了深厚的民族与地域文化，当来自火车头、煤矿与金融的民间棋手来到无锡马山拈花湾，与惠山泥人亲密接触时，或许他们在观赏与试做的过程中能够体会到惠山泥人与围棋之间更多的相通之理。**徐新**：做的过程当中，要自然而然，顺势而为，这样做的成功率比较高，这个跟围棋很像。**程驰**：围棋跟这个惠山泥人一样都是一个中国古老的传统艺术，那么它其实都是对人类智慧的一个体现，就像我们下棋，我们想下出一盘好棋跟我们想捏出一个好泥人，这道理是相通的，那么在成为顶尖棋手或者成为大师的路径上我们没有捷径，只有不断地积累不断地学习不断地钻研才可以成功。

解说：惠山泥人一个重要的创作审美原则就是满而不塞，繁中有简，而这不正是体现了围棋无眼不活，以及追求简约的某种棋理棋韵吗？更重要的是惠山泥人与围棋都必须通过使用与审美的博弈，最终走向成熟与辉煌。

赵建高：惠山泥人起源于我们宋代，这个泥土，关键是它的土质好，独一无二，不用烧的，今天我捏的这个棋王也布好我的阵了，所谓布阵就是把整个的形状，整个的形体已经布好了，也是跟下围棋一样，我们把布局布好了过后就开始细细地琢磨了。

主持人：刚才我们听到赵老师已经介绍了，就是泥人也讲究布局，这个听起来我们确实觉得很新鲜。

曹大元：对，这个跟围棋的棋理的确相通。

主持人：完全相通。接下来请我们的赵老师代表白方问一个关于泥人的问题让我们黑方的嘉宾来回答。

↑惠山泥人

↑围棋与绘画

↑ 嘉宾现场交流

赵建高：我们无锡泥人最出名的是什么？

王俭春：应该是王木东先生和柳成荫先生创作的作品，是细纹类的。

赵建高：是这样的，惠山泥人是我们一个地域性的文化，最出名的实际上就是福娃，跟人们生活相关的，我们祈求平安吉祥，幸福美满。

王俭春：赵老师说的是阿福和阿喜。

赵建高：对。

主持人：现在给我们黑方阵营一个机会，请我们的王立群教授也给我们白方出一道题，出一道什么题呢？关于书画的问题。

王立群：我们想问这个绘画和围棋有什么相通之处？

山奇：画和围棋有没有相通之处，我觉得还是从布局上来考虑，我觉得是有相通的。因为画也是要布局的，音乐要起承转合，画也要起承转合，其实围棋也要起承转合的，所以它应该是有相通之处。

王俭春：中国所传承的很多东西都是从阴阳虚实而来，书画讲究阴阳虚实，围棋更是阴阳虚实的开始，除此之外，我们所传承的中药、武术、医疗都是从阴阳而开始的，在这之中书画的黑白也好，布局也好，围棋的这种黑白子也好，布局也好，我觉得是一个根源，是发自于阴阳，而不光是起承转合到一块。

主持人：说到书画我们有一位嘉宾是很有话语权的，那就是我们黑方阵营的许墨林老师。

许墨林：书画跟棋枰，同样有中国文化的精神，棋枰上体现了中国文化的许多灵动，无锡山灵水秀，人才辈出，许多书画大家是我们所共知的，无锡是个摇篮，在无锡出了像顾恺之这样的绘画圣祖，也出了元代倪云林这样的大师，明代王绂这样的国手，明代不仅出了过百龄这样的围棋国手，绘画上的国手就是王绂，他们在自己的白纸上充满灵性地表现了中国文化的神采，富有创造性，实际上中国文化的神采是融通的，这种融通的中国文化，提高了中国文化的品位，提高了中国文化的质量，所以我很感谢今天的棋手给我们机会回顾了无锡文化这个光彩，它也是中国文化的精彩，谢谢大家。

主持人：刚才说到了很多的文化大师，实际上我们的体育在无锡也是人才辈出，大家熟知的国际奥委会副主席何振梁，还有蔡振华我们国家体育总局的副局长，都是来自无锡。围棋更是从过百龄老先生开始，有着非常源远的流传，现在比赛已经是步棋至中盘了……

从第31手到第56手，此时白棋打入黑阵，局面迎来关键处，对打入之子如何进攻，在战略上涉及"宽攻"还是"缓攻"，在战术上涉及精确的计算……

主持人：现在下到了56手，那么就牵扯到一个进攻和治孤的问题，我们都知道围棋当中其实在局部战斗的时候最重要的是计算，说到计算的问题，来自金融界别的朱小军，他认为金融和围棋最相通的就是都要算。

朱小军：我下了很多年的棋也做了很多年的交易，他们有很多东西都是相通的，那么你最终的结果取决于你的思维，比如说吴清源大师说

↑ 现场观众积极参与

过，围棋最高境界是什么？是追求中和的精神，实际上就是说下棋要有大局观，你下的每一手棋要跟棋盘上的棋子有机地结合，在这一点上交易和下围棋都是相通的。

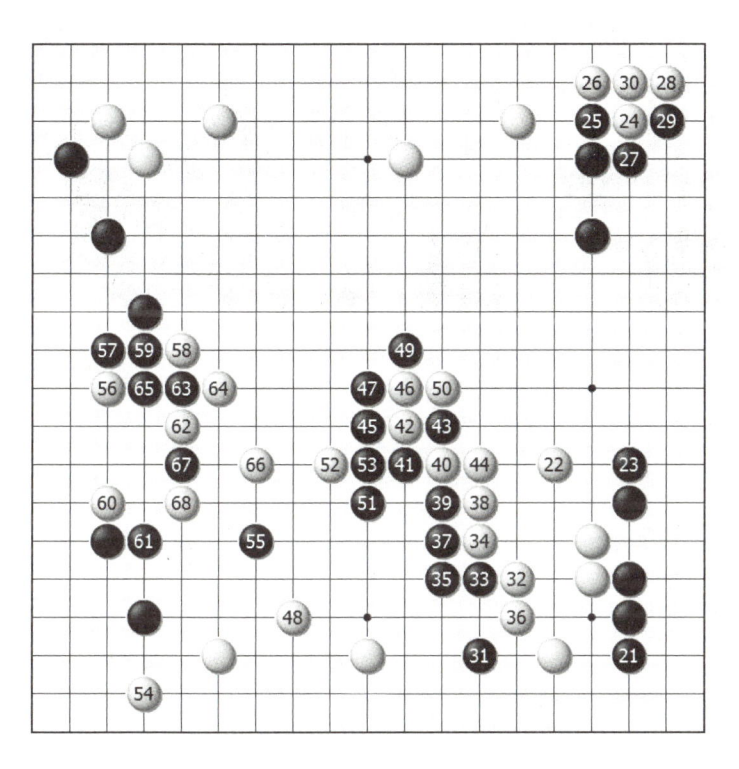

小组赛无锡站决赛「●邓歆懿 VS ○罗韬」21-68

主持人：说到围棋计算，实际上我们都知道我们中国有一本书《棋经十三篇》和《孙子兵法》是完全相通的，在很多棋理方面也是用了同样的思维。

郦波：其实《孙子兵法》一开始就讲妙算，妙算讲的是一个布局、军情、兵势，讲的是可见以及不可见的那种计算所产生的一个效果。所以我听曹老师在讲黑方选手一开始的布局，包括后来到中盘的攻势，我觉得像孙武子，孙武子打仗其实是攻势十足，我们知道他指挥过最有名的战役就是灭楚之战，但是楚军多少人？吴军多少人呢？楚军20万，然而吴军孙武子带的只有3万人，孙武子带兵讲究势，他算准了关键的节点，一旦抢到势，叫势如破竹，所以3万破20万，强大无比。

主持人：无锡地处江南，我们都知道古有吴越之争，也有很多围棋的典故。

王立群：无锡这个地方，比较早的时候属于吴国，后来又和南方的越国有一个多世纪的争斗，在吴越争霸的最激烈的那一个多世纪中间，两国出现了很多当时有名的兵器，比如说像吴国的吴钩，越国比较有名的就是越王的剑，吴越争霸给我们现在留下来吴钩这样的兵器，还有越王勾践的剑，这个和围棋的相通之处在于他们都是博弈，但这个博弈是人和人之间兵力的、国力的一种博弈。

主持人：无锡地处吴国，自古以来就崇尚习武，观众朋友现在您看到的是

↑现场武术表演

↑无锡少儿围棋课堂一角

我们在无锡为您转播的《谁是棋王》中国围棋民间争霸赛无锡站的比赛，我们都说围棋作为中国的传统文化博大精深，那么围棋与武术有什么关联呢？我们的郦波教授有很深的研究。

主持人： 郦波老师你是拿过大学生武术比赛的冠军吗？

郦波： 年轻的时候，好汉不提当年勇。

主持人： 当时是器械还是拳？

郦波： 主要是拳术，所以看到他们这个，尤其是在谈围棋的时候我就很感慨，你看围棋在魏晋的时候它有一个名字叫手谈，而武术不光是手谈还有腿谈，还有身手全部相谈，还有兵器相谈，所以在形上其实还蛮像。但是它和围棋最相似的地方，其实是境界上的相谈，就是道德层面上，和围棋一样最终战胜的不是对手，而是自己的那颗心。

琴棋书画，我们古人叫文人四艺，文人都要会这四样东西，那么为什么是琴棋书画？你看琴就一个人弹就可以了，那个书画也都是一个人画就可以了，棋非得两个人下，为什么棋和这个放在一起呢？其实是有讲究的，儒家讲修身，琴则养心，棋则凝神，要计算，要对弈他必须凝神，然后书则练气，画则写意。所以从心到神，到气到意，他是一个人修炼自我的最高境界，所以棋也好，武术也好，其实都是中国文化源远流长中融会贯通的一种表现形式。尤其是以围棋最为突出。

主持人： 现在下到这个时候，到了一个非常关键的阶段，这个时候就要拼力量拼计算了，我们无锡围棋的普及做得非常好，有很多小朋友学棋的水平相当高，我们今天来了一位小朋友只有6岁叫顾家齐，6岁的他已经达到了业余3段的水平，我们来问问小朋友，现在67夹之后，白要下到那儿呢？

顾家齐： 白要下在连。

主持人： 连，这步棋唐奕觉得怎么样？

唐奕： 如果说逃子的话，把这个棋子连回去是正确的。

主持人： 除了这步接还有别的吗？

顾家齐： 白68在4路冲下去。

主持人： 冲下去，这步厉害了，这步棋怎样？唐奕？

唐奕： 这步棋太狠了，有点用力过猛了。

↑棋王指导少儿棋手

琴则养心
棋则凝神
书则练气
画则写意

↑郦波老师讲琴棋书画

曹大元：这步棋想法是挺好的，要破黑棋的空，但是可能有些局部的计算还没有到位。

主持人：实际上无锡当地围棋的普及是做得非常之好。我们看一段小片，了解一下无锡当地的围棋普及。

无锡围棋普及小片：

解说：无锡的小学在20世纪90年代初就已经开始了围棋课堂，近十年来在中小学已经全面的普及，据统计至今学围棋的青少年已经达到数万人之多，"国艺杯"小棋王围棋赛是无锡地区一项高水平的青少年围棋传统赛事，从这项赛事中走出了众多的少年英才，如陈润韬、陈梓健，都已经成为职业棋手，於之莹已经成为女子国手。作为《谁是棋王》金融、煤炭、火车头、文化四个界别的棋王们，特意来到这里，与这些"国艺杯"的小棋王们，来一场纹枰间的切磋，这些业余五段的小棋王在与叔叔阿姨们对弈的时候，丝毫没有示弱，他们年纪虽小，却是初生牛犊不怕虎，丝毫不输棋王。

唐奕：这步黑87，我第一感这步是不是可以说是败招？因为我这底下白棋扳了我是虎在那儿，我已经被你打了一下。

曹大元：对。这棋好像，几乎是让黑棋再下一步都不活。

主持人：趁这个时候我们进行一些围棋的基本知识的普及。首先我们第一步从气开始，我们都知道围棋的棋子每一步都是有生命的，那么气就是围棋的生命，有气就能生存，没有气就要被吃掉，一个黑子放在天元这个位置，我们想问一下现场的观众，这颗棋子放在中央有几口气啊？好，那位。

观众1：四口气。

主持人：四口气，好的，四口气，加难度了，我们加到三个子，那么在天元的位置非常平衡的一个直三，几口气？

观众1：八口气。

主持人：八口，算得很快，现在我们变换一下，把这个棋子搁到角上，我们有请这边的朋友回答一下。

观众2：三口气。

主持人：三口气，自我介绍一下您是学了多长时间围棋呢？

观众2：我学围棋学了七年。

主持人：七年时间，什么水平？

观众2：现在是业余4段。

主持人：您初学围棋的时候对气是什么样的理解？

观众2：我初学的时候对气的感觉就像是一个生命，就是你的棋没气了就要被拿走，然后你只有不断的长气才可以存活。

主持人：气是生命，这个说法非常好。

主持人：现在我们看白91夹。

曹大元：小邓选择活角了。

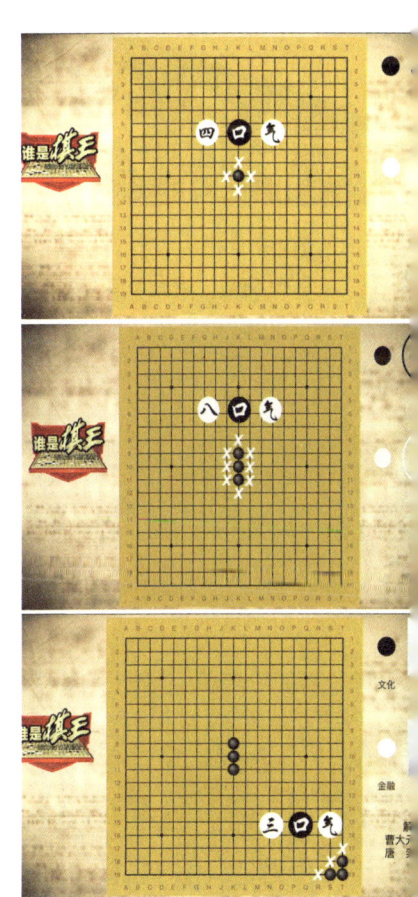

↑ "气"的学习

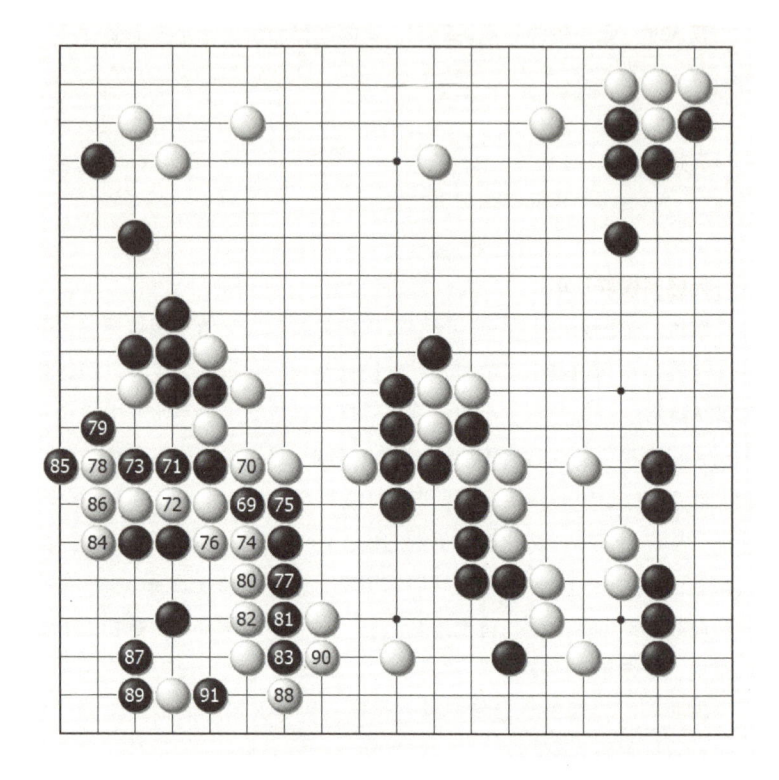

小组赛无锡站决赛「●邓歆懿 VS ○罗韬」69—91

主持人：活角，我们再看白92手，就干净利落地把这六颗棋筋吃掉了，这个地方现在我们可以看，这个角本身应该就算黑棋的，至少大半个是黑棋的，现在黑棋虽然活，落一后手，外面棋筋白丢了。

曹大元：对，是这样，所以这个战役黑棋损失惨重。

主持人：这个应该说是直接有被击溃的感觉。

曹大元：对比之下黑棋中腹都没活，成为孤棋了，本来是外势，黑棋的外势现在成孤棋，白棋的孤棋现在成外势。

主持人：好的，那么刚才我们讲到92手了，现在也就是说这个战役应该不叫转换了，就是这个战役黑子的六颗棋筋被吃之后，可以说这个基本上胜负已明。但是我们要讲一下，为什么刚才黑棋的角上要补一手棋呢？这要说到围棋的另外一个基本知识的普及，围棋必须要造两眼才活，这个请我们的曹老讲解一下，为什么要造两眼才活？

曹大元：围棋做两个眼之后，你自身有两个眼你就有生存的空间了，因为对手不能直接放两颗子在里边。

主持人：唐奕，围棋两眼你最初学棋的时候老师是怎么教你的？

唐奕：我记得老师好像说你要把两个肩膀都搭结实了才是两个真眼。

主持人：接下来还是唐奕来考考我们的现场观众，在不同的区间要想做出两眼，所需要的子力是不同的，唐奕给大家出题吧？

唐奕：那先说在角上吧。

郦波：我研究应该是6个吧。

↑天下第二泉

主持人：回答正确，非常好。

唐奕：该到边上了，在边上做活最少需要用几个子？

主持人：边上做活最少几个子？我们的王立群教授，几个子？

王立群：8个。

主持人：8个子，回答得很干脆，看来相当的厉害，这个文化与围棋相通，再来一个难的。

唐奕：最后就剩在中腹做活最少需要几个子？

主持人：这个好像比刚才两个要稍微难点，哪个高手出来回答一下？

观众4：10个。

主持人：回答正确。围棋要两眼做活，这个道理看来大家都很清楚，那么说到两眼活，这个非常巧合，和我们无锡一段非常知名的文化是相关联的。

↑ 现场二胡演奏《二泉映月》

无锡第二泉的介绍小片：

解说：苏东坡在无锡曾留下"独携天上小团月，来试人间第二泉"的诗句。这里的第二泉指的就是无锡惠山泉，相传唐代茶圣陆羽评定天下水品二十等，惠山泉名列天下第二泉，千百年来惠山泉独领博弈之要诀，以不争为争，虽然甘居天下第二，却以独特而深厚的文化底蕴和水清泉冽，穿越漫长历史风尘，令若干所谓天下第一泉如过往云烟，而天下第二泉的名声却如日中天，这也正如围棋之博弈，贵在谦和，不争一日之短长，不执一城一地之得失，弈棋规矩中的黑先第一手，就是谦和礼让的博弈之道。

二泉文化小片：

解说：接二泉灵动之气韵，民间底层的音乐家阿炳创作出了《二泉映月》之绝唱，那抑扬顿挫深沉低回的旋律，也同样具有一种与世无争的洒脱，却有着内在强烈的精神追求与奋斗。阿炳在人生博弈中怅然所失，却在音乐创作的博弈中傲然胜出，细品天下第二泉，静听《二泉映月》，或许自己的围棋境界会有所顿悟，有所提升吧。

王俭春：中国的茶仙陆羽评定天下泉水二十种，以惠山泉为二，当时的第一泉在汀州庐山康王谷，到了后来著名的茶人刘伯刍又评定了一下天下的泉水，第二仍然是惠山泉，乾隆的时候皇帝以水质轻者为上，玉泉的水斗重1两2厘，惠山泉的水斗重1两4厘，得第二。这么多年过去了，天下的第一泉都没有延续下来，千余年间二泉却是每一个时期都在丰富它的人文历史，这种不争之争，不斗之斗和围棋之道非常相近。

山奇：《二泉映月》代表中国元素走向世界我觉得是一个让无锡人很骄傲的事情。但是以前《二泉映月》拉的都是从苦难曲拉的，越是悲伤越是痛苦，感觉拉的越透彻。其实《二泉映月》它的音乐来自于什么地方？来自于道教音乐，因为盲人阿炳是道士，道崇尚的是自然，所有的苦难都是我们通向光明的一个途径，所以清风明月才是他的一个本质。所以我觉得《二泉映月》我们应该从另外一个版本去解读，就是向

↑ 现场二胡演奏《二泉映月》

往光明，向往自然，向往清风明月。我觉得这才是我们要重新去解读《二泉映月》的一个途径。

主持人：非常感谢。现在我们比赛要继续。刚才下到92手之后，我们大家已经看到目前的局面比较明朗，因为白棋吃掉了黑棋6颗棋筋之后，可以说基本上已经是胜势了。

主持人：那我们继续有请两位嘉宾，来加快进程给我们讲一讲，因为后面实际上这个棋局也就没有太大的变数，我们再来看一看双方怎么收束。

曹大元：白棋在稳健地下每一步棋，但是也暗藏杀机，很多招法都是在拼命，所以可能会露出破绽。黑棋135手这个顶也下得很顽强，实际上好像不能成立。

唐奕：对，曹老师有没有一种穷途末路的感觉？

曹大元：我有一点刚听《二泉映月》的感觉，有点悲凉。现在黑棋是左右为难，右边这块黑棋也没活。

唐奕：左边也没活。

主持人：比小邓稍微好一点，但是我要揭您一段往事，曹老师当年是我们中日围棋擂台赛的一员悍将，但是其中有一盘棋您本来形势相当不错，结果却输了。

曹大元：输棋的当天晚上，我独自走在东京街头，当时临近圣诞节，满街都是圣诞树，后来有很多很多年，只要看见圣诞树都非常郁闷。

主持人：曹老作为讲棋嘉宾他都感到有点郁闷，更不要说我们的选手小邓了，所以接下来我们要看一段小片，郁盘。

↑ 郁盘

关于郁盘的介绍小片：

解说：乾隆下江南，微服私访，在寄畅园遇上惠山寺高僧与之下棋，怎奈高僧棋艺非凡，乾隆满头大汗，高僧一看手绢是黄色的，又绣满金龙，心里恍然大悟，在这种情况下高僧故意输给了乾隆，就这样让乾隆一连赢了三盘，乾隆虽胜但自己知道望尘莫及，所以郁郁不乐。站起来看到这里的江南园林如此秀丽，便给这个棋盘赐名为郁盘。也留下了这段江南民间故事。

主持人：自古以来有很多关于赢棋的典故，请我们郦波老师介绍一下。

郦波：虽然我们经常说胜固欣然，败亦无忧，但是赢棋确实让人很高兴。但是就像子忠说的，不光是高兴，有时候还有非常丰厚的奖品。你看我住南京，靠着莫愁湖边，我就看到一个围棋赢棋的奖品，叫做胜棋楼。

主持人：胜棋楼。

郦波：对，奖品就是一座楼，甚至还包括整个莫愁湖。当时朱元璋围棋下得还是可以的，其实他手下徐达大家都知道是军事天才，很擅长下棋，徐达从来不敢赢他，朱元璋其实知道自己下不过徐达，但是依旧是从来不输，心里就越发不服了，你老让着我是不是？所以有一天约他到莫愁湖，说爱卿你不要让，拿出你真水平，你赢了我就把整个莫愁湖赏给你，就算你们家的了。然后徐达就认真跟他下棋，结果这盘棋从早晨下到晚上，激烈搏杀。但是到最后朱元璋看自己又要赢了。这时候徐达站起身来三拜九叩，指着棋盘说万岁请看，然后朱元璋定睛一看，这水平高到什么地步？这棋可以鏖战一天才露败相，但是整个棋盘上黑白棋子摆出两个字：万岁，而且是繁体字的万岁，很难写的，笔画相当多，朱元璋叹服，然后就把这个楼赏赐给徐达，这个楼从此就叫胜棋楼。

主持人： 非常感谢郦波老师。赢棋真厉害，能够赢楼，我们这次能够赢什么呢？当然是我们无锡最大的特产紫砂壶。

关于紫砂壶的介绍小片：

解说： 人间珠宝何足取，岂如阳羡一丸泥。这比人间珠宝更弥足珍贵的无锡宜兴的紫砂壶，之所以能够成为无锡人引以自豪的上佳工艺品，是因为小小的紫砂壶凝聚了多少代江南工艺大师们深厚的民族文化底蕴。正所谓见壶如见人，壶如其人。而围棋高手也正如一品品绝佳的紫砂壶，于不露声色中，于默默却能石破天惊的手谈中，同样体现深厚的棋力修养与文化底蕴。**范泽锋：** 其实我们每年紫砂壶都有小的比赛，但是4年都有一次大的比赛，你要揣摩对手，他们出哪一招，要有预见性，这非常重要。**解说：** 我们的棋手们在学习制作紫砂壶的过程中，通过与手中紫砂壶的对话，从中顿生许多与棋理相通的感悟。**项跃：** 从拉坯然后拍器型，感觉到跟围棋非常相近，同样的要求人的入境，对基本功的要求，只有在坚实的基本功的基础上，才能够发挥他各自的艺术创想。**解说：** 紫砂壶有多彩多姿的造型，而围棋有风格各异的流派，都源于文化内涵与外在表现形式的博弈。欣赏每一局精彩的棋谱，以及通过棋谱而去欣赏棋手高雅而精致的精神内涵，也正如欣赏一品品人格化了的紫砂壶。

范泽锋： 紫砂壶像我们惠山泥人一样，都是起源于北宋，它在明朝末年跟清初达到了一个顶峰时期。所谓紫砂，它由不同的颗粒做成的这种砂，就好像是我们一盘棋，星罗棋布在里面，也有黑白相接，正好形成了这种海绵上的一种结构，由于这种结构对泡的茶有一种互动和改善的作用，所以成为了泡茶的最佳器皿。

主持人： 说到紫砂壶，现在实际上在我们民间有很多收藏家喜欢收藏紫砂壶。

王立群： 紫砂壶收藏已经热了很长时间了，确实是我们宜兴一宝。在中国工艺史上，包括品茶这方面做了很大的贡献，我最近知道的一个新闻，一套顾景舟的紫砂壶，上面是松鼠葡萄，拍出了9200万元的天价。

主持人： 好的，接下来我们有请职业七段王剑坤老师宣布比赛结果。

王剑坤： 《谁是棋王》无锡站决赛比赛结束，金融行业的罗韬执白中盘获胜，荣获本站冠军。

主持人： 最终的结果是罗韬白棋中盘胜，首先我问一下邓歆懿，输了之后是不是觉得还是有些遗憾？

邓歆懿： 确实挺遗憾的，不过对手确实很厉害，学习到了很多东西。

主持人： 你认为自己主要的败招在哪儿？

↑ 非物质文化遗产继承人范泽锋讲述紫砂壶制作与围棋的相通之处

↑ 文化界别选手项跃讲述紫砂壶制作感受

↑ 紫砂壶陈列阁

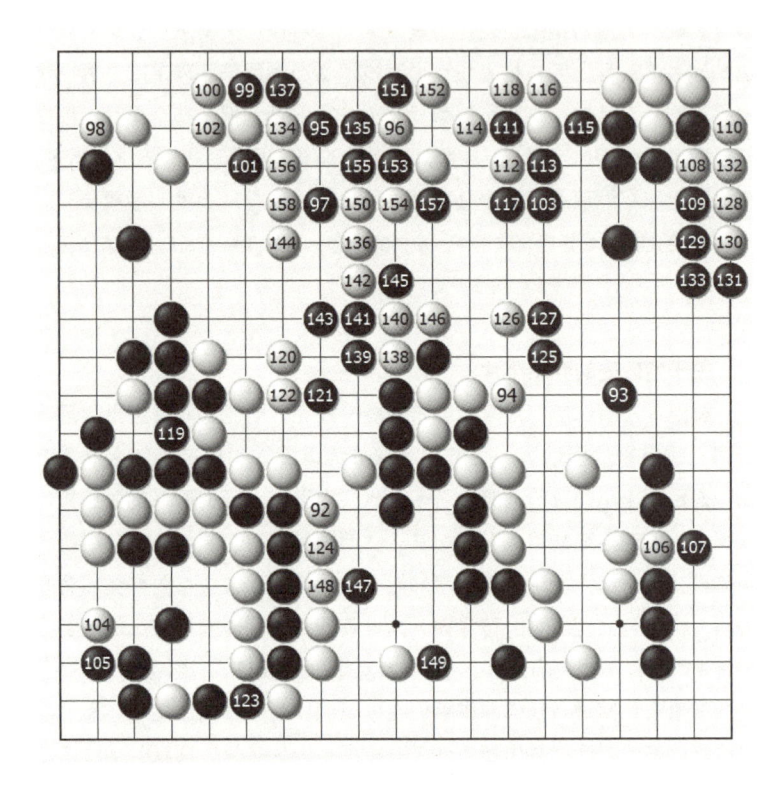

小组赛无锡站决赛「●邓歆懿 VS ○罗韬」92—158
白中盘胜

邓歆懿：主要的败招还是在攻击他打入的时候处理得有些不当，没有注意到对手的强手。

主持人：但是无论如何，我们的邓歆懿是90后，刚刚20岁出头，很不简单，已经获得了文化界别的棋王，到目前为止是唯一的一个获得界别棋王的女选手，所以你非常光荣。

好，我们再来问一下获胜者，罗韬你现在已经获得了无锡站的冠军，已经成功地成为第一个挺进全国八强的选手。

罗韬：感觉非常开心，无锡是一个好地方，给我带来好运气，我觉得这盘棋，其实对手实力也非常强，56手打入了以后，小邓大概没处理好，正好被我逮住了机会。

主持人：进入到全国八强，对未来全国总决赛自己有怎样的目标？

罗韬：输赢其实并不在意，希望把自己棋的内容、质量下出来。

主持人：好的，再次祝贺罗韬，那么今天除了有刚才我们介绍的非常好的奖品之外，另外赵建高老师专门为两位进入决赛的选手捏泥人，有请。这期节目开始的时候我们的赵老师开始进行现场制作。

赵建高：看看，这个像不像你。

邓歆懿：很像。

主持人：轮廓差不多，而且连五官都有点像。罗韬，快过来看看，像你。

罗韬：非常像我。

↑赵建高为选手颁发泥人造像

主持人：而且眼镜都已经捏上去了，这个体现功夫，就是在这个短时间之内。

赵建高：这跟下棋是一样，首先布局，我把他们穿越了，穿越到很神话的那种静态。

主持人：这场节目的录制可以说是充满了丰富的内容，也充满了意境。

郦波：作为一个观棋者，我突然想起苏东坡的一首诗，题目就叫《观棋》，其中最后两句叫，胜固欣然，败亦可喜。优哉游哉，聊复尔耳。所以最高的境界是所有人的欢喜，是我们所有人心灵的逍遥游。

主持人：好的，再次感谢郦波教授，胜固欣然，败亦可喜，我们要提倡快乐围棋，快乐对弈，平淡胜负。

主持人：好的，观众朋友，那么这一站我们邀请无锡站四个界别的棋王，还有两位文化学者王立群老师和郦波老师，另外还有著名的职业九段曹大元老师，总共下了7步棋，到目前的进程"棋王一盘棋"已经下到了73手，我们"棋王一盘棋"，将在下一站杭州站继续。接下来我们进行的是隆重的颁奖仪式。

有请无锡市棋类协会会长徐暐，为无锡站第二名邓歆懿颁奖，有请。我们可以看到第二名的奖品也是一把非常特别的紫砂壶。接下来有请无锡市体育局副局长汪克强为无锡站第一名颁奖。第一名获得者是金融棋界的棋王罗韬。再次感谢我们的颁奖嘉宾。

观众朋友，至此我们《谁是棋王》中国围棋民间争霸赛的第一站比赛就圆满结束。感谢无锡为我们本站比赛的承办做出的积极努力和辛勤的工作，感谢我们所有的参赛选手，感谢我们所有的嘉宾，观众朋友们，我们下一期杭州站再见。

清平乐·太湖枰风

太湖枰风，争霸赖群英，纹枰攻防气若虹，转眼功败垂成！

四方虎视眈眈，十六强手激战，最终一人笑傲，拔剑直指青天！

棋之乐

【钱塘棋乐】

围棋传承几千年，除了集蕴了中华深厚的文化与哲学思想，更因为它给人们带来了精神层面的快乐与享受。所以才会有"樵柯烂尽忘归时"的那种忘我投入，所以才会有"一局闲争古到今"的代代兴替，持久绵延。围棋是智慧的较量，能够给人带来聪慧之乐。同时围棋还能修身养性，因此能够给人带来儒雅之乐。围棋注重知礼守节，因此能够给人带来彬彬有礼之乐。围棋是一种对弈形式的手谈，因此能够给人带来以棋交友之乐。围棋传有诸多古谱与名人佳话，因此能够给人带来与先贤神交之乐。围棋"独收万虑心，于此一枰竞。"因此能够给人带来忘忧之清乐。围棋让人坐隐入静，因此能够给人带来康寿之乐。庄子说得好，"子非鱼，安知鱼之乐"？不入围棋迷恋上围棋，又怎能感受到真正的围棋之乐？

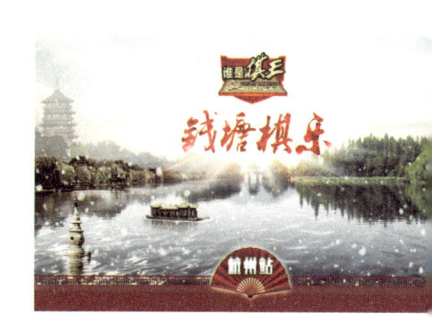

棋之乐

棋王主调的八个华彩乐段 ‖ 【钱塘棋乐】 ‖ 文化主题——棋之乐

↑ 中小学界别

↑ 地方公务员界别

↑ 房地产界别

↑ 新闻界别

主持人： 观众朋友们大家好，现在我们来到美丽的杭州，为您转播《谁是棋王》中国围棋民间争霸赛第二站的小组比赛，我们棋王八景的第二景选在了美丽的杭州，因为杭州是我们中国七大古都之一，素有"上有天堂，下有苏杭"之美誉。在这一站将会有四个界别的代表们在这里争夺棋王，可以说是各得其乐，其乐融融，因此我们棋王八景的第二景是"钱塘棋乐"。接下来让我们用最热烈的掌声欢迎四个界别的代表们隆重登场亮相。首先登场的是来自中小学界别的四强选手。

中小学界别文化小片：

解说： 对于我们中小学学生而言，这是检验我们自己开启心智，努力求知的围棋系列作业，评判打分的老师就是自己真诚的心，而青少年时期正是人生棋局开局续盘阶段，我们一定要认真把握好人生未来发展的大局观。

主持人： 在本次《谁是棋王》的比赛当中，来自中小学的四强选手表现出很高的水平，接下来有请中小学棋王史记发表感言。

史记： 大家好，我们对于围棋的态度和对于学习的态度是一样的，努力学习快乐成长。

主持人： 说得非常棒，感谢，下面有请地方公务员界别的四位选手登场亮相。

地方公务员界别文化小片：

解说： 这是一次如何正确沟通民情上传下达的棋局推演，从基层开始一步步走下去，最终必须完成各项政策指标，而公务员的本职就是让自己这枚棋子，能够不折不扣地坚决执行中央全盘布局的大局观，为百姓民生争先手，紧紧把握住社会安定之急所。**张福生：** 我们要努力做到让百姓无忧。**林斌：** 妙手生花，为经济发展助力。**迟龙飞：** 基层工作复杂繁琐，我们更要恪尽职守下好本手。**卢宁：** 改革攻坚，我们要强手连发。

主持人： 接下来继续有请房地产界别的代表们登场亮相。

房地产界别文化小片：

解说： 对于我们来说，盘中之战就是一个有着巨大升值空间的楼盘，我们必须通过努力大大提升其附加值，而我们对每一个楼盘的开发都是营销理念大棋盘上的一枚棋子，棋子的位置以及黑白对局中的相互作用，决定了最终的胜负关系与利益最大化。

郑施桦： 下围棋与开发建设有异曲同工之妙，前期布局设计严谨合理，中盘建造充实丰富，收官装修华丽而实用。

主持人： 讲得非常好，看来房地产行业和围棋确实有诸多的相通之处。最后让我们以热烈的掌声有请新闻界别的四强选手登场亮相。

新闻界别文化小片：

刘子君： 我叫刘子君，围棋TV主播，棋龄九年。**解说：** 我们把此次赛事看成是对自己内心的新闻采访，追求真实，还原自我，通过棋盘上的胜负运筹，第一时间把自我报道出去。而在新闻大棋局的行棋过程中，努力使自己成为棋筋，发挥巨大效应。**新闻界别选手：**《谁是棋王》新闻界是当仁不让的天王山。

张大勇： 在围棋中先手非常重要，古人就曾经说过宁失一子，莫失一先，这与我们业界抢新闻是不谋而合的，当然除了快还要稳准。

主持人： 好的，感谢你们。在围棋对弈当中，对大多数业余爱好者来说，胜棋无封地之赏，而获地无坚土之石，但是仍然有大多数人乐在其中，因此围棋也有木野狐之称，这正验证了围棋的巨大魅力。

同以往一样，我们每一站的决赛都会分为黑白两方阵营，那么今天我们在黑方阵营邀请到的文化名人，是由著名的河南大学王立群教授作为领队，接下来有请王教授。我想请问一下你们黑方阵营，这个名称是什么？

王立群： 我们叫棋开得胜队，我们支持黑方，希望我们的选手能够旗开得胜。

宋涛： 书法讲究的是意在笔先，今天棋手们如果说能够意在棋先，那是非常快乐的，谢谢。

张子翔： 我们中国画家画画的时候讲究大胆落笔，细心收拾，我祝愿今天的棋手，能够大胆落子，细心收拾，你一定能够争冠。

主持人： 非常感谢，接下来我们要有请白方的队长出战，白方的队长是来自南京师范大学的郦波教授，有请。他们叫棋开得胜队，你们有什么好的称呼？

郦波： 我们叫乐在棋中队。

主持人： 乐在棋中，我觉得是这样，黑方感觉对这个胜利的渴望更强烈，但是白方好像显得比较淡然，乐在其中。

郦波： 对，我们讲苏东坡《观棋》中的名言，胜固欣然，败亦可喜，优哉游哉，聊复尔耳，这才是围棋的最高境界。

陈成渤： 我们弹琴讲究弦与指合，指与意合，下棋道理是一样的，讲究意念的控制，所以我希望我们的选手能够由意念领先，必定可胜。

张勇： 我对围棋的感受是，如果你刻意去追求胜负，不一定会得到快乐，如果你刻意去追求幸福，幸福一定会陪伴着你。

郦波： 我们古人讲琴棋书画，琴棋是排在书画前面的。

主持人： 琴棋排在前面，王老师，他这么一说似乎他们已经，比赛没开始之前就先高人一头了，这怎么办？

王立群： 不是这样的，我们这个成语说起来是琴棋书画，但实际上就琴棋书画这四个方面的产生来说，产生最早的应当是书法，书是在先的，因为书的实用最强，它是语言文字产生的一个基础，所以虽然是琴棋书画，书排在第三，但实际上这四种文人的修养中间，其实是这个书在最前面的。

主持人： 书是最早。

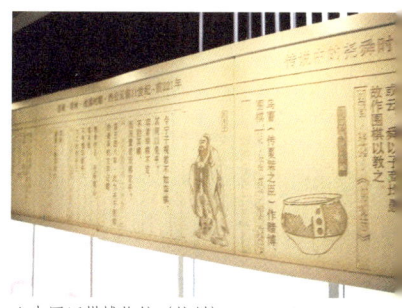

↑ 中国围棋博物馆（杭州）

↑ 莅临嘉宾

↑ 曹大元与毛昱衡进对弈亭

↑中国围棋博物馆（杭州）

郦波： 如果王老师这么讲源头的话，文字追源未必就是书法，同样围棋的源头也很早。

主持人： 围棋有4500多年的历史。

郦波： 对啊，而且和原始部族的围猎是有关的，为什么要提子，你看那个就是围猎的一个状态，然后还要占地，最后还要讲究势，和早期部族的生存状态是完全吻合的。所以要说早的话，谁最早还不一定呢。

主持人： 看来今天我们这场决赛非常有意思，不仅在比赛开始之前双方就已经暗暗较劲，更重要是的谁也不想输，这个棋当然最后要分出胜负，但是我们双方的气势必须要有。非常感谢。

我们看一下现在两位讲棋嘉宾怎么到了选手的对弈亭，准备开始下棋了？看来两位讲棋嘉宾也是对这块棋盘爱不释手。

曹大元： 我比赛的时候从来没有用过这么好的棋盘，所以今天看见这么好的棋盘，就忍不住要试一试手。

毛昱衡： 这个棋盘我实在是太喜欢了，如果用这个棋盘下棋的话，觉得自己的水平是不是也高了一点点。

主持人： 这个棋盘是非常的珍贵，它采用的是传统的卯榫结构，侧面是雕回形纹，有古法自然稳重之意，这个也是杭州的围棋博物馆专门提供给我们比赛用。

围棋博物馆文化小片：

解说： 在杭州的钱塘江畔一栋拔地而起的大楼分外醒目。这座名为天元的大厦就是中国围棋博物馆的所在地，走进这座大厦，你就仿佛走进了棋的世界，无处不在的围棋文化印迹，让你徜徉在围棋发展的历史长河之中。这里集围棋文化的展示与收藏、围棋教育、围棋比赛交流等功能于一身，堪称是一座活的博物馆。**吴亚伟：** 这个金丝楠木是乌木金丝楠木，是我十几年前收藏的一些木料，我觉得它非常有中国棋文化的元素，所以就做了三块，我把最好的这一块，捐赠给了中国围棋博物馆。**解说：** 在一层的围棋历史展馆中，你能清晰地触摸到围棋在中国几千年历史中的发展脉络。从尧造围棋，到在敦煌石窟中发现的第一部棋经，从唐宋围棋的兴盛到晚清的衰落，再到新中国围棋的逐步崛起，你从中能够体味到围棋与国运的兴衰，和人文精神的传承紧密相连。围棋博物馆带我们穿越历史的时空，领略围棋文化的独特魅力。

主持人： 今天的两位讲棋嘉宾是曹大元职业九段和毛昱衡这位美女棋手，曹老师在非常贵重的棋盘上留下了一张特别的棋谱，我想请问一下曹老师，这个棋谱有什么特别的意义？

曹大元： 这个棋谱是我们围棋界的前辈陈祖德老师，对阵60年代日本的岩田达明九段所留下的棋谱。这盘棋最终是陈祖德老师获胜了，这个也是我国选手第一次战胜日本的九段棋手。

主持人： 陈祖德也是我们中国棋院前任的院长，是我们中国围棋的元老，他发明了中国流的布局，这个布局可以说被很多后辈所学习。

毛昱衡：其实我一直到现在下比赛的时候，也会经常下到这个中国流，小的时候学棋只觉得它非常的实用，陈祖德老师过世以后，又觉得这个布局是有特殊的纪念意义的。

主持人：中小学的棋王史记和地方公务员界别的棋王卢宁，在本站比赛当中发挥出色，他们杀入最后的决赛，首先请我们的黑方亲友团领队王教授，来介绍一下你的队员史记。

王立群：史记者，金陵人也，幼聪颖，熟读《棋经十三篇》，佳绩迭出。

主持人：王教授大家都熟知，讲《史记》让我们老百姓耳熟能详，受益匪浅。白方队长郦波同样，他介绍人也是不走寻常路。介绍一下卢宁。

郦波：王老师讲《史记》，然后他的选手又叫史记，然后他就用了史记体来介绍史记。这给我的难度很大，我用一个屈原的离骚体来介绍一下卢宁好吧。屈子诗云：卢宁来自中原兮，棋龄已达数十年，路漫漫其道修远兮，棋将上下而求索。

史记：我叫史记。我来自于南京金陵中学。现在是个高二的学生。我将全力以赴。

卢宁：虽然对方是小朋友，但是我也不会手下留情的。

参赛选手介绍小片：

解说：还有一年多就要高考，史记学业繁重，每天都要穿梭在书架之中。而作为一名负责招商引资的地方基层公务员，围棋不仅能够缓解卢宁的紧张神经，还能够提高他的全局思维能力。在本次杭州站的小组赛中，史记是通过加赛而获得出线权的。与史记完全不同的是，卢宁以三战全胜轻松出线。在半决赛中，史记战胜了房地产界别的郑施桦，而卢宁战胜了新闻界别的张大勇。**史记**：我的棋风也有一种自由和随性的感觉。**卢宁**：我个人喜欢下比较复杂的棋，就是更喜欢战斗一些，来得更刺激一点。

主持人：棋盘上当然要见真功夫。当双方的嘉宾团介绍他们的名字，我们就感觉在读古文，感觉在不断地学习国学知识。但是两位业余民间高手在棋盘上一定会展现他们精湛的棋艺。好的，准备进入到你们的对弈亭。

朱菊菲（裁判长）：《谁是棋王》杭州站决赛开始。

主持人：在琴箫合奏当中，决赛已经开始，接下来呢请两位讲棋嘉宾，曹大元职业九段和毛昱衡来共同为大家讲棋。

曹大元：今天我算是站在黑方的立场上给大家做讲解。

毛昱衡：那我只能站在白方的立场上给大家做讲解，向曹老师学习。

主持人：现在正在演奏的是开局曲目《平沙落雁》，表达开局的情绪。茶则是专门为开局准备的有含义的茶。琴声舒缓如流泉，箫声若虚若幻，含蓄深沉。琴箫合鸣，真是此曲只应天上有，人间能得几回闻，与此同时，饱览西湖美景，细品佳茗，在清幽淡雅当中一解尘俗凡忧，品茶弈棋，观景听曲，怡然自得，岂不快哉？好，请我们的茶艺老师献给我们两边的嘉宾，王教授感觉茶怎么样？

王立群：很淡，本来这是一个竞技的场所，应当是激烈交锋的，

↑ 比赛开始

但是我们在这样一个环境中间，听到悠扬的琴声，感到心里非常淡定。

郦波：淡则淡矣，妙不可言。此情此景，茶琴相伴，我觉得别有一番韵味。其实你看从文字学、训诂学，或者发声学的角度来看，这个琴，许慎《说文解字》说，琴者禁也，是安心凝神的。茶我们也知道，它的起源特别流行的说法是神农尝百草，日尝百草中七十二毒，然后得茶而解之，是靠茶来解的这个毒，所以有养生的作用。琴有养心的作用，所以茶和琴合在一起，和我们的围棋文化合在一起，这就是中华文明的大道存焉，所以说妙不可言。

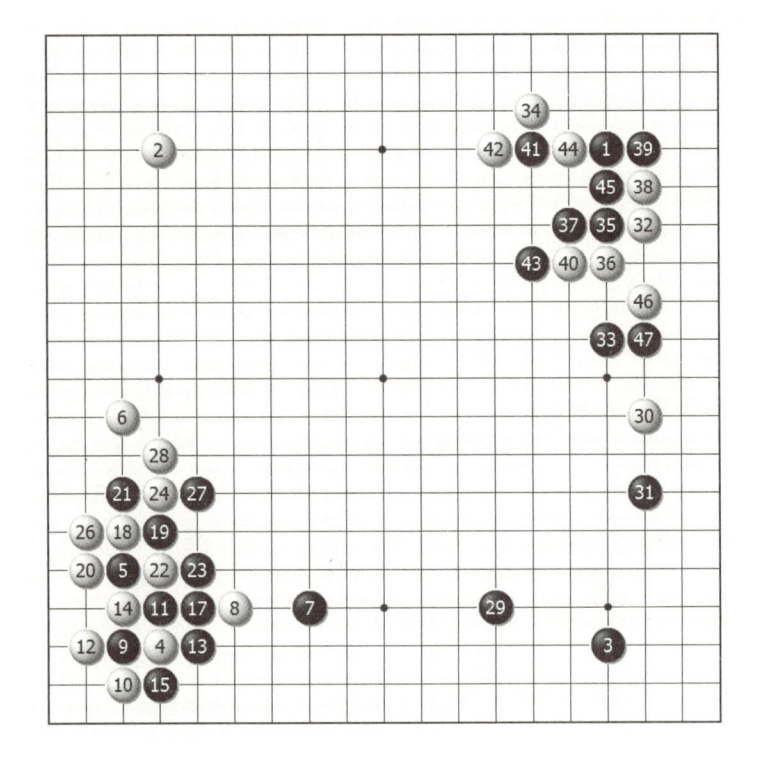

↑ 琴箫合奏《平沙落雁》与茶艺演示

16=9 25=5

小组赛杭州站决赛「●史记 VS ○卢宁」1—47

曹大元：这个黑 7 也是时有出现的一个下法，史记可能还是比较看中右边这一带，右边这一带黑棋能形成一个规模，我们来看白棋的下一手。白 8 飞，这个也是一个正应。

毛昱衡：黑 9 托了一个吧？

曹大元：对，这个棋有一定的风险，就是在后边也体现出来了，我们继续看他的实战。黑 11 这手棋是期待着白棋退。

毛昱衡：对，回到实战。

曹大元：我们看白 24 这个断不太大，这个子可以不用马上下，白棋下在右边分投挺大的，当时下在这儿比较大。白 24 不用断打。

毛昱衡：实际上就是在可以选择的时候他选择了断吃，可以选的地方还是很多。我方有点手软。

曹大元：这个局部黑的和白棋可能也是不相上下，不过现在盘面

↑ 现场解说

096

很空。

毛昱衡：对，我觉得越空的时候选择越多，选择越多人的心理可能就越纠结越挣扎。

卢宁：这个局部的定型结果我并不是非常满意，因为我个人是一个非常喜欢战斗的棋手，我喜欢把棋下得更厚一些，下在外面，而不是获得局部的利益，或者实空。所以这个局部定型之后我下棋的心态产生了很微妙的变化，让我有一种有力发不出来的感觉。

史记：他的棋从别人那里听到是比较稳重的，而且比较好战，所以当时我就希望棋下的厚一点，扎实一点，这个局部就我现在来看的话可能更需要把棋给打开，而不应该是故步自封。

第1—28手布局至此，棋局面临选择。讲棋嘉宾毛昱衡觉得，此时只有保持内心的宁静，才能在千头万绪中找到最佳的着手，如佛云：保持一颗安静而没有污染的心。由此联想到灵隐寺的棋禅文化。

灵隐寺棋禅文化小片：

毛昱衡：琴棋书画里寺院为什么没有'棋'？我当时带着这个疑问去和灵隐寺的大和尚讨论了一下，于是也有了很多的因缘去发展寺院的棋文化，从2009年开始我们就成立了围棋文化交流中心，一开始当然也有一些争议，因为围棋是两个人的一种游戏，或者说一种竞技，当然会有胜负和高下之争，和寺院的这个修行，这个禅意符不符合，但是大和尚他提出来，寺院的这个棋禅，我们是要通过这个棋来修禅，来明心见性。**觉亮法师**：见棋不是棋，步步见禅心。棋如人生嘛，这个棋把生活中，任何的点点滴滴全部就包含了。怎么参悟呢？下棋是由棋和我们的心相融合才能够下，现在把这个棋去掉了，剩下什么呢？**毛昱衡**：你可以见棋不是棋，见什么都不是什么，但是得搞清楚自己的心到底是什么，你的心灵上的状态，思想上的境界，可以影响到你的下一步。**觉亮法师**：因为你有这个清净心，所以对待万有的事物，你就不会迷茫，心静如水，盘面上不管发生任何的变化，对心没有影响，该被吃就被吃，该被一网打尽就一网打尽。以清净为快乐，希望大家往自己内心的深处去追寻，然后去真正找到那个永恒的快乐。

主持人：王教授觉得云林棋禅，和围棋为什么会结合这么紧密呢？

王立群：两个原因，一个是佛教在中国的发展，再一个原因是佛教对围棋的态度，佛教在中国的发展从东汉传过来的时候，主要是印度的一些僧人翻译，刚入中土的时候不服水土，对中国传统文化中的一些东西采取一种排斥的态度，比如说对棋，因为围棋是一种博弈，佛认为这个博弈跟佛的本意不相符，所以早期的佛教对围棋采取的是排斥的态度。这个转变是在什么时间呢？这个转变是在魏晋南北朝时期，有三个很关键的人，一个叫鸠摩罗什，第二个很重要的转变人物叫支遁，当时鸠摩罗什是在西安，支遁是在南京，这两个高僧他们都提倡和欣赏围棋，

↑灵隐寺棋禅文化

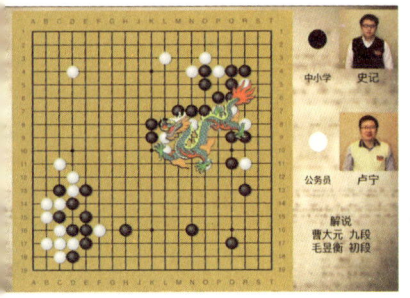

↑ 形象解说

这个对佛与围棋的融合起了很大的作用。还有一个绕不开的人物，南朝宋齐梁陈四代的开国皇帝梁武帝萧衍，萧衍这个人对佛教是情有独钟，他曾经四次要把自己入法门，最后是政府拿重金把他赎回来，梁武帝对围棋的态度是非常包容的。所以鸠摩罗什、支遁、梁武帝这三个关键人物，两个高僧一个皇帝，高僧在宗教界的影响非常大，皇帝在俗界影响也非常大，由于他们三个人提倡，佛教对围棋的态度发生了根本的逆转，接受了围棋。

郦波：其实灵隐寺最早就受梁武帝影响，因为灵隐寺是江南五大禅宗寺庙之一，非常有名。这个禅宗文化据胡适先生，包括梁漱溟先生，他们都认定是佛教本土化之后产生的一种中国式的宗教，就是和中国文化融为一体的，为什么说和棋的境界完全融合呢？刚才小毛和曹老师一再提到这个空、棋，我就想到《般若波罗蜜多心经》里头"空不异色，色不异空，空即是色，色即是空，受想行识，亦复如是"，当然这是哲学概念，不是我们普通理解的概念。他讲的是一种境界，比方我们小片里看的，大师说见棋是棋，这就是第一层境界，说我们博弈的境界。说见棋不是棋这是第二层境界，但是还有一层境界叫见棋还是棋。禅宗讲的三层境界，见山是山，见水是水，见山不是山，见水不是水，见山还是山，见水还是水，这是一种心灵的境界，中国的禅宗文化所达到的一个至高的顶点，那叫禅棋一位。

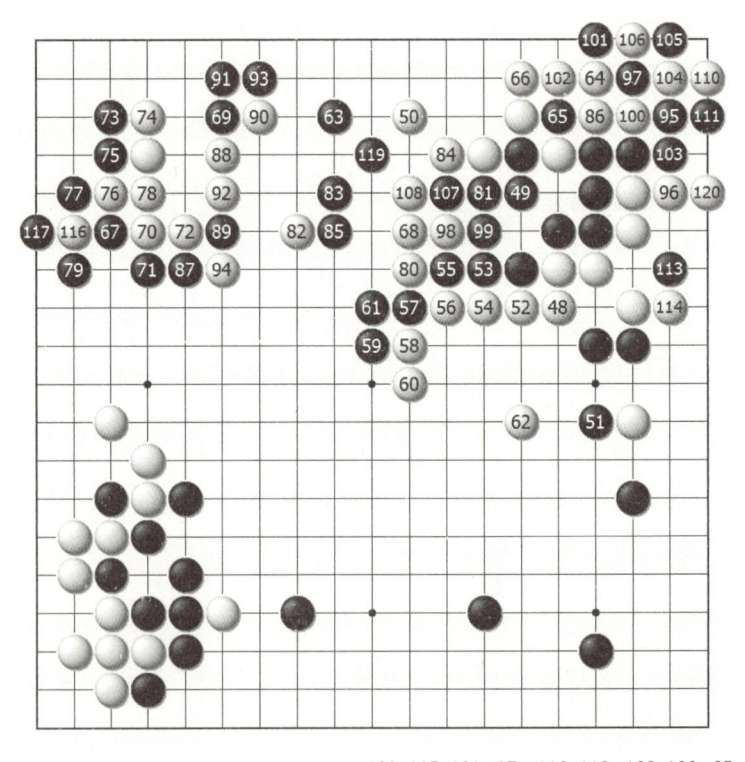

↑ 烂柯山

109 115 121=97　112 118=106 122=65

小组赛杭州站决赛「●史记 VS ○卢宁」**48—122**

主持人：非常感谢，这几句话也要好好地品味一下。好，那么现在下到28手之后，正如刚才我们讲的，这个时候棋盘很空，有很多的选择，到底黑棋下一步是怎么选择？我们继续有请两位讲棋嘉宾。

曹大元：白30分投的比较恰当，实战黑棋的下一步是下到33位了，这手棋没有给白棋最严厉的回击。

毛昱衡：不要给人留后门，下棋的时候。

曹大元：对，脱不开手了。黑47必须要挡下去的。

毛昱衡：对，这不能给人家过。

曹大元：白棋走一个很奇怪的形状，白48长出来，好，局部告一段落了。

主持人：好，我们看到现在到了62手的时候，刚才曹老认为黑棋没有把握的一个最强手，现在这块白棋已经基本是安定了。

卢宁：第62手是补得非常不情愿的一手棋，因为当时我觉得局面已经非常的困难了，但是这块棋这条大龙又非常的危险，我又不得不自补，这个时候我应该更主动去寻求获得利益，而不是特别稳健。

主持人：这一盘棋感觉就是由右方开始引发战斗。那么接下来上方肯定黑棋要发起进攻。是一个战斗之局。

曹大元：比较紧凑的一个节奏。

主持人：毛毛看这盘棋，是不是看到目前这种局面的时候有点喘不过气？

毛昱衡：经常你会看着下着连时间都统统忘记了，所以喘不过气来不算什么。

主持人：刚才说到一个连时间都忘记了，烂柯故事对棋迷来说是很熟知，烂柯山就在我们浙江的衢州，烂柯的故事经常讲到一点就是由于下棋很快乐，经常忘记了时间，我们讲天上一局棋，人间已百年。

烂柯山围棋文化小片：

解说：在浙江衢州有一座因传说而得名的山叫烂柯山，相传晋朝时有一位叫王质的樵夫进山伐木，见有二人下棋，遂观之。待棋终欲离去时，却发现斧柯已烂尽。下得山来，山下更是朝代更迭，物是人非了。因此，烂柯一词被用来借指下围棋，传说中的仙人棋局也被后人记录在案。

如果说棋盘上的博弈是二维空间上的较量，纵横捭阖，争势夺地，那么烂柯中的传说则为我们展示了围棋在时间维度上的独特魅力。复一盘古棋局，你就仿佛穿越了时空，与历代胜手高人神交手谈，品棋悟道，今古相通。当棋逢对手在方寸之间运筹帷幄，落子布局时又恍如驱动雄兵百万，拓土开疆。战至酣时，时间就仿佛凝固住了一般，任你神游在黑白之间，时间与弈者已相忘于棋局之中，正可谓落子一瞬间，沧桑数百年，世事如棋局，烂柯永流传。

主持人：刚才我们看过了烂柯的故事，今天我们黑方阵营当中有一位重量级的嘉宾是一位知名的画家。

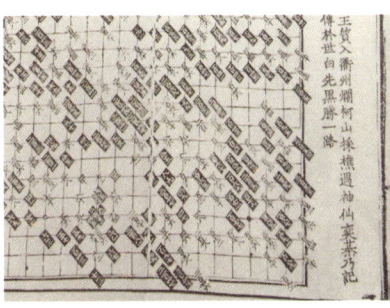

↑烂柯山围棋文化

↑张子翔作画《棋行天下逐桂冠》

↑观众互动

↑ 入情表演

张子翔：我画的这幅画叫《棋行天下逐桂冠》，桂花大家知道是杭州的市花，那么在桂花下面我画的一个棋盘，一个棋盒，代表着有人在下围棋，祝我们两个棋手能够夺冠。

主持人：感谢张子翔老师。那么接下来我们有请两位讲棋嘉宾继续给大家讲棋。

曹大元：好，我们继续来看实战，黑棋马上就对上边的四颗白子产生威胁了，白棋需要补棋。但是白64这手棋补的怎么样？

毛昱衡：补在这个地方，我还是有点疑问的。

曹大元：我们继续看他的实战进程，黑67换一个方向挂角，68手是白棋的奋起反击，这手棋我觉得有点过分了，这手棋已经有点胜负手的意味，也是很高明的一个战术。

毛昱衡：现在小朋友水平很高。

曹大元：白80还真断了。

主持人：这手断曹老觉得怎么样？

曹大元：围棋中有一句术语，棋逢断处生，就是把对方的棋断开了。

主持人：现在大家听到的琴箫合奏是大家非常熟知的《沧海一声笑》，中盘战斗开始了，目前我们看到宋涛先生在创作的同时，还有琴箫合奏，包括我们现在到了中盘茶，是红茶，红茶更加浓烈，激励选手在场上的那种斗志。

宋涛：刚才不是讲这个棋逢断处生嘛，那么我们书法也讲究一个笔断意连，作为一个章法的布局上讲，是一种气息，一种气势，一种韵味，看上去笔是断的，整个布局是完整的。谢谢。

主持人：好，非常感谢，棋从断处生，我们也想到了王羲之的《兰亭集序》。

王立群：王羲之是中国著名的书法家，代表作就是《兰亭集序》，这是因为举行一次修葺祈福的活动，集合了谢安、孙冲等著名的高官、文人、雅士，集会上大家都做了一首诗，王羲之为这个诗集写了一个序，并且亲笔把他写下来了，对后世影响极大。

郦波：那么围棋和书法和琴和箫和茶都是一样的，殊途同归，达到了一种修心的至高境界，这个时候就似断实连，或者说表面的断，其实有时候反而成就了一种内在精神的融会贯通。

曹大元：黑101一路叫吃是好棋，对于白棋这个挤的话……

毛昱衡：这手要不打吃就死了，就因为有了这个吃，就活棋了。

曹大元：对，好，他现在接103。这个角部的特殊性，现在马上就一目了然了。

毛昱衡：是，白104只此一手。

曹大元：我们看他的下一手，白棋叫吃，黑105可以做劫，这个地方就形成一个打劫了。

卢宁：对于105手对方的开劫，其实这个局部我们两个应该说都产生了巨大的误算，这个局部本来可以更加简练的，直接就击倒他的，而并不是需要通过打劫这么繁琐的一个事情，实际上这个劫打的双方都很辛苦。

主持人：目前黑棋是一个劫活，那么打劫对于黑棋来说至少还有半条命。我想问一下曹老，您觉得到目前为止出现这个劫争，现在的局面怎么样？

曹大元：局面很混乱，左上角这块棋白棋局部是活了，但是留下了很多劫材。

主持人：打劫字面上如果我们抛开围棋不说是什么意思？

毛昱衡：这个劫可想而知，字面理解你可以说是劫难，或者理解成度过一个关口。

主持人：大家现在可以看看大屏幕上我们来做一个普及，什么叫**打劫**？请我们曹老师说一下。

曹大元：简单地说就这个地方，白棋可以提，按照我们上一期的节目所讲解的知识，白棋这颗子也是没有气了，我还可以把你提掉。但是在围棋中，我们对这个形态有一个特殊的规则规定，就是你不能马上走回来，你如果说黑棋马上再走回来，白棋还能马上走回去。

主持人：那这个棋就没法玩儿了。就你来我往一直停在这儿了。

曹大元：对，就不能再进行下去了，所以围棋的规则对于这个形态有一个特殊的规定，就是当白棋下了这手棋之后，黑棋一定要在棋盘的另外的地方和白棋交换一个回合你才可以提回来。

主持人：如果从比较直观的角度再去解释的话，大家可以看，首先这个子只差一口气就可以吃，同时可以互相提，同时这个棋形是有点对称，大家可以这么看，有些对称，就是说必须要间隔一子，间隔一手棋，不能说我提过去，你马上能提回来，至少间隔一手棋我才能把它提回来。那这间隔一手棋干什么呢？就是找劫材。

↑ 苏堤春晓

↑ 平湖秋月

↑ 断桥残雪

↑ 柳浪闻莺

主持人： 所以打劫找劫材都具备很高的技术含量，也可以说这个角上现在打劫，白棋提了之后黑棋不能马上提回来，黑棋必须要找劫材，所以我们今天来一个互动，今天有黑白双方阵营，因为我们这一站是杭州站，杭州有著名的西湖十景，与我们围棋对应的有围棋十诀，这样好不好，我来提问，你们每答对一个就算找对了一个劫材，答不上的话你就找劫材失败。

主持人： 这样先从我们的王教授开始。

王立群： 苏堤春晓。

主持人： 苏堤春晓，这边你们准备让哪位来答围棋十诀？

郦波： 围棋十诀我只记得第一诀叫不得贪胜。

主持人： 不得贪胜，这一回合就勉强算黑方找对了劫材，我们的张老师。

张子翔： 平湖秋月。

张勇： 攻彼顾我，就是攻击对方要顾及自己。

主持人： 攻彼顾我，进攻对手的同时一定要注意自身的安全，我们看看我们的房地产棋王郑施桦。

郑施桦： 断桥残雪。

陈成渤： 围棋十诀里面有一诀我知道是舍小就大。

主持人： 舍小就大，我们陈老师对围棋看来也是做了一番准备的，我们继续看来自中小学的代表金珊。

金珊： 柳浪闻莺。

主持人： 这可以，看来这个比下去的话，我觉得不太容易分出高下。

解说： 八场界别的较量，是对民间围棋开展的大力弘扬，落地八个风景秀美的地方，提炼围棋文化的八个新景象，国学大师的加盟，以及地方文化名人的到场，让围棋赛场成为传承中华文化的广场，敬请收看《谁是棋王》。

主持人： 好，我们继续有请两位给大家介绍棋局。

曹大元： 下一步该黑棋找劫，白棋刚提劫，黑107冲。

毛昱衡： 曹老师，冲是咱们说的损劫了吧？

曹大元： 有这可能性，这个是本身劫。

毛昱衡： 找本身劫是最幸福的。

曹大元： 跟死活有纠葛的地方，白棋如果老能有劫材的话，那黑棋就打不赢这个劫了。现在这个白棋蛮舒服的找了一个本身劫。

毛昱衡： 是的。

曹大元： 白122是可以接一个。接一个黑的不能接这个了，接这个白棋消劫你气不够。

毛昱衡： 这不一口气就没有了吗？

曹大元： 对，黑123还把这口气紧住。

毛昱衡： 必须得打劫，否则就净死了。

曹大元： 是。黑125找这个扳，白棋就消劫了。

毛昱衡： 那就转换了，整个转换。

曹大元： 这个形成一个转换。

↑ 蔡履平新陶瓷印

蔡履平 浙江省工艺美术大师

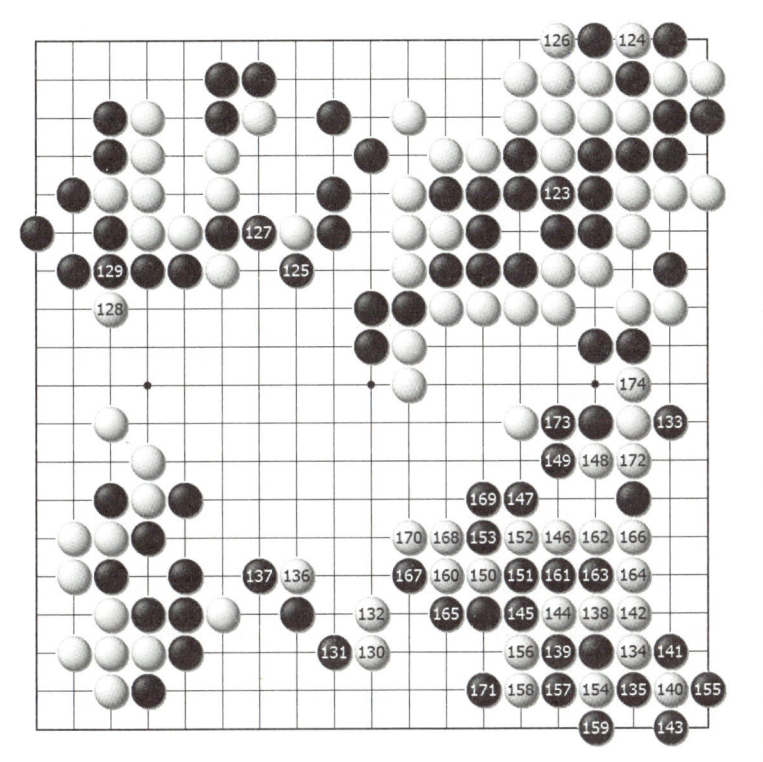

小组赛杭州站决赛「●史记 VS ○卢宁」123—174

↑ 曲水流觞

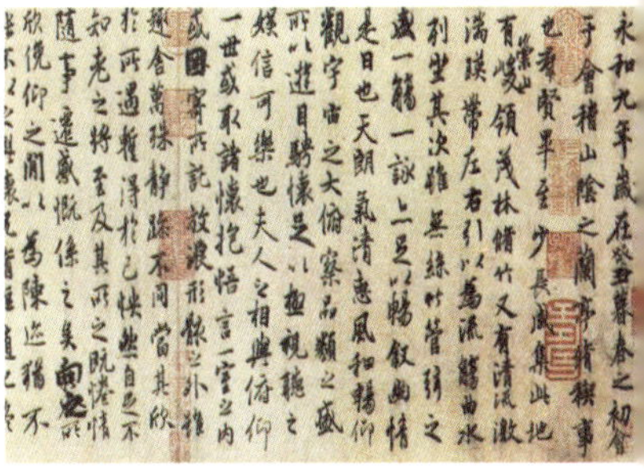

↑《兰亭集序》

主持人：《谁是棋王》杭州站的比赛，我们杭州作为承办方也是非常的有心，专门制作了可以说是别具一格，富有特色的奖品。

蔡履平：瓷印主要有这么几个过程，制坯、雕钮、篆刻、上釉、烧制、完成。

蔡渊：新陶瓷印，集三艺于一身，这三艺就是雕塑、制瓷、篆刻。把这三个门类结合起来，其实从全中国来说，也是极少的。

蔡履平：之所以创作了几方南宋官窑的瓷印作为选手们的奖品，主要是希望选手们能够像官窑瓷一样，有一个对自身高度的要求。

卢宁：看到如此精美的礼品，使我对此次比赛的获胜，有更大的信心和期望，为了这次比赛夺冠我要使出自己全部能量，加油。

主持人：好，那么刚才我们看到形成大转换之后，毛毛也说了，这个从白棋来说，确实感觉吃的还比较舒服，作为白方的支持者，这个时候是不是心情很愉快？

毛昱衡：我反正没有细判断，粗眼一看，有了黑棋的这两处损劫，加上白棋的吃子的效率也比较高，所以我认为这个吃的还是比较舒服愉快的。

主持人：吃的很舒服，曹老这个时候感觉这个黑棋是不是稍微有点吃力？

曹大元：还好，我觉得黑127把白棋这几个子吃了，吃得也很美味。第127手，白棋消劫，双方各吃一块，形成转换。

主持人：说到吃，我们的王教授很有研究。

↑ 鸿门宴

↑ 杯酒释兵权

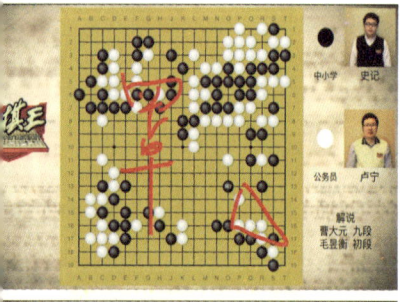

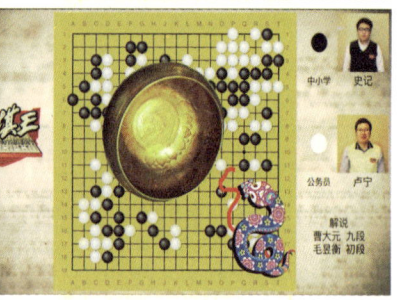

↑ 形象解说

王立群：吃在中国是非常重要的一种文化叫饮食文化，中国历史上有名的饭局很多，最早的一个著名饭局就是楚汉之争的鸿门宴，一直到现在我们说到鸿门宴大家都觉得凶险异常，不是一般好吃的饭，那会有杀身之祸的。

在中国历史上还有一个很有名的饭局，叫杯酒释兵权，赵匡胤也兑现了自己的诺言，把自己的妹妹、女儿和禁军将领结为儿女亲家。这件事情被认为是中国历史上解决开国君臣关系的一个典范。

郦波："吃"这个字不是我们吃饭的吃，吃也不是吃子，"吃"原意甲骨文里头它是口吃的意思。真正吃饭那个吃字就是食，我们叫饮食文化，你看那个饮，我们现在简化了，繁体字也同这个食，食在甲骨文中就是埋头在吃碗中东西的样子。饮就是埋头去喝杯中的酒，最有名的饮就是曲水流觞，然后去喝酒，这个就叫饮食文化。

主持人：的确如此，我们中国是地大物博，美食文化也是丰富多彩，现在全世界都公认吃在中国，我们杭州站的承办方，杭州棋院的天元大厦，由于和围棋相关联，所以他们别出心裁，厨师专门研究了很多的菜式和围棋是挂钩的。

解说：鱼米之乡的江南菜肴佳品丰富，饮食文化博大精深，在中国棋院杭州分院后厨工作的厨师朱翔，醉心于厨艺创造，一道名为星耀钱塘的菜肴，朱师傅给出了别样的解释。

朱翔：这道菜是江南美食之一狮子头，我是比较喜欢围棋的，那么做好一道与围棋相关的菜肴，这道狮子头由三种口味组成，寓示着浙江的三位围棋男子世界冠军，那么请大家猜一下这三位男子冠军的姓名。

主持人：好，大家现在可以看大屏幕，这大屏幕三个小碗，星耀钱塘，这三个狮子头，它比喻我们浙江省三位著名的世界冠军，分别是谁？谁能答出来？

张勇：我们浙江出了三位世界冠军，都是九段，一位是中国第一个世界冠军马晓春，第二个是现在国家队的总教练俞斌，第三个是柯洁，柯洁九段。

朱翔：不知道大家有没有猜对，这三位世界冠军分别是马晓春，俞斌，柯洁。希望猜对的朋友跟我一起品尝美食下围棋。

曹大元：好，我们看看黑棋的进攻。我们刚才不出过题嘛，围棋十诀的题叫攻彼顾我，攻彼顾我的话现在这个攻如果是攻这两个子，这是一个攻彼，顾我的话可能就指的是把右下角棋，这块空给撑起来，如果能达到这样一个状态，对黑棋来说是很理想的。某种程度上我依然用围棋十诀说话，可能是彼强自保，因为右上这个地方白棋是很厚的，是绝对的一个白棋的厚势。

毛昱衡：而且还有 114 一个铁腿。

曹大元：黑 133 方向有问题，白 134 很狡猾，要表扬卢宁一下。

解说：白 134 过分，白 136 次序井然，146 扬长而去。147 是吃白棋的姿态，但很难成功。

第 147 手黑棋"罩"，意图将白棋一网打尽。毛昱衡调侃，这是法海要收白娘子。引出短片介绍西湖文化和白蛇传说。

毛昱衡：其实148这个扳交换以后，黑棋右边那个地方又很薄了。

曹大元：白202可以把左边吃掉。

毛昱衡：应该是无关胜负。

曹大元：但是还是形成一个转换，增加了本局的可看性。我们继续看他的实战，这里还要补一个，白棋就冲出来，就简单定型了。

毛昱衡：又形成了一个转换。

主持人：这盘棋确实是很精彩，从观赏性的角度来看是大杀之局，这个大杀之局到现在为止已经形成了两次转换。

曹大元：你说的进行了两次大转换，确实本局就是这种情况，最初是右上角和左上角的转换，当时应该说可能还是势均力敌，后期转换实际上也是等价交换，这两个转换虽然双方都不相上下，但是右边白棋获利。

主持人：好，观众朋友，自古以来有很多的大文人，写了很多与围棋有关的诗，而且下棋可以在不同的意境当中进行。我们现在可以看到大屏幕，我们先看第一个意境，我想问一下王教授，在这个意境当中，下棋的话你想到哪首诗呢？

王立群：很容易想到白居易的一首诗。白居易写过僧人在这个竹林中间下棋的。

主持人：在竹林当中下棋，的确是一种别样的意境。

主持人：风景好，意境更好。那这首诗我们就请房地产界别的棋王郑施桦来朗诵一下。

郑施桦：《池上二绝》（其一）白居易，山僧对棋坐，局上竹阴清。映竹无人见，时闻下子声。

主持人：实际上现在我们看大屏幕上又另外一种意境了，郦波老师你看。

郦波：月白风清，与古人的诗境相结合，让我不由想到欧阳修的一首名作《梦中作》，写的就是这种月下和棋相关的，我们可以让大勇老师来朗诵一下这首诗。

张大勇：《梦中作》欧阳修，夜凉吹笛千山月，路暗迷人百种花。棋罢不知人换世，酒阑无奈客思家。

主持人：非常棒。

郦波：明代的大才子杨慎（杨升庵）说，这个绝句最难写的叫一句一绝，所以这个《宋诗精华录》里头评价这首诗叫做，真是梦中作，如有天助。从影响上来讲，我们欧阳修的这首诗，至少比白居易的那首诗要有名得多。

主持人：你这有点得理不饶人了。

王立群：其实白居易这首诗的名气更大，因为白居易这首诗就是在一个寺庙前面有一湾池塘，然后两个僧人在那儿对弈，时闻落棋子的声音，映竹中间无人见，这个诗的名气，刚才郦波老师讲的那首诗，确实有他的好处，那首诗让我想到了杜甫曾经写过同样的绝句，两个黄鹂

↑《池上二绝》诗意图

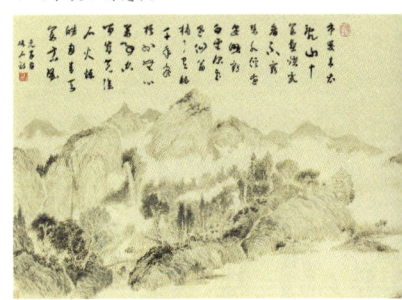

↑《手谈》诗意图

↑《忘忧》诗意图

鸣翠柳，一行白鹭上青天。窗含西岭千秋雪，门泊东吴万里船。四句四景，其实欧阳修在写作上应当受老杜诗的影响。

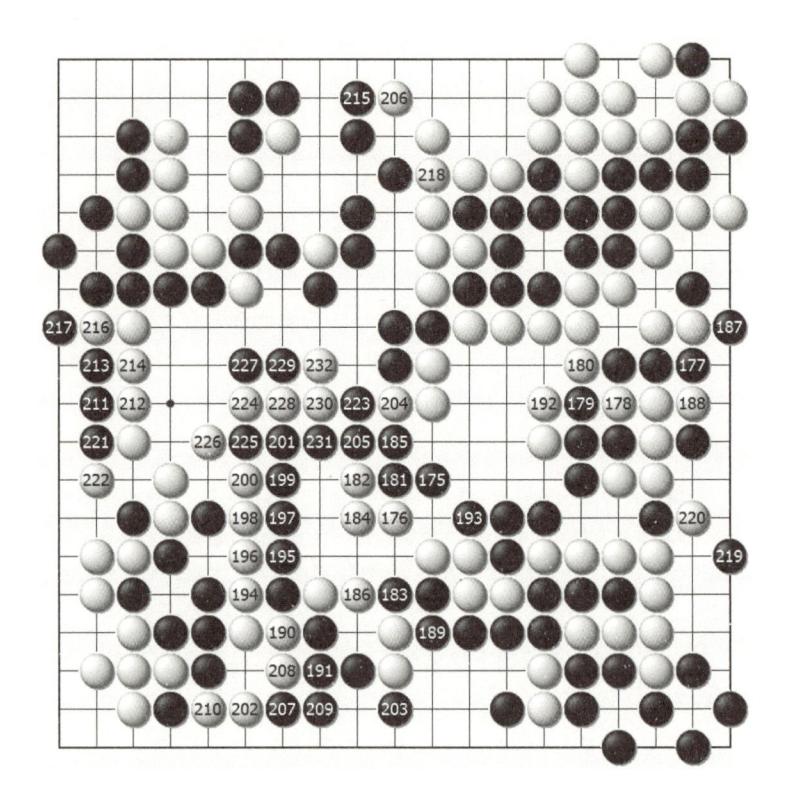

小组赛杭州站决赛 「●史记 VS ○卢宁」175—232
白中盘胜

主持人：我们平分秋色。的确我们非常羡慕古人，能够在这么好的意境当中下棋，而下棋的同时又能够诗兴大发，我们常说琴棋书画，也常说围棋是我们中国的国粹，的确如此，因为围棋不仅仅是展现围棋的技艺，更展现围棋的棋道，同时在不同的环境下下棋还能够写出非凡的作品。

曹大元：好，我们看局面进程。

毛昱衡：曹老放眼望去，棋盘上应该再没有可以寻找机会的地方了吧？

曹大元：应该是。这盘棋我觉得卢宁是胜在他的经验丰富上。

毛昱衡：是的是的。即便是职业棋手我可能也不敢以别人的心态来揣摩去下相对过分的棋。

主持人：其实刚开局的时候，黑方不错，史记是有一股冲劲，展现了初生牛犊不怕虎的精神，但是正如刚才曹老讲的一样，卢宁毕竟我看了介绍有25年的棋龄，久经沙场，是拿过全国业余顶尖大赛"黄河杯"的第三名。

朱菊菲：获得《谁是棋王》杭州站棋王的是卢宁。

主持人：好，再次祝贺卢宁。这是一盘非常紧的棋，让我们感觉也是热血沸腾，两位选手来到我的身边，我首先要采访一下中小学界别的棋王史记，史记你是一位高二的学生。学棋多长时间？

史记：到现在是 12 年多。

主持人：你认为你主要的失误是在哪儿？

史记：我觉得我有两个失误，一个是被白 80 给断开了，我觉得有点儿问题。另外就是最后的战斗，黑 147 有点儿太冲动了。

主持人：卢宁，这次参加我们《谁是棋王》比赛，因为你也是久经沙场了，和你以往参加其他的业余大赛有什么不同的感受呢？

卢宁：这个比赛更加新颖，更加具有娱乐性，我觉得这个更贴近快乐围棋，可能会让参赛棋手体会更多的是围棋的乐趣，更享受来比赛。

主持人：好，我们再次感谢两位选手，也要感谢我们两位讲棋嘉宾。《谁是棋王》杭州站的比赛最终由地方公务员界别的选手卢宁获得冠军。棋王八景之钱塘棋乐到这里就圆满结束了，我们下一期云南保山再见。■

忆秦娥·钱塘棋乐

添新景，钱塘棋乐意无穷，意无穷，民间荟萃，锐意争锋！

黑白情韵入龙井，运筹禅定须灵隐，须灵隐，壮志已付，何计输赢？

棋之义 【保山思棋】

想当年，铁血抗日激战正酣，看今朝，谁是棋王纹枰论道。从战争与和平中悟棋之大义，请看棋王八景之第三景，保山思棋。

自古相传尧造围棋，以教化愚钝之子，可见围棋从创造最初就已经超出博弈之本意，而自有其蕴含之大义，围棋本自效法天地之道。纹枰之间必然是大有乾坤。黑白阴阳曲直是非，无不体现于其中。围棋讲究相互间的关联与维系，正如围棋所蕴藏的中华文化的传承与维系。围棋讲究布局与谋略，正体现的是《孙子兵法》智慧核心的上兵伐谋。围棋的评判原则是占多即胜，正体现的是和平竞争的共处之理。围棋十诀，从不得贪胜到势孤取和，无不体现的是力戒贪婪与取之有道。落子如播种，围地兴社稷，子须有眼而活，地须围而兴旺。这也正是今天人们通过无数残酷的教训，而不得不悟出和懂得的深刻道理。

细析人类繁衍的历史，从民族到世界，无不是一局局博弈有致、胜负辩证的棋局，与之相较，人生虽然只能算是一局区区小棋，然而能够幡然从棋中悟得深刻之大义，也同样有胸中千秋史，手中百万兵的大胸怀、大气魄。

棋之义

棋王主调的八个华彩乐段 ‖ 【保山思棋】 ‖ 文化主题——棋之义

主持人：保山之行，鼓声阵阵，谁是棋王，草根振奋。当年抗战国威大振，思奇哲学，辩证精神。思棋历史，永子珍品。观众朋友们大家好，现在我们是在云南保山，为您带来《谁是棋王》中国围棋民间争霸赛小组赛第三场的比赛。

保山历史悠久，物产丰富，名胜众多，可以说是我们滇西边境上一颗璀璨的明珠。早在明代这里就出产了被誉为棋中圣品的云南永子，而在抗日期间，保山更是见证了举世闻名的滇西大抗战。因此我们把保山这一站的比赛定为棋王八景当中的第三景——保山思棋，接下来欢迎四个界别的棋手隆重登场亮相。首先登场的是来自冶金界别的棋手们。他们其中有高炉生产线的碾泥工，有行业骨干，可以说他们展现了新一代钢铁工人的新风貌。

冶金界别文化小片：

解说：从海选一路走来，每一对局都是焙烧、熔炼、电解等不同的冶炼工艺，让我们去除不同的杂质，在围棋与人生中经历一次提纯的冶炼过程。而在行业本职的工作中，我们会把握住关键手筋，针对不同品类的矿物质，找到氧化及还原的急所。在每一个质量环节做到完美。

王进：《谁是棋王》就是一座民间围棋的冶炼炉，我们需要百炼成钢。
阙月海：参加《谁是棋王》比赛之前，心里很激动、很期待。我最喜欢的棋手是刘小光，他是"大力水手"，非常擅长中盘搏杀。我自己的棋风也受他的影响，属于凶猛型的。**寿宝康：**这次活动不仅仅是一次围棋比赛，而且是一次围棋文化之旅，让人很震撼。我下棋的时候喜欢全局平衡，注重实地。**殷杰：**和各行各业的高手一起切磋，我的收获真的很大。

主持人：接下来来自医疗界别的四位代表，他们有来自北京的放射科技师，有来自山西省医学会的秘书长，还有来自江西妇幼保健院的干部，他们都是医疗行业围棋的佼佼者。

医疗界别文化小片：

解说：此次保山之行，是对自己一次综合性的CT扫描，并通过对自己每一棋局，甚至每一着法的血液分析，给出一份对于围棋的理解与热爱的精确的化验分析单。而在健康保障方面，必须做出全心为民的大模样，有效防止传染流行性疾病的大规模打入，攻防结合，随时准备下出妙招，祝愿医疗卫生行业的棋手们在精彩的围棋里继续前行，谱写出更多的围棋故事。**荆贵军：**在每一场比赛中我们都要找准要点，一针见效。

主持人：有请来自前卫界别的四位棋手代表，他们其中有两位是一线的民警，有一位是侦察员，还有一位是信访工作的教导员。

前卫界别文化小片：

解说：《谁是棋王》中国围棋民间争霸赛是对我们一次最好的关

↑现场舞蹈表演

↑冶金界别

↑医疗界别

↑前卫界别

于围棋人生的情况摸查，通过对每一棋局的 DNA 比对、血型比对以及足迹比对，找出阻碍自己大幅度提升的疑犯。而在面对人民群众的求助与需要的时候，牢记为人民服务的定式，在每一项工作甚至每一次出警，都给自己的人生留下无愧于心的精彩棋谱。**萧笛**：充分发挥我们的智谋，把每一棋局当作大案要案来破。**洪琦**：我有个爱好就是喜欢买围棋书，特别是喜欢买一些围棋名家的棋谱，我发现吴清源的棋给我感触很深，他后来提出"中和"这个理念，这个也作为我围棋的座右铭，我的理解是中就是中庸之道，和就是和谐。**冷胜兵**：汶川地震救援，警察方面我们是最快到达的。**解说**：洪琦的和谐之道在棋局，而冷胜兵的和谐之道则在于社会。2008 年他参加了汶川大地震的救援工作，为灾后的治安稳定贡献力量。

主持人：有请来自港澳台界别的四位棋手代表登场亮相，其中 22 岁的陈乃申在第二届世界围棋团体赛中战胜了著名的日本超一流棋手"老虎"依田纪基职业九段。

陈威廷：故乡人。

陈彦亨：故乡情。

陈乃申：和谐相依。

林鼎超：方成棋局。

港澳台界别文化小片：

解说：这是与家人围棋团聚的一次绝佳方式，用手谈克服了所有因地域方言造成的沟通上的不便，把故乡情、兄弟情做出精彩大模样，充分发挥我们星小目的特点，金边银角也有自己独到的优势与精彩，在《谁是棋王》这一盘棋上找到自己最好的行棋坐标点。**陈乃申**：很开心这次可以代表香港来参加《谁是棋王》的活动，虽然最后我没有在小组赛出线，但是依然很荣幸可以参与到这一项推广围棋的活动中，让更多的民众可以了解到围棋这项国粹，而下一次如果还有《谁是棋王》的活动，我一定再来参加。**沈彦亨**：我从澳门大三巴来到美丽的保山，来到这里很开心。但让我更开心的是通过《谁是棋王》的比赛，让我碰到全国各行各业的棋友，跟他们交流学习了很多东西。**林鼎超**：我来自台湾的新北市，台湾最著名的就是小吃，这次来到保山也品尝了当地很多的美食，觉得非常的开心。此次 15 岁的台湾小将陈威廷闯入决赛，作为年龄最小的选手在今天的赛场上，他是否能够继续书写神话？让我们为他加油。**陈威廷**：叫我第一名。

主持人：今天进入到决赛的两位棋手分别是来自前卫的棋王萧笛，经过猜先他是执黑，另外一位是来自港澳台的代表，年仅 15 岁的陈威廷执白，同样我们也分为两大阵营，首先从我们的黑方支持阵营开始介绍我们的嘉宾，著名的国手，号称棋坛天煞星的刘小光职业九段。刘老师，今天您是要支持前卫的棋王萧笛，那么以您的经验送给我们黑方代表什么样的话？

刘小光：要猛准狠地向对方要害施加力量，取得优势的时候一定

↑ 港澳台界别

↑ 黑白双方代表

要直线的进攻到底。

主持人： 接下来我们看看白方的阵营，首先我们介绍的是美女棋手陈盈。今天您是我们小将的支持者，刚才刘老师说是要稳准狠，你有什么对策？

陈盈： 我要回敬刘老24个字：以柔克刚，以退为进，以守代攻，以巧取胜，稳扎稳打，步步为营。

主持人： 这说得好，要以柔克刚，避开我们黑方的重拳。继续介绍我们黑方的阵营，来自中央民族大学著名的学者蒙曼女士。

蒙曼： 希望我们在座的棋手都能够行义，用智，骋才，遂意，走出完美棋局。

主持人： 接下来，我们要介绍的是中国围棋协会副主席林建超将军。您今天是我们白方的支持者。

林建超： 纹枰演绎战争，但世界终将归于和平。

主持人： 接下来介绍我们黑方的阵营，原保山博物馆的馆长，也是保山当地文化专家李枝彩老师。

李枝彩： 希望你们来保山寻找围棋文化之宝，入保山不要空手而归。

主持人： 好，接下来再介绍我们白方阵营，永子的研究专家，陶晓昌。

陶晓昌： 保山原名永昌，希望我们的民间围棋永远繁荣昌盛。

主持人： 今天我们还请来了两位特殊的嘉宾，我们从黑方阵营开始，艾思奇的侄孙，云南棋类协会副主席李方明。

李方明： 我在"棋王一盘棋"中下了第49手棋，全国上上下下共同完成一盘棋，这本身就是一步妙棋。

主持人： 好，接下来介绍的是白方阵营，原保山地委主任全国道德模范杨善洲的女儿杨慧琴。

杨慧琴： 十年树木，百年树人，几千年的围棋文化育中华棋人。

主持人： 今天我们还专门请到了云南围棋队的教练邱继红来到我们现场。

好的，观众朋友，今天参加我们节目录制的，还有保山市委市政府组织的来自40多所学校的100多位围棋老师，另外还有部分的围棋爱好者，还有特别重视围棋教育的隆阳区金鸡乡和昌宁县大田坝镇党委书记都来到现场，欢迎你们。

主持人： 今天的对局绝对是别开生面非同凡响，行棋用的是有500多年历史的云南永子，品的是千年古树茶，这个茶罐就是保山本地出土的汉代茶罐，距今已经有了2000多年的历史，我相信在这样的环境当中，品悟源远流长的围棋文化，一定会令今天两位进入决赛的选手终生难忘。

好，接下来我们请进入决赛的两位棋手登场亮相。我右边的这位是来自前卫的棋王萧笛，决赛您对阵的是一位小将，决赛感言怎样？

萧笛： 在英雄辈出的围棋界，我只是一个虚心学习的小弟。

主持人： 表现得很低调，面对我们前卫的棋王萧笛，陈威廷，你有什么样的决赛感言？

陈威廷： 小小少年，以棋会友，幸会幸会。

主持人： 两位都很低调，一点儿不像大赛即将来临，但是我相信表面都很

谦虚，内心都有强烈的求胜欲望。好的，有请两位登上对弈亭。

选手介绍小片：

解说：从海选赛到半决赛，前卫系统的萧笛一路连胜，毫无悬念地踏上争冠的道路。虽然这条晋级的道路上充满艰辛，但萧笛却有自己的体会。

萧笛：这次比赛的32强，再弱的也不会弱到哪里去。再强的也不会很强的。这个大家都有机会，就看怎么拼搏了。这位自学成才的警中高手，靠着从朋友那里借来的三本棋书，杀入江湖走到今天，能够以前卫系统棋王的身份出赛，他也是有取胜的法宝。**萧笛：**因为公安工作是非常非常辛苦的，熬夜就是通宵，从晚上十点来钟，有可能弄到第二天下午四点钟，下棋也是这样，要坚持坚持，如果对手坚持不住那我就赢了，看谁能坚持到最后。**解说：**小组赛进入到半决赛阶段，可谓是场场皆是硬仗，含金量十足，胜负仅在毫厘之间，半决赛时萧笛执黑，对阵医疗系统执白的荆贵军，一开始布局黑白双方都是堂堂正正，随着比赛的进程，在右下角的冲突中间，白棋处理欠妥，导致出现一个明显漏洞，最后白棋奋力反击，一度在第102手抓到一个很好的机会，但是由于局面在对杀的过程中过于复杂，白棋因为耗时过多，最后导致超时惜败。执黑的萧笛坚持到最后，将一张夺冠入场券收入囊中。俗话说自古英雄出少年，年仅15岁的陈威廷就是此次比赛中杀出的一匹黑马，复赛连杀两局，第三局面对香港的围棋神童陈乃申也丝毫不惧。**解说：**不善言谈的小威廷，比赛场上沉着冷静，赛后跟我们说话却会脸红，面对一切事物都充满好奇心，在赛场周围东看看西瞧瞧。**陈威廷：**学围棋以后，很多事情可以定下心来。我希望以后能够成为一名老师，然后把围棋的魅力传承下去。纹枰纵横，算度深远，两位棋手将会如何面对接下来的决赛厮杀呢？**萧笛：**以清茶代美酒，以平常心对待每一次比赛。**陈威廷：**我尽力就好，希望能下出一盘让自己满意的棋。**解说：**决赛的钟声即将敲响，保山站棋王即将诞生，让我们屏住呼吸拭目以待。

陆军（裁判长）：《谁是棋王》保山站决赛现在开始。

主持人：好，接下来呢我们有请两位讲棋嘉宾，刘小光职业九段和陈盈职业初段为大家讲棋，有请。

刘小光：各位棋友大家好。

陈盈：大家好。

刘小光：现在比赛已经开始了，我所支持的是黑方，黑方这方是萧笛，是一位人民警察，人民警察是作风硬朗，我支持你。

陈盈：我当然就支持白棋，白棋是我的本家陈威廷，陈威廷加油。

刘小光：好，我们现在来看这个棋局。开局都很正常。

陈盈：白8。二间高挂这手棋是不是很洋气？

刘小光：这个是一个布局的定式，白10挡下来，他们两个走得都非常正确，现在黑13……

↑ 裁判长陆军

↑ 刘小光

↑ 陈盈

↑围棋与战争

↑林建超将军

↑李枝彩老师

↑滇缅公路

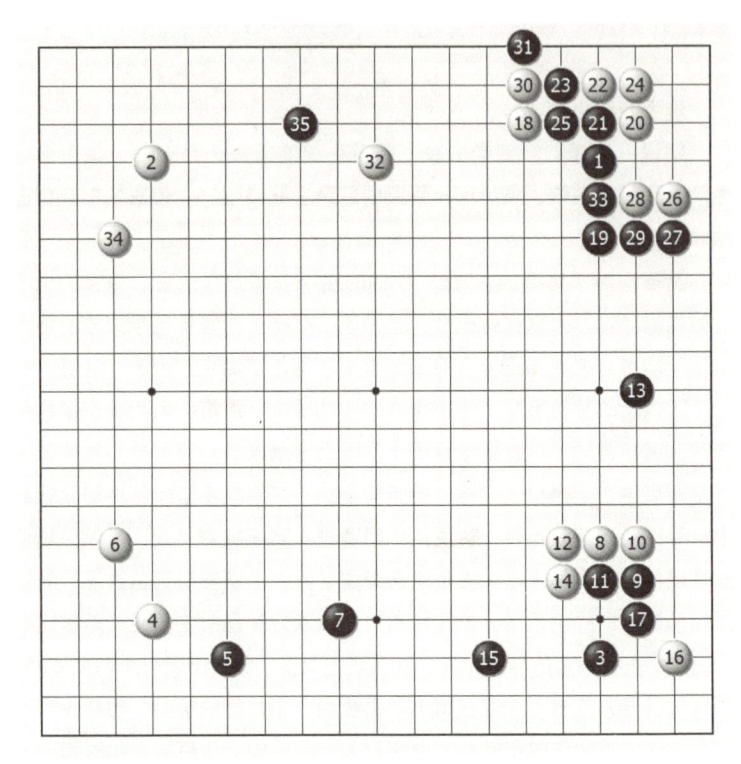

小组赛保山站决赛「●萧笛 VS ○陈威廷」1—35

陈盈：这手棋刘老，我对黑13的这手棋稍有点异议，如果我拿黑棋我可能会选择再贴一下。

刘小光：继续看。黑15不对，应该拆一。我们看实战，白16很好，黑17这招棋差很多。

萧笛：我本来是想"顶"一下，结果当时读秒26、28，我马上就落子了，结果放错了位置。

刘小光：17这招棋留下了隐患。

陈盈：白棋三·三挤，可能这个局部没有棋可下。

刘小光：继续看，18挂角很好，19跳，20点三三，最近流行。

陈盈：您是不是觉得我们这个点角非常狠？就是我刚才送给我们白棋的以攻代守，直接就点到角上去了。

刘小光：对，以柔克刚这个都很好，这个31不好，可以考虑单立，下一步不走这就一路扳，是一个死棋。

萧笛：第34手之后我感觉我的局面已经落后了。

刘小光：现在我们要打入。

陈盈：真的下了打入。对，刘老您方这手35好像有点凶悍，您能给我们透露一下这手棋的意图吗？

刘小光：我觉得这个时候该打入了，需要战斗。

主持人：说到打仗，刘老师您看我们这个比赛是在保山，我们可以回想72年之前，1944年在保山市真正的发生了一场攻坚战，保山地处我们西南重镇，如果从围棋的角度来说，是金角银边，地理位置相当的险要，那么说到这方面，我相信我们的军事专家林将军一定有话要说。

林建超： 从围棋思维的角度看，滇西抗战，特别是滇西抗战中的战略反攻，是全国抗战大棋局中的一个重要组成部分和一个重要的阶段，在日寇侵入云南之后，中国军队和日本侵略军沿着怒江进行了将近两年的对峙，那么从1944年5月开始，中国军队转入战略反攻，保山就恰恰处在这一场重要战役的核心地带。

主持人： 这次的滇西大抗战，实际上是我们中国抗战一个重要的组成部分，而在滇西大抗战当中，松山攻歼战又是举足轻重。

李枝彩： 松山是滇缅公路的交通结点，只有打通拿下松山，才能打通滇缅公路，松山由于它是一个比较突出的山梁，日本军队站在最高的地方，布置了相当强大的攻势，我们中国远征军从怒江峡谷往上攻，后方的炮兵集中攻击，先把日本的一些表面的阵地炸毁了，然后步兵再像水波浪一样，一波一波地往上冲，叫波浪式冲锋，最后冲到山顶的时候，两个碉堡没办法攻下来，就采取挖隧道的方式通过隧道打进去，用了三吨炸药，用雷管引爆的方式，把它全部炸毁了。我们的中国军队才最后占领了松山这个制高点，滇缅公路也就打通了，整个腾冲龙陵的物资供应，人员交通就基本搞活了。

林建超： 滇缅公路的被割断和重新打通，是滇西抗战最关键的问题之一，围棋有一句话叫棋从断处生，从反面讲出了联络的重要性，滇缅公路在1942年被割断之后，在很长一段时间内中国抗战的战略物资要靠驼峰航线来维持，损失了大量的飞机和空勤人员。打通滇缅公路，重新实现了中国内地与海外、与南亚次大陆的战略联系，使得源源不断的战略物资可以经过滇缅公路直达中国的各个战区，从围棋思维的角度来解读滇西抗战，特别是滇缅公路的重新打通，是具有战略意义的事件。

↑ 腾冲围歼战

围棋与战争文化小片：

解说： 下围棋无气不活，战争如棋，而胜负存活之气，乃是军队及物资出入之交通要道。在中日战争中，对中方存亡起到十分重要的作用的一口气，就是途经保山的滇缅公路。在滇西南的崇山峻岭中修建一条上千公里的公路，以当时的条件可谓是千难万险。从1937年11月开始，20余万滇西南的各族同胞和海外爱国华侨，捐资出力，仅靠手拉肩扛，刀砍斧劈，日夜劳作不息，仅仅用了8个多月的时间，就修通了这条用血汗铺就的滇缅公路。出身于保山的缅甸华侨梁金山，捐资修建了滇缅公路上横跨怒江天堑的咽喉要道惠通桥，还倾其所有家资购买了80辆载重卡车和一架飞机，和其他所有的爱国华侨一样，为中国的抗日战争做出了巨大的贡献。1939年，抗日战争进入了相持期的消耗阶段，日本封锁了我东南沿海的全部出海通道，此时已开通的滇缅公路就成了中国获得国际救援物资的唯一通道。这条生命线成为东方反法西斯战场上中国大龙没有被围死的重要的一口气。1944年，中国远征军

↑ 围棋与战争

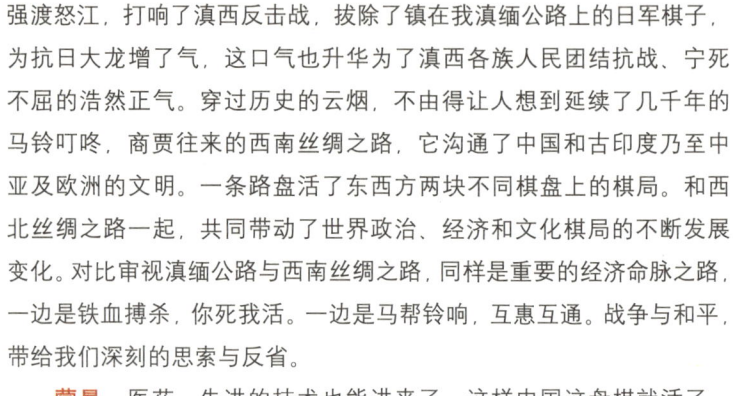

强渡怒江，打响了滇西反击战，拔除了镇在我滇缅公路上的日军棋子，为抗日大龙增了气，这口气也升华为了滇西各族人民团结抗战、宁死不屈的浩然正气。穿过历史的云烟，不由得让人想到延续了几千年的马铃叮咚，商贾往来的西南丝绸之路，它沟通了中国和古印度乃至中亚及欧洲的文明。一条路盘活了东西方两块不同棋盘上的棋局。和西北丝绸之路一起，共同带动了世界政治、经济和文化棋局的不断发展变化。对比审视滇缅公路与西南丝绸之路，同样是重要的经济命脉之路，一边是铁血搏杀，你死我活。一边是马帮铃响，互惠互通。战争与和平，带给我们深刻的思索与反省。

蒙曼：医药、先进的技术也能进来了，这样中国这盘棋就活了。今天我们讲"一带一路"，道理也在这。

主持人：我们常说自古以来交通便利是第一要素，有了路我们整个棋就能活。我们在抗战时期浴血奋战，中缅之路不能断，因为这是我们民族气节的表现，而在和平时期，同样我们南来北往，我们的丝绸之路也不能断，这是繁荣和融合的象征。我们继续看棋局。

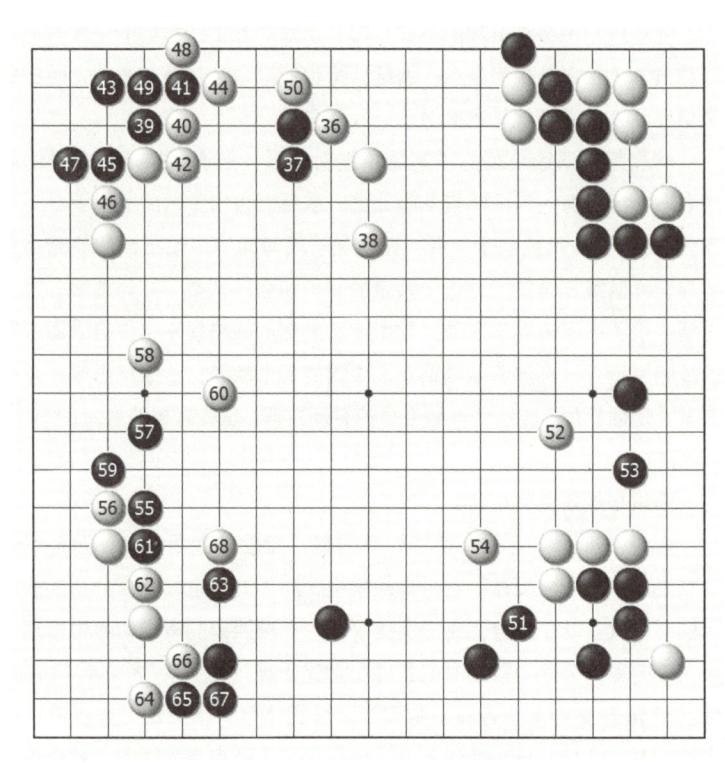

小组赛保山站决赛「●萧笛 VS ○陈威廷」36-68

陈盈：刘老您方的这手35打入，看似很凶，但我们是有招的，我们尖顶。

刘小光：白尖顶黑长一个，白38跳起来。

陈盈：这时候是不是黑方有点小为难啊？

刘小光：我认为黑方这个局部还是可以的，现在黑39托一个可以。

陈盈：我怎么觉得白棋好呢？

刘小光：你可能有偏向，现在黑棋外面比较厚，白棋这个形状也算不错。

陈盈：对，我觉得我白棋能下到 50 位这个扳过，整体形状走厚了，而且让黑棋右边的厚势难以发挥。

刘小光：51 这招棋我觉得暂时不要走。左边大，白棋如果在左边补一个，左边和上面就连成一片了，这就是一个天王山，一个要抢的地方，就像我们的松山攻歼战一样，是必抢的一个天王山。

刘小光：黑 55 非常重要，这个特别大，这个是要点。

陈盈：终于被黑棋抢到了这手肩冲。

刘小光：对，如果让白棋抢了这个点，我真的就没有信心了，一定要抢。

陈盈：63 跳一个，这个太松了，我看见您方的跳我很放心。

刘小光：但是还是对黑棋有信心，我们来自台湾的小棋手下得很好。

陈盈：挤一个，白 68 靠一个。

刘小光：这个有点凶。

陈威廷：第 68 手，看到黑方的形状有点缺陷，想要反击从中获取利益。

萧笛：他反击我，我感觉他棋还是比较积极的。

陈盈：看见 68 这个靠之后，我想暂时先告一段落，想请您来给我们分析一下当前的局势。

刘小光：当前的形势应该说黑棋比较厚，这面厚，但是白棋上边比较宽广、我们（黑棋）需要后发制人。

主持人：白棋 68 靠很凶，要把黑棋的联络分开围而歼之。刚才我们讲到了滇西大会战中的一个松山攻坚战，接下来说到腾冲了。

主持人：在围棋中单个子很难发挥作用，必须与周围若干子紧密连接才能发挥作用，团结起来产生"1+1>2"的效果，同样，战争也是如此，在滇西抗战期间，我们的胜利离不开各民族的伟大牺牲和贡献。那么这次在我们《谁是棋王》的节目期间，非常赶巧，我们遇到了保山地区芒宽的一个少数民族运动会。

少数民族运动会小片：

解说：近日《谁是棋王》小组赛的选手们，比赛之余正好赶上保山市芒宽乡小学的一场少数民族运动会，选手们与来自傣族、彝族等少数民族的同胞一起参加了射弩、陀螺、斗鸡等具有民族特色的运动，在比赛中我们的棋手看重的并不是比赛的名次，而是与各民族同胞在竞争中所获得的乐趣。

联想到当年的滇西抗战，保山各地的民族首领、土司与各族人民紧密团结，军民同仇敌忾，联合抗日，捍卫民族生存，保卫家乡，保卫中华，最终取得了滇西抗战的胜利。在中国抗战大棋局中，以完美的组合定式，在保山历史中，留下值得铭记的棋谱。

孤子不成势是最浅显易懂的围棋棋理，每一棋子必须与其他棋子一起同心，才能形成势，形成进攻与防守，才能取得利益最大化，并最终取得棋局的胜负。由棋子的团结，再看保山的民族团结，战争年代的一致奋起，和平年代的其乐融融，这才是保山发展一局棋的关键手筋。

乌铜走银文化小片：

解说：源于清代雍正年间的乌铜走银，是保山闻名于世的非物质文化遗产，至今已经拥有 280 年的悠久历史。在与机械量产和绝技传承的博弈中，乌铜走银与历史更加久远的围棋一样，无疑是一个能够从古流传至今的文化传承的胜利者，而更与围棋相通的是，它们都在流传的过程中，不断地被融入和积淀了深厚的民族与地域文化。当来自冶金行业的民间棋手们来到保山与乌铜走银亲密接触之时，或许他们在观赏与交流的过程中，能够体会到乌铜走银与围棋之间更多的相通之理。乌铜走银的一个重要的创作审美原则就是在图案设计之初讲求布局，让纯银银屑或纯金金屑填充到图案处，以"走满"为度。而更令选手有深刻感悟的则是

↑形象讲解

无论下棋抑或制胚时对火候的把握。乌铜走银，在千锤百炼与精心布局中成为历史的载体，围棋，在岁月流逝与朝代更迭中发扬光大，更重要的是，乌铜走银与围棋都必须通过运筹帷幄的大局意识，去开创一个更加光明的未来。

解说： 得知《谁是棋王》来到保山，乌铜走银传承人万光红先生为栏目组制作了一套乌铜走银的棋具，而在这精美的棋盘上是一道珍珑棋局。

第69——94手左边的攻防告一段落。两位讲棋嘉宾刘小光和陈盈聊起了三国中的诸葛亮七擒孟获，介绍杨慎和围棋诗词"雁行布阵穿花垒，虎穴临冲拔绣旗"，解释古代围棋术语"雁行"和"虎穴"。

李枝彩： 杨慎，明代的状元，他写了很多的文章，最有名的就是你刚才念的这一首词，就是在保山写的。

主持人： 大屏幕上这首词大家可以看一下，杨慎，《鹧鸪天 棋姬》"红袖乌丝罢写诗，翠蛾银烛笑谈棋。雁行布阵穿花垒，虎穴临冲拔绣旗。烽火劫，羽书持"。这首词你仔细看，有很多和围棋关联的术语，现场有观众知道吗？这里面好多个，不止一个，来，这位。

观众： 第二句里边的谈棋，第三句里边的那个雁行、布阵、穿花垒，然后第四句的那个虎穴、临、冲、拔，最后一句的那个烽火劫，还有那个羽书持，回答完毕。

主持人： 看来还是绝对的围棋发烧友，这里纠正一下，第二句当中谈棋不能完全叫围棋术语，我们可以看第三句和第四句的前两个字，雁行和虎穴，请刘九段给大家介绍一下雁行。

刘小光： 那顾名思义就是像大雁一样的形状，那很美。像飞、大飞、小飞，连接的比较舒展。

主持人： 围棋当中经常讲究棋形美，往往棋形美可能在对弈当中能够发力。第四句当中的虎穴也很形象，大家可以看一下这个形状是怎样，陈盈给大家介绍一下虎穴。

陈盈： 好，现在看到三角的这个子的位置就是虎，这个形状非常的坚实，敌人如果来犯的话就非常的危险，黑棋一旦入虎穴，那我就可以给他提起来了，所以对己方是非常坚实，对对方非常危险，敢进来我就提掉了。

主持人： 这个解释可以说是非常形象，虎穴它就像一个老虎的嘴一样，你敢进来就吃掉你。所以刚才我们普及了两个围棋术语，一个是雁行，讲究棋形美，还有一个虎穴，永远记住这是一个很危险的地方。好的，继续来关注我们的棋局。

刘小光： 现在黑棋该怎么往下进行呢？

陈盈： 是啊，白方中间的这个形势其实还是很可怕的。

刘小光： 95断了一个，断一个试白棋的应手。

陈盈： 白棋好像也只此一手吧。

刘小光： 不，不只此一手。

陈盈： 还有什么选择？

↑现场舞蹈表演

↑观众鼓掌喝彩

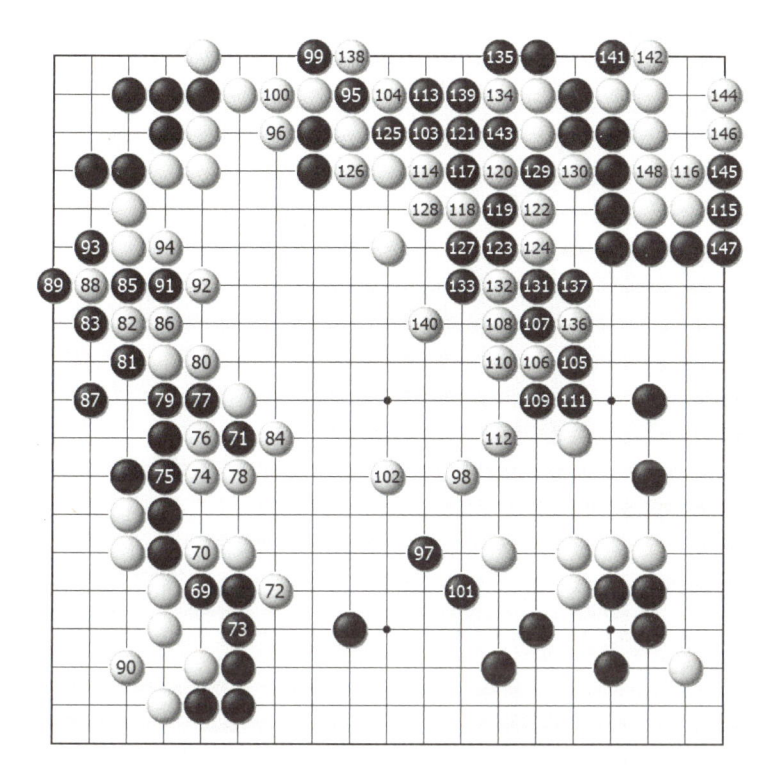

小组赛保山站决赛「●萧笛 VS ○陈威廷」69-148

刘小光：96应该粘上，粘上更好。

陈盈：但是我觉得事物都有它的两面性，粘上也有（好处）。

刘小光：不，粘上一定比虎上好，没有两面，这个是必需的。

陈盈：真的吗？我觉得虎一个更坚实一点。

刘小光：粘上比虎肯定是要好一些，在这个局部来说，97这个棋也算比较好的形状，来攻右边白棋往里渗透也是不错。

陈盈：所以黑棋也是怕白方中间的形势太大。

刘小光：现在的形势还很难说，因为白棋只有中腹的模样，现在一定要围空，但四处漏风，如果黑棋往里渗透得当的话，我们的黑棋还是很有希望。

陈盈：黑99打吃，先手便宜。

刘小光：101这招……

陈盈：这是什么意思？

刘小光：我认为可以暂且不走，这招不好，因为这招棋效率不高。

陈盈：103这手棋及时回头找着了要点。

刘小光：到148手要投票的话我会投黑棋，现在我判断形势还是黑棋略好一点。

主持人：目前为止可能这个棋局还是非常的胶着，早在《谁是棋王》海选的第一期，我们就播出过一个小女孩，叫罗慧鹃，今天罗慧鹃来到了我们现场，有请。罗慧鹃在海选期间，我记得陈盈跟她是下过一盘指导棋的。

↑小选手罗慧鹃

↑保山双红

↑赠送千年古树茶

陈盈：最近好吗？

罗慧鹃：好。

陈盈：棋下得多吗？

罗慧鹃：多，一直都在下。

陈盈：好，继续努力。

主持人：我想问一下，如果是你选择的话，你想选黑棋还是白棋？

罗慧鹃：白棋。

主持人：白棋？

陈盈：对，坚定地站在我这一方。

主持人：有感情因素。我想知道这个节目播出之后对你有怎样的改变？

罗慧鹃：通过那一次的比赛，我认识了陈盈姐姐，陈盈姐姐给了我很大的鼓励，我也带动了我们学校学围棋，每节课下课以后，我们学校的同学差不多每天都来找我下围棋。

主持人：这就看出来《谁是棋王》的确是在全中国范围之内来推广普及围棋，确实带动了各行各业，包括我们这里保山山区的孩子也都开始学棋。据我了解，汉庄镇、金鸡乡，另外还有昌宁县的田园镇、大田坝镇这四个山区，早在两年前就开始推广围棋，实现了学校围棋的全覆盖，这个很难，这个不容易，我觉得应该给他们掌声。慧娟成为了我们昌宁的小红人，由此我想到了昌宁红茶。

第95——150手，白棋第150手"挤"，妙手成活。嘉宾聊到《棋经十三篇》云"始以正合，终以奇胜。"由此引出保山名人、哲学大家艾思奇和保山"双红"——昌宁红和南红。

保山双红文化小片：

解说：在有着悠久围棋文化传承的保山，也顺理成章地同样有着悠久的茶文化，在千年茶乡的昌宁，专心一品昌宁红的千年古树茶，或许会对围棋有更深长的感悟。据专家测算年纪最老的古茶树居然有三千多岁了，真可谓是茶树中的老寿星。说到古茶树，自然要提及这里的一个很有来历的地名，棋盘寺，相传有两个德高望重的老者，经常在一个古茶树下品茶下棋，久而久之，有人在这里建寺院，并因此而得名棋盘寺，也有人说当年诸葛亮南征到过此地，曾与棋盘寺的高僧对弈三天三夜不分伯仲，随着岁月的风流云散，棋盘寺早已不复存在，但是这个关于棋与茶的美好传说，却被津津乐道地流传下来。来自医疗卫生界别的棋手们来到昌宁，对于昌宁红有着特殊的兴趣，并与之亲密地接触。**郑正春**：体现出一个字就是心气很稳，不管是火候的把握，还是泡茶的顺序，每一步都严丝合缝，这很像我们下围棋，首先要心静。**荆贵军**：围棋与茶之间，对人的身心修养上，应该是培养人的一种静气，达到一种淡泊明志，宁静致远的程度。**解说**：面对诸多的茶中小字辈，千年古茶树完全可以倚老卖老，因为据专家的科学数据，古树茶的茶黄素、生物碱等有益物质的含量，远远高于平均指标，那么这其中的主要原因到底是什么呢？

李发祥：我觉得有两个原因，第一昌宁地处天坛山主脉，一山分二水，滴水漂两洋，世界地理奇观的范围，它的营养从深层土壤当中往上输送，通过植物细胞的层层过滤直达茶端，茶性和棋理都体现在一个合字，一山分二水，就和棋分阴阳是一样的。

主持人：既介绍了千年古茶它的与众不同之处，他还讲到了和围棋的相同之处，这个不容易。还专门带来了千年古树茶，下面有请昌宁县的宣传部长范红玉来赠送千年古树茶。这次送千年古树茶给我们港澳台界别的代表们，主要是什么样的含义？

范红玉：很荣幸能把我们千年茶乡千年古茶，送在我们远在千里之外的家乡的亲人，同时以茶相邀，以棋会友。

主持人：说得非常好，我们港澳台同胞同样是我们家乡的亲人。刚才我们了解了昌宁红，我们了解了千年古树茶，我们都知道一棵树它要想成材需要很长的时间，所以我们经常可以想到杨善洲，作为全国的道德模范代表，他能够为后人造福，能够不停地去种树，那么接下来我们想请杨善洲的女儿杨慧琴给大家讲一下，这种种树精神是怎样激励保山人的？

杨慧琴： 种树就是一步一个脚印，做人也是一样的，要扎扎实实的，一步一个脚印，作为我父亲的子女及家人，我们会一代一代地把我父亲的种树精神传承下去。

主持人： 种树艰辛，但是造福后人，要把这样的精神传承下去。好，接下来我们继续回到棋局。

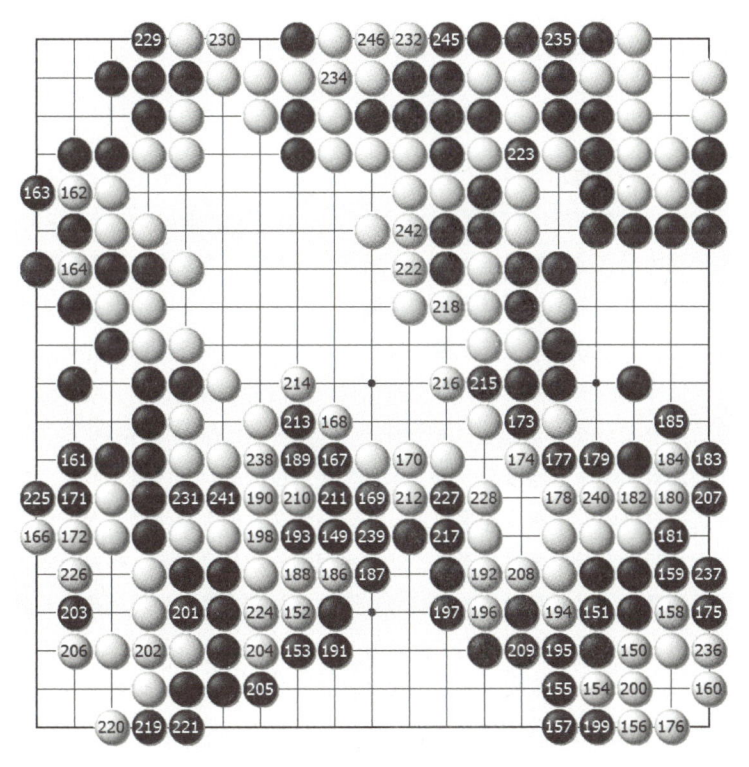

↑ 杨善洲

↑ 杨善洲女儿杨慧琴

165=164右 233=223 243=164 244=164右二

小组赛保山站决赛「●萧笛 VS ○陈威廷」149—246
白胜 1/4 子

刘小光： 现在就基本进入收官阶段。

陈盈： 我觉得我们白方还依然是优势的。

刘小光： 对了，执黑的这一方叫萧笛，是人民警察特别能战斗的一员，今天这个地方吃掉一块棋力量可以，149这个跳不够大，一到收官的时候边边角角要大过中央。

陈盈： 所以说在官子阶段拔一个子真的就只有两目棋，在开始中间拔花三十目，所以根据不同的情况，拔一个子的效率和价值也会不一样。

刘小光： 威力有所变化，这个就是围棋理论，现在我们看棋局，白150这个厉害，挤一个非常的厉害。

↑ 现场观众

↑ 紧张对弈

棋之义·保山思棋 121

陈盈：对，这个黑棋很难受。

刘小光：这个棋形下得挺好，这个老师教得也好，他这个老师还是我们大陆的一个职业棋手，看来为我们培养了不少台湾宝岛的小棋手，154扳一个，角上麻烦了，这个角上活了。

陈盈：后面都是小官子了。陈威廷这个小将对于围棋的一个态度，他说围棋是他一个特别好的老师也是一个交谈的好朋友，所以他把围棋称作他的良师益友，是非常好的。我们看到203手的这个点，这手棋有点意思。

刘小光：但是这个点，点二二可能更加有味道。

主持人：黑棋203点了一个，这个地方可能需要很细腻。《棋经十三篇》里面常讲的叫"始以正合，终以奇胜"，也就是围棋当中经常会涵盖着很多的奇思妙想，有妙手，那么说到这个奇，在保山就有一位名字当中带"奇"的名人，艾思奇。

艾思奇人物小片：

解说：在20世纪30年代，一本《大众哲学》以其大众化、通俗化、现代化的风格推动哲学走进大众，引导大众接受马克思主义，而该书的作者正是艾思奇。艾思奇原名李生萱，正是保山腾冲人，而他改名为艾思奇是取其爱好思考棋艺之意，艾思奇之所以在哲学方面颇有建树，或许与他喜爱围棋，并且能够从围棋棋理中品悟哲学有关。**李方明**：这是我二爷爷艾思奇，这是我二祖母王丹一，我二祖母呢，现在96岁了，还在北京，她一直珍藏着一副艾思奇曾经用过的围棋和棋盘。**解说**：或许可以这样说，围棋棋理是传承几千年中华文化的大众哲学，而艾思奇的大众哲学则是引导进步青年、认清事理的一本革命棋理。很多青年人正是读懂了《大众哲学》才下决心到延安参加革命的。因此就连敌对阵营的人都赞曰：一卷书雄百万兵。**李方明**：艾思奇不仅是一个哲学家，同时他也很喜欢下围棋，谈到围棋和哲学的关系，围棋当中的棋理充满了朴素的唯物论和辩证法的思想，围棋的胜负变化又取决于量的积累的变化，围棋的棋理和哲学的哲理应该是相通的。

主持人：作为艾思奇的后人，李方明现在也投身到围棋事业当中，林将军您看，这个围棋的确是包含着很多辩证的关系，这个实际上和我们日常的生活是完全相通。

林建超：艾思奇先生他所写的代表作《大众哲学》，当年受到过毛泽东主席大力的表扬，《大众哲学》最大的特点就是把哲学又交还给大众，毛主席说过的那句话，把哲学从哲学家的书本里和课堂上解放出来。普及围棋的过程中，实际上可以把围棋看作是人类哲学思维的训练场，围棋所包含的哲学元素，大致上分为三个层次，第一个是阴阳对立统一的宇宙观。第二个是逻辑思维与图形思维相统一的思维方式。第三个就是行棋中的辩证关系。今天在保山，在艾思奇先生的故乡，我们来举行民间围棋的争霸赛，应该是非常有意义的。

主持人：的确如此，那么在保山，除了艾思奇之外，实际上还有一奇，今

↑艾思奇人物小片

天我们的两位决赛的选手下的就是云南的永子。

云南永子文化小片：

解说： 保山古称永昌，曾是西南丝绸之路上的重镇，商贾云集，市井繁华，棋风兴盛，明代永昌人李德章，在正德七年，也就是公元1512年，用永昌盛产的南湖玛瑙、黄龙玉、翡翠、琥珀等原料烧制成了光润如玉镯的围棋子，被称为"永子"。永子外形古朴，内敛凝重，黑白分明，白子呈象牙之色，细糯如玉，色泽柔润。黑子若对光照视，则宛如一颗碧绿的翡翠。永子不仅为历代文人雅士所珍爱，还一度作为皇家贡品，堪称国宝。然而就是这样一门祖传的烧制棋子的手艺，却屡遭劫难，几尽失传。**李国伟：** 1860年的时候，我们这个永子厂就烧掉了。1942年的时候，李氏后人组织恢复，刚刚建了厂房，然后日本从缅甸打过来，发生了五四被炸，那我们这个永子厂房又一次被战火洗礼了，（生产）又一次被搁浅了。**解说：** 1964年3月，当时任国务院副总理的陈毅同志，得知一百多年以来永子的制造已不复存在时心情沉重，说"传统的工艺要恢复，我不相信保山就无人再烧出永子来。"时光荏苒到了1988年，保山政府决定恢复永子的生产，李氏后人根据家族口口相传的技艺，尝试着进行永子的烧制，但是因为成本太高没有销路，永子也没能发展起来。**李国伟：** 2003年的时候，我这代人在他们基础上经过了成千上万次不断的探索，不断的实验研究，到2009年确定了我们的配方。**解说：** 由于天然的原料，每一批的成分都不尽相同，因此原料的配伍是烧制的最大难点，制作的工艺和设备也需要不断地进行摸索。再加上资金的短缺，在历经了种种艰辛之后，传统的永子制作工艺，终于复活了，历经500余年，永子再次在棋盘上熠熠生辉。**李国伟：** 老祖先留下这个东西非常有价值，值得把它传承下去。**解说：** 从永子几度中断于战火，最终又重生于和平盛世，从国运看棋运，让人们感悟良多。

陶晓昌： 永子是中国围棋殿堂上的一颗璀璨明珠，它是采万古山川之精华，聚宇宙阴阳之魂魄，熔冶于一炉，而形成的一个文化瑰宝。明清两个时期长达321年时间作为上供朝廷的贡品，并且现在世界的一些围棋大赛都被指定为比赛用棋。徐霞客在1639年，就是崇祯十二年，他到了永昌看玛瑙山的时候就遇到了当地的一个乡绅叫马云康，马云康拿出一副永子围棋来与他对弈，并且要让徐霞客两颗子，没想到让两颗子给徐霞客，徐霞客都下不过他，所以徐霞客很惊叹，在《徐霞客游记》1639年7月初七，就写了"棋子出云南，以永昌者为上"。

主持人： 那么说到永子，实际上它是棋子一个发展的阶段，在这方面林将军也是有很多的研究。

林建超： 围棋在发展过程中，棋子所用的材质，经过了很多的发展形态，最初是由木头、石头、骨头来做棋子，后来也用到了海里、水里的骨头，就是蚌壳。之后出现了用低温烧造的陶做的棋子，以及高温烧造的瓷器形成的棋子，到了宋朝当时的定窑所生产的棋子最好，被称

↑ 云南永子

↑ 台湾领队张晓茵数来宝

↑ 哀牢归汉

作是定子，定子到今天都是瓷器围棋子上佳的品种。那么从明朝以后，在我们棋子的种类上，出现了一个以宝玉石为原材料的新型的棋子的种类，这个不光在中国，在围棋史，而且在整个人类的文化史上都是第一次。我们把它称作国宝永子。

主持人：的确如此，在明代的时候当时由于一场大火，使很多珠宝烧熔化之后，形成了新的形状，其中有些形状就很像棋子，李德章这个时候突发灵感，才有了我们永子的文化。刚才我们有了很深的了解，它代表了这个棋子发展的一个阶段，更重要的是我们要记住，要弘扬我们中国的本土品牌。国宝永子，棋中圣品。

刘小光：今天这盘棋下得很精彩，203点了一个。

陈盈：就是最后的定型了，胜负马上就要揭晓了。

主持人：现在这个棋局所剩的官子不多了，刚才我们介绍到陈威廷最崇拜的是柯洁，柯洁我们都知道绝对是势头太猛了，从2015年初的"百灵杯"，到后来上海举行的"三星杯"，到前不久刚刚结束的"梦百合"，连拿三个冠军，而且柯洁还不到19岁，今天非常巧合的是柯洁的老师来了，我们请上柯洁的老师，邱继红。有请。

今天我们参加这个《谁是棋王》，进入决赛的这个15岁的小孩，来自宝岛台湾的陈威廷，他说最崇拜的是柯洁，您看一看，您感觉他的棋风是怎样？

邱继红：白棋基本功还是不错的，棋感我认为还是具有成为职业棋手的潜质，希望他能够更加努力，以柯洁为目标吧，尽快步入职业的殿堂，获取更好的成绩。

主持人：我在这里要稍微爆一个料，我们云南围棋队，可能要回到围甲了。

邱继红：永子是保山的，是中国的，也是世界的。那么柯洁是云南的，也是中国的，也是世界的。我就希望以云南永子队参加甲级联赛，我认为也是水到渠成的一件事情，谢谢。

陆军：《谁是棋王》保山站决赛白方陈威廷胜四分之一子，获得冠军。

主持人：请两位选手来到舞台中央。今天这场决赛整个进程可谓是一波三折，双方的局面一直相当的胶着，我首先想问一下我们的前卫棋王萧笛，从布局到中盘力量到收官，是不是官子还稍弱一点？

萧笛：布局弱了，官子也差一点。

主持人：刚才萧笛对自己有一个非常客观的认识，他认为他的中盘力量不错，这个正符合我们刘九段的风格。好，那么这次我们的港澳台界别应该说组织得非常好，台湾围棋教育推广委员会的秘书长张晓茵，也是我们这次港澳台界别的领队，说一说您这次来到保山，带队参加比赛，和以往带队参加其他的比赛和活动有什么不同的感受？

张晓茵：很高兴我们台湾的小将陈威廷获得了保山站的棋王，也可以说保山是我们台湾棋手的福地，陈威廷他其实在台湾就读的是南山中学，南山中学也是大力推广围棋，在2008年成立了全台湾的第一所围棋专班，是围棋道场与学校结合的典范，我自己也一直从事着围棋教育与推广的工作，我们用"尧造围棋，丹朱善之"这样一个围棋起源故事编了一个让孩子能够朗朗上口的"数来宝"："围棋起源在中国，五千年来真悠久，要说它从何处来，这个传说还不赖，相传古代有个尧，治理国家有一套，他的儿子叫丹朱，生性调皮爱取闹，于是尧便动动脑，创造围棋来调教。丹朱学习悟性高，棋中道理皆通晓，围棋教人知天地，围棋使人性情好，祖先智慧藏高招，围棋世界真奇妙呀，真奇妙。"最后想跟大家说一下，就是我觉得围棋是一种不分地区、不分民族、不分男女、不分年龄的文化，海峡两岸的人民可以通过围棋手谈，促进海峡两岸人民的友好关系，共同发扬中华传统文化，围棋是最好的桥梁。

主持人：好，非常感谢，再次祝贺陈威廷。

在今天的这期节目当中我们详细了解到了保山著名的滇西大抗战，围棋当中讲究的是中和精神，著名的围棋大师吴清源讲到中和的时候做了详尽的解释，我们中华民族秉承大义的精神，与各民族和平共处，有容乃大。

哀牢归汉文化小片：

解说：从滇西铁血抗战，不能不提到同样发生在这里的一个重要的历史事件，哀牢归汉。公元69年，哀牢举国归于汉朝，加入到中华民族的大家庭，从此绥哀牢，开永昌，南方丝绸之路得以畅通，致使这一地区的社会经济与文化得到快速发展。由此可以看到，中华民族从来都是海纳百川，有容乃大，和平共处，和谐共赢。**段德李：** 哀牢归汉实现了中华民族的大融合，使得南方丝绸古道逐步从民间走向官方，实现了民族发展的共赢。这正如围棋当中黑白二子在博弈当中走向和谐。**解说：** 但和谐不是妥协，包容也不意味着纵容，在历史的棋局中，中华民族儿女们面对侵略者，铁血山河，寸土必争，松山攻歼战，腾冲围歼战，龙陵大会战，正是用铁血生命印证了这一民族大义。忆哀牢归汉，思滇西抗战，不同的历史棋局，不同的棋谱，最终读懂的是中华民族的泱泱大国气度与风范。

蒙曼： 大家对哀牢归汉这个事情一直有特别高的评价，有人就撰写了这么一副对联，就讲哀牢归汉的精神，"比目是双鱼，犹如左兄右弟，任它波翻浪叠，总有同心归汉"。下联是"出泉分冷暖，恰似冰心热血，虽然派别支流，到底一样朝宗"。虽然说这个泉水有不同的派别，不同的支流，到底一样朝宗，最后百川归海都要归到这个共同的目标上去。这是什么？这不仅仅是哀牢归汉，这也是棋，甚至是我们中华民族的大和大义。

林建超： 围棋的争夺是包容性争夺，是效率性争夺，是谋略性争夺，它最终要比的是每一手棋围地的效率，和所有的棋围地的总效率，这就体现了我们中华民族既要讲竞争，又要讲融合，这一点在保山发生的哀牢归汉这样的历史故事中得到了最好的印证。

解说： 想当年铁血抗日激战正酣，看今朝谁是棋王纹枰论道。从战争与和平中悟棋之大义。

主持人： 在今天保山站的决赛当中，两位棋手经过激烈的角逐，最终年仅 15 岁，来自台湾的小将陈威廷执白半目险胜获得冠军。接下来进入到颁奖仪式。至此《谁是棋王》中国围棋民间争霸赛保山站的比赛就圆满结束，我们再次祝贺陈威廷进入到全国八强，也再次感谢保山对我们节目的大力支持，我们下一站再见。

浣溪沙·保山思棋

保山思棋忆当年，抗战隆隆震耳边。永子传奇有新篇。

故居凭吊艾思奇，棋理哲理密相关，此地棋兴更无前。

棋之养

【武陵棋境】

围棋传承几千年，有着中华文化的深厚蕴藏，因此，围棋不仅仅是一种博弈、一种娱乐，更体现的是一种综合的文化修养。

古人把下围棋称之为手谈，不用语言交流，行棋之间却包含文化学养。围棋又叫坐隐，需要人心安静下来，不能浮躁，还需专心于棋，心无旁骛，心无杂念，除去功利之心，所以古人又称围棋为忘忧。丢却追名逐利之烦恼，才能于围棋之中找到修身养性的真性情。古人常说"文如其人"，而围棋同样也是棋如其人，从棋品而知人品，而学棋的过程其实就是品德修养的过程，体悟中华文化底蕴的过程，围棋凝聚着丰富的东方智慧，因此在切磋棋艺之中，能够从中汲取丰厚的中国大文化，摒弃粗俗与猖狂，学会儒雅，于棋局之中，渐渐熏陶为谦谦君子。

知书达礼同样也是知棋而达礼。总之，学在棋中，养在棋中，最终才能真正乐在棋中。

棋之养

棋王主调的八个华彩乐段 ‖ 【武陵棋境】 ‖ 文化主题——棋之养

↑欢迎仪式

↑农业界别

↑旅游界别

↑石油界别

↑互联网界别

棋王手谈武陵源，领悟棋道山水间。心静还需尘不染，心如明镜纳百川。

主持人：接下来掌声有请来自农民界别的四位棋手代表登场亮相。

男1：自古纹枰一块田，

男2：耕耘黑白盼丰年，

男3：争当棋王好把式，

男4：当属咱。

农民界别文化小片：

解说：期待一个围棋收获的丰年，同时我们也会在土地这一大棋盘上做每一颗坚守自己最佳位置的棋子，精耕细作，年年季季都要走出一局好棋。**农民选手**：农民农民，旗帜鲜明。

主持人：接下来掌声有请来自旅游界别的四位棋手代表登场亮相。这次旅游界别的四位棋手来自旅行社、酒店管理，还有旅游项目开发，可以说他们是旅游行业围棋的佼佼者。

男1：自古纹枰神州园，

男2：黑白动静各组团，

男3：行棋落子自驾游，

男4：乐无边。

旅游界别文化小片：

解说：这是一次民间围棋的专项文化之旅，通过全国性客户端的信息反馈，可以预计会有一个围棋精神旅游旺季的到来，我们也将精心为全国人民制作一个个国内外旅游的精彩棋谱，希望能够在我们棋谱的引领下，每一个旅程都有一个美好的开局，精彩的中盘，以及心满意足的收官。

主持人：让我们掌声有请来自石油界别的四位棋手登场亮相。来自石油界别的四位棋手有《中国石油报》的工作者，有来自大庆石化的选手，还有同样来自我们一线的石油工人。

女1：自古纹枰储能量，

男1：黑白油气采有方，

男2：此局必是高产井，

男3：喜洋洋。

石油界别文化小片：

解说：我们已经准确地勘探到了《谁是棋王》这块储量丰厚的民间围棋油气田，在海选的初探之后我们已然以昂扬的斗志进入到下一阶段的深入开采。我们期望创造出前所未有的丰产，也希望自己作为一个优秀的人生棋手，在深入地下的纵深纹枰上找到棋的好点要点，以求最大限度地发挥子力。

主持人： 让我们掌声有请来自互联网的四位优秀棋手代表登场亮相。这次互联网界别专门在山东济南举行了非常大规模的选拔赛，这四位棋手都是选出来的佼佼者，请你们发表感言。

男1： 自古纹枰一网络，

男2： 黑白成队拼强弱，

男3： 彼断我连胜负分，

男4： 得棋乐。

互联网界别文化小片：

解说：《谁是棋王》是一场民间棋手与顶级围棋赛事直接交互的P2P，每一棋局都传递出方方面面正能量的信息，每一棋手都俨然是弘扬民间围棋的个人门户网站，多姿多彩的人生精力是必备的网络插件。其实我们每一个从业人员都是互联网大棋局中的一个棋子，在与传统行业及传统观念的劫争中，更深刻地理解最新博弈之道，从良好开局走向充满未来期待的中盘阶段。

主持人： 观众朋友现在您看到的是我们《谁是棋王》中国围棋民间争霸赛第四站小组赛张家界站的比赛，那么这一站的比赛可以说是高手云集，经过激烈的角逐，来自石油界别的棋王代杰和来自互联网的棋王何重阳发挥出色，他们杀入今天的决赛。

↑棋王对峙

选手介绍小片：

代杰： 我叫代杰，来自四川省自贡市，大学毕业以后，我就一直在石油物探行业工作，是一名战斗在一线的石油工人。**解说：** 从事物探板块采集管理工作的代杰，经常要到各地进行实地勘探，常年出差的工作使得他在全国有众多的棋友。**何重阳：** 因为重阳节当天出生，所以爷爷给我起名叫重阳。我是一名大四的学生。**解说：** 马上就要毕业的何重阳，在一家围棋互联网教育公司实习，他即将成为一名正式员工。海选赛上何重阳可谓是一匹黑马，才到公司一个多月，他就战胜了众多互联网界别的强手，以第一名的成绩进入到小组赛，成为小组赛中最为年轻的棋手。代杰是石油圈里的明星，他2014年在石油职工系统的围棋赛上获得了冠军，直接晋级到小组赛。**代杰：** 物探采集工作需要精心谋划，这同围棋中的大局意识、通盘考虑有诸多联系。**何重阳：** 互联网的便捷为围棋的传播交流插上了轻盈的翅膀。围棋的深度也为互联网的思维方式打开了新的大门。**解说：** 在张家界分站赛的小组赛上，两人均以三战全胜的战绩勇夺本界别的棋王，并进入分站赛四强，四强赛两人又分别应战农业界别的棋王魏飞鹏与旅游界别的棋王王昌光，两人同样执白，同样中盘获胜，毫无悬念地昂首挺进决赛。**解说：** 对于最后的决赛，两人是否已经做好了准备呢？**何重阳：** 想拿冠军的这个劲头儿越来越足。**代杰：** 在接下来的决赛中我将努力保持好心态。**何重阳：** 虽然大家势均力敌，但是我年轻，我一定战胜他。**代杰：** 尽力适应这种快棋读秒的规则，尽量发挥出自己应有的水平。**解说：** 围棋讲究的是争之有度，于儒雅之

↑现场观众热烈鼓掌

↑ 解说老师

中见锋芒，我们期待着他们之间的对决。

主持人： 我们今天两方的阵营同样是非常的豪华，首先我们从黑方开始介绍今天黑方的第一个支持嘉宾，美女棋手陈盈。今天石油界别的棋王代杰执黑，在这场非常重要的比赛之前有什么样的话想对代杰说呢？

陈盈： 其实今天我主要想给我们黑方提个醒，在上一站的比赛中，黑方选手就是在吃掉白方一小块棋的大好形势下败北，所以今天我要告诫黑方选手，咱们要宜将剩勇追穷寇，不可沽名学霸王，黑棋加油。

主持人： 看来今天的黑方信心十足，刚才我听懂您的意思，就是说优势之下绝对不能手软。不过今天我们要看一看我们白方的第一位支持嘉宾，那了不得，号称"大力神"的著名职业九段刘小光老师。刘老师今天支持的是我们互联网界别的棋王何重阳，这位小伙子1994年出生，非常的年轻，棋力很强。

刘小光： 他崇拜的对象是李昌镐，这个我就放心，因为李昌镐是"石佛"，心态比较好。我要提醒他正常的下，平常心，享受对弈的快乐就可以了。

主持人： 要求我们进入决赛的选手能够保持平常心，接下来我们继续介绍双方的支持嘉宾，来自湘潭大学的围棋博士何云波教授。

何云波： 寻武陵源头，探黑白胜境，我希望观众朋友们也能够跟我们一起分享山水与围棋带给我们的这份快乐。

主持人： 好的，接下来我们再看白方，一位重量级的嘉宾，我们百家讲坛的主讲人，来自中央民族大学的蒙曼副教授。

蒙曼： 咱们在武陵仙境下棋，我送大家一副对联：松下围棋，松子每随棋子落。柳边垂钓，柳丝常伴钓丝悬。希望咱们的选手在运筹帷幄之外，再多一点仙风道骨，做君子人，下神仙棋。

主持人： 好一句下神仙棋。讲的是棋的意境，接下来我们再来介绍黑方的阵营，来自我们张家界当地的一位艺术家，中国砂石画的发起人李军声老师。创作画和下棋您觉得有什么相通之处呢？

李军声： 画画是来自对方的，他的行为影响了我的创作，那么下棋也是来自对方的，他的棋影响我怎么下第二步棋，也是有他才有我的创作。

主持人： 我要特别介绍一下李军声老师，今天专门带来了材料，准备现场给我们来创作，好的接下来我们继续介绍白方阵营的嘉宾，这位是来自张家界当地的民俗专家金克剑老师。

金克剑： 我感到很高兴，武陵奇境这个事儿发生在我们的武陵源张家界，我非常高兴。我这里只有一句话，期待着双方各自一子制胜。

主持人： 接下来我们看到还有来自石油界别的棋手代表赵犇，旅游界别的棋王王昌光，今天选择了支持白方。黑方阵营当中还有一位我们农业界别的棋王魏飞鹏，白方还有我们今天杀入决赛的互联网界别的代表张国。接下来我们要进入到今天的主题，实际上围棋蕴含着深厚的底蕴，围棋不仅要修炼棋艺，更重要的是修身养性。所以我们这期的主题是棋之养。

主持人： 接下来有请今天两位决赛的主角登场亮相。我首先想采访一下来

↑ 张家界

自石油界别的棋王代杰，这次参加《谁是棋王》比赛最大的感受是什么？

代杰：最大的感受是能够在这个武陵仙境下棋，有一种很轻松、很快乐的心态来享受围棋。期待能够正常发挥出自己的水平，用自己的实力来证明我是来自民间围棋的一名豪杰。

主持人：好的，站在我身旁的这位小伙子，刚刚年过20，问一下你学棋多长时间？

何重阳：我学棋大概12年，之前参加过很多比赛，但是都没有这样的规模，也感谢央视的同行们给我们提供这样的机会展现自己，谢谢。

主持人：你自己也说这次的晋级之路非常的艰难，说运气好。是不是谦虚？

何重阳：这个我觉得确实运气好，首先在预选赛的时候就是第一天赢了三盘半目拿下对手，所以我觉得自己的晋级之路应该说是非常幸运的。

主持人：这个连续三盘半目不容易。围棋当中最小的差距四分之一子，连续赢三盘，现在这样重要的决赛之前说说你的决赛感言？

何重阳：我是希望下好每一步棋，然后争取晋级到全国八强，谢谢。

主持人：好的，到底双方最后的结果如何呢？当然是要棋盘上见分晓，有请两位进入对弈亭。

王剑坤（裁判长）：《谁是棋王》中国围棋民间争霸赛张家界分站赛，比赛开始。

主持人：刘小光老师和陈盈职业初段为大家讲棋，有请。

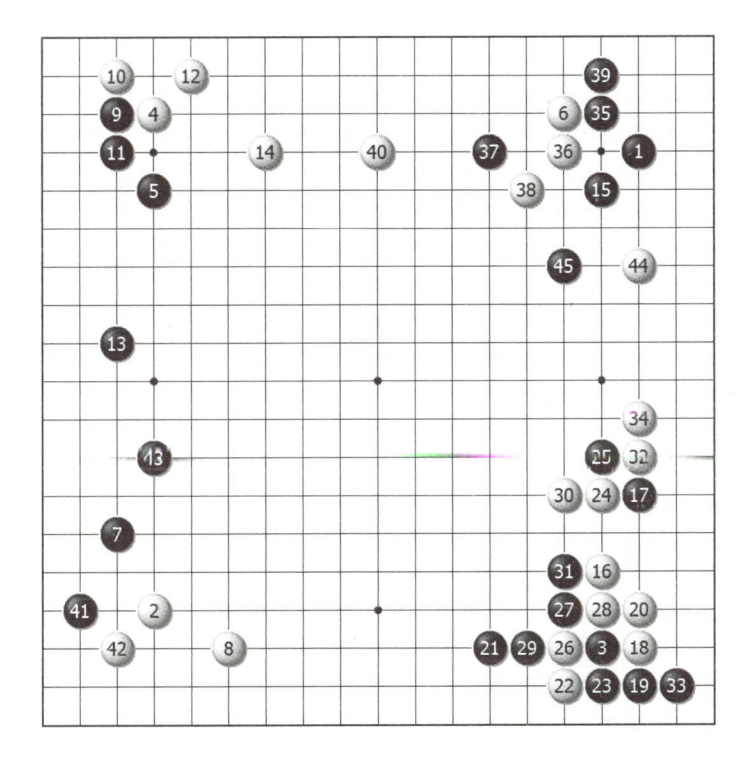

小组赛张家界站决赛「●代杰 VS ○何重阳」1—45

↑对弈开始

↑ 何云波讲《桃花源记》

刘小光：这盘棋代杰黑棋，黑1走小目，那么白2走星位。

陈盈：黑棋抢到了15这个小尖，刘老我觉得下到目前为止，黑棋的步调比较快，尤其是又回手抢到了15位的这个小尖。

刘小光：我认为黑棋布局流畅，但是白棋也不示弱，围棋就是要平静，要平和。你尖一个也是正常。

陈盈：黑17夹攻也很好。我觉得这个时候千万不要选择托退定式，托退定式现在比较流行，但由于这边已经有了两颗黑子，所以我觉得这个夹攻方向选择非常好。

实战黑长到二二，这两个点其实是一人一个的好点，如果黑棋长二二，白棋必然会选择并在34位。

刘小光：实战这么下，这个白棋的两个头长了，黑方不太满意，我方这个白棋，这个占到便宜了。

陈盈：37夹攻很紧凑。其实有利有弊。

何重阳：44手以后感觉此时的局面比较接近，那么从局部的招法可以看出，黑棋是水平很高的。我是一个性格活泼的大男孩，但是在棋局中的我是能够静下心来，踏踏实实下棋的。

代杰：对于44手我45手镇，这个给白棋留下了明显的切断我的一个断点，导致我以后中腹的战斗受到牵制。

陈盈：我想问问您，在我们平时的对局中您觉得应该保持一个什么样的心态比较好？

刘小光：心要保持宁静，才能把你的水平更好地发挥。

陈盈：一个"静"字确实道出了围棋的真谛。

主持人：心静如水，完全没有任何的杂念，心无旁骛，这个确实是很难。

刘小光：不容易。但是是一个追求的方向。

主持人：中国的传统文化实际上修身养性，这个"静"字是一个共同点。

魏飞鹏：下围棋需要平和的心境，要想下好围棋，不能浮躁，必须平心静气，认真对待每一步，才能达到最佳的结果。就像我们做农业的，抬头是广阔的天空，面对的是一望无际的庄稼地，你每天必须把飞机调整好，保持最佳的喷洒状态，才能消灭害虫，保证庄稼稳产高产。我们常说一句话叫人生如棋，不论何时你要保持内心的宁静，宁静才能致远。

第1—44手，布局伊始，要保持心静。引出《安静》短片。

《安静》文化小片：

解说：下棋需要心静下来不能浮躁，心中不能有喧嚣要静如秋水，水面不泛一丝涟漪，当今浮躁喧嚣的社会，内心需要一个入静的过程，也是一种修炼的过程。而专心于围棋是一种很好的入静的方法，心进入到一个静的层次，棋艺才能上一个台阶。

何云波：此情此景，我马上又想起陶渊明的《桃花源记》，武陵人捕鱼为业，缘溪行，忘路之远近，忽逢不是桃花林，是宝峰湖，湖上有人下棋，有人对歌，山美、水美、歌美、人美，棋局更精彩。

刘小光：过去我们为了提醒自己在经常用的折扇上面写着静心、洗心。第一届擂台赛我跟小林光一比赛，那时候我才25岁，第一场上场跟这么强的对手下，结果那一场意外是我的形势优势了，我自己当时没敢相信，或者是心理发生了变化，没有达到心静，官子最后一步一步送出去了。

蒙曼：小光老师的说法跟我们古代一个国手特别一样，就是弈秋，弈秋他也是一个围棋教师，教两个学生，一个学生专心致志地学，另外一个学生一看鸿鹄将至，大雁快过来了，然后就开始心乱了，老想着我要不要把这个雁射下来，所以虽然老师是一个，这俩学生智力程度也一样，最后一个教出来了，一个没教出来。就是我们说让学生心静的事情。

主持人：实际上可能处理很多事情心静往往是一个战胜自我的过程。

何云波：中国古人下棋想要静的话，首先有一个在什么地方下棋的选择，比如说在茶楼酒肆，但是有的时候可能太吵，有的人喜欢在寺院庙观里面下棋，还有一种就是山水之棋，棋文之义不在棋而在山水之间，所以我们把围棋叫作坐隐。

主持人：好，那么刚才我们谈到了今天的第一境"心静"，这也是棋境四境当中的第一境，那么张家界不仅有着非常优美的风景，同样有着相当丰富的民间工艺，其中蓝印花布、非物质文化遗产，可以说是其中的代表。

↑ 蓝印花布

蓝印花布文化小片：

解说：湘西独具魅力的非物质文化遗产蓝印花布，只通过蓝白两色的相交，就能够变换出无穷无尽的美丽图案来，这一点上，围棋与它有着异曲同工之妙，黑白棋子在棋盘上纵横交错，最终也能够变换出万千美妙的棋谱图案来。不同于现在电子扫描技术批量生产的蓝印花布，传统的印染蓝印花布的图案花模，完全是由艺人用手工一点点完成的，因此每一件精美的蓝印花布都是独一无二的。而那花纹图案就如同指纹一样，留下了工艺大师们独特的个性风格印记。而围棋也同样，每一棋局的棋谱都因步步行棋的千变万化而绝不相同，留下的是棋手棋艺智慧的个性风格印迹。眼前这位年已八旬的老人，就是蓝印花布国家级非物质文化遗产传承人刘大炮，曾踏遍全国搜集不同历史年代的蓝印花布的布头，然后将碎片恢复成原图，因为他要从那些无名的工艺人师们的作品中汲取丰厚的营养。而对于围棋古谱的搜集整理与研究，也同样对今天围棋棋理的发展提供了丰厚的营养。

主持人：我们都知道湖南尤其是湘西地带，有很多的少数民族，其中比较有代表性的是土家族，那么土家族的文化可以说同样的也是源远流长的。

银饰锻制文化小片：

解说：银饰拉丝是银饰锻制技艺中最为精湛的工艺，专门做银饰拉丝手工艺的陈氏家族第十六代传人陈建造老师傅，给《谁是棋王》石油界别的选手们演示煅烧、锻打、拉丝、搓丝等工艺，而拉丝的工艺，

↑ 银饰锻制

似乎最能体现围棋入静的过程，把煅烧的银丝，依次通过大小不同的孔，一点点拉细，而围棋对弈的心思也同样是这样，一个慢慢的让心细下来、静下来的过程，陈师傅精湛的技艺，吸引了石油界别的选手们挽起袖子要亲自演练一番。**王厚民**：今天我们参观了陈师傅的手工艺店，真的是太震撼了。我发现不管做什么事情，都要静下心来，就像下围棋一样，只有心静气平才能布好局。**解说**：陈师傅用拉丝后的银细丝制出精美纹样，做出来的银项圈、手镯、耳坠、花饰等，每一件作品都是费尽心血。就是这样匠心独具的精神，使得银饰拉丝的工艺世代相传。**赵犇**：我下棋的时候也应该像刚才跟陈老伯学习一样，平心静气地去面对每一个对手，面对我的每一盘棋。

↑ 好"点"

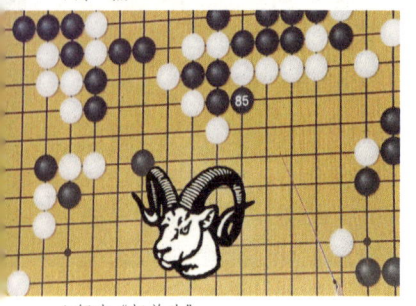

↑ 征吃"扭羊头"

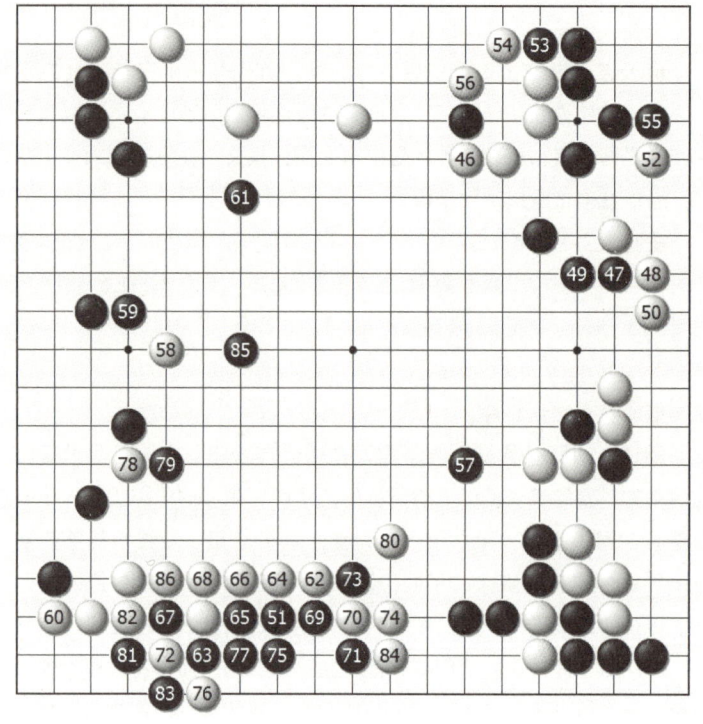

87=72

小组赛张家界站决赛「●代杰 VS ○何重阳」46—87

主持人：那么接下来我们继续回到棋局。

刘小光：白52左下角大。

陈盈：对，否则爬一个是黑棋逼住的一个后续手段。

刘小光：52不要走，这个走了黑53拐一个，应该说黑棋这个地方可能还有机会。

陈盈：黑57有点虚张声势。

刘小光：这个地方白棋都很强了，不要再走，放在左下角爬一个，这个特别大，因为白子没有活，他得往外走，这是关键，围棋就是这个，要避开对方强的、要走对方有弱点的地方，要进攻他，这个是一个基本的棋理。

↑ 李军声老师谈画

陈盈：60还是回到了这个挡。

刘小光：挡一个非常的大，这使得黑棋在这里对白棋来说没有特别的威胁，使得他腾出手来就可以走别的了。

陈盈：而且黑棋刚才两手棋我也想用咱们围棋的一个格言来总结一下，一定争先，在任何情况下我们都有宁丢数子不丢一先，此时的局面我有点为黑棋担忧了。

陈盈：78靠一个。

刘小光：他可能是想夹一个征子的问题，夹一个，黑棋逃一个，然后扳住。

陈盈：78起到一个引征的作用，好妙啊。这个碰是声东击西之计。

刘小光：现在我们白方获得了主动权。因为黑棋在下边下得不够紧凑，使得白棋用强能够奏效。

陈盈：一说到战斗，我们就想到了刘小光老师，刘老您是棋界著名的"大力士"，棋风以凶悍著称，那我想我们在座的所有的棋迷都想提高自己的战斗力对不对？那我们就请刘老，您给我们讲讲您的大力神功是怎么练成的？

刘小光：要扎扎实实打好基本功，要能够静下心来训练，把自己的心沉下来，让自己，就是说净心，就是纯净的一个心来研究棋艺。

主持人：今天我们是"四境"，第一层境界是安静，接下来这个纯净的净的确要比这个安静的静更高一层。杭州站灵隐寺的觉亮法师他讲到了下棋这个棋禅合一，需要有一颗纯净而没有污染的心。所以接下来呢我们通过一个小片了解一下我们武陵棋境的第二境，心净。

张国：心静只是入棋境的初始阶段，再进一步需要做到心净，就是去除杂念与功利心，做到心无杂念一尘不染，才能领悟更高的围棋境界。

第45—87手，战斗告一段落。有"棋坛大力士"之称的刘小光聊起围棋的战斗和计算，要保持内心的纯净，心无杂念。引出《洁净》短片。

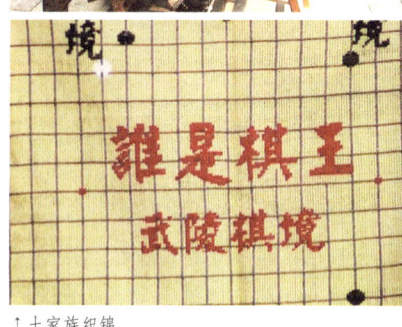

↑土家族织锦

《洁净》文化小片：

解说：要提高棋艺，追求围棋的更高境界就需要纯净心灵，学棋从本质上说是一种对于心灵的清洁剂。**张国**：从心的安静到心的纯净。同样是修炼的一个过程。

主持人：现在大家可以看大屏幕，这也是我们李军声老师的画。

李军声：创作这幅画就更难了，为什么呢？因为不光是心静，还要非常干净，干净得周围什么东西都没有，如果要表现那个水的净，干净的程度我只能把水的上面漂几片树叶，才能体现出来有水，所以一点杂念都没有，一点杂质都没有，那么下棋也是一样，到了最高的境界的时候，什么都没有了，只有自己。刚才我画画也是一样，你们说你的我画我的，好像周围没人一样，就这个感觉。

主持人：就是你完全投入其中，今天我们是在张家界的武陵源来参加比赛。

张家界武陵源土家族有很多内心相当纯净的姑娘，接下来我们想请金老师谈一谈土家族这边是怎么理解心灵的纯净？

金克剑： 我们张家界土家姑娘个个都能绣花，有一个姑娘叫西兰，这是一个著名的古代的绣花姑娘，在这个寨子里面，这些土家姑娘把这个山的很多很多的花绣出来了，唯独就是一种花没有绣出来，就是白果花，这个白果花它是半夜开花在很短的时间就落了，西兰姑娘一定要把白果花绣出来，夜深人静的时候就在那边观察，一天两天三天，她看不见这个花，她以为这个花不可能看见了，后来她得到一种感悟，她说现在是夜深人静，花它开的时候是悄悄的开，它不要喧嚣，不要浮躁，我这么浮躁我怎么能看到它开花呢？于是她心平下来了，静静地坐在那个书案上，就这样心静如水地观察，最后她终于发现了这个花慢慢地绽开了，于是她绣出了千百年来祖祖辈辈绣不出的白果花，这个西兰卡普就是我们土家族的土家织锦，已经申报为国家级非物质文化遗产。

土家织锦文化小片：

解说：《谁是棋王》的选手们漫步在张家界武陵源区的溪布街上，邂逅乐观豁达的西兰卡普的传承人叶英。起机、装筘、捡综、挑花，看得选手们目瞪口呆，尤其是叶师傅手中的经纬线，犹如围棋的纵横格子一般，在361个交差点间，形成变化无穷的阵法。**叶英：** 我从12岁开始跟我姑姑学土家织锦，一做就是三十几年，我好喜欢这些，每一件作品我都把自己的思路清理好，心无杂念，我有烦事有心事只要坐在机子上，就把所有的事忘了。**解说：** 西兰卡普是土家文化的精粹，曾是吐司王献给皇室的精美手工织锦，在土家语里，西兰是铺盖的意思，卡普是花的意思，经纬线在古老的织布机上制作成飞禽走兽、花鸟鱼虫美丽的织锦图案，栩栩如生。选手们不得不连声称赞，钦佩这样的好手艺，忍不住拜师学起来。**王昌光：** 土家织锦的这个艺术，穿针走线，看似眼花缭乱，但其实是丝丝入扣，就像元代有一位大家侯善渊所说的那样，心无杂念，忘我兼忘世。其实下围棋和这个也是一样的，当我面对着棋盘想下出一步妙手，也需要抛开一切杂念，做到心净无染。**叶英：** 这幅作品是我花三天时间，特意赶出来的"谁是棋王"土家织锦，希望棋王们在张家界获得好成绩，也希望这个栏目越办越好。

主持人： 大家可以看，"谁是棋王，武陵棋境"，这是非常精致的一幅土家的织锦，我们再次感谢叶英老师。我们湘西不仅有着丰富的民间工艺，刚才我们看到非物质文化遗产，了解到了我们的西兰卡普，那么同样在我们湘西也盛产才子。

蒙曼： 说到这个内心纯净的作家，我觉得无过咱们湘西的沈从文先生，举一个例子，很好玩。他当年去北京大学教书，没什么经验，第一堂课站上去了，站上去看下面黑压压一片学生，就说不出话来了，至少10分钟说不出话来，那总得说，这是一节课，那赶紧说吧，就以非常非常快的速度把他准备了一节课的内容，在10分钟之内就讲完了。一节课我们现在也知道是50分钟，他这停顿了10分钟，又讲了10分钟，没词儿了，怎么办？今天遇到这种情况我们怎么办？我自己也是当老师的，其实我们有很多杀时间的招数呢，把全部学生的名字点一遍不就得了吗？再问问哪儿来的，介绍介绍你们乡风土人情这就完了。沈先生没有这样做，沈先生给台下鞠了一个躬，说你们人这么多，我害怕了，我讲不下去了，这就是内心干净，这是一个很纯真的人，内心干净写的作品才干净，他写的湘西的作品很多，现在最著名的就是《边城》，《边城》就这小姑娘翠翠，翠翠是一个什么样的人物？那就是自然之子，就是自然而然的成长，自然而然的恋爱，当然最后也是自然而然的不知道怎么办好，因为同时有两个小伙子爱上她了，一个是天宝，一个是傩送，一个是走车路的，一个是走马路的，也就是一个是提亲的，一个是自己唱山歌给她听的，自然而然的不知道该怎么办了，那后来自然而然地也就把这段爱情给断送了，后来一个悲剧就出现了，不管是悲是喜，我们看到是一个天然的人，一个自然而然的生命。这个是沈先生特别讴歌的对抗文明社会，对抗虚伪的一个了不起的艺术作品。

主持人： 的确如此，沈从文先生之所以能够取得巨大的成就，与他有一颗纯净的心有很大的关系。而现在湘西也因为沈从文先生变得更加举世闻名了，咱们在湘西实际上还有知名的画家黄永玉先生。

何云波： 说到黄永玉，其实我印象最深刻的一个是有记者问他，如果用你的家乡的菜来打比方，概括自己的话你觉得你是属于哪一道菜？我不知道在座的各位能不能猜到。

主持人： 一道湘菜，比喻黄永玉？

李军声： 辣椒。

主持人： 辣椒，辣椒不能叫一道菜啊。

李军声： 在我们那儿吃饭一棵辣椒蘸一点盐就可以吃一顿饭。

主持人： 辣椒就算一道菜？

李军声： 对，就算是一道菜。

何云波： 这个差不多说对了。黄永玉说得更形象，他说我就是一盘青辣椒炒红辣椒。

主持人： 对，我想起来了，湖南菜真有这么一道菜，青辣椒炒红辣椒，反正就是辣椒一块儿炒。

何云波： 你看多么的纯粹是不是？非常体现湖南人的性格。

蒙曼： 您说这个例子特别有趣，还有一个事儿也好玩，黄永玉自己讲自己，他说："小屋三间，坐也由我，睡也由我。老婆一个，左看是她，右看是她。"你说这就是一个老顽童的性格，是一个孩子一样的人。

主持人： 老顽童的性格。何教授，其实黄永玉我们知道他最大的成就实际上从猴票开始。

何云波： 对。大家看这只猴子，一只很调皮的，很活泼的这么一只猴子，但是黄永玉当时说，他们家的那只猴子刚刚死了，他是为了纪念他们家死了的猴子画了这么一只金丝猴，但是看这只猴子我们丝毫感觉不到那种哀伤，感觉到的是一种生命的活力。然后这只猴子30多年之后到今年2016年，以一种新的面目出现了，你看有了两个孩子，黄先生本来他说准备只画一只猴子的，因为响应党的号召只生一个好，但是现在突然二胎政策放宽了。

主持人： 实际上黄永玉和围棋也是有不解之缘的，他非常的喜欢围棋，他曾经送给过我们的世界冠军，被称作"神猪"的罗洗河，也是我们湖南本土的世界冠军一幅漫画，罗洗河当年最重要的成就，在围棋界是因为他在番棋当中在"三星杯"打败了当时被中国围棋界认为是不可逾越的大山李昌镐，打败"石佛"，这个太重要了。因为石佛之前给人的印象基本上是不可战胜，但是那次之后"石佛"是正式地走下了神坛。何教授给我们介绍一下当时怎么会想到送给罗洗河一幅漫画呢？

何云波： 凤凰举办的世界围棋巅峰对决，因为每一次都会有中韩两个国手参加，正好这第三届，是罗洗河对李世石，凤凰这边就委托黄永玉先生画一幅关于罗洗河的这么一个画，你看这个名字叫《国手》，我们想象的国手那肯定就是正襟危坐，但是出现在我们面前的画面，你看就是有的人说他像神行猪。

主持人： 大家可以看看，左边罗洗河的照片，右边是这幅漫画版的"神猪"，能找到他们相似之处吗？大家觉得像吗？

陈盈： 性格其实挺像的。我觉得如果了解罗洗河这个棋手的棋迷都知道，这幅画认真地去看，真的挺符合罗洗河平时的一些作态，风格

↑ 沈从文先生

↑ 《边城》

↑ 猴票

↑ 《国手》

↑ 打三棋

棋之弈·武陵棋境 137

我觉得挺像的。

刘小光：罗洗河在国家队，外号就叫"神猪"。

何云波：其实围棋看起来是很难、很复杂，是不是？但事实上围棋是世界上最简单的一种游戏，你看纵横19道格子，黑白两色棋子，规则最简单，除了打劫之外，任何一个子你愿意怎么走就怎么走，围棋本身体现的其实就是单纯。

主持人：好的，非常感谢何教授，刚才何教授用自己的理解去解读围棋，实际上在我们湘西同样有另外一个棋，湘西的打三棋。

打三棋文化小片：

解说：既然身在这人杰地灵的武陵源，《谁是棋王》的棋手们又岂能入名山而空手归？一个当地的土石游戏引起了大家的兴趣。打三棋的棋盘由三个不同尺寸的方形组成，棋盘上共有24个交叉点，这些交叉点是双方对弈时着子的地方，凡在棋盘的交叉点上占得一条直线上的三个点就形成了打三气，也就获得了在棋盘上压对手任何一个子的权利。打一次三就提一个子，连续出现打三就连续提子，一直到把对方的棋子全部提尽，或者对方认输，这盘棋就结束了。传说打三棋与围棋颇有渊源，那么在棋手的眼中，这游戏的难易程度到底如何呢？**棋手**：我觉得这个棋也是非常深奥的，围棋可能在一个局部战斗，损失了或者说失误了，后面还有机会，但是我觉得刚才跟大爷学习这个打三棋，在一个局部失误了，后面就可能没有机会了。打三棋里面，我觉得把三个棋子连成一条线然后可以去把对方的一个棋子拿掉，这个跟围棋里面的吃子，把对方的棋子围住，把对方的气围掉，能够把对方的棋子吃掉，这是跟围棋最相似的地方。

金克剑：这个棋看起来非常简单但是它挺有智慧，关键是大人孩子都可以下，特别是孩子喜欢，我们就是随随便便用那个树枝，那个树叶就可以做棋子了。我这里念一首土家族的竹枝词，这个词是明末清初的时候一个土家的诗人做的，芳草凄凄浸碧潭，牧童驱犊放溪南。断桥片石长松下，一局残棋号打三。

主持人：好的，谢谢，刚才讲到的这个打三棋，的确是一项很古老的游戏，围棋我们常说入门比较简单，但下得好不容易。

陈盈：好，那我们继续回到棋盘。

刘小光：刚才一手黑棋粘上，白棋88手逃出来。

陈盈：棋不干净所以就会有很多的隐患。

刘小光：91一长，一下子就进入了一个混乱的局面，马上就是一个不可收的局面了。

陈盈：我觉得这个91长，其实我们也在之前的节目中讲到了，在下棋时候要审时度势，现在这明显是敌人比我强，彼强自保，所以他这个时候没有搞清楚谁是进攻方，谁是防守方。

刘小光：这个91一长出来，选择的作战时机不好，因为什么呢？你看下方白子太多了，要避开他强的地方。

主持人：现在我们可以看到，这个118手，白棋一跳，感觉黑棋确实是非常困难了。

代杰：当白棋的118手落下以后，我的心情比较绝望，因为从路数上来说，白棋中间的一块大龙已经没有被杀的可能。

何重阳：118手落下以后，被白棋把实地掏了，我觉得黑棋的局部可能有点弱。当时的心情其实也是比较放松的，那么我认为围棋的境界就是对围棋的执着，追求每一步棋的完美，然后用棋理来修身养性。

主持人：下棋如果说从技术的角度也有境界，实际上就是说棋手的境界，他怎么去把控这个局面。

刘小光：境界不是靠我们这一朝一夕说是一个小手段就能够达到的，是一个很长时间的修炼。

主持人：我们都知道围棋当中有入神，有坐照，有不同的境界。

张兆威：人们常说一句话，心有多大，世界就有多大，所谓心的大小呢，也就是内心世界，我们这个心里境界的大小。

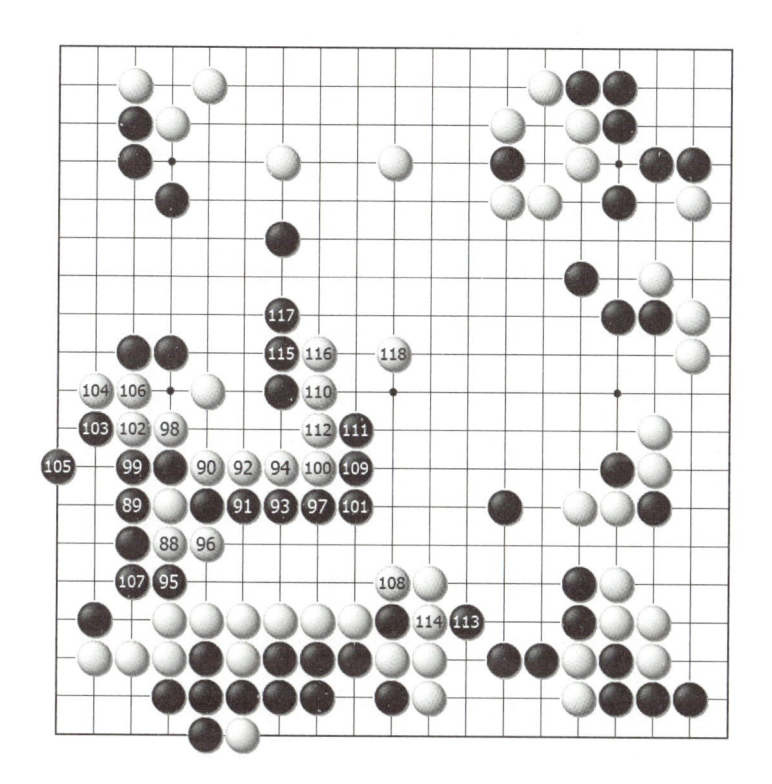

小组赛张家界站决赛「●代杰 VS ○何重阳」88—118

心胸与境界小片：

解说：围棋强调的大局观，其实从心的修炼层面，就是要让内心世界大而宽广，易经中坤卦所说厚德载物，古人说海纳百川有容乃大，老子的上善若水，都包含这方面的意思。围棋想要达到超一流，不是棋艺问题，而是心胸与境界，吴清源、陈祖德都是如此。

主持人：好，那么刚才我们通过小片现在达到了今天棋境四境当中的第三境，境界。

何云波：棋的技术层面到了一定程度之后，可能需要突破的恰恰就是棋的境界的问题了。就像中国古代有个围棋故事，施襄夏跟范西屏是中国清代中期的两大国手，也是中国古代最著名的两大国手，所谓棋中李杜。但是施襄夏在棋的进步过程中，尽管自己棋下得非常好了，但总是觉得什么，好像有一层窗户纸，还没有捅破。然后有一次他的老师梁魏今带他去山上游玩，看到那个山上流下来的溪水，梁魏今怎么跟他说？他说行于当行，止于当止，任其自然而与物无竞，乃弈之道也。行到水穷处，坐到云起时，可能这就是棋的一种境界，其实也是人的一种境界。吴清源一辈子就是两个事，下棋与修行，十番棋打败当时日本所有的一流棋手。但是吴清源把自己这个十番棋称作是悬崖上的格斗。他说棋的最高境界不是冲突，而是和谐，这种和谐中和既是棋之境界，也是人之境界，其实也是中国文化所追求的一种境界。

主持人：十番棋不仅仅是胜负，所以在残酷的世界里面，他一方面求道，

↑ 现场比赛解说

↑ 心胸与境界

↑ 蒙曼老师讲解

棋之弈·武陵棋境 139

就是为了使自己达到更高的境界，像林建超将军讲的一样，战争不是目的，战争是为了和平。所以最后他达到的一个目的，就是吴清源大师提出的一个中和的精神。

蒙曼： 我是一个外行，我觉得这个棋无非是争和不争两种境界而已，争的境界是什么？这个棋九品的问题，你最下一品是守拙，即使我现在形势不利了，我要坚守，还要往上走，最上一品是什么呢？最上一品是入神，那就是不战而屈人之棋，一品一品这样往上走上去。这个是一个争的境界，争的境界那就是一城一地之得失都要铢锱必较，这是咱们今天在场上就能看到的。那当然还有另外一个境界，就是不争的境界，什么是不争的境界呢？我觉得这个下棋除了有我们这种对弈、比赛之外，还有一种人生的乐趣在里头，像赵师秀写那个黄梅时节家家雨，青草池塘处处蛙。有约不来过夜半，闲敲棋子落灯花。等着朋友呢，一心盼望着朋友来，消解这个寂寞，这时候如果朋友来了，那你还讲什么胜啊负啊，输啊赢啊，你是九段，我是七段，没有这回事儿了对不对？所以这个就是苏轼讲的胜固欣然，败亦可喜，这也是一种境界。就好比陶渊明，他不会弹琴，但是他又拿一块木头弄成琴的形状，想弹琴的时候，他就用手在那上面装模作样的挥舞，人家都说你这个琴没有声音啊，他说声音在我心里。棋也是这样，刚才何老师说过，行于当行，止于当止，其实我觉得就是争于可争之时，不争于不当争之时这就行了。

第88—118手，右下的战斗结束，两位嘉宾谈到围棋的境界。引出短片《境界》。

《境界》文化小片：

解说： 张家界素有放大的盆景，缩小的仙境的美誉，放大与缩小其实讲的是对张家界山水审美时的气度与胸襟。而当我们的棋手置身于其中的时候，或许能从山水的境界体悟到行棋的境界，人生的境界。**代杰：** 石油工作亦是如此，我们在勘探过程中，不能只考虑眼前的局部的情况，还必须放眼长远，着眼于大局，对各个因素进行细致的、全面的考察，才能为今后的勘探工作打好基础，下棋也是如此，减少胜欲，以前我下棋可能只想求胜，现在随着年龄的增长，心胸也越来越宽广，争胜不再是我唯一的目的，享受下棋这个过程给我带来的快乐，可能对我有更多特殊的意义。现在把这种心境打开，我的棋艺才有了进一步的提高。**解说：** 心中放得下山水，才能真正领悟到山水之美之妙。而棋手也一样，心境之大才能有大局观、大步观，才能真正悟出围棋最高境界之美之妙。

陈盈： 好，那我们继续回到棋盘。

刘小光： 119时机有点晚了，因为白棋这个太厚了。

陈盈： 黑棋只能希望乱中取胜了。我觉得黑棋的想法就是尽量地把局面搅得乱一点。

陈盈： 此时的局面我就想简单地介绍一下代杰，他的工作环境是非常的枯燥艰苦，艰苦到了跟这个当前的局面有点像，他在西昌施工的时候不小心在山上摔断了腿，被彝族的同胞背了五个小时，才背到山下的医院。

刘小光： 有这么险的经历。

陈盈： 对，所以我觉得石油工作者真的非常令我敬佩，他们经常是工作在非常危险的前线。

刘小光： 他的棋力我觉得不错，但是这一盘棋我觉得他急躁了，因为从他的布局看有一定的水准，能打到这个冠军相当的不容易。我们这个何重阳还代表中国大学生出访日本，他有过一些战绩，参加了很多业余比赛。棋形我觉得不错，定式各方面，棋的感觉不错。我觉得他经过一些专门的训练。

何重阳： 其实在这个时候我已经确定自己能够拿下了，黑棋下到151以后，我觉得白棋的局部有一点点误算，但是后面其实还是及时调整了自己的心态，把这个胜利保持到了最后。

刘小光： 白154夹一个，好凶，夹一个基本上把这个五颗黑子割断了。

陈盈： 经过刚才刘老的分析，我们也可以看出来，当前的这个局面已经对黑棋非常的不利，黑棋唯有对下面的这块白棋有所想法，必须把它吃掉，才能一举反败为胜，不然的话这盘棋恐怕就要下完了。所以这个地方将是黑棋最后一个机会。

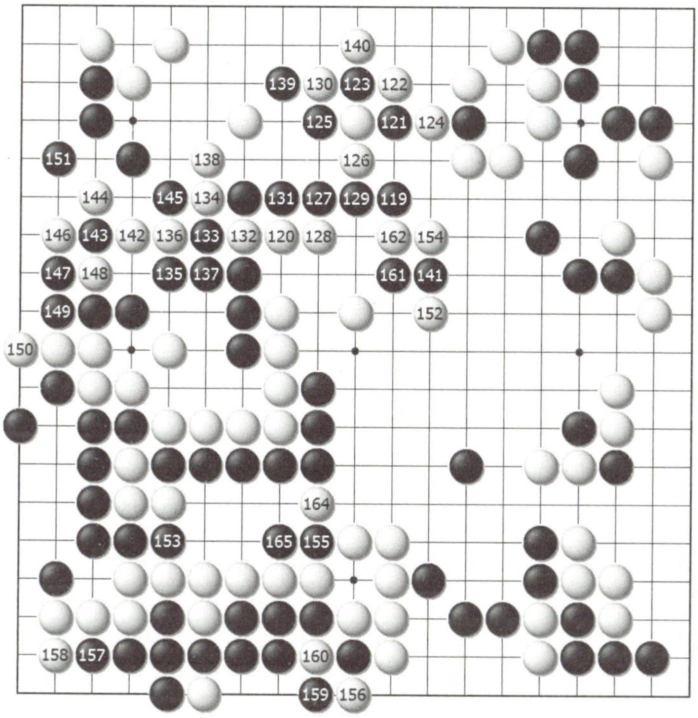

166=160

小组赛张家界站决赛「●代杰 VS ○何重阳」119—166
白中盘胜

主持人： 前面讲到了三境，也就是我们下棋首要有平常心，很安静的情绪，接下来要很纯净，心无旁骛，没有杂念。第三层已经很高了，是境界。那么这个镜子的镜到底和围棋有什么关联？

冯春雨： 内心如明镜，人的内心无法隐藏和包裹，它会通过你的言行举止，一些行为来外化出来，折射出来，人生如棋局局新。

解说： 所有不论好坏善恶，都会通过棋局与人生昭示于世。棋局是人生作品，言行举止也是人生作品，因此如果能够悟到这一层次，会自觉修炼自我，最终做到孔子所说"随心所欲而不逾矩"的真正的心灵自由。

何云波： 那么通过这种手谈，一方面可以折射自己，每一手棋可能反映的就是我内心的一种情绪、心态，或者我的一种目标。另一方面对手其实也可以成为我的镜子，就像最近刚刚结束的柯洁对李世石，柯洁在赛前说李世石只有5%的胜机，然后四盘棋下完了，柯洁开始改口了，他说即使他最后赢了，对他来说他觉得也是一种耻辱。他为什么说是一种耻辱呢？其实我理解恰恰他在过程中对自己非常不满意，也就是说李世石成为他的镜子，折射出了他脆弱的方面，从这个意思来说李世石就成了柯洁的一面镜子，通过这面镜子认清自己的弱点，然后有了下一步追赶的目标。

主持人： 通过这次比赛我们发现柯洁改变了，他在比赛结束之后，虽然3：2

赢了拿了世界冠军，但是他变得谦虚了。

何云波：就像当年范西屏对施襄夏，曹薰铉有了他的徒弟李昌镐，如今柯洁有李世石，当两个人手谈，最终达到的就是我们武侠小说写到的，英雄惺惺相惜，因为对手强大了，对手存在对我来说就是一个磨砺。

主持人：说得非常好，实际上我们经常讲在这个竞技体育当中，我们崇尚英雄，英雄能够给广大的棋迷或者广大的体育迷带来眼球效应，但同时还有一句话要感谢对手，我不知道蒙曼老师对于镜子这个话题您是怎么看的？

蒙曼：这不说到我心坎里去了嘛，因为要说到镜子的事儿，我是做唐史的，我们唐太宗李世民那才是说得最好的，"以铜为镜，可以正衣冠。以史为镜，可以知兴替。以人为镜，可以明得失。"以棋为镜也是一样的，棋也能照出一个人的气概，能够照出一个人的人品。咱们都知道风尘三侠的故事，就是唐传奇那个《虬髯客传》，当年隋末动乱的时候，李靖先是一方豪杰，去拜见杨素，杨素不给力，但是杨素身边的红拂女跟着李靖私奔了，说我认你是一个大英雄，两个人走着走着又遇到了第三个大英雄，谁呢？就是那个虬髯客，但是这时候李靖就跟他讲了，说我还认识一个高人，第四个高人出场了，是谁呢？其实就是李世民，虬髯客说你带我去看看他，那时候就安排了一局棋。怎么下的呢？虬髯客这个人大胡子，很凶，上来之后先占金角银边，先落了四颗子在边上，说："老虬四子占四方"，我把这边都给占住了，这时候李世民就落了一颗子在天元的位置上，然后说："小子一子定乾坤"。虬髯客一看果然气势非凡，甘拜下风，这中原你占，你是大唐，这是一个很有名的故事，就是以棋看人，棋就是这人的一面镜子，说明古代人认为人和棋之间有很重要的联系，一个人的心灵是什么样子，可能会在他的棋局之中反映出来。

主持人：好的，非常感谢蒙曼老师，的确如此，我们经常讲棋如其人，所以这个镜子说确实如此，能够反映一个棋手的内心世界，同样可以反映棋手的气概，甚至他的人品，所以实际上这层境界是最高的。

围棋又称"手谈"，从这手棋可以清楚地听到双方的内心对话。嘉宾由此联想到，棋盘就像是一面镜子，每一颗棋子都是棋手的内心独白，引出短片《镜子》。

《心镜》砂石画文化小片：

解说：心如明镜，映照出的人生棋局中有天地，有阴阳，有形状，有黑白，更应该有明快的颜色。而砂石画这种源于张家界天子山，利用自然砂石、植物粉末等天然材料粘黏而成的环保画中，以自然表现自然，用对象描绘对象，更体现着创作者内心这面明镜对不同时期、不同片段的理解与折射。我们的棋王在观看砂石画创始人李军声老师创作时也都跃跃欲试，都说一千个读者心中有一千个哈姆雷特，我们棋王心中的那面哈哈镜在棋盘上映照出风格迥异的棋风棋路。那么他们在画板上又影射出怎样独特的理解与画面呢？**李军声**：产生一些肌理了是不是？**张明**

↑砂石画

星： 刚才跟李老师学了作画，李老师说我画得挺不错的。我就觉得是不是可能跟我下围棋有点关系。下棋的时候你要布局，哪个地方先下，哪个地方后下，哪个地方你要做一个什么样的外势啊，所以我觉得我比较有画画的慧根，都是从围棋发掘来的。**解说：** 这幅长卷画作是李军声先生在 2011 年创作的，取名为《痕迹》，用涂鸦、甲骨文、山石等表现作者心镜中映射出的大自然和人类的发展片段。**李军声：** 这个心镜呢，这个镜子就更宽了，思想、意识在心镜里边是无边无际。所以我的想法一切来自对象，来自对方，我的棋怎么下，不是我而是你告诉我的，你不告诉我，我不知道下一棋。**解说：** 人生如棋，生活如画，不论是人生的棋局中，抑或是生活的画卷里，请保留一颗明亮如镜的心，用它映照出能让你回味一生的奇招妙手，神来之笔。

主持人： 这个时候可以说是黑棋最后的胜负手，最后的拼搏。

何重阳： 166 手我做活了自己的大龙，终结了对手，这是我赢得小组赛冠军的最后一步棋。

王剑坤： 《谁是棋王》中国围棋民间争霸赛张家界分站赛决赛比赛结束，互联网何重阳执白中盘获胜，荣获本站冠军。

主持人： 经过激烈的角逐，何重阳获得了本站冠军，成为第四位杀入八强的选手。接下来进入颁奖仪式。我们九江站再见！

武陵棋境

棋王手谈武陵源，领悟棋道山水间。

心静还需尘不染，心如明镜纳百川。

棋之艺

【棋汇九江】

琴、棋、书、画是古代中国文人的四门必修课，可见围棋自古就因其内在的精神特质，而与音乐、书法、绘画并列，从历代围棋高手的围棋古谱中，我们窥见的首先是他们潇洒传神的棋艺，而不是枯燥机械的棋理棋技。围棋行棋，讲究的是秩序先后，以及节奏的快慢急缓，因棋局不同，自然形成不同的旋律，而这当与音乐相通。默然手谈本身就是此时无声胜有声，另外，黑白棋子在纹枰上纵横交错，有断有连，似断似连，棋之走势如书法之运笔，工整如楷篆，激扬似行草，两者自有相同之神之妙。而细观纹枰，错落有致的棋子，黑白相间，于纹枰间形成精彩各异的美妙图形，则完全就是一幅飞扬棋理精神的智慧之画，心灵之画，大写意之画。因此，自古棋辈之先贤，无不是性格鲜明的围棋艺术家，而他们所传世的棋谱，就是他们以自己独特风格及内在精神所创作出来的艺术绝唱。从艺术的角度去解读棋品与人品，或许会有一种恍然所悟的、全新的心得。

棋之艺

↑ 林业界别

↑ 高校界别

↑ 文艺界别

↑ 通讯界别

棋王主调的八个华彩乐段 ‖【棋汇九江】‖ 文化主题——棋之艺

主持人：现在您看到的是我们在江西九江为您带来的《谁是棋王》中国围棋民间争霸赛第五场的小组比赛，九江自古以来物华天宝，人杰地灵，匡庐奇秀甲天下，可以说九江一直是我们中国一个重镇，接下来掌声有请九江小组赛四个界别的顶尖棋手代表们隆重登场。首先登场的是来自林业界别的代表们，这一盛会也惊动了当年的历史人物，他们穿越时空，也特地前来捧场，带领他们出场的是老生王延龄和老旦佘太君。

付聪：踏遍青山人未老，走进棋王风光好。

林业界别文化小片：

解说：《谁是棋王》营造的是一片全国范围的民间围棋生态林，经过精确的测算，森林覆盖率已然达到可喜的预期指标，"棋王一盘棋"强调的是生态多样性，而此次棋汇九江，则旨在选拔优势树种，在我们的林业人生棋局中，需要赢得每一次与逆境坎坷的劫争，把握好每一个人生手筋，下好人生每一步棋。

主持人：接下来有请秦香莲和七品芝麻官带领高校界别的代表们登场亮相。

王琳：不尽长江滚滚来，棋盘内外育人才。

高校界别文化小片：

解说：此次九江之行我们需要交出一篇让自己满意的围棋论文，经得起严格的论文答辩，希望得到方方面面最佳的论文评语，在良好人生布局的情况下，我们需要全身心地走好中盘，下出人生妙手。**王琳：**下围棋对我的帮助非常大，我在学完棋上学的过程中，体会到了围棋中和学习中有一些知识是相通的，学围棋对记忆力，对我们的计算力，对数学都非常有帮助。

主持人：接下来有请杨宗保和穆桂英带领文艺界别的代表们登场亮相。

鲍橒：天生我材必有用，琴棋书画见真功。

文艺界别文化小片：

解说：《谁是棋王》无疑是一次全国民间围棋的诗歌大赛，而每一精彩的对局都是一个个难忘的戏剧冲突。**吴玄：**那个时候是90年代初，棋下完了以后好像还不过瘾，开始写围棋小说，写了一个叫《玄白》的小说，在文学界还是有点影响的。**许松林：**2000年前后，在著名的清风网上，龙飞虎的出现对广大围棋棋迷的影响力和震撼力还是很大的。我就组织出版了《追杀龙飞虎》这部书。**解说：**此次九江我们会导演出自己精彩的围棋艺术片，而在我们很艺术的人生棋局中，我们会认真地对待每一次优胜劣汰的残酷博弈，步步自得其乐，让人生最终成为独具个性的精彩棋谱。

主持人：最后，让我们掌声欢迎张生、崔莺莺带领通讯界别的四位代表登场亮相。

胡煜清：心有灵犀一点通，以棋会友纹枰中。

通讯界别文化小片：

解说：九江一站是我们3G围棋向4G围棋的一次重要的技术转换，关系到我们的围棋信号能否清晰并且准确无误地传递到总决赛的信息远程终端。当然，我们更注重的是这种以棋会友的民间交换方式。在人生中，在工作中，我们会注意每一个关键棋子之间的联络，保持棋势的畅通，争取自己棋局的完美。**王峥增**：《谁是棋王》这次活动组织得非常好，它从全国平台的角度来推广围棋，我也希望能够继中日围棋擂台赛之后再次掀起全国性的围棋高潮。**李元庆**：我来自围棋世家，世代下棋，来的时候也背负着家人的嘱托，这次活动形式很新颖，除了这个比赛以外，还能参观当地的名胜古迹，收获非常大。

主持人：九江历来是兵家必争之地，早在三国时期，就是吴国重镇。请聂老对今天进入决赛的两位选手来分别提一些建议。

聂卫平：鲍橒，我们中国围棋爱好者大概都听说过，他是中国的盲棋第一人，也是业余界中的佼佼者。胡煜清也是大家熟知的超级业余棋手，业余界的四大天王之一。他们两个人之间谁胜谁负，还是未可知也，要看他们今天比赛谁发挥得更好，我希望他们双方加油。

主持人：接下来介绍我们白方助威团的第一位重量级嘉宾，中国围棋协会副主席林建超将军。

林建超：我给九江站的祝福是，把高雅融进草根，让竞技变成快乐。

主持人：接下来介绍我们黑方的助威团，著名的国手曹大元职业九段。

曹大元：我想给我今天支持的队员胡煜清说几句话，想要战胜对手，先得战胜自我，还要送你八个字，勇者无惧，无往不胜。

主持人：接下来我要介绍我们白方的助威团嘉宾，我们也是著名的国手，当年巾帼不让须眉，参加过中日围棋擂台赛，现任中国国家围棋队领队的华学明七段。

华学明：鲍橒在中国是独一无二的，所以我觉得想送给鲍橒的12个字是，大地为盘，黑白分明，变化无穷。

主持人：好，接下来继续介绍的是黑方的阵营，当年一首《涛声依旧》，响彻神州大地的著名音乐人陈小奇。

陈小奇：围棋传承了千年，到现在依然涛声依旧，那是因为围棋给我们带来了太多太多的快乐，所以希望我方选手以快乐的心态去享受这场大赛，祝你胜利，谢谢。

主持人：接下来我们介绍的这位白方的重量级的嘉宾同样是一位著名的音乐人，现在正在热播的《我是歌手》的评委科尔沁夫。

科尔沁夫：在我们音乐界大家都知道钢琴是乐器之王，那很显然，钢琴上白键比黑键多很多，所以预示着我们白方必胜，加油。

主持人：看来是有备而来，这个白键比黑键多，就预示着白棋可能会赢是吧，这黑方得想招。咱们黑方不能示弱。接下来我们要介绍的是我们九江当地的嘉宾，

↑棋汇九江

↑杨赤宇老师

↑蔡厚淳老师

书画大师冷望高老师。

冷望高：这次的主题是棋之艺，我希望围棋和文化艺术有更好的结合。

主持人：下一位介绍的是文化学者蔡厚淳老师。

蔡厚淳：九江是一个古老的响石文化城市，就说几个字，文化浔阳，棋汇九江。

主持人：我们继续介绍黑方阵营的嘉宾，文化学者杨赤宇老师。

杨赤宇：我来自九江东面的石钟山，石钟山的响石文化有四千多年的历史了，它和围棋一样，都是中国传统文化，我祝贺我们黑棋成功，特别是在聂卫平老师的带领下，我们九江的棋艺更加辉煌。

主持人：继续介绍我们白方阵营的一位嘉宾，文化学者汪建策老师。

汪建策：非常高兴，我在这里想说八个字，棋汇九江，名贯天下。

主持人：聂老今天来到了九江，这是我们棋王八景当中的第五景，那么今天正好又赶上两位业余界的明星棋手对决，您觉得这场决赛会有怎样的感受？

聂卫平：希望能载入《谁是棋王》的历史，以后不管有多少届《谁是棋王》，人家都能记住九江这一站。

主持人：好的，非常感谢。好，那请聂老带领两位决赛选手进入对弈亭。

选手介绍小片：

解说：他是世界围棋盲棋第一人，他让围棋第一次写进吉尼斯世界纪录，他毕业于清华大学计算机专业，他就是文艺界别的棋王鲍橒，在《最强大脑》第二季蜂巢迷宫的挑战中他创造奇迹，颠覆了人们一般的想象，让世人感受到了闭目运动的神奇挑战。2015年12月，他1对5挑战来自波兰、法国、德国、俄罗斯、新加坡的围棋高手，同时与他们下盲棋，经过十个多小时的鏖战，最终以全胜结束，成功获得了英国认证官颁发的吉尼斯世界纪录证书。**鲍橒**：能够得到吉尼斯世界纪录的认证，也是对于围棋盲棋这样一个有难度、有意义的挑战项目最好的一个肯定，通过这么一个挑战，能够让西方世界了解到东方围棋的魅力。

解说：他是世界业余围棋锦标赛的两次冠军，他是职业大赛中的巨人杀手，他是业余棋手眼中的职业棋手，他的一生已经注定要与围棋纠缠不休，他就是通讯行业的棋王胡煜清。目前就职于上海移动公司，在棋枰之上，他痴迷于木野狐的魅力，从未停止过对围棋棋艺的追求。围棋千变万化，才有独特魅力，而每每举棋不定，只因人生如棋，每一步行棋都好像是在和自己对局，在胡煜清的人生棋局上，他着眼大局，创建围棋俱乐部，推动业余围棋的发展，成为业余棋界的领军人物。**胡煜清**：围棋是君子四艺之一，它代表着一种东方文化和智慧，我希望有越来越多的人能够了解围棋、喜欢围棋，我想对于业余赛事而言，绝非仅仅是单纯的竞技，而更应该跟围棋文化结合在一块儿，形式一定要多样化，我想这才是业余赛事的使命所在，也是围棋繁荣的希望所在吧。**解说**：一个来自北京的阳光男儿，一个是来自上海的儒雅男儿，一个是拥有超

↑盲棋棋圣鲍橒

↑巨人杀手胡煜清

凡棋艺的世界盲棋第一人，一个是拿遍业余比赛冠军的围棋天王，他们的晋级之路都是一路全胜，连战连捷，走到决赛之前，都是赢得轻松且漂亮，他们的生日也惊人的巧合，1981年8月1日出生的鲍櫵仅大胡煜清一天，纵横南北的围棋兄弟今天终于要正面对决。**胡煜清**：我们移动的核心价值观是正德厚生，臻于至善，这和围棋有相通之处，希望在接下来比赛中，我也能下出这样的棋局。**鲍櫵**：天行健，君子以自强不息，地势坤，君子以厚德载物，希望我这次可以在棋盘上演绎出最美的黑白乾坤。**解说**：或许这是进军八强之战中最精彩的一次博弈吧。

聂卫平（裁判长）：《谁是棋王》九江站比赛现在开始。

曹大元：我们下面就直接进入棋局吧，今天这两位对局的棋手刚才主持人也都介绍了，我听见一个新词叫大咖。

华学明：对，胡煜清肯定是大咖，但是鲍櫵是独一无二的，你看胡煜清是四大天王之一吧，鲍櫵呢，独此一个。

↑聂棋圣宣布比赛开始

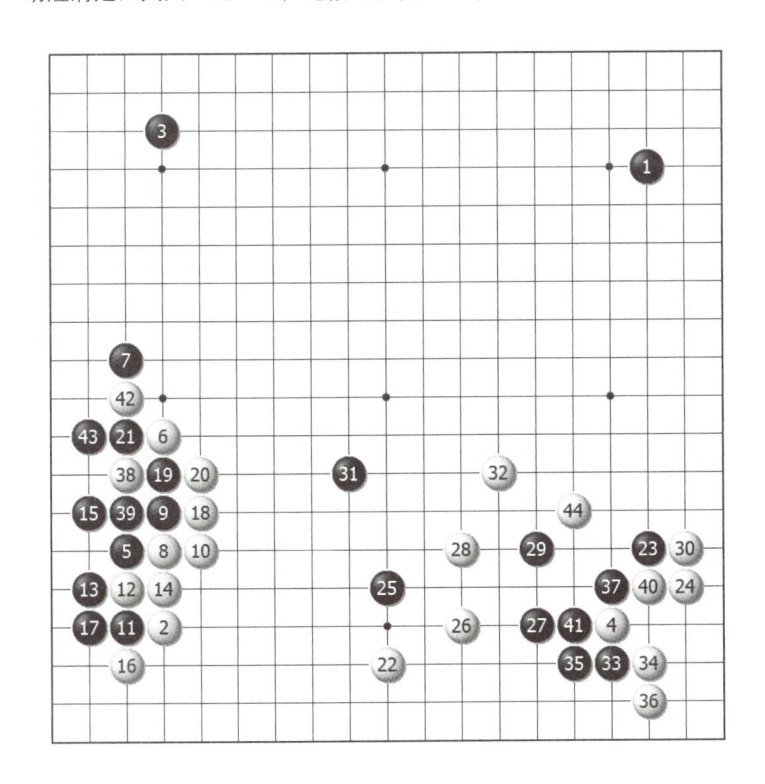

小组赛九江站决赛「●胡煜清 VS ○鲍櫵」1—44

曹大元：执黑的是胡煜清。

华学明：白6比较正常吧。

曹大元：黑11我是不太满意。

华学明：白18拐住，能拐住舒服吧？聂老师，你看聂老频频点头。

曹大元：我是觉得27跟25，虽然表面看起来有点不搭界，但是可能还是相关联的一步棋。我们看实战进程，到41黑棋也基本成活，38、42是白棋的权利，这个白棋挺舒服的。

↑解说老师

华学明：下到这里的时候，其实这盘棋，从本质上来说没有特别的我们想象之中的那个固有的布局，其实是从 27 打入开始已经就进入了一种激战。

曹大元：中国有一句古话叫作上善若水，日本有一位前辈棋手叫作高川秀格，他有一句很著名的话叫流水不争先，所以其实流水的话，虽然是涓涓的细流，但是他一定能在大山中找到缝隙变成溪水流下来对吧，总能找到出路的。

主持人：曹老师和华老师各执己见，黑方认为不错，白方认为现在对这个黑棋可能压力比较大，我们的聂老师怎么看目前的局面？

聂卫平：我刚才说了，为双方加油，我为双方加油。

聂卫平：胜负当然未定，棋盘还很大，我们现在只是在左右两个角下的比较多，但是我得向胡煜清说一下，左下角的变化是黑棋亏得太多。

主持人：黑方亏了太多。

聂卫平：对，因为有一个定式这个是以前经常出现的，虽然是白棋比较亏，但也可以叫定式，就是托完走的时候，白 18 拐，黑 19 长，白 20 再压的时候，黑棋是绝对要把头长出去或者扳起来。实战相当于 20 压的时候，黑 7 大飞一个，被人扳一个，打两下，这确实是业余棋手所为。这点吃亏非常大，从职业棋手来说，绝不能忍受这样的，就是我可以任何时候都可以下别的，就是不能接受这个，所以这个有点吃不消，白 22 这个拆可能并不是很好。

华学明：是不是拆高一点好。

聂卫平：因为这个拆了之后左下角还有一个断，要拆也应该拆的高一点，因为白棋全盘都在上边，如果被人家一侵消的话，就外边东西没有了，黑方的实地还是有点厉害，现在为什么黑方还能战斗，就是因为黑的有实地，白的都是虚的外势，如果掌握不好还是要出问题的。

第 1—44 手，布局伊始，双方就展开激战。两位讲棋嘉宾华学明和曹大元联想到双方如山水对峙，山势巍峨，流水不争先，一如美丽的九江山清水秀。现场嘉宾聊起了九江的山水诗词。

主持人：说到风景，咱们九江可以说是非常的骄傲，九江也是我的家乡，来到这里不仅是亲切，而且感到特别的自豪，尤其是我们这里有名山，有名城，有名江，也有名湖，我们中国最大的淡水湖鄱阳湖。而且从秦国开始，有 1500 多位著名的文人来到过九江，他们留下五千多篇的诗词，我出几道题，首先我想问一下，谁能背诵一首李白的诗词，这边，小朋友们这么积极。

小朋友：《望庐山瀑布》，李白，日照香炉生紫烟，遥看瀑布挂前川。飞流直下三千尺，疑是银河落九天。

主持人：很棒很棒。还有啊。

小朋友：《赠汪伦》，唐，李白，李白乘舟将欲行，忽闻岸上踏歌声。

↑ 小朋友争先背诵古诗

↑ 上善若水

桃花潭水深千尺，不及汪伦送我情。

小女孩：《题西林壁》，宋，苏轼，横看成岭侧成峰，远近高低各不同。不识庐山真面目，只缘身在此山中。

主持人：非常棒，看来我们九江真是人杰地灵。刚才讲到我们九江有很多古代诗人的诗词，那么聂老您印象比较深刻的诗词是什么呢？

聂卫平：印象最深刻的是毛主席的诗词，比如说"北国风光，千里冰封，万里雪飘"，包括就在我们九江毛主席也说过"暮色苍茫看劲松，乱云飞渡仍从容，天生一个仙人洞，无限风光在险峰"。这是伟大领袖毛主席给我们留下的宝贵的文化遗产。

主持人：在九江还有我们白鹿洞书院，这是四大书院之首，朱熹作为理学家，在九江也留下了很多的财富。

林建超：朱熹不仅参与了白鹿洞书院的建设，而且对于围棋他很有兴趣，还做出过重要的贡献，朱熹在他的《周易本义》中刊出了据传说是陈抟所画出的河图洛书，他实际上回答了围棋史上一个非常重要的问题，就是围棋起源于中国古代的周易八卦阴阳对立统一的思想，其中包含着周易系统中的河图洛书。那么朱熹本人对围棋的喜好还表现在他写了非常好的围棋诗，例如他写过一首这样的诗，叫"局上闲争战，人间任是非。空叫禾樵客，烂柯不知归"。什么意思呢？就是他看到这个围棋虽然是争战，但是人们很开心，是一种休闲的方式，面对这么多人间的是非，还能以这样的心态来下围棋，这当然是一种很大的享受。所以呢，他就想到烂柯山的传说，就是空叫禾樵客，烂柯不知归。看仙人下棋忘记回家了，这就是围棋在我们的大文豪身上的表现。

主持人：好的，再次感谢林将军。那么说到朱熹，说到白鹿洞书院，确实也是我们九江非常知名的景点，也是我们祖先留下的历史人文景观。

蔡厚淳：白鹿洞书院被誉为是天下书院之首，海内书院第一，这是清代一个著名的学者在《天下书院志》这部书里面做出的评价，在白鹿洞书院诞生了中国教育史上第一部最完整最正规的大学校规，那就是白鹿洞书院揭示，又叫白鹿洞书院学规，因为这个学规是朱熹亲手制订的，所以人们又简称它为朱子学规，这个学规一出来可不得了，为什么？皇帝亲自用毛笔抄一遍，然后做成拓片发往全国四千所书院作为各级各类书院制订书院学规的范本。

杨亦宇：九百多年前，苏东坡送他的儿子到德兴当县尉，他从九江出发，坐船来到了湖口石钟山下，当天晚上他连夜泛舟考察石钟山，因为在他来之前，研究了1000多年前北魏著名的水文地理学家郦道元注释和后来唐代在白鹿洞书院读书的李渤的论点、观点，他对石钟山进行考察。

主持人：刚才我们杨老师也提到了石钟山，苏东坡的《石钟山记》非常的有名，那么石钟山就位于九江市下属的湖口县境内。

苏文忠公祠文化小片：

↑ 黑白双方代表对诗

↑ 苏文忠公祠

↑杨赤宇老先生奏响独特乐章

解说：从围棋中，除了领悟棋理，似乎总能读出散文的余味来，纵观一枚枚棋子之间有时看似相互毫无联系，却是戮力同心，形散而神聚，恰如散文，形散而意不散，看似飘飘洒洒不着边际，实际上字字句句都直指主题。九江湖口的石钟山，因大诗人苏东坡的《石钟山记》而扬名天下，由于历来关于石钟山名字的由来说法不一，对此持有怀疑态度的苏轼携子苏迈泛舟夜游鄱阳湖，一探石钟山，开篇从郦道元和李渤的文章引入，看似形散的文章，最后聚拢到一个观点：事不目见耳闻，而臆断其有无，可乎？意思就是凡事都要自己亲眼去看见，才能够做出判断。古人这种为了真理去探险的精神或许能够给探索围棋棋理的人们一个很好的启示，看似围棋棋理已经达到了一个前所未有的高度，如果敢于推翻前人的论断，敢于探索，敢于实践，必会收获颇丰。

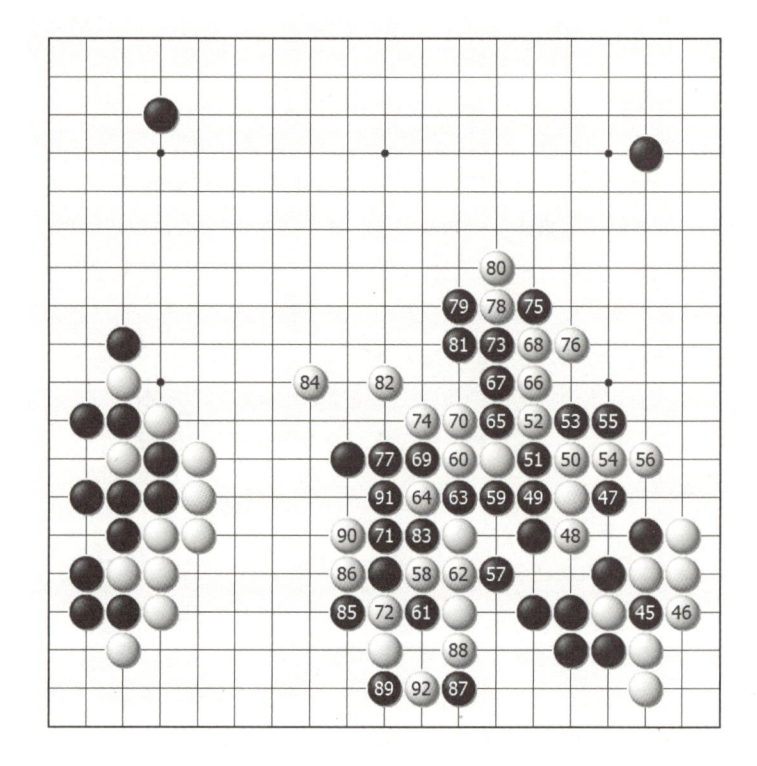

小组赛九江站决赛「●胡煜清 VS ○鲍橒」45—92

↑苏东坡

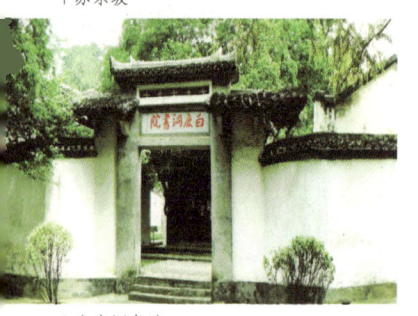

↑白鹿洞书院

曹大元：45 提是一个先手，黑 47 要求出头。

华学明：61 挤上去让你确实很难受，通过 61 与 62 的交换之后，黑 63 又冲出来了。

曹大元：71 长是一步好棋，这个白棋没办法，假如 72 接上，黑 73 就下来了，这个白棋不好办，因为 69 左边一路接是先手，已经把这几颗白棋反包围进去了，所以白棋也没有办法，实战只能这样。

华学明：不过你吃到这一个子反正也没活，75 先手扳还是挺舒服的。这个地方应该说是没有什么可解说的，基本上都是直通车。

曹大元：对，都是单行道，没有变化，到 83 为止。那么现在黑棋吃住64这个子之后，我也为我方的黑棋松了一口气，因为好歹这个大龙已经突围了，这个头已经在外边，这一带黑棋还有做眼的余地，应该说目前来看的话，暂时黑棋大龙的安危不成问题了。

华学明： 今天这期节目主题就叫棋之艺，来了很多文化界的、文艺界的专家，这个棋出来让我产生一个灵感，像音乐一样，抑扬顿挫。

陈小奇： 围棋跟音乐本身就是两兄弟，包括我们刚才看的棋谱，我一直在观察大龙怎么往外跑，跟音乐是最接近的，就是它的流动性和时间性，音乐是靠时间性、靠流动性呈现出来的，围棋实际上也一样，需要一步步地走出来，不是一下子就端出一个结局给你看的，这个时候有很多共通的地方。

请欣赏浔阳琴舍、江西花儿艺术表演队歌舞表演——春江花月夜

科尔沁夫： 围棋也是一种生活的艺术，就是你要有大局观，同时你要有胜负追求的那个劲，但同时你要慢慢在过程中学会把胜负看开放下。

主持人： 科尔沁夫出生在一个音乐世家，但是围棋的水平很高，这次为什么没有参加我们棋王的比赛？

科尔沁夫： 我悄悄地参加了一次文化界的，但是差一盘没有打入四强。

主持人： 作为业余棋迷就是两个字，快乐。我们都知道白居易写了一首非常著名的《琵琶行》，我相信很多人都琅琅上口。

蔡厚淳： 《琵琶行》应该是我们九江最亮丽的一张文化名片，在当年白居易刚刚去世的时候，皇帝给他写的挽诗里面就有两句"童子解吟长恨曲，胡儿能唱琵琶篇"。实际上《琵琶行》是用文字谱写的一首非常非常美的乐章。

第45—83手，双方激战正酣，抑扬顿挫，犹如一首华美乐章。现场嘉宾聊起了音乐，引出短片《琵琶行》。

《琵琶行》文化小片：

解说： 对于深谙围棋高妙的人来说，一局精妙的棋局就是一曲动人心脾的旋律，恰如白居易的《琵琶行》中所描述的妙手弹琴，轻拢慢捻抹复挑，棋韵由此冉冉而兴。进入中盘，棋局渐如孔雀开屏之势，棋路勃然复杂，棋手行棋，也如琴声之嘈嘈切切错杂弹，大珠小珠落玉盘，进入艰难决断之处，则如冰泉冷涩弦凝绝，此时无声胜有声。而待两军阵势已成，则恰如浔阳楼雄峙大江边，虎踞龙盘现杀机，登高望远揽棋局，只待那银瓶乍破水将迸，铁骑突出刀枪鸣的决战一刻，但当一招不慎，棋之大龙被屠之时，四弦一声如裂帛，恰如一曲琵琶弹奏到江州司马青衫湿的收尾之时，由此可见一局辗转腾挪的千古名棋堪比如泣如诉的《琵琶行》，足以回荡千年。有诗曰，同是天涯爱棋人，相逢何必曾相识。棋汇九江谱新曲，浔阳江头琵琶行。

↑ 歌舞《春江花月夜》

↑ 《琵琶行》

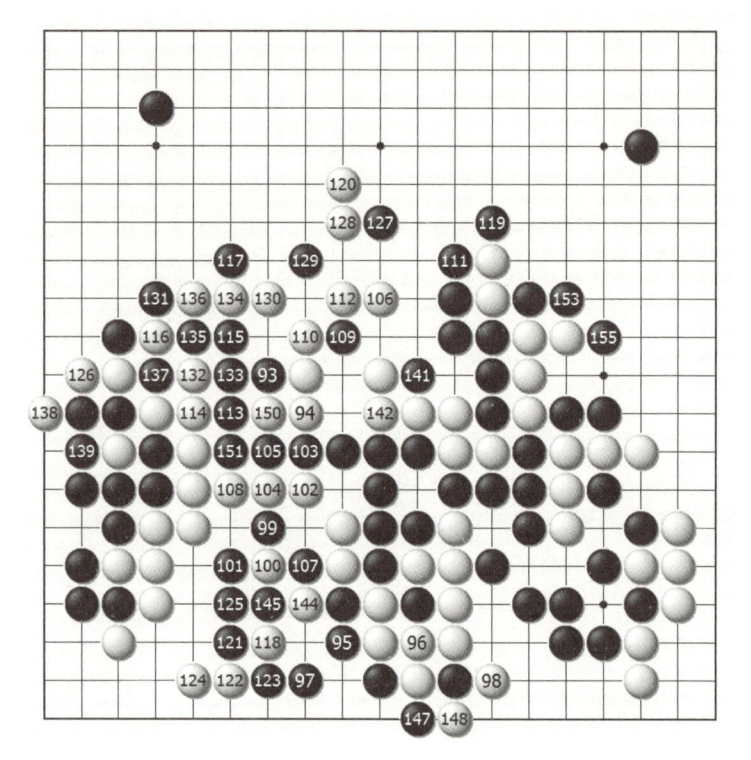

140 146 152=116 143 149=137

小组赛九江站决赛「●胡煜清 VS ○鲍橒」93—155

曹大元：你看这手93靠如何？

华学明：像手筋，我知道。

曹大元：你看现在黑棋下面这一块还能活，如果这块大龙还能跑出去的话，黑棋太成功了，黑棋109点，这留下一个余味，111可以跑出去，行棋的秩序非常好。

鲍橒：下到177手，应该说当时的整个攻击过程是非常失败的。

胡煜清：我觉得这应该是重新回到了同一起跑线，这局的胜负完全取决于后半盘。

主持人：接下来我们听听聂老判断一下形势。

聂卫平：很混乱，我感觉黑的要好一点。因为黑的主要的大龙跑出去了，而且上边还征吃着两个，也是超级之大。另外中间的白棋也没活，因为那个眼是半只眼，他尖（141位）吃四个的时候，你只能粘上，将来他冲过来就破眼了，如果你把这四个弃掉的话，那黑的大龙全活干净了，白的就更不行了。

林建超：刚才大元讲到了黑棋的117手是龙归大海，九江，刚才主持人反复讲到了，是一个战略要地，在当时三国的争斗中是一个重要的战略要地，周瑜在这个地方训练水军，周瑜有很大的可能是很会下围棋的，史书有明确记载的就是他的莫逆之交，也是他的连襟孙策是围棋的高手，孙策诏吕范对弈图，就是现存中国，也是世界最古老的围棋谱，

↑辛苦的工作人员

孙策召吕范对弈图是吴国留下的著名的棋谱，在《敦煌棋经》有明确的记载，"吴图24盘"就是吴国流传下来的24盘围棋名谱。

主持人： 从这个古谱来看，不愧是当时吴国的大高手，而且孙策和吕范君臣之间经常是边下棋边议事，共商国家大事。

孙策召吕范对弈谱文化小片：

解说： 熟知三国历史的人一定都知道东吴的孙策和吕范，一个是有着小霸王之美誉的开山国主，一个则是其麾下的著名良臣，孙策和吕范都喜欢下围棋，经常是边下棋边议事，现今存世最古老的棋谱就是孙策和吕范的对局，也是三国时期唯一传世的对局史料。

华学明： 现在白棋比较难办，但路还比较早吧。

曹大元： 行了，反正我方的形势已经蛮占优了。118好像没有什么特别作用，被黑棋靠在121位，起不到什么明显的作用。

华学明： 118可能是起到一个自己未来能活的一个作用吧。

曹大元： 现在白120还是要出头。

华学明： 127、129是心情很舒服的。

曹大元： 对呀，我怎么现在觉得这个黑棋在反戈一击呢，不过我还是真的想给我方胡煜清一个忠告，不要想着去吃白棋的大龙。

华学明： 不能"宜将剩勇追穷寇"。

曹大元： 不要吃大龙，尤其在九江这个地方。

华学明： 我本来还觉得白棋蛮有机会的，142接住，这个劫如果打不赢的话，白棋就很危险了。

曹大元： 我是真的觉得鲍橒来参加《谁是棋王》的比赛也该蒙目，我觉得他蒙目就不会下出这样的棋。你看他155吃四个与141吃中间四个。

华学明： 对呀，这不成比例。

主持人： 科而沁夫是什么感觉？

科而沁夫： 一拍脑袋就想认输，但可能比赛嘛，要不要再坚持一下，再努一努力，对手万一也犯这样的错误呢。

主持人： 在我们江西，舞龙是非常重要的习俗，过年过节，舞龙可以说是祈福的一种形式，所以接下来我们了解一下湖口的草龙。

九江湖口草龙文化小片：

解说： 在围棋棋局中，习惯于把一连串的棋子组合称之为龙，对方棋手总是想要通过屠龙来取得扩张或者一举奠定胜势，反之，己方则千方百计地通过把大龙做活，而取得同样的战略意图，双方在围棋棋盘上你争我夺，辗转腾挪，与民间舞龙有着同样的千变万化的精彩。作为第二批国家级非物质文化遗产的九江湖口草龙，有着浓郁而独特的地方特色，人们认为民以食为天，万物谷当首，所以把草龙推为群龙之首。农民在每年秋收之后，用稻草扎成5至21节的草把，用木把擢住，草

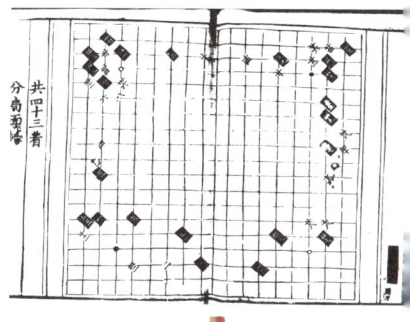

↑孙策召吕范对弈谱

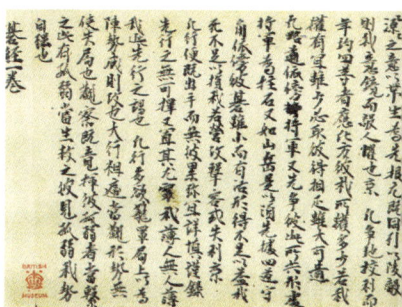

↑敦煌棋经

↑歌手科尔沁夫

绳串起，编扎成草把龙，以表达人们盼望风调雨顺、五谷丰登的愿景。草龙在盘旋跳跃之中，仿佛被赋予了灵动的生命，再加上黑白两色的龙珠与之配合，活脱脱地隐喻了围棋盘上激烈的二龙争斗。

主持人：那么作为书画来讲，同样和围棋也有很密切的关联。

冷望高：要创造出精妙绝伦的、变化万千的书法作品，必须对黑色的线条的品质和白色的空间的形态有极高的要求，每一幅书法作品都没有完全一样的，就像棋局没有一局是完全相同的一样，古人讲究的是澄怀味象，应目会心，在山水当中行走，游览。画出新的（意境）。

庐山题材绘画文化小片：

解说：对弈棋手分别执黑白棋子在围棋棋盘上行棋，仿佛是画家执笔墨在宣纸上作画，由黑白两色棋子组成的棋局在会心者的眼中很像是中国传统的水墨画。中国古代水墨画最初是描绘山水的，而庐山常年有云雾缭绕，在雾中的庐山风景俨然是一幅生动的庐山水墨画。已知的我国第一幅山水画就是东晋画家顾恺之创作的《庐山图》，但是这幅画作已经遗失在历史长河当中了。明代画家沈周也曾经以庐山为题，创作了《庐山高》的画作，然而有趣的是，他与很多以庐山为题的画家一样，居然从未到过庐山。如今，九江本地的画家冷望高也创作出了自己的《庐山图》，他创作的基础当然是对于庐山风景刻骨铭心的熟悉，中国传统的水墨画与围棋有着画理棋理上的相通之妙。

冷望高：中国画的构图和用墨、用色，主要讲究一个虚实、干湿、黑白的对比，那么整个绘画的过程，就是在这种对比当中体现这个画的一个意境和道理。

汪建策：书法他主要表现的是在黑白之间追求的一种意境，大凡高手到了一定境界的时候，把他的积累，通过他的手法，通过他的谋篇布局展示出来，这个结果展示的是一种含蓄的美。

陈小奇：其实围棋经常让我们有一种看大片的感觉，包括这一盘棋或者前段时间柯洁跟李世石的那盘棋，那天我在电脑上看的，看的那个直播，感觉真的是跌宕起伏，这种戏剧性是天生存在的。

主持人：戏剧化是围棋当中一个必不可少的因素，我个人认为也是它的魅力。

科而沁夫：围棋对我来说是很神秘的东西，它充满了我所不能真正了解的东西，它是一个上天给的礼物，棋乃命运之技，在棋里可以看到很多变幻莫测的人生和非常强大的张力和玄妙的东西，很多时候我们可以看到波澜壮阔的大片，充满了你刚才说的蒙太奇转换变化，以及诡异的东西，非常魔幻的现实主义大片，比如说罗洗河"三星杯"一系列的棋，每盘棋我都觉得印象深刻，尤其是三绝循环那盘棋，看的时候真的浑身发麻，感觉不是他自己下的，是上帝的手抓着他下的，就像我们写歌一样，有的时候非常快写出非常棒的东西，那个时候你会觉得不是你写的，而只不过是音乐之神抓着你的手帮你来写，我觉得围棋某种程

↑九江湖口草龙

↑庐山题材绘画

度来讲是一个沟通天地的工具，棋是老天给的礼物。

主持人：刚才我们讲到围棋和蒙太奇和电影的关系，在庐山有一部非常有名的电影叫《庐山恋》，我相信这部电影华姐当年印象非常深刻。

华学明：是，每看一遍每个时代的感受是不一样的，在每一个季节看庐山的感觉都是不一样的，正好我们今天看的是下雪的天，当雪在树叶上覆盖着的时候，如梦如幻。

↑ 友谊第一，比赛第二

电影《庐山恋》文化小片：

解说：1980 年，一部以庐山为背景的电影风靡祖国的神州大地，这部电影就是寄托着整整一代人的爱情与情怀，被誉为中国电影史上永远的传奇——《庐山恋》。而更传奇的是，庐山电影院因为 30 年来只放映这一部电影，而被载入了吉尼斯世界纪录。围棋与电影在最初黑白电影被发明之初，两者似乎就有了一种浑然天成的联系，黑白棋子与黑白影像元素。此次《谁是棋王》的棋手们来到庐山，在这风景秀丽的庐山上，摆上一盘棋局，把对围棋的深厚感情寄托在这天然的山水画卷中。

主持人：接下来我们继续有请两位讲棋嘉宾给我们带来比赛最后的讲解。

华学明：171 尖一个是先手。然后上边是要靠吃 156、162 两子。

曹大元：对，你怎么都在帮我方想招，你看想的招都很好。

华学明：我觉得有点戏剧性了，忽然之间白棋全死进去了。空的差距是比较大了，这个回天乏术。

主持人：到了 191 手之后，刚才讲到角部死活的问题，我们每次节目都会做一些简单的普及，之前我们讲过"气"，讲过"打劫"，也讲过围棋的一些术语，今天要普及一下围棋当中基本的死活。首先大家可以看一下，现在这个图形，中间这个空格位置应该怎么说，我来请一位现场的棋迷，那边举手的来。

男士：直三。

主持人：直三的话，是活棋还是死棋。

男士：如果白棋下的话就是死棋了。

主持人：直三是比较形象的说法，中间这三个空格是直线就叫直三，如果说这个时候黑棋下，正好下在中间对称点，就是正好有两眼，如果说轮白棋下，这就正好是敌之要点，我之要点，就破眼，这一块黑棋就是死棋。好，我们看到第二个图形，这个图形好像比刚才那个空格的称呼要稍微难一点点。

小朋友：弯三。

小朋友：黑棋一点一下，白棋就死了。

主持人：这位小朋友图形的形状回答出来了。换一个造型，上面这个图形，再请一位观众回答。

女士：这个图形应该叫直四。

主持人：直四是活棋还是死棋？

女：是活棋。

主持人：看来回答正确了。

华学明：你刚才说敌之要点，我之要点，这地方没有敌之要点了，

↑《庐山恋》

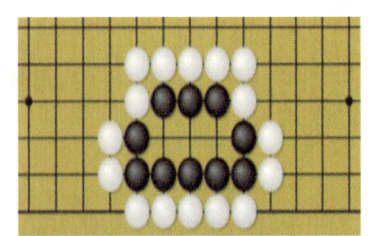

↑ 观众回答问题"直三"

↑ 小朋友回答问题"弯三"

↑ 观众回答问题"直四"

所以这就是活棋了。

主持人：大家可以看这个直四也就是直线有四个，那么四个的话，找不到一个正中间对称的点对吧，因为围棋一人下一手，所以这样的话就是活棋。我们有请两位继续把棋局讲完。191是立，把角做活，192。

华学明：现在是全盘最大的地方。

主持人：挂角，小飞挂，黑棋就尖顶，往上立，这都是本招。

华学明：正常的话应该在R10路小飞，是现在最大的官子。

曹大元：就是这个，这个点，小飞。

华学明：只能小飞。

主持人：但是实战196步子迈的有点大。

曹大元：小飞胜负也没有悬念了。

主持人：聂老，我们这次《谁是棋王》的节目，确实对于我们所有的民间草根棋手来说，都是一个极大的舞台，大家都认为聂老是我们的人生赢家，围棋给您人生带来怎样的变化呢？

聂卫平：我刚才说胡煜清今天能赢，除了实力还外加了运气，我能走上围棋之路，除了我自个儿的实力以外，也加了很多运气，比如说我们中国围棋的奠基人就是陈毅元帅，他在我很小的时候就非常关心我，关怀我，他曾经对我讲过，如果你能打败日本九段我就带你去跟毛主席下棋，在那个年代，以我们对毛主席的感情，就是最幸福的事，最想达到的人生目标，是跟毛主席见面下棋。虽然这个目标后来没有实现，但是一直是我走上围棋之路的动力，所以我走上围棋之路也有这么个运气。我小时候数学特别好，所有教我数学的老师都让我去学数学，也许就少了一个围棋的职业九段，多了一个数学家。

主持人：聂老，我还想问您一下，就是我们这次《谁是棋王》节目我们是分为32个不同的界别，而且他们通过海选层层的突围，再杀到小组赛还有全国的总决赛，您认为这样的活动，这样的比赛对于我们中国围棋的普及和发展有怎样的作用？

聂卫平：这个作用就非常之大，特别是对中国围棋文化的宣传那就更大了，其实我们围棋还有一个重要作用，比如说我现在对我们全国的围棋爱好者说，如果你们学会了围棋，你们再干其他各项工作的时候，都会用围棋的这种大局观来指导你的工作，那一定都是工作中的绝顶高手。所以我希望所有的围棋爱好者，赶紧把我们身边的一些可以教会围棋的人都教一教，我们中国的围棋，是我们实现中国梦最好的利器，能让大家工作得更好。

主持人：好的，再次感谢聂老。下面有请棋圣聂卫平宣布《谁是棋王》九江站决赛的结果。

聂卫平：《谁是棋王》九江站决赛结果，黑棋胡煜清获胜。

主持人：再次祝贺两位选手，今天这场决赛，确实从进程来看，双方杀的非常激烈，我首先想采访一下聂老，您看了今天这盘棋，您感觉胡煜清主要是赢在什么地方？

纹样对弈，传台谈兵，研究棋
艺，推陈出新，棋雅十通。
品味最美，中国绝艺溯源
远根深，继承发扬，再版，
没展，期待新秀，夺取冠
军。陈毅题词

↑聂棋圣回忆陈毅元帅

聂卫平：运气加上实力吧。

主持人：那么我想问一下鲍橒，大家认为你睁眼下棋和闭着眼下棋水平一样，你认同吗？

鲍橒：那肯定还是看着棋盘要真切得多吧。

主持人：真切得多。那你现在就是说，平时下盲棋也下得不少，靠这种记忆，主要是一种怎样的方法？

鲍橒：其实下盲棋的时候，最主要一个没有时间的压力，一般来

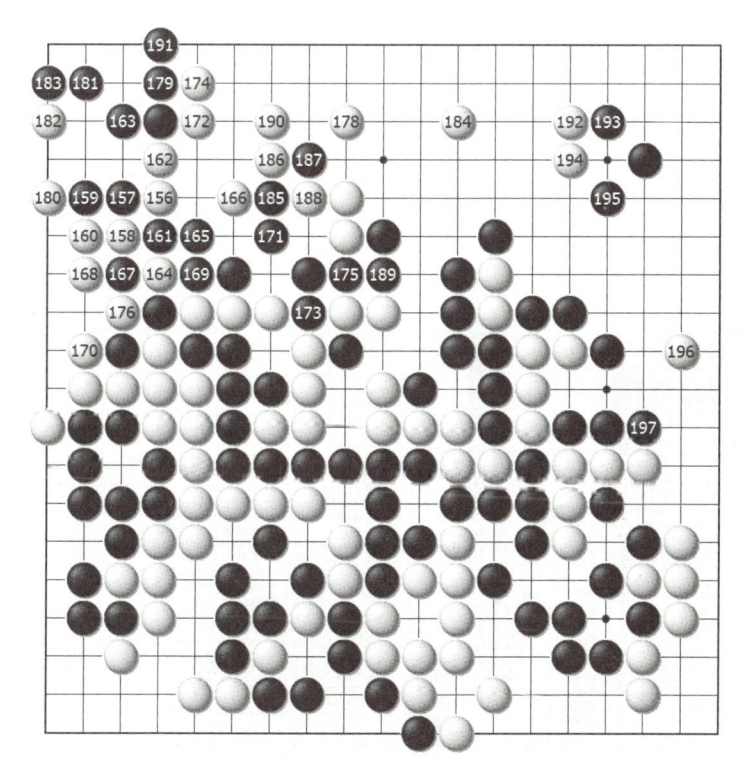

177=164

小组赛九江站决赛「●胡煜清 VS ○鲍橒」156—197
黑中盘胜

说可以比较深入地去思考。

主持人：再次感谢鲍橒。

主持人：那么现在胡煜清是第五位进入到全国八强的选手，对接下来的全国总决赛自己有怎样的期待？

胡煜清：当时我觉得这个比赛高手非常多，我只是想参与为主，但是现在既然在九江赛区出线了，我想不仅代表我个人，也不仅代表通讯组别，我想我代表的是九江赛区的出线者，当然目标是总冠军。

主持人：聂老，您对他有怎样的期待和寄语？

聂卫平：我希望他能美梦成真。

主持人：美梦成真，再次感谢聂老。下面进入颁奖仪式，有请颁奖嘉宾九江银行行长潘明为亚军获得者鲍橒颁奖。我们看一下，奖品专门把九江还有我们庐山之美景刻在一个非常精致的瓷盘上，庐山藏天下，九江通四海。有请九江市人民政府副市长廖奇志为九江站棋王胡煜清颁奖。再次祝贺胡煜清！这次《谁是棋王》节目在九江能够成功的举行，要非常感谢九江市人民政府、九江市体育局对我们节目的大力支持，他们也专门为《谁是棋王》节目组准备了九江特色的剪纸，有请九江市体育局胡雅芳局长为节目组赠送剪纸棋汇九江。好的，观众朋友们，《谁是棋王》九江站的比赛到这里就圆满结束，非常感谢参赛的所有棋手。

减字花木兰·棋汇九江

民间英豪，纹枰对决九江城。琴棋书画，艺术相关本自通。

风流墨客，庐山飞瀑情有独。山水云石，风景俱从奇中出。

棋之哲

【洛阳棋源】

几千年来，围棋之所以有着不被历史风尘湮灭的独特魅力，就是因为其自身蕴含着深刻的东方智慧与朴素的辩证哲学之道，围棋的发明以及深邃的棋理就源自易经的不易、变易、简易思想的博大精深与对立统一。棋子与棋盘象征天圆地方，棋子分黑白以道法阴阳，以及强调刚柔相济、动静相生的行棋之理，无不渗透着中华民族丰富的哲学思想。按照陈祖德先生所说，围棋的"围"字既有围地的含义，也有围子的含义。前者强调防守，后者强调进攻，是攻与防的哲学辩证。古人总结出来的围棋十诀，就是关于攻与防、取与舍、强与弱、得与失的辩证思维审时度势的行棋原则。因此研习围棋，参悟棋理，寓教于博弈之乐，当能享受一种更深层面的其乐融融，乐在其中，不但可以忘忧，而且还能解忧。

棋之哲

棋王主调的八个华彩乐段 ‖ 【洛阳棋源】‖ 文化主题——棋之哲

主持人：观众朋友们大家好，现在我们是在河南洛阳，为您带来的是《谁是棋王》中国围棋民间争霸赛小组赛第六站洛阳站的比赛。洛阳是千年帝都，牡丹花城，也是我们华夏文明的发祥地之一，在另一方面，洛阳是名副其实的围棋之城，职业总段位达到132段，可以说是别有一番景象，我们棋王八景当中的第六景洛阳棋源。好，接下来我们首先请欣赏开场表演河洛鼓韵。

首先出场的是残联的四位选手，他们来自祖国大江南北，充满着对围棋的热爱。

王温：参与就是胜利，君子以自强不息。

残联界别文化小片：

解说：参加《谁是棋王》是一次对自身极限的挑战，同时也是纹枰风采的超水平发挥，而在人生的博弈中，需要以大局观来谋划一种精神层面的辗转腾挪，在生命棋局中，深刻领悟弃子争先，以弱胜强的哲理，扎扎实实地走好每一步棋，最终必将成为人生博弈时人人都必须尊重的棋手。

主持人：接下来出场的是税务界别的四位棋手，他们在紧张工作之余坚持下围棋，最终来自上海的王中健获得了界别冠军。

王中健：把我们对围棋的执着形成宗旨，终将收获颇丰。

税务行业文化小片：

解说：《谁是棋王》人生如棋，开局即采取为民、律己、进取的三连星积极态势，着眼于占据高风亮节的道德实地，为自己的人生谋一路领先的大好棋局。**税务棋手**：为国聚财，改善民生，纹枰论道，以棋会友。

主持人：接下来出场的是中建的四位棋手。

马铁：在以棋会友的过程中，我们将秉承诚信、创新、超越、共赢的企业精神，争取有所建树。

中建行业文化小片：

解说：我们在齐心协力，共同兴建一座民间围棋全新的综合性发展大厦，而在设计人生棋局时，则一定要把握好百年树人的大局意识建筑人生精彩棋局。**中建棋手**：中国建筑，品质重于泰山，做成精品，服务跨越五洲。

主持人：接下来出场的是航天界别的四位棋手，带着一份科研人的严谨，他们在棋王的舞台上展翅遨游。

胡华东：航天科工，创新驱动，放飞神剑，收获和平。

航天行业文化小片：

解说：经过海选阶段的雷达扫描搜索我们顺利地进入到精确制导

的导弹发射阶段，我们渴望成功，争取命中目标，到棋王总决赛的舞台上遨游一番，人生旅途中，我们需要不断地向着预定目标跟踪制导，使命必达。**航天棋手**：科技强军，航天报国，谁是棋王，使命必达。

主持人：和往常一样，进入决赛之后，我们双方都有非常强大的后援团，首先介绍的是白方的第一位，也是我们今天的讲棋嘉宾，中国围棋协会副秘书长邵炜刚职业九段。

邵炜刚：希望我们这边的棋手，因为白棋是后下嘛，先礼让三分，最后后发先至。

主持人：接下来介绍的是我们黑方的第一位嘉宾职业棋手陈盈。

陈盈：今天我们黑方先行，我希望我们黑棋选手可以一马当先，先下手为强，加油。

主持人：白方助威团的第二位嘉宾中山大学的康保成教授，也是我们百家讲坛的主讲人。

康保成：在我看来，《谁是棋王》这个栏目就是中国民间围棋界最精彩的百家手谈。

主持人：黑方第二位嘉宾，是我们洛阳本地的骄傲、洛阳的著名职业棋手汪见虹职业九段。

汪见虹：我想让我们的黑方棋手记住，阳光总在风雨后，不经历风雨怎能见彩虹。

主持人：我们继续介绍白方的助威团，中国围棋协会的副主席黄进先老师。

黄进先：春泥护花，以培养后辈为先。

主持人：坐在您身旁的就是您的学生，时越，洛阳的骄傲，世界冠军。

时越：择时机而超越，希望我们的棋手能够把握住这大好时机，超越自我也超越对手。

主持人：黑方的阵营，洛阳当地文物鉴定方面非常有权威的专家，李国强。

李国强：我们鉴赏的是围棋，但我们品悦的是人生。

主持人：今天陈氏太极拳的传人，十二代传人陈文革来到了现场。

陈文革：太极拳与围棋表面上看一动一静，一文一武，其实都蕴含着中华民族传统文化的哲学思想。

主持人：接下来有请进入决赛的两位棋王。坐在轮椅上这位是来自残联界别的棋王王温，推着轮椅这位是来自税务界别的棋王王中健。

王中健：我叫王中健，既要体现刚健争胜，又要体现中和思想。

王温：我叫王温，温故而知新，认真总结经验才是取胜的法宝。

主持人：期待着两位今天能够共同手谈，谱写出精彩的对局，好，请两位一起进入到对弈亭。

选手介绍小片：

解说：他是一名围棋教师，12岁开始学习围棋，他觉得围棋如人生，他就是残联的棋王王温，一位棋界的园丁，虽然在轮椅上生活，但在围棋的世界里，他是真正的强者。**王温**：我从12岁的时候，由于我父亲和兄弟他们都会下棋，我受他们的影响，也爱上了围棋。一爱就

↑中建界别

↑航天界别

↑洛阳的骄傲时越和他的恩师

↑陈式太极拳传人陈文革

↑《围棋十诀》

↑康保成老师

↑邵炜刚老师

爱了45年，我自己从小也对围棋不断的追求，也在不断的长棋，成了当地的高手。解说：虽然不能像健全人一样生活，但王温对生活的激情通过围棋释放，他觉得围棋和生活有许多相通之处，作为围棋教师的他，在享受围棋带来的快乐的同时，也享受着桃李满天下的欣慰。他曾经在被授二子的情况下战胜了中国第一位职业九段高手陈祖德先生，他在做好本职工作的同时，身兼嘉定区围棋协会副秘书长兼青少年围棋训练部总教练，因为爱而用心守候，他就是税务行业的棋王王中健，他普及围棋教育20余年，培养学员上万人。王中健：我觉得只要把围棋学好，倒不是说你年龄多大的问题，或者是你棋龄有多少的问题，关键是一个投入，要很大的热情。解说：围棋与工作，他游走两者之间，用围棋的智慧武装税务稽查。一个来自温州的儒雅男儿，一个是来自上海的开朗汉子，一个是围棋界辛勤的园丁，一个是围棋道路上的领路人，他们都在为围棋教育和普及默默奉献，他们都在为围棋而痴迷，今天终于要正面对决，各自有无数弟子凝神关注，这或许就是进军八强之战中最具人气的一次博弈吧。

王冠军（裁判长）：《谁是棋王》洛阳站比赛现在开始。

主持人：好，观众朋友，现在您看到的是在河南洛阳为您带来的《谁是棋王》洛阳站的决赛，我们有请两位讲棋嘉宾。

陈盈：洛阳的棋友大家好。今天我支持的是黑方税务界别的选手王中健。

邵炜刚：全国棋友大家好。我支持的是白方王温。

陈盈：那我们先看一下双方的开局。黑棋以星小目开局。

邵炜刚：对，这个比赛采用CCTV规则。

陈盈：30秒一步，保留十次一分钟的读秒，黑5高挂，白6选择了夹攻。

邵炜刚：这个时候黑17手有两种选择。他在选择，是二路立呢，还是二路虎？虎是比较稳健的下法。

陈盈：邵老师，您方这个白18挂角是不是有点过分呀？

邵炜刚：这是一个比较积极的下法，在边上拆是比较正常的下法，实战这个挂稍微有点过火。黑19简单地应了一个，白20守回。21挂角。白22小飞，这也是很正常的一种下法。

陈盈：然后黑棋会选择什么呢，选择23拆边？

时越：我觉得这个局面下拆边还是一步很不错的棋，虽然说跟第7步拆边已经有所不同了，因为我们围棋来讲最重要的就是后面下的子一定要和前面的子形成配合，所以我觉得这步棋的配合是效率很高的一手。

陈盈：刚刚您请您的后援团时越说完了，我也想问汪老师一个问题。他们实战23手下的这个拆边如果这个时候我选择了小飞进角，如果他尖，我再拆个二，此时选择这个下法你觉得可以吗？

汪见虹：我觉得这个是一个比较正常的下法，但是呢，刚才的那手棋也很有新意。

陈盈：那我们看看实战。白24分投。

邵炜刚：黑27的方向也很正确，走完以后白棋托，试一下黑棋的应手，黑棋选择了很稳健的后退，感觉上白棋稍微便宜一点。

陈盈：白30还是抢回了这手棋的打入。

王温：我在下到第30手的时候，对局面非常乐观。

王中健：第30手的话，还没有感觉到对方有什么强硬的手段出现，都是下得很平平常常的。

陈盈：今天我们这盘棋是在河南洛阳下的，邵老师您看此时这个布局有没有像我们的宇宙魔方河图洛书？

邵炜刚：您这一说我还真觉得有点像，围棋在古代有一个别称叫做河洛。

主持人：刚才讲到这个河图洛书，据说人文始祖伏羲氏是根据河图洛书演绎出八卦和九畴，从此，以洛阳为中心的河洛文明就成为中华文化的源头之一。

第1—30手，布局未几，白第30手打入，率先挑起战斗。讲棋嘉宾邵炜刚九段和陈盈初段聊起"河图洛书"和围棋起源引出短片《纵横家》。

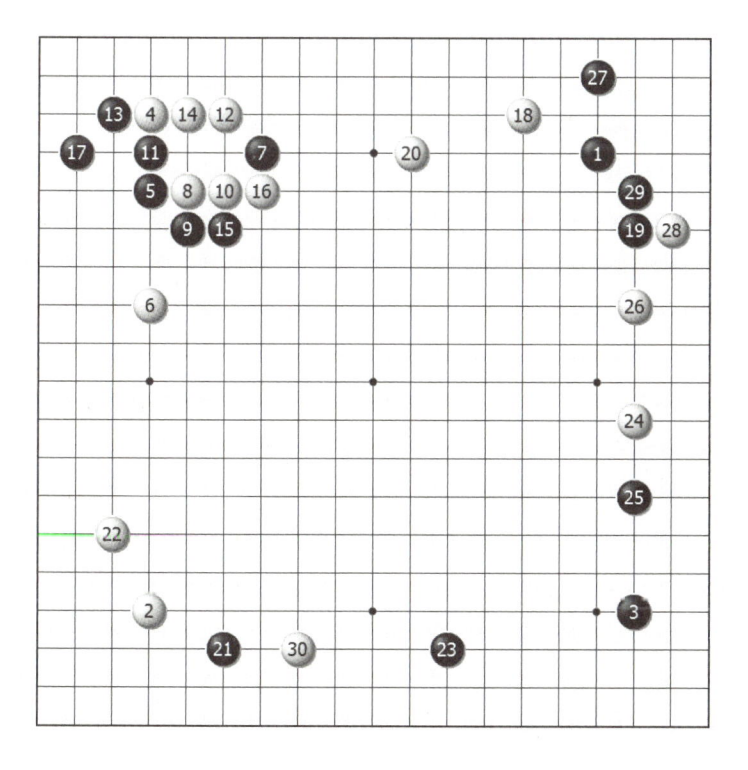

小组赛洛阳站决赛「●王中健 VS ○王温」1—30

《河图洛书》文化小片：

解说：河出图，洛出书，最早的记载出自《周易》与《洪范》，说明其在史前文化中有着极其重要的地位，对于中华文化的诸多学科发

展也发挥了极其重要的影响。汉代刘歆认为，河图洛书相为经纬，而围棋棋盘从直观上看自是经纬，并且黑白棋子各为经纬，这一定不是什么巧合。仰看河图洛书，俯瞰围棋棋理，如果从哲理的层面探究思索应该会有柳暗花明的感悟。

康保成：大家都常用的一个词汇叫图书，知道图书怎么来的呢？图书就是河图洛书。传说在伏羲氏的时候，在黄河里有龙马出现，这个龙马身背着河图，又有神龟从洛水里出现，神龟的背上背负着就是洛书。那么大家看一看他这个图象，这个图象和围棋在直观上是非常相似的，首先就是黑白子，再看它的棋盘基本上呈正方形。而黑白子它呈互相包围，以及占据底边这种形态，河图洛书和围棋是非常相似的。

李国强：刚才康老师说的河图洛书确实印证了我们洛阳和围棋源远流长，因为洛阳是十三朝古都，地下的文物遍地都是，尤其是在一些村庄里边，我们经常发现大大小小的围棋子，通过这些大量的文物遗存也见证了我们洛阳在历朝历代跟围棋有不解之缘，也造就了我们洛阳层出不穷地出现了一些围棋高手。

主持人：围棋黑白之间讲究的是相互制衡，此消彼涨，那么在战国时期，有很多纵横家，历史上也有这样一种说法，就是说这个围棋有可能是纵横家发明的，他们也是执阴阳，行纵横，这一点似乎和围棋也有一些关联。

康保成：说纵横家，咱们得先说战国时期的一个洛阳人叫苏秦，苏秦是鬼谷子的学生，是著名的纵横家，他原来主张连横，但是呢，他的这个主张十上秦王而不被采纳，结果这个苏秦搞的钱也用光了，他发奋读书以后呢，又开始主张合纵，什么叫合纵，从南到北叫合纵，于是他说服了燕国和赵国，就开始六国联合起来开始抵抗秦国，他自己身批六国相印，那么战国时代纵横家，他们的合纵或者是连横，和围棋的纵横交错有一定的联系。

陈盈：实战31靠一个，他的用意是什么呢？我都没有解读出来。

邵炜刚：靠完再跳，汪老师先看看这个靠了再跳，这个黑棋到底是什么意图呢？

汪见虹：这个靠可能是出于迷惑对手吧，走了一步不太常见的棋。

邵炜刚：看看白棋下一手，扎钉。39尖顶，40下得有味道，如果单长被白棋一拐的话，白棋两个子显得有点重，40好棋。42虎稍微差一点，右边的拆二还是显得有点薄，44靠，这个常识要点。

陈盈：白棋这一块棋虽然62位跳了一个，但是他还没有完全逃出来。

王温：下到第62手的时候，我的目是领先很多了，但是这个棋左右有些薄，所以如果能够把左右的薄变成厚的话，那我就有信心赢下来。

陈盈：您觉得现在的形势真的是白方有利吗？

邵炜刚：所以总的来说，这个黑棋在下边有点用力过猛，被白棋借力打力？

陈盈：莫非您想说太极。

邵炜刚：有点像，有点像是这个。

↑河图洛书

↑老师们谈论纵横家

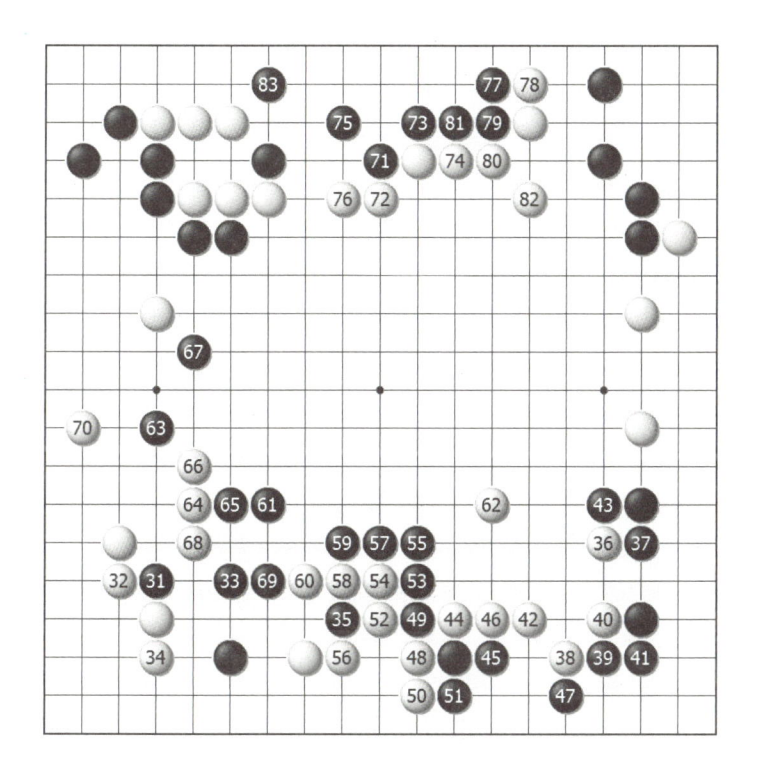

小组赛洛阳站决赛「●王中健 VS ○王温」31—83

第 31—62 手，第一场战斗告一段落，黑白双方刚柔相济，一如少林太极，引出现场嘉宾、陈氏太极拳第 12 代传人陈文革的太极拳表演。

陈文革：刚才我在这看两位高手下棋，就感受到是两个太极高手在博弈，黑白棋手各自稳住自己的阵脚，把势来做厚，然后把对方引到自己的包围圈，一网打尽。太极拳讲究力身中正，周身一家，内外结合，上下相随。

邵炜刚：66 长，这有点像白棋借力打力的感觉了。白 70 飞，是不是我方认为优势很大，稍微地简单处理一下好像就行了。

陈盈：有点太柔了这手棋。

邵炜刚：你方黑 71 的下法有点像少林拳了吧？

陈盈：就是，怎么这么猛。我觉得这盘棋好像白棋的判断一直都是特别的乐观，那邵老师，您觉得他的判断形势有误吗？

邵炜刚：我觉得这个问题可以交给我方的时越的老师，黄进先老师。

黄进先：这个黑棋现在这个下法，我觉得这个目数不怎么占优，但是顿时就变薄了，把白棋就变厚了，这一来你看，右边白棋三个子大概基本上攻不着了，底下七个子也比较好处理了。

汪见虹：黑棋现在是把上面的空破掉了，然后白棋现在外面变厚了，那么就要看白棋这个厚是否能够发挥作用。如果要是让他不发挥呢，那么这个棋还是可以继续下去。

↑太极拳表演

王中健：我觉得至少目数上我肯定不落后，甚至还有点领先，主要是我中间这块棋比较弱一点，但是他下面两块也比较弱，看他如何来攻击我中间这块来补强他下面这两块棋的联络。

王温：下到第83手的时候，黑棋在目上是追上来了，但是黑棋全局又变薄了。

邵炜刚：所以说围棋厚与薄是一个很重要的概念。

主持人：早在东汉时期，我国著名的史学家班固就有一篇《弈旨》，《弈旨》实际上是我们现存的最早的一篇关于围棋棋理阐述的文章。

康保成：班固是《汉书》的作者，他和洛阳有非常密切的关系，他求学就在洛阳的太学，后来他修汉书也在洛阳，那么《弈旨》作为我国第一部围棋理论著作，它在围棋史上的地位是非常高的。

黄进先：班固这一篇论文《弈旨》，不单单是一篇纯粹的围棋论文，它具有非常重要的意义，对推动围棋的发展起了非常大的作用。东汉时候六爻比较盛行，围棋就好像下得很少，而班固他就为围棋正名写了这一篇《弈旨》，围棋你看（方的棋盘）象征大地，那么棋子是圆的，天圆地方，有黑有白，象征着阴阳，象征着黑天白夜，他又有帝王治国的道理，也有五霸的一些权谋，还有战国的纵横捭阖的一些智慧，都包括在里边了，对它评价相当高。

主持人：围棋饱含哲理，我们古代其实有很多思想家，有着非常朴素的辩证法，像老子的《道德经》，《道德经》写道"道可道，非常道，名可名，非常名……玄之又玄，众妙之门"。后来我们有一部非常著名的奇书叫《玄玄棋经》，书名就是出自《道德经》。

第63—83手，棋局至此，黑棋取地，白棋取势，双方各有所得，《弈旨》云："棋有白黑，阴阳分也"。现场专家聊起了《弈旨》和三论五赋。世界冠军时越九段也谈起了《道德经》与围棋。

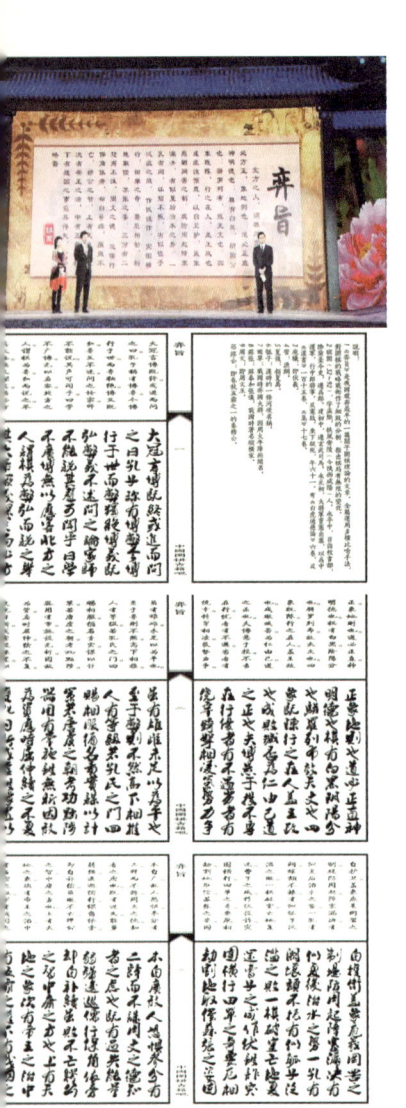

↑《弈旨》三篇

《道德经》文化小片：

解说：有无相生，难易相成，长短相形，高下相倾，这是老子《道德经》中很著名的一句话。在棋势的判断上，优与劣、厚与薄都是相形而存在的。攻与防，进与退，同样都是相倾而形成的。《道德经》开篇的第一句就是"道可道，非常道，名可名，非常名"，历来见仁见智，有诸多的解释，足以见其莫测之深奥。而围棋棋理同样有着道可道，非常道，名可名，非常名的玄妙意蕴。同样是见仁见智，可以有完全不同的众多解释，老子的《道德经》不过是中国古代哲学的一小部分而已，整个中华文明的古代哲学智慧才是围棋思想与哲学的源头，是围棋哲理的思想之核。

汪见虹：我们知道下棋讲棋道，《道德经》也是在讲这个道、德、礼，说人之所以知道了丑，才知道了美，人之所以有了恶才知道了善，围棋中有很多的哲理跟它非常的相像，围棋中的这种得失取舍，有着非常深刻的哲理，对于我们做人做事会有很深刻的启发。

↑《道德经》

康保成：《道德经》的第一句话，"道可道，非常道"，这个"常"是恒常的意思。真正恒常的道是不可言说的，在这一点上和我们围棋非常相似，我们围棋的任何一个棋局它都是不可复制的，虽然棋谱有作用，虽然规则有作用，但是高手对决，往往取决于一念之间。我们围棋高手对决到了最后的极致也是不可言说的，我觉得这种自然的道，最高的道，《道德经》和围棋是有非常深刻的内在联系的。

主持人：围棋的范畴里面确实有很多值得研究的地方，那么接下来我要介绍一个洛阳非常有趣的民间艺术形式叫二鬼摔跤，由艺人背着道具，通过他的腿背和臂，综合协调的作用形成一种喜剧的效果。这个二鬼摔跤是不是也是祖传下来的？

请欣赏非物质文化遗产《二鬼摔跤》，表演者：张宏伟 曹德鹏

张宏伟：二鬼摔跤是起源于咱们洛阳，汉朝以前就有了，我是咱们洛阳市非物质文化遗产传承人，希望大家都关注非遗，关注中华民族的传统文化，希望中华文明走向世界。

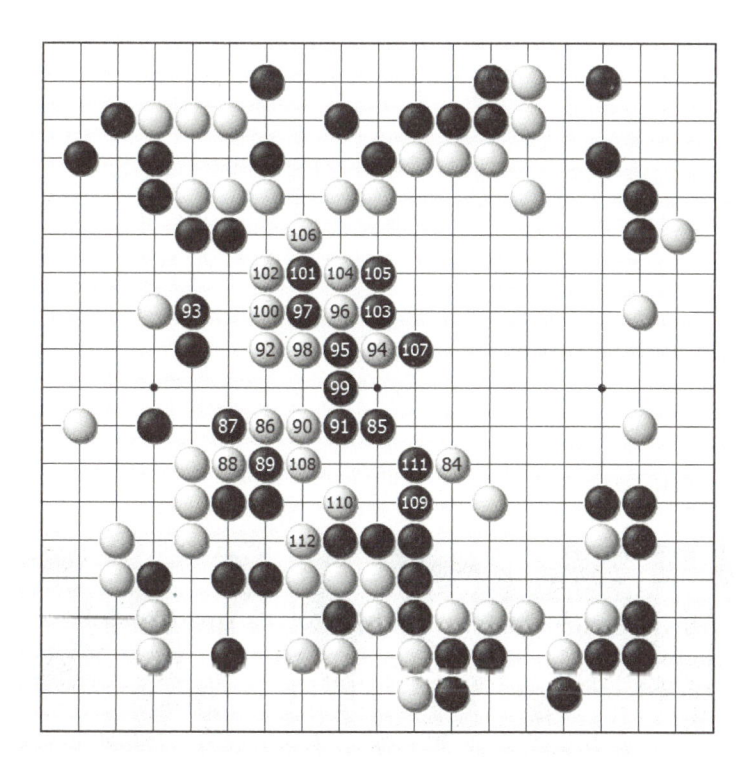

小组赛洛阳站决赛「●王中健 VS ○王温」84—112

邵炜刚：87这个靠的话有点过分了，这个时候靠断白棋这边。
陈盈：这手有点着急。
邵炜刚：白棋108拐一个，是打将。
陈盈：但是黑109为什么下在这里了，这不是明显的一个"勺子"吗？
邵炜刚：明显是在读秒声中仓促就出错了。

↑《二鬼摔跤》表演

陈盈：实战这手棋应该是一个明显的漏招，我想下完了这步我们的黑方选手王中健一定非常的懊悔。

王中健：109手确实是一个大勺子，在平时下慢棋的时候，这种失误可能性就很小，因为这个赛制是非常快的，从来没有下过这样的赛制，所以就很遗憾地出现了这样的一个"大勺"。

第84—112手

棋局至此，左边白棋全体阵亡，讲棋嘉宾陈盈认为白方方寸大乱，建议王中健要去洛阳的龙门石窟静一静心。引出《洛阳石窟》短片。现场嘉宾结合《牡丹瓷》和《洛阳水席》短片与传承人一道谈水席，聊古谱。

龙门石窟文化小片：

解说：静静地屹立于伊河两岸的龙门石窟，以一种壁立千韧，无欲则刚的姿态默然诉说着洛阳的骄傲，诉说着中华古老文明的骄傲。最终，当之无愧地跻身于世界文化遗产之列。联想到围棋，也有着同样的色彩与光华，围棋同样于默然中手谈，坐隐，同样透射出中华文化的深厚底蕴，围棋与龙门石窟各属门类，却同归一宗，那就是灿烂辉煌的中华古文化，两相关照，相映成趣，遂有不绝的思考与话题。

主持人：如果对龙门石窟深入研究就发现这个石窟艺术实际上也是讲究先后次序，那么说到次序这一块，我们世界冠军时越一定是有发言权的。

时越：次序，确实是非常难把握的，它和时机有很大的关系，当前局面下这步棋是一个绝妙的时机，一个很好的次序，但是如果说错过了这个机会，那么这步棋就有可能从一个绝妙的妙手变成了一个恶手，所以说次序的把握体现一个人的水平。

主持人：除了龙门石窟之外，洛阳还有一种花相当有名，牡丹花。

洛阳牡丹瓷文化小片：

↑龙门石窟

↑现场观众情绪高昂

解说：如果从围棋思维角度来看洛阳牡丹瓷，或许能够得到另外一种很有意思的理解，作为洛阳牡丹瓷非物质文化遗产传承人的李学武，多年潜心钻研洛阳牡丹瓷，本身就形成了一个令人赞叹佩服的探索人生价值的棋谱，并最终形成独特的只属于他自己的人生行棋风格。牡丹瓷被誉为永不凋谢的牡丹花，把瓷器烧制，粉彩涂抹等技术结合在一起，在传统工艺的基础上，研制出形象逼真，花色自然，花叶薄如纸张，叶脉清晰可见的牡丹瓷。牡丹瓷的烧制分电窑、气窑等，而最终要达到两种颜色窑变的效果，一是还原，一是氧化，而如何能够达到随心所欲的预期效果，则需要工匠们高超的工艺水平与绝技，围棋也是同样的道理，而不拘泥于名人棋谱与棋理，能够推陈出新，不也是一种围棋上的氧化窑变吗？牡丹花的美丽绽放当要在花开时节，而牡丹瓷则随时可以绽放在能工巧匠灵巧的手中，一尊尊牡丹瓷，恰是一首首令人击节赞叹的牡丹词。

主持人：坐在我身旁的这位就是李学武，也是我们这次奖品的创造者。

李学武：这个牡丹瓷一个用金底，一个用白底（银底），我们奖牌金牌就是金色的，银牌就是银色的，所以我们冠军采用的是金底，亚军采用的就是银底，为啥都用红花呢，洛阳红代表我们洛阳牡丹最著名的品种，这就是我们本次奖牌所构思的寓意。

主持人：洛阳恩泽于洛河和伊河，因此也称得上是两河文明，洛阳这个地方天气比较干燥，所以洛阳民间膳食当中有很多的汤类，因此也诞生了洛阳的名吃洛阳水席。

↑洛阳牡丹瓷

洛阳水席文化小片：

解说：作为唯一的在餐饮方面成套的国家非物质文化遗产，洛阳水席，是一道不容错过的饮食风景。**姚炎立**：中国有一千套宴席，只有这一套宴席是用水做主要原材料的，水是水席的首要物质，它是主要原材料，所以按照陆羽（唐代茶圣）的说法，山水上，江水中，井水下，所以我们去采用这个山泉水来做。**解说**：强调水的精选，以及如何保持水的原汁原味等，都可以称之为洛阳水席的舌尖上的水德。而围棋的中和精神，棋理中讲究随行而动，以及追求一种不争之争的境界，也同样可以称得上是水德，正印证了老子的上善若水。细究洛阳水席二十四品，品品都有历史典故与文化，仿佛在千年之后，止是为了践行司马光的著名诗句"若问古今兴衰事，请君只看洛阳城"。而如果认真地去欣赏一局局古今棋局名谱，那中间也同样饱含历史文化与故事。弈围棋，品水席，如果两者能够兼得，自是相得益彰，互为启迪的美事、幸事。

主持人：我身旁是非常知名的曲剧演员刘爱云，刘女士她是我们中国戏剧家协会的会员，同时也是我们洛阳戏剧家协会的副主席，国家一级演员，现在呢我看她端了一块棋盘上来，这是什么意思呢，来，黄老师，这个图案您仔细看一看，是不是很眼熟呀？

黄进先：讲个故事，据说这个是镇神头，唐朝的时候，日本国的

↑洛阳水席

神头王子在日本围棋界没有敌手，到中国他就提出来，要和中国的棋手切磋一下，当时我们就派出了中国最强的国手叫做顾师言，那顾师言原来以为日本国不行，结果发现神头王子的棋非常厉害，他在非常危急的时候灵机一动，想出了一招一子解双征的妙手，这一来就把日本神头王子这盘棋赢下来了，神头王子就找礼宾官员，他说你们这个顾先生在你们国家算第几，那个官员也狡猾，"第三"，神头王子说："哦，第三。我有个愿望，我能不能见你们这个国家的第一手？"官员说"我们有个规矩，你赢了第三，才能见第二，赢了第二才能见第一。"这个神头王子感叹，"你看小国的第一都不如大国的第三，太佩服了。"

主持人：我们来看一看，这是什么做的？

陈文革：面。

主持人：面？这个似乎很靠近，这样，不卖关子了，确实，这是用洛阳的点心制作的，来来来，先从我们白方开始我们的嘉宾来品尝一下。

主持人：黄老师作为前辈优待可以吃两颗，一黑一白，先吃黑的，看看是什么材料做的？

黄进先：糯米。

主持人：好，白的？

黄进先：面。

主持人：我给大家揭晓一下，黑的里面主要是黑芝麻，我们都知道洛阳不仅有很好的饮食文化，有水席，更重要的是洛阳是围棋之城，我们的职业段位达到132段，在全国仅次于上海，排在第二位，名副其实的围棋之城。

请欣赏河南曲剧表演《百段之城》，演唱者：刘爱云

邵炜刚：我们继续看一下这个棋局。

113这个飞是很重要的一步，如果不飞还继续以前那个思路，点上边，那么白棋只要简单把这个拆二处理，基本上黑棋的空是不太够了。

汪见虹：战争要结束了，因为这个没有可闹的地方了。棋盘越来越小了。

邵炜刚：是这样，133这一手的话很大。黑137选择了最后一搏，分断白棋。

黑棋凶多吉少，我们看一下官子，149尖，这个是单方先手，随后

↑曲剧表演

151 夹。

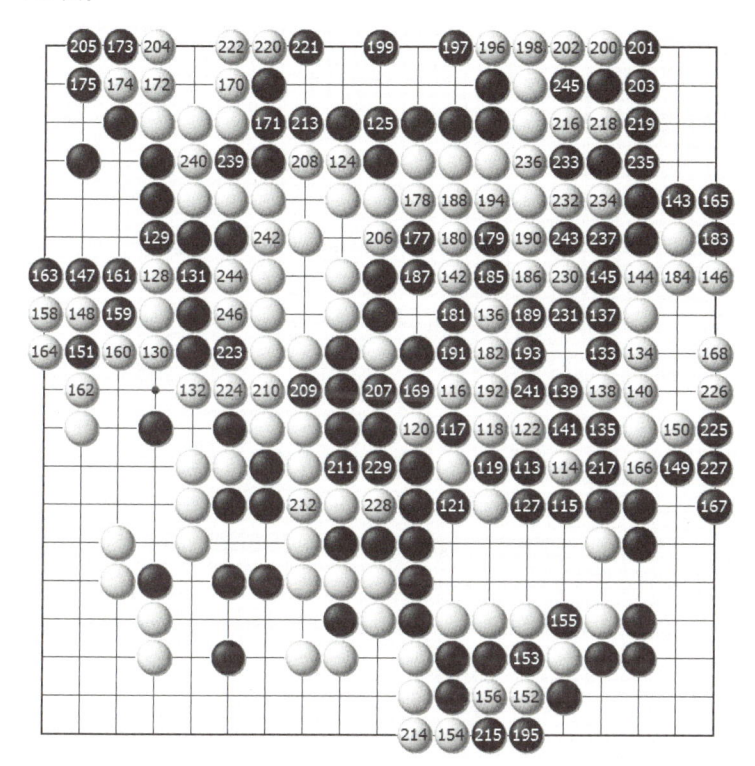

123 176=117 126=117下 157=115下 238=185

小组赛洛阳站决赛「●王中健 VS ○王温」113—246
白中盘胜

陈盈：152 之前黑棋如果在一路扳粘的话，其实黑棋也是先手。

邵炜刚：对，如果被黑棋先手扳粘的话，双先的话应该是六七目了。

主持人：说到这个残子，我们要说一说棋子了，有的时候可能一颗真正的残子会比一颗完整的棋子更有价值，在我们洛阳就有这样的棋子。

第 113—146 手，一番激战，双方互有得失，引发嘉宾关于"残子"之争，引出《棋子》短片和洛阳"百段之城"的话题。

棋子演变文化小片：

解说：棋子与棋盘，是围棋合二而一的重要元素，代表着天圆地方，因此有着极其重要的哲学意义，而随着围棋文化的发展与流变，围棋棋子的变化也同样透射出历史文化与审美哲理的变化。在隋唐以前，由于科技水平的局限，对棋子制作工艺有决定性的影响，因此那时候的围棋棋子是呈两面鼓形，从审美角度体现的是古朴敦厚之风，宋代之后，棋子的形状有了不小的变化，变为了两面扁形，并且在棋子表面刻上花纹图案，而从中我们可以品味到当时崇尚华美精致的时代审美，直到明末，棋子才演变为下平上鼓的形状，强调的是重思辨而不重外形的审美取向。

主持人：下面我就出一道题考考现场的观众。下列可能出现在宋朝围棋上

↑工作人员拍摄对弈亭

↑棋子演变

↑ 现场提问

↑ 正确答案

↑ 王温和王中健

的是 A 乌鹭，B 猴子，C 皇帝头像，D 八卦图。哪个选项举手最多，有可能就是正确答案，也不一定。猴子，导演提示我一下今年是猴年，没准猴子是对的，C 皇帝头像，来举手，D 八卦图，看这个现场的举手表决的态度来看，似乎 A 是正确的，相信群众的眼睛。

陈盈：我相信大多数。

主持人：相信大众的力量。
我们肯定要请一个文化嘉宾来揭晓正确答案，李老师，李国强。

李国强：A 是正确答案。

主持人：看来洛阳不愧是棋城，棋民水平高，选 A 的人最多。

李国强：我手里拿这个，就是宋代的一个两面平的带花鸟，这个是带鸟的一个棋子，因为宋代人追求这种时尚，花纹的寓意也比较丰富，要是印上鸟，那它就是悠闲，要是有牡丹花就是富贵，今天像这个节目在我们洛阳举行，必将掀起一股收藏的热潮，也是围棋的热潮。

主持人：这次双龙棋具为我们残联代表赠送棋子，我们残联的四位代表每人都会有我们的双龙棋具董事长提供的棋子。

吴亚伟：我这次专门挑选了四副玉石的围棋，我希望残联界别像玉石一样外表温润，内心刚强。

主持人：现在我们看到这位吴泓枢，据说是小脑有些萎缩，旁边这位就是吴泓枢的母亲。

吴泓枢母亲：他其实特别聪明，每天在家也就是看看棋谱，打打棋谱，看看书，所以我就觉得围棋在他面前打开了一个特别特别大的世界。

主持人：吴泓枢是我们残联界别北区选拔第二名。确实残联界别选手这种自强不息的精神让我们大家都为之感动，也值得我们学习，再次给他们掌声。

邵炜刚：回到棋局，总的来说这盘棋白棋的发挥明显优于黑棋。

王中健：到 195 手，其实就是收收官子，想把这盘棋下完，调节一下心情，对输赢早就应该说心知肚明吧。

陈盈：既然我方的王中健他还继续在收官，我们还继续地支持他，因为白居易也曾经有过围棋赌酒到天明。

第 147—195 手，收官之战。引发专家谈起白居易和欧阳修的围棋诗词以及洛阳传统文化唐三彩和二鬼摔跤。

白居易的围棋哲理文化小片：

解说：龟灵未免刳肠患，马失应无折足忧。不信请看弈棋者，输赢须待局终头。在洛阳东山的白园，面对唐代大诗人白居易的坟冢，不由得想到他关于围棋的一些富于哲理的诗句，他以围棋之道体悟人生之理，表达的是一种不计较一时一世之短长的宽宥胸怀，白居易晚年归隐龙门香山寺。从白居易与围棋有关的诗句中，自能够体悟到他对棋理的独到见解，而他的很多著名的诗句，其实也都富含哲理引人深思。围棋

↑ 吴泓枢和他母亲

也莫不如此，认知围棋之妙，绝不是一时之功。而即使具体到某一棋局的神来妙手，也同样需要一步步的行棋过程，才能最终达到完美。在白园，品白诗，感悟世间万事之居大不易。

康保成：的确，白居易他不仅仅是一位大诗人，他又写了不少的围棋诗，白居易由于他自己的这种处境和心境，就常常把围棋写成他自己隐居时候闲适的一种心情或者是发牢骚，"红旗破贼非吾事，黄纸除书无我名。唯共嵩阳刘处士，围棋赌酒到天明。"

主持人：今天我们介绍了很多关于洛阳的文化，在洛阳还有一样制作非常精湛的艺术品，那就是唐三彩。

唐三彩文化小片：

解说：十三朝古都洛阳，古有唐三彩，今有围棋百段之城的美誉，可以说，唐三彩与围棋是洛阳足以纵论古今的两张独具特色的名片，从出土的唐三彩中我们通过它的造型。一件件精心手制的唐三彩，各具风格特点，每一件都是绝无仅有，独一无二。**高顺旺**：唐三彩在这个烧制期间，也是从低温慢慢到高温，在900度左右，釉料会在这个胎体表面融化，在融化期间，就是根据火力的温度高低，它呈现的颜色也不太一样，有黄色，有红色，或者深绿或者浅绿，所以说很神奇。**解说**：围棋盘上变化无穷，气象万千，因此每一棋局都不会重样，即使从古至今，已然有浩如繁星的棋谱，而每一棋谱也同样绝无仅有，独一无二。复杂而造型精致的唐三彩，需要把每个部件精心拼接组装而成，围棋中的一盘好棋，同样是一个个精彩局部的天衣无缝连接而成，如果把唐三彩的制作过程比喻为行棋，那么唐三彩的制作者就称得上是高超的弈者。

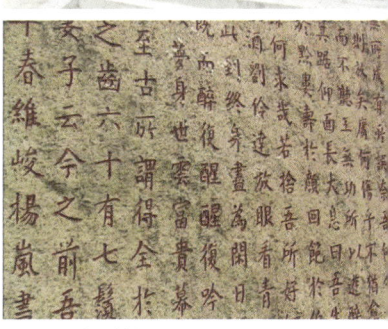

↑ 白居易的围棋哲理

主持人：我们继续回到棋局，到了195手，之前我们说过，胜负已明，但是在这个时候出现了一个围棋当中很有趣的术语，这个195手正好就是一个接不归。

陈盈：接不归从字面的意思来理解就是回不了家了。

主持人：我们汪见虹老师现在也专门做围棋培训，我想问一下汪老师，平时如果说要教小朋友，你怎么去说接不归？

↑ 唐三彩

↑ 形象讲解

↑ 汪见虹现场讲解

↑ 奖品制作者李学武

汪见虹：我们就会讲舍与得，就是你该舍掉的你就要给他，如果你要是不给呢，你可能要遭受更大的损失，所以这个接不归当被别人打吃不能够接的时候，你得要懂得舍得，有舍才有得。

主持人：我们继续有请两位把后面的棋局给它摆完，虽然胜负已经没有悬念，但是我们看看后面的官子怎么收束。

邵炜刚：其实这次我最大的收获就是通过讲这盘棋，自身获得了许多知识，使我感觉到围棋不仅仅是竞技围棋，竞技体育，同时它是有文化的，有底蕴的，我相信爱好者都有这样一个感触和体悟。

陈盈：是，这次真的是不虚此行。

王冠军：《谁是棋王》中国围棋民间争霸赛洛阳站白方王温获胜。

主持人：好，现在我们看到进入决赛的两位选手来到了舞台中央，今天这场比赛你感觉自己发挥得怎么样呢？

王中健：发挥得不太好，主要是对这个比赛的形式平时没有练习过，总的来说还是对方实力稍强一点。

主持人：好的，我想来采访一下我们的残联界别的棋王王温，今天这场决赛，您感觉自己赢在哪里呢？

王温：我觉得很意外，我觉得好像没有这个实力一样，结果怎么会闯进去了，好运气吧。

主持人：那么现在进入八强了，后面有什么样的展望和目标？

王温：走一步看一步吧，比我强的肯定很多。

主持人：好，观众朋友，现在您看到的是在河南洛阳举行的《谁是棋王》中国围棋民间争霸赛洛阳站的比赛，来自残联的棋王王温发挥出色，中盘战胜了税务棋王王中健，获得了洛阳站的冠军，进入全国八强，接下来进入颁奖仪式，有请洛阳市人民政府副秘书长朱晶莹为亚军得主颁奖，获得亚军的是税务棋王王中健，这是我们洛阳富有特色的牡丹瓷。接下来我们要颁发的是洛阳站的冠军奖，有请颁奖嘉宾，洛阳市人民政府副市长张世敏。这次《谁是棋王》节目在洛阳能够成功的举办，确实要感谢洛阳市政府的大力支持。

张世敏：这次《谁是棋王》中国围棋民间争霸赛在我们文化非常深厚的洛阳举办，应该说有着特别重要的意义，今天我们讲棋源，围棋之源，也是中国的文化之源，太极拳之源，三源汇地，所以我们这个争霸赛一定会越办越好。

主持人：感谢张市长，好，我们《谁是棋王》中国围棋民间争霸赛洛阳站的比赛到这里就圆满结束了，再次感谢洛阳市人民政府、洛阳市体育局、洛阳市棋类协会，还有洛阳恒联房地产有限公司对我们节目的大力支持，我们下一站三亚站再见。

浪淘沙·洛阳棋源

洛阳问棋源,河洛遗篇,古都棋会盛空前,五赋三论是箴言,哲理无边。

纹枰天地宽,精彩民间,棋王竞秀比牡丹,一心只为广结缘,输赢俱欢。

棋之寿

【三亚棋热】

在历代文人涉及围棋的诗词歌赋中，提及烂柯山的围棋典故最多，而之所以被历代围棋之人津津乐道，是因为其精彩之极就在于"山中数局棋，世上已百年"。虽说烂柯山的传说不过是一梦而已，然后细品其中滋味，人们期盼于痴迷围棋之乐中，忘年而寿。吴清源也曾经说过："弈道，亦长寿之道"。金庸总结下围棋的五得，似乎是对围棋的长寿之道的一个很好的概括和总结，金庸所说的第一得是得好友，今天国际上的医学权威都在强调有好友相伴益于健康长寿。第二得是得人和，大到社会，小到家庭，"和"是安宁的基础，自然也是健康的基础。第三得是得教训，于纹枰之中得到最好的教训，比在真刀真枪的社会中碰得头破血流要好很多。第四得是得心悟，从围棋棋理能够悟出很多有益于身心健康的心得感悟。第五是得天寿，一语中的。总之围棋是很好的头脑体操，心不老则人就不会老，围棋让人学会心平气和，手谈坐隐，达到静以养寿。围棋讲究中和精神，而这同样是健康长寿的要诀，热爱围棋而得健康，得快乐，得长寿，又何乐而不为呢？

棋之寿

棋王主调的八个华彩乐段 ‖ 【三亚棋热】 ‖ 文化主题——棋之寿

主持人：现在您看到的是《谁是棋王》中国围棋民间争霸赛第七站三亚站的比赛。我们都知道，三亚是我国南部知名的旅游城市，以其独特的人文环境和自然地理风光被称作是东方的夏威夷，我们《谁是棋王》四个界别的业余棋手们汇聚于此，使得围棋之热在椰风海韵当中直线升温，这也正是我们棋王八景当中的第七景"三亚棋热"。接下来让我们用热烈的掌声欢迎三亚站四个界别的棋手们登场亮相。首先出场的是老年界别的四位棋手，有请。这次老年界别参赛的棋手们确实分量很重，他们可以说都是资深的棋迷，我们首先介绍陈丹淮将军，我们也知道陈丹淮是我们新中国围棋之父陈毅元帅的儿子，也是我们目前中国围棋协会的顾问，感谢您的参与。李洪洲老爷子已经82岁了，他是我们北京电影制片厂的编剧，也是《一盘没有下完的棋》的编剧，棋龄达50年以上，可以说是铁杆棋迷。余昌民先生是深圳特区的开拓者，也是现在深圳棋文化促进会的会长，欢迎您的参与。老年界别这次的棋王何香涛教授，他本人是一个天文学家，也是全国大学生围棋协会的主席。

何香涛：最美莫过夕阳红，老年朋友下围棋，越下越年轻。

老年界别文化小片：

解说：海选不过是一次对我们围棋热爱指标的初步体检，而小组赛这一阶段是对我们围棋综合技术指标的进一步筛查，我们力图进入到《谁是棋王》的总决赛，证明我们的围棋肌体依然保持年轻，在人生这盘棋的收官阶段，我们当然要下好每一个官子，面对为霞尚满天的大好时光，寸土必争，寸乐必得。

主持人：有请中央国家机关的四位棋手代表隆重登场。中央国家机关每年都有自己的运动会，围棋是他们一个重点的项目，这位是来自全国政协的黄建初主任，中间这位罗云毅是来自国家发改委，还有张育成是来自国务院的老干部局，而顾扬这次获得了中央国家机关的棋王。他来自全国人大的秘书局。

顾扬：三亚有温度，我们有气度，今天要下出风度。

中央国家机关界别文化小片：

解说：按照《谁是棋王》的总体精神，在三亚期间，具体落实到每一个棋局当中，落子无悔，认真走好每一步关键棋，最终交出一份令人民满意的优秀棋谱。**黄建初**：胸怀全局。**罗云毅**：运筹帷幄。**张育成**：争下先手。**顾扬**：我们必胜。

主持人：欢迎来自航空界别的棋手代表登台亮相。

马拓：我们要在民间棋王的天空上飞，大飞，一飞冲天。

航空界别文化小片：

解说：经过海选阶段的一系列科研生产和实验，三亚站是我们产品实现首飞的关键性冲刺阶段，我们的每一步行棋都要精益求精，万无一失，并希望通过总决赛达到国内的顶尖水平，最终获得纹枰飞行的制

↑老年界别

空权。**航空棋手**：航空梦，强军路。众推围棋传文化，看我航空扬国威。

主持人：最后，让我们掌声有请来自海关界别的四位棋手代表，他们分别来自深圳海关、宁波海关，还有来自南京海关。

俞鹏：到处都有我们海关的边关，因此，我们占尽天时地利人和。

海关行业文化小片：

解说：从海选阶段，我们一路通关，顺利到达《谁是棋王》的三亚区，在此，我们必须严查自己参赛状态下的精神走私现象，对于不符合规定的劣质棋招一律不放行，同时把本职工作的一盘棋专心致志地下好，坚决按照棋理棋规行棋，严格把握好全国对外经济的大局观。

主持人：首先介绍黑方助阵的第一位嘉宾，中国围棋协会秘书长王谊。

王谊：我希望大家争当棋王结友谊，以棋会友在今昔。

主持人：白方助阵的第一位嘉宾，中国围棋协会副秘书长邵炜刚，职业九段。

邵炜刚：我希望大家通过下围棋达到延年益寿的效果。

主持人：黑方的第二位助阵嘉宾，职业九段曹大元。

曹大元：我前两次来《谁是棋王》的节目讲棋，都是黑棋获胜，我也希望今天我们黑棋方能够布成三连星。

主持人：白方的第二位助阵嘉宾是我们的美女陈盈。

陈盈：陈盈，陈盈，今天白棋一定能赢，加油。

主持人：接下来这位嘉宾，我觉得黑方有他心里很有底，中国围棋的领军人物，八次世界冠军获得者古力。

古力：在棋盘上，需要你们尽最大努力，而我呢会给您更多的鼓励，谢谢大家。

主持人：这个话说的好，古力，鼓励黑方是吧，今天你的立场很鲜明，鼓励，接下来我们介绍的这位嘉宾是来自我们三亚当地，是三亚市作协主席韩亚辉。

韩亚辉：我写了一幅字，祝愿《谁是棋王》越办越精彩，谢谢。

主持人：下面一位是我们黑方的助阵嘉宾，来自中航工业成飞的围棋协会秘书长宋斌。

宋斌：祝咱们在新的一年里健康着，时尚着。

主持人：很好，健康，时尚。白方还有来自中国桥牌协会的副主席徐双未，还有来自海关协会的秘书长刘仁光。

徐双未：走好棋盘上的每一步关键棋，更要做出让人民满意的一份好棋谱。

刘仁光：我们通过走边关组织了大型的海选活动，通过学习围棋增长了不少知识，对海关的工作起到了很好的促进作用。

主持人：观众朋友，现在您看到的是《谁是棋王》中国围棋民间争霸赛三亚站的比赛，我们要感谢中国体育报、体坛周报、北京青年报、新浪体育、搜狐体育、网易体育以及CNTV对我们节目的大力支持。下面让我们掌声欢迎三亚站小组赛决赛的两位棋手登场亮相。有请航空棋王马拓，还有海关棋王俞鹏，有请两位。经过猜先呢，我们的海关棋王俞鹏执白棋，而马拓执黑棋，请两位

↑中央国家机关界别

↑航空界别

↑海关界别

↑《棋之寿》

↑王谊秘书长宣布比赛开始

↑黑白双方助威团

发表一下决赛感言。

俞鹏：我是俞鹏，希望这次能以鲲鹏之志，展翅翱翔。

马拓：我是马拓，希望在这次决赛上，能像千里马一样开疆拓土，春风得意马蹄疾。

主持人：请两位进入对弈亭。

选手介绍小片：

解说：在《谁是棋王》三亚站的比赛中，航空、海关、老年和中央国家机关四个界别的16名选手展开了激烈的争夺。**邵炜刚**：我觉得这四个界别的水平都很高。**解说**：在选手当中，既有白发苍苍的老年，也有风华正茂的少年，年龄职业不同，但相同的是对于围棋的热爱，经过了多场的搏杀之后，航空界别的马拓和海关界别的俞鹏挺进决赛。这两名选手在小组赛中基本上是一帆风顺。**马拓**：小组赛是三战三胜，不是说我完胜，当然也有失误，大体上还是胜面比较大吧。**俞鹏**：海关界别的都是内部的，大家都相对而言比较熟悉，相对而言压力也不是很大，因为每个界别肯定能出一名选手，所以下的相对而言也能放得开。**解说**：经过波澜不惊的小组赛之后，一场定输赢的淘汰赛开始波涛汹涌，选手的心理压力也开始增加，马拓的对手是老年界别的何香涛，俞鹏的对手是中央国家机关界别的顾扬。马拓和俞鹏从小学棋，已经有了十多年的棋龄，在他们的心中都有一个指引自己前行的偶像。**马拓**：我喜欢李世石，他的棋，往本质去下，非常细，非常精确。**俞鹏**：我最喜欢聂卫平老师，聂老师注重前五十手，大局观很强。**解说**：这两位进入决赛的选手在以前从来没有碰过面，决赛对于他们来讲是一场遭遇战。**马拓**：以前都从来不认识，是第一次见。**俞鹏**：不光是一场遭遇战，可能还是一场恶战，尽全力吧，只要发挥出自己的水平我觉得就行。**马拓**：用心下吧，反正力争要拿下。**俞鹏**：我觉得更重要的是有一颗平常心，胜亦可喜，败亦可贵。**解说**：历经了海选，小组赛和半决赛之后，距离三亚站冠军只有一步之遥，是马拓一马当先，还是俞鹏振翅高飞，让我们拭目以待。

王谊（裁判长）：我宣布《谁是棋王》中国围棋民间争霸赛小组赛三亚站比赛决赛现在开始。

主持人：接下来我们请两位讲棋嘉宾曹大元职业九段和陈盈初段为大家讲棋。

陈盈：各位棋友大家下午好。

曹大元：观众朋友们下午好，这两位棋手都是我国著名的围棋对弈网站达到9段级别的棋手。

陈盈：白棋12这个小飞我觉得跟您黑11打入是针锋相对，其实我觉得这个时候我们也可以从轻处理。

曹大元：你方棋手下了这个小飞，我是心中暗暗高兴，这个棋现在确实不用太着急，白的先左上守角就行，这个地方可以暂时不用下。

陈盈：其实我想先请教一下我们的助威团邵炜刚老师，您看看咱们这个飞出来作战前景如何？

邵炜刚：曹老前面也说了，看了这个12飞的话，暗暗窃喜，的确是这个局面不太舒服一点，但是马拓能不能跟曹老想的一样，这是很关键的一个问题。

陈盈：这个白16夹这一手棋真的是意料之外的一手，太猛了。

曹大元：这手棋我不得不说他下得很漂亮，黑棋的话，本来应该预计着白棋这手棋会在15上面扳的，这样黑棋就长在16位，黑棋的出路非常的通畅，这样黑棋是很顺调的局面，现在这个夹，黑的确实有点难办，假如往上长，就被四路挖断，黑棋不好。

陈盈：44虎到这，45再冲一个，46就粘上好了。

曹大元：我看到黑棋下到47这儿，我刚才是头皮略微有点麻，现在头皮有点发紧了。另外下围棋也有一个著名的"五得"。

陈盈：得好友，得人和，得教训，得心悟，得天寿。那我们大家了解了围棋"五得"之后呢，先看一段小片，得好友。

↑ 老年棋王何香涛与小围棋选手合影

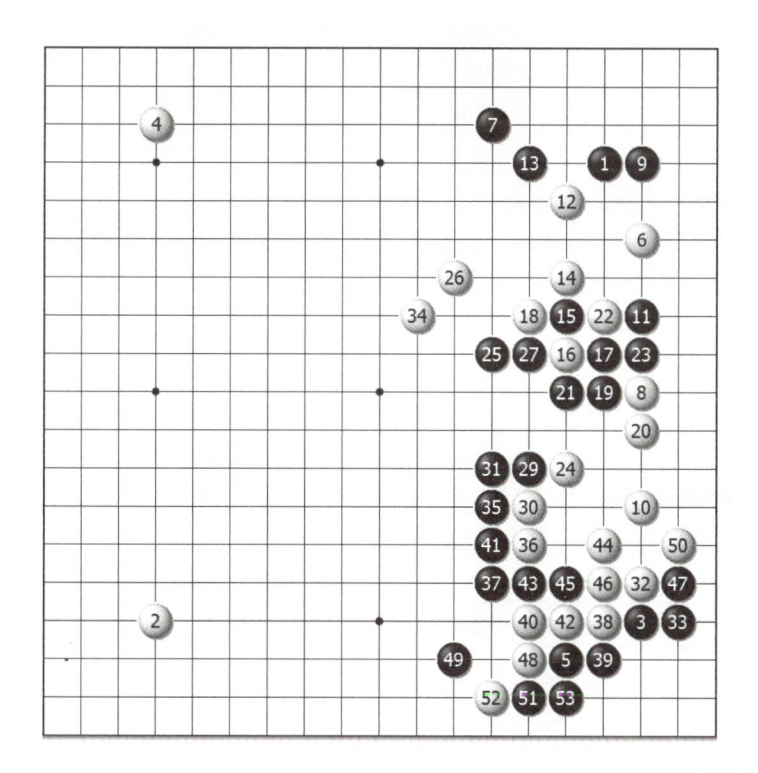

28=15

小组赛三亚站决赛「●马拓 VS ○俞鹏」1—53

第1—54手，双方未经布局即缠斗在一起。引发嘉宾曹大元和陈盈的感慨。老年组棋王、著名的天文学家何香涛教授聊起了"围棋五得"的话题。引出短片《三亚千古情》。

黎族风情文化小片：

解说：围着篝火载歌载舞是黎族人欢乐聚会的一种重要的方式，

↑ 黎族风情

其实更是交友的最好方式。我们的选手们也同样一下子融入了这浓浓的激情之中。特别是那些老年界别的选手们，更是老夫聊发少年狂，友情与激情一起在沸腾。**李洪洲**：今天过得非常快乐，这场面使我（感觉）很年轻了，跟大伙儿一块跳，很有意思。来这儿都是朋友，互相不认识都拉着手跳，非常好，谢谢。**宋斌**：今天太高兴了，来到三亚，感受到三亚人民的热情奔放，多民族的欢迎，这和咱们下围棋交朋友一样，今天完全感到棋盘以外的朋友的情谊，太棒了。**解说**：下围棋其实也是一种得好友的最好的方式，共同的爱好，追求共同的中华文化的底蕴。下围棋得好友由此而结成的友谊往往经得住事态风雨，可以相随一生。

何香涛：以棋会友，我交的围棋朋友非常多，第一位围棋朋友就是陈祖德，陈祖德给我的感受就是非常之翩翩君子，为人非常谦和。我们到台湾去访问的时候，行程非常紧，但陈祖德对于业余棋手总是有求必应，而且陈祖德还有一个优点，从来不随便让棋，我跟陈祖德下过好多棋，四子，输了以后就五子。第二位朋友就是日本的一个老九段叫宫本直毅，我跟宫本下了一盘棋，让四子，我赢了，很高兴，然后王汝南就在中央电视台的五频道讲解了这盘棋，我很得意，朋友到我家去首先要看这盘棋的录像，然后人家就说了，宫本是让你的，后来宫本又访华，在中国棋院又下了一盘四子棋，结果这盘棋我又赢了，吃饭的时候宫本就说了，说何教授这盘棋是真赢了我，换句话说，第一盘棋让我了，从此以后我们关系非常好，一共下过五盘棋，我赢了三盘，所以每一次一见宫本，我就伸三个指头。

主持人：我们常说，棋盘上是对手，场下是朋友，韩国的李世石和古力一度被称作是绝代双骄。

古力：我与李世石九段都是出生在1983年，不同的是我是2月3号出生，他是3月2号出生的，第一次跟李九段的交手是在2004年的中国围棋甲级联赛，很幸运地获得了第一盘的胜利，但有一个小细节就是，他输给我后，首先我们复盘进行了很长的时间，复了大概一个小时后，突然看他走出去，然后大概过五分钟走回来，眼眶还比较湿润，后面才得知，因为他觉得输给谁都可以，但是不能输给一个年龄相仿，而且可能以后是作为竞争对手的一个棋手吧。

主持人：我想问一下古力，像李世石很小出道的时候给人一种印象是顽固的石头，非常有个性，那么以你和他的私交，你怎么看待李世石这个棋手？

古力：我觉得他还是很可爱的吧。

主持人：可爱，两个字来形容。

古力：对，在竞技场上，下围棋输了的一方可能会更加难过一点，但是经历过一段时间复盘，一般都会相视而笑，虽然说语言不通，但是我觉得有些时候只可意会，不可言传。

主持人：作为80后，古力和李世石可以说是中韩两国的标杆。曹老师一直给人一种印象就是非常的随和、谦虚，而且通过这次《谁是棋王》讲棋我发现另外一个特质，幽默。

曹大元： 我是从小就信奉这几个字：满招损，谦受益。都说智者乐水，仁者乐山，这八个字大家是耳熟能详的，我现在想穿越到古代去，让古人再给我们后边加上四个字，智者乐弈，因为下围棋的人都是一些有智慧的、聪明的人，也希望更多的业余棋友通过下围棋能够交到更多的情投意合的、有精神境界的朋友。

主持人： 我想问一问黄主任，您觉得围棋在国际交流方面，它主要有哪些作用？

黄建初： 中国政协委员和韩国国会议员进行围棋友谊交流赛已经有三年了，是一种很好的交流形式，因为我们有共同的文化渊源，通过围棋交流能够发展两国的关系，增加双方的理解，增进两国人民的友谊。

主持人： 好，刚才我们和几位嘉宾聊了一下"得好友"这第一得，接下来我们再回到棋局。

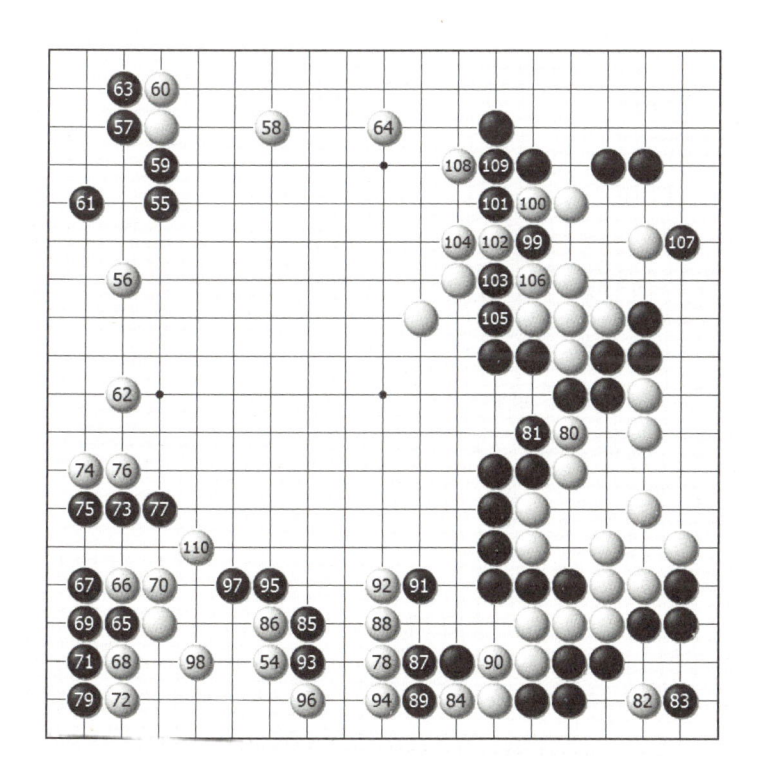

↑黄建初谈围棋的国际交流

小组赛三亚站决赛「●马拓 VS ○俞鹏」54—110

曹大元： 现在肯定是左上角最大。

陈盈： 对，这是一个唯一的空角，其实从这个手数也能看出来，我们这盘棋战斗是多么激烈，55手才有时间去挂空角，57托一个。58这个拆二稍微有点疑问。

陈盈： 我想问一下古力，我怎么才能把我的棋子下到左边，让他下到上面这个不毛之地上。

古力： 应该说白棋有两个选择吧，一个就是扳断三四位。

陈盈： 扳一个让他断了。

↑精彩讲解

古力：对，然后爬回，实战我觉得走那个拆二也算一步正常手段吧。

陈盈：那现在这形势呢，是不是我们白方比较好？

古力：比较漫长吧，但是既然我发言了，我还是会为马拓鼓励一下。

曹大元：黑61这个跳下得很好。

陈盈：我觉得74二路飞，不能让他一手活净，然后75贴一个，76长一个，78这个拆二显然我是有点小不满意，此时我觉得有更严厉的一手，李洪洲老师，您要是白棋您下哪？

李洪洲：白的拐在二二那个地方。

曹大元：你看马拓79下了二二，这手棋有可能是胜招，真的有可能是胜招。

陈盈：刚才古力说了，这个局面还早。

曹大元：古力说的是更早一点的时候。古力，请问一下现在的局面是不是已经不太早了？黑棋优势很明显吧？

古力：应该说朝着我方有利的方向发展吧。

邵炜刚：对，我很客观的，很负责任的说，目前黑棋稍微好一点点，但是路还长，这个棋盘还很大，特别是你看右边那块黑棋是吧，虽然是厚势，但是没有两个眼，有可能会被我们稍微地搜刮一下。

曹大元：97这手棋也不是太好，也是帮对手补毛病，要走的话可以单虎，假如白棋脱先，黑的就有二路挖。

陈盈：您再看110这手，您是不是后脑勺有点发凉了，我这一小尖，对黑棋这两块缠绕攻击，都没活呢。

曹大元：我怎么脑袋又有问题了，我一点都不怕你的，只能说你现在有一点点小机会，但黑棋只要处理妥当，无碍大局。

主持人：我们今天这个"五得"当中有一条叫得人和，咱们中日围棋之间的交流是非常频繁的，从最早唐朝时期日本的遣唐史，到后来我们吴清源大师留学日本，包括还有中日围棋擂台赛等等，可以说围棋在中日之间的交流起到了非常重要的作用。

第55—110手，战斗进入白热化，白棋即将对中央和右上角黑棋发起缠绕攻击。嘉宾引出短片《大小洞天》和陈毅之子陈丹淮将军。

围棋外交文化小片：

解说：在三亚的大小洞天，在屹立于海天的鉴真和尚的雕像前，陈毅之子陈丹淮将军感慨颇深，一千多年前，鉴真第五次东渡失败，被命运之海风刮到了古崖州，即今天的三亚，然而最终鉴真第六次成功东渡日本，成为传播文化的伟大使者，而围棋也是通过日本遣唐使而传至日本的。新中国成立之初，中日两国没有正常的外交往来，时任外交部长的陈毅元帅通过中日围棋交流，以推动中日民间的友好往来。**陈丹淮**：1958年的时候，有个日本民间的访问团来了，谈话中父亲就提出个建议，两国人民之间可以交流，所以那时候开始，中日围棋就这么开始交

↑ 围棋外交

流了，中国围棋从追赶日本，到和日本可以抗衡，再出现了一些像陈祖德这样的一批选手，最大的收获还是双方的文化上的交流，人民的友好。

解说：陈毅元帅的围棋外交政策，最终成为中日两国友好往来的一个重要基础，而陈毅元帅着重培养的后辈们也不负众望，实现了他的夙愿。

陈丹淮：他（陈毅）着重关心的聂卫平，在这里头力挑大梁，取得了擂台赛三届的最终胜利，奠定了中国超越日本这么一个壮举，实现了他的一个夙愿。**解说：**鉴真和尚与陈毅元帅的跨越古今的两段佳话让我们充分领悟到了得人和的重要，人和才能天下和，在和平盛世的今天，人们延年益寿的美好期待才能得以实现。

主持人：中日之间的围棋外交确实在当时起到了非常重要的作用。

陈丹淮：当时的话也曾经提出来好几个项目，包括兰花交流，书法交流以及围棋交流，大家一听这几项内容，就都是文化领域的，而且都是我们国家的国粹性质的文化，围棋交流是取得了最大的成功，它不光是一个围棋的技艺上的交流，而且是在两国人民的文化交流上起了很大的作用。

主持人：今天在我们的嘉宾席上还有来自三亚的作协主席韩亚辉，海南也有很多的少数民族，不同民族之间也可以通过下棋，通过书法，通过很多的文艺形式加深相互之间的了解。

韩亚辉：我们三亚有一个民族中学，在民族中学的操场上有石板，石板上就画着围棋的棋盘。

主持人：我们也了解到，现在三亚的孩子对于围棋热情也非常高，就像我们这一期的主题一样，叫三亚棋热，现场也来了几位学棋的孩子，来举手一下，那位戴眼镜的小姑娘，你学棋多长时间了？

张菲阳：半年。

主持人：有什么收获，学到了什么？

张菲阳：学会了坚持。

主持人：学会坚持，这不错。我再问问旁边，这个可爱的小男孩，来来来，你学多长时间了？

温建毅：也是半年。

主持人：半年学到什么了？

温建毅：我学到了学围棋要有毅力。

主持人：毅力，这都是非常好的品质。来，这个可爱的小男孩，说说你学了多长时间？

闫郑亿：也是半年。

主持人：我知道了，你们应该是一批学的，你有什么收获呀？就如果你现在下棋输了难过吗？

闫郑亿：不难过。

主持人：输了不难过，心态好。

主持人：中间这位是不是老师，我想问一下老师，现在是不是报名学棋的人数在增加？

↑崔航老师和他的学生谈论《谁是棋王》

崔航：我们明显感觉到最近的一段时间呢，招生情况好了。我希望《谁是棋王》这个活动，能够一直办下去，而且越办越好。

主持人：中国围棋协会的秘书长也到场了。

王谊：民间围棋的普及是我们中国棋院围棋部以及中国围棋协会非常重要的工作，我们一直在思考在中国棋院的领导下，怎么把围棋教师的培训先做好，只有培训好了老师，然后自然会培训好学围棋的学生。然后再把围棋的教材统一、等级统一、制定标准，把行业规范，我相信这个发展一定是快马加鞭。

主持人：我们也的确希望围棋作为我们中国的传统文化，能够让更多的孩子们了解，更多地接触我们自己的国粹。好，接下来继续有请两位讲棋嘉宾。

陈盈：曹老您看看，被我这一尖出，您这两块黑棋怎么办，刚才您一直都没有为黑棋想出办法。

曹大元：我们的马拓选手他会有办法的，我相信他。

陈盈：是吗，那我们看看他是怎么办的呢，111跳出来。

曹大元：连不上也可以分而治之。

陈盈：对，看112这一靠断怎么办，我觉得现在黑棋肯定要面临着难题了，两块都要处理好不是那么一件容易的事。我们122就扳到一路了，是不是您已经感觉到压力。

曹大元：会有一点压力吧。黑123这个打吃一下，125再长出来，行棋的步调非常好，我觉得我方的马拓真是艺高人胆大。

陈盈：没那么容易吃。

曹大元：黑棋129靠出这个的时候，基本上他能有点出路了。

陈盈：对，白棋130只能外扳，现在好像有点要封不住黑棋了。

马拓：从111到152就是围绕着左下角的攻防。

俞鹏：白棋攻击失败了。我觉得白棋形势已经不是很乐观了。

曹大元：整个过程中我还是想起刚才的围棋五得中的得教训，就是说攻击，不能太勇猛。

主持人：我们注意到今天进入决赛这两位选手实力很接近，旗鼓相当，你看下到现在依然是一个很胶着的局面，刚才说到得教训，我相信很多业余棋迷有这样的心得，就是这个度不知道怎么把握，在历史上，有这么一位知名人物，从开国宰相到被贬三亚，这应该是很大教训吧，但是可能每个人的心态不一样，其实每个人看待教训他有不同的理解，所以接下来我们看一看这位开国宰相他是怎么看待得教训。

第111—152手，白棋图穷匕见，欲吞吃黑棋大龙。嘉宾聊起北宋名臣卢多逊，引出短片《崖州》。

崖州文化小片：

解说：在被贬于崖州的北宋开国名相卢多逊纪念馆，看到他的诗句，却疑身在桃源，让人深感其胸怀的豁达与乐观，卢多逊从名相到被贬崖州，自然是冰火两重天。

黄建初：我觉得从小学棋，养成的这种大局观念的话，对我的工作帮助很大，下棋是个很好的爱好，当然任何的事情它都有两面性，作为国家机关工作人员，下棋的话，也要同时注意把好这个度，如果沉迷于下棋的话，对工作也会产生不良的影响。那么当然了，像我们这些老同志了，以棋会友，使我们在人生的收官阶段，能够活得更好。**解说**：在下围棋的时候，真的能够从行棋之中吸取教训，那可真的就是棋如人生，人生如棋了。

黄建初：从围棋当中获取教训，特别是通过围棋来取得人生的教训，它实际上是一个潜移默化的过程，我有一位老领导，他特别喜欢说的一句话就是说，棋如人生，下棋是人生的模拟，要下好棋的话，特别要注意防止两种倾向，一种倾向叫做盲目冒进，不知死活，心浮气躁，往往这种情况下，你就可能下出恶手，招致速败。你得防止另外一种倾向，就是消极避战，畏首畏尾，也可能要招致失败。那么这个从人生的角度来说的话，既不能过左也不能过右，要掌握好这个分寸。因此通过下围棋的话，确实可以得到一些人生的经验和教训，使我们的人生路能够走得更稳更好，我是非常喜欢几句下棋的格言的，就是要争下先手棋，多下本手棋，慎下强手棋，不下随手棋。

古力：2004年、2005年，那个时候一是可能是自己年轻气盛，二是可能当时在国内的成绩比较好，老是想一上场几回合就将对手给解决掉，但是往往欲速则不达，经常会漏算别人很简单的走法，我想也许是那一两年自己经历了一些挫折吧，在后面的比赛中心态上也稍微平和了一些，我想后面能得到冠军也是因为前面的这几次比较刻骨铭心的失败给了自己一些帮助和教训。

↑余昌民 深圳市棋牌文化促进会会长

↑三亚棋热

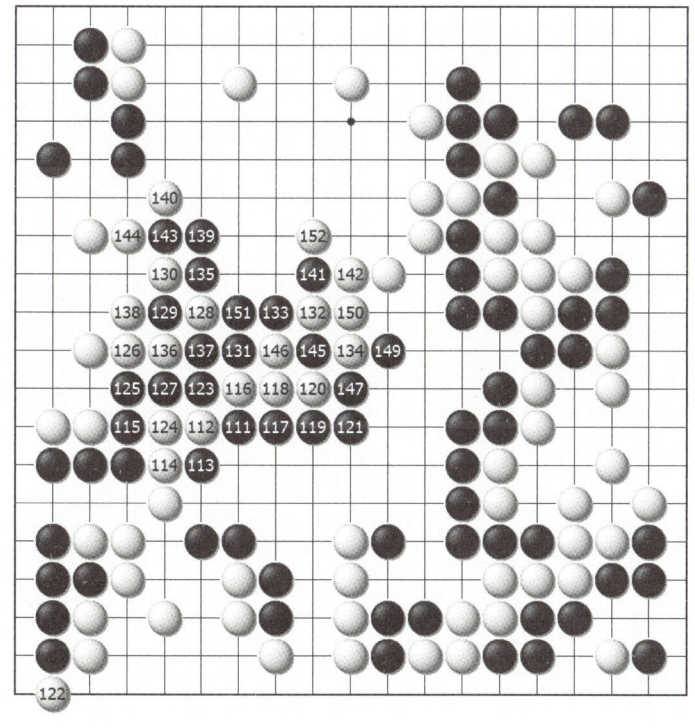

148=145

小组赛三亚站决赛「●马拓 VS ○俞鹏」111—152

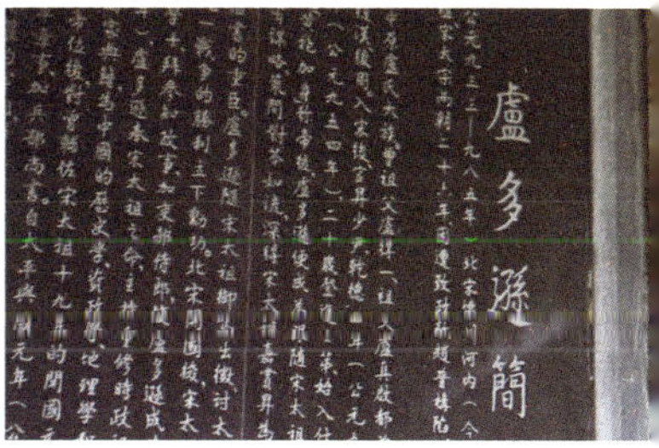

陈盈：好的，我们继续进入到棋局，现在白棋152打吃。

曹人元：那黑棋提劫，刚才黑棋的处境有点苦，现在开始反攻倒算了。

陈盈：157手是进攻，159手又是防守，感觉他的思想一会儿想攻一会儿想守。

曹大元：我们应该把159换到163这儿来。

陈盈：继续对白棋保持着压力。

曹大元：白172这手棋上移一路，是不是官子的角度会好很多。有可能。

陈盈：原来您想的是收官，我是对您这条大龙念念不忘。

↑崖州

棋之寿·三亚棋热 191

↑ 天涯竞风流

主持人： 179手，这手棋我们来做一个普及，179手应该怎么称呼，小朋友，你来回答。

男： 叫仙鹤大伸腿吧。

主持人： 说的不错，不仅说出了大伸腿，而且把仙鹤也说出来，非常形象。那么这样，现在有这几步我们继续来考考大家，黑棋在星位左边那一步有人知道吗，叫什么？

男： 叫小飞守角。

主持人： 不仅小飞说出来，小飞守角都来了，看来老师教得好。

陈盈： 再考考这个。

主持人： 这个怎么样，白棋这一步。

男： 大飞。

主持人： 看来基本功扎实，这是童子功。刚才我们说到飞，今天航空界别的领队宋斌也在嘉宾席上。

宋斌： 几个小朋友答的大飞、小飞，实际上在咱们航空产品的整个研发阶段，我们也是有相关的术语，咱们飞机正常在试飞的过程当中，飞机的起飞应该要超过200米到300米的距离，那么这个时候呢，就属于咱们小飞的这个概念，那么这个大飞是什么概念呢，就是在试飞过程当中，发动机全加力，可以在100米以内飞机就可以迅速的升空，那它有什么好处呢，可以迅速地占领制高点。另外像这个仙鹤大伸腿是在一路，跟咱们飞机在试飞的下滑的过程当中降落，我们讲的叫安全着陆，是非常吻合的，你这个大伸腿，你黑棋占一下便宜，所以非常愉快，非常有安全感，非常踏实。

主持人： 你看他刚才说的大飞马力加得更大，速度更快，小飞可能是循序渐进，但是更扎实。这次《谁是棋王》节目航空界别是由中航工业作为他们直接的一个海选主办单位，整个中航工业各大企业都有很多围棋高手，所以看来下好围棋对于做好战斗机可能是有关联的。

主持人： 我们看到三亚的市领导也来现场了，三亚市委常委宣传部部长孙苏，旁边还有一位最美三亚人。三亚是最美的旅游城市之一，而到了冬季，各地的游客都来了，需要很多人的努力，感谢。

孙苏： 非常高兴中央电视台《谁是球王》两次走进三亚、结缘三亚，三亚市委市政府非常重视，在央视《谁是球王》足球争霸赛两次走进三亚以后，我们深受启发，三亚启动了三亚球王民间足球的争霸赛，现在正在踊跃报名。今天我们特别高兴又迎来了《谁是棋王》中国围棋民间争霸赛，围棋是中国的国粹，三亚有着广泛的群众基础，我今天看到在座的还有很多小朋友，都非常热爱围棋，我觉得我们应该大力的去弘扬、去传承，谢谢。

主持人： 福如东海，寿比南山，很巧合，这两个地方都在三亚。

第153—179手，大官子阶段。讲棋嘉宾普及围棋知识"大飞"、"小飞"、"仙鹤大伸腿"。引出短片《东海南山》。

↑ 形象讲解

东海南山文化小片：

解说：在三亚有两个著名的风景点，一个是大东海，一个是南山，让人不由得想到了自古以来的两句最传统的美好祝福，福如东海，寿比南山，而三亚又的确是著名的长寿之城。三亚人每天面对着大东海与南山这样令人不得不心旷神怡的景色风光，想要不乐观都很难。而围棋盘上也同样有着令人心旷神怡的景色风光，因为围棋可以使人心静下来，可以使人因其大局观而心胸宽阔起来，只要心静而平和，乐观而豁达，行棋与人生的每一步都会是阳光灿烂的好风景。

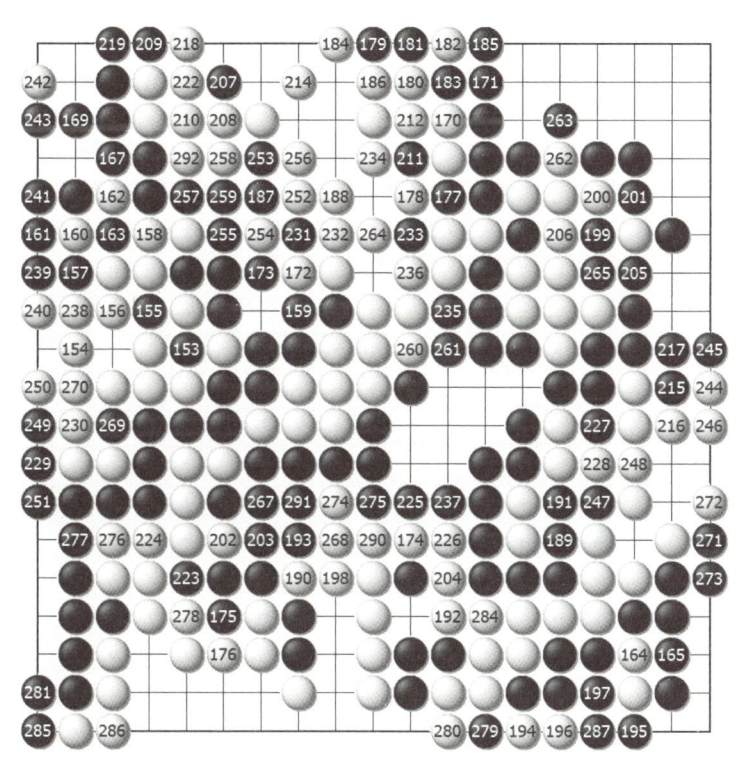

166=60　168=153　213=182　220　289=153 上　221=153 右　266=206 左
282=231　283=155　288=279

小组赛三亚站决赛 「●马拓 VS ○俞鹏」153—292
白胜 1/4 子

主持人：刚才我们看到了这个小片当中讲的是福如东海寿比南山，这期主题棋之寿，下棋到底有怎样的好处呢，还是先请中国围棋协会秘书长王谊来说一说。

王谊：人们很多时候都是说生命在于运动，但也有一个论点是生命在于脑运动，其实这个下围棋的好处跟添寿息息相关，日本著名的 95 岁的棋手，杉内雅男先生 2015 年还在正式比赛中击败著名棋手林海峰，一般来说 95 岁能活着这已经不错了，95 岁还有正常的思维就更不错了，杉内雅男先生 95 岁还能在正式比赛赢棋，那这个不得不说是围棋的功效和围棋的过人之处。所以我这儿希望大家能知道下围棋对强身健脑有极大的好处，希望大家能理解围棋，接触围棋，进而参与围棋。

↑最美三亚人

↑最美三亚

主持人： 生命在于脑运动。刚才说到击败了著名的林海峰，还有一个我记得应该在去年年初1月份，95岁的时候他战胜了一个1994年出生的初段，名字好像叫外柳是闻，就是说相差74岁，他把一个90后给击败了，这个也创纪录了。而且据说杉内雅男到90岁以后，每年大概还能赢五盘以上的棋局。

古力： 像杉内雅男先生能95岁赢棋这个确实令人钦佩，我觉得在我们这辈32、33岁左右，应该说现在要想进入一个比赛决赛都比较困难吧，从自我开始做起吧。

主持人： 好的，我们真心希望古力能成为棋坛长青树。在2015年他又获得"春兰杯"的冠军，这也是他个人职业生涯的第八个世界冠军，在我们体坛风云人物评选中他也获得了非奥项目的提名。

第180—207手，大官子阶段。围棋官子如同织布，经纬交错，一丝不苟。嘉宾由此联想到"布业始祖—黄道婆"，引出短片《黄道婆》。

黎锦文化小片：

解说： 若想了解黎族文化与历史，就不得不认真地去了解黎锦，对于没有文字的黎族来说，黎锦上的各种花纹与图案正是他们对于自己与历史文化风土人情的活生生的记述。如今在黎族的村寨里还可以看到年长的阿婆十分专注地织着黎锦，这让已年届古稀的选手余昌民惊奇不已。**王秋霞：** 这个工具叫做腰织机，我们黎族是没有文字的，只有语言，所以为了能表达自己的语言，就用一种图案来展示出来。**解说：** 黎锦的图案大多是黎族妇女根据对生活的细心观察和理解，凭借自己的艺术想象创作出来的，它寄予了黎族人追求美好生活的强烈愿望。**余昌民：** 围棋的起源，也是与对宇宙的观察和理解相关的，我想她们做的这些东西也会有某种联系，从这个层面上来讲，它们有共通之处。看她们气定神闲，把心中一种说不清楚的东西用她们的线，用她们的工具表达成图形，还让人有所感悟。围棋如果能够这样下，一定能下出比较满意的棋局出来。

主持人： 实际上每个人对棋的理解都不尽相同，甚至可能相差很远，所以今天我们也想请一下我们深圳特区的开拓者，深圳棋文化促进会的会长，余昌民老师，给我们讲一讲得心悟您是怎么理解的。

余昌民： 心悟这个东西看起来有点悬乎，其实我想它就是通过思考去弄明白深层次的原来不太明显的，本质的东西，一个就是说悟棋理，第二个也是通过下棋领悟人生。我看过一个电影《美丽心灵》，获得过奥斯卡奖的美国片子，讲一个精神有一些毛病的诺贝尔奖获得者，数学家纳什的故事，那里头有个镜头我印象非常非常深，因为纳什会下围棋，在普林斯顿大学校园里草坪上放了个棋墩，有些人在下围棋，纳什去了说我来，结果下了一会儿他输了，他就把这个棋盘一抹，说了句什么话，"这个游戏有毛病，我下的每一步都很精确"，要从数学的角度大概没有人能够比得上他更精确的了，但是为什么棋输了呢，因为围棋虽然是

↑ 东海南山

↑ 棋坛常青树 / 杉内雅男

以大小来计输赢的，但是除了大小，怎么样获取最大，这里面有轻重缓急，有弃取、缠绕，有声东击西等等这些东西，那么这个运用的分寸呢，就决定了围棋上的境界的高低了。第二就是说跟人生的关系，围棋是发源于东方文化，是以东方哲学为基础的，特别讲究什么东西呢，流水不争先，我比赛碰到一个棋手，他下棋比较快，而且他下让子棋下太多了，他跟我下，我们做了个转换，他吃我几个子，我吃他几个子，完了以后我吃他他又跑，我的是我的，你的也是我的，所以那盘棋他一下子就很被动，所以说这个均衡是围棋的一个魂。

邵炜刚：像余老师所说的，我们大部分时间都在悟棋道，悟棋理，的确是在悟道的过程中，作为职业棋手，在悟道的过程中很孤独的，有时候你花了7、8年，就为了长那一目，有时候这一目怎么也长不上去，很痛苦，但是当你突然悟到了或者明白了，你就觉得恍然大悟，所以说通过围棋悟棋道，悟人生，让更多的人知道，更多的人了解它，然后喜欢上它，最终受益于它，这是我最大的一个感悟吧。

主持人：好的，感谢邵九段，这个得心悟是一个漫长的过程，我们常说，可能有一些棋手经过那么一段时间之后，突然之间感觉长棋了，这个长棋不是他技术上长了多少，更重要的可能就是他这个境界上突然茅塞顿开。好了，刚才我们分享了得心悟，接下来还请两位继续讲棋。

陈盈：我们边看着收官，我想跟曹老聊聊，您在您的对局中最长的一盘棋是下了多少手呢？

曹大元：我真的是没有统计过我自己的对局是哪一盘棋手数最长，大概有300多手吧。

陈盈：历史上一盘棋最多的是多少手呢？这盘棋是从1950年12月24号一直下到12月25号，是从平安夜一直下到圣诞节，是由星野纪对战山部俊郎一盘棋，最终下了411手，黑棋两目半获胜。好，让我们跟着李洪洲老爷子一起去拜访一下槟榔村。

第208—242手，小官子阶段。两位嘉宾聊起手数最长的棋局，联想到电影《一盘没有下完的棋》，引出编剧李洪洲和短片《槟榔村》。

长寿村槟榔村文化小片：

解说：三亚是知名的长寿之地，槟榔村又是三亚著名的长寿村，《谁是棋王》界别之战中年龄最长的棋手李洪洲与航空界别的棋手相约来拜访村里102岁的老人黄亚芬，看见百岁老人身体如此硬朗，头脑清晰，大家不禁油然而生钦佩与感叹。**李洪洲**：我比她小20岁。我们都是您的晚辈。**李洪洲**：吃的什么？**男**：她说吃了两碗热饭。**李洪洲**：两碗呀！

解说：据老人的重孙子介绍，老人一日三餐饮食清淡，每天做适宜运动，不但能自己洗衣服，还能自己买菜喂鸡，最重要的长寿秘诀还是老人生活中心态平和，与世无争，都说嗜棋者长寿，下围棋不但思路开阔，锻炼大脑，而且手指灵动，疏通经络，不过围棋最讲究还是中和、清淡、飘逸，从而达到修身养性的目的，对健康长寿十分有益。**李洪洲**：今天

↑黎锦

↑长寿槟榔村

见到这位百岁老人，我突然感到自己年轻了，因为我82岁，比她整整小20岁，人生还要走相当的路程的，也可以说是一盘没有下完的棋，咱们继续下。

主持人：我们经常说长寿有很多的秘诀，有一些需要注意的事项，比如说环境方面的空气清新，饮食健康，有着非常有规律的生活习惯，包括我们这期说到的生命在于脑运动，那么这次我们《谁是棋王》的节目中，年龄最大的就是李洪洲，我们北京电影制片厂的著名编剧，82岁了。

李洪洲：从我切身体会，我觉得起码有一点，就是你下起棋来什么都可以忘掉，是吧，曹操说，何以解忧，唯有杜康，我觉得应该说何以解忧，唯有围棋。

主持人：李洪洲老师他平时喜欢别人叫他洪哥，不喜欢叫老爷子，而且我必须还要透露一下我们李洪洲老师平时他如果到外地去旅游，他自己开车，几百公里，一千公里，不在话下。

李洪洲：前年，这是海南岛嘛，触景生情了，我和我老伴儿从北京，从东边杭州那边过来，广东过来到海南岛转一圈，然后从长沙回到北京，为时42天，行程一万一千公里。

主持人：洪哥，要改叫洪哥，洪哥是我们的榜样。

陈丹淮：我们大家一起共享智慧，共享健康，共享快乐，永远热爱我们自己的围棋。

主持人：围棋使人长寿，而且我们说职业圈也是一样，包括赵治勋、曹薰铉，快50岁照样能拿世界冠军，古力去年刚拿了一个"春兰杯"的冠军，已经是第八个世界冠军的头衔，当时古力给我有一个承诺，争取拿一打，12个，继续努力。我们继续有请两位来给我们大家讲棋。

陈盈：继续看最后的收束阶段，242点一个这个角上没有什么棋的，现在已经收得差不多了。

曹大元：这个棋局已经结束了。

王谊：各位观众，各位棋友，《谁是棋王》中国围棋民间争霸赛三亚站的决赛刚刚结束，海关界别的俞鹏执白四分之一子获胜，成为三亚站的冠军。

主持人：好，再次祝贺，两位给我们广大的棋迷上演了一盘相当精彩激烈的对局，我们有请两位谈谈感想。

马拓：前半盘思考过多，后半盘注意力有点集中不上来了，很多地方就是失误比较多。以前光是电视上看专业棋手下这种棋，自己也能亲身体会一次这是最大的收获。

俞鹏：可能是快棋吧，序盘发挥还可以，后面到了中盘以后，可能时间的因素错误都比较多。我估计自己大概发挥了八成的实力吧，下棋本身就是一个兴趣，不管输和赢，关键是以后自己有更大的提高。

主持人：经过激烈的角逐，最终是海关棋王俞鹏获得冠军，而航空界别的棋王马拓获得亚军，接下来进入到颁奖仪式，有请颁奖嘉宾三亚市委宣传部副部长陈震旻为亚军颁奖，我们看到三亚站的奖品是非物质文化遗产的黎锦，代

表吉祥如意。好，接下来三亚市委常委宣传部部长孙苏为冠军颁奖。从现在开始，俞鹏不仅仅是海关棋王，更是三亚棋王。

主持人：《谁是棋王》中国围棋民间争霸赛三亚站的比赛到这里就圆满结束了，恭祝大家新春快乐，合家幸福。

合：我们在祖国的最南端三亚，给全国人民拜年了。大家新年快乐，合家幸福，万事如意，旗开得胜。

王谊：我代表中国围棋协会所有的围棋工作者，给全国棋民朋友们拜年，祝大家新春快乐，请大家在春节期间以棋会友，强身健脑。

虞美人·三亚棋热

踏遍海天人未老，棋王风景好，民间争霸起雄风，三亚棋热精彩在纹枰。

织锦黎家槟榔谷，宋城欢歌舞，百岁老星最风流，细品中和棋痴人增寿。

棋之情

【珠海棋情】

围棋自尧舜时代传承到今，多少王侯将相、文人墨客为之痴迷倾倒，正所谓"都云棋者痴，谁解其中情？"，从一个情字，鞭辟入里，分析开来，或许能够更深刻地读懂围棋。在纹枰之上布子行棋，分明有着前人古谱的点滴鸿影，自会从中油然而生思古怀旧之情，而中华文化的深厚底蕴正是因此而汨汨流淌延续至今。烂柯山的传说，如果换一个角度去审视，一入山樵夫仅因为观棋，便不知百年而过，可见其痴迷之情，倘若没有一代代人的如此钟爱与痴迷，围棋又怎能披沥风风雨雨，笑对斗转星移，越走越潇洒？自古以来，凭借纹枰上的手谈，便能交结一生的挚友，棋之手足兄弟情，一直被传为佳话美谈。围棋本就分属黑白，各具阴阳，因棋缘而喜结姻缘，当是顺理成章之事，看今朝顶尖棋坛之上，伉俪之花朵朵绽放。围棋棋理深邃高妙，便于传道授业中，产生至亲至深的师徒之情。

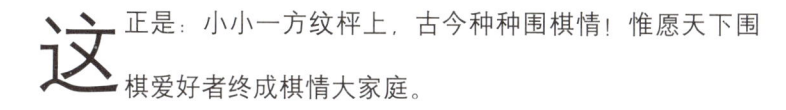

这正是：小小一方纹枰上，古今种种围棋情！惟愿天下围棋爱好者终成棋情大家庭。

棋之情

棋王主调的八个华彩乐段 ‖【珠海棋情】‖ 文化主题——棋之情

主持人：珠海处处是美景，谁是棋王添喜讯，元宵佳节把酒敬，请看棋王八景之珠海棋情。特别感谢大家为我们带来精彩的表演，现在我们是在广东珠海为您带来《谁是棋王》中国围棋民间争霸赛第八站珠海站的比赛。珠海是我国著名的经济特区，是珠江口岸一颗闪闪发光的明珠，珠海时时刻刻都透露出各种浪漫的色彩，包含着万种风情，而围棋是文化，是传承，同样渗透着太多的感情。因此，我们本期的主题也正是我们棋王的第八景，珠海棋情，让我们用热烈的掌声欢迎珠海站四个界别的棋手们登场亮相。首先登场的是来自外企界别的四位棋手代表。

男1：Happy Newyear，祝福你。

男2：精彩棋局送大礼。

男3：千里之外送亲情。

男4：真欢喜。

外企界别文化小片：

解说：《谁是棋王》让我们深刻懂得围棋语言是我们超越各种语言的最佳交流语言，而对于这样一个全国性的民间围棋模式，我们必须尽职尽责，我们的最终目的是要挺进总决赛，拓展更大的围棋发展空间。而在人生纹枰上，找到自己的最佳位置，发挥最大的子力效应。**何兵**：我品着茶香，也品着木野狐的魅力。**夏靖泓**：我用镜头记录故事，也记录着围棋人生。**郭风**：围棋是一本百看不厌的书，我在棋王比赛中又翻到了新的一页。**迟晨浩**：运筹帷幄，放眼世界，这一次我们从容面对。

主持人：下面有请电子界别的四位代表登场亮相。

男5：新春祝福入编程。

男6：跳出棋外看输赢。

男7：一起欢乐行不行。

男8：当然行。

电子界别文化小片：

解说：把《谁是棋王》看成是一整套民间围棋选拔的编程系统，而珠海就是对围棋智能模块的一次最好检验，在总决赛的终端处理器上，我们希望成为不可或缺的关键插件，而在自己人生中，关键是要把握好开局、中盘及收官三大阶段的棋理原则，认真设计好自己的人生棋局。**电子棋手**：做好开局、中盘和收官，准备打造中国最强电子俱乐部。电子行业，加油。

主持人：有请来自商业界别的四位棋手代表登场亮相。商业界别的选手们在本站珠海站发挥不错，他们的棋王竺建国是杀进了最后的决赛。

男9：元宵佳节备年货。

男10：奉献棋局送欢乐。

↑珠海节目现场

↑外企界别

↑电子界别

男11：棋子颗颗是祝福。
男12：喜多多。
商业界别文化小片：
　　解说：海选不过是我们一次围棋展示会，而此次珠海之行正是我们围棋棋艺的一次定向推进，营销目的是进一步成功打入《谁是棋王》总决赛的终极市场，而在人生荆棘中，不论顺势逆势都要通过尖、顶、冲、跨，踏踏实实打造自己的人生厚势，给自己谋划一个完美的棋局。
徐彬：商业可以借助积累获利，围棋是借助厚势而获得实地，二者有相通之处。**竺建国**：这次我们也希望发挥商业界别的优势，在《谁是棋王》赛场上获得最大的实地。

　　主持人：有请来自服务界别的代表们登场亮相，他们当中有前不久获得"晚报杯"第五名的于清泉，有来自深圳的老牌业余强客佟云，还有来自围棋培训业的后起之秀。
男13：羊走猴来春意闹。
男14：鞠躬敬礼加微笑。
男15：纹枰之外送祝福。
女16：要不要。要。
服务界别文化小片：
　　解说：海选阶段让我们感受到一种最具震撼力的微笑，而珠海之行让我们进一步体会到在纹枰上必须脑筋活一点，效率高一点，我们要争取进入总决赛，希望对我们的满意度达到最高值，人生行棋我们要充分地运用辗转腾挪，时时更新行棋新理念，给自己一个满意的棋谱。**董嘉诚**：围棋是古代知识阶层修身养性的必修课，文人墨客爱棋者数不胜数。**邵连涛**：时至今日，我们依然希望这种天人合一的游戏能够继续传承下去。**佟云**：以前我们教棋是在三尺讲台上，今天我们推广围棋是在《谁是棋王》的舞台上。**于清泉**：在这一次比赛中，我们会幻化出最美的棋谱，让大家来见证"黑白游戏"魅力的所在。
　　主持人：观众朋友，现在您看到的是我们在广东珠海为您带来的《谁是棋王》中国围棋民间争霸赛珠海站的比赛，我们要感谢中国体育报、北京青年报、体坛周报、新浪体育、搜狐体育、网易体育以及UNIV对我们节目的大力支持。那么和往常一样，我们分为黑白双方阵营，第一位黑方的助阵嘉宾是，著名的女子世界冠军，职业五段徐莹。
徐莹：徐莹，徐莹，循序渐进，必然会赢。
　　主持人：第一位白方的助阵嘉宾，中国第一位围棋世界冠军，著名的马晓春职业九段。
马晓春：祝大家节日快乐，我方必胜。
　　主持人：黑方的第二位嘉宾，著名的学者鲍鹏山教授。
鲍鹏山：有我这座山在这个地方，我相信我方选手风雨不动安如山。
　　主持人：白方的这位嘉宾是第一位登上世界歌剧舞台的华人，著名的男高

音歌唱家莫华伦。

莫华伦：希望我们白方选手取胜，莫让今夜才华付水流。

主持人：我们继续介绍，这位嘉宾是广东本土的职业九段梁伟棠。

梁伟棠：棋一出手就要剑锋所指，所向披靡。

主持人：这位白方的嘉宾是广东棋文化促进会的会长容坚行。

容坚行：向着胜利坚定而行。

主持人：香港围棋协会秘书长何冠聪。

何冠聪：冠者必聪，黑方加油。

主持人：接下来介绍的是澳门围棋协会的副会长姚建平。

姚建平：我和白方把胜利建设在平常心之中。

主持人：接下来是一位特别的嘉宾，澳门电影协会的会长、中国电影家协会的理事蔡安安。

蔡安安：电影是文化，而围棋呢，是我们中华民族历史更悠久的优秀的传统文化。

主持人：来自深圳的老牌的业余强豪，也是选手代表佟云。

通过漫长的历史长河我们发现围棋不仅是文化，不仅是传承，它承载了我们太多的感情，接下来请看本期的主题片棋之情。

主持人：在珠海站当中，来自商业界别的竺建国和服务界别的于清泉发挥出色，他们杀入到今天的决赛，有请今天决赛的两位主角登场亮相。首先我想问一下竺建国，准备以怎样的心态对待今天的决赛。

竺建国：我一定会全力以赴，力争发挥我应有的水平。

主持人：那么于清泉你可以说是业余界的名将，今天决赛是一种怎样的心态？

于清泉：竺老师下棋的棋龄肯定要比我长一些，所以我还是抱着这种年轻的心态去冲击他吧。

主持人：有请两位进入对弈亭。

选手介绍小片：

解说：珠海这几天气温骤降，阴雨连绵，但是棋手在棋盘上的交锋却是一片火热，经过了多轮的搏杀之后，商业界别的选手竺建国和服务界别的选手于清泉进入了最后的决赛。**竺建国**：我是一个老棋迷，下棋下了20多年了吧。**解说**：于清泉，开办围棋课程，教授围棋，普及围棋，属于社区服务类，他所在的服务业界别，是大家公认的实力最强的小组。**梁伟棠**：服务界别的这四个棋手，明显是技高一筹。**解说**：对于竺建国所在的商业界别的选手来说，实力都在伯仲之间，争夺十分激烈。**竺建国**：刚开始下的时候，我是出了一个很大的失误，但是他可能比较稳健。**于清泉**：半决赛战术就是刚开始就把局面搅乱，后来通过攻杀，取得了巨大的战果，然后就把优势保持到最后。**解说**：一个阅历丰富的中年人，一个涉世未深的年轻人，他们喜欢的棋手也很符合各自的身份。**竺建国**：印象比较深的第一个就是吴清源，是棋圣，他在围棋史上实际上是一个划时代的人物。**于清泉**：我喜欢柯洁，他是一名非常外向的棋手，敢于赛前放出一些豪言，并且还真的说到做到了。**解说**：作为一名大型国企的员工，围棋对于竺建国的工作有着某种启迪。**竺建国**：从围棋上来说，要讲大局观，从一个企业来说，他的发展战略就是他的大局观。**于清泉**：以前是非常注重于胜负，后来心态会变得更放松一些。**解说**：在取得决赛权之后，竺建国表现出了一如既往的冷静和沉稳。**竺建国**：作为我来说呢，棋力高低胜负可能我觉得都不是最重要的事情，最重要的是兢兢业业把这个棋下好。**解说**：而于清泉的表现则像他的偶像柯洁一样信心十足，霸气外露。**于清泉**：我有信心进入决赛乃至最后的冠军。**解说**：挺进了海选、小组赛和半决赛之后，珠海站的冠军似乎是触手可得。是竺建国能够像偶像吴清源一样，开创自己的时代，还是于清泉，能够像柯洁那样，在赛前放出豪言后说到做到呢，让我们拭目以待。

梁伟棠（裁判长）：《谁是棋王》珠海站决赛开始。

主持人： 好，观众朋友，接下来我们有请今天这场决赛的两位讲棋嘉宾，马晓春职业九段和徐莹职业五段为我们讲棋。

徐莹： 今天我跟马老师分别代表着黑方和白方，马老师白方这边的棋手人家可是科班出身，人家从小在北京各个道场学过来的，而我们这边的竺先生，各位，人家是草根，纯草根出身，所以，我们黑方的，我们要给我们的竺先生使劲的加油好不好。现在呢，我们就先来看看他们是怎么开局的。二连星。

马晓春： 黑5挂角，理论上要是右下方是自己的棋，这个挂角低挂好一点。因为如果是反过来的话，右下是白棋可以高挂，但是因为这边是自己的棋，你去高挂，被人家顺便就走了实地了，所以完全可以低挂，但是右下角是白棋的话，你低挂正好被人家夹击，所以要高挂，这样显得生动一点嘛。

徐莹： 由于白棋这手棋给黑棋19留了一个好点，所以其实刚才的白棋这手棋还可以再斟酌一下，选一个更好的点，把机会留给我们黑方的观众好不好马老师，我们哪位代表能出一招更好的。

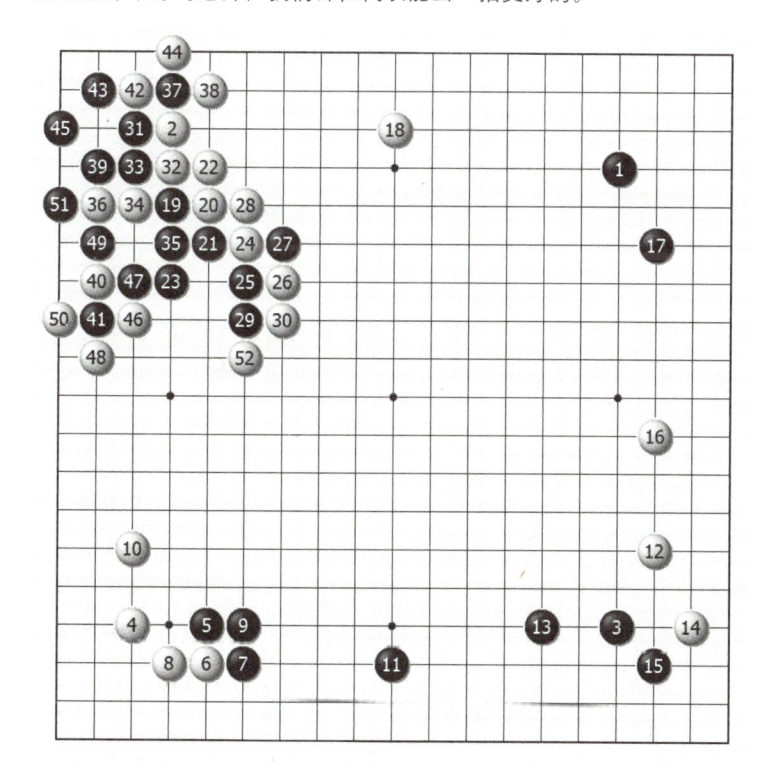

小组赛珠海站决赛「●竺建国 VS ○于清泉」1-52

现场观众男： K3。

徐莹： 马老师，我们这方的代表说走这手棋您觉得怎么样？

马晓春： 走这个的话比刚才那个肯定要好一点。也可以说这一步棋是现在的满分。

徐莹： 24虎，26板这个棋说起来其实是定式的一种下法，但是总

↑ *解说老师*

觉得黑棋的定式的选择方向不是太理想，因为我们看到白10的这手棋正好限制了黑棋的发展。

马晓春：白10比较坚实。

主持人：这个地方确实可能对整盘棋的输赢走势会起到关键的作用，我们都知道珠海虽然是一个新兴的城市，但是在这里也有很多值得我们追怀历史的地方。

第1—31手，布局双方选择了一个复古的下法，讲棋嘉宾马晓春九段和徐莹五段油然生发怀古之情。引出《乡情》小片。

《怀古》文化小片：

解说：从古到今，中国文人都有一种情结，那就是怀古，而怀古其实就是一种寻根与认同，因为围棋的中华文化的深厚底蕴，因此行棋于纹枰之上，自然会让人不禁要抒发怀古之情。不论是那"燕行布阵众未晓，虎穴得子人皆惊"的玄妙棋局，还是唐代顾师言以一招镇神头，令日本王子仅33手就落败的传奇故事，亦或是"且将棋度日，应用酒为年"的恬淡心情，都令后人津津乐道，产生今古相通的慨叹。**马笑冰**：有成就的那些大棋士，他们肯定是看过古人的棋谱，然后得出了某种规律性的东西，然后对现有的技术和理念进行改变，他们在当时能够以超脱围棋的理念，创造出一些新的东西，我内心是非常敬佩的，现在很多职业棋手他们都会说比赛胜负不重要，我是想为后人留下一张完美的棋谱，我觉得这个东西其实就已经超脱胜负了，他希望把自己的一种理念，自己的思想，甚至是自己的情怀通过围棋体现出来。**解说**：穿越古今，品棋悟道，怀古之情让我们能够不断地汲取历史之精华，让中华文化于此中源源不断地得到体认与传承，进而使围棋之树常青。

鲍鹏山：刚才我们看了一段关于珠海的历史，实际上围棋也是一个非常有历史的人类的精神活动，我一直在想这个围棋我们到底怎么定位它，最初它叫弈，当然后来你看它的名称就变了，比如变成手谈，还有更好的一个名称叫做坐隐。可是我们围棋怎么样，我们只要坐下来，在前面摆上一个棋盘，我们就已经精神上隐居了，所以我特别喜欢这样一个词，跟人生态度结合起来了。

主持人：这次我们《谁是棋王》能够在珠海成功举办，我们也确实要感谢华发集团对我们节目的大力支持，同时要感谢一位重量级的歌唱家莫华伦老师，我们都知道莫华伦是出生在北京，但是可能并不见得很多人都知道他的祖籍是珠海。

莫华伦：我们莫家几百年前来到珠海会同村，然后从会同再去香港去广州这样分出去，珠海情是分不开的。

《乡情》文化小片：

解说：究竟是我走过路，还是路在走着我，究竟是我在人生棋局中潇洒行棋，还是作为命运棋局中一颗必然如此落子的我，莫华伦，这位走遍世界的男高音歌唱家，来到珠海凤凰山北路的一个叫做会同的小村寻找家族的记忆，寻找自己的根。相传，莫家第八代一位后人为族人做了很多好事，人们为了纪念他，将他名字中的字"会同"作为村名，村口这棵饱经风霜的老樟树仿佛是一个家族的编年史，根须深深扎入土壤，一代一代枝繁叶茂。**莫华伦**：莫家就是从这里出来的，一直带着爱国的心，游子全世界跑遍了，还得回到自己的家乡，感觉是特别亲切。这是我爷爷，我爸，然后那就是我了，这是我哥，这是我，反正都是血脉相连嘛。寻根嘛，每个人都要寻根，才不会忘本。古人于纹枰棋局中抒发"怀飞百万兵之中，为敌中山一局棋"的历史感叹，而莫华伦自然是以歌为棋，抒发着自己同样的情怀。

莫华伦：我们珠海有悠久的文化历史，民国第一任总理来自珠海，第一个留学生也是来自珠海，珠海出了很多第一个，希望有一天我们出一个全国冠军，我们广东有了，坐在我旁边的容先生，刚才我就跟他聊什么是围棋，我来之前真的一窍不通。

主持人：刚才跟我们容老师交谈之后是不是有兴趣准备学一学围棋。

莫华伦：我觉得要学一下。

主持人：那容老师你答应做他的启蒙老师了。

莫华伦：那太好了，琴棋书画，这是中国的四艺，琴就是音乐嘛对不对，棋，我现在才知道，围棋四千多年的历史，是我们中国人发明的。

主持人：另外还有一位珠海的名人，叫陈芳。

蔡安安：陈芳何许人呢，本来就是一个卖干货的一个小商贩，但是呢，他当时在珠海很难发展，去了香港，香港也有限，于是他就去了檀香山，他在檀香山40年，从一个小商贩成了檀香山夏威夷王国商会的会长，而且成了他们的枢密院委员，只有15人，还参政了，而且他的重要贡献之一是把契约劳工，就脸上刺字，过着一种非人待遇的华人，变成自由劳工，他为中国人争气，他不仅看到自己的身份要改变，更要改变我们中华民族在世界的地位，所以这个人很了不起，还娶了夏威夷王国的公主，生了12个女儿和3个儿子。

主持人：这很有成就感。

蔡安安：所以我也想有这么一句话叫做人生就是一盘棋，人的事业也是一盘棋，虽然我不是一个围棋的内行，但是我一直喜欢它，从小就喜欢它，我觉得这里头博大精深，奇妙无穷，这个道理在毛泽东主席的《论持久战》里面早就谈到过是不是，你占我的点我可以占你的点嘛，我们完全可以从围棋的技艺当中学到很多的本领，学到很多做人的道理，做事的道理。

主持人：好，接下来我们有请两位讲棋嘉宾给我们带来棋的进程。

徐莹：刚才黑棋在左上角三三托进去，这手棋如果不下在托三三，退回一路的话，其实黑棋不必要那么麻烦的，但是现在托进去被人家32一橡的时候，接下来可能没办法了，就只能一条道走到黑，我们来

↑ 蔡安安讲陈芳

↑ 现场讲解

看看黑棋这条道到底怎么走，这些都是必须得应。

马晓春：白36立下来之后，黑棋就比较难办了。41这个靠住肯定是不对的，这棋只能顶在47位。

徐莹：至黑51虽然把白棋的四颗子给吃掉了，但是将来白棋还有搜刮黑棋的手段，马老师，虽然我是黑方的啦啦队，但是客观地说，这个局部下的我觉得黑棋可能还是吃了很多亏。

第32—52手，左上角战斗结束，黑棋大亏，几成败局。引发嘉宾关于"执着"的讨论。马晓春谈起自己在中日名人对抗赛中的"执着"往事。

主持人：两位讲棋嘉宾讲到这个局部，就是52手，这个地方被白棋扳进去之后确实黑棋局面已经是相当的不乐观了，今天我们很高兴请到了马晓春老师来给我们讲棋，在1988年的时候，我们举办过这样的中日名人对抗赛，马老师应该是参加了其中六届，当时马老师已经是国内成绩最好的选手，但是在这个中日名人对抗赛连续0：2输了三届，当时是不是觉得内心非常的苦闷，很挣扎。

马晓春：其实也很正常，因为那个时候我自己还是棋力没有到，小林光一那个时候还是日本最强的，也是世界最强之一吧，所以还是实力问题，第一次输两目半，第二回就变成输一目半了，到最后一次我输他半目的时候，我觉得希望已经有了，因为那个输他半目那盘棋恰好有希望赢了。

主持人：但是到赢的那一次，就翻身之后，您当时的心里是怎样的感受？

马晓春：翻身之后只能表明自己进步，跟他可以相抗衡了。

主持人：1994年再次2：1，这次赢了之后，有很多棋迷有这样一个传说，说是这个小林光一输了以后觉得很没有面子，不太希望这个比赛继续办，有这个说法吗？

马晓春：因为小林光一从第一届开始，他一直就说他是代表日本围棋，他是这么认为的，就是我不能输，我一输就表示日本围棋就输了，所以他的压力很大。

主持人：也就说明小林光一还是被我们马老师征服了，今天我们还有来自香港和澳门的代表，香港的围棋协会秘书长何冠聪，他本人是做金融行业，但是他愿意花很多的时间来组织各种围棋活动，包括我们这次《谁是棋王》就是我们何冠聪一手操办香港的海选。

何冠聪：其实香港围棋方面没有太多资源，但是我们很多棋友同心协力的办起围棋协会以后发展到现在，其实我本身也是一个义务的秘书长，我自己的体会是能够为围棋做出一点贡献，那都是我的享受。

主持人：刚才说到了，他是一个义务的秘书长，也就是说他是没有任何的报酬，他愿意自发的花很多的时间，甚至花自己的资源，甚至不惜投入一些人力财力等等为香港围棋做事，有很多这样热爱围棋的铁杆棋迷共同撑起了香港围棋的发展。好，继续有请两位给大家讲棋。

徐莹：刚才的白棋这个52一扳头，马老师，确实我觉得黑棋好像左上角已经完全被封在里面了，那么对于黑棋来说，现在明显有两个地方是比较大的，一个我想就是上面那一带，还有一个可能就是左边，也算是一个大场吧。

马晓春：59这一步实在是看不下去了。

徐莹：围棋特别讲究度，什么时候先走，什么时候后走，这个深一步还是浅一步，我觉得这个真的是特别讲究也特别难，同时也特别有魅力。

主持人：围棋讲究的是分寸感，它不仅仅在围棋当中，在我们的生活，在我们的工作，甚至在我们的婚姻、爱情当中也是如此，那徐莹你看看，在棋界职业棋手会形成非常知名的一些围棋伉俪、围棋夫妻，是不是因为双方有共同语言呢？

第53—85手，棋局呈现双方互围大空的局面。嘉宾聊起围棋中的"分寸"，其实在我们工作、生活、人际关系，甚至婚姻和爱情中都是无处不在。历数中外围棋夫妻，引出短片《围棋伉俪情》。

《围棋伉俪情》文化小片：

解说：在珠海有这样一条秀雅恬静的石路，它西依山而楼厦林立，东临海而归帆点点，因此引得无数情侣来此流连徜徉，这是珠海标志性的情侣大道，当一对对爱情男女走在情侣大道上，是否又对爱情会有一种更加深入的体会呢？当围棋与爱情重叠交织在一起，便有了如常昊、张璇、曹大元、杨晖、江铸久、芮乃伟等顶尖围棋伉俪的故事，甚至还有岳亮、权孝真这样的中韩围棋夫妻的跨国传奇。于是我们不难发现，原来棋理与爱情是如此相通，因棋结缘，相互谦和有礼，志同道合，平等互爱，不正是爱的深厚基础吗？**徐英才**：围棋于我而言是一种从小到大都在接触的项目，它还让我获得了一些非常美好的东西，我认识了我的终生伴侣。**牛若男**：围棋让我们结缘，我希望未来的生活就像一盘永远下不完的棋。**徐英才**：希望我跟伴侣永永远远的走下去。

主持人：通过小片我们了解了围棋界当中非常知名的爱情。这一点刚才徐莹跟我讲过一段说，围棋界流行姐弟恋。

徐莹：我觉得凡是棋迷，真正关心围棋的人可能都知道，水平又高，又是姐弟恋，到现在依然非常幸福，那就是常昊和张璇喽，常昊他第一次拿世界冠军是"应氏杯"，"应氏杯"得冠军之前他曾经六次进入世界冠亚军决战结果都输了，这时候张璇的作用很大，她一定在不停地鼓励他，因为她理解棋手，就是"应氏杯"最后决赛那盘棋，当时常昊赢下了，就对手在认输的时候，我印象特别深，当时那个镜头一下打到张璇的脸上去了，张璇的眼泪，看到她眼泪就掉下来了，很多人感慨张璇太不容易了。

主持人：徐莹老师说到当年那一幕依然是很有感触的，说到围棋界的爱情故事，其实还有很多。

梁伟棠：职业围棋界的确是有很多围棋夫妻，比较著名的比如刚才说到常昊和张璇，曹大元和杨晖，还有江铸久和芮乃伟，他们这一对都是九段，是十八段夫妻，而且特别感人的是，就是说他们在比赛日的时候，手挽着手到棋院进行比赛那一幕真是非常非常感人。

徐莹：109一扳，这个黑棋也算有收获。

马晓春：这个要我的话我觉得108还是要立到109位，这个被扳一下不太舒畅。

徐莹：114往里长，因为现在客观上我们要说从这个目数上，黑棋的确是差距有点大。

马晓春：这个棋反正我们刚才已经判断了形势，尤其黑中腹还要补棋，白的又多出来很多目，118也被白的候到了，接下来是不是没有多大意义了这个。

于清泉：就是胜势不可动摇吧，只能这么说，白棋的空比较扎实。

主持人：就是这盘棋实际上下到120手的时候，我们看这个局面已经相当的明朗，那么这期我们的主题是棋之情，我们都知道来到珠海之后，大家首先可以看到我们珠港澳大桥，那么说到珠港澳，这次各个界别的棋手一起去到我们一个国际网球中心，进行网球比赛。

第86手——第120手，棋局进入大官子阶段。棋盘之上，每个

↑ 马晓春讲述与小林光一对战

↑ 围棋伉俪情

棋子皆有生命，每个子都有自己的语言，有自己的呼吸，而在棋盘之外，两位棋手通过手谈交流情感，惺惺相惜。引出短片《围棋兄弟情》。

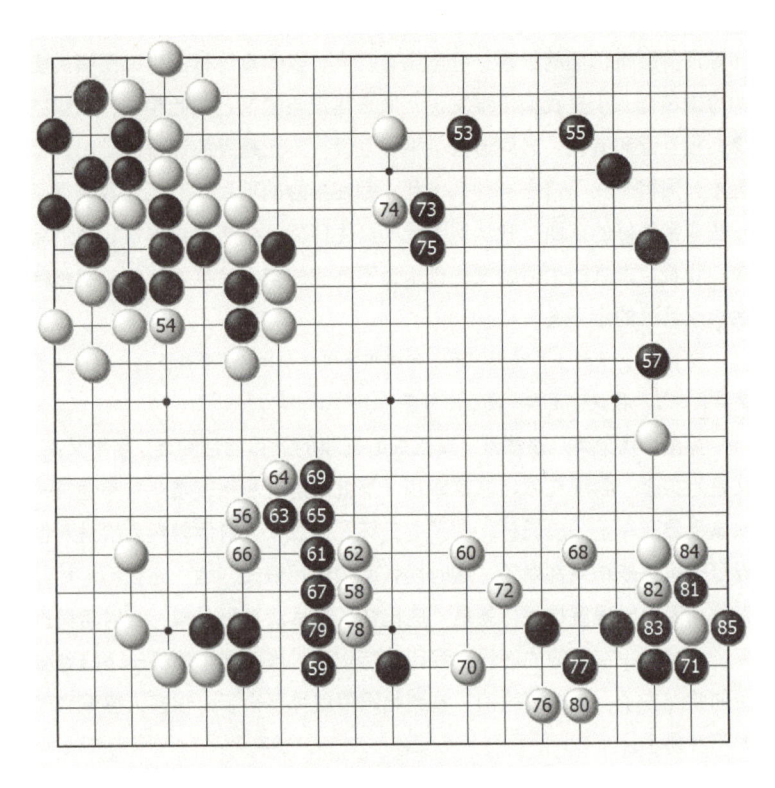

小组赛珠海站决赛「●竺建国 VS ○于清泉」53—85

《围棋兄弟情》三地棋手网球比赛小片：

解说：虽说每逢佳节倍思亲，但是思念总归不能相聚，于是在元宵佳节之际，两岸三地的棋手们相约在曾经举办WTA超级精英赛的珠海横琴国际网球中心展开了一场别开生面的围棋比赛。**主持人**：由于我们大家都是围棋高手，要解答围棋死活题，所以特地请来我们广东的梁伟棠职业九段作为我们围棋死活题的裁判长，欢迎。**梁伟棠**：好，大家好。**主持人**：一会儿我们会有黑色的座椅和白色的座椅，分别代表黑子和白子，双方抢答，谁率先抢答出来并且完全正确地说出答案，才能得三分。**解说**：因地制宜，把球场座位当做棋子，互相出死活题考验对方，然而，这可难不倒我们棋艺高超的棋手，当然，这也是智力与身体素质结合的比赛，于是大家还一起进行了网球比赛。**迟晨浩**：肯定是需要有比较好的体力，才能应对下来比较艰苦的比赛。每个人的体力情况不一样，要根据自己的情况做很多的调整。这一次正好选在珠海大陆这边，希望以后有机会去到香港或者澳门去参加比赛，跟他们交流。**解说**：最终，两岸三地的友谊赛在大家的欢声笑语中结束，香港、澳门的同胞还特意带来了代表亲情的扭结糖，老婆饼。**何冠聪**：扭结糖是代表我们兄弟团结。**解说**：围棋正是这样一个大扭结，将两岸三地的亲情紧紧联结。**何冠聪**：我们希望通过《谁是棋王》，通过围棋，进一步加深大家的感情。

↑ 常昊与张璇

↑ 杉内雅男与杉内寿子

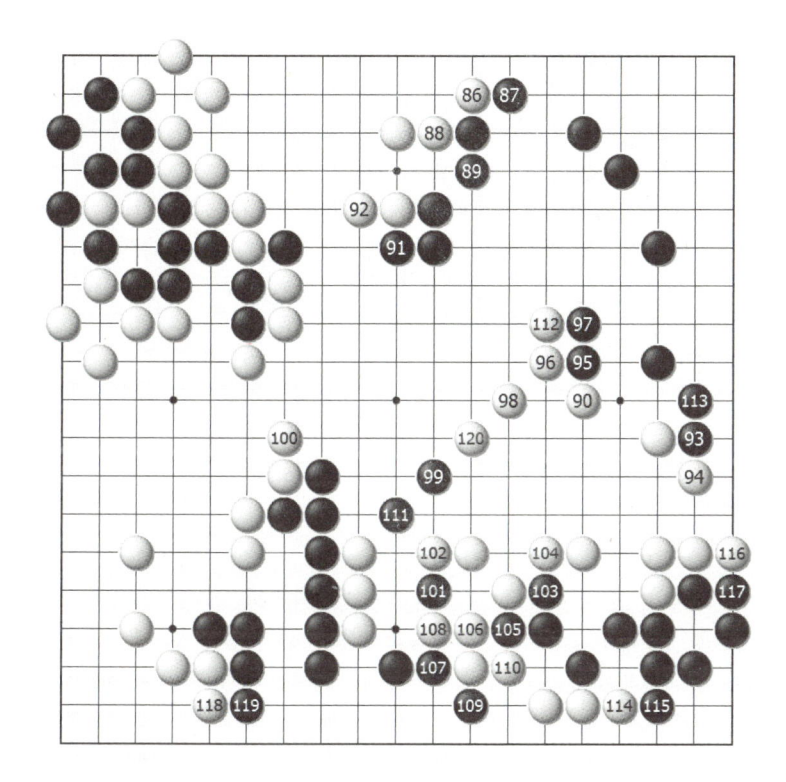

小组赛珠海站决赛「●竺建国 VS ○于清泉」86—120

主持人：刚才实际上还是用到一个气紧的因素在里面。

马晓春：刚才看这个题的过程中我就联想到，这个题如果是能反过来换一个，这个子如果是在这儿，情况就不一样了，白棋你不管什么情况，你只有这个方法，成立不成立只有这个方法。

徐莹：黑棋也一定要做另外一只眼，假如我们故技重演的话，再扑。

主持人：还是提掉。

徐莹：提掉，再扑，你以为是一样的吗？各位现场的棋友大家觉得是一样的吗？

男：黑棋可以粘上。

主持人：黑棋可以粘上面。

徐莹：那你不是白提了吗？

男：黑棋再可以把两颗子吃掉。

徐莹：你能告诉我它的名字吗？

男：倒脱靴。

主持人：有舍才有得，做的不错，刚才我们做了简单的普及，也就是死活题，包括打二还一，这些都是围棋当中非常常见的一些术语和一些手段，之前说到的是爱情，但围棋当中不仅仅只有爱情，而且有很多兄弟之情，手足之情。

鲍鹏山：就《论语》里面，兄弟这个词出现了六次，这六次里面非常有意思，他指了三种兄弟关系，第一种就是同胞兄弟，还有一个就是四海之内皆兄弟，《水浒传》108 将，那 108 个人就属于这样的兄弟，

↑《围棋兄弟情》

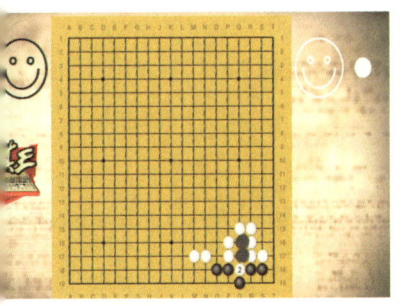

↑打二还一

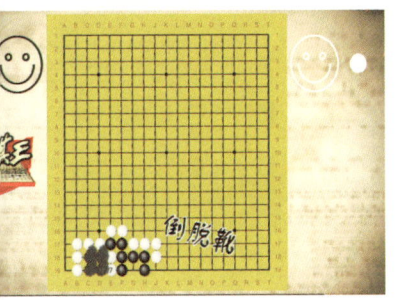

↑倒脱靴

↑兄弟情

那么英译本赛珍珠翻译的版本，把《水浒传》翻译成《四海之内皆兄弟》。

主持人：兄弟实际上含义非常的广，首先今天还有一位特别的嘉宾要说说亲兄弟的事，也就是我们容老师，容坚行老师，有一位大家非常熟悉的知名国脚兄弟容志行。

容坚行：下围棋我们也叫手谈，当年我也是在国家围棋队，也算国手，我哥哥在国家足球队，叫做国脚，围棋和足球，一个是动的，一个是静的，但是除了那个各自的专业不同，但是业余的爱好又刚刚相反，我的业余爱好是踢足球，我哥的业余爱好是下围棋，可以说我当年在围棋界里头足球应该是踢的最好的，他在足球界里头下的围棋也是最好的。

主持人：我们中国有非常知名的三位男高音歌唱家，戴玉强、魏松、莫华伦老师。

莫华伦：我们大家认识有差不多20年了，都是互相尊重，用音乐把我们连在一起，因为我们的声音是人做的是不是，不可能每天状态都是最巅峰的状态，就是像下围棋也是一样，高音，有时候身体不是最好的状态，你高音就上不去，上不去那一天我瞄一下他，他就帮我顶上去了，三个人在一起可以互补，今天这个声音不在状态上了，你可以帮我补一下，瞄一个眼神就补上去了，不用说的，舞台上自己这种感觉就是，这种情谊，这种互相配合，通过多年的合作才会有，融合起来的。

姚建平：去年我们在澳门，我们八个人比赛，我们每个人还带了一个队，有八层次的比赛，就是通过这种比赛我们的兄弟情谊我想应该是一辈子的，一辈子的朋友。

鲍鹏山：《水浒传》里面所谓的英雄好汉，他们自己确实不下棋，但是他们的整个的发展壮大的过程，是很符合棋理的，宋江他在广纳天下的英雄，甚至不择手段把天下的英雄都招揽到梁山的时候，实际上他就在布一个大的局，我们倾向于把每一个棋看成有生命的，但是这个生命如果是孤立的一个棋他是没有生命的，梁山好汉里面，这些人在没有上梁山之前，他们无论在官场还是在江湖上，他们都是非常脆弱的，他们随时都可以被别人灭掉，你像我们说林冲很厉害，但是林冲在官场上那是九死一生，宋江不用说了，如果没有梁山好汉去劫法场救他，他早就死于非命了，所以只有这些兄弟们组成一盘棋他才能是有生命的，单个的棋是没有生命的，所以我们说在人生中也是一样，像下棋一样，你不能是一个孤立的一个棋，但是把所有的棋摆在棋盘上形成一个整体，形成一个气势，围成一个局了，那它就是活体。

主持人：我们说到兄弟情，实际上就是兄弟连心，其利断金，就是这个道理。那么这次我们《谁是棋王》比赛在珠海举办，我们香港的围棋协会秘书长何冠聪还专门赶来助兴。

何冠聪：我们香港围棋协会跟内地交流已经有30多年了，从80年代著名武侠小说家金庸先生到现在的苏洪根会长，也是致力于跟内地交流，珠海这个城市是一个美丽的城市，也跟我们香港很近，我们互动特别的多，比如说 2015 年，我们珠海万洋邀请广州、深圳、台湾、澳门跟香港参加了"珠海万洋杯"六城市的比赛，令我们受益良多。希望通过交流接近，能够从中学习，共闻其道。

主持人：香港的围棋，确实得到了内地，尤其是广东大力的支持。刚才也讲到我们六城市的比赛，而且珠海把它办成一个传统性的赛事，今年要继续办，大大地推动了我们粤港澳地区业余围棋的发展，所以从这个层面上说呢，也正反映了我们粤港澳大家是一家人，是兄弟手足情，现在元宵佳节即将来临，接下来我要带领我们珠海站的选手们还有我们来自香港澳门的代表一起去包一下汤圆。

《围棋兄弟情》包汤圆文化小片：

解说：元宵佳节将至，以棋会友的形式当然就变为一起包元宵了，澳门，香港的围棋棋友，特地跨海湾而来珠海，与参加《谁是棋王》珠海界别之站的棋友们一起促膝包包元宵，感受一种家的年味，感受一种团团圆圆，甜甜蜜蜜的滋味。看到这样的情景，不能不联想到正在紧锣密鼓建设中的珠港澳跨海大桥，这座大桥将让三地更便捷地互通有无。文化经济的联系也将更加的紧密，《谁是棋王》不正是这样一座民间围棋的桥梁吗？不也同样让两岸三地的民间交往更紧密了吗？**主持人**：一块儿来过元宵节包汤圆是一个很难得的经历，接下来这样，让大家一块儿对个元宵对联怎么样？**男**：好。**主持人**：那就从你开始。**男**：行，那我就来一上联，先出一上联，闹元宵，庆团圆，祖国同胞心相依。**主持人**：好。我们澳门的张会长。**张会长**：那我也献献丑，下围棋，煮汤圆，久别重逢分外喜。**主持人**：好。**解说**：在浓浓的节日气氛中，大家欢聚一堂，一边下着围棋，一边惬意地品尝自己亲手做的美食，真有一种局外之人所难以体会的惬意。**主持人**：元宵节即将来临，我们共同预祝全国的棋迷朋友们元宵节快乐。

主持人：大家好好品尝，看味道怎么样，这可是我们包的汤圆，这里面我们分成了黑色和白色，味道还行吗，莫老师？

莫华伦：不错。

主持人：徐老师，这汤圆可是暖心汤圆。

徐莹：这汤圆甜，好吃，祝大家元宵节快乐。

姚建平：非常好吃。

何冠聪：汤圆在广东代表团团圆圆，希望大家可以团团圆圆。

蔡安安：我弟弟就是生在元宵节，所以他叫蔡元元。

主持人：蔡元元，就海娃是吧？

蔡安安：对，演海娃的。

主持人：您是狗娃？

蔡安安：我是狗娃，所以我们对汤圆有一种特别的感情，因为元宵节也是我们的传统文化之一，跟围棋一样，也是有十分悠久的传统，所以我们希望大家过元宵节的时候，别忘了我们是中华民族炎黄子孙，

↑ 围棋友谊

我们应该热爱我们的中华民族的文化，在全家团圆的时候，我们更希望我们的国家能够富强繁荣发展。

主持人： 好的，谢谢蔡老师。也祝我们所有的棋迷，所有的观众能够团团圆圆，和和美美。刚才我们听到孩子们非常精彩的表演，这样的歌声简直就像春风一样，我们民间围棋又迎来了新的春天，我们也再次感谢我们可爱的孩子们，谢谢你们。

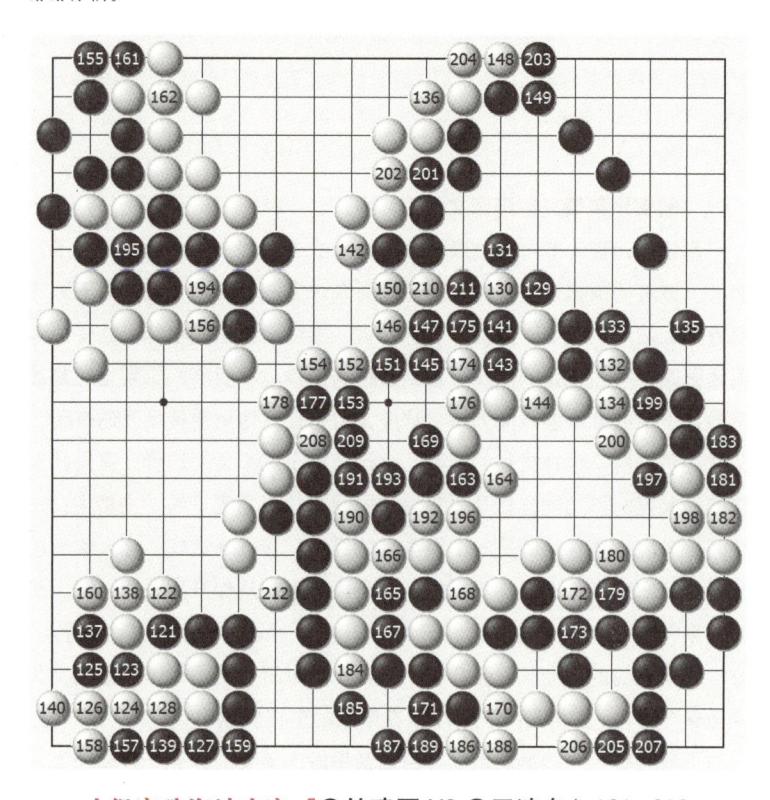

↑ 包汤圆

小组赛珠海站决赛「●竺建国 VS ○于清泉」121—212
白中盘胜

徐莹： 那么白棋现在把中空守住之后，黑121这么一挤，我想在很多场合下大家会看到，就是考验白棋你是虎还是接，当然了，这个是，既然白棋选择了虎，黑123断，是黑棋底下应该获得的一些便宜。

马晓春： 现在141打这个比较小，还是142压大。

徐莹： 145跳也是把那颗子吃干净。黑棋中间增加一些目数。

主持人： 今天我们这期的主题棋之情之前给大家分享到了有爱情，包括有我们说到的兄弟之情，实际上在围棋当中还有非常知名的师生情。

第121—171手，棋局进入小官子阶段。黑棋败局已定。徐莹向大家揭秘，据说白方选手来自马道场，算是马晓春的学生，引出短片《围棋师生情》。

《围棋师生情》文化小片：

解说： 走进容宏书院，处处弥漫着不容忽视的中国风，典型的苏州园林建筑，温雅婉转的亭台楼阁，多姿多彩，而彰显个性的对联设计，

↑ 春天就是我

让每个走进这里的人都充分感受到什么是经典的中国式学校，而在这样的环境中，行棋对弈，或许更能凸显围棋深厚的中华文化根。而巧合的是，来自服务界别的四名选手其职业都是围棋老师，在这风景如画的容宏书院里，感受了一份特殊的书香之气，令他们回忆起自己学棋时的一段段记忆。**于清泉**：小时候下棋，其实我的父亲是我的启蒙老师。因为他白天要上班，所以基本上是把任务布置给我，任务做得好的话，会有荔枝吃，所以觉得当时就是为了荔枝我也得好好下棋。**解说**：离开书院，来到作为围棋普及推广的前沿阵地之一野狐棋院，作为围棋的园丁，与每一位小棋手亲密接触，无论授课，亦或是与孩子对弈，将棋理的深邃奥妙接力式地传承下去。**董嘉诚**：（我）第一个专业老师是陈瑞五段，那么陈老师首先他没有教我们下棋，而是教了我们一些做人的基本道理，教了我们《弟子规》，一开始学习《弟子规》觉得很枯燥很无趣，到我现在年龄增长，我发现这里面有很多都很贴切生活，包括一些基本的礼仪，一些礼节，甚至是做人的一些简单的道理，那么在当时是没有体会到。**解说**：将围棋孕育的谦谦君子之风延续下去，这恐怕就是于棋里棋外都应该引起重视的。

主持人：围棋当中的师生情无处不在，其实今天我们两位讲棋嘉宾也有这样的故事要分享。

徐莹：其实最有名的师生情大家知道，肯定是曹薰铉、李昌镐。

主持人：据我所知，当年马老师可是专门教过您。

徐莹：这个其实我真的还是挺骄傲的，挺得意的，当年我在国家少年队的时候，今天我的讲题搭档马老师是我的老师，当时马老师就给我提出来，他说如果你要是愿意给我洗衣服我就教你下棋。

主持人：洗衣服。

徐莹：对，洗衣服，跟我妈聊天说起这事来了，我妈说，你傻呀你，她说你知道吗，有多少人做梦想着给马老师洗衣服来让他来教你下盘棋都没有这样的机会，结果人家给你提出了你竟然拒绝，太缺心眼了，不行你赶紧回去给我洗衣服去，然后我就回去了，跟马老师说，我愿意洗衣服。我真洗了对吧。

马晓春：北京队的老师我跟他关系挺好的，他跟我说让我指导一下徐莹。

徐莹：我这个衣服洗得太值了，因为马老师教了我差不多整整一年的时间，而且非常非常的认真，其实我觉得我那一年收获太大了。

马晓春：那你肯定太值了，因为我一共也没让你洗三五件衬衣。

徐莹：我觉得教我最重要的是什么呢，就是第一给我安排训练，给我讲棋，然后我现在应该家里还有一个本子，在北京的家里头，就是小时候他给我讲棋的时候，让我把每天记录下来，但是他当天给你讲的什么东西你不许写答案的，然后指不定他哪天又抽查，那天他讲的那个，他当时怎么跟你说的，他的思路是什么，其实他不会教你说具体的一招一式，他一定要教你的是思路，然后这是其一。其二就是我记得那年参

↑ 围棋师生情

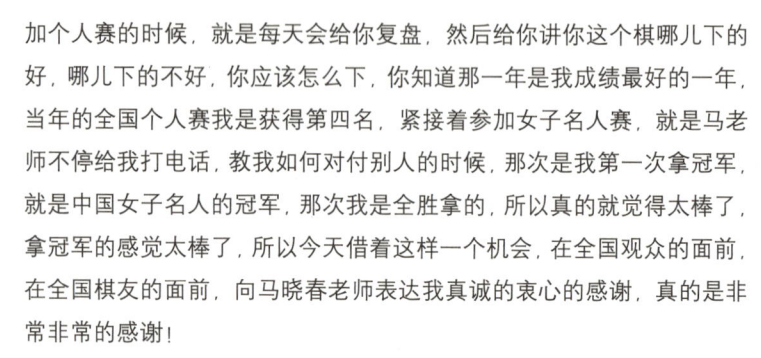

加个人赛的时候，就是每天会给你复盘，然后给你讲你这个棋哪儿下的好，哪儿下的不好，你应该怎么下，你知道那一年是我成绩最好的一年，当年的全国个人赛我是获得第四名，紧接着参加女子名人赛，就是马老师不停给我打电话，教我如何对付别人的时候，那次是我第一次拿冠军，就是中国女子名人的冠军，那次我是全胜拿的，所以真的就觉得太棒了，拿冠军的感觉太棒了，所以今天借着这样一个机会，在全国观众的面前，在全国棋友的面前，向马晓春老师表达我真诚的衷心的感谢，真的是非常非常的感谢！

马晓春：不客气。

梁伟棠：说到这个师生情，因为在我的对面白方嘉宾席上面就有我的恩师，广东棋文化促进会的容老师容会长，容老师第一次指导我算起来应该有四十年了，不光是在棋上面，而且在人生的这些道路上，都得到容老师的一直的教诲，我也觉得应该借这个场合给容老师一个衷心的感谢，感谢40多年来的栽培和提携，谢谢。衷心的感谢您！

徐莹：那么现在我们看，还有一些手段我们把它看完吧，往里冲。一走一点，这个点174挖也很大，不然被黑棋叫吃。

马晓春：212是劝降，就是因为下这步之后人家，黑棋就认（输）了。

梁伟棠：《谁是棋王》珠海站小组赛决赛白方于清泉中盘胜。

主持人：有请两位选手来到舞台中央。经过了激烈的角逐，最终是于清泉执白获胜，回顾你这次参加《谁是棋王》的比赛，你感觉自己最深的感受是什么？

竺建国：从我们围棋草根来说，我觉得我走到珠海，走到《谁是棋王》的赛场，应该对我来说就是非常的知足，实际上我不客气的说，我没有想到我能走到这儿，对自己应该是一个很好的交代，但我想如果说我们比赛能给咱们业余围棋事业的发展，如果能起到一点点作用，我们就更知足了。

于清泉：有道是"明月松间照，清泉石上流"，我需要有这种水滴石穿的精神，对于八强的每一位选手，他们都有实力，跟我一样肯定目标是最后的总冠军，那么我自己从来还没有获得过一个全国冠军，希望在《谁是棋王》这个节目能够完成自己的梦想。

主持人：任重而道远，希望你后面加油，再次祝贺。

主持人：经过激烈的角逐，最终服务界别的于清泉获得了冠军，闯入全国八强，那么接下来我们有请珠海文化体育旅游局副局长成瑜荣为亚军获得者颁奖。祝贺珠海亚军获得者，来自商业界别的竺建国。有请华发实业股份有限公司副总裁张驰为冠军获得者于清泉颁奖。

张驰：华发集团能够承办这次《谁是棋王》的比赛，我们感到非常荣幸，我们华发集团愿意为弘扬中国传统文化，贡献出我们自己的力量。

主持人：到珠海站为止，我们棋王八景全部都已经结束，可以说八景在不同的城市都展现了非同凡响的景色和不同的特色，我们要感谢所有的观众朋友对我们节目的大力支持。■

↑ 师生情谊

蝶恋花·棋王八景

珠海棋情情深入，棋王八景，精彩自无数，无锡杭州擂檄鼓，保山武陵起歌舞，九江洛阳细品悟，三亚棋热，余温难收住。纹枰激情不落幕，绝顶争霸当拭目。

【第四乐章】

棋王对决的咏叹调

八强赛

「何重阳 VS 胡煜清」

「王温 VS 俞鹏」

「陈威廷 VS 卢宁」

「罗韬 VS 于清泉」

半决赛

「于清泉 VS 卢宁」

「胡煜清 VS 俞鹏」

总决赛

「胡煜清 VS 于清泉」

八强赛【何重阳 VS 胡煜清】

棋王对决的咏叹调·八强赛——何重阳 VS 胡煜清

常昊：中央电视台的《谁是棋王》节目，经过海选和八站界别大战之后，脱颖而出的八强汇聚北京，将为半决赛资格激战。应《谁是棋王》栏目组的热情相邀，我将以特邀嘉宾的身份，近距离的与《谁是棋王》的八强选手亲密接触，同时也能以旁观者的角度，一窥八进四的激烈而精彩的过程。其实我一直都很关注《谁是棋王》，因为这是中国民间围棋的一个空前的盛世。突然想到一句俗话"常来看看"。这不，我来了。到八进四的比赛现场，走一走，看一看。八强赛抽签，各位选手的发言都很有意思，不像我们职业棋手，在赛前感言时习惯过于内敛。比如互联网界别冠军何重阳，在抽到了公认的实力最强的胡煜清之后，发言不卑不亢。

何重阳：虽然抽到了业余天王，但因为我比较年轻，比赛又是快棋赛，所以我觉得还是有希望的。

常昊：小将对天王，虽然战绩处于劣势，但绝不轻言放弃。胡煜清也有清醒的认识。

胡煜清：这是一个非常硬的签，何重阳不仅拿过全国业余赛的冠军，而且这个年龄正是一个棋手的巅峰。

常昊：最后一组对手发言时，于清泉也很风趣幽默。

于清泉：我觉得我俩很有缘分，我的绰号不是叫"涛哥"嘛，他叫罗韬罗老师，也是"韬哥"，所以必将掀起一场惊涛骇浪般的对局。

常昊：八进四的抽签仪式在我看来，简单、朴素，而又不失庄严凝重。一个民间的赛事，能够这样郑重其事的抽签，可见组织者的一番用心了。八个棋手站成一排，很有些壮士出征的气氛，因为他们将面临的是残酷的一局淘汰。所以呀，抽到怎样的对手，总归有些命运安排的味道吧。进入到《谁是棋王》的录制现场，观众对于围棋的那种热情扑面而来。让人有一种情不自禁地激动，真希望这种热情与激情能够传导到热爱围棋的每一个人的内心里去，达到心与心的传递与传播。八强赛的第一场，由我的上海老乡、通讯界别的棋王胡煜清对阵互联网界别棋王何重阳。八强赛每个选手都带有一名教练，何重阳的教练是谢少博初段，她可是我们职业棋界著名的小美女啊！小谢做了简单的赛前分析，她承认对手"胡天王"技高一筹。

谢少博：从心理上来讲何重阳是没有压力的，他如果爆冷赢了胡煜清老师，那就一战成名，胡老师如果一不小心在这栽了跟头的话，回去面对家乡父老也不太好看啊！

常昊：谢少博的寄语有恭维有调侃，实际是给何重阳减压，给胡煜清增压，真是用心良苦啊！不知胡煜清在即将开始的比赛里会不会真的多了一些压力。何重阳有美女教练助阵，胡煜清也不是一个人在战斗，不仅有教练，业余大腕更有美女粉丝自发来助威。

观众：霸气！

黄子忠：基于什么原因？

观众：因为有实力！

↑ 抽签仪式

↑ 八强选手

↑ 胡煜清对战何重阳

↑ 常昊到来

常昊：两位选手走进对弈亭后，趁他们开始排兵布阵，编导和我们一起回顾了两人的成长经历。胡煜清是我的上海同乡，称得上业余围棋界的头牌选手。和我一样，胡煜清是上海一个普通家庭的孩子，自幼学棋，从未放弃。大屏幕画面里，胡煜清的妈妈展示了他获得的第一座奖杯——1992年上海市小学生围棋公开赛冠军。胡煜清一直秉承着父母的教导，用做人的准则去对待每一盘棋。如今，他征战南北，获奖无数。小胡每年参加的正式比赛，比好多职业棋手还多。棋圈里的人都亲切地称胡煜清为"狐狸"，不仅棋下得好，工作也很出色，业余时间打篮球、唱歌，还兼任着围棋学校教练，是受孩子们崇拜的"胡老师"。这次《谁是棋王》中国围棋民间争霸赛胡煜清不负众望一路过关斩将，棋界几乎众口一致把他视为冠军最有力的人选。他把海派文化的包容与进取体现于棋风的开阔与自成一体，可以说，胡煜清是上海业余棋界的骄傲，曾代表中国夺得过世界业余锦标赛冠军，他也是全国业余围棋界的骄傲！

何重阳是互联网行业的新锐，致力于将围棋与互联网思维相结合，他的愿望是希望围棋智力运动从1.0时代，发展到2.0时代，甚至3.0时代。围棋之外，何重阳最喜欢的是音乐，抱着吉他体会乐队演出的乐趣。

何重阳：我喜欢的音乐类型有两种，一种是摇滚乐，一种是民谣。就像围棋一样，看起来是一首平静的民谣，但实际上它是一场激烈的摇滚式的厮杀。

常昊：听说小何是枣庄市唯一的业余6段，与胡煜清一样是家乡的骄傲。这次杀入《谁是棋王》八强，想必也肩负着父老乡亲的期待。

何重阳的启蒙老师王学仁：枣庄地区的这些棋手们备受鼓舞，（何重阳）为我们枣庄争了光。我们棋院的小孩儿，都把他作为了一个榜样。

常昊：以我一个旁观者的角度看两个人，胡煜清是业余围棋界天王级的人物，拿过很多次的业余冠军，他的实力非常强。现在他一年要下很多场比赛，一百多盘棋，甚至有的时候更多。小何呢，能从互联网界别杀出来，说明他也是非常有实力的。当然，从综合实力上来说，可能胡煜清会略强一些。但并不是说小何就一点儿机会都没有。

经过猜先，这盘棋由何重阳执黑先行。这场比赛的讲棋嘉宾有我的前辈刘小光老师，以前我们俩有过很多次交锋。还有一位是我的师妹唐莉，我俩曾先后拜聂卫平九段为师。

开局前9手是目前的流行布局，是白棋小飞应一手，然后黑棋回到右上角尖顶完成定式。实战胡煜清从第10手就下出了一些变化，刘小光老师看到这手棋后点头称赞。

刘小光：胡煜清是高手。

常昊：我也认为这个变招取得了效果，第25手虽然跳出，但黑方阵势被白方压缩了，至26手，白棋的布局是成功的。开局就不循规蹈矩出现新变化，这盘棋看来一定精彩。我顺便采访了坐在身边的一位小朋友，请他点评棋局。

小朋友：白棋打入黑空，形成了外势，我觉得白棋不错。

常昊：这么小的年纪能有这样的认识，让我对围棋的未来充满了信心。两位对局者怎么看这个结果呢？

↑常昊与方天丰

↑赛前畅谈

何重阳：对手给我上了一个"套路"，我第一次遇到这个招法，下成这样的定型，我觉得胜负尚早。

胡煜清：早早就下出了大家都从来没有下过的变化。

常昊：看来这并非胡煜清早就准备好的"套路"，是临场灵光乍现的一手吗？作为职业棋手，我也喜欢在序盘尝试新手。一盘围棋通常分为三个阶段，最后阶段是收官，招法相对固定，中间阶段是中盘，更注重计算力和判断力，开始阶段是布局，此时棋盘最空旷，可作出的选择最多，最能体现一名棋手的个性。第31手黑"碰"，唐莉师妹说她第一次见到，我也和刘小光一样，觉得"很特别"。赛后，胡煜清说他也没有见过，当时他心里"咯噔"一声，不知道对手是有研究还是急中生智。

↑小朋友点评棋局

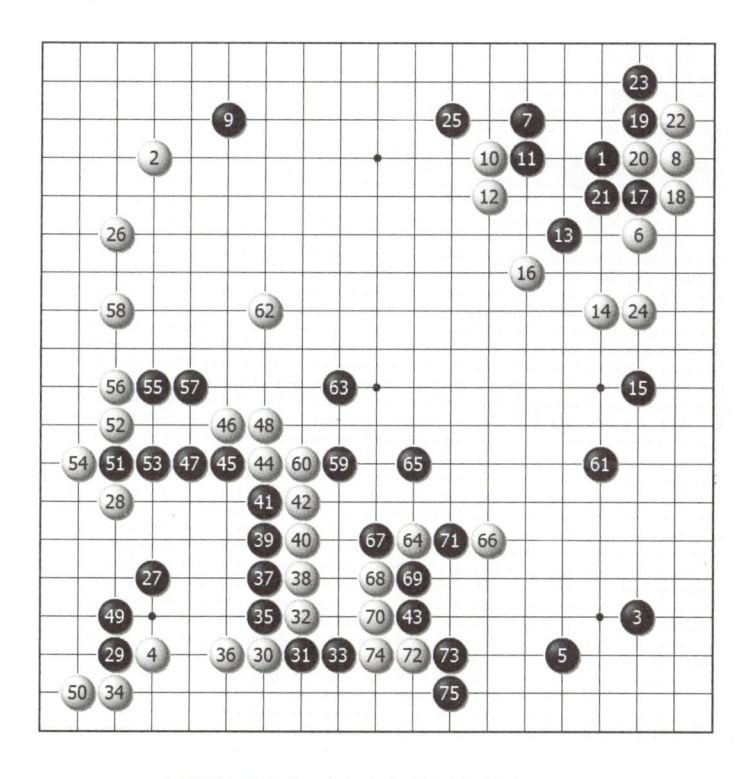

八强赛「●何重阳 VS ○胡煜清」1—75

↑解说老师

常昊：第37手"长"出，刘小光老师认为黑方配合右边的"无忧角"和黑16，黑方可战。第52手"反夹"，胡煜清对棋形非常敏锐，这手棋绝对有职业的水准。从中也可以看出之前小何的51手下的有些草率。刘小光老师和我意见一致，他推荐51手走"小尖"。这个局部的得失，两位对局者也心知肚明。

胡煜清：黑棋51手可能出了点儿问题，没有下出最好的变化。

何重阳：白棋第52手夹我确实没有想到，我以为白棋只能在二路扳。

常昊：教练谢少博也认为何重阳序盘没下好。

↑胡煜清同事助威

谢少博：开局就下的比较着急，跟他平时的棋风不符，本来他的棋风是比较均衡、喜欢实地的。可能是胡天王气场太强大了，综合实力太强，何重阳可能想一个战斗就把对方搞定，或者认为战斗起来机会多。现在我是不太乐观，觉得白棋优势。

↑何重阳家人助威

常昊： 队员形势不利，教练自然着急，谢少博忍不住"批评"起何重阳。

谢少博： 他是个比较聪明的小孩儿，但是偷懒，交给他两本死活题的书，跟他说好好做做题，提高一下自己的计算力，我觉得计算力是他的短板。从比赛进程来看，应该是没好好做题。

常昊： 不过小何也确实实力不俗，第71手弃子是好棋。

何重阳： 第75"立"下去，我觉得局部黑棋便宜了，因为虽然两颗棋筋被吃了，但是右边黑棋实空比较大，我唯一担心的是左边的"大龙"，如果大龙能安全逃出的话，我认为黑棋形势还不错。

常昊： 但是对手跟何重阳的判断正相反。

胡煜清： 到75手形成了一个转换，我觉得从局部来说白棋并不吃亏，应该说现在局势还在我掌控中。

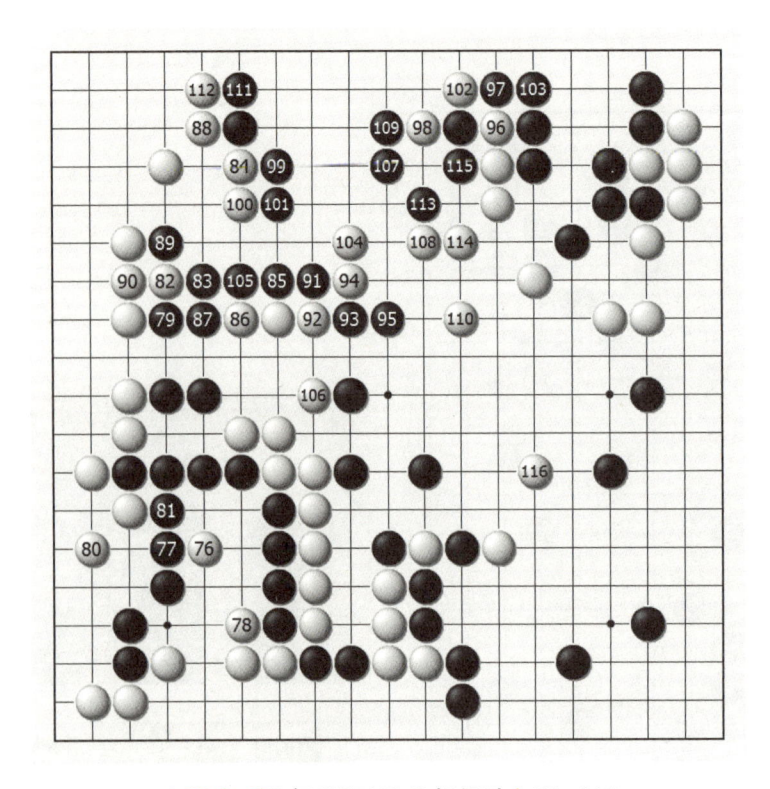

八强赛「●何重阳 VS ○胡煜清」76—116

常昊： 比赛紧张激烈地进行着，我却忙里偷闲，跟一位小朋友聊了起来。小朋友今年只有五岁半，但是已经学棋一年半了，业余2段。我八岁的时候才业余2段，比较起来，不得不说现在的孩子聪明，而且学棋的条件也好。我们问他目前谁的形势好，他想了想说"白棋"，跟九段的判断一样，真是了不得。

此时何重阳的判断跟讲解者一样。

何重阳： 95手之后虽然黑棋大龙暂时逃出去了，但是全局白棋实地较多，所以黑棋还是比较难下的。

常昊： 白98手又是好棋，起到了引征的作用。但是接下来白110手之后胡煜清没有处理好，被黑115长出来之后，吃掉两颗黑子还是很大的。不过胡煜清及时调整了心态，抢到了116手的要点。

常昊： 官子阶段，胡煜清又连续得分，扩大了领先优势，至186手中盘获胜，成为第一位晋级四强的选手。

何重阳： 我感觉胡天王确实很厉害，他的风格相对比较稳健。赛前我就想下得积极一些，想跟他去战斗，但这盘棋下得有点儿着急了。

常昊： 胡煜清的学弟兼好友，也同为八强选手之一的卢宁，一边看比赛一边感叹。

卢宁： "狐狸"确实强，尤其是把控能力特别强！

胡煜清：这盘棋一开始还挺顺利的，也取得了一定的优势，但是我觉得这盘棋把控得挺一般的，后面我出现了一个失误，好在及时冷静了下来，判断一下觉得还是有优势，并且把优势保持到底了。

常昊：围棋是需要有取舍的，厚势、实空一起得当然好，但这在同等水平棋手之间比赛时，是不可能的。作为高手来说，就是需要判断。在人生当中，鱼与熊掌不可兼得，因此也一样需要取舍的判断。人生怎样取舍？我体会其实与下棋是相通的，就看你有怎样的大局观，一叶障目，你自然就只看得见眼前的蝇头小利，在棋盘上就体现为一子一地的得失。舍小求大？还是因小失大？格局大了，平常心自然就有了。

↑裁判宣布比赛结果

↑胡煜清获胜晋级

↑对弈亭

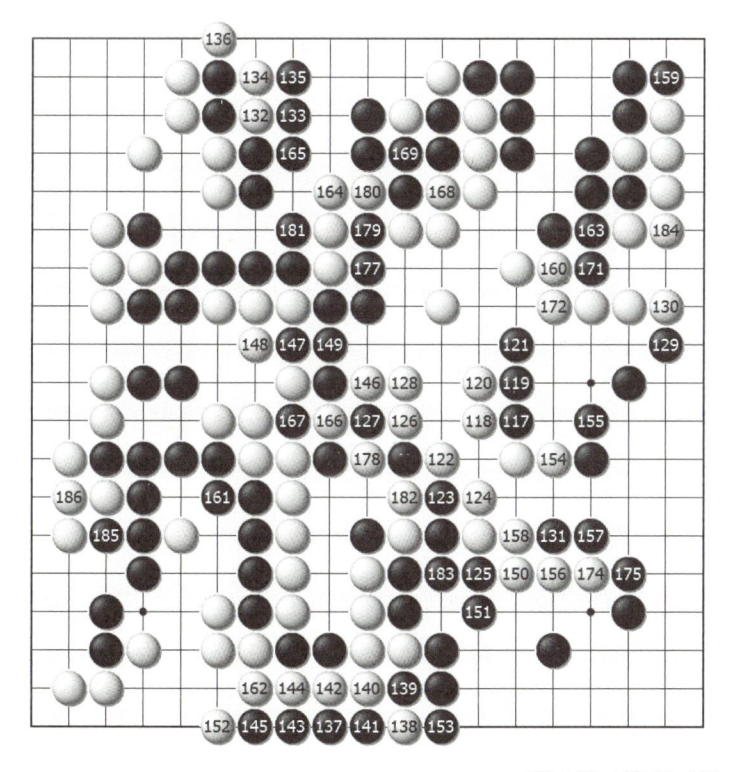

170 176=166 173=167

八强赛「●何重阳 VS ○胡煜清」117—186
白中盘胜

总结我第一次来《谁是棋王》录制现场的感受，可以说惊艳，两位对局者对弈的地方在亭子底下，背景又是非常有中国传统的山水画，我觉得跟围棋是非常好的一个结合。讲棋的背景跟以往比赛的挂盘讲解不太一样，用了大屏幕、电脑特技，可以摆变化图，画出重点，还可以写上一些评论，等等，我觉得非常的新颖。

在现场我看到观众席上座无虚席，《谁是棋王》活动对于围棋爱好者来说是一场盛宴。看到这个场面非常高兴，也特别感谢央视来举办这样的民间活动。我作为职业棋手，其实也很羡慕，觉得这次活动央视做得非常的精美，希望以后我们的职业比赛，也能在赛事包装方面，做得更好一些。■

八强赛【王温 VS 俞鹏】

棋王对决的咏叹调·八强赛——王温 VS 俞鹏

常昊：八强赛的第二场，由残联界别棋王王温对阵海关界别棋王俞鹏。我很敬佩这两人的围棋精神，一个身残志坚，一个工作在海关一线，能把围棋下到这个水平，体现了两人对围棋的热爱。作为一个把围棋当生命的职业棋手，我对每一位热爱围棋的人都有天然的好感。开赛前与观众见面，俞鹏推着轮椅，上面坐着王温，两人缓缓入场，看上去两人就像一对兄弟，场面温馨感人，丝毫不见全国棋迷瞩目的淘汰赛的紧张残酷。场上是对手，场下大家都结交了来自五湖四海的棋友，我想这是我也是所有参赛者参加《谁是棋王》活动的重要收获之一。58岁的王温是八强中年龄最大的一位。在我们职业棋界，棋手年轻化越来越明显，从体现棋手当下状态的职业等级分排名看，前十名中只有古力、陈耀烨（生于1989年11月）这两名80后，前三十名有4、5名80后；至于我们70后，已经全部被"赶出"前三十名了。但是58岁的王温不仅成为残联界别棋王，还在洛阳站的四个界别棋王大战中脱颖而出，非常不容易，令人佩服。马上要与比自己小19岁的俞鹏争夺半决赛资格。

王温：我想争取胜利。

常昊：真可谓老骥伏枥，志在千里！当然，王温不是一个人在战斗，他的助威团的两位代表先后给他打气鼓劲。

中国残联体育部副主任张俊杰：中央电视台组织《谁是棋王》这个比赛，中国残联得知消息后非常重视，我们组织了26个省市的残疾人棋手，分成南北两个大区，选出了我们的棋王。在洛阳站的比赛，我们的王温同志一路过关斩将，最终走到了八强，残联对王温表示热烈的祝贺！从残疾人体育来说呢，党和政府一直非常关心残疾人群体，对于大多数残疾人来说，只要能够参与体育、走出家庭、融入社会，那么，他们都是生活的冠军！每个人都是冠军！所以我们也特别感谢中央电视台，能够组织这样的活动，让我们的残疾人能够融入我们的社会，让社会更多的人了解这个群体，让我们残疾人为社会做更多的贡献，给社会提供更多的精神力量。

常昊：张先生的发言让我感慨很多，确实，每一位参加比赛的残疾人朋友都是胜利者！尤其王温，确实给我们提供了精神力量！残疾人歌手李琛，以前我就听过他的歌，这次参加《谁是棋王》才知道他还曾经是射击运动员，最好成绩为全国残运会冠军，担任制片人和男一号的电影还在韩国获过奖。李琛还担任着中国残奥会、中国聋奥会、中国特奥会爱心大使，中国艺术家协会授予其"全国德艺双馨艺术家"称号。这次出现在《谁是棋王》录制现场。李琛开场白道出了原因。

李琛：今天闻讯而来为王温加油，王温，我是你的粉丝！非常非常喜欢你，喜欢你的气质，喜欢你的棋艺，我希望能够看到王温取得更好的成绩，但是王温真的是已经非常了不起了！如果你愿意的话，收我当个徒弟呗？

常昊：这就要当场拜师！

↑王温对战俞鹏

↑残联副主任张俊杰和李琛为王温助威

↑家人为俞鹏助威

↑棋友为王温助威

↑同事为俞鹏助威

↑ 王温俞鹏进场

↑ 王温教残疾儿童下棋

↑ 围棋教练薛志明

↑ 刘小光九段

↑ 温州棋协主席吴高

李琛：我真的非常非常爱好围棋，所以特别羡慕王温，特别佩服他。咱们说好了，不管我学得好不好，我表个态：永不言败！王温，为你加油！力挺你！

常昊：接下来我们看看俞鹏。这位海关棋王，同样是满满的正能量，而且中国海关在这次比赛中的组织也非常令人称道。接到比赛通知后，中国海关先是组织了《谁是棋王》边关行，组织了三站海选，俞鹏在三站之一的青岛站只拿到了第二名，但是到了小组赛及三亚站的界别赛，他发挥出色晋级八强。俞鹏的赛前感言平实而真挚。

俞鹏：通过中央电视台提供的《谁是棋王》这个舞台，得以向大家展示我热爱多年的围棋；另外，通过围棋比赛，我认识了很多新的朋友，以棋会友，乐在其中！

常昊：俞鹏的助威团更加庞大，海关体协副秘书长李明带着四名海关工作人员来到现场，整齐的着装，端正的坐姿，够威严够气势！

李明：首先感谢总署领导平时对海关群众体育很支持、重视，感谢全国海关的支持，希望俞鹏在接下来的比赛中努力拼搏，争取最好的成绩！

五名海关助威团齐声呐喊：国门卫士，永争第一！

常昊：我听说在春节前的三亚站，俞鹏在决赛面对航天界别棋王马拓，一度处于明显的劣势，但是他顽强拼搏，最终半目逆转获胜。第一次见面，他看上去确实有种处变不惊的沉稳气质。通过小片介绍得知，已近不惑之年的俞鹏出生在军人家庭，从小接受革命传统教育，崇拜战斗英雄，不怕失败，也不服输。小时候因为数学成绩好，而被选送到体校学习围棋，达到痴迷的程度。

南京棋院资深围棋教练薛志明：（俞鹏是）白纸一张，经常来天天来，进步非常快，比一般小孩在围棋方面的天赋要好一些。

常昊：天资聪颖加上后天勤奋，俞鹏10岁时参加南京市少儿围棋赛获得第一名，而后拿过大大小小比赛的无数奖项。从小和黑白子结缘，而步入职业生涯之后，俞鹏的生活中更多的是关徽的金色。俞鹏工作在南京海关一线已经16年，据说累计加班超过了五千小时！他多次获得先进工作者和优秀党员称号。

领导：工作细致踏实，特别能吃苦，特别能战斗。

常昊：俞鹏自己的座右铭是"豁然面对，泰然处之，流水不争先"，是不是与他棋盘上临危不乱、逆转取胜很相符？在小片的最后，先是全家十几口人一起为他祝福，而后是老师带着几个师兄弟为他打气，最后是二十几个同事站在南京长江口岸海关地图前为他呐喊助威，真是肩负各方期待啊！

了解了俞鹏经历之后，我们再来听听王温的故事，更加传奇。王温出生于浙江温州，十个月大的时候患上了小儿麻痹症，双腿和右手残疾。然而身体上的障碍丝毫没有减少他对围棋的热情与追求，受父亲、兄弟和周围邻居的影响，王温12岁学会围棋，从此围棋成为了生活中的重要部分。

王温：围棋给我带来的更多的是生活的充实，精神上比较快乐。

常昊：作为残联的代表，王温在洛阳站突围而出，顺利地拿下一张八强入场券。闻听喜讯，几位多年的棋友前来道贺，并在王温出战八强赛前，特意开了个战前研讨会，帮他准备布局和战术。

温州围棋协会主席吴高： 王温老师比赛经验很丰富，一般来说，你在他脸上看不出他形势好或者形势差。他总是那么专注。

常昊： 身为残疾人，王温也受到了社会和残联的帮助。在日常生活中，他也通过教残疾人的孩子下围棋，来回馈社会，希望能够建立孩子们的自信，充实他们的生活。"棋如人生"是他的座右铭，身残志坚的王温始终坚信人生在世不能白活，要"拼命"活出精彩。

王温： 我对围棋的热爱和追求，可以用我喜爱的一首歌来表达，那首歌是这样唱的"天外有天，山外有山，不怕拼命怕平凡"。

↑比赛开始

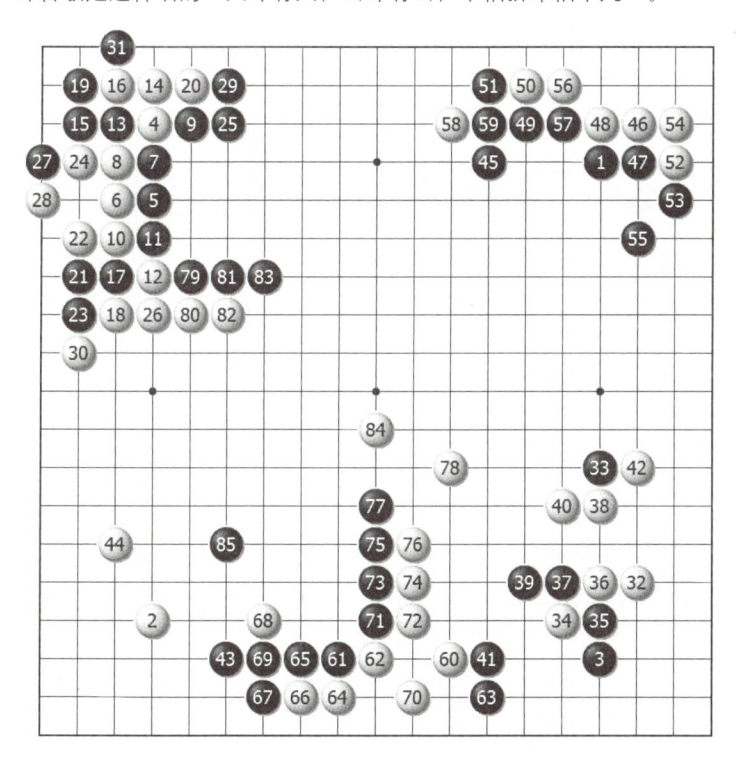

八强赛「●王温 VS ○俞鹏」1—85

常昊： 这首歌我是第一次听到，其中还有几句歌词很感人："挺起胸膛，咬紧牙关，生死容易低头难……"是啊，任何人的人生中都会遇到困难，我们应该咬紧牙关，挺起胸膛去面对。当年我连续六次在世界大赛的决赛失利，一度觉得很对不起棋迷、领导、亲友等所有人，觉得辜负了他们的期待，但是我咬牙挺胸走了过来。2005年3月5日是我难忘的日子，这天我在第五届应氏杯世界锦标赛决赛第三局，击败韩国对手崔哲瀚，以3-1夺得冠军，让我一抒胸中积郁多年的闷气！之后又在2007年1月的三星杯决赛、2009年6月的春兰杯决赛两次击败老对手李昌镐，夺得冠军。

本场比赛的裁判长、我的前辈方天丰八段宣布比赛开始，执黑的王温第一颗子落子右上角星位，双方均以"星—小目"开局，意在求稳。双方在左上角下出了"大雪崩定式"，这是围棋三大定式之一，变化繁多复杂，连我们职业棋手都会步步小心，一不留神就会全盘皆崩。他们俩应该对这个定式的复杂程

↑对弈亭内

↑工作人员

度很了解，因此谁都没有"多事"，心平气和地选择了最流行的变化。紧接着右下角又走出个常见定式。45手走在四路二间关，我认为可能走在三路小飞等扎实一些，理由是周围的白棋已经比较厚实了，黑棋再围大模样将被限制，所以这时候走的扎实些，护住角上的实空，更容易掌握。

常昊： 白46手马上点角，黑55手小有失误，如果"长"一手可在局部获得先手，然后在左下角跳起，应该是两分的局面。实战王温落了后手，俞鹏抢先在下边行棋，但白60手直接夹击黑43这颗子更好。实战俞鹏在这里落了后手，王温的79手价值很大，上边要围出大模样。俞鹏的白84手"飞镇"，有一定的风险，如果再次落后手，被王温在上边再走一手，那么黑方的模样实地化了，白棋就危险了。实战王温的85手有问题，被俞鹏抢到先手走在90手的位置侵消，白棋形势缓过来了。

王温： 黑85手是坏棋，当时觉得这手棋也很大，想把局面下得简明一点儿，有种想简单取胜的心理。

俞鹏： 可能当时王温判断形势还可以，但是85手有点儿脱离主战场。

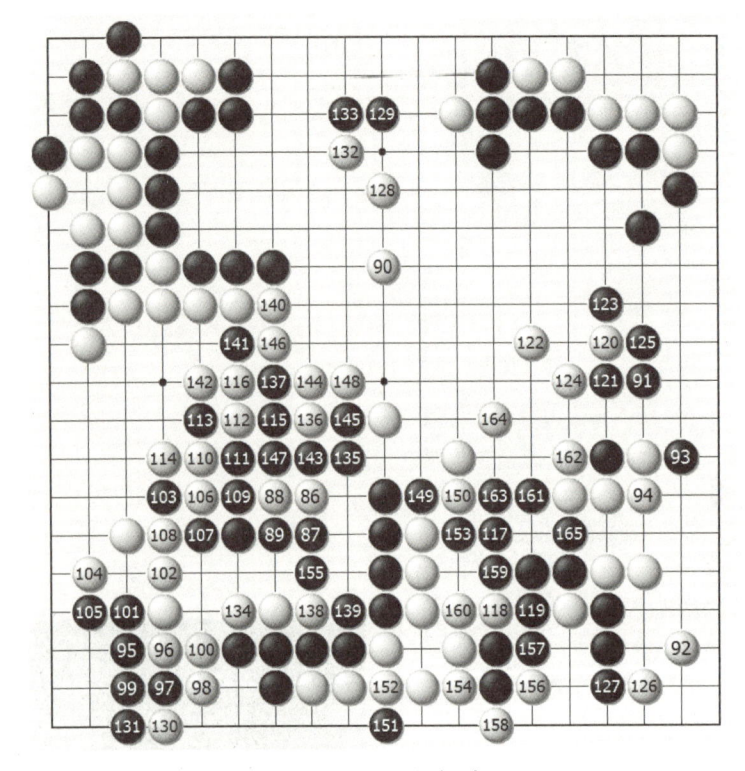

八强赛「●王温 VS ○俞鹏」86—165

常昊： 黑95手再次脱离主战场，我的师妹唐莉初段认为这手棋只能先在右下角补棋。但是俞鹏没有惩罚对手的失误，而是跟着在左下角行棋。在接下来左下角的战斗中，白106手是严厉的好棋。

俞鹏： 106手跨断，黑棋应该不是很好应对。

王温： 把我跨断之后，白棋获得了不少目。

常昊： 刘小光老师也认为106手厉害，他觉得本来是白棋很薄的地方，现在居然变成实空了，他认为105手应该"挤"一手防"跨断"。刘小光老师认为117手、120手都是好棋，但是白棋一直掌握着先手，白128被刘老师称为"巨大的一手"，他感觉黑棋又被便宜了。唐莉认为白棋的厚势围空较多，而黑棋的厚势都在二、三线围空。两位解说人都认为白棋优势了。黑135手是让己方形势雪上加霜的一手。

王温： 136手抓住了我135手的错误，这手确实是个失误。

俞鹏： 白棋想冲击一下这块黑棋的薄味。这个时候白方在厚薄上和实地上应该都占点儿优势。

常昊： 俞鹏的136手确实很敏锐，但是136和138的次序应该颠倒过来才对。136之后，我发现了黑方的一个反击手段，

137不接五子，先"挖打"112、116这两颗白子，再断在白30上边，黑棋很难办，攻守之势将逆转。实战王温139接住五子也有他的考虑，因为一旦这五子被吃，连左上角都不活了。但是此时黑方形势已经不乐观了，黑139"挖打"走厚中央，就可以断开上边的几颗白子，重新掌握主动。黑棋错过了一举翻盘的机会，替王温遗憾。进入官子阶段，白方优势较为明显。白164没有硬吃黑棋"大龙"，表明俞鹏也判断自己形势占优，采取了稳健的下法。两位对局者的基本功都不错，官子都没有大的疏漏，最终俞鹏以8又1/4子的较大优势获胜。

王温：我不是紧张，就是没发挥好，后半盘没下好。不过，只要能参与我就觉得很满足，参与得越久我就越满足。

俞鹏：这盘棋我总体发挥还可以，可能是心态比较平稳吧。

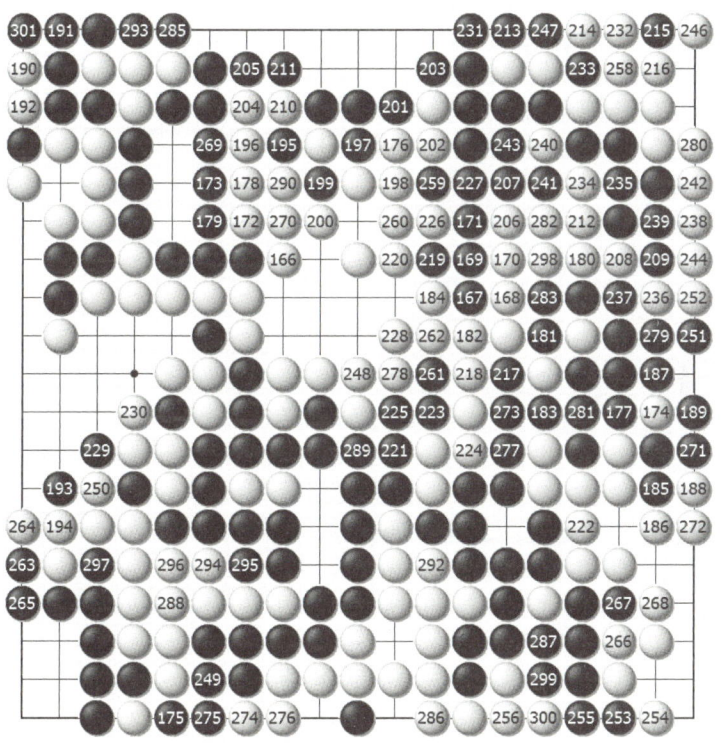

245=240右 257=233左 284=192下 291=195右

八强赛「●王温 VS ○俞鹏」166—301
白胜8又1/4子

常昊：赛后，残疾人歌手李琛为棋手和现场观众献上一曲《阳光总在风雨后》，歌名和歌词，与本场比赛都很贴切。作为一名经历过很多大胜负的职业棋手，我也有同感：对局中的兴奋、低落、欣喜、懊悔，都是"人生路上甜苦和喜忧"，阳光总在风雨后，珍惜所有的感动，每一份希望在你手中！

我曾经在自己的书中阐述过："棋盘上有可弃之子，但是在围棋范畴内没有可弃之人。"这一点，我从《谁是棋王》的举办中有了更深的体会。围棋不能仅仅限于自我修养、自我欣赏，自我封闭于小众群体。围棋是我们先祖先贤的精华，是中华文化的传承。因此要通过各种渠道、活动，积极地在大众中推广，在大众中扩散、扎根。从这个角度，围棋不应该也不能放弃每一个中国人！■

↑王温感言

↑李琛《阳光总在风雨后》

↑赛后常昊与王温谈话

↑王温专注下棋

↑俞鹏思考对策

八强赛【陈威廷 VS 卢宁】

棋王对决的咏叹调·八强赛——陈威廷 VS 卢宁

张晓茵：春节刚过，《谁是棋王》八强赛在北京打响。能进入全国八强的选手，无一不是名满江湖的业余棋界的高手，可谓"天下谁人不识君"。可以说，能进入八强的选手，无一不有问鼎棋王宝座之心，而他们也都有斩将夺旗的实力。

八骏汇聚，逐鹿京城。作为港澳台队的领队，我参加了小组赛保山站的比赛，队中年龄最小的选手——15岁的陈威廷获得了保山站的冠军，可谓是意外之喜。正因为威廷的出色发挥，也让我有幸继续到赛场感受《谁是棋王》的魅力。作为台湾的业余5段棋手，我一直致力于围棋的人文教育，搭建海峡两岸围棋交流之桥梁，在《谁是棋王》赛场，我的所见所闻，既有心有灵犀的领悟，又有耳目一新的感受。上一次我们饱览了保山的山水古迹，尤其瞻仰了抗战的遗迹和英雄陵园，这对出生于台湾的我们弥足珍贵。这一次我们则领略了北京的厚重历史和文化，尤其是梦里的万里长城。漫步长城之上，感受着他的雄伟与沧桑。长城与围棋一样，都是中华古老文明的象征。游览长城，让我和威廷开阔了眼界，对围棋，尤其是大局观方面似乎有了新的感悟。期待威廷更进一步，而我们也能继续饱览中华山川、与各地棋友交流。

↑卢宁对战陈威廷

↑张晓茵

张晓茵：经过抽签，陈威廷的对手是业余棋界成名已久的卢宁。卢宁6岁学棋，曾经是冲段少年，业余6段、国家一级运动员。冲段失利后一直活跃在业余赛场，在比赛经验上肯定高于陈威廷。威廷的优势是年轻有冲劲，他目前就读于台湾唯一设有围棋班的南山中学，目标是成为职业棋士。

卢宁：觉得这个比赛新颖，下得很开心，第一次尝试这么过瘾的比赛，觉得很享受。

张晓茵：其实威廷又何尝不是呢！从台湾海选脱颖而出，威廷第一次有机会来到大陆，参加的、观看的每一盘棋，到过的每个城市的所见所闻，都让他觉得新奇、兴奋。陈威廷非常珍惜来大陆交流的机会，来北京之前特意为对手准备了礼物——一个精美的台湾地图模型。卢宁接过礼物后很风趣。

卢宁：拿人家的手短，吃人家的嘴软，这棋还怎么下啊！

张晓茵：其实作为陈威廷的领队兼教练，对于他能拿到保山站的冠军已经很满意了，对于八强赛，我们是抱着学习的心态来的。不过呢，威廷虽然年纪小，但初生之犊不畏虎，来北京之前，南山中学特意举行了"授旗仪式"祝他旗开得胜。不仅南山中学的师生，全台湾的棋友肯定都会盯着电视机为他加油！威廷威廷，一定能赢！这次北京之行，我们的助威团还有两位特殊的成员，一位是台湾著名篮球评论员朱彦硕。作为棋迷，朱彦硕也参加了《谁是棋王》台湾的海选赛，可惜3胜2负没能代表台湾出战。另外一位特殊团员是保山汉庄中小学的校长王晓明，陈威廷拿到保山站冠军后，到汉庄中小学交流，曾建议王校长与南山中学结为友好学校。我们的助威团来自海峡两岸，而卢宁也不孤单，他怀孕的妻子也来到了赛场，并且祝福爱人在这次比赛能走到最后，给他们快出生的小宝宝一个最好的礼物……哇！这么美好的愿望真令人感动，但是我们的威廷也想赢下去继续棋王之旅啊！这怎么办呢？那就棋盘上见吧！

比赛猜先后，陈威廷执黑先行。这场比赛的讲解嘉宾是重量级的，棋坛元

↑比赛开始

老刘小光九段搭档多才多艺的美女棋手唐莉，三次世界冠军得主孔杰也来到了现场。对于布局，刘小光认为双方都是正常的普通招法。

刘小光：都是本格派棋手。

张晓茵：16手棋之后，刘老师请孔杰点评布局。

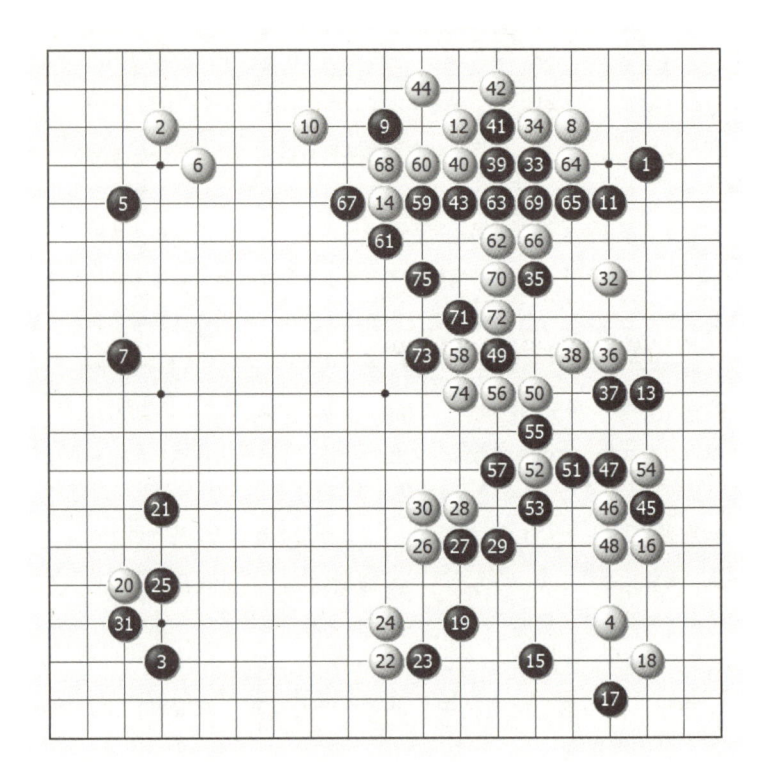

八强赛「●陈威廷 VS ○卢宁」1—75

↑祖孙二人

↑孔杰九段

↑苑天舒

孔杰：双方的招法都中规中矩，感觉两人的实力都很强，到目前没有明显的疑问手。

张晓茵：白32打入，卢宁率先挑起了战斗。卢宁出生在军事要地新野，三国演义里诸葛亮一战成名的地方，他的棋风也像风云变幻的三国一样，好战、善战。对手的凶悍让陈威廷有点儿措手不及，接下来的几招都遭到批评。

孔杰：黑27是帮对手走厚。

刘小光：第35手形状不当，39—43是给对手帮忙的俗手。

到第75手。

唐莉：黑方棋形不佳，白方形势不错。

刘小光：虽然白棋没有达到最高效率，但总的来说是可以接受的结果。

卢宁：我觉得形势相当不错。这时候该我落子，并且实地比较实惠，全盘没有弱棋，当时我非常乐观。

陈威廷：白棋处理得很好，目数和厚薄都占优。

张晓茵：比赛进行到此，我觉得卢宁是个力战型的棋手，作为音乐专业硕士的我，如果用一样乐器来形容他，我觉得他很像鼓，非常的铿锵有力，只要有作战的机会，一定不会放弃。威廷这个孩子非常内敛，我想到的乐器是琵琶，非常富有戏剧性，非常有张力的乐器。如果这盘棋用一首乐曲来形容，我想到的是《十面埋伏》这首著名的琵琶曲。他们两位就像刘邦和项羽，楚汉相争。也许前面的一帆风顺让卢宁过于放松了，中盘时他连续出现疑问手。白78随手，刘小光认为应该在黑3左下方二路"点"，黑棋如果挡住，白棋可以活角彻底取得实地上的领先。实战黑方先手防住了白棋活角的手段，再抢到95位的大棋，陈威廷渐渐追了上来。我们宝岛著名篮球评论员朱彦硕对局势有自己的看法。

朱彦硕：这盘棋从篮球的角度来看的话，我感觉陈威廷是一路落后一路挨打，但篮球也有同样的情况，就是太早领先太多的时候，情绪上容易松懈。所以卢先生在中盘的时候可能有一些缓手，让陈威廷有机会去追上。下到124手的时候，大家能感觉到像篮球场一样，逆转的气氛开始了，陈威廷连续的三分球、防守反击，一点一点把差距追上。这时候往往是在后面追赶的一方心理上更有利，而且落后的一方更加专注。围棋跟篮球有很多相通之处。我觉得黑棋逆转相当有望。

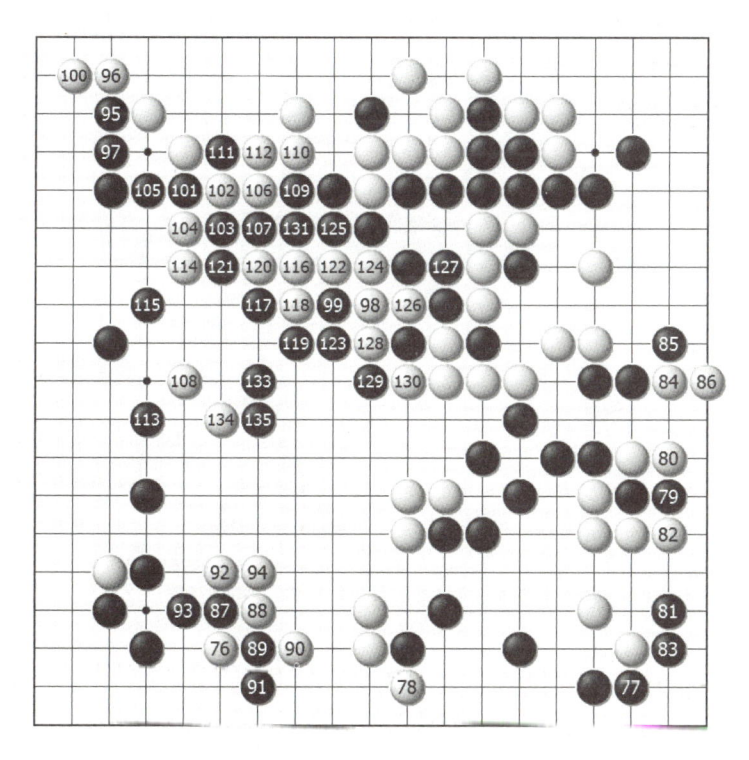

132=128右

八强赛「●陈威廷 VS ○卢宁」76—135

↑对弈亭

张晓茵：到133手，刘小光老师认为正如朱彦硕评论的，黑棋逆转了。

世界冠军孔杰：从黑101开始，把两颗白子鲸吞掉，中间还滚打包收了，黑方获利不少。之前本来咬得很紧，现在我觉得胜负的天平倾向于黑方了！

张晓茵：听了两位九段的分析，我心里非常高兴，虽然是抱着学习的态度

↑JJ平台

来的，但是没人不渴望胜利，我多么希望威廷能多赛一盘，我们能多参加一场《谁是棋王》！

卢宁：这段像噩梦一样，犯下了不可饶恕的错误！被人家滚打包收，棋形非常难看，而且出现了严重的误算。这个时候这盘棋危险了，形势是他好。

张晓茵：陈威廷也认为对手给了自己机会。黑139错失了左上角的大官子，我开始为威廷担心了，毕竟他的比赛经验比卢宁差很多，经验的欠缺可能在读秒中诱发失误。果然，威廷很快就出现了严重的失误，刘小光和唐莉认为，黑157老老实实走158位挡住，接下来没什么复杂的官子了，黑棋基本赢定了。

陈威廷：158是最大的官子，我却跑去收了个很小的官，导致局面变成了细棋。

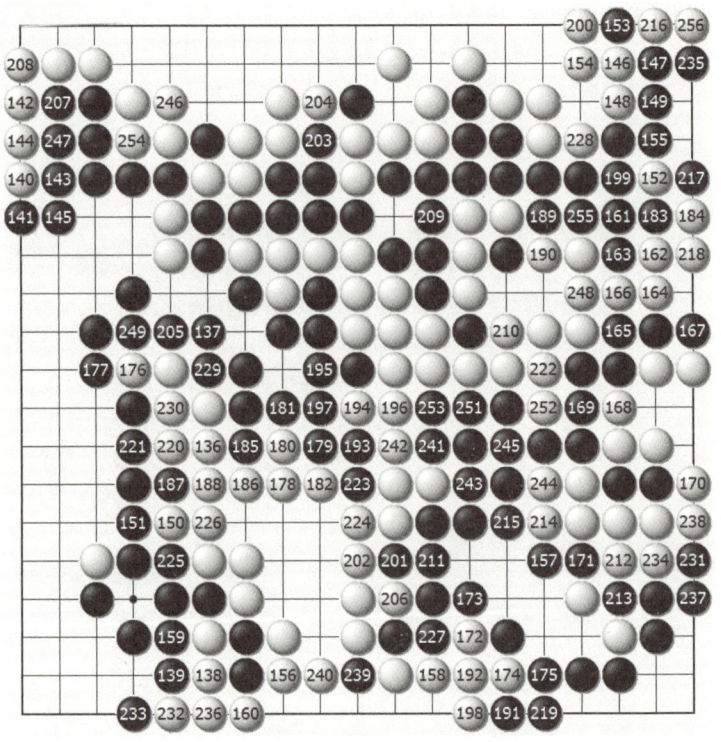

250＝153

八强赛「●陈威廷 VS ○卢宁」136–256
白胜1又1/4子

↑保山赠礼证两岸友谊

↑陈威廷登长城

张晓茵：而孔杰直接把这手棋定性为本局的败着。

卢宁：对手可能有优势意识了，进入收官缓手不断，表现跟前面判若两人的感觉。官子他全部挑小的下，有种孔融让梨的感觉，把大官子都留给了我。

张晓茵：棋局的反复逆转，让作为嘉宾的中国文化书院秘书长苑天舒深有感触，他称棋局步步惊心，然后以中华文化中的总体观解读围棋。

苑天舒：走到最后一定是和谐圆满。

张晓茵：这与近代围棋泰斗吴清源大师的观念不谋而合。刘小光老师认为黑203是最后的败着，此时如果走右上角一路粘，胜负尚未可知。唐莉觉得陈威廷可能没注意到黑棋气紧，黑205后手补棋，陈威廷败局已定。不得不离开《谁是棋王》舞台的陈威廷发表了感言。

陈威廷：很高兴参加这个节目，虽然没有晋级半决赛，但是我很感谢央视以及参与节目的所有人，你们的热情感染了我，我会带着这份热情回台湾继续下棋。祝福卢宁老师能够成为棋王！

卢宁：他（陈威廷）是个非常有潜力的棋手，我相信如果他一直坚持下去，成为职业棋手对他来说不是一个终点而是起点！

张晓茵：棋盘上是勾心斗角激烈搏杀的对手，棋盘外是心意相通互相祝福的朋友，围棋就是人与人交流的一种桥梁。没能登上晋级台的陈威廷，登上了长城，雄伟的长城让他心生感悟。

陈威廷：很高兴参加《谁是棋王》的比赛，让我认识了很多人交了很多新朋友。在围棋方面，也让我发现了很多不足。长城给了我启发：围棋之路不管有多长远，我都会继续努力走下去！

张晓茵：我对威廷说："不到长城非好汉，恭喜你，今天终于成为一位真正的好汉了！希望你继续加油！"

1992年聂卫平聂老到台湾指导小棋手，与十名小棋手多面打，其他九个都输了，我哥哥张怀一下成了和棋。这启发了我母亲带我们来大陆学棋，当年10月底，我母亲带着我们来到中国棋院，当时王汝南老师，还有华伟荣老师、华以刚老师都接待我们，我们在棋院住了一个月左右。1993年的暑假，中国棋院办了一个训练班，我哥哥也来参加，同期的孩子还有古力、谢赫、鲍橒等知名棋手。我们在小时候就认识，成为了好朋友。跟大陆这些朋友的交往，让我觉得海峡两岸我们的围棋的根是连在一起的。《谁是棋王》节目在全国各地轰轰烈烈地举行，让围棋在全国大地生根发芽，将来必将处处开花结出累累硕果！

↑卢宁晋级

八强赛【罗韬 VS 于清泉】

棋王对决的咏叹调·八强赛——罗韬 VS 于清泉

张晓茵：八强赛最后一场比赛，由金融界别棋王罗韬对阵服务界别棋王于清泉，抽签仪式上两人抽到一起后，主持人戏称罗韬为"韬叔"，因为于清泉是业余棋界鼎鼎大名的"涛哥"，至于为什么有这么个绰号，与某次比赛工作人员的失误有关。一个是"叔"，一个是"哥"，称谓上就可知两人的年龄差别，一个是1980年生人，一个是90后。两人都是业余6段，于清泉在武汉体育学院毕业后，以普及围棋为职业，罗韬的本职工作是保险公司的副总经理，同时担任浙江省围棋协会副秘书长，也没离开过围棋圈。"叔"和"哥"的区别可不止在年龄，更在表达方式。展望比赛时，于清泉跳过了本场目标直接锁定了决赛。

于清泉：这次比赛可谓志在必得，一定要拿一次全国冠军！

张晓茵：用他们90后的流行语来说就是"霸气侧漏"！1980年出生的罗韬就委婉多了，但也是绵里藏针。

罗韬：对手实力非常强，但这是快棋赛嘛！还是存在着一定的偶然性，而且在快棋方面我还是比较擅长的，所以我对自己有信心！

张晓茵：要说于清泉霸气，那也是由成绩支撑的。

于清泉：底气来自于，全国比赛二到九名我都拿过了，这次该拿冠军了！

张晓茵：于清泉的妈妈杨晓慧也来到现场为儿子加油。

妈妈杨晓慧：放平心态，认真下就可以了，取得冠军应该没什么问题！ **张晓茵**：听到妈妈跟自己如此默契，于清泉笑得非常开心。如果说妈妈的自信很大程度上来源于对儿子的爱和期望，那么领队的观点就更客观、更有根据了。杨戎二段当年是叱咤风云的职业女将，于清泉在她主持的道场学过棋。

杨戎：我觉得于清泉今年的进步很大，他在前不久举行的晚报杯中夺得了第五名，虽然第五名不是最好的成绩，但是他就是因为想留点儿后手，想拿"棋王"。

张晓茵：第五名听起来好像不算很好的名次，但"晚报杯"可了不得，这项已经有29年历史的全国顶级业余赛事，向来是职业棋手的摇篮，世界冠军时越、唐韦星、周睿羊都曾在"晚报杯"练兵并拿过冠军。与于清泉同场竞技的，有很多00后的冲段少年，里面肯定有人将成为职业棋手甚至世界冠军，所以这个第五名实际是对对手的一种威慑！于清泉的领队抛出了"晚报杯"第五名的宣传武器，罗韬的领导也不甘示弱。

朱小军：从海选我就在长沙见证了罗韬的实力，他在我们金融界别比赛中第一场就赢了职业棋手！所以我对他的实力是有信心的。我希望他放下包袱，发挥出实力，以良好的心态下出一盘高质量的棋。

张晓茵：领队果然与队员搭配，都是绵里藏针。两位选手并肩走进了对弈亭，就像两位武林高手走上华山之巅，最终只能有一个继续梦想，另一个不得不品尝失利的苦涩。而在解说现场，大屏幕上杨晓慧回忆起了于清泉的围棋之路……于清泉5岁学棋，8岁那年独自一人去北京追梦。

↑聂卫平访台湾

↑古力、张晓茵、唐莉儿时照片

↑张晓茵与唐莉

↑服务界别领队杨戎

↑裁判长方天丰八段

妈妈杨晓慧：孩子才8岁嘛，连洗澡都不会，并且于清泉小的时候胆子特别小，还不敢一个人住，当时我和他爸爸都掉眼泪了。

张晓茵：把从未离开过的爱子一个人留在北京，于妈妈和于爸爸的内心一定经历了一番挣扎，但出于对围棋的认可，出于对儿子梦想的支持，为了发挥儿子的才华，他们毅然放飞小小年纪的于清泉在偌大的北京……每一个棋迷都有过成为职业棋手的梦想，这是一种情结。从2001年的天津定段赛，到2011年的合肥定段赛，于清泉十年磨一剑，还是差在"临门一脚"未能定段成为职业棋手。但从实力上讲，也许差的只是一纸证书。于清泉最后一次参加定段赛是在合肥，最后阶段没下好，太紧张了……提起往事，于清泉脸上依然写满了遗憾。

于清泉：所以我一定要进四强，那是我一雪前耻的地方。

张晓茵：合肥，将承办《谁是棋王》半决赛的比赛。

于清泉最喜欢林志炫的那首《没离开过》，他希望自己"没离开过"，一直战斗在《谁是棋王》这个舞台。

罗韬比赛的前夜，喜欢画画的女儿罗梓忆画了一幅画，画中爸爸脖子上戴着金牌。

罗韬女儿：我想让爸爸拿第一名。

张晓茵：和女儿一样，罗韬也是从小就接触了琴棋书画。他上的叫"百草园书法诗词围棋培训班"，可谓"杂家"。但他对围棋情有独钟。

罗韬：过了半年时间，诗词书法干脆不学了。两年左右拿了台州市少儿赛冠军。

张晓茵：11岁时罗韬入选了浙江省少年队，欣喜的父亲亲手为他做了一副围棋盘。回忆起往事，罗华烨脸上洋溢着幸福。

罗韬父亲：我去省队看过孩子们训练，觉得棋盘要正规一点。就找来两块板，用木条钉起来，然后再开始画。

张晓茵：那时候大多数人用的都是塑料棋盘，罗韬能有一块木棋盘，肯定让小伙伴们羡慕不已。上初中后，父母出于学业上的考虑，让罗韬放弃了围棋。考上大学之后，罗韬又重新拾起了自己喜爱的围棋，并开始参加全国的业余围棋比赛，水平也在实战中不断提高。工作之后，围棋更是成了他生活中唯一的兴趣爱好。为何独钟围棋？

罗韬：通过下围棋，以棋会友的方式，结交了很多朋友，觉得挺好的。

罗韬的同事：罗韬迷恋围棋，非但没影响工作，反而对工作很有帮助。

张晓茵：他们保险公司能接下苏泊尔公司的保单，就因为对方是杭州围棋队赞助商。围棋让罗韬在与客户交流时，多了很多共同的话题。罗韬还兼任着浙江省围棋协会副秘书长，有时间就去为孩子们讲讲课，为围棋的普及推广做一些工作。了解了一些两位选手的学棋经历和生活工作之后，刘小光九段和唐莉初段开始为大家解说比赛。比赛由罗韬执黑先行。布局双方都是轻车熟路，对于他们这种业余6段而言，前30手几乎与职业棋手没差别。白16面临选择，唐莉认为可以先在17位飞，与黑棋走三－三交换后再尖。刘小光以此为题考了考现场的小棋手，被点名的小朋友支持于清泉的下法，认为如果先二路飞，黑方会不理会而直接盖住白10这颗子。坐在旁边的世界冠军孔杰为大家解惑。

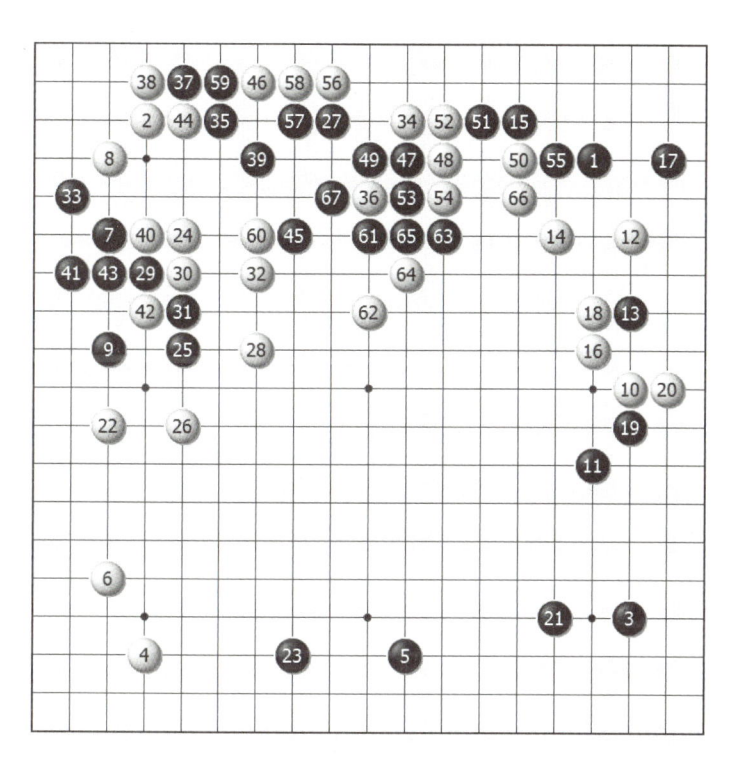

八强赛「●罗韬 VS ○于清泉」1—67

孔杰：围棋很多时候有很多种选择，小朋友支持实战的尖，这是蛮好的一步棋，白棋走厚自身，对右下角的黑方阵营起到制约。二路飞也不能说它就不好，这样就去地了，实空上肯定能占有一定优势，黑棋势必把白10盖住，黑方势力将具备一定的规模。所以，我觉得这两手棋选择哪个都可以，主要看棋风。

刘小光：布局的选择，就像人生的选择，很多时候不是唯一的。不像局部的变化是唯一的。

唐莉：只要选择自己擅长的就好。

张晓茵：这是他们当了几十年职业棋手，对围棋与人生的感悟。黑23拆二，刘小光认为罗韬很稳健。白28镇头气势十足，但刘小光认为更严厉的本形是走在29位。这一局部双方都走了几手被九段质疑的棋。于清泉气势汹汹要杀左上方的黑棋，刘小光认为攻击难度大有可能落空。于清泉的第50手得到刘小光的称赞。至63手，孔杰认为黑方实地更多一些。黑67错过了机会，刘小光推荐在62左边靠出，能给白棋制造很大的麻烦，一举奠定胜势。孔杰完全同意这一观点，他补充说靠之前先在角上四路扳就更好了。

罗韬：67手保守了点儿，有可能可以下得更积极一些，当时形势还是差不多，还是应该靠出。

于清泉：到67手布局结束了，双方该活的棋也都活了，地盘基本

都划分了。我们俩都没有下出最好的下法，但是总体结果达到了我的预期。

张晓茵：棋局继续。面对白68手的打入，罗韬的应对遭到刘小光的批评，他认为应该二路跳守角，对白棋进行攻击，实战至92手白棋做活，而黑棋的"厚皮"难以发挥作用，白棋成功。赛后谈感想，于清泉和罗韬都认为前100手形势接近。

孔杰：布局阶段本来黑棋不错，但因为第67手的缓手，以及被白棋在下边路轻松活出，形势变得很接近，需要由官子定胜负。

张晓茵：对弈亭内，两人的身影时而岿然不动如双峰对峙，时而落子有力如平地惊雷。这幅画面让我有感而发。于清泉是北方人，有一种北方人的霸气，他这幅山水画，应该是大山飞瀑，很像范宽的《溪山行旅图》。罗韬来自浙江江南水乡泽国，他的风格比较秀丽，很像黄公望的《富春山居图》。看到他们这盘棋，也觉得看到一副非常优美的图画。就在我以画如棋之际，罗韬下出了一步让他痛悔的棋——105手。刘小光直言这是坏棋，应该提掉90这颗子，唐莉认为提掉一子至少价值6目。

罗韬：105手是败着，很臭的臭棋！当时我已经把保留时间全部用完了，忙于落子，随便下下去了。相当于停了一手，下围棋哪顶得住停一手啊！

张晓茵：黑111以下开始围空，是无奈之举。

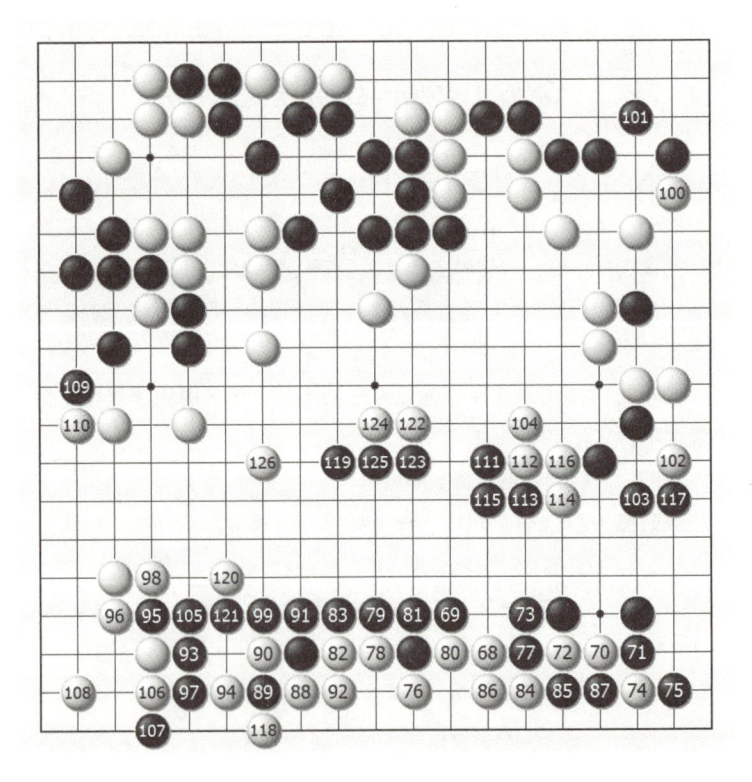

八强赛「●罗韬 VS ○于清泉」68—126

刘小光：这个厚皮才围这么一点儿空，黑棋失败！天平倾向于白棋了。

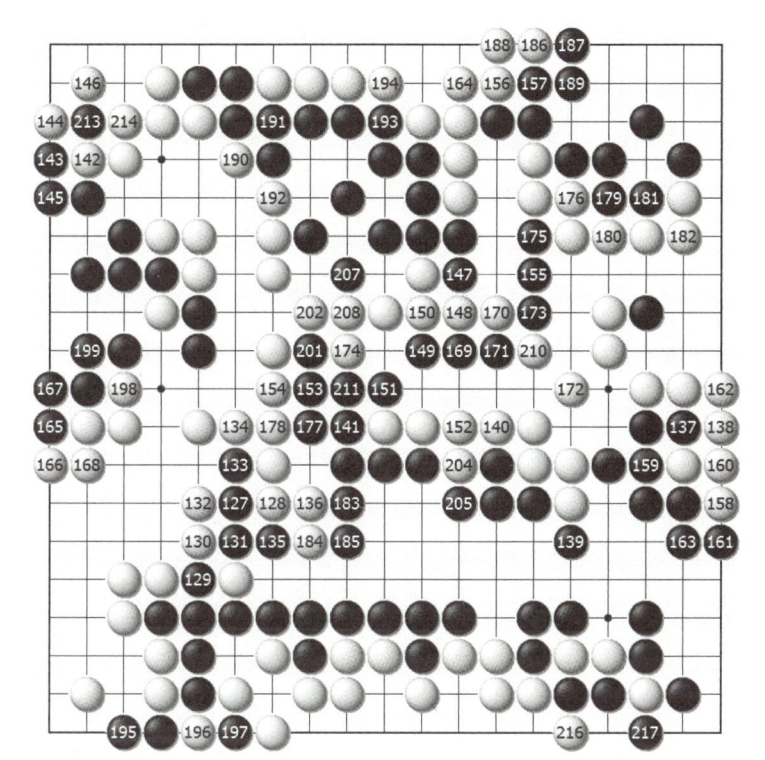

200 206 212 218=196　203 209 215=197

八强赛「●罗韬 VS ○于清泉」127—218

白胜

张晓茵：由黑方略优到双方均势再到白方胜势，棋局跌宕起伏瞬息万变。

蓝晓石将军：围棋棋经和《孙子兵法》，和我们的军事辩证法有很多共同的地方，特别是在围棋的攻、守当中，比如小光老师讲的第67手，罗韬被动地应了一手，其实完全可以用进攻来积极地防御。

张晓茵：官子阶段，于清泉越战越勇，罗韬则错误不断，双方的差距越来越大。至218手罗韬中盘认输，志在必得的"涛哥"送别了"韬叔"，可谓长江后浪推前浪。作为最后一位晋级四强的选手，于清泉在展望半决赛时再次语出惊人。

于清泉：半决赛最希望抽到的就是胡煜清！因为在2014年"陈毅杯"半决赛的时候，被他淘汰了，所以要以其人之道还治其人之身。

张晓茵：平缓的语气中，透着坚定、自信。巧合的是，胡煜清正好在着台上关注着这场比赛，闻言而起。

胡煜清：那就来吧！

张晓茵：两军尚未相遇，便已互相叫阵、战鼓齐鸣！而这次隔空叫阵只是个开始，后来两人果然在巅峰对决中相遇，欲知详情，请看下文。■

↑四强选手

半决赛【于清泉 VS 卢宁】

棋王对决的咏叹调·半决赛——于清泉 VS 卢宁

《谁是棋王》半决赛在合肥举行，其时正值春暖花开之际。本期在一曲歌唱春天的《我真的来到了合肥》中开场，助阵的职业棋手空前强大：中国围棋协会主席王汝南八段，当年征战中日围棋擂台赛的两大元老、"聂马刘曹"四大高手中的刘小光九段和曹大元九段，"七小龙"中最年长的邵炜刚九段和最年轻的丁伟九段，中国围棋协会秘书长王谊五段，女子世界冠军徐莹五段，著名电视评棋人陈盈初段。

八位职业棋手联袂献上了开场白，先是四大九段同时登场：

刘小光：身在合肥，淝水之地，文枰鏖战有血气！

曹大元：在山河旧地，下出棋王崭新棋局！

邵炜刚：在包拯故里，面对自己在纹枰上的缺点，铁面无私！

丁伟：合肥乃江南唇齿，让我们因围棋而结的友情唇齿相依！

而后王谊和徐莹登场：

徐盈：合肥的春风将吹开棋王最绚丽的花朵！

王谊：衷心期盼，四大棋王在合肥，通过手谈，喜结王者之谊！

王汝南：在水墨画般的美丽的家乡合肥，我期待着各界棋王能下出水墨画般的棋，赏心悦目！

陈莹：在合肥这样的创新高地，我希望我们的棋手能下出自己的新高度！

本期的非棋手嘉宾同样重量级，著名学者郦波首先献上祝福。

郦波：王者在，民间围棋豪情在！来合肥，棋王大战逍遥津！

清华大学哲学系韩立新教授：合肥站给我的启发是，看谁在棋盘上抢占的地盘最多！

北京邮电大学人工智能专家刘知青教授：合肥古称虎方，让我们共同见证四位棋王虎虎生风！

节目正式开始后，主持人黄子忠介绍说："为了让四位业余界的高手的冠军之路更加顺畅，节目组专门请到四位职业九段，作为他们的导师，为他们的冠军之路保驾护航。"原来最先出场的四大九段是"带着任务"来的！

四大九段变身四大导师，曹大元九段是俞鹏的导师，赛前寄语道："作为棋手，用有限的生命与能力，去感知和了解围棋。既是使命，又是快乐而艰辛的事情。"

四九段中最年轻的丁伟九段是四强中最年轻的于清泉的导师，他说："围棋瞬息万变，就看谁抓得住最后一个机会。"

邵炜刚九段是上海同乡胡煜清的导师，寄语是："行云流水，顺其自然。"

四九段中最年长的刘小光是河南同乡卢宁的导师，寄语铿锵有力："乾坤黑白，棋为大界，谁与争锋，民间棋王！"

↑ 抽签仪式

↑ 半决赛开幕

↑ 四大导师

↑ 王谊、徐莹

↑于清泉对战卢宁

↑于清泉与导师

↑卢宁与导师

于清泉：信心爆棚 誓雪前耻

导师们着眼于大局，说的并非弟子而是围棋，选手们的感慨就更加具体了。

"自从上一次来这儿成为伤心地之后，就再也没有来合肥，四年了……"说这话的是于清泉。2011年，于清泉在合肥经历了人生最后一次"冲段"，因为发挥失常，与职业棋手之路擦肩而过。自此，合肥成了他的伤心之地。此处借半决赛的机会再度来到合肥，也许是天意，让于清泉有一雪前耻的机会。而这一次，经历了大学磨砺的他坦然了许多。

在母亲的陪伴下步出机场，于清泉毫不掩饰地说："等待这一刻已经很久了，已经迫不及待地想开始比赛了！"

为了让于清泉更好地备战比赛，节目组特意请来"七小龙"之一的谦谦君子丁伟，作为他的导师。而于清泉早年在北京的道场也曾师从丁伟。师徒再度相遇，对于比赛也是有备而来。丁伟是云南省第一个也是唯一一位九段，从国少队到国家队，曾与邵炜刚、刘菁、周鹤洋、常昊、王磊、罗洗河并称"七小龙"。入选中国队参加过世界智力运动会、亚洲四强赛、世界团体锦标赛等重大比赛，战胜过李世石等名将。

对于如何备战，导师丁伟透露，晚上会一起复盘之前下过的棋，做一些针对性的研究。因为是快棋赛，会要求于清泉尽可能选自己熟悉的布局来下，充分发挥先着的效率，尽可能地下得积极一些。

战略战术有棋坛闻名的"丁战斗"把关了，赛前心理也尤为重要，为此，丁伟特意带着于清泉，与于妈妈、于清泉在大连时的老师闵娜三段一起，到风景秀丽的三河古镇，一睹美景，乐弈忘忧。于清泉不时调皮地跟丁伟开着玩笑，看上去毫无压力。而从他的话语中可以看出，简直已经信心爆棚："现在我相信，实力跟心态，都是我的最巅峰时期，所以我必然会闯入最后的决赛！"

卢宁：心态超然 不忘初心

看过了于清泉的备战，我们再来看看他半决赛的对手卢宁的备战情况。

卢宁的家乡是河南省新野县，新野的历史名人中，最著名的莫过于三国时期的诸葛亮了。在参加八强赛之前，卢宁就去了南阳的武侯祠，古人的智慧好像帮助了卢宁，使他赢下了比赛。在来到合肥参加半决赛之际，卢宁又来到了三国遗址公园凭吊古人。合肥在三国时期是吴、魏两国交战的地方，站在点将台上，卢宁有了一种"沙场秋点兵"的感觉。

这是一种什么样的感觉？

"在下棋的过程当中，我觉得我自己就是一支部队的领导，我要率领这支部队去完成什么样的使命，完成什么样的任务。跟古代打仗其实一样的道理，我要充分发挥出我手下兵力的每一个子力的优势，放在哪里，占据哪一个位置。"

为了帮卢宁备战与于清泉的比赛，节目组给他请的导师是他的河南同乡刘小光九段，当年棋坛赫赫有名的"天杀星"。刘小光九段已是中国棋坛元老级人物，当年在第二届中日擂台赛四连胜，受到万里等国家领导人的接见。拿过天元赛等多项国内比赛冠军，也进过富士通杯世界锦标赛四强。

刘老师是这样给小老乡上课的："如果形势还可以，要稳一点儿；遇到变化复杂的没见过的，要冷静。"有趣的是，在刘小光给卢宁上课的时候，将参加另一场半决赛的胡煜清一直在一旁偷师学艺！

虽然刘老师不会使卢宁的棋艺短时间内提高很多，但会在心理上有很大的帮助。对此，卢宁说："（有了导师辅导）心态上就更加轻松了，因为不存在任务，也不存在自己的目标，从一开始就是要享受这个过程。所以说，还是抱着刚开始参赛时的态度：怎么样把自己的棋艺展现出来，体验到围棋的乐趣，就可以了。"

双方队员怀揣锦囊，严阵以待；双方助威团战鼓擂鸣，人欢马叫；只等舞台灯光亮起，通往各自心目中的晋级之路！

↑ 卢宁道场

↑ 于清泉道场

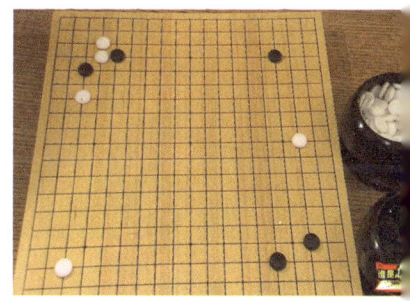

人生棋谱 回顾围棋人生

在主持人黄子忠的"有请"声中，于清泉、丁伟和卢宁、刘小光登台亮相。

主持人照例请棋手抒发战前感言，卢宁说："我会尽自己最大的努力，全力以赴下好这盘棋！"毕竟年长几岁，深藏不露。导师刘小光赠语曰："黑白乾坤，道法自然。手谈阴阳，相生相克，神莫测。""加油"声中，师生二人击掌鼓劲。

于清泉说："我一定要坚持到底，尽自己最大的努力，下好每一步棋。"导师丁伟这样评价弟子："清泉是非常有自信的，我觉得你按自己的棋（风）来下，就行！"言毕，两位帅哥深情拥抱了一下。

↑ 卢宁人生棋谱

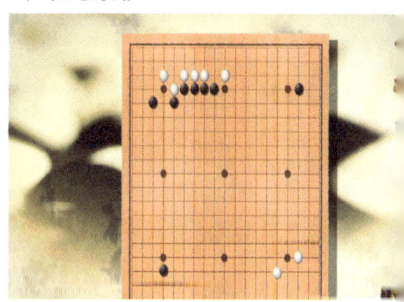

在导师和观众期待的目光中，卢宁和于清泉并肩走向了对弈亭。本场比赛的裁判长也是重量级的，朱宝训老师是我国首批专业棋手退出一线比赛后专心围棋裁判工作，是中国围棋裁判界的泰斗，担任过世界智力运动会围棋赛、广州亚运会围棋赛等重要赛事的裁判长，可以说，朱老师几乎给所有中国职业棋手当过裁判。由在安徽体育局工作的朱宝训担任本场裁判长，再合适不过了。朱老师宣布比赛开始后，两人先是坐着鞠躬致敬，可能觉得还不足够表达敬意，又起身握手加鞠躬。这对早就相识相知的棋友，棋盘外经常互相调侃，棋盘前还要默契地幽默一把。

↑ 于清泉人生棋谱

因为布局阶段落子较慢，演播室大屏幕没有马上解说比赛，而是播放了两人自传体的视频，从中可解读两人的围棋心路历程。

导演组设计的表达形式非常棒，在空棋盘面前，按照自己的喜好自由落子，然后结合经历，诉说围棋带给自己的喜怒哀乐和人生感悟，展现自己的"人生棋谱"。

↑ 郦波讲合肥以少胜多之战

↑王谊点评棋局

↑观众被王谊逗乐

↑徐莹五段

↑邵炜刚九段

↑小朋友分析棋局

于清泉的声音略显低沉带有磁性，如同在朗诵抒情诗。

"空棋盘如浩瀚的宇宙，九颗星点缀其间，仿若九大行星。"

"第一步弈于右上角小目，是黑方基本的套路，正如我的父亲喜爱围棋，把志愿加在我身上。子承父志，冥冥之中当有天意。"

"黑3，左下角对角小目。古代有座子，而现代的棋谱更自由，对角小目是积极的下法。6岁时，师承闵娜职业三段，迈着积极的步伐，超越前面的哥哥姐姐。"

"白4，右下小目，最后一个空角。8岁时，独自来到北京，第一次出远门，对外面的世界很好奇，恍然不知父母在跟我离别时落泪。而我为了求学围棋，为了追求自己的梦想，反而在这种无拘无束的环境中迷失了自己。"

"黑7，大斜。如果让我的人生重来一次，我还会坐在2001年天津定段赛赛场，来追寻我的围棋梦。第一次2胜5败，最后被现在的世界冠军唐韦星淘汰。那时我们都是百万大军过路中不起眼的一员。"

"白12，爬，继续出头。人生最为艰难的莫过于选择。第二次来到北京，一切都变得很不一样了。"

"黑13，长。防止二子头被扳，这是必然的下法。2009年、2011年两次近在咫尺的定段机会，均差临门一脚。或许围棋不单单看技术，决定战看的是心态。"

"黑15，长。黑方一直不回头，你跟着我爬我跟着你长，似乎就这样一直处于患得患失的较劲中。黑棋是采取更积极的下法，保证自己的先着效率。2014年我的成绩有所突破，得益于我生活的感悟，得益于围棋给我带来的快乐。"

"白16，跳，定式完成。全国比赛2-9名我都获得过了，然而却独缺第一。这一次比赛希望我能够跳出来，走到最后！"

"这就是我的人生棋谱……"

卢宁的"人生棋谱"又是什么样子的呢？

"第一步，落子星位。"落子声清脆有力。公务员卢宁侃侃而谈。

"4岁认识木野狐，深陷其中，享受着围棋给我带来的快乐。"

"第二步，落子小目。12岁获得南阳地区个人冠军，河南省少儿赛甲组亚军，围棋给我带来了巨大的荣耀感和成就感。"

"第三步，落子目外。12岁入选河南省少儿围棋集训队，苦练基本功，打牢基础。"

"第四步，落子三三。16岁进京，在聂卫平围棋道场深造，踏上了漫长的冲段之路。"

"第五步，落子无忧角。17岁冲段失败，遭遇到人生最大挫折。"

"第六步，落子分投。踏入社会，普及围棋，历练人生，得到了宝贵的社会经验。"

"第七步，小飞挂角。21岁重新规划人生，就读大学，提高自身修养。"

"第八步，一间低夹。27岁参加工作，通过考试成为一名地方公务员。"

"第九步，飞压。29岁结婚，建立家庭，体会到男人的责任和担当。"

"第十手，冲。参加《谁是棋王》，进入四强，享受快乐围棋。"

两人的"人生棋谱"只走到了序盘，更精彩的还在后面。

以两位导师为核心，分别为两位选手设立了"研究室"，亲友团在紧张关注棋局，为选手加油助威。在主演播室，解说搭档邵炜刚九段和徐莹五段可开始了解说。

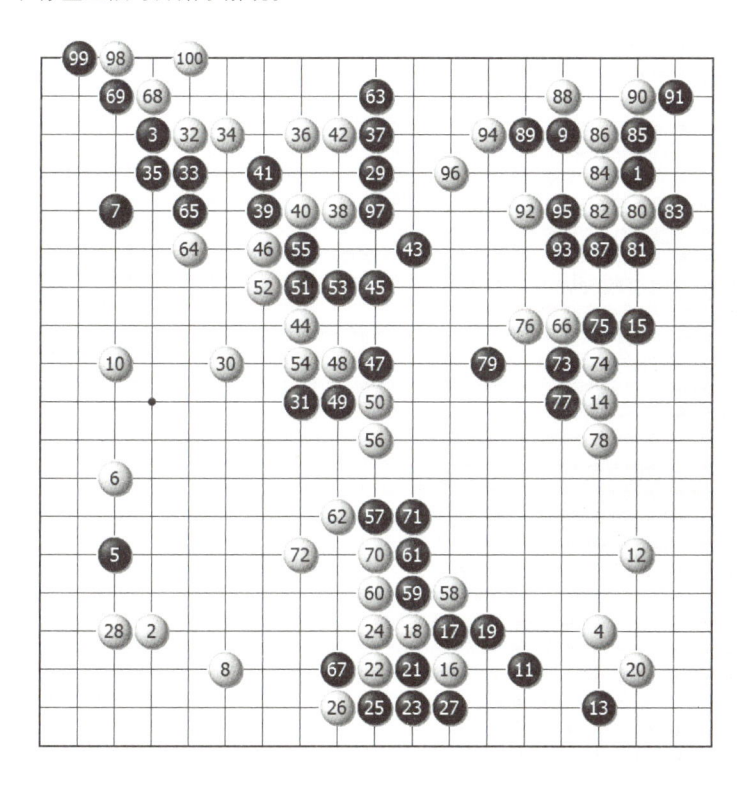

↑对弈亭内

↑小朋友认真看棋

↑于清泉胜局已定，提前祝贺于清泉

半决赛「●于清泉 VS ○卢宁」1-100

邵炜刚认为执白棋的卢宁是力战型棋风，徐莹说："这和他的导师刘小光是一类风格。"

卢宁方研究室内，刘小光正与卢宁搭档父亲交谈，他说："这次我虽然算他的老师，给他加油，但实际上他真正的老师也是我的老师。"刘小光指的应该是河南省围棋界老前辈黄进先四段，老先生为河南省培养了很多职业、业余高手。

于清泉方的研究室内，丁伟与"涛哥"的妈妈、大连老师闵娜三段一起关注比赛。丁伟说："清泉看上去比较斯文，他自己说是防守型棋风，但我觉得实际上他蕴含着很强的力量。"

邵炜刚认为白12应该夹击黑11，同时扩张以左下角为中心的模样，黑13应该拆回防止对方扩张模样。双方转了一圈之后，白16终于走到了夹击的要点，然后抢到28位"扎钉"的好点，双方的布局回到了正轨。

↑对弈亭思棋

↑裁判宣布比赛结束

黑29连片，白30扩张模样，赛后于清泉和卢宁都认为布局平稳，没有什么战斗，于清泉觉得达到了自己预期的目的。

白30之后，如何侵消白方模样是于清泉的当务之急，他选择了黑31小飞的下法，而现场的一位小学生棋迷，则推荐更进一路的"肩冲"。邵炜刚认为这两种下法意图上是一致的，只不过具体手法略有不同。徐莹就此引出了"异归同出"的成语和《诗经》中的《泉水》篇，并由郦波教授讲解了此成语和诗篇与合肥的关系，有兴趣的读者可以查看《谁是棋王》视频或相关资料。

卢宁的白32有些着急，38是第一个明显的坏棋，邵炜刚认为正形应该走在39位。实战被于清泉连续走到39、45的棋形要点，卢宁陷入了苦战。

白50又是激进的一手，徐莹认为是"以弱攻强"，不符合棋理。研究室里，刘小光一边直拍大腿一边连呼"这个不行！这个不行！我跟他说过不要着急……不应该这么早进入战斗，应该稳当一点儿！"听到刘老师说卢宁下出了坏棋，一旁卢宁的父母和怀孕的妻子都很紧张。

赛后，于清泉说没想到对手会如此激进；卢宁承认"这手棋有点儿着急了，当时心态有点儿失去平衡了。"

嘉宾席上观战的中国围棋协会秘书长王谊五段，也认为白50不符合"围棋十诀"中的"彼强自保"，但他觉得可能卢宁敢于"以弱战强"，可能因为他身后有导师"大力神"刘小光。

王谊的一句"以弱战强"，引出郦波老师又给大家上了堂国学课，郦波说："合肥古称庐子国，卢姓就得于此，所以卢宁在合肥是占地利的。"之后他讲了历史上有名的"以弱战强"的战役，三国时"张辽威震逍遥津"。郦波自称是卢宁的拥趸，希望他也在合肥上演"以弱战强、以少胜多"。

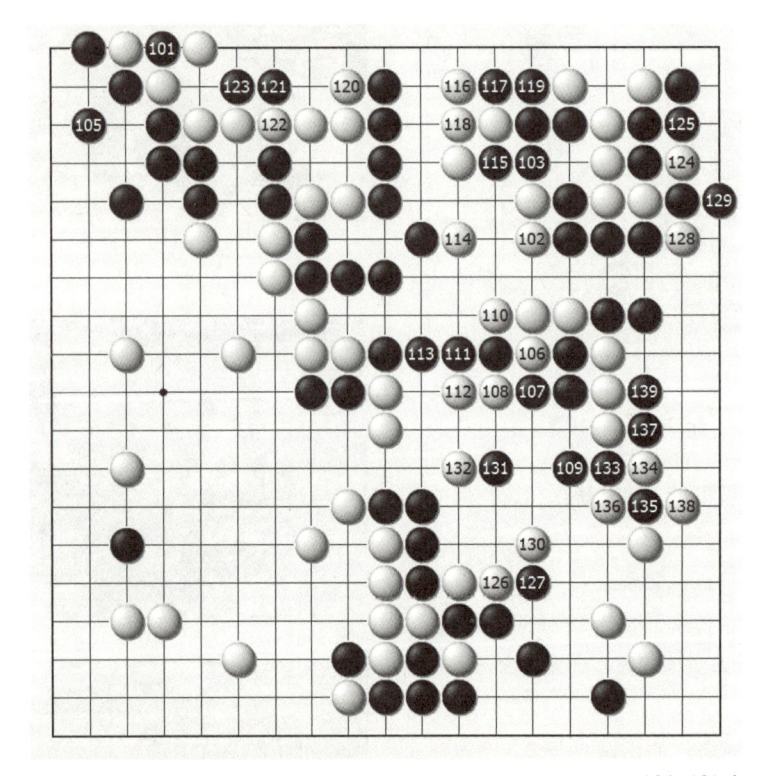

104=101 左

半决赛「●于清泉 VS ○卢宁」101—139
黑中盘胜

至57手形成转换，嘉宾席上的韩立新认为黑方优势。这位清华大学哲学系教授认为，围棋与辩证法相同，都是在互相否定、互相对抗中达成真理。他认为围棋有普适性，虽然诞生于东方，但将来有可能在全世界获得普及。

卢宁在中腹作战中转攻为守，开始围空，他的"拥趸"郦波教授借此讲起了三国另一名将满宠在合肥经典的防守战例。

黑73"靠断"是本局关键的一手。局后，卢宁说："本局的胜负关键应该是从他靠断开始的，我没想到他会采取这么激烈的手段，当时准备不足。"于清泉说："这个时候局面已经接近了，因为这之前我下得有点儿缓，有优势意识。平稳的下我未必能赢，所以开始了反击。"

心理准备不足的卢宁下出了白86的败招，邵炜刚和徐莹都觉得黑73看似强硬但并不成立，因为此时白棋有在76位下边先手冲断，然后"虚枷"连回家的手段。

白86随手一冲，给了于清泉展示魄力和计算力的机会，黑87贴出，开始了围棋中的"放杀"，即"引狼入室"到自己的空内，不惜冒着大空被迫的风险，矢志屠龙。

屠龙成功，则大胜；屠龙失败，则大败。此时决定胜与败的，是棋手的纯计算力。

讲到计算力，北京邮电大学的人工智能专家刘知青教授，给大家讲解了人工智能围棋研究的最新进展，包括谷歌公司的"阿尔法狗"的工作原理。当时"阿尔法狗"与李世石的"人机大战"尚未开始，但刘教授私下里已经预言"阿尔法狗"必胜。刘教授说："围棋是国际学术界所公认的人工智能领域一个重大挑战。""围棋是检测机器智能的标尺。"

赛场上，白棋大龙横死的可能性越来越大。研究室里，刘小光遗憾地说："他一下这么快，没按我说的走，还是按习惯走法下，我就担心白棋一下子崩掉。"另一边，闵娜说："如果这次真的能如我们所愿，拿到棋王，整个大连市的围棋氛围都会掀起一个高潮。"

其实职业高手们已经对局势洞若观火，而于清泉也招招紧凑，白棋大龙危在旦夕。106、108此时再冲断，110手已不能"虚枷"，因为黑方可以"点刺"吃掉白方大队人马。

至119手，白棋大龙愤死，棋局胜负已分。双方又各下了十手之后，卢宁认输，于清泉率先闯入了决赛！

不得不离开《谁是棋王》舞台的卢宁，在镜头前首先感谢了导师刘小光，"赛前帮我精心备战，给了我很大的帮助。但我没有完全按照刘老师的指示进行，还是没忍住，想把棋下得激进一点儿、更过瘾一点儿，露出了很多破绽，让小于同学抓住机会把我的大龙吃得一干二净。非常抱歉，刘老师！"

卢宁提到父母时，他的老父亲低下了头……卢宁也眼圈微微泛红。"学棋这么多年，父母一直非常支持，感谢他们一直对我的包容和纵容，以后通过自己的努力，希望有更多的机会照顾他们，感恩他们，回报他们。谢谢！"

当时卢宁的女儿就快出生了，他对即将出生的宝宝说："我自己对这个全国四强很满意，相信TA也会很满意的，出世之后不会觉得自己的老爸没有努力过。希望TA将来也能享受到围棋的快乐。"

"既然抱着享受的态度来呢，这盘棋小于的发挥比我发挥得更好，说明他比我更有资格进入决赛，所以说也没有什么遗憾了。"

获胜的于清泉进入到己方研究室，与妈妈、与闵娜老师拥抱，面对着有些哽咽的老师，他说："这一刻太温馨了，以前从来没拥抱过我的启蒙老师。"于妈妈则说："回去给他开个Party！"■

半决赛【胡煜清 VS 俞鹏】

棋王对决的咏叹调·半决赛——胡煜清 VS 俞鹏

合肥处长江与淮河之间巢湖之滨,襟江拥湖,沿海腹地,内地前沿,承东启西,贯通南北,自古便为兵家必争之地,恰似棋盘上的金角银边。昔日张辽威震逍遥津,谢安弈棋退苻坚,百万雄师过大江,时光流逝,斗转星移,今日棋王四强兵汇咽喉之地再战合肥。

胡煜清:我是胡煜清,来自上海,是本届《谁是棋王》的四强选手。我想对所有棋手说,我相信自己在实力上还是有优势的。

俞鹏:我想通过这次比赛,看一下自己现在大概达到什么样的程度,总之想赢吧,比赛之前都是想赢的,没人说比赛之前想输的。

导师、亲友、嘉宾纷纷献上寄语:

中国围棋协会主席王汝南:文质彬彬,威风凛凛,南征北战,笑傲江湖。

讲棋嘉宾、职业棋手陈盈:两位选手距决赛只有一步之遥,我希望今天出场的两位选手可以打出12分的精神,将宝贵的决赛门票收入囊中。

中国围棋协会秘书长王谊:两位棋王在巢湖之滨,双雄论剑,于中原之喉,巅峰对决。

《百家讲坛》主讲人、南京师范大学教授郦波:淝水畔,执手谈尽天下事,巢湖旁,闲敲棋子证棋王,谢谢。

合肥历史文化研究中心主任翁飞:我们安徽有文化、有历史、有底蕴,而且山美、水美、人美,今天如果两位棋手能在这里为我们奉献一盘精彩绝伦的好棋,那更是美上加美。

中央军委政治工作部蓝晓石将军:我结合两位棋手的人名和合肥的地名说一句话,名城大湖清,鹏飞展翅高。

俞煌贤:俞鹏他现在的情况跟其他棋手不一样,他是海关公务员,我们希望他圆满地完成海关交给他的任务。

王香如:胡煜清是非常努力的一个人,他现在不仅是一位棋手,他同时还要做围棋文化方面的普及,还是一位围棋的老师。

进入到半决赛这样关键的战役,《谁是棋王》节目,专门为每一位进入四强的选手,配备了一位职业棋界的风云人物作为他们的导师。今天的比赛还设立了第二道场,里面除了导师之外,另外还有他们的亲友团,胡煜清这边他的父母,他的围棋老师夏胜浩,导师曹大元职业九段都会在第二道场来进行这场比赛的同步研究。**曹大元**:"感觉怎么样下好,你就怎么样下。"俞鹏的父亲,俞鹏的启蒙教练,还有俞鹏的同门师兄弟,**来自南京的职业六段林锋**:"这次比赛的抽签,大家都说他比较困难,其实对于他来说,我相信他的心理素质没有困难。之前被越看低不是越好的事吗?"

俞鹏：后盾最厚 精神最强

"我觉得我会成为黑马，因为我本身属马，而且我长的也比较黑，所以我觉得黑马这个词称呼我当之无愧。"

"我想通过这次比赛，看一下我自己现在大概达到什么样的程度，总之想赢吧，比赛之前都是想赢的，没人说比赛之前想输的。"

这两天跟随我们的邵九段，老师给你带来什么样的准备？

邵炜刚：俞鹏，首先，他是一名很优秀的年轻人，他特别有斗志，其实在进入四强的选手中，大家都有共识，相对来说，俞鹏是最弱的。但是我觉得他的精神是最强的。

"邵老师对我的指导，我觉得现在自己综合战力有了很大的提升，不光是棋力，还有斗志，还有心态，我现在信心十足，我希望今天能下出让自己满意的结果。"

合肥海关专门为了给你加油鼓劲，准备给你绶带。我们合肥海关的政治部的副主任倪小铃来到现场给你进行绶带，我想问一下，绶带在海关这个系统来说，它意味着什么？

倪小铃：表示今天俞鹏来参加这场比赛，是很庄重的一件事。

胡煜清：相信自己 竭尽全力

"从小组赛开始，包括小组赛决赛，包括八进四，我两盘棋的发挥其实我自己都不太满意，都只给自己打 60 分，我希望这盘棋无论如何尽量到 80 分，状态一点点好起来。"

这场比赛，曹老师他主要给你怎么准备的？

"应该说在我小时候还在学棋的时候，也正是曹老师叱咤风云的时候，应该说我就是打着曹老师的谱长大的，所以也非常感谢这次《谁是棋王》栏目组，帮我找到曹老师这样的导师，也圆了我儿时的梦想。这两天曹老师对我的训练，我觉得在技术、战术方面有了很大的提高。我觉得今天的棋不管输赢都值了。"

曹老师，你带胡煜清这样的弟子，心态是不是还是非常的从容？

曹大元："是，刚才胡煜清说，他圆了儿时的梦，其实我是在想，今天也是圆了我的梦。如果我 20 年前出任他师傅的话，正是我们两个人最好的时候。但是，可惜没有媒人，就错过了机缘，我想，如果当时我们能够成为师徒关系的话，可能世界棋坛会多一位世界的职业围棋冠军。"

人生棋谱回顾围棋人生

我是胡煜清，我热爱围棋，我的人生也由棋盘上的点点星星串起，我相信强烈的努力，才会落子无悔。

我的人生第 1 手棋落于右上角，那是围棋的礼仪也是做人的标准。棋虽小道，品德最重。

白 2 落于小目，年少的我对着报纸上的连载棋谱，懵懵之中拜师学棋，走进了围棋的大门。

黑 3 形成星小目布局，11 岁，我拿到人生第一个围棋冠军，我渴望在棋盘中，摆出自己的中国流布局，然而棋局如同人生。

白 6 面临选择，在学业与棋艺之间，我放弃了成为一名职业棋手的可能。

黑 7 堂堂正正，我始终没有离开围棋，考上大学之后，我开始参加全国性的业余比赛，拿到了一个又一个冠军，也在黑白的不断交手中，积累了人生智慧。白 12 长，不得已放弃实地，朋友们说我太过追求完美，三次"晚报杯"失利，让我一度想过放弃，可最终战胜心魔的仍然是热爱。

黑 13，自然的一手，似乎是水到渠成，多年后我终于实现了业余围棋的大满贯，棋士精神也一直鼓舞着我，我要在业余围棋的道路上继续前行。

白 16，并不是我擅长的定式，研究生毕业后，我被公司选拔到北京工作两年，在人生地不熟的地方，时而无助，时而孤单。是围棋陪伴着我，等待柳暗花明。

黑17拆边，扩展模样。如今围棋已经充满了我的生活，我写专栏，办比赛，以棋会友，把围棋的快乐推广给更多的人。

白18打入黑阵，开辟新战场，此刻也许是布局，也许是序盘，也许中盘已经拿下，如同这次参加《谁是棋王》的比赛，打进四强能够更进一步，我会全力以赴。

人生棋谱回顾围棋人生

我是俞鹏。

第1手落子于右上角星位，手谈标昔美，坐隐逸前良，这步棋代表我9岁第一次接触围棋，走进黑白世界。

第2手落子于左下角星位，参差分两势，玄素引双行，这手棋代表我10岁参加南京市少儿围棋赛，获得第一名，初战告捷。

第3手落子于右下角星位，舍生非假命，带死不关伤，这步棋代表我十三岁参加"大庆杯"全国少儿围棋选拔赛，获得第八名，未能进入前三，遭遇挫折。

第4手落子于左上角星位，方知仙岭侧，烂斧几寒芒，这手棋代表我14岁参加江苏省青少年围棋比赛，获得第一名，重拾信心。

第5手落子于边上的星位，1、3、5形成阵势，这手棋代表我20岁参加"应氏杯"全国大学生围棋赛获得团体第二名，享受围棋的快乐。

第6手落子于边上的星位，2、4、6形成阵势，半死围中断，全生节外分。这手棋代表我32岁参加全国海关首届智力运动会，获得围棋项目第一名，为自己的文化生活添彩。

第7手落子于星位旁，与星位之子形成小飞守角之势，雁行非假翼，阵气本无云，这手棋代表我38岁参加《谁是棋王》中国民间围棋争霸赛进入四强，肩负使命，为海关争光。

第8手落子于天元，玩此孙吴意，怡神静俗氛，这手棋代表我以后要不断努力，为传承和弘扬传统文化体育项目做出贡献。

诚然，人生如棋局。二位棋王的棋局之路、人生之路开启了完美的序盘，更期待全力以赴的续弈，不负棋局，不负人生路。

争夺决赛入场券

两位选手并肩走入对弈亭纹枰对坐从容谈兵。担任本场比赛的裁判长是中国围棋协会秘书长王谊。担任本局讲解的是中国围棋协会主席王汝南和职业棋手陈盈。本场还有一个特别的亮点是智能机器人——HUI参与主持及裁判。胡煜清执黑先行。白6四间低夹挺有意思，是想把战线拉的更长一点，表面上是夹攻，其实是缓缓的在进逼。

黑17跳出来。白18还是跳，这个就是下围棋讲的跳也叫关、单关，棋谚讲：凡关无恶手，出头比较快。黑19是好是坏？有疑问。黑19这样的尖，虽然说有光手的样子，但是把对方撞结实了，很厚。

对于第一个局部的得失，二位选手赛后的认识：**俞鹏**：实战定型

↑比赛开始

↑胡煜清道场

↑俞鹏道场

↑胡煜清人生棋谱

↑俞鹏人生棋谱

↑王谊点评棋局

我个人觉得，局势应该是两分，白棋应该是没有什么不满。**胡煜清**：第一个局部下下来，因为之前从来没有下过，下的时候，也觉得挺难判断的，从感觉上讲，双方差不多，黑棋比较厚实一点，可能后半盘好下一点。

陈盈谈论安徽的围棋氛围引出王汝南介绍50年代两大国手"南刘北过"。

↑ 合肥四十五中学

↑ 南门小学

↑ 对弈亭内

↑ 俞鹏助威团

↑ 胡煜清助威团

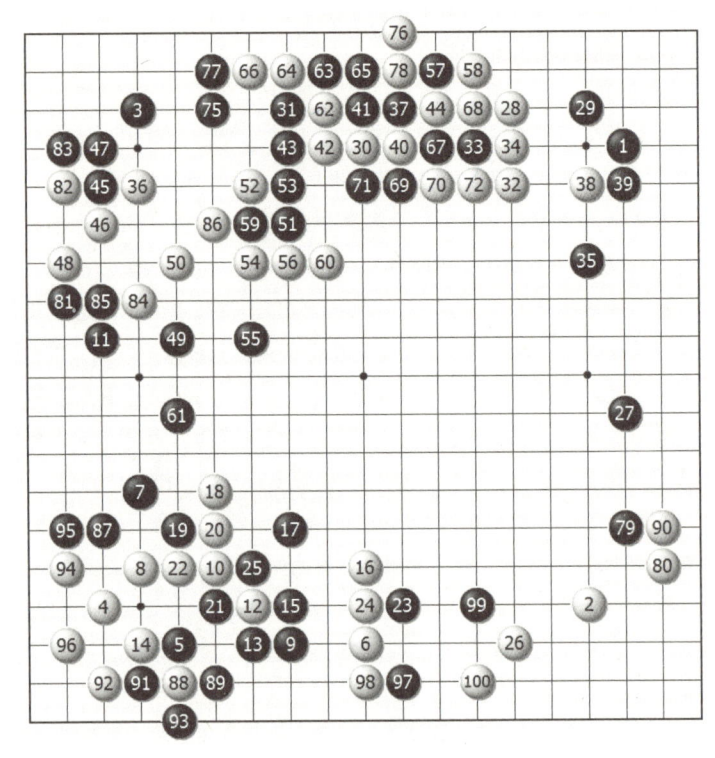

73=67　74=33

半决赛「●胡煜清 VS ○俞鹏」1—100

王汝南：在50年代，中国围棋界有"南刘北过"，就是在50年代大家公认的两大国手，南刘是刘棣怀，北过是过惕生，南刘北过都是我们安徽人，一个是桐城人一个是歙县人，合肥庐阳区还有一个三国遗址公园。我们在那遗址公园已经举办了好几届中日韩三国的职业顶尖高手的双人赛，所以我们的围棋活动搞得相当的活跃，现在我们小朋友、小学生、中学生都有很多人参与这项活动。

由黑27拆边形成了两翼张开，上边黑棋汪洋一片，宛若大湖名城。引出嘉宾介绍。

翁飞：说起名城这个意思，是两城，一个是我们的科教名城，一个是我们的历史文化名城，春秋战国时合肥的北面寿春，是楚国的首都，不到一百公里，合肥的东南是含山的昭关，伍子胥过了昭关就到了吴国，所以"吴头楚尾"是一个战略要通，南宋时期有一位诗人叫姜夔，姜白石，他是客籍人，到了合肥舍不得走，留下一句有名的诗篇："我家曾住赤阑桥，邻里相过不寂寥。"那么南宋的时候，我们也知道宋金之战，特别激烈。但是一千多年以后，岳飞、岳云的后代，在我们肥西的岳大郢，牛皋的后代，在我们肥西的牛家村，金国完颜的后代，现在在我们的肥东，都在我们合肥，这么多年来，包容和谐相处。所以合肥又是一个和谐、共生、有利于发展的城市。

郦波： 这个"合"字，甲骨文里头，上面不是一个人一，底下倒是一个口，上面其实是一张大口，底下是小口，那么大口小口，甲骨文很浪漫，这就是这个热恋中的男女在热吻的一个状态，我的眼中只有你，没有别人，连自己都没了。所以中国和合文化，我和你的"和"叫而不同，但是合肥的"合"就是包容的意思，所以你看合肥这个地方的文化，特别具有包容性。合肥南朝就叫合州，隋文帝开皇二年改叫庐州，这个庐州和这个巢湖的巢也有关系的，"巢"说文解字里面解释：木上居住叫巢，穴中居住叫窠，就是最早人类区别于动物，主要得益于两个人，一个叫巢氏，一个叫燧人氏，所以巢就是房子的意思，而那个庐州的庐也是房子，庐在金文里面的广字头其实不是广字头，那个形象就是墙壁的意思，里头就是炉具、炊具，所以这个地方的包容后来产生它的大智慧，从围棋上就可以看出来，很有意思。

黑37的这手棋开始就要引发一场战斗。关于白40从上面压一个和下面三路挡哪个好？**王汝南观点：** 压是比较安全的，如果直接挡下去了，人家就要往上走了，要冲出来，这样一来，白的两边可能会成为负担。**王谊观点：** 我直感应该三路挡下去，进行战斗，上面38和39交换了一下，我理解俞鹏肯定是为了战斗做的准备，我看以俞鹏的性格，以及海关军人的战斗力，以及邵炜刚给他灌输的这些，我觉得他应该挡下去，尤其是面对胡煜清这样的天王级棋手，应该把局面搅乱搅混，跟他在战斗中一争高低。

48小尖下的特别好。邵炜刚表示：这步棋有点小巧的味道，都说"狐狸"下棋狡猾，看来俞鹏也不差。

白60厉害，敢于长出来，有气魄。胡煜清面临抉择。**曹大元说：** 胡煜清马上就要落子了，有点紧张。胡妈妈说看他的样子有点紧张。

对于局部的转换，二位选手赛后的认识。**俞鹏：** 第二个战斗主要围绕白棋64那手断展开，当时白棋下的这手断，是一种心情，想问一下黑棋意思，没想到胡老师，当时的应对是最强应对。**胡煜清：** 他冲断以后，我觉得应该说黑棋有两个选择，第一个就是算了，打吃在左面。我觉得黑棋也不亏，但实战我觉得粘上的话，应该可以取得很大战果，从实战结果来看，我觉得黑棋是相当满意的，应该算一举奠定优势。

由围棋的"气"引出嘉宾的表述。

郦波： 在其他的语言里面绝没有中国的这个气这个字，因为中国的气这个字，一个字包含了三种写法，甲骨文最早的时候，是有点像我们现在的简化字，这个"气"是天地自然之气。那另外一个"氣"，人吃了五谷之后，粮食之后产生的氣，和人的生命有关，生长有关。还有一个"炁"这个字，像无一样，其实那个无多了一撇，然后底下四个点，你看道家的经典的里头，经常有句先天炁气，就那个气，所以这个气这个字，包含了虚实，就是你讲的厚薄，还有那种风格境界都在里面，所以你提到这个话题我觉得很有意思，前一段特别火的人机大战，其实我个人觉得，不论人赢还是阿尔法狗赢，还是其他的什么围棋软件赢，但是最后胜利的其实是围棋，就像阿尔法狗创造者说，围棋是人类迄今为发明过的最复杂的最有趣的游戏，就是人在里头获得的那种精神愉悦，是阿尔法狗永远无法替代的，永远无法获得的，这是围棋的魅力所在。

翁飞： 我们合肥是国家第一个到目前为止，也是唯一一个国家级的科技创新试点城市，我们拥有以中国科技大学为代表的59所高等院校，有以中国科学院合肥物质科学研究院为代表的200多所民间研究院所，同时呢，我们还有三个国家级的实验区，就是我们的高新技术开发区、经济技术开发区和新站综合实验开发区，我们拥有同步辐射实验室、托卡马克人造小太阳实验室、微生物尺度实验室等国家高科技的实验室，聚集了一大批的人才，有30多位两院院士在我们合肥，所以我想我们生活在这样的一个创新高地，享受那么多优秀的科技成果，包括我们刚刚看到的机器人裁判员高科HUI，我们感到真的非常荣幸。

蓝晓石： 合肥作为全国科技创新型试点城市，这张名片分量很重。创新是我国经济、科学发展的必经之路，李克强总理在讲围棋和经济的关系的时候，有一句名言，"稳增长、调结构，就像围棋的两个眼，做活了就可以谋中国经济和世界经济的大势。"调结构就是要淘汰落后的产能，要发展科技，要不断地创新，才能使我国的经济紧跟世界经济先进的步伐，合肥作为科技创新试点城市，祝愿他在全国率先做得更好。

白90是很大的一步，黑91、93打拔，97跳。这里胜负处。98挡下来正面迎战。155先手挤把上边两个白子吃回来了。

对于局部的转换，二位选手赛后的认识：**俞鹏**：这个局部走完，我觉得白棋确实受到黑棋的攻击，实地损失很大，包括厚薄方面，也差了很多。**胡煜清**：通过攻击又把这三个子吃回来，我觉得一下子棋盘就简化了，这个时候觉得应该是黑棋肯定赢一点。

由俞鹏是军人世家引出郦波表述围棋对心理素质的历练。

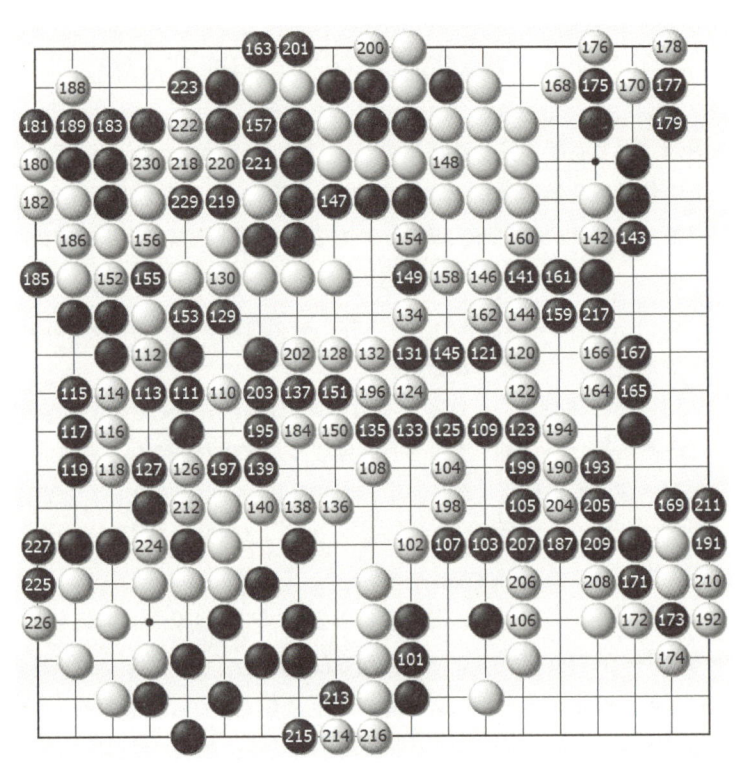

250=153

半决赛「●胡煜清 VS ○俞鹏」101—230
黑中盘胜

郦波：其实我也是军人世家，我父亲原来也是军人，所以我从小在军营长大，刚好俞鹏从南京来，我也是从南京来的，我当时给俞鹏讲一个事情，可能俞鹏认识到棋力上确实不如煜清，对吧？但是俞鹏的风格叫做沉稳坚定，这个境界是非常好的，我当时跟他讲这个例子，就讲那个谢安，他很喜欢下围棋，但是他的棋力比较弱，他下棋经常输，但是他境界高，他平常下不过别人，到了淝水之战，前秦苻坚87万大军压境，整个朝廷危矣的时候，他是镇定从容的，俞鹏风格沉稳坚定，如果能吸收一些煜清的风格，风淡云轻，应该说棋力上可能不如煜清，但是人生的修炼，棋的境界上永无止境。

进入本谱，棋局到了最后的收官阶段。最终《谁是棋王》中国围

↑为胡煜清颁奖

↑为俞鹏颁奖

棋民间争霸赛第二场半决赛胡煜清执黑中盘战胜俞鹏。

俞鹏绝对是一匹大大的黑马，这离不开海关的领导对俞鹏的支持，他们几乎每一场都陪同俞鹏，并加油助威。通讯界别的棋王胡煜清应该是众望所归，胡天王大大小小拿了几十个冠军奖杯。他进入到决赛也是意料之中。

赛后，两位棋王表述了自己的感受。

俞鹏：我今天和胡老师的对局，我觉得胡老师整体实力上还是比我要强，但是这盘棋我也发挥了自己的水平，我觉得虽败犹荣。

胡煜清：俞鹏是这次比赛最大的黑马，我觉得今天这棋盘不愧为最大黑马的称号，非常有实力，而且这盘棋一直很胶着，也许我是更幸运一点吧，才赢得这盘胜利。我觉得这盘棋后对俞老师更加尊重，他实力真的非常的强。

俞鹏：今天结果略有遗憾，但是我很开心，首先非常感谢中央电视台举办了这次《谁是棋王》中国围棋民间争霸赛，为我们这些民间草根选手提供了一个对弈交流学习的舞台，让我们以棋会友，手谈博弈。第二，一路走来，成绩的取得离不开海关总署的高度重视，统筹安排，离不开海关各级领导对我的关心和爱护，离不开海关同事对我的鼓励和支持，在这里我想说一声：谢谢！第三，我想祝贺一下我今天的对手，胡煜清老师，恭喜他进入到全国的总决赛，谢谢大家。

胡煜清：我觉得这一路走来确实也挺不容易的，从小组赛到八强到四强，甚至到马上进入的决赛，我觉得我的对手只有一个，那就是我自己，我希望在总决赛中能超越自我，战胜自我。

最后机器人 HUI 送大家几句诗：闲时还是下棋好，净心养气更健脑，纹枰内外知黑白，棋本小道亦大道。■

总决赛【胡煜清 VS 于清泉】

棋王对决的咏叹调·总决赛——胡煜清 VS 于清泉

解说：吹尽狂沙始到金，巅峰双雄战春分。《谁是棋王》总决赛精彩上演，场上是终极之战，场外实时连线行业以及亲友团，这正是决战赛场内，励志赛场外，且看棋王一盘棋，将怎样收官？

主持人（张斌）：各位电视机前的观众朋友，各位热爱围棋的棋迷们，现场参与《谁是棋王》中国围棋民间争霸赛的32位棋王，以及现场所有中国围棋队的代表，大家下午好。欢迎各位光临中央电视台新台址的演播室，这个演播室的场景大家可能已经挺熟悉的，因为从《谁是棋王》比赛的半决赛开始，这样的场景伴随我们一直迎接着民间高手走上中国业余围棋对局的巅峰。

今天是春分，大家知道，春分是个好日子，古人有云："春分阴阳相伴，故昼夜均而寒暑平。"如果说在这一天当中，大家对于阴阳，对于白天黑夜有一个午时对午时的均分概念的话，那么围棋今天所展现的黑白对弈就是对春分这个我们再熟悉不过的节气以及时刻最好的一个诠释，也期待着今天，黑白大战能给春分带来一份别样的感受。中央电视台的《谁是棋王》、《谁是球王》的系列到今年已经是第四个项目，我们经历了羽毛球、乒乓球、足球，今天是围棋，我们用了大约5个月的时间，共同回答一个问题，谁是棋王？今天，在当今的中国民间围棋的对弈当中处于巅峰水平的二位，将在今天的演播室当中，最终决出谁是棋王。

我们的《谁是棋王》的启动是2015年的11月10号，如果说那时候的启动是向中日围棋擂台赛30周年致敬的话，那可以讲30年的跨越，中国的围棋人口、围棋对弈水平却迎来了一个历史的新高度，而且就在我们的决赛即将进行之前的一周，我们看到围棋的人机的大战，进行了一周的比赛，如果说围棋比赛有千多年历史的话，那将是围棋历史上最重要的向全球推广围棋的一周，围棋在全球拥有了极强的影响力，今天我们回归到这个舞台上，摆上这样一个对弈屏，有这样一份对弈就是让中国的业余棋手，有一份至高的礼遇，期望他们能够为我们带来围棋的玄妙、围棋的伟大、围棋智慧的精神。

特别感谢，中国围棋协会，感谢中华全国总工会在这次所有活动承办中对中央电视台的支持，谢谢所有的主办方和为我们的活动作出努力的人们，谢谢大家。

今天现场我们看到来了很多的好朋友，应该先介绍一下聂老吧，欢迎聂老到现场，欢迎。30年前的中日围棋擂台赛当时的聂旋风，以及聂马曹刘等选手的一起努力，让中国有一代、两代、三代，甚至四代人对围棋有了非常深刻的认知开始下起围棋。今天在聂老率领之下，我们看到世界冠军柯洁、周睿羊、陈耀烨，和唐韦星来到现场，掌声欢迎中国围棋崭新一代，欢迎大家。

未来有机会的话，应该建立起国家队选手和我们业余选手之间的一个对决，那就更加有意思。而且我们看到当年的聂、马、曹、刘，除了马晓春没到现场之外，一会儿曹大元老师将担任现场的解说，刘小光也来到了现场，欢迎刘小光老师，欢迎您。欢迎华学明老师，欢迎国家围棋队的俞斌总教练，欢迎，这都是中国围棋派出的强大阵容。同时我们也欢迎来自中国围棋协会的副主席林建超先生

↑ 总决赛开场歌舞表演

↑ 32位棋王

↑ 豪华评审团

↑ 聂卫平

↑ 李挺

↑ 刘小光

↑ 倪健民

↑ 袁国强

和雷翔先生，欢迎两位。

看我们的《谁是棋王》节目，您一定知道这个节目是个文化节目，在四期节目里，郦波老师都出现了，郦波老师好久没说百家讲坛了，特意来《谁是棋王》，欢迎郦波老师。

同时大家知道，《谁是棋王》的节目是试图走遍神州大地，让更多热爱围棋的山山水水和生活在这里的人们，都能够在这个节目当中得以呈现。我们去了无锡，这是我们的第一站，我们也去了杭州，去了腾冲，去了九江，去了洛阳，去了三亚，去了珠海。今天来到现场的有举办比赛的主办方代表，欢迎大家。

现场看到穿着艳丽的民族服装的人们就来自张家界的武陵源区，来自于白族和土家族的朋友，当年我们的节目就在那里被他们拦住了，《谁是棋王》的参赛选手，喝了当地很有名的叫拦门酒，我们也看到了来自云南保山的围棋永子的传承人，也专程来到现场。今天我们现场对弈用的就是云南的永子，特意提一下，我们《谁是棋王》去的第一站的无锡，今天上午，就在我们直播的今天上午，刚刚举行了智慧体育产业园的开幕式，要把自己打造成围棋之城，6月3日这里将迎来第37届世界业余围棋锦标赛，那么如果说去竞逐代表中国的资格的话，现场诸位棋王应该是最为接近的，实力最强的。我们也预祝中国在这次业余围棋锦标赛当中，成绩能够好一些，确实能够展现中国人参与围棋的热情和水平，同时到达现场的还有几十家媒体代表、同行，谢谢各位，谢谢各位对围棋的传播，对围棋的关注，谢谢各位。

下面得把更多目光来投向这边，这次的《谁是棋王》的比赛很有特点。特点在哪儿？因为中国之大，参与围棋之众，你怎么划分参赛的系列？这是来自于中国业余围棋32个界别最终的棋王，可以讲这次比赛已经可以把我们划分的32个界别当中，每个界别围棋最高手能够决出来了。而且这32个界别的代表当中，有15位不仅棋下得好，而且是自己行业的全国的先进工作者，应该说同时也是社会主义建设的有力的贡献者，掌声向你们致敬！

这当中还有来自宝岛台湾的16岁的小棋手，而且我们看到32个界别当中，也有我们的女棋王，用一段短片让我们共同回顾一下，《谁是棋王》走过的5个月历程。

解说：航空界别的严谨细致、公安界别的过硬作风，残疾人界别的坚韧不拔，农民界别的勤奋朴实，无不体现在这纹枰之间。而中小学界别的选拔在全国已经遍地开花，这让我们看到了中国围棋发展的美好未来，一场《谁是棋王》的赛事活动，真正是民间围棋在各行各业的百花齐放，一花引来万花开。

主持人：欢迎大家回到正在直播的《谁是棋王》的总决赛现场，今天我们要直播最终的巅峰之战，由来自我们的通讯界别的胡煜清，对阵来自服务界别的于清泉，可以讲胡煜清是当今的中国民间围棋第一高手。虽然他拿过三次世界冠军，几十次的全国冠军，但是我相信今天摆出的礼遇，是一个民间围棋手可以获得的最高礼遇，今天我们将在上海，也在于清泉，经常下棋的北京的望京地区，准备现场的连线，我们会用我们的方式深入到社区当中，深入到热爱围棋的人们当中，现场的32个棋王，跟大家逐一的来做一个小小的对话吧。

王进（冶金棋王）：我来自宝钢集团煤钢公司，这次参加《谁是棋王》比赛，受益匪浅。我的感悟是：百炼才能成钢。

魏飞鹏（农业棋王）：大家好，我来自新疆新海航农业植保公司，通过参与《谁是棋王》的活动和棋王公益行的活动，让我深深懂得只有辛勤播种，细心呵护，才能让民间围棋的幼苗蔚然成林，茁壮成长。

马拓（航空棋王）：我是来自中航集团在西安的一名技术员，这一次呢，是中国围棋在民间赛场的一次自由翱翔。

王昌光（旅游棋王）：参加这次活动让我感觉这是一次民间围棋的精彩定向主题游，可以说让我大开眼界，获益匪浅。

张大勇（新闻棋王）：《谁是棋王》活动，是我国民间围棋发展的一个大事件，是一个闪光点，我们作为新闻的从业者，不仅要参与到其中，而且还是这个大事件的见证者和记录者。

俞鹏（海关棋王）：《谁是棋王》为热爱围棋的民间精英们，一路通关，大力扶持民间围棋的健康发展。

陈威廷（港澳台棋王）：《谁是棋王》是一个很重要的桥梁，我的围棋人生在这一头，中华文化传承在那一头。**主持人**：好，听说你的偶像是柯洁是吗？**柯洁**：近几年台湾出现了很多的非常优异的天才少年和棋手，我也特别乐意跟他们切磋，共同学习进步吧。**主持人**：谢谢，其实1992年的时候，当时聂老曾经访问过宝岛台湾，也给宝岛台湾带来了一片围棋热潮，我们看到现场，这个是当时的报道，大陆棋圣果然了得，10个小棋士不敌聂卫平，这还是24年前当时一段往事，聂老可能是历历在目，现场我们看到的正是参与《谁是棋王》比赛的台湾代表队的领队，当年就是妈妈带着她去找聂老学棋的，今天她和妈妈都来到现场，向来自于宝岛台湾的围棋爱好者们致敬，欢迎你们。你看，我们现场大家不同岗位，不同行业，不同性别，不同年龄，我看这个老年组，这个老先生，您是何香涛先生，您来做一个介绍。

何香涛：我是来自北京师范大学的老师，纹枰对弈不分老幼，老当益壮，敢挑战阿尔法狗。**主持人**：今天32个界别的棋王，不能都做表达了，但是这次活动，有一个非常重要的作用，就是激发了民间围棋的参与热情，据说在今年的寒假期间，报名参加围棋培训的人数在迅速攀升着，看看这股围棋热潮在春天是如何展开的？

解说：《谁是棋王》在民间掀起一股强大的围棋浪潮，全国32个行业，一呼百应，数十万计的棋迷参与到活动当中，在陕西户县有着上千年历史的关中农村，农民们已经把围棋当成农闲的娱乐，为了参赛，举办全村第一次围棋比赛。在云南的保山，五个区县1000多名老师参与到围棋培训当中，并将投身到对数万名学生的围棋普及教育中，在海关系统，《谁是棋王》边关行，走到哈尔滨关区、漠河海关、昆明关区、腾冲海关以及青岛关区。**李毅**：感谢中央电视台，举办了这次比赛，给我们提供了一个展示自我的机会。**解说**：残联界别，集结了南大区和北大区十几个省份的优秀残疾人棋手进行海选比赛。**叶卫雄**：输赢不重要，通过这次比赛认识了很多围棋爱好者。**解说**：与此同时，为了更好地助

↑ 所有选手合照

↑ 江和平

↑ 李中文

↑ 雷翔

↑ 邵炜刚

↑ 唐韦星

↑ 姚明

↑ 柯洁

↑ 孙正平

↑ 高红

↑ 倪萍

力民间围棋，中央电视台体育频道和中国围棋协会共同发起《谁是棋王》公益行活动，将围棋棋具与教材送到全国各地需要之处，在雪域高原拉萨，世界上海拔最高的人控雷达站，甘巴拉雷达站的士兵，接受了赠送的棋具。**李再华**：摄制组来到我们甘巴拉，给我们送来的精神食粮，为我们带来了业余文化生活的另一个方面。**解说**：在福州，一场围棋知识讲解，吸引了数百名棋迷自发前来听课，在赣州、合肥、北京等地，《谁是棋王》陆续送出几百套围棋教材和书籍，围棋之花正在全国各地处处盛开，一股悄然而起的围棋热，已燃遍中华大地，真正属于民间的围棋时代正在到来。**棋童**：我们是围棋的春天。

主持人：也许大家还记得2015年11月10日，当时《谁是棋王》启动的现场，我们的李挺副总编，下出了"棋王一盘棋"的第一手棋，聂老下出了第二手棋。在今年的1月24号，CCTV体坛风云人物颁奖仪式的现场，我们又下出了两手棋，今天我们看到"棋王一盘棋"已经下到了160手。今天现场我们请出两位尊贵的嘉宾下出我们第161手和162手，对我这个不懂围棋的人来讲，这样的局面我并不能够完全解读出来，但是我们请出国家体育总局副局长冯建中同志，为我们下出第161手。您平时下围棋吧？

冯建中：我下围棋的朋友很多，聂卫平是我很好的朋友，多年的交往。我老看他们下。**主持人**：高手给您支招，看您的161手在哪儿？您跟我们指示一下。**冯建中**：高手告诉我在G3这个位置。**主持人**：您来给我们这样的活动提一点期待，送点祝福。**冯建中**：我觉得这个活动非常好，那么多的民间高手在一起交流，对推动我们国家的围棋运动的发展是非常有用的，全民健身已经上升到国家战略，那么围棋运动是国家战略当中的很重要的一个项目。我们希望有很多的同志包括喜欢围棋的老人、在职的工作人员还有年轻的小朋友们，能够都去学学。围棋是一项非常有益的文化，高尚的体育活动。谢谢大家。

主持人：倪建明先生，是咱们中国职工文体协会的会长，对这次我们整个赛事活动组织贡献很大，您看现在弈出了第161手了，您平时下棋吗？

倪建明：下棋。偶尔下。

主持人：肯定对这个棋理都是熟悉的，您告诉我们162手您应对在哪？G13是吧？这个跨度挺大的，这次的比赛历时5个月，可以讲这次各个界别的参与，应该是挺积极的，对这个比赛您肯定有很深刻的印象。未来还会有很多其他项目，我们可以合作。

倪建明：好，谢谢。

主持人：谢谢，谢谢倪会长，谢谢两位，"棋王一盘棋"未来棋局整个的推进，要交给我们的棋迷共同完成。

解说：明月几时松间照，清泉石上任逍遥，名如其人，斯斯文文，可在棋上，于清泉一点都不含糊，一路上以棋为剑，过关斩将，未曾遭遇一败，大有谁与争锋之势，如今的巅峰对决即将面对胡天王的强势猛攻，于清泉山人自有妙计。**于清泉**：对手胡煜清在经验上，以及全国比赛的成绩上，都领先于我，但是初生牛犊不怕虎，所以说心存钦佩但是在棋上肯定是不服输的,那么跟他下的话,可能希望把棋局导入到复杂战斗里面,然后乱中取胜。**解说**:这位杀出重围的小小牛犊,此番决赛进京就遇到了服务界别的热烈欢迎,行业代表们也为他们的棋王送上了祝福。**唐辉**:这次呢,有我们服务行业的代表于清泉进入了决赛。
杨兵:到决赛了,关键看谁的火候老道。**王加雄**:清泉老弟,下棋和开车一个道理,不能着急,要稳着来。**张继军**:支持清泉,完美收官,加油。
于清泉:不是我一个人在战斗,我背后有非常大的力量在支撑我,我希望用自己最好的表现,让这次比赛能够圆满落幕,不留遗憾。**解说**:局中局外两沉吟,犹是人间胜负心,低调沉稳的胡氏天王,自幼学棋征战世界,早已经将围棋之光注入生命历程,一路过关斩将,杀到《谁是棋王》的巅峰对决。**胡煜清**:拿出棋盘,打打谱,摆摆棋,是对生活的犒赏,不求功利,只求静心。**解说**:纹枰论道,醉握黑白,等闲胜败心无悔,一梭烟雨向前行,他将围棋的快乐,传递给更多的人,从不轻言放弃。
胡煜清:朋友们很给力,自发组成了助手团,替我出谋划策,但是我觉得最重要还是找回最好的自己,将最好的才华留给3月20日的紫禁之巅。**解说**:此番华山论剑,遭遇于氏清泉的挑战,胡煜清能否落子铿锵,捍卫霸主的荣誉?**胡煜清**:小于基本功扎实,对布局套路研究很深,擅长飞刀,棋也非常的熟练,是个很强的对手。**解说**:巅峰对决的张扬,是勇者无敌的较量,一往无前的痴狂,是命运奏出的交响。**胡煜清**:一切的一切,注定了此次北京之行并无坦途,对手在体力,在自信和熟练程度上都领先于我,只是他终究躲不过我最后一击。**解说**:煜要清泉,龙争虎斗,谁是棋王,即将揭晓。

主持人:有请今天将进入巅峰对决的两位棋手,登上我们的舞台,欢迎于清泉,欢迎胡煜清。在刚才的视频当中,其实主要的笔墨,写在了目前中国民间围棋从战绩来讲,应该是第一人的胡煜清的身上,他非常低调、非常柔和,但是今天我们希望你能够在比赛显露杀气,显露一份王者之尊。今天给予的礼遇之一是你可以让你的目光思绪回到上海,我们会在上海,你的工作岗位,上海中国移动的大厦综合厅当中,为你摆下一个你的主场,那里面将是你的亲友、同事以及棋友为你送出祝福,在比赛开始之前,先对所有喜欢你的人表达一下,对比赛的那份渴望,那份信念。

胡煜清:我想我对今天的总决赛,已经迫不及待了。

主持人:好,让我通过我们的现场的卫星连线,先去一趟上海,跟我们看看上海现场,我们的主持人黄子忠目前就在上海,在上海移动的分会场,子忠你好。

黄子忠:观众朋友们大家好,现在我是在上海,我所处的地方是中国移动上海分公司的员工活动中心,我们都知道上海是新中国围棋的桥头堡,从60年代的陈祖德、吴淞笙到后面的曹大元曹老师,还有钱宇平,以及擂台的英雄常昊九段,还有后面的胡耀宇、邱峻,可以说上海围棋对中国围棋的贡献是非常之大的,同样上海的业余棋界也是藏龙卧虎,我们现在看到一个非常熟悉的面孔,世界冠军常昊九段也来到了

↑ 发放书籍

↑ 赠送棋具

↑ 围棋新流

↑于清泉母亲和老师

↑望京会场于清泉助威团

↑胡煜清父亲、母亲、老师

↑上海会场胡煜清助威团

现场,我想问一下,您今天为什么来到这儿?**常昊**:今天是《谁是棋王》最后的总决赛,所以我也来到上海分会场,给胡煜清加油吧。**黄子忠**:最近可以说围棋非常的热,自从我们《谁是棋王》举办以来,在全国掀起了围棋热潮,再加上前段时间的人机大战,您能说说为什么围棋又再次进入到春天呢?**常昊**:首先我觉得是我们的国家领导人,对于弘扬我们中华的文化非常地重视,其次我觉得《谁是棋王》对于各地各行业都有了非常大的一种推动,前面子忠你也说了,人机大战在过去的一周,对于整个世界的围棋布局都有很多的影响。**黄子忠**:好,那么今天胡煜清将要争夺最后的棋王,作为上海的老乡,给胡煜清加加油吧。**常昊**:胡煜清,我觉得实力非常的强,只要保持好心态,我觉得胡煜清是能获胜的,我给他加油。

黄子忠:常昊九段对胡煜清充满了信心,好接着我们看左侧就是胡煜清的家人了,我身边这位就是胡煜清的爸爸胡凤鸣,母亲陈瑞,陈阿姨您好。现在胡煜清即将要参加最后的巅峰对决,要争夺棋王。此时此刻心情怎么样?**陈瑞**:我现在心情是既紧张又激动。只要他正常发挥,我对他有信心。**胡凤鸣**:胡煜清是业余棋手,他同全国的业余棋手一样,十分感谢中央电视台《谁是棋王》这个平台,让业余棋手有很多的机会,能够享受围棋的快乐,我希望胡煜清能够静下心来,下好棋。

黄子忠:我身旁这位夏老师,是胡煜清的教练夏胜浩,我想问一下,您认为胡煜清取胜的法宝是什么?**夏胜浩**:应该是实力,希望他再接再厉,勇夺棋王。

主持人:谢谢子忠,子忠的现场报道应该说非常周到了,应该是把这个胡煜清的父母、启蒙教练,都请到现场,大家共襄盛举。其实我有一个特别感兴趣的话题,就是当常昊出场的时候,很多人可能会问,这个职业高手和业余的顶尖高手,在棋力上,如果能够很形象地说差距是多少?

胡煜清:我觉得应该还是很明显的,如果一定要落实到具体的话,我觉得应该是让先到两子之间。

主持人:其实虽然有两子之间的差距,但是大家对于围棋棋道的追求都是一致的,看看角色的另外一方,刚才说了这么多老大哥的成绩和上海围棋的底蕴,对于一个来自大连的孩子,内心是不是多少有一点小小的压力和紧张?这是组委会没想到会产生的效果。

于清泉:开始的时候,特别的紧张,后来通过这几期节目的锻炼,我觉得自己的表达和接受这样的场面的能力都有所提升,所以我觉得还是心态比较平和的。

主持人:好,我们知道你其实平时来北京的时候喜欢去望京社区,在那会有你很多的好朋友,我们这次特意也选择了望京社区作为你的主场,会有人给你加油,王洁。

王洁:张斌您好,清泉你好,大家可以看到我们小小的望京分会场已经挤满了人,他们都是清泉的亲朋好友,都是来给清泉加油助威的,俗话说,儿行千里母担忧,今天清泉的妈妈,也特意赶来我们的现场,于妈妈，现在儿子的比赛可是马上就要开始，而且他现在在主会场是能够看到我们的。于妈妈赶快给自己的儿子加加油。**杨晓慧**：于清泉希望你这次比赛要放下包袱，就平常心下就好了，加油，于清泉。**王洁**：清泉，你看妈妈都没有给你压力，所以今天的比赛千万不能给自己压力，来，清泉你看这位是谁？闵娜老师，清泉从小是跟您学下棋，今天看到他能够站在这么高的围棋赛事的舞台上是不是特别开心？**闵娜**：是啊，小于今天一定要胆大心细，拿下棋王，大连的小师弟小师妹们都在电视机前关注着你，给你加油呢。**王洁**：加油加油，清泉你的导师丁伟老师，今天也在这儿给你坐镇，所以说千万别慌，另外来自韩国的两位围棋高手也给你带来了祝福和礼物，英镐先生，赶快把这个小礼物送给我们的清泉吧。**李英镐**：这个是从李世石与阿尔法狗的人机大战的现场带过来的，这个是李世石、李昌镐签字的扇子，于清泉加油。**王洁**：清泉，我相信你也非常喜欢这个非常珍贵的礼物对不对？那另外还有韩国的职业高手崔文勇先生，以及我国的职业高手汪洋先生来给你加油鼓劲，另外还有朝阳区文化委员会的李洋书记，另外还有我们望京街道办事处的王薇科长，都来为你加油鼓劲了，但是，有一对小朋友你一定都还记得，因为在八强赛的时候，他们两个到机场给你接过机的，今天其实他们来到现场就问我说这个清泉哥哥呢，我说清泉哥哥正在主会场进行比赛呢，那他们今天也是用这个非常独特的方式来为你加油助威。

主持人：这个望京社区真热闹。这已经把围棋比赛变成一场足球比赛的氛围，确实特别热闹，我有一个遗憾，就是阿尔法狗不能签名，如果签名这个扇面就更值钱了，但是未来我们有机会能分享阿尔法狗的关于围棋的智慧。

主持人：单一的人脑难以企及的围棋智慧的巅峰，其实今天这个氛围已经足够了，我特别期待着你们双方能够携手，让我们看到中国民间围棋智慧的那个巅峰。有什么话要说给对方的？先从老大哥这开始吧。

胡煜清：我想我们今天输赢并不重要，我觉得最重要的要奉献一盘精彩棋谱，至少我会全力一战。

于清泉：我一定不会辜负在望京支持我的好友的，会用自己的最好的棋局来给他们看。我不会辜负全国棋迷来看这个节目的。

主持人：好，谢谢两位，我们非常期待在这样一个美丽的春分的周日的下午，让我们可以静下心来，共同欣赏一盘难得的棋局，共同分享围棋的智慧，有请两位进入对弈亭，展开一场巅峰对决，掌声欢迎他们。我们有请本次比赛总裁判长聂卫平登台，请聂老登台，欢迎您。30年前掀起的中日围棋擂台赛的一股旋风，让更多的中国人爱上围棋，今天聂老在现场为我们共同揭开总决赛的帷幕，来请聂老现场宣布一下比赛开始。

聂卫平（裁判长）：好，现在比赛开始。

主持人：就在两位棋手在布局阶段，我们让他们可以轻松地拿出更多的专注度去面对棋局，我们也让大家用一段视频共同回顾一下全国"棋王一盘棋"的胜景。

解说：围棋自古以来，就是传承中华文化的一盘棋，当今强国盛世，更是举国祥和的一盘棋,而《谁是棋王》赛事活动也是民间围棋蓬勃发展的一盘棋。"棋王一盘棋"正是在这样一个理念框架下应运而生,广泛邀请各行各业热爱围棋的人士参与。黑白交错,子子相连,同心同德的凝聚意义,远远超越胜负输赢。人生如棋,国事如棋,携手共进,重在参与。这才是"棋王一盘棋",盛世天下弈的博弈之力。

↑ 即将开战

↑ 比赛开始

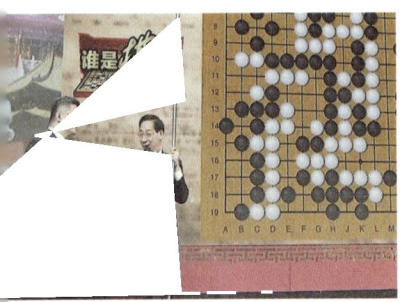

↑ 冯建中

↑ 柯洁点评

↑ 周睿羊点评

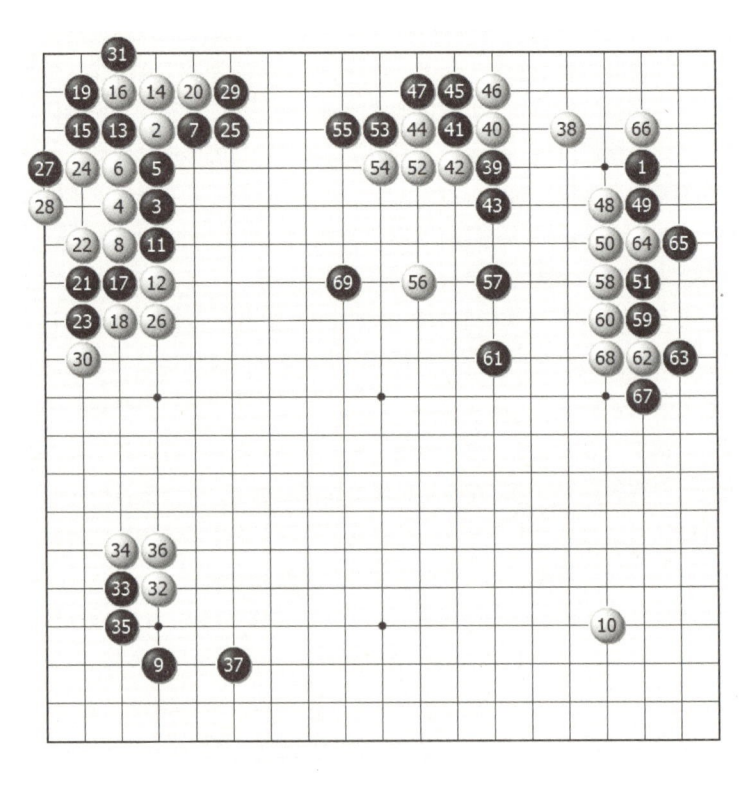

总决赛「●于清泉 VS ○胡煜清」1—69

主持人:总决赛已然打响,请出讲棋嘉宾曹大元老师、陈盈小姐,欢迎两位。

陈盈:观众朋友们大家好。

曹大元:观众朋友们大家好。

陈盈:今天是一场围棋盛宴,是我们《谁是棋王》全国总决赛,是于清泉对阵胡煜清,每次到大赛之前,我们都喜欢请嘉宾来预测比赛的胜负,今天我就交给曹老难题,曹老对于今天的总决赛,您有没有立场?

曹大元:我觉得这两位棋手能够从《谁是棋王》的预选、小组赛、半决赛中,经历了千辛万苦杀将出来,此刻我想他们一定会觉得非常的快乐。所以正如刚才这两位棋手自己说的,我也希望他们两位棋手能够给观众朋友们奉献出一盘高质量的对局。黑3高挂非常具有挑战性。刚才听小于说,他今天的策略是希望能够乱中取胜。

陈盈:以前他们下过六盘棋。

曹大元:胡煜清是4胜2负领先,所以小于希望今天能把局面搞乱,我觉得俗话说得好,武功再高也怕菜刀。所以今天如果小于能够亮出菜刀的话，我想也够胡煜清喝一壶。

陈盈：我们今天讲棋现场的前面就是他们的对弈亭。所以我们在这边的讲话，他们完全可以听得到，有的时候就不敢说围棋的术语。

曹大元：现在战斗已经开始了。

陈盈：现在在上海分会场也对这盘棋非常的关注，因为刚才已经通过连线看到了常昊九段在那边关注着这盘对局，咱们不如听听另外一个世界冠军常昊怎么说。子忠你好，现在我想请常昊老师判断一下当前这个局面，还有这场战斗对谁有利呢？

黄子忠：好的，现在坐在我旁边的就是世界冠军常昊职业九段，还有胡煜清的父母，胡煜清的父母现在非常紧张，请常昊来说一下。这盘棋，感觉于清泉下的非常积极。一开始直接就是挂角，下出了一个大雪崩，你觉得这个变化，于清泉是否有备而来，希望乱中取胜？

常昊：对，之前我也听到了一些介绍，于清泉通过之前跟胡煜清的交手的经验，希望能把局势进行到乱战，所以一开始就是走这个大雪崩，这个局面非常的混乱，但是我感觉胡煜清发挥的非常不错，虽然现在局势很乱，但如果我下的话，还是喜欢下白棋。

陈盈：我们也得给于清泉加油。

俞斌：现在战斗很关键，有几步我觉得黑棋下的不太如意，但是还没有决定性的错误，还可以继续看。

陈盈：现在双方都是往中间跳，现在大家全都是这样排排座下过来，有的时候，在我们的微博里面有人会问：为什么你们职业棋手也会一个一个子的挨着下，这样不是很业余吗？

曹大元：你说得非常对，其实不到万不得已的时候，职业棋手最不喜欢下的棋形就是这种棋形，因为我们这样下的时候，往往会被旁边不会下围棋的那些观看者说，你们这下的五子棋还是围棋，这个连着下是我们职业棋手不太喜欢的。

陈盈：对，一般咱们都说凡关无恶手，所以跳着下总是没有坏的道理。曹老，刚才咱们都是世界冠军和职业高手老师们在说现在哪一方好，哪一方不好？我想我们业余高手也来说说，卢宁是于清泉的半决赛的对手，输给了于清泉，他今天也来到了现场，来给于清泉加油助威，所以我们问问卢宁，卢宁你现在觉得是哪一方好呢？

卢宁：我可能也倾向于白方。

陈盈：你是来给学长加油的，看来我问的几个人，好像都是老乡、校友，那今天我们现场的于清泉的支持者在哪里呢？挥挥手吧。

曹大元：他们都集中在望京社区呢。

陈盈：好，那别着急，一会儿我们连线望京社区，望京社区我们刚才看到了真的是人山人海，都在给于清泉加油助威，所以再看几步，没准一会儿给您大大的惊喜，黑方就突然亮菜刀了。这手黑85亮了吗？我觉得这个时候亮刀了？此时我们需要于清泉的助攻团 需要于清泉的支持者，所以我们一起去望京看看。王洁老师您好，我们非常希望望京会场能给小于加加油，助助威，还有就是可以分析一下当前的形势，您觉得此时的战斗对谁有利呢？

王洁：这个问题呢，我觉得应该问一下于清泉的导师，丁伟九段，您觉得现在这个局面对于于清泉来讲怎么样？

丁伟：现在这个局面可能不太好，在左下角的位置，胡煜清白32高挂的时候，可能是于清泉没有想过，之前我们是专门研究了这个布局。一直以为胡煜清胡会在左下角低挂，那实战小于在这个地方落了后手了，让白棋上面再挂角以后，形势就落后一些。

王洁：那您觉得小于这个局面应该怎么调整一下，来使自己取得领先的优势。

闵娜：在被胡煜清66步棋靠一个之后，确实是像丁伟老师说的有点严峻，但是小于下的也很积极，整

↑聂卫平点评

↑华学明点评

↑俞斌点评

↑陈耀烨点评

↑唐韦星点评

个把白棋的一块棋给包围进去，接下来看看下一步的处理吧。

王洁：对快棋来讲，秘诀在什么地方，或者说抢占先机的这个时机应该是在哪里呢？丁老师。

丁伟：快棋的话，每一步都是30秒读秒，我们之前研究的策略是尽可能下自己熟悉的布局套路，然后利用先招效率尽可能下的积极主动一些。但是今天从进程上来看，下的好像稍微有点平稳，我感觉先招效率也没有发挥出来。在右上边黑棋的位置被压到2路看上去很委屈。进程到这儿，我觉得白棋走的比较顺一点，现在黑棋中间那一块把白棋全给圈进去了，可能在寻找战机吧。

王洁：于妈妈，进行到现在我们知道小于可能稍微有点落后，那您赶快来给自己的儿子加加油，可能只有您才最了解他。

杨晓慧：作为一个草根棋手，央视出动了这么大的人力，还用卫星在这直播也算圆了一个梦吧，就尽力去下吧。

王洁：我们再问问汪洋老师，汪洋老师，现在赶快给我们的小于支支招，因为您是职业五段，那么从职业棋手的角度来讲，请您来给小于讲两句。

汪洋：现在这个局面中间是焦点地方，看起来黑棋还是很有机会的，主要是能够在这里抓住白棋的话，局面还是很有希望的。

王洁：李洋书记，我们知道您也是围棋爱好者，对于现在小于的这个局面，您有什么看法？

李洋：从业余棋手角度来看，我感觉黑棋还可以吧，因为白棋中间那块棋被包围起来了，我觉得还是有机会吧。

王洁：那看来您还是对我们的小于信心满满的，我们的亲友团，助威团来给我们的小于加加油好不好？

陈盈：非常感谢望京的分会场，我们听到了望京的分会场在给我们的小于加油。

曹大元：我们看这个棋局，白86棋跳的出头非常好，基本上就扬长而去了。

陈盈：真的吗？但是我觉得整体上，从直观的角度上，似乎白棋还是在黑棋的包围圈里面。

曹大元：但是这个网，黑棋的包围网有点破，各处都有漏洞，有尖断，有靠断。

到100手，黑方的进攻现在没看到成效。

陈盈：已经告一段落。那下面我们再请一位世界冠军，跟我们说说在下面有没有可能成一个大模样，我们有请陈耀烨。

曹大元：陈耀烨你觉得下边这一带能不能成为黑方争胜的战场？

陈耀烨：只能是这样，但是形势确实是很吃紧。

曹大元：左边我觉得到必要的时候，还是有严厉的胜负手的，一头栽进去呗！黑111是想弃子的节奏，想把这两个作为诱饵，让对方把它吃了。

陈盈：所以他的图谋在下边。

曹大元：这手 111 和这手 110 交换，对于 107、109 这两个子的生死影响很大。

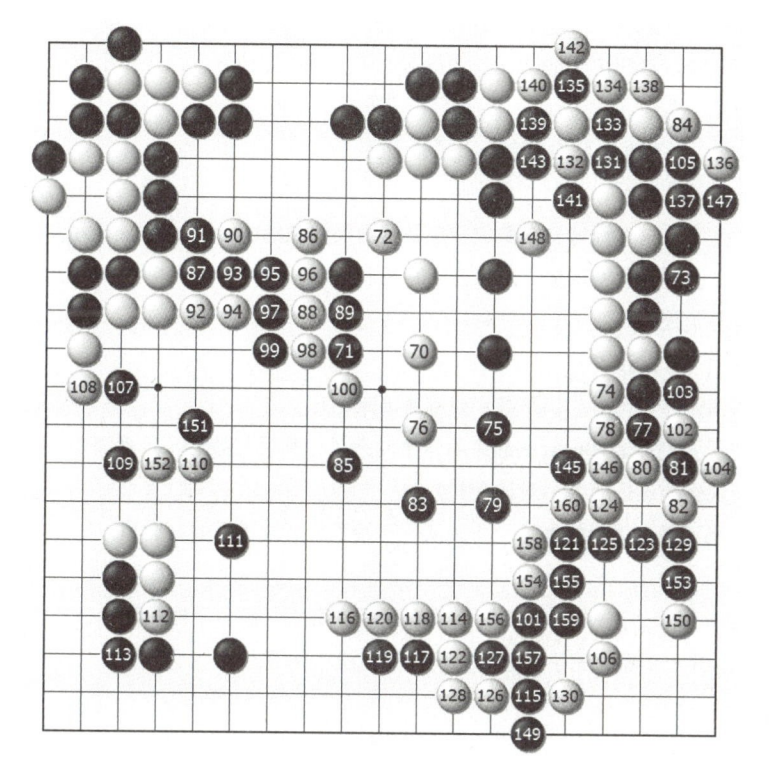

144=135

总决赛「●于清泉 VS ○胡煜清」70—160

↑于清泉母亲点评

↑丁伟点评

↑闫娜点评

↑汪洋点评

↑专注棋局的人们

曹大元：像黑 111 这种招数，对白棋也是一个考验，尤其在快棋规则下。我们让唐韦星来预测下白 114 会下在什么地方？

唐韦星：现在的局面，如果白棋觉得自己优势很大，应该会补的，如果觉得这个棋想追求一下效率，局部是可以不补。

陈盈：那如果是你呢，你会补一个，还是会脱先？

唐韦星：我觉得这个地方补一个，心情实在太差了，我要脱先，我觉得这个黑的太薄了。

陈盈：我是看到胡煜清落子了之后才问的唐韦星，好，黑 115 这手棋他的态度非常的明确，很坚定，就是必须要对 114 实行猛击，形势真的不能再等了。

曹大元：肯定是要阻断的，如果让白方在这里托过的话，那就没有胜负了，不过左边，总是一个要交代的地方。

陈盈：就是说下边的战斗有可能缠绕到左边，万一被黑棋借劲的话，白棋这个还有点悬，是这个意思吗？

曹大元：其实是这样，我觉得让 107、109 这两颗子跑出来，问题不太大，白方自身安危没问题。

陈盈：这时候我有一个大胆的假设，围棋最难的不是缠绕攻击吗？白棋如果想114这个子安定，必然要在这边寻求眼位，利用您刚才说的那些白棋的弱点，我那107、109两个子就当诱饵、毒药，给他吃了，他吃了就上当了，黑棋就更厚了，有没有可能强吃白114？

曹大元：这是一个很好的蓝图，看看能不能实现了。白棋在这一带谋活。121是断了对方的后路，但是这手棋我觉得不够彻底，假如现在一定要强攻这四个子的话，我觉得这手棋"跳"比较好，这是一个正形，外围比较完整。

曹大元：135是一个很强烈的胜负手，现在黑方真的完全亮出了菜刀。

陈盈：对，现在他真的是形势所迫。

曹大元：因为他已经置之死地而后生了，这个地方，自身的安危是要出大问题的。

陈盈：这简直就是拼命的最后一搏了。现在这个形势，对黑方极端不利。

曹大元：是，这个地方就是最后的胜负处了。

陈盈：此时已经非常紧张了，最后的一个战役。

曹大元：但是上面有一个点，这边两个点，黑方如何防范？没有看出来。

陈盈：好像黑方只能这样了，形势紧张到聂老都已经站起来看这个对杀了，那我想聂老一定看清楚了，我想请问聂卫平老师，这个对杀或者是现在的这场战斗，对谁有利？

聂卫平：这个我不好说对谁有利，是不是有帮忙的嫌疑。所以从一开始我就是说谁下的好能赢。

曹大元：现在是谁下的好？白方吗？

聂卫平：比那方（黑）好得多。最开始左边压的时候，黑63的二路扳非常不可解。不能赞同，被白64一冲就一塌糊涂了。63大概可以考虑33并一个黑的先手，被比托了一下就没法下了。

陈盈：聂老，黑方还有机会吗？

聂卫平：任何时候都有理论上的机会。

聂卫平：这盘棋好像不是一个等级下出来的棋。

曹大元：可能黑方有点太急于求成了，我觉得也不是黑方平时的水平。

陈盈：好，谢谢聂老，让我们知道了，现在这个形势这一方（黑方）只是理论上的有机会。

曹大元：黑149这样的棋，有可能会产生机会，起码是把这块棋分开。

陈盈：我们现在又看到了151这手，黑方真的也已经意识到了自己的形势不利，在四处挑起战端。

曹大元：这一方（白方）也下的很稳健，152这个顶，假如下"扳"黑棋就从二路渡过。

陈盈：156直接这样，然后瞄着断，是不是已经有问题了？

曹大元：现在黑方只能下在159，白棋也不一定敢断开黑棋。

陈盈：这样一个快棋赛制，双方的用时非常的重要，我看白棋是还有四次读秒，黑棋的保留时间已经用完了。

曹大元：胡煜清显示还有四次。

陈盈：这里边的杀气是怎么样？不管前面你领先再多，到了贴身肉搏战的时候都不能出错。

曹大元：有个劫，我们也不能说得太明显，171就是这个紧气。

陈盈：那接下来白棋就直接172紧气。

曹大元：就是这样，172这手棋只能下在这个地方，所以只能走这，走174打劫。

陈盈：如果这个地方形成了一个劫争，像刚才一边倒的局面，有没有可能会反复呢？

曹大元：好像希望也不大，黑棋中腹这地方太薄了，白棋也不能光让你亮菜刀，我也亮出一个撒手锏，中腹跨断这一招不好办。

曹大元：并且这里还打着劫呢，所以白棋本身劫就可以走。

↑ 鼓掌庆祝

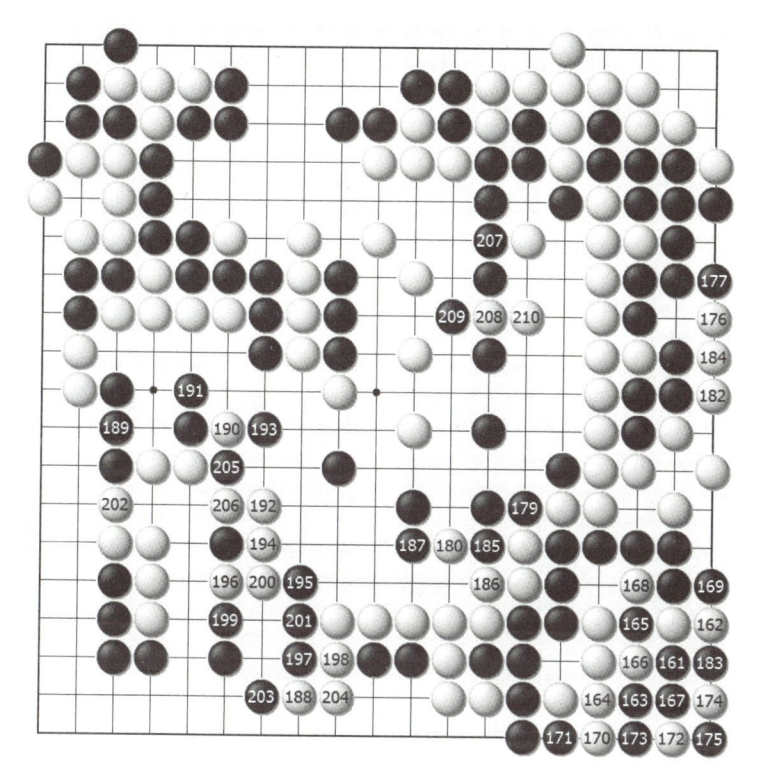

178=173　181=175

总决赛「●于清泉 VS ○胡煜清」161—210
白中盘胜

陈盈：现在全局真的是感觉黑棋太薄了，很脆弱的，一碰就要倒。

曹大元：176 是劫材。

陈盈：我觉得可能右边劫材打完了，才会下您刚才说的这个跨断。就算不打劫，本身走黑棋都不好应。

曹大元：但是如果黑方把这里的劫打赢的话，白方在中腹连下两手，肯定黑棋是吃不消的，即使只下一手，棋局应该快结束了。

陈盈：今天我是感觉胡煜清的助威团太强大了，好像都是上海军团。

曹大元：现在右边的黑棋是死掉了。

陈盈：形成了一个转换。

曹大元：这也是一个不成比例的转换。

陈盈：这个转换您是觉得是这一方（白方）好，是吗？

曹大元：对，实空白棋吃的多。

陈盈：好像胜负已定了，听着您这么一说，这一方（黑方）好像没有机会了。

曹大元：应该是吧。

陈盈：那您整体说说这盘棋，问题除了刚才聂老说的这个以外，还有哪下得特别不好吗？

曹大元：这手 63 确实非常不好。把全局胜负的导向完全改变，现在这一方（白方）只要联络就行了。

↑ 赛后感言

陈盈：现在白方都是安全就行了是吧？不用再拼了，不用再争太多的东西。那最开始的这个雪崩肯定是两分，然后32挂角，刚才丁伟在采访中说黑方不能落后手，黑棋有什么好的下法才能不落后手，除非一挂角就脱先。

曹大元：对，但是一挂角就脱先的话，白棋的第二手飞过来，或者托三三，局部白棋都是蛮有利的。

陈盈：你再为小于想想办法吧，现在黑棋白棋都已经不用避讳了，想想办法。

曹大元：不太有好办法了。黑方应该是没什么机会了，我想如果是别的比赛的话，黑方早就投子认负了，但是因为是《谁是棋王》，他还依依不舍。

陈盈：我被于清泉的这种精神打动了，因为他坚持到最后。

曹大元：其实我真的在想，凡是参与过《谁是棋王》不管是职业棋手也好，业余棋手也好，都是心存一份自豪，心存一份感恩。《谁是棋王》这个栏目，就像一台播种机，把我们中国最古老的文化，最灿烂的文化——围棋传播给大家。足迹真的可以说是走遍了祖国的大江南北，我们去了学校、工厂、农村、军营。

陈盈：我们还上了海拔最高的甘巴拉雷达站。这个棋已经不行了，胜负已定，白棋210手是最后一手，那我们就请我们的"棋圣"聂卫平老师宣布比赛结果。

聂卫平：《谁是棋王》总决赛，胡煜清获胜。

主持人：恭喜胡煜清，其实我听说在此之前，你们两个人交锋过六盘是吗？

胡煜清：有点记不清了，昨天于清泉说是六盘。

主持人：此前应该是赢过两盘是吗？

于清泉：赢过两盘。

主持人：那现在是七盘，现在老大哥是五比二领先，舒散一下这个心情，因为这个比赛还是挺紧张的，来自于望京的礼物送给你，这一把是给你的，这一把是给胡煜清，这个就是刚才说的由李世石和李昌镐签名的这个扇子，希望这个能够给我们带来一些文化的底蕴和对围棋的思考，先从小于这儿开始，小于先说说这盘棋遗憾特别大吗？还是说其实还是抱着一个请教的心理去下的。

于清泉：前面没有下好，后面机会就比较少了，因为棋比较薄，其实早就应该认输，就想再蹭两步，缓解一下心情。

主持人：其实这是棋手平时的一种挺微妙的心情。

于清泉：下这个比赛，前两天晚上做了个梦，然后正好也是执黑，而且跟梦下的是一模一样的，就是前三四步是一模一样的。后来我梦见这个棋我赢的，然后虽然说美梦破碎了，但是我觉得以后围棋的道路还是可以继续走下去，还是要坚持下去。

主持人：一定坚持，这一盘胜负也只是人生当中的一小步，我看你其实回答问题时，你的眼睛一直瞄着对方看，是吧？其实还是心有不甘，如果赢了最好。

于清泉：这个肯定是赢了最好，赢不了也没有办法。

↑望京分会场

主持人：棋力上可能还需要一年年积累，这个是慢慢来的，我们连线一下，望京社区。看看你这些亲友团，跟他们做一个表达，你好，王洁，我们把现场交给王洁。

王洁：好的张斌，我们这个望京分会场的这把扇子已经是打车送到于清泉的手里，这么的快，刚才小于也已经说虽然今天没有梦想成真，但是其实此时此刻我们都已经忘记了这个输赢，因为这不仅仅是个人的一个事情了，这可以是我们整个中国民间围棋，也是取得了一次重大的胜利。那么此时此刻非常想问于清泉的妈妈。于妈妈你觉得参加《谁是棋王》的比赛，小于最大的收获是什么？**杨晓慧**：非常感谢央视，也非常感谢《谁是棋王》这个平台，给了小于一个提升的空间，小于总体来讲也是圆梦了吧，作为一个很普通的棋手能得到今天的这种提升也是很不错的。**王洁**：其实我们也要感谢您，作为围棋选手的家属，对围棋所做出的贡献和努力，也要谢谢您，闵娜老师，您觉得今天于清泉的表现怎么样？**闵娜**：小于今天可能有点紧张，开局不是太好，但是后来非常顽强，拼到最后，已经很了不起了，我非常感谢《谁是棋王》这个节目组，从这个节目播出以来，我们大连围棋俱乐部教练们就陆续接到了很多家长的咨询，我相信这个活动结束以后，一定会在全国掀起一个新的围棋高潮。谢谢。**王洁**：一定会的，我知道李洋书记，一直在朝阳区开展群众体育文化活动，那您觉得《谁是棋王》这个比赛带给老百姓最大的好处是什么？**李洋**：我觉得最近围棋圈可以说是大事不断，尤其今天的《谁是棋王》活动，让我们的棋迷过足了瘾，我认为围棋界应该抓住当前的这种大好机遇，做好几件事情，第一就是让围棋向文化回归，第二向群众普及，第三向世界传播。**王洁**：好，我们也感谢围棋让我们共同度过了这样一个非常愉快的周末，希望有更多的人参与围棋，支持围棋，那我们也会一如既往地支持我们的于清泉，大家说对不对？

主持人：谢谢王洁，谢谢望京现场，现场真的挺热闹，我想问问你，平时教棋会特别多，我问一个特实在的问题，真的是随着自己的棋力的增长，名气的提升，教棋的这个学费是不是也可以再提一提？

于清泉：这个主要看家长的意思了。

主持人：为什么问这个问题，其实学围棋的孩子特别多，家庭特别多，这个是一个良性发展的产业。但是我们看到胡煜清平时的工作其实是服务于中国移动上海公司，平时有着自己的工作，我看你在日常的表达当中都特别的克制，不把话说的让对方感觉不适，让大家听起来有异样，这是你的性格所致吗？

胡煜清：一方面是性格吧，另外一方面觉得因为这次也包括全国最强的业余棋手，确实也没有什么好狂妄的，我觉得每一盘棋都很感恩。

主持人：好，感恩之心特别值得我们钦佩，我们知道第37届世界业余围棋锦标赛将在无锡举行，你是参加过几次世界业余围棋锦标赛。

胡煜清：我之前参加过三次世界业余围棋锦标赛。

主持人：之前拿过两次冠军。这也是业余八段，荣誉是非常高的，现在问个问题，当时没有成为专业或者职业棋手，现在回想起来有点小遗憾吗？

胡煜清：应该说也没有遗憾吧，因为之前那个时候也没有职业业余明显的感觉，只是觉得喜欢围棋，当时选择了读书，然后到大学以后，觉得又非常喜欢下棋，那我就继续卜呗，职业和业余也无所谓了。

主持人：来，我们连线一下上海，听听掌声，听听鼓励，分享一下，子忠。

黄子忠：张斌老师您好，现在上海的分赛场已经成为一片欢乐的海洋，整个赛场的全部都沸腾了，你看到上海移动的他们这些同事，拿了旗开得胜，并且画了胡煜清的漫画，我想问一下为什么会画这样的漫画呢？

女1：因为胡煜清棋艺精湛，他现在已经是我的偶像了，所以我帮他画了这样一幅可爱漫画。**黄子忠**：这个时候问一下陈阿姨，胡妈妈，这个时候心情怎么样？开场是紧张。**陈瑛**：现在是非常高兴，我感谢中央电视台让我在上海能够看到我儿子的胜利，谢谢中央电视台。**黄子忠**：这个时候我们看到妈妈已经非常激动了，胡爸爸这个时候，赛前对自己的儿子非常的自信，现在终于拿到了冠军，其实整个过程当中，我看到你还是有点紧张，现在是什么样的心情？**胡爸爸**：现在是感谢，谢谢中央电视台给我们这个平台，使全体棋迷感受到围棋的快乐。谢谢。

主持人：我们在棋上确实有高下之分，确实应该有冠军、亚军之分，但是今天我们看到了还是围棋获胜，如果没有围棋的博大精深，今天的这个舞台不会如此绚丽，而且我们的内心真是感念老祖宗留下的这个绝活，确实越琢磨越能感觉出背后的中华文明的那份博大，那份深远，一起再度感受，我们正在为颁奖仪式做准备，片刻之后回到我们的颁奖仪式。

解说：围棋发源于中华文化的源头，几千年来，承载着丰厚的中华民族优秀的文化传承。而《谁是棋王》在推动民间围棋健康发展的同时，还着力于大力弘扬并传承围棋所蕴含的中华传统文化。这正是行于棋中，悟在棋外。在海选的六期节目中，我们通过六个不同的围棋与大文化的关系，来引导观众更好地了解围棋，理解围棋，并且进一步唤起人们对于中华文化的关注与兴趣。

第一期的主题是国运兴棋运兴，通过聂卫平、王汝南等人的亲身经历，讲述了围棋与国家、时代的关系。第二期的主题是围棋与时光，通过时空、动静的辩证，强调一种坚持不懈的文化精神内涵。**华学明**：每次看照片，我真的觉得这个主题特别好，就是"时光"。时光如梭，围棋与时光同在，日月为明，围棋的明天会更美好。**解说**：第三期至第六期的主题分别是围棋与军事，围棋与美，围棋与商道。**唐奕**：智慧与美丽兼并的女子来下围棋吧。**孙涛**：我参加我骄傲。**解说**：从围棋文化的原点辐射到整个中国大文化，让人家更清晰地看懂围棋。同时对中华文化的认识更进一步，中华文化自古讲究文以载道，其实围棋同样讲究棋以载道，我们在界别棋王之战的八期节目中，从八个角度系统阐述了围棋之哲理。无锡棋之弈，从《棋经十三篇》悟及围棋博弈之哲理，推及人生博弈之理。**黄子忠**：《棋经十三篇》和《孙子兵法》是完全相通的。**解说**：杭州棋之乐，茗棋独收半绿新，忘忧之清乐与先贤神交之乐。**郦波**：所以茶和围棋文化合在一起，这个就是中华文明的大道存焉。**解说**：保山棋之艺从围棋小道，读懂乾坤之大道。**林建超**：纹枰演绎战争，但世界终将归于和平。**解说**：落子如播种，围地兴社稷，从民族到世界，无不是深刻的棋局。**蒙曼**：最后百川归海，是我们中华民族的大和大义。**解说**：张家界棋之养，以围棋的中和精神知棋而达理，渐渐熏陶为谦谦君子，培育学养与修养。蒙曼：做君子人，下神仙棋。**解说**：九江棋之艺，看琴棋书画融于一炉的中国文人独特的精神特质。**林建超**：把高雅融进草根，让竞技变成快乐。**解说**：洛阳棋之哲，以易理的不易、变易、简易来解围棋的辩证行棋之理。**华学明**：大地为盘，黑白分明，变化无穷。**康保成**：中国民间围棋界最精彩的百家手谈。**解说**：三亚棋之寿，从吴清源的弈道亦长寿之道，到金庸的五得，参围棋长寿之道。**王谊**：大家争当棋王结友谊，以棋会友在今昔。**邵炜刚**：我希望大家通过下围棋达到延年益寿的效果。**何香涛**：最美莫过于夕阳红，老年朋友下围棋，越下越年轻。**陈丹淮**：共享智慧、共享健康、共享快乐。解说：珠海棋之情，梳理古今种种围棋情。**徐莹**：这汤圆甜，好吃。**解说**：学围棋懂

棋礼，最终传承中华民族灿烂悠久之文化。我们深知只有以深厚的中华民族文化作为中国人的精神底蕴才能成为真正意义上的炎黄子孙中国人。

主持人：欢迎大家回到我们正在直播的《谁是棋王》中国围棋民间争霸赛总决赛，冠军已经产生了，现在正在等待的是冠军的颁奖仪式，刚才片子把《谁是棋王》的一路走来，我们的5个月对于围棋的开心智，悟人生，整个又重新回顾了一下，其实围棋带给我们的意义和价值，远远超乎我们看到的胜与负，我身边的就是刚才节目开始我介绍的中国围棋协会副主席林建超将军，欢迎您，我看围棋的大事您经常在现场，您对围棋也是参与很深入了，在您看来现在的围棋又迎来一个崭新的时代，这个崭新的时代寓意是什么？我们能做什么，能让更多人去接受围棋？

林建超：习主席大力倡导传承中华民族优秀传统文化，围棋呢，就是我们民族优秀传统文化的一个组成部分，因此呢，应当努力地去推广和传播，中央电视台组织的这一次《谁是棋王》中国围棋民间争霸赛，就是这样的一种努力，据我所知，这样的比赛，在世界上是第一个以国家央视的名义倡导发动组织的全民性的围棋活动，那么这个活动的特点，我想可以用五句话来概括，就是把高雅融进草根，把竞技变成快乐，把娱乐升华为励志，把传承交还给大众，把棋盘扩展到全国。

主持人：此处可以有掌声的，您把整个节奏调整了一下。

林建超：通过这一次全民性的围棋比赛，吸引了这么多的民间草根基层的人关心参加，这种群众性的基层性的参与围棋活动，可以说在多少年的围棋活动中，形成了一个新的热点，新的时尚，新的模式，就是现在搞围棋比赛，不全是职业棋手的竞技，一定是让群众和基层都能够有机会参与的活动，所以我们说，央视组织的这次《谁是棋王》中国围棋民间争霸赛可以给老百姓一个实实在在的快乐和幸福。

主持人：好，谢谢林将军，说得特别好。我身边站的是郦波老师，郦波老师在我们《谁是棋王》节目当中贡献也特别大，其实您在我们的节目当中，有一次特别卓绝的表现，当时你跟王立群老师全在，有一个棋手他介绍的是用《史记》体。

郦波：那个棋手的名字就叫史记，所以王老师用的《史记》体。

主持人：然后您介绍的棋手当时给您提出要求用《离骚》体，这个挑战挺大的。

郦波：我记得是卢宁，在现场，为什么要用到《离骚》体或者说是《史记》体，因为我认为围棋一直和我们的《史记》、《离骚》这些华夏文明最重要的文明精华有着天然的那种亲和力。

主持人：这种亲和力特别重要，能够让大家一下把围棋和古老文明结合起来，当时那段很多人没看过，我们原景重现，分享一下当时。

黄子忠：介绍一下卢宁。**郦波**：好吧，王老师讲《史记》，然后他的选手又叫史记，然后他就用了《史记》体来介绍史记，这个给我难度很大。我只好用一个屈原的《离骚》体来介绍卢宁，好吧。屈子诗云：卢宁来自中原兮，棋龄已达数十载。路漫漫其道修远兮，棋将上下而求索。

张斌：这个语句，这个离骚体似乎我们都清楚，但是在现场有急智把它能够镶嵌其中，这个挺不容易的。

郦波：那是围棋的包容性，因为围棋本身就是华夏文明精华的最佳的一种呈现。我是研究训诂学的，从训诂学的角度上来看，你像围棋的围，甲骨文中围的本意就是包容、守卫、传承守护的意思。那么他包容的是什么，其实个光是十九乘十九的一块棋盘的空间，他包容的是上下四方，是前后古今，中国古人说上下四方谓之宇，古往今来谓之宙。所以他包容的就是明代大宗师王阳明以及毛润之先生最喜欢的那句话，我心即宇宙，宇宙即我心。所以，他包容的既是个体的精神，又是我们中华文明的那种哲学上的思想论、方法论，文明的精华都在里头，所以我个人在这个《谁是棋王》的过程中获得成长。

主持人：其实郦波教授所讲的就是我们扣了一个很重要的题，因为大家看人机大战的时候，大家都期望不仅是胜负，不仅是棋盘当中的智慧，更多的是追求人生之道，人类之大道，其实如果像柯洁这一代棋手他们的未来使命之一，就是在追求围棋胜负之外，能够在这方面能够展现更广阔的空间。这是围棋带给世界最大的贡献，谢谢两位，和我们共同分享，感谢。这个围棋无论你追何等大道，但是你必须一步步，一盘盘下出去。我们刚才看到的"棋王一盘棋"，我们留到163手的四个选择，我们看到刚才已经跟观众进行的新媒体的互动，现在我们请聂老率领一位小棋士登台，跟我们一起完成这

163手的选择，刚才我们是通过CCTV5的官方微信和微博。

主持人： 我们有A、B、C、D四个选择，小朋友你好。欢迎你，做一个简单的自我介绍。

幺天语： 我叫幺天语，我上一年级，我六岁，我的学校是中关村三小。

主持人： 中关村三小，北京中关村三小是吧，学棋多长时间了。

幺天语： 学了一年半了。

主持人： 现在水平怎么样？

幺天语： 还行。

主持人： 这个特别深，还行就特别深，估计把他父母赢了没问题了，这个题你看到了，这163手你下哪？还是有其他的选择？

幺天语： 我选C。

主持人： 你选C是吧，你说说你选C的理由。

幺天语： 因为这个眼才能变成真眼。

主持人： 请小朋友保重身体，千万别得针眼。来听听聂老怎么评价这个，这个小朋友的选择跟你的选择一致吗？

聂卫平： 不一样，应该选择A。

主持人： 您看在我们这个官方的微信互动和微博互动当中，选A的真不是最多的，这个是不是普通棋迷跟专业棋手的差别。

聂卫平： 选择A最后有一个一路扳让白棋的空少好几目，选择C一路扳没有用，所以当然应该选择A。

主持人： 小朋友听进去了吗？

幺天语： 听进去了。

主持人： 你觉得这个爷爷下的还行吗？

幺天语： 特别好。

主持人： 谢谢小朋友，谢谢聂老，谢谢你们。其实聂老和小朋友，带给我们的A、B、C、D选择其实只是棋艺上的探讨，更多的是我们应该怀揣梦想在围棋当中感悟更多。

主持人： 欢迎大家回到我们的颁奖现场，正在为您直播的是《谁是棋王》中国围棋民间争霸赛总决赛的颁奖，我们首先颁出的最佳组织奖，我们看到台上的三个机构，分别来自于中国中学生体育协会、国家海关总署、中国残疾人联合会，感谢三个组织和其他的机构在赛事组织方面给我们的大力支持。下面我们有请三位颁奖嘉宾登场。有请国家体育总局棋牌运动管理中心党委书记杨俊安先生、中央电视台体育频道总监江和平、中国职工文体协会秘书长崔植民三位登台颁奖。在《谁是棋王》中国围棋民间争霸赛当中，中小学生的界别小组赛设置八个赛区，吸引了数千名小朋友的参赛，而海关系统组织了走进边防海关，活跃边关文化生活的基层海选赛，对驻守各地的海关人员给予了极高的颁奖。下面我们进行的是《谁是棋王》中国围棋民间争霸赛总决赛亚军颁奖，首先请出获得亚军的于清泉登台领奖，掌声褒奖这个24岁的小伙子，我们请出全国总工会书记处书记、中国职工文体协会会长倪建明同志为于清泉颁奖。颁出奖杯，感谢于清泉在比赛中的卓越表现，小伙子加油。未来的人生路，未来的围棋路还很长，谢谢。获得冠军的是胡煜清，下面我们有请"棋圣"聂卫平，学者郦波登台为我们朗诵颁奖词。有请胡煜清登场，有请国家体育总局副局长冯建中、中央电视台副总编辑李挺为冠军胡煜清颁奖。获得过两次世界业余围棋锦标赛冠军，30多次全国业余棋赛冠军的胡煜清，这次比赛不负众望，脱颖而出，捍卫荣誉。我们看到送出的奖杯和折扇，这是由书画家陈友特地在现场所撰写的"棋王"，再次恭喜胡煜清，恭喜所有热爱围棋的业余选手，希望围棋迎来新时代，希望所有人从围棋中体会智慧，体会快乐。观众朋友，感谢各位关注《谁是棋王》中国围棋民间争霸赛，欢迎各位继续关注中央电视台对于民间体育的支持与执着。

我们下次比赛再见，谢谢各位。■

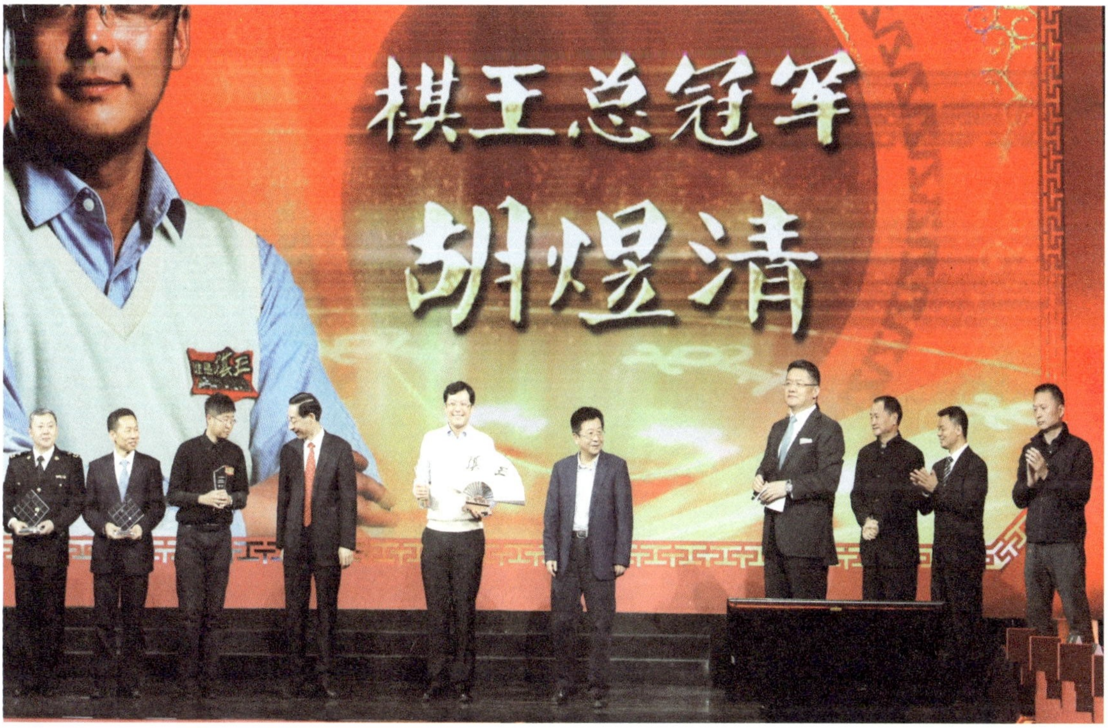
棋王总冠军
胡煜清

谁是棋王 中国围棋民间争霸赛

谁是棋王
WHO IS THE KING？

【第五乐章】

超越时空的
新世纪协奏曲

「棋王一盘棋」

「棋王一盘棋」总谱

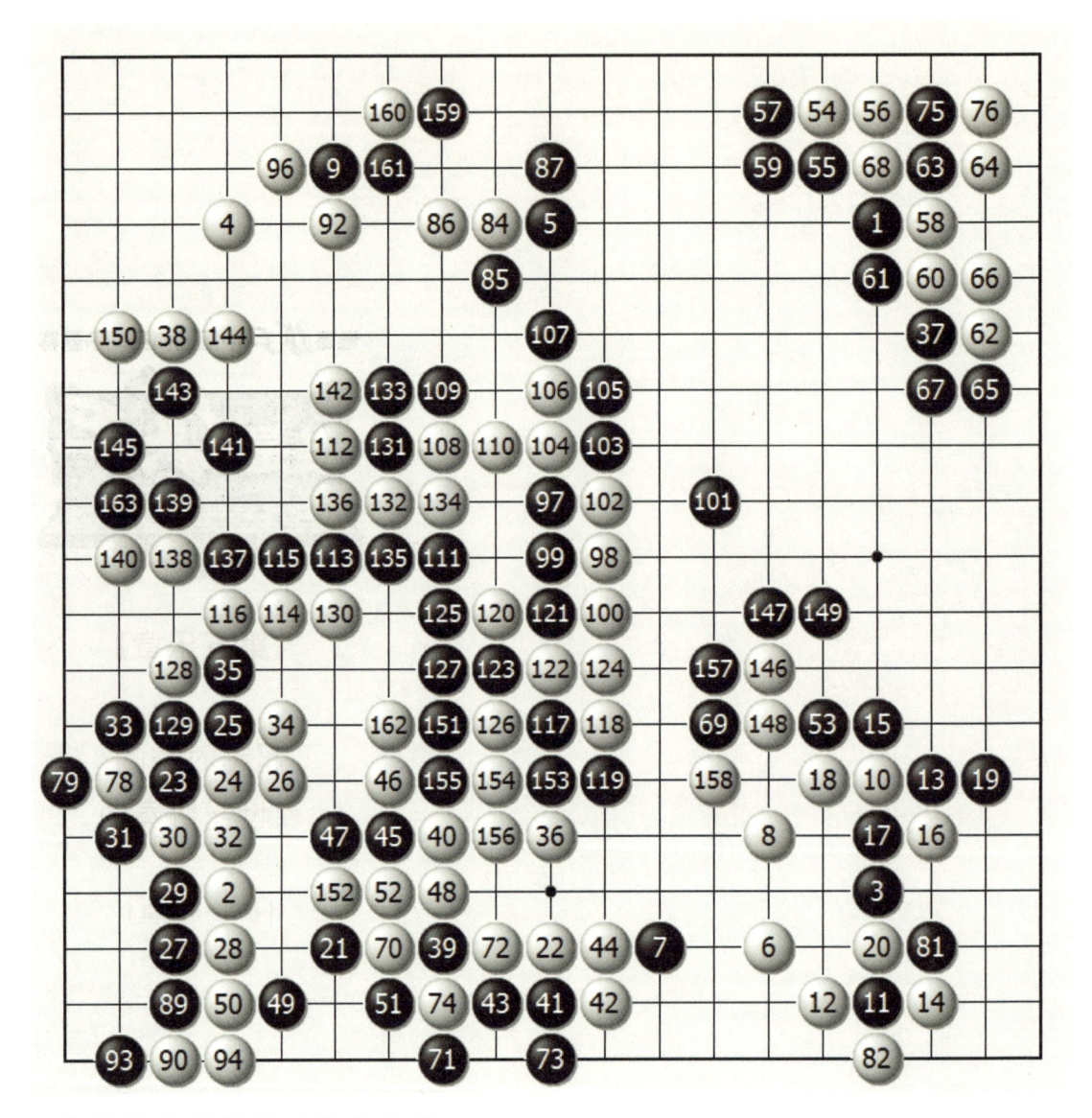

77=39 80=74 83=39 88=74 91=39 95=74

【第 1 手】
中央电视台副总编辑 李挺

落子感言：落子无悔，传承中华文化是我们的责任，无怨无悔。

【第 2 手】
棋圣 聂卫平 九段

落子感言：我期望这样的全民参与的活动能一直搞下去，非常好！我静候谁是棋王。

【第 3 手】
原国家体育总局棋牌运动管理中心党委书记 杨俊安

落子感言：这次活动是对围棋活动很好的一次推广，我们全力支持。

【第 4 手】
著名演员 廖京生

落子感言：棋如人生，敢向对手亮剑，希望能够掀起新一轮的围棋旋风。

【第 5 手】
中国职工文化体育协会副秘书长 陈光辉

落子感言：发扬国粹，让更多职工参与其中。

【第 6 手】
新华社体育部主任 许基仁

落子感言：体育就是要跟文化教育相结合，围棋就是很好的一个结合点，期望在中小学及全民中普及围棋教育。

【第 7 手】
北京万泉小学三年级 11 班 张雪莱

落子感言：我下围棋能交到很多好朋友，能提高我的口算能力，非常喜欢下围棋。

【第 8 手】
云南保山市昌宁第一示范小学 李舒月

落子感言：围棋当中我体会了成功与失败，让我学会坚强与勇敢，也带给我自信。

【第 9 手】
北京延庆长寿岭村 李福海

落子感言：下围棋，锻炼身体，锻炼脑筋，下围棋防止老年痴呆症。

【第 10 手】
永子第十二代非遗传承人 李国伟

落子感言：作为永子围棋制作的传承人，我们将把这古老文明传承下去，义不容辞地弘扬围棋文化，推动民间围棋运动的发展。

【第 11 手】
故宫博物院 严勇

落子感言：围棋是中国的传统文化，博大精深，经过我们的共同努力，《谁是棋王》一定能够在中国掀起一股更猛烈的围棋旋风。

【第 12 手】
望京网围棋俱乐部创始人 武艾云

落子感言：1985 年中日围棋擂台赛围棋最火的时候开始学围棋，坚守围棋 30 年。

【第 13 手】
中国围棋协会主席 王汝南 八段

落子感言：央视组织的《谁是棋王》中国围棋民间争霸赛对于中国围棋界来讲是一件大好事，必将推动全国业余围棋运动的发展。

【第 14 手】
世界冠军 马晓春 九段

落子感言：从我这一手可以看出，下围棋，次序是非常重要的。

【第 15 手】
世界冠军 常昊 九段

落子感言：围棋是需要有取舍的，人生怎样取舍？其实与下棋是相通的，就看你有怎样的大局观。舍小求大？还是因小失大？格局大了，平常心自然就有了。

【第 16 手】
世界冠军 大竹英雄 九段

落子感言：围棋的传承，需留意更好的下法，我们能在棋盘上展现最大的美，最大的棋艺。我们的舞台就是棋盘，希望充分享受棋盘上的乐趣，带来我们整个人生的享受。

【第 17 手】
世界冠军 小林光一

落子感言：我们以前一直在日本下棋，与中国的棋手一起下棋很新鲜。通过与中国棋手的交流，个人也得到了极大的提高，受益于与中国棋手的交流，我自己的棋法也越来越高了。

【第 18 手】
新疆乌鲁木齐 46 中初一（2）班 娜娃热

落子感言：下棋能让我的心安静下来，也能让我在学习中更专注。

【第 19 手】
弈客围棋联合创始人 傅奇轩

落子感言：我之所以下这一步，因为这一步是内外平衡的最佳落点。守中庸之道，悟围棋人生。

【第 20 手】
新疆奥生围棋文化传播有限公司总经理 刘增力

落子感言：我在新疆从事围棋教育工作十几年了，我希望新疆的孩子能同内地发达地区的孩子一样接受良好的围棋教育，我们的口号是，让我们一起努力，帮助孩子走好人生的每一步棋。

【第 21 手】
《一盘没有下完的棋》编剧 李洪洲

落子感言：现在正在下一盘没下完的棋，棋如人生，变幻莫测，无论白黑胜负如何，都将是一盘圆满的对局。

【第 22 手】
棋友 李华平／高焕超

落子感言：局部的失败是为了整体的成功，每到一个年龄阶段都会对围棋有新的理解。

【第 23 手】
中国围棋国家队领队 华学明

落子感言：时光如梭，围棋与时光同在，日月为明，围棋的明天会更美好。

【第 24 手】
世界冠军 时越 九段

落子感言：时光穿越，围棋的魅力始终如一，希望大家都能够乐在其中。

【第 25 手】
哈尔滨海关 崔春祥

落子感言：围棋的规则是谁犯错误最少谁就能取得最后的胜利，我们海关监管工作不允许犯错误，围棋就培养了我这种严谨的工作作风。

【第 26 手】
中航工业成飞动力公司党委书记 宋斌

落子感言：从围棋本身来讲这手棋是本手，作为我们航空制造企业，它是属于夺取制空权、占领制高点非常关键的一手，厚积薄发！

【第 27 手】
成都棋院副院长 宋雪林 九段

落子感言：黑棋这步点三三夺取实地，非常的扎实。以后咱们在开展业余围棋的时候，也要做得非常扎实！

【第 28 手】
伊春翠峦区林业规划调查设计队 曲林海

落子感言：围棋讲究平衡之美，我们林业系统以前是砍伐树木，现在的任务是封山育林，都是为了保护生态的平衡。

【第 29 手】
新中国围棋之父陈毅的儿子 陈丹淮

落子感言：这手棋是定式中的唯一，如果没有这手棋的话，白棋就会把黑棋整个割裂了，走了这手棋，黑棋就联络起来了。从军事角度来讲的话，打仗的时候不能有一支队伍被包围起来，要连在一起，才能应对各种情况，取得战争的胜利。

【第 30 手】
中国公安警友书画社社长 陈友

落子感言：这步棋叫做挖，这步棋在围棋的局部当中是一个要点，就像我们书法有笔法、字形、章法。章法就好比围棋的大局观，字形就像围棋的棋形，笔法就是干湿浓淡，在围棋就像轻重缓急。联系我们的公安工作，利用时机把关键抓住，我们就能够克敌制胜，保百姓一方平安。

【第 31 手】
超级棋迷 胡景福

落子感言：这一步是防守和连接的要点，是必应手。

【第 32 手】
中国围棋协会副主席 林建超

落子感言：走这一步是想走厚自己，保护实地，积蓄力量。

【第 33 手】
农民 姜俊仪

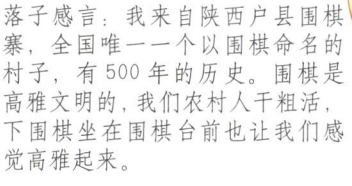

落子感言：我来自陕西户县围棋寨，全国唯一一个以围棋命名的村子，有 500 年的历史。围棋是高雅文明的，我们农村人干粗活，下围棋坐在围棋台前也让我们感觉高雅起来。

【第 34 手】
陕西天元棋院院长 杨军

落子感言：下在这手是为了控制中原，照顾左上方的白子。源于历史漫漫长河，一种民族自豪感让我油然而生对围棋的赞颂，为此我创造了一首围棋之歌，想以传唱的形式将围棋之美传承。

【第 35 手】
国务院参事 杜鹰

落子感言：围棋不仅是一种智力游戏，也是中华文化的传承，对逻辑思维是很好的训练。业余围棋强调的是快乐围棋，从围棋的博弈中得到很多乐趣，交到很多朋友，希望越来越多的人都来学习围棋。

【第 36 手】
原中国围棋协会副主席 宋树新

落子感言：围棋是老祖宗留下的宝贵财富，如何把围棋推广出去是非常重要的。不光是我们中国人要会下围棋，更要让围棋走出国门，让世界人民共享这样好的文化。

【第 37 手】
世界围棋推广大使，港澳台界别领队 张晓茵

落子感言：围棋和音乐有许多相通之处，每一手棋就像一个音符一样，一个完美的定式就如同一条优美的旋律，下一盘棋就是黑白双方共同创作出一首精彩动人的乐章。如此，双方都会是赢家。

【第 38 手】
棋迷 彭建明

落子感言：围棋对我来说是一把钥匙和桥梁，我通过学习围棋，了解了人生，围棋带给我的是快乐和自信。围棋像一面镜子，能照亮我的人生。

【第39手】
李世石围棋学校董事长 李英镐

落子感言：我是中国的女婿，我从小接触围棋，一直陪李昌镐参加比赛，现在开了李世石围棋学校，围棋是我生活中很重要的一部分，未来我想为中韩围棋交流做一些贡献。

【第40手】
广东棋文化促进会会长 容坚行

落子感言：手足兄弟，黑白人生。因为是体育家庭，我是围棋的国手，我哥哥容志行是国脚，我是围棋界踢球比较好的，我哥哥在足球界是围棋下得比较好的，所以媒体称我们是手足兄弟，黑白人生。

【第41手】
围棋盲棋高手 鲍檩

落子感言：棋盘和棋子可以演绎出宇宙的无穷奥秘，看似有边界，却可能永远看不到尽头，围棋蕴含着天道和人道，是天人合一的完美化身。

【第42手】
茶艺师 张艳平

落子感言：清茶几许琴声里，人生百味手谈中，让我们雅俗共赏，一起快乐饮茶、快乐围棋、快乐人生吧！

【第43手】
开滦局范各庄矿业公司 王晓勇

落子感言：矿井与棋盘，时空有别，但真心永恒。

【第44手】
著名作家 吴启泰

落子感言：我是一流的棋迷，二流的作家，三流的棋手，我对围棋非常痴迷，因为围棋师法自然，围棋和自然造化之间的关系给了我很多感悟，这些感悟给我的文学作品很多的启迪。

【第45手】
中国围棋博物馆（杭州）顾问 张勇

落子感言：这手棋是飞，希望中国围棋能走出亚洲普及全世界，我们中国围棋博物馆收藏历史文物，展示围棋文化，希望有更多民间棋手的围棋故事能够在这个时代创造出来，成为后人所赞叹的历史。

【第46手】
著名演员 孙涛

落子感言：围棋让我们的生活更加精彩。

【第47手】
世界围棋女子亚军 唐奕

落子感言：想成为智慧与美丽兼具的女子来下围棋吧。

【第48手】
世界围棋女子冠军 於之莹 五段

落子感言：下棋的女孩子最美丽。

【第49手】
云南省棋类协会常务副主席 李方明

落子感言：围棋缘、海关情。作为明代戍边将士的后人，我与海关有着不解之缘，我的曾祖父是辛亥护国的功臣，曾兼任过腾冲海关的海关监督。今触景生情，有感而作：岁月一壶酒，空山二枚春，人生三命局，坐隐事自成。

【第50手】
昆明海关关员 李毅

落子感言：这手棋在围棋的专业术语叫立，它是一步看似很小其实很大的棋，而且是一步急所，这恰恰反映出海关工作在国家对外经济贸易中的作用和地位。

【第 51 手】
杭州灵隐寺 觉亮法师

落子感言：见棋不是棋，步步见禅心，普愿广大围棋爱好者在人生的大棋盘上保持完好无染的清净心。

【第 52 手】
中国煤矿体协主席 戴璐强

落子感言：这步棋是冲，不仅能够自保，而且对黑棋的死活构成威胁，煤炭行业在困难的寒冬期，首先要做好自身的转型发展，练好内功。再努力冲出一条脱困的路子，发扬煤矿工人特别能战斗的精神，知难而上，迎来煤炭行业新的春天。

【第 53 手】
职业棋手 岳亮 六段

落子感言：左下角不应，以后将是劫活，我现在脱先，抢占双方大势的必争之点，在围棋上，这叫天王山。如同现在的家庭，孩子就是父母的天王山。孩子是我们的未来，也是围棋的未来。

【第 54 手】
中国香港围棋协会会长 苏洪根

落子感言：香港围棋协会1982年成立，30多年来，我们一直致力于香港围棋的普及和推广，在社会和学校的不同层面培养了许多优秀围棋人才。

【第 55 手】
宝钢股份炼铁厂 殷杰

落子感言：围棋使钢铁工人不仅有力量更有智慧，钢铁工业曾经创造过辉煌的历史，新的时代钢铁人要更加发挥聪明才智，让我们的钢铁大国成为钢铁强国。

【第 56 手】
洛阳双龙棋具厂 吴亚伟

落子感言：我认为白棋下到这里是绝对的要点，是为了生根做活。经过20多年的发展从最初的小作坊到现在国内的知名棋具生产企业。愿为发扬光大祖国优秀文化尽我们的绵薄之力！

【第 57 手】
欧洲围棋联盟主席 马丁

落子感言：我下这步是对白棋保持压力，通过攻击获得利益。我是欧洲围棋联盟主席马丁，近几年，欧洲围棋取得巨大的进步，这与中国对我们的大力支持和帮助是密不可分的！

【第 58 手】
世界冠军 李世石 九段

落子感言：这手有简单和复杂的两种下法，我下这步是选择了简单的下法。中央电视台的《谁是棋王》节目我有了解，让各行各业的爱好者参加，真的很棒！

【第 59 手】
世界冠军 柯洁 九段

落子感言：目前这步粘是定式的完成。基本上是唯一的一手。《谁是棋王》节目我也很关注。以往的围棋大赛主要是职业和业余高手参与，而这次活动是真正面向草根和大众！做为围棋人，我会全力支持！也希望大家共同关注《谁是棋王》！

【第 60 手】
青岛海关关长 臧玉健

落子感言：我的这步"顶"虽然有一点风险，但更有利于打开局面，走活下面的棋路。我们海关工作也是一样，要创新、求变，履行好为国把关的神圣使命。

【第 61 手】
甘肃围棋协会副主席兼秘书长
伍爵天

落子感言：大局为重，"黄河杯"受商道支持办了30届，双赢，希望继续支持围棋事业，共同发展。

【第 62 手】
洛阳旭升房地产开发公司
章广跃

落子感言：扳，要做活。这步棋确实有一定难度，综合考虑，整个大势被对方占领，经商要懂得弃子，占领大场。

【第 63 手】
济南棋博教育咨询有限公司
陈博雅

落子感言：这手棋是抉择的时刻，我选择"扳"，把拳头收回来，以守为攻。我们做围棋产业的，应该积蓄力量，以围棋行业发展为己任，更应重视文化内涵的挖掘，弘扬国粹。

【第 64 手】
洛阳围棋协会副主席，秘书长
刘霞

落子感言：我下这手扳，实地很大，赶紧做活。《谁是棋王》推动了业余围棋运动的发展，我相信我们洛阳的围棋事业会像龙门石窟和牡丹花一样，成为我们洛阳的第三张文化名片。

【第 65 手】
北京联众互动网络股份有限公司 **杨庆**

落子感言：参与到《谁是棋王》是必然的缘分。我们希望通过互联网的力量，使尽量多的爱好者能够享受到围棋的乐趣，享受到智力运动思考的快乐。

【第 66 手】
农业行业代表 **魏飞鹏**

落子感言：我们学围棋的人都知道围棋是宇宙的缩影，我们在做农业服务的时候，面临的是广阔的天地。那么农业方面现在的进展也是非常之快、非常之大，和围棋很多无穷的变化其实是息息相通的。

【第 67 手】
河南大学教授 **王立群**

落子感言：势在必行。

【第 68 手】
南京师范大学教授 **郦波**

落子感言：棋里乾坤大，枰中日月长——只此一手。

【第 69 手】
职业棋手 **曹大元** 九段

落子感言：智者乐弈。希望更多的业余棋友能够通过下围棋交到更多情投意合的有精神境界的朋友。

【第 70 手】
火车头棋王 **鲁宏辉**

落子感言：现在全盘黑势滔天，白棋要在具体的地方冲击一下它的缺陷。

【第 71 手】
煤炭棋王 **陈瑛**

落子感言：先谋其身，寻求变化。

【第 72 手】
金融棋王 **罗韬**

落子感言：有始有终，贯彻意图。

【第 73 手】
文化棋王 **邓歆懿**

落子感言：险象环生。如果不下这的话，这块棋就要被白方给消灭了。所以这步棋可以形成打劫，虽然说不如净活，但是也好歹给自己留了个生路。

【第 74 手】
兰州铁路局通信工 **王海涛兄弟**

落子感言：通过铁路这张网络，方便了人们的旅行，通过《谁是棋王》这个比赛，让我认识了更多志同道合的围棋爱好者。

【第 75 手】
无锡市棋类协会会长 徐曈
落子感言：现在黑棋和白棋在打劫，我找这个劫呢，是因为这个白棋更大，如果白棋不应，我把白棋吃掉，就能够获得利益。所以围棋能够培养人的大局意识。

【第 76 手】
无锡市体育局副局长 汪克强
落子感言：这是一个大劫材，我必须要应，围棋十诀：动须相应，人生没有坦途，围棋充满智慧，当我们在遇到困难的时候，我们只有坚持才能绝处逢生。

【第 77 手】
新闻棋王 张大勇
落子感言：《谁是棋王》活动，是我国民间围棋发展的一个大事件，是一个闪光点，作为新闻从业者，我不仅是亲历者，还是见证者和记录者。

【第 78 手】
房地产棋王 郑施桦
落子感言：就房地产开发建设来说，这一手是全局整个设计的要点。

【第 79 手】
中小学棋王 史记
落子感言：因为白棋找到劫材比较合适，如果不应的话，这个损失会大于收益，所以需要应一下。

【第 80 手】
地方公务员棋王 卢宁
落子感言：这个劫是本局的亮点，这个提劫就像我们的本职工作一样，做好本职工作，恪尽职守，全心全意为人民服务。

【第 81 手】
职业初段 毛昱衡
落子感言：打吃这很明显，黑棋现在面临了一个生死劫，所以必须要找劫渡过难关。

【第 82 手】
围棋之眼的软件作者 朱文章
落子感言：古老的围棋艺术博大精深，现代软件技术日新月异，两者完美的结合，不仅给广大棋迷带来了更直观的全新视觉感受，也极大地丰富了围棋的表现形式。

【第 83 手】
浙江省工艺美术大师 蔡履平
落子感言：陶瓷印是瓷和印的结合，这次作为奖品，希望选手能够喜欢。

【第 84 手】
无锡市侨谊实验中学副校长 周彦
落子感言：走这手棋一方面是为了确保白方的优势，另一方面是为了侵削黑方。就像我们的教育工作，一方面是为学生打下扎实的基础。另一方面也是为学生今后的发展留下空间。

【第 85 手】
棋王壶创制者 於世一
落子感言：紫砂壶的创制和下围棋是一样的，需要深思熟虑。喝茶容易造壶难，百思不解棋中看，原来此中藏真谛。我走的这手棋是应劫。

【第 86 手】
张家界武陵源区街道办主任 陈宏权
落子感言：我下的这手是退，目前这个局部战斗的重要性超过劫争，我不提劫。旅游和下围棋一样，都要求新求奇。山水应从奇处看，棋局风云亦大千。

【第87手】
冶金棋王 王进

落子感言：因为下围棋的时候，不在于一城一池，要以大局为重。对我们企业来说，企业搞经营，看重的是大市场，而不在于小市场，其它地方就是局部小市场，我下的这个地方就是大市场。

【第89手】
前卫棋王 萧笛

落子感言：下围棋要有平常心，这个时候夹一下，可能扳，可能脱先，也有可能白棋不应。

【第91手】
保山市隆阳区汉庄镇中心学校 王晓明

落子感言：棋如人生，我也要求学生把握好人生的每一步。

【第93手】
旅游棋王 王昌光

落子感言：虽然现在精彩之处还有很多，但我还是选择了一步保护自己的棋，就好像我们游山玩水一样，以平安至上，游天下美景。

【第95手】
石油棋王 代杰

落子感言：留得青山在，不怕没柴烧，（做活这块棋）作为一名普通的石油员工，也觉得稳健可持续发展才是最重要的吧。

【第97手】
著名围棋节目主持人 陈盈 初段

落子感言：围棋五得：得好友，得人和，得教训，得心悟，得天寿。

【第99手】
原中共浙江省委常委、杭州市委书记 王国平

落子感言：我下这招棋的本意，是要弘扬天元精神，打造一流棋院。天元的本意是第一，是起源，我们希望探寻围棋的起源，弘扬争创第一的精神，打造世界一流的棋院。

【第88手】
医疗棋王 荆贵军

落子感言：局部上白棋正在打劫黑棋这块，白棋选择提劫。就这盘棋来说下围棋要堂堂正正，对于我们医疗界来说更需要妙手回春。

【第90手】
港澳台地区棋王 陈威廷

落子感言：围棋可以让我平静，也可以让我成长。

【第92手】
武夷山茶农 张煌

落子感言：棋茶相通，都会给人一种新的境界，美的享受。做好茶人，享受围棋带来的快乐。这手劫材看似平和、平淡，其实很大，就像茶，慢慢品味就会感受到它的价值。

【第94手】
互联网棋王 何重阳

落子感言：谨慎行棋。互联网行业亦是如此。小小的漏洞就会影响整个系统。这就告诉我们，不管是下棋还是互联网，都需要细心，耐心！

【第96手】
教授 何云波

落子感言：林间扫石安棋局，岩下分泉递酒杯，更多地给你带来一种心灵的共鸣。做围棋文化研究，能够给我带来更多的快乐。

【第98手】
著名棋手 刘小光 九段

落子感言：上善若水，流水不争先。

【第100手】
中国棋院杭州分院产业发展处处长 刘骁

落子感言：这手"长"，寓意中国围棋文化渊源流长。围棋不仅是一种竞技项目，更是中华优秀传统文化，希望越来越多的人能够参与到挖掘和保护中国传统文化中去。

■【第 101 手】
林业棋王 付聪

落子感言：绿色生态，林业梦想。我希望这步棋像种子一样，生根发芽！

■【第 102 手】
高校棋王 王琳

落子感言：高者在腹。中腹是双方的必争之地。

■【第 103 手】
通信棋王 胡煜清

落子感言：我们下围棋的过程也是追求完美的过程。尽管围棋太难，我们永远不知道最终的答案是什么，但我们愿意去接近它。只有这样才能去追求胜利。

■【第 104 手】
音乐人 陈小奇

落子感言：有断不断反受其乱。我希望下出快乐围棋，快乐的人生。

■【第 105 手】
音乐人 科尔沁夫

落子感言：我觉得围棋和音乐一样，都需要灵活、善变、机动，才能得到更好的结果。

■【第 106 手】
九江市围棋协会主席 黄汉国

落子感言：我希望广大棋迷能够下出快乐围棋。黑白世界，棋乐无穷。

■【第 107 手】
九江银行行长 潘明

落子感言：下棋讲究扎实细致。九江银行凭良心工作，按规则办事，靠本事吃饭，为客户提供高效的金融服务。

■【第 108 手】
著名棋手 世界冠军 曹熏铉 九段

落子感言：从这盘棋看得出来，有职业棋手和业余棋手的共同参与，很有意思。现在中国围棋形势非常好，而韩国围棋界形势严峻。中国有这么好的势头，是中国众多棋迷关心和支持的结果。

■【第 109 手】
著名棋手 世界冠军 李昌镐 九段

落子感言：大家好。能够参与到《谁是棋王》节目感到非常高兴。中国的棋迷们能够拥有这样好的围棋节目是令人高兴的事情。期待在韩国也能够有这样类似的节目出现。

■【第 110 手】
著名棋手 世界冠军 林海峰 九段

落子感言：这一步棋是"只此一手"，是扎实的下法。围棋是中国的传统文化。我征战职业棋坛多年，还是第一次看到这么大规模的棋迷能够参与其中的围棋节目。非常有创意，希望节目越办越好。

■【第 111 手】
江西省围棋协会秘书长 喻平

落子感言：这一步跳，首先把自己跑出来，同时对白棋的两块棋构成威胁。非常高兴能够参与《谁是棋王》这个节目。希望通过这个节目让我们江西的围棋，中国的围棋——我们的国粹能够更好地发扬光大。

■【第 112 手】
企业家 毛大庆

落子感言：这一步棋其实讲的是要稳扎稳打，站稳脚跟再图机会。这是一步比较稳的棋。

【第113手】
中国男篮教练 李楠

落子感言：棋如人生。篮球也如此。

【第114手】
中建棋王 马铁

落子感言：中国建筑，做成精品。

【第115手】
航天棋王 胡华东

落子感言：航天工作需要扎扎实实，稳扎稳打。

【第116手】
棋王八强 王温

落子感言：围棋一直以来就是我生活的重要部分。我非常热爱下围棋，因为它给我带来许多快乐和自信。

【第117手】
税务棋王 王中建

落子感言：我们税务工作和下棋一样，要细致，要严谨。

【第118手】
中国围棋协会副主席 黄进先

落子感言：我相信通过央视《谁是棋王》活动肯定会使我们国家的民间围棋活动掀起一个高潮。

【第119手】
洛阳恒联房地产有限公司总经理 黎一龙

落子感言：我们公司将会在洛阳建设围棋主题公园，希望把围棋文化与传统国风文化发扬光大。

【第120手】
著名学者，《百家讲坛》主讲人 康保成

落子感言：洛阳，九朝古都，人文荟萃，又与围棋有着不解之缘。作为河南人，有幸到洛阳参加央视《谁是棋王》节目，眼界大开，收益良多。

【第121手】
洛阳 汪见虹 九段

落子感言：我想冲出洛阳棋城的气势。

【第122手】
老年棋王 何香涛

落子感言：纹枰对弈不分老幼，老当益壮。

【第123手】
中国桥牌协会副主席 徐双未

落子感言：在棋盘上应该是认真地走好每一步关键棋。在我们的学习生活中，更应该交上一份让人民满意的好棋谱。

【第124手】
航空棋王 马拓

落子感言：生活中我们应该分清主次。主要的东西我们应该抓住，绝对不能放弃。

【第125手】
海关棋王 俞鹏

落子感言：我这一步棋应该是和白棋上一步针锋相对的。黑棋中间三个子也是契机，不能让白棋轻易把它吃掉。

【第126手】
中央国家机关棋王 顾扬

落子感言：下围棋如同国家治理，既要有好的顶层设计，还要坚持既有的作战方针和全局精神。

【第127手】
三亚环卫工人（最美三亚人） 张瑶

落子感言：我们三亚就像一副美丽的棋盘，环卫工人就像一粒粒棋子，用勤劳的双手把这盘棋下好，迎接八方来客。

【第128手】
中国围棋协会副秘书长 邵炜刚

落子感言：关注《谁是棋王》，围棋欢迎您。

【第 129 手】
中国围棋协会秘书长 王谊 五段 
落子感言：观众朋友们，在强身健体的同时，千万别忘记了强身健脑。

【第 130 手】
全国政协委员 黄建初 
落子感言：在关键时刻，该出手的时候还是要出手。作为国家公务员要敢于承担责任。

【第 131 手】
世界冠军 古力 九段 
落子感言：因为这块棋出了危险，所以这个挖是脱险的好手。

【第 132 手】
电子棋王 高利权 
落子感言：对于电子人来说，精密准确是我们的追求。

【第 133 手】
外企棋王 夏靖泓 
落子感言：胸有全局，志在必得。

【第 134 手】
服务棋王 于清泉 
落子感言：把棋子连在一起，同心协力才能更好服务。

【第 135 手】
商业棋王 竺建国 
落子感言：争取成功打入《谁是棋王》总决赛的终极市场，在《谁是棋王》赛场上获得最大的实地。

【第 136 手】
珠海野狐棋院院长 谷晓峰 
落子感言：希望通过我们的努力，给广东围棋，中国围棋注入更多后备人才。

【第 137 手】
中国三大男高音之一 莫华伦 
落子感言：星位。第一次下围棋，星位会带来幸运。这盘棋一定赢。

【第 138 手】
香港围棋协会秘书长 何冠聪 
落子感言：这步是棋的要点。珠海，澳门，香港，珠三角是广东的要点。

【第 139 手】
澳门围棋协会副会长 姚建平 
落子感言：在春天的节日里，祝好人一生平安。

【第 140 手】
世界女子围棋冠军 徐莹 五段 
落子感言：围棋特别讲究度，什么时候先走，什么时候后走，这个深一步还是浅一步，真的是特别讲究也特别难，同时也特别有魅力。

【第 141 手】
职业九段 梁伟棠 
落子感言：棋一出手就要剑锋所指，所向披靡。

【第 142 手】
正大集团副董事长，泰国围棋协会会长，世界华人围棋联合会会长 蔡绪峰
落子感言：我是大棋迷，把中国的国粹传播到泰国来。到了今年，已经有23所大学教围棋，有学分的。现在泰国大概有100万人会下围棋。围棋是好事情，任何一个形式的推广围棋我都很高兴。让全世界的棋友都热爱围棋。

【第 143 手】
泰国围棋总教练 史金帛 三段

落子感言：正在进行的《谁是棋王》的比赛，泰国棋手非常关注，因为它让各行各业的棋手都能参与。我们希望未来泰国棋手也有机会可以参与到《谁是棋王》的节目中来，一起把中泰的围棋交流做得更好。

【第 144 手】
台湾新北市南山中学校长 蔡铭城

落子感言：很高兴《谁是棋王》走进我们台湾的南山中学校园，期待两岸共同携手发扬围棋这项传统文化。下一手棋就是一种选择，教育工作也是一样。希望能够教导我们的每个孩子做出最好的判断，迎向美好的未来。

【第 145 手】
城围联体育投资发展有限公司董事长，中国围棋协会副主席 雷翔

落子感言：这一步是关键一手。《谁是棋王》节目构思新颖，内容丰富，观众喜爱。这是推动围棋普及的精彩一手。《谁是棋王》节目和城市围棋联赛一样，都在做一项非常重要的工作，那就是让围棋走向大众。

【第 146 手】
西藏自治区党委常委，拉萨市委书记 齐扎拉

落子感言：落棋和干工作一样。西藏只有融入到全国的经济社会发展，才能建成小康社会。

【第 147 手】
中央军委政治工作部，将军 蓝晓石

落子感言：147是补空的一个妙手。由此想到中央电视台举办《谁是棋王》是我们围棋的大妙手，掀起了新一轮围棋热。

【第 148 手】
中国文化书院秘书长 苑天舒

落子感言：中国传统文化的核心是天人合一，知行合一，情境合一，人道汇通天道。围棋是中国的优秀传统文化，围棋的最高境界也应该是天人合一，因此棋道的最高理想是人道与天道的和谐统一。

【第 149 手】
JJ棋手 陈元昊

落子感言：希望《谁是棋王》联手更多平台，越办越好，弘扬围棋文化，给我们这些业余围棋爱好者更多学习和展示的机会。

【第 150 手】
围棋主持人 唐莉 初段

落子感言：今天下这手棋特别开心，也特别荣幸。希望《谁是棋王》这样的节目多多举办，影响到家庭主妇，特别是妈妈们，带着自己的小孩一起学习围棋，会带来很大欢乐。

【第 151 手】
世界冠军 孔杰 九段

落子感言：非常荣幸参加《谁是棋王》的"棋王一盘棋"环节。和这么多人一起下一盘棋，感受围棋的魅力，这是一件非常好，非常有意义的事情。衷心希望这个节目能越办越好，让更多人能参与进来。

【第 152 手】
画家 冯冰

落子感言：我是画家，我的创作风格多样，这一切得益于围棋给我灵感。我常跟别人说下围棋的人最幸福。

【第 153 手】
职业棋手 丁伟 九段

落子感言：因为上面这块棋没有做活，接住对这块棋做活有帮助，同时也是"围棋十诀"当中的逢危须弃。

【第 154 手】
北京邮电大学教授，中国人工智能学会理事 刘知青

落子感言：这步棋是人工智能的考量。

【第 155 手】
清华大学人文学院哲学系教授
■韩立新

落子感言：谁在棋盘上抢占的地盘最多，谁就能取得胜利。

【第 156 手】
加拿大围棋协会会长
■詹姆斯·塞吉维克

落子感言：我很喜欢中国人发明的围棋。它很有趣，可以让我们结交很多的朋友，在一个世界关注的节目上下棋会很有趣，尤其是可以接触国际棋友，很荣幸。希望我能下一手不辜负这个节目的好棋。

【第 157 手】
合肥市庐阳区政府区长 黄卫东

落子感言：很高兴参加《谁是棋王》活动。这个节目展示了围棋的传播，展现了传统文化，有一句话送给棋手：爱拼才会赢。

【第 158 手】
福建某预备役高射炮兵师战士
■张振伟

落子感言：下这一步是连接白子，吃掉黑子。作为一名高射炮兵，以护卫领空安全为己任，能打仗，打胜仗，将围棋思维引入现代战争作战思维中。

【第 159 手】
著名作家 二月河

落子感言：在围棋里面急所是高于一切的。这就像《论持久战》里面讲的，战略的机遇到来的时候，一招就可以决定乾坤。

【第 160 手】
著名作家 莫言

落子感言：从作家的角度来讲，围棋也是我们非常关注的描写对象。当然，作家写围棋不一定是表现技术，而是人，是人跟围棋的关系，是对弈双方通过围棋这样一种手段来表现自己的个性。围棋是技术的对抗，也是情感的对抗。最重要的是通过棋品看出人品。

【第 161 手】
国家体育总局原副局长 冯建中

落子感言：这个活动非常好，这么多的业余高手在一起交流，对于推动我们国家的围棋运动发展是非常有用的。全民健身已经上升到国家战略，围棋运动是国家战略中非常重要的一个项目。

【第 162 手】
中国职工文体协会原会长
■倪建民

落子感言：《谁是棋王》比赛给我留下了深刻印象。相信围棋的未来会更好。

【第 163 手】
北京中关村二小 年级学生
■幺天语

落子感言：下在B11。因为这样黑棋才能（做成）一个真眼。

《棋王一盘棋》进行至163手，现场部分的录制已经完成，之后期待广大棋迷共同探讨。也可关注CCTV5官方微博进行交流和互动。■

【第六乐章】

棋王合奏曲的
32个音符

「棋王感言」
「各界报道」

《谁是棋王》中国围棋民间争霸赛
棋王感言

胡煜清

冠军棋王胡煜清：初见《谁是棋王》，是新鲜，是兴奋，草根棋手有机会登上央视舞台，围棋不再仅仅是竞技，是节目，更是文化。

再知《谁是棋王》，是感动，是责任。感动于中央电视台的认真负责与全心投入，作为棋手的我们，不再仅仅是参赛者，更是围棋文化的传承者、弘扬者，重任在肩，再无懈怠之心。

决战《谁是棋王》总决赛，是紧张，更是欣慰。总决赛的气氛、环境让即使身经百战的我都感到了紧张，也唯有紧张，才是大赛的真谛。胜负之美，本就是围棋之魅。志同道合，以棋会友，不亦乐乎？同样，我们也认识了另一群可爱的人，他们是央视的编导、摄影和工作人员们，此次央视与围棋的结合，堪称天作之合，让围棋的智慧之光更加闪耀。

于清泉

亚军棋王于清泉：跟以往的业余比赛相比，《谁是棋王》充满了新意，通过海选让各个行业的民间棋手都能够参与，并且体育各档节目都有报道。这在全国业余比赛中当属首次。半决赛时又邀请四大导师加盟，在名师的指点下，我的思路也有所开阔。对所有幕后工作者表示由衷的感谢，尽管输掉了决赛，也让热闹的望京会场有些失望，不过我想说这几个月节目下来，又认识很多新的朋友，以及围棋得到真正意义上的推广，我们都是赢家，感恩！

俞鹏

海关棋王俞鹏：在祥瑞之年，以国家央视名义倡导发动组织的《谁是棋王》开展得轰轰烈烈，如火如荼，在全国掀起了又一股围棋热。本人有幸参与了棋王角逐，并进入四强，心领身受，感触良多，受益匪浅。追忆过程，心潮澎湃，寄意《贺新郎》。

国运正昌盛，便有那棋王争霸，万民参赛。三十二路英雄梦，尽在黑白世界。纹枰对弈定胜负，手谈坐隐王是谁？承天露，央视吹号角，继传统，弘国粹。可喜生正逢佳时，心欢腾、上下四方，前后古今。我将我心寄宇宙，人生大道追寻。正时候，少壮努力。圆梦之路踏实走，报国恩，全国一盘棋，大中华，万事兴。

卢宁

地方公务员棋王卢宁：中央电视台组织的这次《谁是棋王》的活动在我心中不仅仅是一次比赛，更是为了宣传围棋的一档"围棋真人秀"节目，草根棋王们在享受着围棋带来乐趣的同时也通过大家的努力让更多的人了解围棋，把一场枯燥无味的比赛变成了欢乐多多的舞台剧表演。无论是剧组的工作人员、还是参加比赛的草根棋王、国家队的领队、教练、世界冠军等等，大家都是为了一个共同的目标（弘扬国粹、宣传围棋）在做出自己最大的努力和贡献。希望以后能有更多的类似《谁是棋王》这么新颖的比赛出现，让更多的人关注围棋之变，感受围棋之美，享受围棋之乐。与棋结缘，乐在棋中。

何重阳

互联网棋王何重阳：感恩《谁是棋王》允许我全程陪伴，走进八强。一路上幸有作为对手的棋友们砥砺，伴我同行！你们或谦逊，或隐忍，或飞扬灵动，或厚重少文，用每一盘每一手，与我交谈，让我提前体会到这宛若围棋的百样人生态度。何德何能，有幸荣焉！

代表互联网界别，又是我期望所在。在网上，围棋的一切布局谋篇、运筹帷幄、杀伐决断等等技术层面，无不透出品鉴棋艺的欢乐。我喜欢这种感觉！谷歌的阿尔法围棋，对棋理的重新诠释，更让我心生欢喜！

那么，围棋究竟是什么。是竞技？是求道？是快乐？还是一种人生？虽然阅历尚浅，但我也想穷尽毕生，去找找这个答案。哪怕是只能摸到它的冰山一角。棋道一百，我只知七。我是个正在仰望星空的孩子，头顶上方，目力所及，这一片的静谧无垠与广袤深邃，就是玄妙的围棋！

王温

残联棋王王温：我从十二岁开始学围棋。由于身体残疾，只能在本地很少出远门参加比赛。围棋一直以来就是我生活的重要部分。我非常热爱下围棋，因为它给我带来许多快乐和自信。

这次央视举办的《谁是棋王》中国围棋民间争霸赛给了我很好的参赛机会。我非常珍惜这次比赛，努力争取好成绩。在洛阳站成功挤进全国八强，内心有无比喜乐。在那里我见到了邵炜刚九段、世界冠军时越九段、汪见虹九段、王冠军八段等我平时想见而未见到的名人大腕。在洛阳还参观了唐宫和围棋博物馆，不出远门的我，着实见了世面。当我把所见所闻所取得的成绩分享给亲戚和棋友们的时候他们无不欢欣雀跃！

通过比赛我的朋友圈不断扩展，我好像也成了名人。关注我的人也变多了。我觉得自己已经融入了社会。四进二虽然没有晋级，但是参与本身也是一种快乐，总决赛与我无缘我也参与，因为我知道央视花力气做节目是为了推广围棋，让围棋成为大众的文化活动，让围棋文化发扬光大。

罗韬

金融棋王罗韬：感谢央视创造了这么好的一个平台，《谁是棋王》

让各行各业的民间棋士得以相聚切磋，大家都非常尽心尽力地下好每一盘棋，让我更加领会了从围棋到为人的意义，特别是八强赛中的对手，让我享受到了对弈带来的乐趣。

陈威廷

港澳台棋王陈威廷：《谁是棋王》把我的眼界打开了，从台湾到了云南到了北京，我见到胡煜清，并一睹柯洁的风采。成绩虽然止步八强，但这次经验得以重整与清净我的棋，感谢央视举办《谁是棋王》，也感谢八强的前辈们先进的指导与照顾！

何香涛

老年棋王何香涛：纹枰对弈不分老幼，老当益壮；最美不过夕阳红，老年朋友下围棋，越下越年轻；感谢《谁是棋王》节目，以棋会友欢乐多！

竺建国

商业棋王竺建国：作为一名地道的围棋草根，能够参与中央电视台《谁是棋王》节目，我感到非常荣幸。在中国围棋事业蓬勃发展的征程中，我愿意再尽绵薄之力！

王中建

税务棋王王中建：结缘《谁是棋王》，不只是亲身感受了央视节目制作的大思路、大手笔，还有幸结识全国各地的高手纹枰论道，与职业棋手同行做围棋公益，总决赛更是现场感受王者争霸。

不忘初心，方得始终，围棋已成为我人生的一部分，对棋艺的追求，对棋道的弘扬，永远在路上！

马铁

中建棋王马铁：2016年3月20日是二十四节气的春分，更是我们围棋人的春天。这一天，《谁是棋王》中国围棋民间争霸赛的总决赛在北京举行直播，我有幸在现场参与深感荣耀。聂老率领众多世界冠军及著名的职业围棋高手也赶来直播现场为总决赛加油助阵，这充分体现了高层对民间围棋的重视，也感受到了组织者的良苦用心。能够与我们棋迷朋友心中的偶像近距离接触，我感到很自豪，也将极大地鼓舞民间草根棋手的参与热情。

祝愿《谁是棋王》能办成品牌节目！

张大勇

新闻棋王张大勇：《谁是棋王》中国围棋民间争霸活动完美地展示了围棋文化的深奥魅力，让更多的人了解学习围棋。文化与竞技相并列的两大成就，展示了中国这个围棋发源地、宗主国应有的尊严。作为一个新闻从业者，不仅参与其中，更做下忠实的记录和见证。我深以为荣！

魏飞鹏

农民棋王魏飞鹏：围棋是中华民族的骄傲。这次由央视举办的《谁是棋王》中国围棋民间争霸赛活动，不仅促进了全国棋友们的交流和沟通，更是把围棋这一古老文化艺术推向全国人民，让社会各界对围棋的关注超过了以往。作为一名深爱围棋的业余棋手，我有幸参与其中。感谢中央电视台，感谢《谁是棋王》节目组，你们对围棋在全国的推广和普及，我们棋友们会铭记在心，感恩永远！

付聪

林业棋王付聪：2015年11月10日，中央电视台开启了《谁是棋王》中国围棋民间争霸赛，让社会各界对围棋的关注超过了以往任何围棋比赛，这是一次围棋的盛会。作为一名草根棋手，从来没想过有一天会来到中央电视台的舞台，展示自己的风采，见到了围棋界的各位大师，特别是见到了我的偶像聂卫平老师。感谢中央电视台举办的《谁是棋王》中国围棋民间争霸赛，感谢为此次比赛默默付出的无名英雄，特别要感谢中央电视台节目组的各位领导，在比赛当中对我们围棋爱好者的细心照顾，在这里我代表棋友们对你们辛勤的努力表示最诚挚的谢意！

荆贵军

医疗卫计委棋王荆贵军：《谁是棋王》中国围棋民间争霸赛，以现代传媒的视角和方式诠释了围棋所蕴含的人类智慧、历史传承和文化积淀，为围棋这一中国国粹更好地根植民间、服务大众、走向世界谋篇开局！能够亲历、参与、见证，深感荣幸！

王进

冶金棋王王进：围棋是我生命中不可分割的一部分。

随着人生阅历的增加，对围棋的感悟越来越深，围棋不只有棋盘之内的奥妙无穷；棋盘之外的玄妙更是高深莫测，就像宇宙般浩瀚。围棋思想和围棋思维对为人处事大有帮助，大到治国理政，小到个人规划，莫不如此。人生中的得与失、取与舍、急与缓、先与后、收与放、胜与败、拿得起和放得下等等，都可以从围棋中得到启迪，下好一盘棋靠的是智商，下好人生这盘棋才是智慧！

荣获冶金棋王，我倍感肩上的责任重大 "中国梦"就是中华民族伟大复兴的一盘棋，每个国民就是一颗子，要让每颗子发挥子效需要大思想大战略和文化的统领，我们32个界别的棋王分布在各行各业，我们就是32个"火炬手"，弘扬国粹文化是我们的光荣使命！

夏靖泓

外企棋王夏靖泓：围棋是我第一业余爱好，后来由于工作原因，很少有机会下棋，直到2015年底机缘巧合有幸参加央视主办的《谁是棋王》比赛，并获得外企界别冠军。今后有机会我一定要多多推广围棋来报答。

我工作的公司现在已经建有专门的围棋社团，其中不乏高手，相信有担任高层的围棋棋迷和热心人士的影响下，在外企服务公司（FESCO）

的大力支持下，围棋在外企的普及会越来越好。

鲍橒

文艺棋王鲍橒：其实下盲棋的时候，最主要是没有时间的压力，一般来说可以比较深入的去思考。能够得到吉尼斯世界纪录的认证，也是对于围棋盲棋这样一个有难度有意义的挑战项目最好的一个肯定，也非常开心能够通过这么一个挑战，让西方世界了解到东方围棋的魅力。

天行健，君子以自强不息，地势坤，君子以厚德载物，希望我可以在棋盘上演绎出最美的黑白乾坤。

顾扬

中央国家机关棋王顾扬：按照《谁是棋王》争霸赛的总体精神，具体落实到每一个棋局当中，坚持面向基层，一步步脚踏实地，抓大放小，保持联络中枢的畅通，在良好开局的基础上，扩大优势，落子无悔，认真走好每一步关键棋，最终交出一份令人民满意的优秀棋谱。胸怀全局，运筹帷幄，争下先手，我们必胜。

萧笛

前卫棋王萧笛：感谢《谁是棋王》！纹枰纵横，算度深远，亦如我们的工作需果敢坚韧，顽强拼搏！

邓歆懿

文化棋王邓歆懿：感谢《谁是棋王》节目，让草根民间棋手们有了更大的平台，更多的机会。这个节目让更多的人认识了国粹围棋这朵美丽之花。未来如果还有第二季，我一定会继续参加，愿再与节目一起，共同弘扬围棋文化。

王昌光

旅游棋王王昌光：从小接触围棋，热爱围棋。《谁是棋王》是一次民间围棋的精彩定向主题游，希望我们有美好的开局，精彩的中盘，以及心满意足的收官。

鲁宏辉

火车头棋王鲁宏辉：非常感谢央视和全国铁路总公司提供了这次难得的机会，跟以往参加的纯竞技比赛不同，这是一次群体活动的尝试和创新，有更多的互动性、文化性和观赏娱乐性。有机会与来自全国各个行业的棋友、精英共同聚会交流，甚至后期还共同参与了围棋走基层活动，我觉得自己是快乐和幸运的。谢谢！

郑施桦

房地产棋王郑施桦：衷心的感谢央视为所有民间草根棋迷们准备了一场宏大的围棋盛宴。

本次比赛我认为最为精髓的地方当属"民间"二字，央视精心地把参赛选手分为32个行业界别，让全国每一个热爱围棋的人都能参与其中，扩大、提升围棋在各行各业的知名度，把弘扬国粹、传承围棋推到了一个空前的高度。希望央视《谁是棋王》可以永远的办下去，使围棋文化开启新篇章。再次致敬中央电视台！

王琳

高校棋王王琳：《谁是棋王》节目对于围棋的推广有非常大的帮助，这不是一个简单枯燥的对局讲解节目，而是介绍围棋文化知识，普及围棋，弘扬传统文化，具有创新精神的节目。

相信通过《谁是棋王》的栏目，会有越来越多的人感受到围棋的魅力，也会有越来越多的人因此而喜欢上围棋。也希望《谁是棋王》会一直办下去，越办越好。

代杰

石油棋王代杰：在石油勘探过程中，不能只考虑眼前的局部的情况，还必须放眼长远，着眼于大局，对各个因素进行细致的全面的考察，才能为今后的勘探工作打好基础，下棋也是如此，减少胜欲，以前我下棋可能只想求胜，现在随着年龄的增长，心胸也越来越宽广，争胜不再是我唯一的目的，享受下棋这个过程给我带来的快乐，可能对我有更多特殊的意义。现在把这种心境打开，我的棋艺才有了进一步的提高。

马拓

中航棋王马拓：《谁是棋王》中国围棋民间争霸赛是中国围棋在民间赛场的一次自由翱翔。

陈瑛

煤矿棋王陈瑛：任时光荏苒，对围棋的热爱始终如一。 感谢《谁是棋王》，圆了一名草根棋手的围棋梦！

杨宇祥

中小学生棋王代表杨宇祥：我作为中小学生棋王代表，有幸现场观看CCTV-5《谁是棋王》总决赛，感觉现代围棋比的不光是棋手的技战术，而更多是比棋手的心理素质……所以人类要想发挥自身棋力的最高境界，只有尽力排除情感因素，如阿尔法狗般没有任何"情感"世界，方可达到"忘我"的最高境界。

高利权

电子棋王高利权：普及围棋是自己的一份义务，因为爱好者才是围棋发展的真正源泉。

《谁是棋王》中国围棋民间争霸赛各界报道

【三家最佳组织奖】

中小学界别

中小学界别：中国中学生棋类协会负责组织《谁是棋王》中小学界别海选阶段的比赛，在协会执行秘书长孙利军的大力支持和推动下，海选阶段共有北京、陕西、山西、河北、广东、浙江等10个分赛区、2000余名选手参加，直接影响和覆盖数以十万计的学生和家长，产生了良好的社会效应，极大地促进了中小学校园围棋的普及和推广。中小学界别决赛阶段的比赛在北京马晓春围棋道场举办，来自全国各地的近百名选手决出了四强、进入全国总决赛。

海关界别

海关界别：海关总署体育协会采取以点带面、突出边关、覆盖沿海和内陆海关的形式，通过《谁是棋王》结合 "走进边关万里行"活动，用央视镜头视角来展现全国海关全民健身活动的场景。《谁是棋王》海关海选节目播出后，在全国海关引起了强烈反响。借助央视平台的视频，向全国海关宣传海关开展活动的情况，通过央视镜头，展现出海关关员"爱国、厚德、增信、创新、奉献"的核心价值观，并以围棋活动为契机，掀起学习国学、学围棋的高潮。

残疾人界别

残疾人界别：为了在残疾人群中普及围棋项目，推广中华传统文化，发现并宣传民间残疾人围棋高手，让更多残疾人朋友通过围棋"走出家门、科学健身、融入社会、分享快乐"，中国残奥委员会组织参加由中央电视台体育频道、中国职工文化体育协会、中国围棋协会主办的《谁是棋王》中国围棋民间争霸赛残疾人界别的比赛，采取南、北大区赛的形式进行。大区的残疾人海选赛是浙江省残联第一次举办围棋专项的比赛，规模之大，也让浙江省残联感慨，今后要多多举办这样的赛事，让更多残疾人了解围棋，感受围棋的魅力。

文艺界别

文艺界别：中国文联棋友会通过组织参加由中央电视台主办的《谁是棋王》中国围棋民间争霸赛活动，既促进了和谐机关建设，营造了积极健康的业余文化体育氛围，也很好地推动了中国文联职工围棋活动的开展，增进了文联各单位及中直机关各单位之间的友谊交流。极大地调动了中国文联乃至文艺界人士对围棋的热情，为弘扬中华民族的优秀传统文化贡献一分力量。

航空界别

航空界别：《谁是棋王》 航空界别组织团队2015年10月在四川成都举办了海选第一站，这也是《谁是棋王》的海选第一站，12月于成都组织了海选第二站，参赛选手来自西飞、沈飞、成飞等六、七家航空企业，两站海选近200人，马拓夺得航空界别的棋王，并进入《谁是棋王》的十六强。

中央国家机关界别

中央国家机关界别：中央国家机关工委负责组织《谁是棋王》中央国家机关界别海选阶段的人员推选，中央国家机关工委在100多家中央国家机关中，按照历史战绩推选出了全国人大机关、国务院办公厅和发展改革委的4名围棋高手，参加全国总决赛，极大地促进了围棋项目在中央国家机关的普及和推广。

火车头界别

火车头界别：中国火车头体育协会负责组织《谁是棋王》火车头界别海选阶段的比赛，海选阶段共有18个铁路局、五大公司等共计26个单位的选手参加，极大地促进了围棋项目在各基层单位的普及和推广。火车头界别决赛阶段的比赛在北京中国铁道科学研究院举办，来自全国各基层单位的32名优秀选手参加了比赛，决出了火车头界别的四强代表全国铁路人参加了全国总决赛。

洛阳棋类协会

洛阳棋类协会：给央视《谁是棋王》点赞！理念先进，富有创意！别开生面，很接地气！为观众带来一道独具文化特色的开年围棋盛宴！导演组懂体育，更懂文化，理念前瞻，节目编排精致用心。

青岛围棋协会

青岛围棋协会主席刘群燕：围棋的美感在于胜负都在瞬息变化之间，不可预见，就是要捕捉到那个突然出现却又可能稍纵即逝的机会。围棋如此，人生亦是如此。

金融界别

金融界别代表队领队朱小军：这次作为金融界别领队参加《谁是棋王》的活动，深刻感受到央视在围棋节目上大手笔的投入和高水平的制作。这次围棋赛事以界别海选，开创先河，影响广泛。栏目以围棋为核心，与中国传统文化如国学、音乐等结合，加上主持人专业老到的主持，无疑让观众享受到围棋的饕餮盛宴。相信《谁是棋王》的播出必定会在全国掀起新的围棋热潮。期待围棋新的春天！

后记

《谁是棋王》生正逢时
——总导演、制片人 辛少英

2016年的春分，正是桃花盛开的时节，《谁是棋王》总决赛在央视新大楼的2000平方米演播室精彩上演。伴着和煦的春风，棋圣聂卫平来了，国家体育总局和中国围棋协会的领导来了，中国围棋队领队华学明和总教练俞斌带着柯洁、周睿羊、陈耀烨、唐韦星等世界冠军来了，32个行业的领导、八大赛区的城市代表们也都来了，大家济济一堂，要在《谁是棋王》最高光的时刻，共同迎接全国棋王的诞生。5个月以来，我们在全国32个行业中展开了寻找民间棋王的活动，算是开了行业比赛的先河。我还记得策划会上李挺副总编说："多封一些'王'，让他们成为行业围棋的带头人。"如今，32位行业的棋王精神抖擞、气宇轩昂地端坐在为他们特制的红色格子的座位上，真有些八面临风的王者风范。他们从默默无闻到成为行业的楷模，确实是由于央视高平台、高频率和高水平的报道，《谁是棋王》在追寻民间棋王的过程中也逐步深入人心。今天迎来了总决赛，只见总主持人张斌用热情而风趣的语言四面开花地与各方嘉宾侃侃而谈，上海分会场的黄子忠与常昊和北京望京分会场的王洁与丁伟都在遥相呼应，那精心设置的有着棋王八景的电子屏风在不断变换着图案，仿佛暗示着这一路走来的艰辛与收获……一切都刚刚好，现场气氛热烈而欢快，一周前沸沸扬扬的阿尔法狗的人机对战客观上对围棋做了又一次的推广，而今天的总决赛恰好赶上了春分，这白昼平分的日子，不正契合了围棋所体现的阴阳平衡和中和的理念？

总决赛赶上了好日子，而节目开播也正逢其时。2015年11月21日《谁是棋王》播出了第一集，本是一个普通的日子因中日围棋擂台赛30年的纪念日而变得不一般，因为前一天中央电视台体育频道刚刚直播了这一大型纪念活动，于次日登场的《谁是棋王》似乎在冥冥之中担起了围棋传承的使命。正如蓝晓石将军讲的"当年无数人正是因为看了中日围棋擂台赛而走上围棋道路的，以后很多人会说是看了央视的《谁是棋王》而爱上围棋的。"是的，自从节目播出，各地的围棋班报名火热，无数的人意识到围棋的魅力。我们大张旗鼓地宣传这一国粹，不正是对我们文化自信的一种表现吗？

《谁是棋王》仿佛是一枚天之动的棋子，在祖国广袤的大地上流转着，不论它走到哪里，总能在植根于当地的文化中找到共鸣，那棋盘上的每一个点都是中国文化与历史的坐标点。斗转星移，秋去春来，我们的足迹遍布了祖国各地，探寻着祖先用围棋的密码带给我们的精神实质，也正因为围棋的基本原则几千年不变，让我们能够与古人同枰对弈：在无锡，我们拜见了明代棋王过百龄；在九江，棋圣聂卫平与三国大都督周瑜有了精彩对话；在三亚，我们与黄道婆一起在纵横交错的织布机上寻找棋之寿的真谛；在合肥，我们又与曹操和孙权撞了个满怀……在黑白棋子交错的落子声中，各界棋王闪亮登场，他们或儒雅深沉、或英姿勃发，但个个热情认真，体现着围棋人生中的动与静，折射着中国人特有的精神风貌与气质。

我特别要感谢李挺副总编辑，是他精心的部署让这一古老文化的赛事得以青春焕发；感谢体育频道领导对我们的信任与支持，让我们能解放思想去创新；感谢中国围棋协会，派出最强阵容保证了节目的专业性，也让我们看到了围棋界不论是老将还是新锐都在以传承围棋文化为己任；感谢全国总工会，协助我们组织了 32 个行业的比赛。我还要感谢香港参赛选手朱文章，正是他刚刚研发的围棋之眼的技术让我们的挂盘讲棋更加生动和清晰。在我们团队中，我要特别感谢策划兼撰稿林小龙，是他用睿智的思维和对围棋独特的理解为节目谋篇规划，并让片子中的每一句话都富有哲理与文化。当然我也要感谢与我同甘共苦的编导、摄像、技术员和制片，他们常年奔波在外，用激情记录着这项活动，多少个夜晚他们都是在编辑机前度过的、多少次拍摄他们都深入到最前线……我的左膀右臂张鹏宇和高军，不论在组织拍摄、城市联络，还是在节目录制中都起到了重要作用，刘磊的包装、耿军的统筹、潘宏博的技术搭建、杨青和刘仲淼的宣传片拍摄、曲天璐的主持词、万强对围棋的分析、魏娜的导播、晔烽的配音、李晨和闫强的节目合成、曹阳和林林 MTV 创作、窦梦莎和刘力菲对选手故事的捕捉、周洁陈旭刘配境郝殿春创作的人生棋谱、裴少存司磊宋勇等摄像师的小片拍摄、于锐洋陈羽王雪的后期推送、当然还有演播室的各工种人员、转播车上和后期机房的技术人员……除了节目创作，这还是一次准全国性大赛，浩大纷繁的组织工作经常让我们的组织者夜不能寐，任何环节稍有疏漏，就有可能前功尽弃。那次从张家界奔赴保山录节目的五十多位选手，在飞机晚点几乎无法转乘的时候，带队的李华当机立断，甩掉行李，在最后一分钟带领所有人员登机，保证了节目的录制。而我后来才知道张新利和李华一直是在带病坚持工作，总决赛后，他们一去医院就因病情严重而被安排住院了……我们这个团队啊，大家工作起来是那么尽心竭力，又是那么互助支撑，就像一盘棋中的各个棋子，位置不同、子力不同，但配合默契，发挥着各自的作用，最终成就了节目。

恍然间又一个寒暑冬夏，现在我们正在做《谁是舞王》中国广场舞民间争霸赛，尽管参与的民众不同、反映的内容不同，但在推动全民健身运动的同时，努力传承中华民族优秀传统文化的理念都是一脉相承的。在这个呼唤传统文化回归的春天，中国财经出版传媒集团将《谁是棋王》节目出版成书，将电视声画的内容凝结成文字，给了所有参与者回味这次围棋之旅的机会，也让更多的读者能从中品味丰富的围棋文化，此举堪称功德无量。我还要向此书的策划编辑和责任编辑龚勋老师致以诚挚的敬意！她一遍遍地不厌其烦地审稿校对，可谓是倾尽了心血。当然，我还特别要感谢林建超将军，不仅感谢他为此书作序，更要感谢他对这一节目的大力支持！我也要感谢热心外联的杨戎老师和许许多多为此书贡献了力量的人士，是大家的共同努力成就了这部书稿。我想所有参与者都有一个共同的心愿，那就是要把围棋这一优秀的文化传承下去！

写于 2017 年春分

后记

致《谁是棋王》
—— 主持人 黄子忠

在弘扬中华传统文化的大背景下，《谁是棋王》应运而生，这也是中央电视台体育频道自创品牌节目——《谁是球王》的延续。经过紧锣密鼓的筹备，《谁是棋王》在短时间内得到了社会各行业的大力支持，本人作为一名铁杆棋迷，对围棋有着深厚的感情。

在海选阶段，我与栏目组的编导、记者们并肩作战、走南闯北，足迹由西北的乌鲁木齐到东北的伊春，再到西南的保山以及东南沿海的沪深、香港，所到之处都能感受到棋迷对《谁是棋王》的极大热情。在涵盖航天、石油、金融等32个界别的海选中，全国有近10万人参与。6期海选专题主题分明，反映了我国民间围棋发展的蓬勃景象，对草根围棋人物的专访，更是展现了节目的人文关怀。从12月底开始在无锡、杭州、保山、张家界、九江、洛阳、三亚、珠海8个城市进行了8场小组赛的录制，节目组将围棋竞技与围棋文化以及各地的历史人文进行有机的结合，做成了一档以围棋比赛为主线的围棋文化综艺节目。节目的创新与精心制作得到了观众的高度评价和一致认可，曾经有来自韩国和日本的围棋专项记者特意向我了解《谁是棋王》节目，并称《谁是棋王》是史上最佳围棋节目。在安徽合肥录制的半决赛时，我与一位人工智能美女搭档主持，将快速发展的人工智能与节目紧密结合，体现了节目的与时俱进。

在5个多月的时间里，我最大的感受是——累并快乐着！节目从筹备、赛事组织到播出，我获益匪浅，并经受了巨大的锻炼。《谁是棋王》之所以能取得巨大成功，我认为主要归结于以下四点：第一，中央电视台台领导和体育频道领导对于节目高度重视，全力支持，从财力、人力、物力和播出时段等各个方面提供了强有力的支撑。第二，《谁是棋王》节目组是一支富有凝聚力和战斗力的团队，人才济济、吃苦耐劳、能打硬仗，是一支执行力极强的精锐之师。第三，围棋圈是一个温暖的大家庭，中国围棋协会的领导和世界冠军都在无私奉献。尽管《谁是棋王》是为民间草根棋手搭建的舞台，但职业棋界全力以赴、增光添彩，起到了很好的引导作用。第四，《谁是棋王》得到了各地方政府、围棋协会、民间组织以及业余棋界活跃人士的积极响应，众人拾柴火焰高，星星之火可以燎原，参与者的热情和投入是节目成功的根本。

《谁是棋王》节目结束虽然过去整整一年，但是节目中的点点滴滴、遇到的困难、成功的喜悦、感人的故事都历历在目，记忆犹新。这是我职业生涯中最大的一笔财富——策划、赛事组织、对外联络、主持、节目推广等多重角色的担当，是最好的一次历练，也是我人生宝贵的阅历。《谁是棋王》使得中国又迎来了第二次围棋热潮，希望围棋之火在神州大地熊熊燃烧。在此，我要向所有支持和关注《谁是棋王》的朋友们表示衷心的感谢！最后，子忠深深的向大家鞠躬！

后记

棋虽小道亦大道
——从黑白乾坤中走出炫彩人生，自胜负棋局间拆解辩证世事

节目策划 林小龙

若是把中华民族五千年的文化历史看做是一盘方兴未艾的围棋，作为炎黄子孙，龙的传人，我们都是这决决棋盘之上的一粒棋子。然而，若是不懂中华民族的传统文化，缺失必须的文化传承，便会因读不懂这偌大的棋局，而无法入局，并且难以准确找到自己落子的位置。即使单从围棋文化的角度来看，这棋中也绝对承载和渗透着中华民族悠久而深厚的文化。因此，在策划《谁是棋王》之初，便以传承和发扬中华民族传统文化作为统驭全局的"棋经"，从大文化的角度解析围棋的魅力与高深，最终形成不拘一格的"棋谱"。

《谁是棋王》的主旨就是要充分展示民间棋手的风采和人生故事，而每一个人的人生，则必是一盘落子无悔的棋局，便有了"从黑白乾坤中走出炫彩人生，自胜负棋局间拆解辩证世事"的感悟及策划思路，用围棋思维解释人生万象，让棋理与人生哲理相互印证，所以，解读民间围棋棋手，注重的是"枰上任评说，棋间汇其妙"，棋如人生，人生如棋，棋与人生相映成辉。

围棋棋理中，一个重要的概念就是讲究行棋的次序，而《谁是棋王》在整个框架结构策划上，同样深受这个行棋次序概念的影响，从海选，到大区赛，再到总决赛，对于中华文化与围棋文化的宣传与普及上，循序渐进，有条不紊，层层深入。

围棋讲究整体意识与大局观，而《谁是棋王》的整体策划同样注重贯彻了这个理念，把启动仪式视为开局落子，把海选阶段视为布局，把八场大区赛视为中盘，而把最终的总决赛视为收官。整个节目俨然是一局棋，构思与着法一以贯之，行棋不乱。

"棋王一盘棋"的设置从策划层面上，自是深受围棋平等意识的启发，每一棋子的子力完全相等。而在"棋王一盘棋"中着子的每一位棋手，不论是棋坛名宿，还是入门初学，同样是"子力相等"，没有高低贵贱之分。围棋虽有黑白相对，棋子三百余枚，然则最终合力才能弈出一盘好局。而"棋王一盘棋"也正是要借此体现一个重要的象征意义——集合所有爱好围棋的人，形成巨大的合力，有力推动围棋运动蓬勃健康地发展下去。而再深一层的意义，则是全国人民同仇敌忾，共同努力，一同下好盛世强国这盘棋。

《谁是棋王》策划层面最重要的，就是要清楚节目的关键急所。那就是有力推动业余围棋的开展，弘扬社会正能量，进而达到传承中华民族传统优秀文化的最终目的。此次结集成书，在我看来，就是一次很好的"复盘"。回过头来，重新审视《谁是棋王》的全过程，我的"行棋"体会是——棋虽小道亦大道。

不过，还是老子说的好：道可道，非常道。